La Comédie Humaine
人间喜剧
第六卷

［法］巴尔扎克 著　傅 雷 译

邦斯舅舅／赛查·皮罗多盛衰记

江苏凤凰文艺出版社

*本书插图由法国插画家夏尔·于阿（1874—1965）绘制。

CONTENTS

目　次

邦斯舅舅
003

赛查·皮罗多盛衰记
391

巴尔扎克年谱
728

出版后记
732

La Comédie Humaine

人 间 喜 剧 VI

邦斯舅舅

Le Cousin Pons

LA COMÉDIE HUMAINE

1

一个帝政时代的老古董

一八四四年十月,有一天下午三点光景,一个六十来岁而看上去要老得多的男人,在意大利大街上走过,他探着鼻子,假作正经地抿着嘴,好像一个商人刚做了件好买卖,或是一个单身汉沾沾自喜地从内客室走出来。在巴黎,这是一个人把心中的得意流露得最充分的表示。那些每天待在街上,坐在椅子里以打量过路人为消遣的家伙[1],远远地一瞧见这老人,都透出一点儿巴黎人特有的笑容;这笑容包含许多意思,或是讪笑,或是讽刺,或是同情。可是巴黎人对形形色色的场面也看腻了,一定要遇到头等怪物,脸上才会有点儿表情。

那老头儿在考古学上的价值,以及大家眼中那一点笑意,像回声般一路传过去的笑意,只要一句话就能说明。有人问过以说俏皮话出名的戏子伊阿桑德,他那些博得哄堂大笑的帽子在哪儿定做的。他回答说:"我没有定做啊,只是保存在那儿。"对啦!巴黎上百万的居民其实都可以说是戏子,其中有好多人无意中全做了伊阿桑德,在身上保留着某一时代的一

---

[1] 按此系指坐咖啡馆的巴黎人。咖啡座伸展至人行道,故言待在街上。

切可笑之处,俨然是整个时代的化身,使你在大街上溜达的时候,便是想着给朋友欺骗那一类的伤心事,也不由得要扑哧一声地笑出来。

那过路人的服装,连某些小地方都十足保存着一八〇六年代的款式,所以它让你想起帝政时代而并不觉得有漫画气息。就凭这点儿细腻,有眼光的人才知道这一类令人怀古的景象更有价值。可是要体会那些小枝节,你的分析能力必须像逛马路的老资格一样,如今人家老远看了就笑,可见那走路人必有些怪模怪样。像俗语所说的扑上你的眼睛,那也正是演员们苦心研究,希望一露脸就得个满堂彩的。原来这又干又瘦的老人,在缀着白铜纽扣的、半绿不绿的大褂外面,套着一件没有下摆的栗色短褂,叫作斯宾塞的!……

一八四四年上还看到一个穿斯宾塞的男人,岂不像拿破仑复活了一样吗?顾名思义,斯宾塞的确是那位想卖弄细腰身的英国勋爵的创作。远在一八〇二年亚眠安和会之前,这英国人就把大氅的问题给解决了:既能遮盖胸部,又不至于像笨重而恶俗的卡列克那样埋没一个人的腰身,这种衣服如今只有车行里的老马夫还拿来披在肩上[1]。但因细腰身的人为数不多,所以斯宾塞虽是英国款式,在法国走红的时间也并不久。那些四五十岁的人,看到有人穿着斯宾塞,自然而然会在脑筋里给他补充上一条丝带扎脚的绿短裤,一双翻筒长靴,跟他们年轻的时候一模一样!老太太们见了,也得回想起当年红极一时的盛况。可是一班年轻的人就要觉得奇怪:

---

[1] 叫作斯宾塞的短褂,有如现代的夏季礼服,原系英国的约翰·查理·斯宾塞勋爵所创。叫作卡列克的外氅,相传为英人约翰·卡列克所创;上半身披肩部分,长至手腕,共有两三叠之多,故极厚重。

一八四四年上还看到一个穿斯宾塞的男人,岂不像拿破仑复活了一样吗?

为什么这个老阿契皮阿特要割掉他外套的尾巴呢[1]？总之，那个人浑身上下都跟斯宾塞配得那么相称，你会毫不犹豫地叫他作帝政时代的人物，正如我们叫什么帝政时代的家具一样。但只有熟悉那个光华灿烂的时代的，至少亲眼见过的人，才会觉得那走路人是帝政时代的象征；因为要辨别服装，必须有相当真切的记忆力。帝政时代跟我们已经离得那么远，要想象它那种法国希腊式[2]的实际场面，绝不是每个人所能办到的。

他帽子戴得很高，差不多把整个的脑门露在外面，这种昂昂然的气概，便是当年的文官和平民特意装出来对抗军人的气焰的。并且那还是一顶十四法郎的怕人的丝帽子，帽檐的反面给又高又大的耳朵印上两个半白不白的、刷也刷不掉的印子。帽坯上照例胶得很马虎的丝片子，好几处都乱糟糟地粘在一块儿，尽管天天早上给修整一次，还像害了大麻风似的。

仿佛要掉下来的帽子底下，露出一张脸，滑稽可笑的模样，唯有中国人才会想出来，去烧成那些丑八怪的瓷器。阔大的麻子脸像个脚炉盖，凹下去的肉窟窿成为许多阴影；高的高，低的低，像罗马人的面具，把解剖学上的规则全打破了。一眼望去，竟找不着脸架子。应当长骨头的地方，却来上一堆果子冻似的肉；该有窝儿的部分，又偏偏鼓起软绵绵的肉疙瘩。这张怪脸给压成了南瓜的形状，配上一对灰眼睛——眉毛的地方只有两道红线——更显得凄凉；整个的脸被一个堂吉诃德的鼻子[3]镇住了，像

---

[1] 希腊政治家阿契皮阿特，为苏格拉底弟子，以生活奢豪闻于世，众人盛称其所畜之名犬，阿氏即将犬尾割去，俾众人不复提及。

[2] 拿破仑称帝时，提倡希腊罗马的文物与风格，当时的美术、家具、服装，均带希腊风味，美术史上称为法国希腊式（Gallo-Grecque）。

[3] 堂吉诃德身体又高又瘦。根据一般情形，脸相大多与全身调和，故堂吉诃德的鼻子一定也是很长的。

平原上的一座飞来峰。这鼻子，想必塞万提斯也曾注意到，表示一个人天生地热爱一切伟大的事，而结果是着了迷。那副丑相，尽管很滑稽，可绝对不会叫人发笑。可怜虫苍白的眼中有一股极凄凉的情调，会叫开玩笑的人把到了嘴边的刻薄话重新咽下去。你会觉得造物是不许这老头儿表示什么温情的，要是犯了禁，就得叫女人发笑或是难受。看到这种不幸，连法国人也不作声了，他们觉得人生最大的苦难就是不能博得女人的欢心！

2

一套少见的服装

这个在造物前面极不得宠的人，穿得跟清寒的上等人一样，那是有钱人常常模仿的装束。帝国禁卫军式的长筒鞋罩，把鞋子盖住了，使他可以把一双袜子多穿几天。黑呢裤发出好些半红不红的闪光；裁剪的款式，跟褶痕上面又像发白又像发亮的条纹，都证明裤子已经穿了三年。衣衫的宽大并掩饰不了瘦削的体格。他的瘦是天生的，并非学毕达哥拉斯的样而素食的缘故；因为老头儿的嘴巴生得很肉感，嘴唇很厚，笑起来一口牙齿跟鲨鱼的不相上下。大翻领的背心也是黑呢料子的，里头衬一件白背心，还露出第三件红毛线背心的边，叫你想起从前迦拉穿五件背心的故事[1]。白纱的领结，扣得那么有模有样，正是一八〇九年代的漂亮哥儿为了勾引美人儿而苦心推敲的；可是那硕大无朋的领结，拥在下巴前面，似乎把他的脸埋在一个窟窿里。一条编成发辫式的丝表链，穿过背心，拴在衬衫上，仿佛真会有人偷他的表似的！半绿不绿的大褂非常干净，比裤子的年代还要多上三年；丝绒领跟新换过的白铜纽扣，显得穿的人平时的小心简直是无

---

[1] 迦拉（1762—1823）为当时有名的歌唱家，极讲究穿着。

微不至。

　　把帽子戴在脑后的习惯，三套头的背心，埋没下巴颏儿的大领带，长筒鞋罩，绿色大褂的白铜纽扣，都是帝政时代款式的遗迹；跟这些相配的，还有当年信不信由你的哥儿们[1]那股卖俏的劲儿，衣褶之间那种说不出的细巧，浑身上下那种整齐而呆板的气息，令人想起达维特的画派和约各设计的瘦长家具。只要瞧上一眼，你就会觉得他要不是一个有教养而给什么嗜好断送了的人，便是一个进款不多的家伙，一切开支都是被有限的收入固定了的，万一打破一块玻璃，撕破件衣服，或是碰上募捐等的要命事儿，就得把他整个月内小小的娱乐取消。你要在场的话，一定觉得奇怪，这张奇丑的脸怎么会浮起一点笑意，它平时的表情不是应当又冷又凄凉，像所有为了挣口苦饭而奋斗的人一样吗？可是这古怪的老人，像母亲保护孩子那么小心的，右手拿着件分明很贵重的东西，藏在双重上衣的左襟底下，生怕不巧给人碰坏了：你看到这个，尤其看到他急急忙忙，活像那些有闲的人偶尔替人跑腿的神气，你可能以为他找到了侯爵夫人的小狗什么的，带着帝政时代的人物所有的那种殷勤，得意扬扬地给送回去；他那位上了六十岁的美人儿，还少不了他每天的问候呢。世界上唯有在巴黎才能看到这等景致，大街上就在连续不断地演这种义务戏，让法国人饱了眼福，给艺术家添了资料。

---

[1] 一七九五年至一八〇〇年间的漂亮人物，当时称为Incroyables，谓其奇装异服，竞骛新奇，至于不可思议。

La Comédie Humaine

3
一个得罗马奖的人的下场 [1]

一看那人瘦骨嶙峋的轮廓,虽然很大胆地穿着过时的斯宾塞,你也不敢把他当作什么艺术家;因为巴黎的艺术家差不多跟巴黎的小孩子一样,在俗人的想象中照例是嘻嘻哈哈,大有"噱头"的家伙,我这么说是因为"噱"这个古字现在又时兴了。可是这走路人的确得过头奖,在法国恢复罗马学院之后,第一支受学士院褒奖的诗歌体乐曲,便是他作的,一句话说完,他就是西尔伐·邦斯先生!……他写了不少有名的感伤歌曲,给我们的母亲辈浅吟低唱过,也作过一八一五与一八一六年间上演的两三出歌剧,跟一些未曾刊行的乐曲。临了,这老实人只能替大街上一所戏院当乐队指挥;又凭着他那张脸,在几处女子私塾内当教员。薪水和学费便是他全部的收入。唉!到了这个年纪还得为了几文学费而到处奔波!……这种很少传奇意味的生活,原来还藏着多少的神秘哟!

---

[1] 一六六六年起,法国政府设有罗马法国学院,简称为罗马学院,由王上指派艺术家前往留学。其后改为每年由巴黎艺术学院(乃学士院,非学校)举行会考,凡得头奖(即所谓罗马奖)的青年画家、雕塑家、建筑家等,均由国家资送罗马学院研究。一七九三年革命政府曾一度停办,一七九五年执政府又下令重开。但音乐学生能够参与罗马奖会考,自一八○三年始。

因此，这个穿斯宾塞的老古董不单是帝政时代的象征，三套头的背心上还大书特书地标着一个教训。他告诉你"会考"那个可怕的制度害了多少人，他自己便是一个榜样。那制度在法国行了一百年没有效果，可是至今还在继续。这种挤逼一个人聪明才智的玩意儿，原是蓬帕杜夫人的弟弟，一七四六年左右的美术署署长波阿松·特·玛里尼想出来的。一百年来得奖的人里头出了几个天才，你们屈指数一数吧！第一，伟人的产生是可遇而不可求的，在行政或学制方面费多大的劲，也代替不了那些奇迹，在一切生殖的神秘中，这是连野心勃勃、以分析逞能的近代科学也没法分析的。其次，孵化小鸡的暖灶据说当初是埃及人发明的；倘若有了这发明而不马上拿食料去喂那些孵出来的小鸡，你对埃及人又将作何感想？法国政府可就是这么办：它想把"会考"当作暖房一般去培养艺术家；赶到这机械的方法把画家、雕塑家、镂版家、音乐家制造出来以后，它就不再关心，好比公子哥儿一到晚上就不在乎他拴在纽孔上的鲜花一样。而真有才气的人倒是格勒兹、华托、法利西安·达维特、巴涅齐、奚里谷、德康、奥贝、达维特·特·安越、欧也纳·特拉克洛阿、曼索尼哀等[1]，他们并不把什么头奖放在心上，只照着那个无形的太阳（它的名字叫作天生的倾向）的光，在大地上欣欣向荣地生长。

政府把西尔伐·邦斯送往罗马，想教他成为一个大音乐家，他却在那儿养成了爱古物爱美术品的癖。凡是手和头脑产生的杰作，近来的俗语统称为古董的，他都非常内行。所以这音乐家一八一〇年回到巴黎的时候，变成了个贪得无厌的收藏家，带回许多油画、小人像、画框、象牙的和木

---

[1] 凡不加注而书中情节并不暗晦的人名、地名等专门名词，概不加注，免读者有读百科小辞典之感。

头的雕刻、五彩的珐琅、瓷器等；买价跟运费，使他在留学期间把父亲大部分的遗产花光了。在罗马照规矩待了三年，他又漫游意大利，把母亲的遗产也照式照样地花完了。他要很悠闲地到威尼斯、米兰、翡冷翠、博洛尼亚、那不勒斯各处去观光，以艺术家那种无忧无虑的心情，像梦想者与哲学家一般在每个城里逗留一番。至于将来的生计，他觉得只要靠自己的本领就行了，正如娼妓们拿姿色看作吃饭的本钱。那次奇妙的游历使邦斯快活之极；一个心灵伟大、感觉敏锐，因为生得奇丑而不能像一八〇九年代的那句老话所说的，博得美人青睐的人，他所能得到的幸福，在那次旅行中可以说达到了最高峰。他觉得人生实际的东西都比不上他理想的典型；内心的声音跟现实的声音不调和，可是他对这一点早已满不在乎。在他心中保存得很纯粹很强烈的审美感，使他作了些巧妙、细腻、妩媚的歌曲，在一八一〇至一八一四年间很有点名气。在法国，凡是靠潮流靠巴黎一时的狂热捧起来的那种声名，就会造成邦斯一流的人。要说对伟大的成就如此严厉，而对渺小的东西如此宽容的，世界上没有一国可与法国相比。德国音乐的巨潮和罗西尼的洋洋大作不久就把邦斯淹没了；一八二四年时，凭他最后几支歌曲，还有人知道他是个有趣的音乐家，可是你想，到一八三一年他还剩点儿什么！再到一八四四年，在他默默无闻的生涯中仅有的一幕戏开场的时候，西尔伐·邦斯的价值只像洪水以前的一个小音符了；虽然他还替自己服务的戏院和几家邻近的戏院，以很少的报酬为戏剧配音，音乐商已经完全不知道有他这个人了。

可是这好好先生倒很赏识近代的名家，倘使有些优秀作品给美满地演奏出来，他会流下泪；但他的崇拜，并不像霍夫曼小说中的克雷斯勒那样地如醉若狂；他表面上绝不流露，只在心中自得其乐，像那些抽鸦片吸麻醉品的人。唯一能使凡夫俗子与大诗人并肩的那种敬仰与了解，在巴黎极难遇到，一切思潮在那儿仅仅像旅客一般地稍作勾留，所以邦斯是值得我们钦佩的了。他不曾走红仿佛有点说不过去，可是他很天真地承认，在和声方面他差着点儿，没有把对位学研究到家；倘若再下一番新功夫，他可能在现代作曲家中占一席地，当然不是成为罗西尼，而是哀洛一流[1]；但规模越来越大的配器法使他觉得无从下手。并且，收藏家的喜悦，也把他的不能享有盛名大大地补偿了，倘若要他在收藏的古董与罗西尼的荣名之间挑一项的话，你爱信不信，他竟会挑上他心爱的珍品的。那收藏名贵版画的博学的希那华说过，他拿一张拉斯达尔、荷培玛、霍尔朋、牟利罗、格勒兹、赛白斯蒂安·但尔·毕翁菩、乔尔乔纳、拉斐尔、丢勒欣赏的时候，非要那张画是只花五十法郎买来的，才更觉得津津有味。邦斯也是这个主张，他绝不买一百法郎以上的东西；而要他肯花五十法郎，那东西非值三千不可；他认为世上值到三百法郎的神品久已绝迹。机会是极难得的，但他具备三大成功的条件，那就是：像鹿一般会跑的腿，逛马路的闲工夫，和犹太人那样的耐性。

这套办法，在罗马，在巴黎，行了四十年，大有成绩。回国以后每年花上两千法郎的结果，邦斯谁也不让看见地藏着各种各样的精品，目录的编号到了惊人的一千九百零七号。一八一一至一八一六年间，他在巴黎城中到处奔跑的时候，如今值一千二的东西，他花十法郎就弄到了。其中有的是画，在巴黎市场上每年流通的四万五千幅中挑出来的；有的是塞弗勒窑软坯的瓷器，从奥凡涅人手中买来的；这些人是囤货商的爪牙，把蓬帕

---

[1] 罗西尼的作品，当时在巴黎红极一时。哀洛（1791—1833）则系法国二三流音乐家。

杜式的法国美术品用小车从各地载到巴黎来。总之，他搜集十七、十八世纪的遗物，发掘一班有才气有性灵的法国艺术家，例如不出名的大师勒包脱勒、拉华莱-波尚之类；他们创造了路易十五式、路易十六式的风格，给现代艺术家整天待在博物院图版室中改头换面、自命为新创的式样做蓝本。邦斯还有好多藏品是跟人交换来的，这是收藏家无可形容的喜悦！买古董的乐只能放在第二位；交换古董，在手里进进出出，才是第一乐事。邦斯是最早收鼻烟壶跟小型画像的人[1]。但他在玩古董的人中并不知名，因为他不上拍卖行，也不在有名的铺子里露脸，这样他也就不知道他的宝物的时值估价了。

收藏家中的巨擘杜索末拉，曾经想接近这位音乐家，但杜氏没有能进入邦斯美术馆就故世了；而邦斯美术馆，是唯一能和有名的索华育的收藏媲美的[2]。他们俩颇有相像的地方：两人都是音乐家，都没有什么财产，用同样的方法收藏，爱好艺术，痛恨有名的富翁与商人们抬价。对一切手工艺，一切神妙的制作，索华育是邦斯的对头、敌手、竞争者。跟他一样，邦斯的心永远不知餍足，对美术品的爱好正如情人爱一个美丽的情妇；守斋街上的拍卖行内，作品在估价员的锤子声中卖来卖去，他觉得简直是罪大恶极、侮辱古董的行为。他的美术馆是给自己时时刻刻享受的。生来崇拜大作品的心灵，真有大情人那样奇妙的天赋；他们今天的快乐不会比昨日的减少一点，从来不会厌倦，而可喜的是杰作也永远不会老。所以那天他像父亲抱着孩子般拿着的东西，一定是偶然碰上的什么宝物，那种欢天

---

[1] 小型画像（miniature）是表盖、胸章、妇女饰物上的极小的画。题材不限于人像，亦有风景花鸟等。
[2] 杜索末拉（1794—1842）的收藏，即今日格吕尼博物馆的藏品。索华育（1781—1860）的收藏，生前即捐予卢浮宫博物馆。两人均系法国史上有名的大收藏家兼鉴赏家。

La Comédie Humaine

他的美术馆是给自己时时刻刻享受的。

喜地拿着就走的心情,你们鉴赏家自然能领会到!

看了这段小传的第一道轮廓,大家一定会叫起来:"哦!别瞧他生得丑,倒是世界上最幸福的人呢!"不错,一个人染上了一种嗜好,什么烦恼,什么无名的愁闷,都再也伤害不到他的心。你们之中凡是没法再喝到欢乐的美酒的人,不妨想法去搅上一个收藏的瘾,不管收什么(连招贴都有人在收集呢!);那时你即使没有整个儿的幸福,至少能得些零星的喜悦。所谓癖好,就是快感的升华。话虽如此,你们可不必艳羡邦斯;要是你们存下这种心,那就跟其他类似的情操一样,必然是由于误会的缘故了。

这个人,感觉那么灵敏,一颗心老在欣赏人类美妙的制作,欣赏人与造化争奇的奋斗,他可是犯了七大罪恶中上帝惩罚最轻的一桩,换句话说,邦斯是好吃的[1]。既没有多少钱,再加上玩古董的瘾,饮食就不能不清苦,使他那张挑精拣肥的嘴巴受不了。先是单身汉天天在外边吃人家的,把饮食问题给解决了。帝政时代,仰慕名流的风气远过于现在,大概因为那时名流不多,又没有什么政治野心。一个人不用费多大气力,就能成为诗人、作家或音乐家。邦斯当时被认为可能和尼古罗、巴哀、裴尔登[2]等抗衡的,所以收到的请帖之多,甚至要在日记簿上登记下来,像律师登记案子一样。他以艺术家的身份出去周旋,拿自己作的歌谱送给饭局的主人们,在他们家弹弹钢琴,用他服务的法杜戏院的包厢票请客,替人家凑几个音乐会,有时还在亲戚家的临时舞会中拉提琴。

---

[1] 基督旧教有七大罪恶为一切罪恶之母之说,即骄傲、嫉妒、吝啬、淫乱、愤怒、懒惰、贪馋。
[2] 尼古罗、巴哀、裴尔登,都是十八世纪末至十九世纪初期的二三流音乐家,与邦斯同时。

4

好事有时候是白做的

那时法兰西最健美的男儿,正在跟联盟国最健美的男儿一刀一枪地厮杀[1];因此,按照埃里安德的理论,邦斯的丑陋被称为别具一格[2]。他替什么美丽的太太办了一点事,人家会叫他一声"可爱的人",但他的安慰也不过是这句空话而已。

在这一段约莫有六年(一八一〇至一八一六)的时期内,邦斯搅上了好吃好喝的坏习惯,眼看请他吃饭的主人们那么豪爽,端出时鲜的菜,开出顶好的酒;点心、咖啡、饭后酒,无一不讲究。帝政时代就有这种好客的风气;正当多少的国王王后云集巴黎的时候,大家都模仿他们光华显赫的气派。当时的人喜欢学帝王的样,正如现在的人喜欢学国会的样,成立好多有会长、副会长、秘书等的团体,例如苎麻研究会、葡萄改良会、蚕种研究会、农业会、工业会,形形色色,不一而足;有人还在寻访社会的烂疮,把良医国手组成团体呢!

---

[1] 那时指一八一〇至一八一六年间,正是拿破仑战争达到高潮的时期。
[2] 埃里安德为莫里哀名剧《厌世者》中的人物。该剧第二幕第四场,有埃里安德的长篇台词,大意谓爱情与人之美丑无关,即情人眼里出西施之意。

再说邦斯吧。受过这种训练的胃，必然影响到一个人的气节；对烹调的了解越深刻，志气也就越消沉。肉欲盘踞着你整个的心，在那里发号施令，意志和荣誉都给打得粉碎；它要你不惜牺牲使它满足。口腹之欲的专横，从来没有被描写过，因为每个人都得生存，所以连文学批评都把它放过了。但为了吃喝而断送掉的人，你真想象不到有多少。在巴黎，以倾家荡产而论，饮食等于在跟娼妓竞争；并且从另一方面看，一个人的吃是收入，嫖是支出。赶到邦斯因艺术家身份的低落，从无席不与的上宾降而为吃白食的清客的时候，他已经没法离开精美的筵席，跑进四十铜子一餐的饭店去尝斯巴达式的[1]牛奶蛋花羹。可怜他一想到要独立就得做那么大的牺牲，他就发抖，他觉得什么下贱的事都能做，只要能继续好吃好喝，按时按节尝到当今的珍馐美果，吃着精致的名菜大快朵颐！他仿佛觅食的鸟，含了满嘴的食物高飞远走，只要喊喊喳喳唱上一支歌就算道谢。并且那么好的酒饭都吃在人家头上，吃完了扯个鬼脸就跑，邦斯也觉得相当得意。跟所有的单身汉一样，他怕待在家里，喜欢老混在别人府上；凡是应酬场中的门面话，没有真情的假殷勤，他都习惯了，他也学会了把客套随口敷衍，至于看人，他只看个表面，从来不想去摸清底细。

这个勉强过得去的阶段又拖了十年，可是怎样的十年呵！简直是风风雨雨的秋天。邦斯尽量巴结那些走熟了的家庭，以便保住饭桌上的地位。终于他走上了末路，替人当差、跑腿，几次三番地代替用人和门房的职司。多少买卖都由这一个家庭派他到另一家庭中去探听消息，做个并无恶意的间谍；可是他跑了那么多回腿，当了那么些有失身份的差使，人家并

---

[1] 古代斯巴达的国民以生活严肃、饮食清苦闻于世。

不感激他。

"邦斯是个单身汉，"人家说，"他无聊得很，能够替我们跑跑才高兴呢……要不然他怎么办？"

不久他开始散布出老年人的那点儿凉意，像北风一般把人家的感情都吹凉了，尤其他是个又穷又丑的老人，那不是老上加老吗？这是人生到了冬季，鼻子通红、腮帮灰白、手脚麻木的冬季！

一八三六至一八四三年之间，邦斯难得有人请吃饭了。每个家庭都不想再找他，他要上门，就耐着性子担待他，像忍受捐税一样。大家觉得没有欠他一点儿情，甚至也不把他真正出过力的事放在心上。老人在那里混了一世的几个家庭，都不是尊重艺术的，他们只崇拜成功，只重视一八三〇年以后得来的果实：财富或地位。既然邦斯在思想上举动上都不够气魄，没有那种教布尔乔亚敬畏的聪明或才气，结果他当然变得一文不值，只是还不至于完全被人唾弃罢了。但他跟一切懦弱的人一样，受了社会的白眼不敢说出来。慢慢地他学会了把情感压在胸中，把自己的心当作一个避难所。好多浅薄的人，管这个现象叫作自私自利。孤独的人与自私的人的确很相像，使一班说长道短之辈毁谤好人的话，显得凿凿有据，尤其在巴黎，没有人肯用心观察，一切都快得像潮水，昙花一现像内阁！

所以，人家在背后责备邦斯自私，而邦斯也就给这个罪名压倒了，因为你一朝被加了罪名，结果终会把罪名坐实的。诬蔑给一般懦弱的人多大的打击，可有人想到过？谁又会描写他们的痛苦？这个一天天恶化的局面，说明了可怜的音乐家脸上的悲苦；他的生活是以可耻的牺牲换来的。可是为了嗜好而做的丢人的事，反而加强你对嗜好的联系；越需要你卑躬屈膝的嗜好，你越觉得宝贵；你会把所有的牺牲看作消极的储蓄，仿佛有无穷的财富在内。譬如说，给有钱的混蛋极不客气地瞪上一眼之后，邦斯津津有味地呷着波尔多酒，嚼着焗鹌鹑，像出了一口怨气似的，心里想："总算还划得来！"

在伦理学家心目中，他这种生活是情有可原的。人必须在某方面有点满足才能活。一个毫无嗜好、完全合乎中庸之道的人，简直是妖魔，是没有翅膀的半吊子天使。基督旧教的神话里，天使没有别的，只有头脑。但在我们的浊世上，所谓完人便是那迂腐的葛兰狄逊[1]，连街头的神女对他也不成其为女性的。而邦斯，除了漫游意大利的时期，大概靠气候帮忙而有过一二次平凡的艳遇以外，从来没看见女人对他笑过。好多人都遭到这一类的厄运。邦斯是天生的丑八怪，当初他父母是晚年得子，诞生既过了时令，他自有那些过了时令的瘢痕，例如死尸一般的皮色，很像在科学家保存怪胎的酒精瓶里培养出来的。这位艺术家，生成一颗温柔的心，有幻想，有感觉，却为了一副尊容不得不过那种生活，绝无希望得到女人的爱。可见他的独身并非由于自己喜欢，而是迫不得已。赶到饕餮来勾引他，他就奋不顾身地扑上去，像当年奋不顾身地崇拜艺术品和音乐一样；好吃的罪过，不是连有道行的僧侣都难免吗[2]？为他，珍馐美食与古董代替了女人；因为音乐是他的本行，而世界上哪有人喜欢他挣饭吃的本行的？职业有如婚姻，久而久之，大家只觉得它有弊无利。

勃里拉-萨伐冷，在《食欲心理学》一书中有心替老饕张目，但对于人在饮食方面真正的快乐，似乎还说得不够。消化食物，需要不少精力，

---

[1] 英国李查逊小说《葛兰狄逊》中的主人翁，查理·葛兰狄逊爵士，为一典型的正人君子。
[2] 基督旧教修院中的僧侣及一般传教士，中世纪起即以讲究饮食闻于世。

那是一场内部的战斗,对那些供养口腹的人,其快感竟不下于爱情。一个人只觉得生命力在那儿尽量发挥,头脑不再活动而让位给横膈膜那边的第二头脑,同时所有的机能都麻痹,使你进入完全陶醉的境界。便是巨蟒吧,它吞了一头公牛,就会瘫倒在那里听人宰割。一过四十岁,谁还敢吃饱了饭马上工作?……因此,所有的大人物对饮食都是有节制的。大病初愈的人,精美的食物给限制得很严,他们往往觉得吃到一只鸡翅膀就能迷迷糊糊地愣个大半天。安分老实的邦斯,一切乐趣都集中在胃的活动上,所以他老像病后的人,希望凡是珍馐美食所能给他的快感都能享受到,而至此为止他的确每天享受到。可是世界上就没有一个人有断瘾的勇气。好多自杀的人临死都改变了主意,因为丢不下每天晚上去玩"接龙"的咖啡馆。

5

一对榛子钳 [1]

一八三五年,邦斯的不获美人青睐,意外地得到补偿,他像俗语所说的有了一根老年的拐杖。这个一生下来就老的人,居然从友谊中获得人生的依傍;社会既不容许他结婚,他便跟一个男人结合——也是个老头儿,也是个音乐家。倘使拉封丹不曾写下那篇奇妙的寓言,我这本小传大可题作两位朋友[2]。但亵渎名著的行为,不是一切真正的作家都应当避免的吗?咱们的寓言家既然把心中的秘密和梦境写成了一篇杰作,那题目就应该永远归他。因为这首诗简直是一所神圣的产业,一所庙堂,前面像榜额似的标着两位朋友几个大字,将来每一代的人,全世界的人,都得恭恭敬敬进去瞻礼一番,只要有印刷术存在。

邦斯的朋友是钢琴教授。两人的生活、人品,都非常调和,使邦斯大

---

[1] 榛子钳形容往上抄起的下巴,或是有这种下巴的脸。

[2] 拉封丹《寓言》第八卷第十一篇,描写两位生死之交的朋友。一天晚上,甲友忽然起床往访乙友,乙友闻讯,即全身武装,一手握剑,一手持钱袋,说道:"朋友,你半夜光临,必有大事。倘使你赌输了钱,这儿有钱;倘使你有仇,我马上替你去报仇;倘使你寂寞不寐,这儿有美丽的女奴奉献。"甲友回答说:"这些都不是的。我梦中看见你愁容惨惨,怕你遭了祸事,方才半夜奔来……"

有相见恨晚之慨,因为他们直到一八三四年,方才在某个私塾的颁奖典礼上认识。在违背了上帝的旨意,发源于伊甸园的茫茫人海中[1],两颗这样心心相印的灵魂恐怕是从来未有的。没有多少时候,两位音乐家变得你少不了我,我少不了你。彼此的信任,使他们在八天之内就跟亲兄弟一般。许模克简直不相信世界上会有一个邦斯,邦斯也不信世界上会有一个许模克。这几句已经把两个好人形容得够了。可是大众的头脑不一定喜欢简单的综合手法。为一般不肯轻易相信的人,必须再轻描淡写地说明一番。

这钢琴家,像所有的钢琴家一样是个德国人,像伟大的李斯特、伟大的门德尔松般的德国人,像史丹贝脱般的德国人,像莫扎特与杜撒克般的德国人,像多尔赫般的德国人,像太尔堡、特莱旭克、希勒、曼尔、克兰茂、齐茂曼、卡克勃兰纳、埃士、胡兹、卡尔、伏尔夫、比克齐斯、克拉拉·维克般的德国人[2]。尤其是像所有的德国人。虽是大作曲家,许模克只能做一个演奏家,因为他天生的缺少胆气,而天才要在音乐上有所表现,就靠有胆气。好多德国人的天真并不能维持到老;倘使在相当的年龄上还有天真,那是像我们从河中引水灌田一般,特意从青春的泉源上汲取得来,使他们能够在科学、艺术,或金钱方面有所成就的;因为天真可以祛除人家的疑心。为了这个目的,法国有些刁滑的家伙,用巴黎小商人的鄙俗来代替德国人的天真。可是许模克无意之中把童年的天真全部保存着,正如邦斯保存着帝政时代的遗迹。这高尚而地道的德国人,是演员而兼观众;他玩音乐玩给自己听。他住在巴黎,好比一只夜莺住在森林里孤

---

[1] 基督教传说,亚当与夏娃在伊甸园中私食禁果,方有人世之苦,而生男育女之事亦系上帝所罚;故作者言人海是违背了上帝的旨意,发源于伊甸园的。
[2] 除莫扎特、门德尔松、李斯特为世界知名的大师外,余皆三四流的钢琴家或作曲家。

独无偶地唱了二十年,直到遇见邦斯,才有了个跟自己的化身一样的伴侣。(参看《夏娃的女儿》[1])

邦斯和许模克两人的性格与感情,都有德国人那种婆婆妈妈的孩子气:例如爱花成癖,爱一切天然景致,在园子里砌些玻璃瓶底,把眼前大块文章的风景,缩成了小规模来欣赏[2];又如探求真理的脾气,使一个日耳曼学者穿着长筒靴,走上几百里地去寻访一点事实,而那事实就在院子的素馨花下,蹲在井栏旁边瞅着他笑;再如他们对微不足道的小事都需要找出一个形而上的意义,从而产生了李赫忒那种不可解的作品,霍夫曼那种荒诞不经的故事,和德国印行的那些救世济人的巨著,把芝麻绿豆的问题看作幽深玄妙,当作深渊一般地发掘,而掘到末了,一切都是德国人的捕风捉影。

两人都是旧教徒,他们一同去望弥撒,奉行宗教仪式,可是跟儿童一样,根本没有什么可以向忏悔师说的。他们深信音乐是天国的语言,思想与情感还不能代表音乐,正如语言不能完全表达思想与情感。因此,他们

---

[1]《夏娃的女儿》为巴尔扎克另一小说。巴氏人物常在许多作品中先后出现,作者又以社会史家自命,故每喜加以"参考某书"一类的注脚,仿佛他的小说就是一部富于考证意味的历史。

在《夏娃的女儿》里面,描写许模克的部分大致如下:"这音乐家是一生下来就老的,永远好像五十岁,也永远好像八十岁。脸庞凹陷,打皱,皮肤是褐色的,老带些儿童的天真意味。无邪的眼睛是蓝的,嘴上堆起春天般喜悦的笑意。灰色头发,像基督的一样乱蓬蓬的,使他心不在焉的神气有点儿庄严,不免令人误会他的性格。其实他就在闹笑话的时候也是庄严的。衣服穿得非常随便,因为他的眼睛老望着天,想不到物质。世界上有批健忘的人,把时间与心灵都给了人,永远把手套、阳伞丢在旁人家里;许模克便是这等人物……至于他住的屋子,杂乱而难以置信,可是他习惯成自然,还不承认是乱七八糟。德国式的大烟斗,抽得把天花板跟墙壁都熏黄了。钢琴木料很好,但其脏无比,琴键七零八落,像老马的牙齿。桌上、椅上、地下,到处是烟灰、果子壳、果子皮、破碟子,以及无法形容的破烂东西……"因本书对许模克是体格、相貌、生活,均以"参阅……"一语了之,故译者详注于此。

[2] 玻璃瓶底系作围砌花坛之用,此习惯亦不限于德国。又瓶底玻璃之凸出部分能反映风景。

之间拿音乐来代替谈话，一问一答，可以无穷尽地谈下去；而所谓谈话，无非像情人似的，加强自己胸中的信念。许模克的心不在焉，和邦斯的处处留神，正好是异曲同工。邦斯是收藏家，许模克是幻想家：一个忙着抢救物质的美，一个专心研究精神的美。邦斯瞅着一只小瓷杯想买，许模克却在一旁擤着鼻子，想着罗西尼、裴里尼、贝多芬、莫扎特的某一个主题，推敲这乐句的动机是什么一种情操，或者它的下文又该是什么一种情操。许模克的理财原则是漠不关心，邦斯是为了嗜好而挥霍，结果是殊途同归：每年十二月三十一日，两人的荷包里都一文不剩。

要没有这番友谊，邦斯也许早已悲伤得支持不住；但一朝有了一颗心可以倾诉自己的心，他日子又过得下去了。他第一次把痛苦倒在许模克心中的时候，淳朴的德国人便劝他，与其受那么大的委屈去吃人家的，不如和他一样在家里吃点面包跟乳酪。可怜邦斯不敢对许模克说出来：他的胃跟心是死冤家，凡是叫心受不了的事，胃都满不在乎，它不惜任何代价要有一顿好饭尝尝，仿佛一个多情男子需要有个情妇给他……调戏调戏。日子一久，许模克终于了解了邦斯，因为他是十足地道的德国人，看事情不像法国人那样快；可是这样他反倒更喜爱邦斯了。要交情坚固，最好两个朋友中有一个自命为比另一个高明。许模克一发觉朋友的口腹之欲那么强，不由得在旁搓搓手，这种表情便是天使也不能加以责备。第二天，好心的德国人亲自去买了些精致的饭菜，把他们的中饭点缀一下，并且从那天起，他想法每天给朋友换口味；因为从他们同居之后，午饭总是一同在家里吃的。

巴黎人爱讥讽的脾气是对什么都不留情的，倘以为这一对朋友能够幸免，那真是不认识巴黎了。许模克与邦斯，把各人精神的财富与物质的艰苦合在一块儿之后，想出个经济办法，在玛莱区幽静的诺曼底街上一幢幽静的屋子内，合租了一所公寓，虽然房间的分配很不平均，但房租是各半负担的。他们常常一同出去，肩并肩地老走着同样几条大街，逛马路的闲人便替他们起了一个诨名，叫作一对榛子钳。有了这个绰号，我不必再描写许模克的面貌了，他之于邦斯，正如梵蒂冈的尼沃贝像之于美第奇的维纳斯像[1]。

一对榛子钳家中的杂务，都以看门的西卜太太为中心。在这一幕使两老的生涯急转直下的悲剧中，西卜太太担任极重要的角色，所以她的面貌且待她登场的时候再描写。

关于两人的心境，还有一点需要说明。但这正是最不容易令一八四七年上的百分之九十九的读者了解的，不了解的原因或许在于铁路的勃兴使金融有了空前的发展。路局不是发行股票，借大家的钱吗？好吧，礼尚往来，让我们向它借用一个形象来做比喻。列车在铁路上驶过的时候，不是有无数绝细的灰土在轨道上飞扬吗？那些在旅客眼中看不见的沙粒，要是飞进了旅客的肾脏，他们就要有剧烈的痛楚，害那个叫作石淋的可怕的病，而且是致命的。我们的社会正以火车一样的速度在钢轨上飞奔，它对于那些看不见的细沙是毫不介意的，可是灰土随时随地都在飞进那两位朋友的身体，使他们仿佛心脏里面生了结石[2]。他们对旁人的痛苦已经非常敏感，往往为了爱莫能助而在暗中难受，对自己身受的刺激当然更敏感到近于病态的地步。尽管到了老年，尽管连续不断地看到巴黎的悲剧，两颗年

---

[1] 此二像均为古希腊最美的雕刻，巴尔扎克以为双璧，故引作邦斯与许模克之比喻。

[2] 人的血液内有许多矿质，例如钙、有机酸、鸟酸、胆脂素等，含量过多时，即于排泄器官（肝、胆囊与膀胱等）内结晶，此种结晶体在医学上称为"结石"。

轻、天真、纯洁的心，始终没有变硬。他们俩越活下去，内心的痛苦越尖锐。凡是有操守的人，冷静的思想家，生活谨严的真正的诗人，不幸都是如此。

两老同居以后，因为职业相仿，起居行动像巴黎出租马车的牲口一样，自有一种同甘共苦的友爱的气息。不分冬夏，两人都七时起身，吃过早点，分头到各个私塾去教课，必要时也互相替代。到了中午，逢到排戏的日子，邦斯便上戏院去，所有空闲的时间他都在街上溜达。然后，两人到晚上又在戏院里见面，那是邦斯把许模克荐进去的。下面我们就得把推荐的经过说一说。

6

一个到处看得见的被剥削者

邦斯认识许模克的时候，刚当上乐队指挥，那在一个无名的作曲家真是登峰极的地位了！他并没钻谋，而是当时的部长包比诺送给他的人情。靠七月革命发迹的商界豪杰[1]，手头恰好有所戏院，又恰好碰上一个老朋友，一个会教暴发户脸红的朋友，便把戏院交给了他。包比诺伯爵，有一天在车中瞥见那个青年时代的老伙计，狼狈不堪地在街上走，鞋袜不全，穿着件说不出什么颜色的大褂，探着鼻子，仿佛想凭几个小本钱找些大生意做做。那朋友叫作高狄沙，跑街出身，当年对包比诺大字号的兴发很出过一番力。包比诺封了伯爵，进了贵族院，当了两任部长，可并没翻脸不认人。不但如此，他还想让跑街添点儿服装，捞点儿钱。平民宫廷的政治与虚荣[2]，倒不曾使老药材商的心变质。色眯眯的高狄沙，听到有所破产的戏院，便想拿过来；部长给了他戏院，又介绍给他几位老风流做股东，都是相当有钱，能够做女戏子们的后台的。邦斯既是部长府上的

---

[1] 一八三〇年七月革命后，路易·菲利普上台，中产阶级得势，暴发商人因缘际会而转入政治舞台的，比比皆是。

[2] 路易·菲利普即位之初，标榜平民作风，以争取中产阶级的拥护，故言平民宫廷。

La Comédie Humaine

邦斯认识许模克的时候,刚当上乐队指挥。

食客，部长就把他的名字交了下去。高狄沙公司开张之后，居然很发达，一八三四年上又有了个大计划，想在大街上搅些通俗歌剧。芭蕾舞跟神幻剧的音乐[1]，需要有个过得去而且还能写点曲子的乐队指挥。高狄沙接手以前，经理部因为亏本，久已不雇用抄谱员。邦斯便介绍许模克去专管乐谱，虽是起码行业，可非有点音乐的真本领不行。许模克听了邦斯出的主意，跟喜歌剧院的乐谱主任联络之下，无须再照顾刻板工作。两个朋友合作的结果非常圆满。像所有的德国人一样，许模克的和声学功夫极深，总谱的配器工作由他一手包办了去，邦斯只管写调子。他们替两三出走红的戏所配的音乐，颇有些新鲜的段落，得到知音的听众赞赏，但他们以为这是时代的进步，从来不想追究作者姓甚名谁。因此，像戏池里的人看不见楼厅的观众一样，没有人看见邦斯和许模克有什么光荣。在巴黎，尤其从一八三〇年起，要不是千方百计，以九牛二虎之力，把大批竞争的同业排挤掉，谁也休想出头！而这是需要强壮的身体的；两位朋友既然心里长了那块结石，怎么还会有气力去为功名活动呢？

邦斯平时要八点左右才上戏院，那是正戏开场的时间，而正戏的前奏曲和伴奏，都非有严格的指挥不可。小戏院对这些事多半很马虎；邦斯因为从来不跟经理部计较什么，行动更可以随便，并且必要时还能由许模克代庖。一来二去，许模克在乐队里的地位稳固了。高狄沙嘴里不说，心里很明白邦斯的副手是有本领的，有用处的。潮流所趋，人们不得不学大戏院的样，在乐队里添架钢琴放在指挥台旁边，由义务的助理指挥许模克义

---

[1] 神幻剧（féerie）是音乐部分极占重要的一种戏剧，每以希腊神话或著名诗歌为题材。莎士比亚的《仲夏夜之梦》与《狂风暴雨》、莫扎特的《神笛》、韦白的《奥勃龙》、华葛耐的乐剧，以及近代梅特林克的《青鸟》等，均属此类。

务弹奏。当大家把没有野心没有架子的老实的德国人认识清楚之后,所有的音乐师都拿他当自己人看待。经理部开发一份很少的薪水,把小戏院不备而有时非用不可的乐器演奏,统统交给他担任,例如钢琴、七弦竖琴、英国号角、大提琴、竖琴、西班牙响板、串铃、竖笛等。德国人不会运用"自由"的武器,可是天生地能演奏所有的乐器。

两个老艺术家在戏院里人缘极好;他们对什么事情都像哲学家一样取着洒脱的态度,闭着眼睛,不愿意看任何戏班子都免不了的弊病。譬如说,为了增加收入而把跳舞团跟剧团混在一起的时候,就有种种麻烦事儿,叫经理、编剧和乐师们头疼。可是谦和的邦斯,凭他洁身自好与尊重旁人的作风,博得了大众的敬意。再说,一清如水的生活,诚实不欺的性格,在无论哪个阶层里,即使心术最坏的人也会对之肃然起敬。在巴黎,真正的道德,跟一颗大钻石或珍奇的宝物一样受人欣赏。没有一个演员、一个编剧、一个舞女——不管她怎样地无赖——敢对邦斯和许模克捣鬼或搅什么缺德的玩意的。邦斯有时还在后台出现,许模克却只认识从戏院边门通往乐队的地下甬道。休息时间,德国老头偶尔对池子里瞧一眼,向一个吹笛子的、生在斯特拉斯堡而原籍德国开尔的乐师,打听那些月楼上的怪人物是什么来历。许模克天真的头脑,从笛师那儿受了一番社会教育之后,对于众口宣传的交际花、朝三暮四的姘居生活、红角儿的挥霍、女案目的舞弊,慢慢地也觉得真有可能了。无伤大雅的放荡,这老实人已经认为糜烂的大都会生活中最要不得的罪恶,他听了笑笑,仿佛是海外奇谈,无法相信的。精明的读者,当然懂得邦斯和许模克照时髦的说法是受人剥削的;不错,他们在金钱上是吃了亏,但在人家的尊敬和态度上占了便宜。

高狄沙公司靠了某一出芭蕾舞剧的走红而很快地赚了钱之后,经理们送了一组银铸的人像给邦斯,据说是却里尼的作品,价值的惊人竟成为后台的谈话资料。原来人家花了一千五百法郎!好好先生一定要把礼物退回。高狄沙费了多少口舌才硬要他收下了。

"唉!咱们要找到像他这样的演员才好呢!"高狄沙对股东们说。

两位朋友的共同生活,表面上那么恬静,唯一的扰乱是邦斯不惜任何牺牲的那个癖好;他无论如何非在别人家里吃晚饭不可。每逢他穿衣服而许模克恰好在家的时候,德国人总得对这个要命的习惯慨叹一番。

"要是他吃得胖些倒还罢了!"他常常这么说。

而许模克一心希望能有个办法,治好朋友那个可耻的恶习;因为真正的朋友在精神方面的感应,和狗的嗅觉一样灵敏;他们能体会到朋友的悲伤,猜到悲伤的原因,老在心里牵挂着。

许模克虽然丑得可怕,还有股恬静出世的气息给冲淡一下;可是邦斯以纯粹法国人的性格,罗曼蒂克的气质,眉宇之间就没有那种风采。你们想吧,他右手小指上还戴着一只钻戒,那在帝政时代还过得去,到了今日岂不显得可笑?德国人看到朋友满面愁容的表情,知道他吃白食的角色越来越当不下去了。一八四四年十月,邦斯能够去吃饭的人家已经很有限。可怜的乐队指挥只能在亲戚中间走动,并且,我们在下文可以看到,他把亲戚两字的意义也应用得太广了。从前在蒲陶南街上做绸缎生意的富商加缪索,前妻是娶的邦斯的嫡堂姊妹,一个有钱的独养女儿。她的父亲和邦斯的父亲便是供应内廷的刺绣商,有名的邦斯兄弟。音乐家邦斯的父母都是那铺子的合伙老板。一七八九年大革命之前创设的刺绣工场,到一八一五年上,由加缪索太太的父亲盘给了列凡先生。退休将近十年的加缪索,一八四四年时当了国会议员,厂商公会的委员。因为加缪索一族的人对邦斯很好，邦斯便自认为跟加缪索后妻所生的孩子也是甥舅，其实他们之间一点亲戚关系都谈不上。

加缪索的填房是加陶家的小姐，邦斯既是加缪索的舅子，连带就跟加陶家认了亲戚。加陶也是一个布尔乔亚大族，近亲远戚之多，使他们的势力不下于加缪索族。加缪索后妻的兄弟加陶公证人，太太是娶希弗维尔家的，大名鼎鼎的希弗维尔是化学业的巨头，和安赛默·包比诺有姻亲。大家知道[1]，包比诺在药材批发业中称霸的时期很久，又给七月革命捧上了台，成为拥护路易·菲利普的中心人物。邦斯附着加缪索与加陶的骥尾，闯入了希弗维尔家；又从希弗维尔家一溜溜进了包比诺家：说起来，他到处是舅子的舅子。

我们知道了老音乐家的这些亲戚关系，便可懂得他怎么在一八四四年上还会有人很亲昵地招待他：第一位是包比诺伯爵，贵族院议员，前任农商部部长；第二位是加陶，退休的公证人，现任巴黎某区的区长兼国会议员；第三位是老加缪索，国会议员，厂商公会的委员，未来的贵族院议员；第四位是加缪索·特·玛维尔，老加缪索前妻所生的儿子，也就是邦斯唯一的、真正的嫡堂外甥。

小加缪索为了跟父亲和后母所生的兄弟们有所区别，在姓氏后面加上一处田产的名字——玛维尔。一八四四年时，他是巴黎高等法院的一个庭长。

加陶公证人的女儿，嫁给受盘加陶事务所的后任贝蒂埃。邦斯自命为

---

[1] 包比诺的身世，在《赛查·皮罗多盛衰记》《大名鼎鼎的高狄沙》两部小说中曾有详细叙述，故作者在此有"大家知道"之句。又包比诺在《贝姨》中亦有提及。

加陶事务所的一分子，理当一并移交，去做贝蒂埃家的座上客。在那边吃饭的权利，照邦斯说来是有老公证人为证的。

这个布尔乔亚的天地，便是邦斯所谓的亲属，也就是他千辛万苦保留着一份刀叉的人家。

那些人家中间，加缪索庭长照理应当是待他最好的，而他也特别巴结这一家。不幸，庭长夫人——她的父亲蒂里翁是路易十八与查理十世的传达官——对丈夫的舅舅从来没有表示过殷勤。邦斯白白地费了不少时间去奉承她，义务教加缪索小姐弹琴，可是他没法把那个头发半红不红的姑娘造成一个音乐家。本书开场的时候，他正捧着一件宝物要到外甥家里去。玛维尔府上庄严的绿幔子，淡褐色的糊壁花绸，椅子上的丝绒面，古板的家具，屋子里一派森严的法官气息，老是使邦斯心虚胆怯，仿佛走进了蒂勒黎宫。奇怪的是他在城墙街包比诺公馆，因为屋里摆满了艺术品，倒觉得很自在；原来前任部长自从进了政界以后，忽然风雅成癖，也许他在政治上揽的丑事太多了，需要收集一些美妙的艺术品调剂一下。

7

收藏家的得意

  玛维尔庭长住在汉诺威街,屋子是十年前庭长太太在父母去世之后买下来的。蒂里翁老夫妇大约有十五万法郎的积蓄留给女儿。屋子在街上坐南朝北;外表有点儿阴气;但靠院子的一边是朝南的,院子尽头有座相当美丽的花园。法官住着整个的二层楼,从前是路易十五时代一个极有势力的银行家住过的。三楼租给一位有钱的老太太。整幢屋子又幽静又体面,刚好配合法官的身份。玛维尔乡下那块良田,当初还剩下一部分没有受主,庭长把二十年的积蓄,凑上母亲的遗产,去买了一个年收一万二的农场、一所别墅,那种壮丽的古迹如今在诺曼底还能看到。别墅四周还有个一百亩的大花园。这规模今日之下已经近乎王侯气派了。庭长为了别墅和花园每年得花上三千法郎,把庄园的净收入减到九千。九千之外,再加他的薪俸,一年的进款统共是二万左右,表面上应当是足够的了,尤其他的嫡母只生他一个,父亲方面的遗产将来还有半数可得。但巴黎的开销和因地位关系不得不撑的场面,使玛维尔夫妇差不多把每年的进款花得一文不剩。到一八三四年为止,他们一向是手头很紧的。

  这笔账可以说明二十三岁的玛维尔小姐为什么还没有嫁掉。虽然有十万法郎陪嫁，虽然将来还有遗产可得的话常常很巧妙地在嘴上搬弄，依旧没用。邦斯舅舅五年来老听着庭长太太絮絮叨叨地抱怨，她眼看所有的后备员都结了婚，新任的推事已经有了孩子；可是她把玛维尔小姐未来的家私，在毫不动心的、年轻的包比诺子爵前面尽量炫耀，也始终没有结果。这子爵便是药材业大王的长子；据龙巴街上一班眼红的人说，当年闹七月革命简直是为的包比诺，至少也得说他对革命的果实和路易·菲利普平分秋色。

走到旭阿梭街，快要拐进汉诺威街的时候，邦斯就莫名其妙地张皇起来。那种感觉使一个问心无愧的人所受的罪，像最坏的坏蛋看到了宪兵一样。而邦斯的忐忑不安，只是为了不知道庭长太太这一回怎样招待他。老在破坏他心房组织的那颗沙子，并没有给磨钝，棱角反倒越来越尖锐；庭长府上的仆役还要时时刻刻去撩拨那些刺。加缪索他们对邦斯的轻视，邦斯在亲属中间地位的低落，对仆役也有了影响：他们虽不至于对他不敬，却把他看成穷光蛋一流。

他的死冤家是玛维尔太太和玛维尔小姐的贴身女仆，一个干枯瘦削的老姑娘，叫作玛特兰纳·维凡的。玛特兰纳虽是酒糟皮色，也许正为了这个酒糟皮色和蛇一般细长的身材，立志要做邦斯太太。她拿两万法郎的积蓄在老鳏夫前面招摇，可是邦斯对这张酒糟脸表示无福消受。一厢情愿的女仆，存心想做主人的舅母而没有做成，从此跟可怜的音乐家结了仇，想尽方法欺侮他。听到老人走上楼梯，玛特兰纳会老实不客气地叫出来，故意要他听见："哦！吃白食的又来了！"逢着男当差不在，由她侍候开饭

的话，她就在老人的杯中只斟一点儿酒，冲上很多的水[1]，使他不容易把满满的杯子端向嘴边而不泼出来。她假装忘了给老人上菜，让庭长太太提醒她（而那种口气简直教邦斯脸红），再不然就泼些汤汁在他衣服上，总之是下人们阴损一个上级的可怜虫的那套玩意儿，他们知道那样做是绝不会挨骂的。

---

[1] 法国人饭桌上喝的葡萄酒，临时常冲凉水，多少任意。但好食善饮的人，绝不喜欢加水，更不喜欢加大量的水。

8

倒霉的舅舅不受欢迎

又是贴身女仆又是管家,玛特兰纳·维凡从加缪索夫妇结婚的时候就跟了他们。主人初期在内地过的苦日子,她是亲眼看见的:加缪索先生那时在阿朗松地方法院当推事。一八二二年,加缪索在芒德法院的庭长任上调进京里当预审推事,她又帮着他们在巴黎撑持门户。她和这个家庭的关系既这样密切,自然免不了满肚皮的牢骚。想做庭长先生的舅母,岂非跟骄傲而野心勃勃的庭长太太开玩笑吗?这欲望明明是憋在肚子里的怨气逼出来的;她心中的许多小石子,有朝一日简直能变作一场大冰雹。

"哦,太太,"玛特兰纳进去报告,"你们的邦斯先生又来了,还是穿的那件斯宾塞!我真想问问他,用什么方法保存了二十五年的!"

加缪索太太听见在她卧房与大客厅之间的小客厅中有个男人的脚步声,便望着女儿耸耸肩。

"玛特兰纳,你老是通报得这么巧妙,叫我措手不及。"

"太太,约翰出去了,只有我在家。邦斯先生打铃,是我去开的门;像他这样的熟客,总不成拦着他不让进来:此刻他正在脱他的斯宾塞呢。"

"我的小猫咪,"庭长太太对女儿说,"这一下可完啦,我们只能在家吃饭了。"然后，看见她心爱的小猫咪哭丧着脸，便补充一句，"你说，要不要把他一劳永逸地打发掉？"

"哦！可怜的人，那他不是少了一处吃饭的地方吗？"加缪索小姐回答。

小客厅里响起几声假咳嗽，表示："我听见你们说话呢。"

"好，让他进来吧。"加缪索太太扯了扯肩膀，吩咐玛特兰纳。

"舅公，想不到你来得这么早，"赛西尔·加缪索小姐装着撒娇的神气，"妈妈刚要去穿衣服呢。"

舅公眼梢里看到庭长太太肩头的动作，不由得一阵心酸，把客套话都忘了，只意味深长地回答一句：

"你老是这么可爱，小外甥！"

然后转身对她母亲弯了弯腰，又道：

"亲爱的外甥，你不会怪我早来了一步吧，你上次要的东西，我特意给捎来了……"

可怜的邦斯每次叫出外甥二字，庭长夫妇和庭长小姐就要觉得头疼。这时他从上衣袋里掏出一只雕刻极工的、小长方的檀香匣子。

"哦！我早就忘了！"庭长太太冷冷地回答。

这句话的确太狠了！那岂非把这位亲戚的情意看作一文不值吗？固然他没有什么错，但谁让他是个穷亲戚呢？

"可是，"她又道，"你太好了，舅舅。这小玩意儿是不是要我花很多钱呢？"

这一问使舅舅心里打了个寒噤，他本想拿这件古玩来缴销他吃了多少年的饭的。

"我想你可以赏个脸，让我送给你吧。"他的声音有点儿发抖了。

"那怎么行！咱们之间不用客气，都是自己人，谁也不会笑话谁。你又不是那么有钱好随便乱花的。费了时间各处去找，不是已经很够了吗？……"

"亲爱的外甥，这把扇子倘使要你出足价钱，你也不想要的了，"可怜虫有点儿生气地回答，"这是一件华托的精品，两边都是他画的；可是，外甥，你放心，以艺术价值来说，我给的钱连百分之一还不到。"

对一个有钱的人说"你穷！"等于对格拉纳达的总主教说他的布道毫无价值[1]。凭着丈夫的地位、玛维尔的田庄、出入宫廷舞会的资格，庭长夫人素来自命不凡，听到这样的话，尤其是出诸穷音乐家之口，还是一个受她恩惠的人，当然是大不高兴了。她马上顶了一句：

"那么，卖这些玩意儿给你的人都是二百五了？"

"巴黎是没有二百五的生意人的。"邦斯冷冷地回答。

"那一定是靠你的聪明喽。"赛西尔想借此转圜。

"告诉你，小外甥，我的聪明就是在于认得朗克莱、巴丹、华托、格勒兹；可是主要我是想讨你亲爱的妈妈喜欢。"

玛维尔太太又虚荣又无知，不愿意显出她从清客手中收受一点儿礼物，而她的无知又刚好帮了她的忙，因为她连华托的姓名都是初次听到。另一方面，邦斯二十年来第一次有勇气跟外甥媳妇顶嘴，可见收藏家的自尊心强到什么程度，原来那是和作家不相上下的。邦斯也对自己的胆气吃了一惊，便赶紧和颜悦色，拿着那把珍奇的扇子，把扇骨的美妙指给赛西尔

---

[1] 勒萨日小说《奥尔·勃拉》第七卷第三、四章，述格拉纳达的总主教嘱托吉尔·布拉斯，倘发现他的布道不甚精彩，即当直言不讳，以为箴规。后总主教不幸中风，病愈后的布道理路不清，吉尔·布拉斯即遵嘱进言，不料竟大拂主教之意。

看。可是要了解好好先生心惊胆战的原因，必须把庭长太太略为描写一番。

玛维尔太太本是矮身量，淡黄头发，从前又胖又滋润，到四十六岁已经干瘪了，人也更矮了。突出的脑门，凹进去的嘴巴，年轻的时候还有鲜嫩的皮色给点缀一下，现在可使她天生傲慢的神色更像老是生气的模样。在家里霸道惯了，面貌之间有股肃杀之气。年纪大了，淡黄头发变成生辣的栗色。目光炯炯而火气十足的眼睛，显出司法界人士的威严和勉强按捺着的妒意。的确，在邦斯去吃饭的那批暴发户中间，庭长太太算是穷酸的了。她就不能原谅有钱的药材商，从商务裁判所所长一跃而为议员、部长、伯爵，并且进了贵族院。她也不能原谅她的公公，在包比诺进贵族院的时候，竞选到本区的议员，把大儿子的机会给抢掉了。丈夫在巴黎当了十八年差事，她还没有能看到他升作最高法院的法官，其实这也是他庸碌无能所致。一八四四年，司法部长还在后悔，不该在一八三四年上把加缪索发表为高等法院的庭长；人家派他在控诉部工作：因为早先当过预审推事，他总算能起草判决书什么的，办点儿事。

La Comédie Humaine

玛维尔太太在家里霸道惯了,面貌之间有股肃杀之气。

9
信手拈来的宝物

　　遭到这些不如意的事,对丈夫的才具又认识得相当清楚,庭长太太的苦闷不知不觉地把精力消磨完了,使她肝火旺得不得了。泼辣的性子,一天天地变本加厉。她年纪没有老,人已经老悖,有心做得冷酷无情,像刷子一般浑身是刺,叫人为了害怕不得不对她予取予求。凶悍狠毒,朋友极少,她可是声势浩大,因为有一批跟她性格相仿、彼此回护的老虔婆替她助威。可怜的邦斯见了这个巾帼魔王,素来像小学生见了一个动不动就用戒尺的老师。所以那天庭长太太很奇怪舅舅怎么敢一下子这样大胆,因为她完全不知道礼物的价值。

　　"这个你在哪儿找来的?"赛西尔仔细瞧着那古董,问。

　　"在拉北街上的一个古董铺里。你知道,特滦镇附近有所奥南别墅,从前曼那别墅没有盖起的时候,蓬帕杜夫人在那儿住过。最近别墅给拆掉了;其中有最精美的木器,连木雕大家李哀那都保留着两个椭圆框子做模型,认为天下无双的精品……别墅里头好东西多得很。这把扇子,便是我那个古董商在一口嵌木细工的柜子里找到的。我要是收藏木器,一定会买那个柜子;可是甭提啦……一件列斯奈制造的家具,要值三四千法郎!十六、

十七、十八世纪,德、法两国嵌木细工的专家做的木器,简直跟图画没有分别:这一点巴黎已经有人知道了。收藏家的长处就在于开风气。你们等着瞧罢,我收藏了二十年的法朗肯塔尔瓷器,再过五年,巴黎的价钱一定要比塞弗勒软坯高过两倍。"

"什么叫作法朗肯塔尔?"赛西尔问。

"那是巴拉提那选侯的官窑;它比我们的塞弗勒窑更早,就像有名的海德堡园亭比凡尔赛园亭更古老,因为更古老,所以被我国的丢兰纳将军给毁了[1]。塞弗勒窑好些地方都模仿法朗肯塔尔……说句公道话,德国人在萨克斯和巴拉提那两郡,在我们之前早已做出了不起的东西。"

母女俩互相瞪着眼,仿佛邦斯在跟她们讲外国话。巴黎人的无知与偏狭,简直难以想象;他们什么事情都得有人教了才知道,而且还得在他们想学的时候。

"你怎么辨得出法朗肯塔尔的瓷器呢?"

"凭它的标记呀!"邦斯精神抖擞地回答,"那些宝贝都有标记的。法朗肯塔尔的出品有一个 C 字和 T 字(巴拉提那选侯 Charles-Théodore 的缩写),交叉在一起,上面还有选侯的冠冕为记。萨克斯老窑有两把剑,还有一个描金的数目字。文赛纳窑的图案是个号角。维也纳窑有个圆体的 V 字,中腰加一画。柏林窑加两画。玛扬斯窑有个车轮。塞弗勒窑有两个 L,王后定烧的那一批有个 A 字,代表 Antoinette,上面还画一个王冠。十八世纪各国的君王,都在制造瓷器上面竞争,把人家的好手拉过来。华托替

---

[1] 海德堡为日耳曼名城,宫堡园亭之美,见称于史。一六七三年被法将丢兰纳摧毁一部,尔后屡遭兵燹,终于一七六四年被雷击焚毁。凡尔赛宫在一六七三年时方兴建,至一六八二年方竣工。

德累斯顿官窑画的餐具，现在价值连城。可是真要你内行，因为德累斯顿近来出一批抄袭老花样的东西。嘿，当年的出品可是真美，现在再也做不出了……"

"真的？"

"当然真的！现在造不出某些嵌木细工，某些瓷器，正像画不出拉斐尔、提香、伦勃朗、梵·伊克、克拉拿赫！……便是那么聪明那么灵巧的中国人，如今晚儿也在仿制康熙窑乾隆窑……一对大尺寸的真正康熙、乾隆的花瓶，值到六千、七千、一万法郎，现代仿古的只值两百！"

"你这是说笑话吧？"

"外甥，这些价钱你听了吃惊，可不算稀奇呢。全套十二客的塞弗勒软坯餐具，还不过是陶器，出厂的价钱就得十万法郎。这样一套东西，一七五〇年已经在塞弗勒卖到十五万。我连发票都看见过。"

"那么这把扇子呢？"赛西尔问，她觉得那古董太旧了。

"你听我说，承你好妈妈瞧得起我，问我要把扇子以后，我就各处去找，跑遍了巴黎所有的铺子，没有能找到好的。为庭长夫人，非弄一件精品不可，我很想替她找玛丽·安托瓦内特的扇子，那是所有出名的扇子中最美的一把。可是昨天，一看到这件妙物，我简直愣住了，那一定是路易十五定做的。天知道我找扇子怎么会找到拉北街，找到一个卖铜铁器、卖描金家具的奥凡涅人那里去的！我相信艺术品是有灵性的，它们认得识货的鉴赏家，会远远地招呼他们，对他们叫着：喂！喂！来呀！……"

庭长太太望着女儿耸耸肩，邦斯却并没发觉这一刹那间的动作。

"这些精打细算的旧货鬼，我全认识。那古董商在没有把收进的货转卖给大商人之前，总愿意让我先瞧一眼的，我便问他：'喂，莫尼斯特洛，近来收了些什么呀？有没有门楣什么的？'经我这一问，他就告诉我，李哀那怎样地在特滦圣堂替公家雕刻些很了不起的东西，怎样地在奥南别墅拍卖的时候，趁巴黎商人只注意瓷器和镶嵌木器的当口，救出了一部分木雕。——'我没有弄到什么，可是靠这件东西，大概收回我的旅费是不成问题的了。'他说着给我看那口柜子，真是好东西！蒲舍画的稿本，给嵌木细工表现得神极了！……叫人看了差点儿要跪在它前面！他又说：'哎，先生，你瞧这个抽斗，因为没有钥匙，被我撬开了找出这把扇子来！你说，我可以卖给谁呢？……'他拿给我这口檀香木雕的小匣子，'瞧，这是那种跟后期哥特式相仿的蓬帕杜式。'我回答说：'哦！匣子倒不坏，我可以要！至于扇子，莫尼斯特洛，我没有什么邦斯太太好送这种老古董；并且现在有的是新出品，非常漂亮，画得挺好，价钱还很便宜。你知道吗，巴黎有两千个画家呢！'说完了，我漫不经心地打开扇子，一点不露出惊叹的表情，只冷冷地瞧了瞧两边的扇面，画得多么轻灵，多么精细！呵，我拿着蓬帕杜夫人的扇子呢！华托为此一定花过不少心血。我问他：'柜子要卖多少呢？''哦！一千法郎，已经有人出过这价钱了！'——我对扇子随便给了个价钱，大概等于他的旅费。我们彼此瞪了瞪眼，我看出他是给我拿住了。我赶紧把扇子放进匣子，不让奥凡涅人再去细瞧；我只装作对匣子看得出神，老实说，那也是件古董呢。我对莫尼斯特洛说：'我买扇子，其实是看中匣子。至于那口柜子，绝不止值千把法郎，你瞧瞧那些黄铜镶嵌的镂工吧，够得上做模型……人家拿去大可以利用一下，外边绝对没有相同的式样，当初是专为蓬帕杜夫人一个人设计的……'我那个家伙一心想着柜子，忘了扇子，我又给他指点出列斯奈木器的妙处，他就让我三钱不值两文地把扇子买了来。得啦，就是这么回事。可是要做成这样的买卖，非老经验不可！那是你瞪我一眼，我瞪你一眼，和打仗一样，而犹太人、奥凡涅人的眼睛又是多厉害的哟！"他提到略施小技把没有知识的古董商骗过了的时候，那种眉飞色舞的表情，老艺术家的兴致，大可给荷兰画家做个模特儿，可是在庭长太太母女前面，一切都白费了，她们冷冷地，鄙夷不屑地彼此眨巴着眼睛，仿佛说：

"瞧这个怪物！……"

"你觉得这些事情好玩吗？"庭长夫人问他。

邦斯一听这句话心就凉了，恨不得抓着庭长夫人揍一顿。他回答说：

"哎，好外甥，觅宝就像打猎一样！你追上去吧，劈面又来了敌人要保护那些珍禽异兽！这一下大家都得钩心斗角了！一件精品加上一个诺曼底人，或是犹太人，或是奥凡涅人，不就像童话里的公主由一些妖魔看守着吗？"

"你又怎么知道那是华——华什么？"

"华托！我的外甥！他是十八世纪法国最大的画家之一。瞧，这不是华托的真迹是什么？"他指着扇面上那幅田园风光的画：缙绅淑女扮着男女牧人在那儿绕着圈子跳舞。"多活泼！多热烈！何等的色彩！何等的功夫！像大书家的签名似的一笔到底！没有一点斧凿的痕迹！再看反面：画的是客厅里的跳舞会。一边是冬景一边是夏景，妙不妙？零星的装饰又多么讲究！保存得多好！瞧，扇骨的梢钉是金的，两头各有一颗小红宝石，我把积垢都给刮净了。"

"既然如此，舅舅，这么贵重的一份礼，我就不敢收。你还是留着去大大地赚笔钱吧。"庭长夫人嘴里这么说，心里只想把精美的扇子拿下来。

"宠姬荡妇之物，早该入于大贤大德之手了，"好好先生这时非常镇静，

"直要一百年之久,才能实现这个奇迹。我敢担保,现在宫廷里绝没有一个公主,能有什么东西比得上这件精品的。可叹古往今来,大家只为蓬帕杜夫人一流的女人卖力,而忘了足为懿范的母后!"

"那么我收下了,"庭长太太笑着说,"赛西尔,我的小天使,你去瞧瞧玛特兰纳,叫她把饭菜弄得好一点,别亏待了舅舅……"

庭长夫人想借此还掉一些情分。可是非常不雅地当着客人吩咐添菜,好比在正账之外另给几文小账,叫邦斯面红耳赤像小姑娘被人拿住了错处一样。这颗石子未免太大了一点,在他心里翻上翻下地滚了好一会儿。红头发的赛西尔,那种俨然的态度,一方面学着父亲法官式的威严,一方面也有母亲的肃杀之气,这时她走出客厅,让可怜的邦斯自个儿去对付可怕的庭长太太。

10

一个待嫁的女儿

"我的小丽丽真可爱。"庭长太太说。她老是喜欢用从前的乳名称呼赛西尔。

"可爱极了!"老音乐家把大拇指绕来绕去地回答。

"我简直弄不明白这个时代了,"庭长太太接着说,"父亲当着巴黎高等法院的庭长,荣誉团勋三等,祖父又是百万富翁的国会议员,未来的贵族院议员,绸缎批发业中最有钱的大商人,凭了这些都还不中用!"

庭长对新朝代的竭忠尽智最近换到了三等勋章,有些忌妒的人说他是巴结包比诺得来的。上文已经提过,这位部长虽然很谦虚,还是接受了伯爵的封号,据他对好多朋友的说法是"为了儿子"。

"今日之下大家只晓得要钱,"邦斯回答道,"只敬重有钱的人,而且……"

"要是老天把可怜的小查理给我留下来的话,那又怎么得了呢?……"庭长太太叫起来。

"噢!有了两个孩子,你们就难过日子喽!"舅舅接住了她的话,"平

分家产的结果就是这么回事[1];可是甥少奶,你放心,赛西尔早晚会攀亲的。我哪儿也没见过这么完美的姑娘。"

邦斯在他去吃饭的那些人家就得卑躬屈膝到这个田地:他做他们的应声虫,把人家的话加上些无聊而单调的按语,像古希腊剧中的合唱队。艺术家的特色,在他早年妙语横生的辞令中表现得淋漓尽致的,他再也不敢显露出来;长年韬晦的结果,差不多把那点特色给磨蚀完了,即使偶然流露,也得像刚才那样马上给压下去。

"可是我自己出嫁的时候,只有两万法郎陪嫁……"

"那是一八一九年吧,外甥?"邦斯抢着说,"还亏你精明能干,又有路易十八的提拔!"

"说是这样说,我女儿人又聪明,心地又好,十全十美跟天使一样,有了十万法郎陪嫁,将来还有一大笔遗产,还是没人请教……"

玛维尔太太谈谈女儿,谈谈自己,直谈了二十分钟;做母亲的手上有了待嫁的女儿,就有这些特别的唠叨。老音乐家在独一无二的外甥家吃了二十年饭,还没听见人家问过他一声事情混得怎么样,生活怎么样,身体怎么样。并且邦斯好比一个阴沟,到处有人把家长理短的话往他那儿倒;大家对他很放心,知道他不敢不嘴严,因为他要随便溜出一言半语,马上就得尝到多少人家的闭门羹。他除了只听不说之外,还得永远附和别人;什么话都听了笑笑,既不敢替谁分辩,也不敢顺着人怪怨谁:在他看来,谁都没错儿。所以人家不拿他当人看,只当作一个酒囊饭袋!庭长夫人翻来覆去地拉扯了一大套之后,对舅舅表示,当然说话之间也很留神,只要

---

[1] 法国旧制规定,长子于分配遗产时可独得大部分,大革命后方改为弟兄姊妹,不论长幼,一律平分。

有人给女儿提亲，她差不多想闭着眼睛答应了。甚至一个能有两万法郎进款的男人，哪怕年纪上了四十八，她也觉得是门好亲事了。

"赛西尔今年已经二十三，万一耽搁到二十五六，就极不容易嫁掉了。那时大家都要问，为什么一个姑娘在家里待了这么久。便是眼前吧，亲戚中间七嘴八舌，对这个问题已经议论太多了。我们推托的话早已说尽：什么她还年轻呀，舍不得离开父母呀，在家里挺快活呀，她条件很苛刻，要挑门第呀等等。老是这一套不给人笑话吗？何况赛西尔也等得不耐烦了，她很痛苦，可怜的小乖乖……"

"为什么痛苦？"邦斯愣头磕脑地问。

"哎，"做母亲的口气很像一个专门替小姐做伴的老婆子，"眼看所有的女朋友一个一个都结了婚，她心里不觉得委屈吗？"

"外甥，从我上次在府上吃过饭以后，有了些什么事，会叫你觉得连四十八岁的男人也行呢？"可怜的音乐家怯生生地问。

"事情是这样的：我们早先约好，要到一个法官家里去商量亲事；他有个儿子三十岁，家产很可观，玛维尔预备替他出笔钱运动一个审计官，他原在那儿当着候补。不料人家来通知我们，说那个青年人迷上了玛皮伊舞场的红角儿，带着她跑到意大利去了……这明明是推托，骨子里是拒绝。对方母亲已经死了，眼前就有三万一年的进款，将来还有父亲的财产可得，还嫌我们穷呢。刚才我们正为了这件事不痛快，所以你得原谅我们的心绪恶劣。"

邦斯在他见了害怕的主人家里，奉承话老是赶晚一步；那时他正搜索枯肠，想拣些好听的说，玛特兰纳却送进一个字条来，等庭长夫人回话。字条是这样写的：

好妈妈，你不妨把这封信当作爸爸从法院里写来的，叫你带了我上他朋友家吃饭，说我的婚事又有重开谈判的希望，那么舅舅一定会走了，而我们就能照原定计划，上包比诺家吃饭去了。

"先生这封信是让谁送来的？"庭长太太急不及待地问。
"法院里的听差。"死板板的玛特兰纳老着脸回答。
这句话等于告诉太太：那计策是她跟不耐烦的赛西尔一块儿想出来的。
"好吧，你回报他，说我跟小姐五点半准到。"

11

食客所受的百般羞辱，
这不过是一例

玛特兰纳一出去，庭长太太假装很和善地瞧着邦斯舅舅，那眼神对一个感觉灵敏的人，好比挑精拣肥的舌头碰到了加有酸醋的牛奶。

"亲爱的舅舅，晚饭已经预备了，你自个儿吃吧，我们失陪了；我丈夫送信回来，说又要跟法官商量亲事，叫我们上那儿去吃饭……咱们之间一点不用客气，你在这儿尽管自便。我什么都不瞒你的，你瞧我多老实……想必你不会要我们的小天使错过机会吧？"

"我吗？噢，外甥，我真想替她找个丈夫呢；可是在我的环境里……"

"那自然谈不上，"庭长太太很不客气地抢着说，"得啦，那么你不走了？我去穿衣服的时候，赛西尔会来陪你的。"

"噢！外甥，我可以上别的地方吃饭的。"

因为穷而受到庭长太太那种待遇，他固然伤透了心，可是想到要自个儿去应付仆人，他更害怕。

"为什么？……饭菜已经预备好了，还不是得给用人们吃了吗！"

听到这句难堪的话，邦斯仿佛触电似的马上站起身子，冷冷地对外甥媳妇行了礼，去穿上他的斯宾塞。赛西尔的卧房是跟小客厅通连的，房门半开着，邦斯从前面的镜子里瞧见她在那儿笑弯了腰，对母亲颠头耸脑地做鬼脸；这一下老艺术家才明白她们是串通闹鬼。他忍着眼泪，慢腾腾地走下楼梯：他眼看自己给这一家撵走了，可不知道为的什么。

"我太老了，"他心里想，"穷跟老是人家最讨厌的。从今以后要不是邀请，我哪儿也不去了。"

多么悲壮的话！……

厨房在屋子的底层，正对门房。像业主自用的那些屋子一样，大门老是关上，厨房门老是开着的。邦斯听见厨娘和当差的在那儿哈哈大笑：玛特兰纳没想到老头儿这么快就跑了，正在把耍弄邦斯的事讲给他们听。当差的很赞成对这个熟客开一下玩笑，说他过年只给一枚三法郎的小洋钱！厨娘说：

"对，可是他真要怄了气，从此不来了，咱们总是少了三法郎的年赏……"

"哦！他怎么会知道？"当差的回答。

"怕什么！反正早晚是这么回事，"玛特兰纳接着说，"他上哪儿吃饭都招人厌，要不到处给人撵走才怪！"

这时音乐家招呼看门女人："对不起，开门哪！"一听这声痛苦的叫喊，厨房里的人顿时没有了声音。

"他在那里听着呢。"当差的说。

"再好没有，让他听吧，这个老吝啬鬼是玩儿完啦。"玛特兰纳回答。

可怜虫把厨房里的话都听了去，连最后那句也没漏掉。他打大街上往回走，神气像个老婆子刚同一个要谋害她的人拼命打过了一架。他一边走一边自言自语，脚步很快，有点哆嗦；受伤的自尊心推着他向前，有如狂

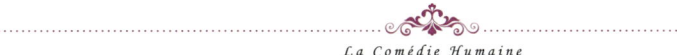

风之扫落叶。五点左右他发觉自己到了修院大街,简直不明白是怎么来的;奇怪的是他一点也不觉得饿。

邦斯在这时候回去真是一件出人意料的大事;可是要了解这一点,就得把上文保留的关于西卜太太的情形,在这儿说一说。

12

男女门房的标本

巴黎颇有些诺曼底街那样的街道，令你一进去就像到了内地：在那儿野草会开花，有个过路人就会引起注意，四邻八舍都彼此认识。房屋全要追溯到亨利第四的朝代，当时特意开辟这个区域，要把每条街题上一个州省的名字，中心造一个规模宏丽的广场题献给国家[1]。以后的欧罗巴区等，便是这个计划的重演。世界上的一切，连人的思想计划在内，都得到处重演。两位音乐家在一所前有院子后有花园的老屋子内，住着三楼全部；临街的一幢，却是在上一世纪玛莱区最走红的时代盖的[2]。前后两幢都是一个八十老人叫作比勒洛的产业，代管的是他用了二十六年的门房，西卜先生和西卜太太。但因进项不多，使一个在玛莱区当看门的人没法生活，所以西卜除了在房租上拿百分之五的回扣，在每车木柴上抽一定数量的燃料之外，还靠他的手艺挣点儿钱：跟好多门房一样，他是个成衣匠。一来二去，西卜在街坊上有了信用，不再替成衣铺老板做活，而专门给周围三条街上

---

[1] 玛莱区中的广场，原名王家广场（今名伏越广场），故作者言"题献给国家"。
[2] 玛莱区即今巴黎第三区、第四区的一部分，兴建于十七世纪初亨利四世与路易十三两朝，至十八世纪为止，素为巴黎勋贵旧家的住宅区。

门房西卜先生

的人缝补、翻新；这些活儿，他在本区里是没人竞争的。门房很宽敞，空气很好，附带还有间卧房，因此西卜夫妇被认为一区的同业中最幸福的一对。

西卜生得单薄、矮小，整天坐着不动的生活，把他的皮肤差不多变成了橄榄色。伏在跟临街那个装有铁栅的窗洞一般高低的工作台上，平均挣二法郎一天。虽然到了五十八岁，他还在做活；可是五十八岁正是看门人的黄金时代，他们待在门房里正是得其所哉，仿佛牡蛎守着它的壳一样；而且到了这个年纪，他们在一区里是妇孺皆知的人物了。

西卜太太从前是个牡蛎美人[1]，凡是牡蛎美人不用追求而自然能遇到的风流艳事，她都经历过来；然后到二十八岁，因为爱上西卜，向蓝钟饭店辞了工。小家碧玉的姿色是保持不久的，尤其是排列成行、坐在菜馆门口做活的女人。炉灶的热气射在她们脸上，使线条变硬；和跑堂的一块儿喝的剩酒，渗进她们的皮肤；因此牡蛎美人的花容玉貌是衰老得最快的。西卜太太还算运气，正式的婚姻和门房的生活，刚好在紧要关头把她的美貌保住了。凭着那种男性美，她很可以做鲁本斯的模特儿[2]，诺曼底街上忌妒她的同业却胡说乱道，叫她大阿福。皮肤闪闪发光，跟整堆的伊西尼牛油一样教人开胃。虽是胖子，她楼上楼下做起活来，那股快当劲儿却是谁也不能比。她已经到了那一流的女人需要剃胡子的年纪。这不是说她四十八了吗？看门女人的胡子，对业主是整齐与安全的保障。倘若特拉克洛阿瞧见西卜太太大模大样地扶着她的长扫帚，准会把她画作一个罗马时代的女战神的。

---

[1] 巴黎的大酒店雇有专剖牡蛎的女工。牡蛎美人有如我们所谓的豆腐西施。
[2] 佛兰德斯大画家鲁本斯（1577—1640）所作裸体女子，素以丰硕壮健著称。

西卜太太

古怪的是，西卜夫妇（照法院公诉书的口吻，应当说男人西卜，妻某氏）的地位，竟会有一天影响到两位朋友的生活！所以写历史的人不得不把门房的内情叙述得详细一点，以求忠实。临街的屋子一共有三个公寓，院子和花园之间的老屋也有三个公寓，全部房租共计八千法郎左右。此外有个卖旧铜铁器的商人叫作雷蒙诺克的，占着一个靠街的铺面。这雷蒙诺克近几月来改做了古董生意，很知道邦斯藏品的价值，看见音乐家进进出出，总得在铺子里向他打个招呼。所以西卜夫妇除了住房跟柴火不花钱之外，房租上的回扣大概有四百法郎；西卜做活的收入每年统共有七八百；加上年赏什么的，进款的总数约有一千六，都不折不扣地给夫妻俩吃掉了。他们日子过得比一般的平民都好，西卜女人老说："人生一世，只此一遭！"由此可见她这个大革命时期出生的人，干脆不知道什么叫作《教理问答》。

眼睛橘黄色而目光傲慢的看门女人，凭着蓝钟饭店的经历，懂得点儿烹调，使她丈夫受到所有的同业羡慕。因此，到了中年而快要踏进老年的时候，西卜夫妇连一百法郎的积蓄都没有。穿得好，吃得好，他们还靠着二十六年的清白在街坊上受人尊重。他们固然家无恒产，可也没有（用他们说法）拿过人家唔个小钱；因为西卜太太讲话特别多用 N 音，她对丈夫说"你唔是个唔宝贝！"这种怪腔怪调，是跟她的不理会宗教一样的无理可说。两口儿对于这种毫无亏心事的生活，六七条街上的人的敬重，业主让他们管理屋子的大权，非常得意；可是有了这些而不能同时也有储蓄，不免使他们暗中发急。西卜常常抱怨手脚酸痛，而西卜太太也嘀嘀咕咕的，说她可怜的西卜到这个年纪还得做活。早晚会有那么一天，一个看门的过了三十年这种生活之后，要怨政府不公平，没有给他荣誉团勋章！只要有人在闲话中间提到某个老妈子只靠干了十年,东家便在遗嘱上给了她三四百法郎终身年金,马上会一传十,十传百,到处在门房里引起许多唠叨,证明巴黎那些干下等行业的存着多少忌妒的心:

"唉!咱们哪,就轮不到在遗嘱上有个名字!咱们没有这福气!可是哼,那些仆人能跟我们比吗?我们是人家的心腹,经手房租,替他们看着这个,守着那个;可是人家只拿我们当狗看待,不多不少,就跟狗一样,你瞧!"

"一切都是运道!"西卜从外边拿着件衣服回来,说。

西卜太太双手插在粗大的腰里和邻居聊天的时候,直着嗓子叫道:

"要是我把西卜丢在门房里,自个儿去当厨娘,现在也能有三万法郎存起来了。我不会做人,只晓得守着舒服的屋子,暖暖和和的,既不省穿又不省吃的。"

13

大为惊奇

一八三六年,两个朋友一搬进老屋子的三楼,西卜家的生活就大起变化。事情是这样的。许模克,和邦斯一样,住到哪儿都是叫门房——不管是男的还是女的——招呼家里的杂务。来到诺曼底街,两位音乐家就决定请西卜太太打杂,每月给她二十五法郎,两人各出十二法郎五十生丁。刚满一年,老资格的看门女人在两个男人家里就能支配一切,等于她支配包比诺伯爵夫人的舅公比勒洛的屋子。她把他们的事当作自己的事,口口声声总是"我的两位先生"。并且,她看到一对榛子钳像绵羊一般柔和,生活挺马虎,绝对不猜疑人,简直是孩子,她便凭着那种下等阶级妇女的心肠保护他们,疼他们,伺候他们,忠心耿耿,甚至有时会埋怨他们几句,不让他们在日常生活上吃亏——许多巴黎家庭便是这样的增加开支的。两个单身汉花了二十五法郎,无意中竟得了个母亲。发觉西卜太太那些好处之后,他们很天真地向她道谢,说些好话,逢时过节送些小礼,使彼此的关系愈加密切了。西卜太太认为受人赏识比得人钱财更快乐;知遇之感能增加工钱的价值也是人之常情。西卜替两位先生当差的时候,不论是补衣服,是跑腿,或是别的什么,都只收半费。

从第二年起，三楼房客和门房的交情又深了一层。许模克跟西卜太太做成一桩交易，使他疏懒的脾气和百事不想管的愿望，完全得到满足。以每天一法郎半、每月四十五法郎的代价，西卜太太包下了许模克的中饭跟晚饭。邦斯觉得朋友的中饭怪不错，便出十八法郎也包了一顿。这种供应伙食的办法，在门房的收入项下每月增加了九十法郎左右，把两个房客变成了不可侵犯的人物，简直是天神、天使、上帝。咱们的王上据说是很精明的，但宫中对他的侍候能不能像人家对一对榛子钳那么周到，倒很难说了。他们喝的牛奶是直接从桶子里倒出来的原货；报纸是白看二楼或四楼的，那些房客起得晚，必要时可以推说报纸还没送到。他们的屋子、衣服、楼梯间，一切都由西卜太太收拾得像佛兰德斯人家一样干净[1]。许模克从来没想到能这样的快乐；西卜太太把他的生活安排得十分简便；花上六法郎，洗衣服和缝补也归西卜太太包办了。伙食账跟洗衣费之外，另外买十五法郎的烟丝；每月这三项开销共计六十六法郎，一年七百九十二法郎。再加二百二十法郎的房租和捐税，一共是一千零十二法郎。西卜负责许模克的衣着，约需一百五十法郎。这位潇然意远的哲人，一年花上一千二百法郎便对付过去了。在玛莱区诺曼底街，靠西卜太太帮忙，一个人有一千二年金就能快快活活地过日子：那些一心想住到巴黎来的欧洲人听了，不是要喜出望外吗？

那天，看到邦斯在傍晚五点左右回家，西卜太太简直发呆了。不仅这是从来未有的事，而且她的先生连看都没有看见她，更不必说招呼她了。

---

[1] 佛兰德斯（Flandre）为今比利时西北部滨海地区之古称，佛兰德斯人为近代欧洲史上最爱清洁之民族。

"喂！西卜，"她对丈夫说，"我看邦斯先生不是发了财，便是发了疯！"

"大概是吧。"西卜回答的时候把一只衣袖掉了下来，照裁缝的俗语说，他正在给那只袖子加衬头。

14

两只鸽子的寓言成了事实 [1]

邦斯木偶似的回家,西卜太太刚巧端整好许模克的晚饭。饭菜是整个院子都闻到味儿的一盘所谓红焖牛肉。向一家熟货店买来的零头零尾的白煮牛肉,跟切成小薄片的洋葱放在牛油里煎,煎到肉和洋葱把油都吸干了,使看门女人的大菜看上去像炸鱼。西卜太太预备给丈夫和许模克平分这个菜,加上一瓶啤酒一块乳酪,就能令德国老音乐家心满意足。你们可以相信,便是全盛时期的所罗门王也没有比许模克吃得更好。今天是把白煮牛肉加上洋葱煨一煨,明天是把残余的仔鸡红烧一下,后天是什么冷牛肉和鱼,浇上西卜女人自己发明的一种沙司,连做母亲的也会糊里糊涂给孩子吃的沙司[2];过一天又是什么野味,都得看大街上的菜馆卖给小熟货店的是哪一类东西,有多少数量。这便是许模克的日常菜单;他对于好西卜

---

[1] 拉封丹《寓言》第九卷第二篇,题名《两只鸽子》,描写一对友情深厚的鸽子,一只喜欢家居,一只喜欢旅行。旅行鸽不顾居家鸽苦劝,仍欲出外游历。途中先遇大风雨,狼狈不堪;继而堕入鸟网,险被擒获;又遭鹰隼追迫,几乎丧命;终被儿童弹丸击中,折足丧翼,幸得回巢,与旧侣团聚,共庆更生。

[2] 沙司为西菜中浇在鱼或肉类上面的酱汁,大概可分黑白两种,以牛肉汤或鸡汤为底,调以面粉,另加作料,做法各有巧妙不同。欧洲人对沙司之重视不下于正菜本身。

太太端上来的东西从来没有一句话，总是满意的。而好西卜太太把这个菜单逐渐克减，结果只要一法郎就能对付。

"可怜的好人有什么事，我马上就能知道，"西卜太太对丈夫说，"瞧，许模克先生的夜饭预备好啦。"

西卜太太，在陶器菜盘上盖了一只粗瓷碟子，虽然上了年纪，还能在许模克给邦斯开门的时候赶到。

"你怎么啦，好朋友？"德国人看见邦斯面无人色，不由得吓了一跳。

"等会儿告诉你；现在我来跟你一块儿吃夜饭……"

"怎么！和我一块儿吃？"许模克高兴地叫起来，但又想起了朋友讲究吃喝的脾气，"那怎么行呢？"

这时，德国老头发觉西卜太太以管家的资格有名有分地在那儿听着。凭着一个真正的朋友所能有的灵感，他直奔女门房，把她拉到楼梯间：

"西卜太太，邦斯这好人是喜欢吃的；你上蓝钟饭店去叫点儿讲究的菜：什么鳗鱼呀，面条呀！总之要像罗古罗斯吃的一样[1]！"

"什么罗古罗斯？"西卜太太问。

"得啦，你去要一个清烧小牛肉、一条新鲜的鱼、一瓶波尔多，不管什么，只要挑最好的菜就行了：譬如糯米肉饼、熏腊肉等！你先把账给付了，一句话都别说，明儿我还你钱就是了。"

许模克搓着手，喜滋滋地回进屋子；可是听到朋友一刹那间遇到的伤心事，他脸上慢慢地又恢复了发呆的表情。他尽量安慰邦斯，搬出他那一套对社会的看法：巴黎的生活有如一场无休无歇的暴风雨，男男女女

---

[1] 罗古罗斯为公元前二世纪时罗马帝国的名将，以饮食奢豪有名于世。

仿佛都给疯狂的华尔兹舞卷了去；我们不应该有求于人，他们都只看表面，"不看内心的。"他说。他又提到讲了上百次的老故事，说有三个女学生，是他生平最喜欢而为之不惜任何牺牲的；她们也对他挺好，还每年各出三百法郎，凑成九百法郎的津贴送他！可是她们哪，这些年来一次也没来看过他，都身不由己地给巴黎生活的狂潮冲走了，甚至最近三年他上门去也没能见到她们。（事实上许模克拜访那班阔太太，都是上午十点钟去的！）至于津贴，那是由公证人分季支给他的。

"可是她们心真好。对于我，她们简直就是保护音乐的女神。包当丢埃太太、王特奈斯太太、杜·蒂埃太太，个个都是怪可爱的。我看见她们的时候总是在天野大道，她们可看不见我……她们对我多好，我尽可上她们家吃饭，她们一定很欢迎；我也可以上她们的别墅去住，可是我宁愿和我的邦斯在一起，因为我随时可以看到他，天天看到他。"

邦斯抓起许模克的手紧紧握着，等于把心里的话都表白了。两人相对无语，过了好几分钟，像一对久别重逢的情人似的。

"还是每天在家吃饭吧，"许模克这么说着，暗中反而在感谢庭长太太的狠心，"哎！咱们一块儿去玩古董，那么魔鬼也不会上咱们家来捣乱了。"

要懂得"咱们一块儿玩古董"这句悲壮的话，先得知道许模克对古董一窍不通。他为了爱友心切，才不至于在让给邦斯作美术馆用的客厅和书房里打烂东西。许模克全神贯注在音乐里头，一心一意在那儿替自己作曲，他瞧着朋友的小玩意儿，好似一条鱼被请到卢森堡公园去看莳花展览。他对那些神妙的作品很尊敬，因为邦斯捧着他的宝物掸灰的时候很尊敬。朋友在那里低徊赞叹，他就在旁凑上一句："是呀，多好看！"好似母亲看到一个还不会说话的孩子对她做手势，就拿些没有意义的话做回答。自从两位朋友同住之后，许模克眼看邦斯把时钟换了七次，总是越换越好。换到最后，是蒲勒雕的最精美的一座，紫檀木上镶着黄铜，有好几个雕刻做装饰，属于蒲勒第一期的作风[1]。蒲勒的作风有两期，正如拉斐尔的有三期。第一期，他把黄铜与紫檀融和得恰到好处；第二期，他违反自己的主张，改镶螺钿；为了要打倒发明贝壳嵌花的同业，他在这方面有惊人的表现。邦斯尽管引经据典地解释给许模克听，他始终看不出精美的蒲勒座钟和其他的多少钟有什么分别。但既然那些古董与邦斯的快乐攸关，他就格外地爱护，连邦斯自己也不及他那样无微不至。所以听到许模克"咱们一块儿玩古董"的话，难怪邦斯的气都平下去了，因为德国人那句话的意思是："倘使你在家吃饭，我可以拿出钱来陪你玩古董。"

"请两位先生用饭吧。"西卜太太装着俨然的神气进来说。

我们不难想象：邦斯瞧着尝着这一顿靠许模克的友情张罗得来的晚饭，是怎样地惊喜交集。这一类的感觉一生中是难得有的，彼此老说着"你就是我，我就是你"那样的深情就没有这感觉，因为时时刻刻的关切使受到的人变得麻木了；直要莫逆之交的真情洋溢，与世态炎凉的残酷有了比较，一个人才会恍然大悟。两颗伟大的心灵，一朝由感情或友情结合之后，全靠外界的刺激把他们的交谊不断地加强。因此邦斯抹掉了两滴眼泪，而许模克也不能不抹着他湿透的眼睛。他们一句话不说，可是更相爱了，他们只点首示意，而安神止痛的表情，使邦斯忘了庭长太太丢在他心中的小石子。许模克拼命搓着手，几乎把表皮都擦破，因为他心血来潮，忽然有了个主意。德国人平时对诸侯们服从惯了，头脑久已迟钝，这一回许模克

---

[1] 蒲勒（1642—1732）为法国有名的紫檀木雕刻家，在装饰美术上极有贡献。

念头转得这么快，可以说是了不得的奇事。

"我的好邦斯？"许模克开始说。

"我猜着了，你要我每天跟你一块儿吃晚饭……"

"我恨不得有钱，让你天天过这样的生活……"好心的德国人不胜怅惘地回答。

西卜太太，因为不时从邦斯手中得到些戏票，素来把他和包饭客人许模克同等看待的，这时提出了下面那样的计划：

"嗨，嗨，不供给酒，只要三法郎，我就能每天做一顿夜饭，包你们把盘子舔得精光，像洗过了似的。"

"对，"许模克接口道，"西卜太太给我做的菜，我吃得比那些吃王家焖肉的人还要好……"

循礼守法的德国人，为了急于要把邦斯留在家里，居然学着小报上的轻薄，对王上吃的定价菜也毁谤起来了。

"真的吗？"邦斯说，"那么我明天试一试！"

一听见朋友许了这个愿，许模克便从桌子这一头扑到那一头，把台布、盘子、水瓶一齐拖着走，他拼命搂着邦斯的劲儿，好像一条火舌窜向另一条火舌。

"哎呀，我多快活！"他叫着。

西卜太太也受了感动，很得意地说："好哇，先生天天在这儿吃饭了！"

她的美梦实现了，可是她并不知道促成美梦的内幕。她奔下楼去，走进门房，好似玉才华在《威廉·泰尔》中出场时的神气[1]；她把盘子碟子往

---

[1] 玉才华系巴尔扎克另一小说《贝姨》中的角色，为有名的女歌唱家。《威廉·泰尔》为罗西尼的歌剧。

旁边一扔，叫道：

"西卜，赶快上土耳其咖啡馆要两小杯咖啡，关照炉子上说是我要的！"

然后她坐下来，双手按着肥大的膝盖，从窗里望着对面的墙，自言自语地说：

"今晚上我得找风丹太太去起个课！……"

风丹太太是替玛莱区所有的厨娘、女仆、男当差、看门的……起课卜卦的。

15
心想在遗嘱上有个名字

"这两位先生搬来之后,咱们在储蓄银行已经有了二千法郎。不过八年工夫,总算是运气喽!包了邦斯先生的饭,是不是不要赚他的钱,把他留在家里呢?风丹太太一定会告诉我的。"西卜太太这样想着。

看到邦斯和许模克都没有承继人,西卜太太三年来认为两位先生将来的遗嘱上必定有她的名字。她存了这种非分之想,做事格外巴结。一向是个老实人,她的贪心直到她长了胡子才抬头的。依着女门房的心思,两位先生最好完全由她操纵;可是邦斯天天在外边吃晚饭,并没有完全落在她手里。西卜太太原有一些勾引挑逗的念头在脑海中蠢蠢欲动,看着老收藏家的游牧生活只觉得无计可施;但从那餐值得纪念的夜饭之后,她的念头就一变而为惊人的大计划。过了一刻钟,西卜太太又在饭厅里出现了,手里托着两杯芳洌的咖啡和两小杯樱桃酒。

"好一个西卜太太!"许模克叫起来,"她把我的心思猜着了。"

吃白食的朋友又絮絮叨叨地怨叹了一阵,许模克又想出话来哄了他一

阵，家居的鸽子要安慰出门的鸽子是不愁没有话说的[1]。然后两人一同出门了。在邦斯受了加缪索家主仆那场气之后，许模克觉得非陪着朋友不可。他懂得邦斯的脾气，知道他坐在乐队里那张指挥椅上，又会给一些忧郁的思潮抓住，把倦鸟归巢的效果给破坏了的。半夜里许模克挽着邦斯的胳膊回家，像一个人对待心爱的情妇似的，一路上告诉邦斯哪儿是阶沿，哪儿是缺口，哪儿是阴沟；他恨不得街面是棉花做的，但愿天色清明，有群天使唱歌给邦斯听。这颗心中他从来抓握不到的最后一角，现在也给他征服了！

三个月光景，邦斯每天和许模克一起吃晚饭。第一，他先得把玩古董的钱克减八十法郎一月，因为在四十五法郎的饭钱之外，还得花三十五法郎买酒。第二，不论许模克多么体贴，不论他搬出多少德国式的笑话，老艺术家依然想着他早先吃饭的人家那些好菜、好咖啡、饭后酒、饭桌上的废话、虚伪的礼貌、同席的客人、东家长西家短的胡扯。一个人到了日薄西山的时候，要打破三十六年的习惯是办不到的。一百三十六法郎一桶的酒，斟在一个老饕的杯子里是淡薄得很的；所以邦斯每次举起杯子，总得想到别人家中的美酒而千舍不得，万舍不得。三个月末了，邦斯那颗敏感的心几乎为之破裂的痛苦，已经淡忘了，他只想着应酬场中的快意事儿，正如为女人着迷的老头儿痛惜一个几次三番不忠实的情妇。老音乐家虽然把刻骨铭心的苦闷尽量遮掩着，可是显而易见害着一种说不出的、从精神方面来的病。

要说明这个因破坏习惯而得来的相思病，只消把数不清的小事举一个

---

[1] 鸽子的比喻即引用拉封丹的寓言，参看第67页注[1]。

例子就行，因为那些小事像铁甲衫上的钢丝一般紧裹着一个人的心。邦斯从前最大的快感，也就是吃白食的最高的享受，有一项是新鲜的刺激。女主人们为了要把饭局点缀得像酒席一样，往往很得意地添一盘精美的菜，令人吃得格外津津有味。邦斯就在念念不忘这种胃的享受。西卜太太有心卖弄，把饭菜预先报给他听，使邦斯的生活完全没有了周期的刺激。他的夜饭谈不上新鲜的感觉，再没有我们祖母时代所谓盖着碟子端出来的菜！这就不是许模克所能了解的了。而邦斯为了面子攸关，也不敢说出他的苦处。可是世界上要有什么比怀才不遇更可悲的事，那就是无人了解的肚子了。一般人夸张失恋的悲剧，其实心灵的需要爱情并非真正的需要：因为没有人爱我们，我们可以爱上帝，他是不吝施舍的。至于口腹的苦闷，那又有什么痛苦可以相比？人不是第一要生活吗？邦斯不胜遗憾地想念某些鸡蛋乳脂，那简直是美丽的诗歌！某些白沙司，简直是杰作！某些鲜菌烧野味，简直是心肝宝贝！而更了不起的是唯独在巴黎才吃得到的有名的莱茵鲤鱼，加的又是多精致的作料！有些日子，邦斯想到包比诺伯爵府上的厨娘，不由得叫一声："噢！莎菲！"过路人听了以为这好人在想他的情妇，哪知他想的东西比情妇还名贵得多，原来是一盘肥美的鲤鱼！沙司缸里盛着鲜明的沙司，舔在舌头上浓酽酽的，真有资格得蒙底翁奖金！过去那些名菜的回忆，使乐队指挥消瘦了很多，他害上了口腹的相思病。

16

德国人中的一个典型

第四个月初,一八四五年正月将尽的时候,戏院里的同事注意到邦斯的健康了。其中有个吹笛子的青年,像差不多所有的德国人一样名叫威廉,幸而他姓希华勃,才不至于和所有的威廉相混,但仍没法和所有的希华勃分清。他觉得必须把邦斯的情形点醒许模克。那天正上演新戏,用得着许模克所演奏的乐器。邦斯愁眉苦脸跨上指挥台的时候,威廉·希华勃便指着他说:

"老人家精神不行呢,怕有什么病吧,你瞧,他目光惨淡,挥起棍子来也不大得劲。"

"人到了六十岁总是这样的。"许模克回答。

他为了每天和朋友一同吃饭的乐趣,简直会把朋友都牺牲掉;这情形很像沃尔特·司各特所写的那个母亲,为了把儿子多留二十四小时,结果送了他的命[1]。

"戏院里大家都在为他操心,正像头牌舞女哀络绮思·勃里斯多小姐

---

[1] 沃尔特·司各特短篇小说集《卡农门纪事》中第一篇,述一青年应征入伍,母亲爱子心切,不忍遽离,服以安眠药,致应召失时,被逻卒目为逃兵加以逮捕;逮捕时受母亲怂恿,又将逻卒一人当场格杀;两罪俱发,卒被枪毙。

说的，他连擤鼻子的声音都没有了。"希华勃又说。

往常老音乐家捧着手帕擤起他窟窿很大的长鼻子来，声音像吹喇叭，为此常常受到庭长夫人的埋怨。

"只要能让他有点儿消遣，要我怎样牺牲都愿意，他心里闷得慌。"许模克回答。

"真的，我老是觉得邦斯先生了不起，咱们这批穷小子高攀不上，所以我不敢请他吃喜酒。我要结婚了……"

"怎么样的结婚？"许模克问。

"噢！当然是规规矩矩的。"威廉听到许模克问得这么古怪，以为是句俏皮话，其实这个纯粹的基督徒是根本不会挖苦人的。

听见台上的铃响了，邦斯把乐队里的人马瞧了一眼，叫道：

"喂，大家坐下吧！"

乐队奏着《魔鬼的未婚妻》的序曲；那是一出非常叫座的神幻剧，直演了二百场。第一次休息时间，乐队里人都走尽了，只剩下威廉和许模克，场子里的温度在列氏寒暑表上升到三十六度。

"来，把你的故事讲给我听。"许模克对威廉说。

"那个月楼上的年轻人，你瞧见没有？……你认得是谁吗？"

"不认得……"

"那是因为他戴了黄手套，发了财的缘故；他就是我的朋友弗列兹·勃罗纳，那个美恩河上的法兰克福人……"

"是以前到乐队里来，坐在你旁边看戏的那个吗？"

"就是他。可不是变了一个人，令你不相信吗？"

这故事的主角是代表某一种典型的德国人。他的相貌，一方面有歌德的靡菲斯特那种尖刻辛辣的气息[1],一方面像奥古斯德·拉风登小说中的人物,爱说爱笑,脾气挺好;他又刁猾又天真;有生意人的贪狠,也有跑马总会会员的洒脱;而最主要的还有使少年维特想自杀的那种苦闷,但他的苦闷不是为了什么夏洛蒂[2],而是为了德国的诸侯。他的脸十足地道是个德国典型:又狡狯,又朴实,又愚蠢,又勇敢,他所有的那点知识只能增加烦恼,所有的经验给他闹一下孩子气就完了;他滥喝啤酒,滥抽烟;再加美丽而无神的蓝眼睛闪出一点可怕的光芒,使身上那些对比格外显著。弗列兹·勃罗纳穿扮得像银行家一样讲究,在戏院里耸着一个秃顶的脑袋,皮色像提香画上的,早年的放浪生活与以后的落难生活,还给他在脑壳两旁留下少许金黄头发蜷作一堆,使他恢复家业的那天还有资格去照顾理发匠。他的脸从前长得又俊又嫩,像画家笔下的耶稣基督,如今颜色变得很难看,长了红红的髭和茶褐色的胡子,愈加阴沉了。跟忧患挣扎的结果,眼睛也蓝得不明净了。落魄巴黎的时期所受的种种委屈,使他的眼皮瘪了下去,眼睛的轮廓也改了样;可是当初母亲还认为这对眼睛就是自己的小影而看得出神呢。这个少年老成、未老先衰的小伙子,原是个后母一手造成的。

以下我们要讲一个浪子的故事,在虽是中立而不失为开明的、美恩河上的法兰克福城里,那简直是破天荒的怪事[3]。

---

[1] 靡菲斯特为魔鬼的名字,初见于十六世纪的通俗书籍,后歌德用为《浮士德》中魔鬼的名字,遂更知名。

[2] 夏洛蒂为歌德《少年维特之烦恼》中的女主角。

[3] 路易·菲利普治下,自一八三六年起,国会中的政府党称为拥护王朝的左派,而反对党则分为中间偏右与中间偏左两派。巴尔扎克常在讥讽此等"中间"派。美恩河上的法兰克福,为日耳曼帝国会议最后集会处,又为独立自由的城市,故作者以此隐射中间派。

17

生在法兰克福的浪子
会一变而为百万富翁的银行家[1]

弗列兹的父亲叫作奚台翁·勃罗纳，是法兰克福许多有名的旅馆主人之一；他们都跟银行家上下其手，在法律许可的范围内盘剥旅客的。除此以外，他是个挺规矩的加尔文教徒，娶了一位改宗的犹太姑娘，带过来的陪嫁便是他起家的资本。犹太女人故世的时候，弗列兹只有十二岁，由父亲和舅舅共同监护。舅舅是莱比锡的一个皮货商，维拉士公司的主人；他的性情可不像皮货那么柔和，他要老勃罗纳把小弗列兹的遗产存入阿尔－萨却尔特银行，不得动用。给舅子这个犹太办法一气之下，老头儿续弦了，说没有主妇的监督与帮忙，他对付不了旅馆。他娶了另一个旅馆主人的女儿，没结婚的时候认为她简直十全十美，可是他对于给父母宠惯的独养女儿完全没有经验。第二位勃罗纳太太的行为脾气，就跟那些泼悍而轻狂的德国少女一模一样。她把自己的钱尽量挥霍，又为了跟故世的勃罗纳太太斗气，使丈夫在家里成为法兰克福从来未有的最痛苦的人，据说一班百万

---

[1] 法兰克福（德国有两个城叫法兰克福，美恩河上的法兰克福比较知名，以下简称法兰克福）的金融事业，在日耳曼占有重要地位，当地银行常与东部柏林的银行互争雄长，故作者在此又作隐喻。

富翁知道了竟想要市政当局订一条法律，勒令所有的妻子只许爱丈夫一人。那女的喜欢所有的酸酒（德国人一律叫作莱茵佳酿），喜欢巴黎的商品，喜欢骑马，喜欢装扮；总之只要是花钱的，她都爱，除了不爱女人。她和小弗列兹结了仇；这个加尔文教与犹太教的结晶品，要不是生在法兰克福而有莱比锡的维拉士公司做监护，简直会给她气得发疯。可是维拉士舅舅一心忙着他的皮货，除了照顾存在银行里的遗产以外，让孩子由后母摆布。

雌老虎般的后母，因为费了火车机头那么大的劲也生不出一个孩子来，所以特别恨第一位美丽的勃罗纳太太生的小天使。该死的女人存着恶毒的心，鼓励年轻的弗列兹在二十一岁上就一反德国人的习惯，挥金如土。她希望英国的名马、莱茵的酸酒、歌德的玛葛丽德[1]，把犹太女人的儿子和他的家私一齐毁掉；因为维拉士舅舅在外甥成年的时候给了他一笔很大的遗产。名胜区域的赌场，包括威廉·希华勃在内的酒肉朋友，固然把维拉士舅舅给的钱花光了，可是上帝还有心要这青年浪子给法兰克福的小兄弟们一个教训：所有的家庭都拿他作坏榜样，吓得孩子们只能乖乖地守着装满马克的铁账柜。弗列兹·勃罗纳并没夭折，还有福气把后母送进公墓，那是德国人因为酷爱园艺，借了尊重死者的名目而收拾得特别美丽的。所以第二位勃罗纳太太是死在丈夫之前，而老勃罗纳只得损失了她在银箱里搜刮得去的钱，白吃了好些苦，把大力士一般的体格，在六十岁上就磨得像吃了波吉亚的毒药一样[2]。为后妻受了十年罪而还得不到一点儿遗产，这

---

[1] 玛葛丽德为歌德《浮士德》中人物，受浮士德诱惑而失身。
[2] 红衣主教恺撒·波吉亚（1475—1507）为教皇亚历山大六世之子，奸诈险毒，残暴凶横，常以毒药谋害同僚及政敌，为欧洲近代史上有名的阴谋家。

旅馆主人便成了一座海德堡的废墟；幸而还有旅客的账单不断给他修补一下，正如海德堡废墟也老是有人修葺，使大批参观古迹的游客不至于扫兴。法兰克福人提到他，仿佛提到什么破产的新闻；大家在背后指手画脚地说：

"你瞧，娶个没有遗产的泼妇，再加一个用法国办法教养大的儿子，结果就是这样！"

在意大利和德国，法国人是一切灾祸的根源，一切枪弹的靶子；可是像诗人勒法郎·特·蓬比涅昂说的：无名小子尽管出口伤人，上帝的神光早晚能照出事情的真相。

荷兰大旅馆的主人不但在账单上泄愤，使旅客受到影响，还认为儿子是他间接的祸水。所以当小勃罗纳把产业败光之后，老勃罗纳就什么都不管了：面包、清水、盐、火、屋子、烟草，概不供给；在一个开旅馆的德国老子那里，这的确是恩断义绝的表示。而地方当局，既不考虑做父亲的错误在先，只觉得他是法兰克福最不幸的人，便有心帮助他一下，无端端地跟弗列兹寻事，把他赶出自由市。法兰克福虽是日耳曼帝国会议集会的地方，司法也不比别处更公平合理。世界上难得有什么法官会追溯罪恶与灾祸的根源，去弄清楚第一次把水泼出来的时候是谁挑的水桶。既然勃罗纳把儿子忘了，儿子的朋友们当然群起效尤。

那晚戏院里的新闻记者、漂亮朋友、巴黎妇女，都在奇怪哪儿来的这个神色悲壮的德国人，混在巴黎的时髦场中，孤零零地坐在月楼上看第一次上演的新戏。唉！倘若上面的故事能在这戏院演出的话，它比当晚演的《魔鬼的未婚妻》不知要有趣多少倍，虽然女人受魔鬼诱惑的故事有史以

来已经连续演到几十万次[1]。

弗列兹步行到斯特拉斯堡,在那儿的遭遇可比《圣经》上的那个浪子幸运多了。这一点证明阿尔萨斯是了不起的,它有多少慷慨豪侠的心,让那些德国人看看,法兰西民族的秀气与日耳曼民族的笃实,合在一起是多么完美[2]。威廉·希华勃才得了父母十万法郎遗产。他对弗列兹张开臂抱,掏出心来,接他在家里住,拿钱给他花。弗列兹浑身灰土,潦倒不堪,差不多像害了麻风病,一朝在莱茵彼岸,从一个真心朋友手中拿到一枚二十法郎的钱的那种心境,直要咏为诗歌才能描写,而且只有古希腊的大诗人邦达才有那种笔力,能使普天下的人闻风兴起,重振那行将澌灭的友情。弗列兹与威廉两人的名字,和达蒙与比底阿斯、卡斯托耳与波吕丢刻斯、俄瑞斯忒斯与皮拉得斯、杜勃滦伊与梅耶[3]、许模克与邦斯,或是你给拉封丹寓言中那样的朋友起的任何名字(以拉封丹的天才,也只写了两个抽象的典型而没有给他们一个血肉之体)[4],都可以并列而无愧,因为像威廉当初帮着弗列兹把家产荡尽一样,此刻弗列兹也帮着威廉抽着各种各样的烟草,把遗产吃光。

奇怪的是,两个朋友的家私是在斯特拉斯堡的酒店里,跟跑龙套的女

---

[1] 此二语系指《魔鬼的未婚妻》的故事在人间是最常见的,等于是最走红的戏。同时亦隐射夏娃受蛇诱惑的故事,故言"有史以来"。

[2] 斯特拉斯堡为阿尔萨斯州的首府,阿尔萨斯为德法两国民族交流的地方,民族性兼有两者之长。

[3] 卡斯托耳与波吕丢刻斯(孪生兄弟),俄瑞斯忒斯与皮拉得斯,在希腊神话中均为以友爱著名之人物。达蒙与比底阿斯为公元前四世纪西拉古斯人,深信毕达哥拉斯"朋友不分财"的名言,甚至生死相共。比底阿斯以罪被判死刑,刑前归家料理私事,以友人达蒙作为人质,直至行刑前最后一刻比底阿斯方始赶回,以此感动国王而获赦。杜勃滦伊与梅耶为法国二名医,交谊深厚,同死于传染病。

[4] 拉封丹的寓言,只说在摩诺摩太巴地方有两个朋友,并没提到姓名,故言抽象。参看第24页注[2]。

戏子和声名狼藉的阿尔萨斯姑娘糊里糊涂送掉的。两人每天早上都说：

"咱们怎样也该歇手了吧，拿着剩下的一点钱，该打个主意，干点儿正经才好！"

"哦，今儿再玩一天吧，"弗列兹说，"明天……噢！明天一定……"

在败家子的生活中，"今天"总是一个头等吹大炮的角色，"明天"总是一个头等胆怯鬼，听了"昨天"的大话害怕的；"今天"好比古时戏剧中的牛大王，"明天"赛似现代哑剧中的小丑。用到最后一张一千法郎的钞票时，两个朋友搭上王家驿车到了巴黎，投奔一个在奚台翁·勃罗纳手下当过领班侍者，此刻在玛伊街开莱茵旅馆的葛拉夫。他们当下就住在旅馆的阁楼上。葛拉夫把弗列兹荐入格雷兄弟银行当职员，拿六百法郎一年薪水；又把威廉荐到他的兄弟，有名的葛拉夫裁缝那里去当会计。葛拉夫替一对浪子谋这两个小差事，表示他并没忘了自己是荷兰大旅馆出身。有钱朋友招留落难朋友，一个开旅馆的德国人救济两个囊无分文的同乡，这两件事也许叫有些人疑心这段历史是虚构的；尤其因为近来的小说一意模仿事实，所以事实反倒更像小说了。

弗列兹当着六百法郎的职员，威廉当着六百法郎的会计，发觉在一个像巴黎那么需要花钱的城里过日子是不容易的。所以他们来到巴黎的第二年，在一八三七年上，威廉靠着会吹笛子，进了邦斯的乐队，多挣几个钱开开荤。至于弗列兹，只能凭外婆家维拉士传给他的做买卖的本领去捞些油水。可是虽然拼命地干，法兰克福人直到一八四三年才挣上二千法郎一年，而这还全靠他有弄钱的本领。"贫穷"这位圣明的后母，把两个青年管教好了，那是他们的母亲没有能做到的；她教他们懂得节省、懂得人生、懂得世故；她以苦其心志劳其筋骨的方式给大人物（他们的童年都是

艰难困苦的）受的那一套严厉的教育，也给他们受过了。可惜弗列兹与威廉都是庸庸碌碌的人，不肯全部接受贫穷的教训，只想躲避她的打击，挣脱她的拥抱，吃不消她瘦骨嶙峋的胳膊！他们不能像天才一样逆来顺受，从困苦中去打天下。可是他们总算明白了金钱的可贵，打定主意，倘使再有财神上门，一定要割掉他翅膀不让他飞走了。

18

发财的经过

威廉用德文把这个故事详详细细讲给钢琴家听了，接着又说：

"嗳，许模克老头，再来两句，事情就全明白了。勃罗纳的父亲死了。勃罗纳和我们的房东葛拉夫，都不知道老头儿是巴登铁道的一个创办人，赚了很多钱，留下四百万！今晚我在这儿是最后一次吹笛子了。要不是因为这是第一场的新戏，我早跑啦，可是我不愿意我那部分音乐给弄糟了。"

"这才对啦，小伙子，"许模克说，"可是你娶的是哪一位呢？"

"就是咱们的房东、莱茵旅馆主人葛拉夫先生的女儿。我爱哀弥丽小姐已经爱了七年，她念的爱情小说太多了，竟然把所有的亲事都回掉，一片痴心等着我。这小姐是黎希留街上葛拉夫裁缝唯一的承继人，将来家私很大。弗列兹把我们一同在斯特拉斯堡吃掉的钱还了我五倍，五十万法郎！……他组织一个银行，投资一百万；我加进五十万，葛拉夫裁缝也来五十万；我的岳父答应我把二十五万陪嫁也放进去，他自己再加二十五万股子。这样，勃罗纳－希华勃公司就有二百五十万资本。最近弗列兹买进一百五十万法兰西银行股票，作为我们银行往来的保证金。他的家产不止这些，还有他父亲在法兰克福的老店，估计值到一百万，已经租给葛拉夫的一个堂兄弟去经营了。"

"你瞧着你朋友的神气不大高兴，是不是忌妒他呢？"许模克问，他把威廉的话听得很仔细。

"我是为了弗列兹的幸福着急，"威廉说，"瞧他那个表情，可是个知足的人吗？想到巴黎我就替他害怕，只希望他学我的样。他老毛病可能再犯的。我们两人中间，他意志并不比我强。这副打扮，这个手眼镜，都令我担心。他眼睛只看着池子里那些骚女人。唉！你不知道要弗列兹结婚才不容易呢！他最讨厌法国人所谓的追求；我们只能硬逼他成家，像英国人硬逼一个人进天堂一样[1]。"

在新戏完场例有的喧闹声中，笛师当面邀请乐队指挥去吃喜酒。邦斯挺高兴地接受了。许模克发现朋友脸上三个月来第一次有了点笑容，便一声不出地陪着他回诺曼底街。这一刹那的喜悦使德国人明白邦斯的心病到了什么程度。一个真正高尚的，胸襟如此洒脱、心灵如此伟大的人，那真使清心寡欲的许模克大为惊异而又大为伤心了，因为他觉得为了使邦斯快乐，再不能天天和他一块儿吃饭。而这样的牺牲，他不知道自己能否忍受；想到这里他急坏了。

---

[1] 恐系隐指英国的清教徒时时刻刻以来世得救的话逼人为善。

19

从扇子说起

邦斯一怒之下躲在诺曼底街一声不出的傲气，当然引起庭长夫人的注意，可是她既然摆脱了吃白食的清客，也就不再为他操什么心。她和她可爱的女儿，都以为舅舅懂得了小丽丽开的玩笑。然而庭长先生的观感并不如此。矮胖的加缪索·特·玛维尔，自从在法院中地位升高之后，变得更庄严了：他欣赏西塞罗，认为喜歌剧院比意大利剧院更高雅，喜欢把这个演员跟那个演员做比较，亦步亦趋地跟着群众；他能背出官方报纸上所有的评论，仿佛是他写的；在会议席上，他把先发言的法官的见解申说一番，就算是发表意见。除了这些主要性格之外，庭长的地位使他对什么都认真，尤其重视亲戚关系。像多数被女人控制的丈夫一样，庭长在小事情上故意独往独来，而太太也表示尊重。对于邦斯的杳无影踪，庭长夫人随便找些理由把庭长搪塞了个把月；可是久而久之，他觉得来往了四十年的老音乐家，正当送了一把蓬帕杜夫人的扇子那样贵重的礼物之后，反而不再上门，未免太古怪了。包比诺伯爵认为精品的那把扇子，在蒂勒黎宫中传观之下博得许多恭维，使庭长夫人听了得意之极；人家把十根象牙骨的美，细细指给她看，雕工的精巧真是从来未有的。在包比诺伯爵府上，一位俄国太太（俄国人到哪儿都以为是在俄国）愿意出六千法郎把扇子买过来；她觉得宝物落在这样人的手里太可惜了，因为那的确要公爵夫人才配得上。听到有人出价之后，赛西尔第二天就对父亲说道：

"我们不能不承认，可怜的舅公对这些小玩意儿倒真内行……"

"什么！小玩意儿？"庭长叫起来，"政府预备花三十万法郎，收买已故杜索末拉参议官的收藏，另外还要跟巴黎市政府合凑一百万把格吕尼古堡买下来重修，存放这些小玩意呢！……告诉你，好孩子，这些小玩意儿往往是古代文明唯一的遗迹。一个伊特鲁里亚的古瓶或是一串项链，要值到四五万法郎一件；这些小玩意儿让我们见识到特洛伊战争时代的艺术多么完美，又告诉我们伊特鲁里亚人原来是特洛伊人逃难到意大利半岛去的！"

矮胖庭长的说笑便是这一类，他只会用毫无风趣的挖苦对付太太和女儿。

"赛西尔，你听着，"他又接着说，"要懂这些小玩意儿，需要好多种学问，那些学问的总名叫作考古学。考古学包括建筑、雕塑、绘画、金银细工、陶器、紫檀木雕——这是近代的新兴艺术——花边、地毯，总而言之，包括人类创造的一切工艺品。"

"那么邦斯舅舅是个学者了？"赛西尔问。

"哎！他怎么不来啦？"庭长问这句话的神气，仿佛一个人忘了好久的念头忽然集中，像猎人说的，瞄准了一点放出来，把自己吓了一跳。

"大概他为了一点小事生气了，"庭长太太回答，"他送这把扇子的时候，也许我没有表示充分的赏识。你知道，我是外行……"

"你！"庭长叫道，"你，赛尔凡教授的高足，会不知道华托？"

"我知道达维特、奚拉、葛罗，还有奚罗台、葛冷、特·福彭、丢尔

La Comédie Humaine

庭长先生自从在法院中地位升高之后,变得更庄严了。

班·特·克里赛……"

"你应当……"

"我应当什么，先生？"庭长太太瞪着丈夫的神气活像古代的示巴女王。

"应当知道华托是谁，我的好太太，他现在很时髦呢。"庭长的低声下气，显出他什么都是依仗太太得来的。

庭长夫妇谈这些话的时候，就在上演《魔鬼的未婚妻》，乐队里的人注意到邦斯脸色不好的那一晚的前几天。一向招待邦斯吃饭，拿他当信差用惯的人，那时都在打听邦斯的消息；并且在老人来往的小圈子内大家有点儿奇怪了，因为好几个人看见他明明在戏院里服务。邦斯在日常散步中虽是尽量避免从前的熟人，但有一天在新辟的博马舍大街上一个古董铺里，冷不防跟前任部长包比诺伯爵照了面。那位古董商便是邦斯以前跟庭长太太提过的莫尼斯特洛；像他那批有名的有魄力的商人，都很狡猾地把古董天天抬价，推说货色越来越少，几乎找不到了。

包比诺一看见老人就说：

"亲爱的邦斯，怎么看不见你啦？我们都在想你，内人还在问，你这样躲着我们是什么意思。"

"伯爵，"老人回答，"在一个亲戚家里，他们让我懂得像我这样年纪的人在社会上是多余的。一向他们就没有怎么敬重我，可是至少还没有侮辱我。我从来不求人，"他说到这里又流露出艺术家的傲气，"凡是瞧得起我招待我的人，我常常帮点儿小忙表示回敬；可是我发现我错了，为了上亲戚朋友家吃饭，我就得含垢忍辱，笑骂由人！……好吧，吃白食这一行我现在不干了。在我家里，我每天都有无论哪一家的饭桌上都不会给我的享受——一个真正的朋友！"

老艺术家的手势、音调，使这番话更显得沉痛。包比诺听了不禁大为感动，把邦斯拉在一旁，说道：

"哎呀！老朋友，你怎么啦？能不能把你的伤心事告诉我呢？我敢说，在我家里总不至于有人对你失礼吧……"

"你是唯一的例外。况且你是一个王爷，一个政治家，有多少事要操心，即使有什么不周到，也应当原谅的。"

包比诺在应付人事与调度买卖上面学会了一套很高明的手腕；邦斯禁不起他三言两语，就说出了在玛维尔家的倒霉事儿。包比诺为他打抱不平，回家马上告诉了太太；她是一个热心而正派的女人，一见庭长太太就把她埋怨了一顿。同时，前任部长也跟庭长提了几句，使加缪索不得不追究这件事。虽然他在家里做不了什么主，但他这一次的责备于法于理都太有根据了，妻子和女儿都没法狡辩，只得屈居下风，把错处全推在仆役头上。那些用人给叫来骂了一顿。听到他们把事情从头至尾都招认之后，庭长才觉得邦斯舅舅的闭门不出真是最聪明的办法。跟大权操在主妇手中的那些主人一样，庭长把丈夫的威严、法官的威严，一齐拿出来，说所有的仆役都得开除，连老用人应得的酬劳也要一律取消，倘若从今以后，他们对待邦斯舅舅和别的客人不像对他自己一样！玛特兰纳听了这句话，不由得微微一笑。

"你们只有一条生路，"庭长又说，"就是去向舅老爷赔罪，消他的气。告诉他，你们能不能留在这儿全在他手里，他要不原谅你们，我就把你们统统开除。"

20
好日子回来了

第二天，庭长很早就出门，以便上法院之前去看他的舅舅。在西卜太太通报之下，玛维尔庭长的出现简直是件大事。邦斯还是破天荒第一次受到这样的荣誉，觉得这一定是重修旧好的预兆。庭长寒暄了几句，就说：

"亲爱的舅舅，我终于知道了你闭门不出的原因。你的行为使我对你更敬重了。关于那桩事，我只告诉你一句话：下人全给打发了。内人和小女都急得没了主意；她们想见见你，跟你解释一番。舅舅，在这件事情里头，我这个老法官是无辜的；小姑娘为了想上包比诺家吃饭，一时糊涂，没了规矩，可是请你别为此而责罚我，尤其现在我来向你求情，承认所有的错都在我们这方面……咱们三十六年的老交情，即使受了伤害，总还能使你给个面子吧。得啦！今晚请到我们家吃饭去，表示大家讲和……"

邦斯不知所云地回答了一大堆。结果说他乐队里一位同事辞了职要去办银行，今晚请他去参加订婚礼。

"那么明天吧。"

"外甥，明天我得上包比诺家吃饭，伯爵夫人写了封信来，真是客气得……"

"那么后天……"

"后天,我那位乐师的合伙人,一个姓勃罗纳的德国人,请新夫妇吃饭……"

"哦,你人缘多好,这么些人都争着请你,"庭长说,"好吧,那么下星期日,八天之内,像我们法院里说的。"

"哎,那天我们要到乐师的丈人葛拉夫家里吃饭……"

"那么就下星期六吧!这期间,请你抽空去安慰安慰我那小姑娘,她已经痛哭流涕地忏悔过了。上帝也只要求人忏悔,你对可怜的赛西尔总不至于比上帝更严吧?……"邦斯被人抓到了弱点,不由得说了一番谦逊不遑的话,把庭长一直送到楼梯头。一小时以后,庭长家的那些仆役来了,拿出下人们卑鄙无耻、欺善怕恶的嘴脸,居然哭了!玛特兰纳特意把邦斯先生拉在一边,跪倒在他脚下,哭哭啼啼地说:

"先生,一切都是我做的,先生知道我是爱您的。那桩该死的事,只怪我恼羞成怒,迷了心窍。现在我们连年金都要丢了!……先生,我固然疯,可不愿意连累同伴……现在我知道没有高攀先生的福分。我想明白了,当初不该有那么大的野心,可是先生,我是永远爱您的。十年工夫,我只想使您幸福,到这儿来服侍您。那才是好福气呢!……噢,要是先生能知道我的心!……我做的一切缺德的事,先生早该发觉……倘使我明儿死了,您知道人家会找到什么?……一张遗嘱!我在遗嘱上把一切都送给先生……真的,遗嘱就藏在我箱子里,压在首饰底下!"

玛特兰纳这番话打动了老鳏夫的心,使他觉得非常舒服;有人为你倾倒,哪怕是你不喜欢的人,你的自尊心总是很得意。老人宽宏大量地原谅了玛特兰纳,又原谅了其余的人,说他会向庭长夫人说情,把他们全部留下的。邦斯看到不失身份而能重享昔日之乐，真有说不出的欢喜。这一回是人家来求他的，他的尊严只会增加；但他把这些得意事儿说给许模克听的时候，看到朋友郁悒不欢，嘴上不说而明明在怀疑的神气，他觉得很难受。可是好心的德国人，发觉邦斯脸色突然之间转好了，终于也很快慰，而情愿牺牲他四个月来独占朋友的那种幸福。心病比身病有个大占便宜的地方：只要不能满足的欲望得到了满足，它就会霍然而愈。邦斯在那天早上完全变了一个人。愁眉苦脸、病病歪歪的老人，立刻变得心满意足、神魂安定，跟以前拿着蓬帕杜夫人的扇子去送给庭长太太时一样。可是许模克对这个现象只觉得莫名其妙，不由得左思右想地出神了；真正清心寡欲的人，是永远不能了解法国人逢迎吹拍的习气的。邦斯彻头彻尾是个帝政时代的法国人，一方面讲究上一世纪的风流蕴藉，一方面极崇拜女性，像"动身上叙利亚……"那首流行歌曲所称道的那种风气。于是许模克把悲哀埋在心里，用他德国人的哲学遮盖起来；可是八天之内他脸色发黄了，西卜太太用了些小手段把本区的医生请了来。医生怕许模克害的黄疸病，但他不说黄疸而说了一个医学上的专业名词，把西卜太太吓坏了。

两个朋友一同在外边吃饭也许还是破题儿第一遭，但许模克觉得仿佛回到德国去玩了一次。莱茵旅馆的主人约翰·葛拉夫，他的女儿哀弥丽，裁缝伏弗更·葛拉夫和他的太太，弗列兹·勃罗纳和威廉·希华勃，全是德国人。请的来宾只有邦斯和公证人两位是法国人，葛拉夫裁缝在小新田街与维勒杜街之间的黎希留街上有所华丽的大宅子，他们的侄女就在这儿长大的；因为做父亲的怕旅馆里来往的人太杂，不愿意让女儿接触。裁缝夫妇对侄女视同己出，决意把屋子的底层让给小夫妻俩；而勃罗纳－希华勃银行将来也设在这里。以上的计划才不过决定了一个月光景，因为这些喜事的主角勃罗纳，执管遗产也得等待相当时间。裁缝给新夫妇置办家具，把住房粉刷一新。老屋子坐落在花园与院子之间，侧面有一进屋子预备做银行的办公室，从那儿可以通到临街一幢出租的漂亮屋子。

21

一个妻子要多少开支

从诺曼底街到黎希留街的路上,邦斯向心不在焉的许模克打听出浪子的故事,知道旅馆主人那块肥肉竟给死神送到了浪子嘴里。邦斯才跟他的至亲言归于好,立刻想替弗列兹·勃罗纳跟赛西尔·特·玛维尔做媒。碰巧葛拉夫家的公证人又是加陶以前的书记,后来盘下他的事务所又做了他的女婿,邦斯过去常在他家吃饭的。

"哦,原来是你,贝蒂埃先生。"老音乐家向他旧日的居停主人伸出手去。

"哎,你怎么不赏光上我们家吃饭啦?"公证人问,"内人正在挂念你呢。《魔鬼的未婚妻》初次上演那一晚,我们在戏院里看见你,所以我们非但挂念,而且奇怪了。"

"老年人是很会多心的,"邦斯回答,"我们错就错在落后一个世纪;可是有什么法儿?代表一个世纪已经够受了,再要跟上那个看到我们老死的时代是办不到的了。"

"对!"公证人很俏皮地抢着说,"咱们不能一箭双雕赶上两个世纪。"

"哟喂!"老人把年轻的公证人拉在一旁问,"你干吗不替我的外甥孙

女赛西尔做媒呢？"

"你问我干吗？……这年月连门房都在讲究奢侈了；巴黎高等法院庭长的小姐，只有十万法郎陪嫁，你想年轻人敢请教吗？在玛维尔小姐那个社会里，一年只花丈夫三千法郎的妻子还没听见过。十万法郎的利息，给太太做开销还并不怎么足够。一个单身汉，有着一万五到两万的进款，住着一个精致的小公寓，用不着铺张，只消雇一个男当差，全部收入都可以拿去寻欢作乐，除了要裁缝把他装扮得体体面面之外，不需要别的场面。有远见的母亲们都对他另眼相看，他在巴黎交际场中是一等红人。反之，娶了太太就得撑一个家，她要一辆自己独用的车，上戏院就得要个包厢，不比单身汉只消正厅的散座就行了；总而言之，从前年轻人自个儿享受的钱，现在都得拿给太太去花。假定一对夫妻有三万进款，在眼前这个社会上，有钱的单身汉马上会变作穷小子，连上香蒂伊去玩一次也得计算车钱了。再加上孩子……那就窘相毕露了。玛维尔先生跟玛维尔太太不过五十开外，他们的遗产还要等十五年二十年；没有一个男人愿意把遗产放在皮包里搁上这么些年的；这样计算之下，那些在玛皮伊舞场跟妓女跳着包尔加舞的胡天胡地的小伙子，心里就长了疙瘩，所有未婚的青年都会研究一下这个问题的两面，也用不着我们提醒他们。并且，咱们之间说句老实话，玛维尔小姐长得并不叫人动心，也就不会叫人糊涂，候选人见了她只打着不结婚的主意。倘若一个头脑清楚、有两万法郎收入的年轻人，想攀一门能满足他野心的亲事，那么玛维尔小姐还不够资格……"

"为什么？"邦斯很诧异地问。

"嗳！……如今晚儿的男人，哪怕像你我一样地丑吧，亲爱的邦斯，都痴心妄想地要六万法郎陪嫁、高门大族的小姐，长得非常漂亮，人要非

常风雅、非常有教养，总之要没有一点疵瘢的完璧。"

"那么我的小外甥是不容易嫁掉的了？"

"只要她父亲舍不得把玛维尔的田产给她做陪嫁，赛西尔就无人问津；要是她父母肯那么办，她早已做了包比诺子爵夫人……噢，勃罗纳先生来啦，我们要宣读勃罗纳公司的合同和希华勃的婚约了。"

邦斯被介绍过了，彼此客气了一番，家长们请他在婚书上也署个名，做个证人。他听人家把合同的条款都念完了，然后到五点光景，大家走进餐厅。酒席的丰腴，就像大腹贾们搁下买卖预备享受一下的那种盛宴，同时证明莱茵旅馆的主人葛拉夫，跟巴黎第一流的伙食商多么够交情。邦斯和许模克从来没有见识过这样讲究的吃喝。有的是叫你神魂颠倒的名菜！……面条的细净是破天荒的，香鲇鱼给炸得没有话说，真正的莱芒湖鱼，配上真正的日内瓦沙司，葡萄干布丁上的乳脂之美，连传说发明布丁的那个伦敦名医都要为之叫绝。酒席到晚上十点才散。喝的莱茵酒和法国酒的数量，使公子哥儿都要吃惊，因为德国人能够声色不动地灌下多少酒精，简直没有人说得出。你必须在德国吃过饭，眼看多少酒瓶连续不断地给端上来，像地中海浴场上的潮水，前波逐着后波，又眼看多少酒瓶给撤下去，仿佛德国人吸收的能力就跟沙滩和海绵一样；而他们又吸收得多么文雅，没有法国人的喧闹；谈话照常很幽静，像放印子钱的人的闲谈，退尽火气；脸上的红晕，有如高乃吕斯或舒奈壁画上的未婚夫妻的，若有若无；而往事的回忆，也像烟斗里飘起来的烟，来得慢腾腾的。

十点半，邦斯和许模克坐在花园里一条凳上，把希华勃夹在中间，也不知是谁把谈话引到了诉说彼此的性情、见解，和不幸的遭遇上去。在一大堆炒什锦似的心腹话中间，威廉讲起他想要弗列兹结婚的愿望，乘着酒意把话说得慷慨激昂。

"为你的朋友，我有个计划在这里，你看怎样？"邦斯凑着威廉的耳朵说，"有个可爱的、懂事的姑娘，二十四岁，门第很高，父亲是司法界的一个大官儿，十万法郎陪嫁，将来还有一百万法郎家产的希望。"

"你等着！"希华勃回答，"我马上跟弗列兹说去。"

于是两位音乐家看着勃罗纳和他的朋友在花园里绕圈子，在他的面前走过好几回，一忽儿这个听着那个说，一忽儿那个听着这个讲。邦斯脑袋沉甸甸的，虽没有完全喝醉，可是觉得身子越沉重，思想越轻灵；透过酒精遮在他面前的云雾，他打量着弗列兹·勃罗纳，想在他脸上找出一点想过家庭生活的愿望。不久希华勃把他的朋友兼合伙人给邦斯介绍了。弗列兹对老人的关切再三道谢。然后彼此谈起话来，许模克与邦斯一对单身汉，尽量歌颂结婚的好处，毫无俏皮意味地提到那句双关语，说结婚是人生的终极。等到在未来的洞房里饮冰、喝茶、呷着杂合酒、吃着甜点心的时候，那些差不多全醉了的富商听到银行的大股东也要结婚的话，顿时叫叫嚷嚷，热闹到了极点。

清早两点，许模克和邦斯打大街上走回家，一路大发议论，觉得尘世的一切都配得像音乐一样和谐，他们拿这个当作题目，说得连自己都忘乎所以了。

La Comédie Humaine

许模克和邦斯打大街上走回家,觉得尘世的一切都配得像音乐一样和谐。

22

邦斯送了庭长太太一件
比蓬帕杜夫人的扇子更名贵的艺术品

第二天,邦斯上他外甥媳妇庭长太太家里去了,他因为能够以德报怨而满心欢喜。可怜这心胸高尚的好人!……没有问题,他是到了超凡入圣的境界。现在大家对一般尽本分的、照着福音书行事的人,尚且在分发蒙底翁道德奖金,那么上面那句关于邦斯的话一定不会有人反对的了。

"嘿!他们要欠吃白食的一个大大的情分呢!"他在旭阿梭街上拐弯的时候这么想着。

一个不像邦斯那么得意忘形的人,一个懂世故的、知道提防的人,回到这家人家去一定会留神庭长太太和她女儿的态度的;但可怜的音乐家是个孩子,是个天真的艺术家,他只相信道德的善,犹如他只相信艺术的美;赛西尔和庭长太太的殷勤使他快活至极。这老实人,十二年来尽看着杂剧、喜剧、悲剧在眼前搬演,竟看不透人生舞台上牛鬼蛇神的嘴脸,其实他是早该看饱了的。庭长夫人的心跟身子一样地干枯,可是非常热衷,拼命要显出贤德,装作虔诚,因为在家里支配惯了,格外老气横秋。凡是在巴黎社会上混惯而懂得这一类女子的人,自会想象得到,自从庭长夫人向丈夫认错以后,她心中对舅舅抱着多深的仇恨。母女俩面上是笑脸相迎,内里都打着此仇必报的主意,不过暂时把敌忾之心压在那里罢了。阿曼丽·加缪索生平第一次向丈夫低头,而丈夫是她一向当作孩子看待的;可是现在她还得对那个使她吃败仗的人表示亲热!……这个情形,只有红衣主教之间或教会宗派的领袖之间,那种年深月久、口是心非的亲善可以相比。

三点钟,庭长从法院回来,邦斯还没把故事讲完。他说出认识弗列兹·勃罗纳的那番奇妙的经过,从昨天吃到今天清早的酒席,以及一切有关勃罗纳的细节。赛西尔直截了当地提到正文,打听勃罗纳衣着的款式如何,腰身如何,举动如何,头发什么颜色,眼睛什么颜色;等到她揣摩出弗列兹是个漂亮人物之后,便称赞他的豪爽了。

"对一个患难朋友一出手就是五十万!噢,妈妈,我的车子跟意大利剧院的包厢都不成问题啦……"

母亲为她所抱的野心,她自己唯恐成为泡影的希望,一下子都要实现了;赛西尔想到这里,人也差不多变得好看了。至于庭长夫人,她只说了一句话:

"亲爱的小妞子,你十五天之内就可以结婚了。"

所有的母亲都把二十三岁的女儿叫作小妞子的。

"可是,"庭长说,"要打听对方的底细总还得有些时间;我绝不肯把女儿随便给一个陌生人……"

"你要打听,只消问贝蒂埃,他们的合同和婚书都是他经手的,"老艺术家回答,"至于那小伙子,我的甥少奶,你还记得你和我说过的话!他已经过了四十岁,头发只剩一半了。他想成了家有个避风的港口,我自然不去劝阻他;这也是人的天性……"

"那就更需要打听勃罗纳先生的情形了，"庭长抢着说，"我不愿意给女儿招个病病歪歪的女婿。"

"甥少奶，要是你愿意，五天之内就可以看到那个男的，你自己去判断吧；照你的意思，似乎只要见一次面就行了……"

赛西尔和母亲做了一个极高兴的姿势。邦斯舅舅接着又道：

"弗列兹是个很高明的鉴赏家，他想仔细瞧瞧我的小收藏。你们从来没见过我的画、我的古董；就来看看吧，"他对两位女主人说，"你们装作是我的朋友许模克陪来的，尽可不露痕迹地跟对方认识。弗列兹绝对不会知道你们是谁。"

"妙极了！"庭长叫着。

从前被人瞧不起的食客现在受到怎样的敬重，是不难想象的了。那天可怜的人才真是庭长夫人的舅舅。快活的母亲，心中的仇恨给欢乐的巨潮淹没了，竟装出那种眼神，堆起那种笑容，说出那种话，叫老实人喜欢得魂都没有了；他觉得自己不但做了桩好事，而且还有个美丽的远景。将来在勃罗纳家、希华勃家、葛拉夫家，不是都有像订婚那天一样的酒席等着他吗？他眼见酒醉饭饱的日子到了：一连串盖着碟子端出来的菜，意想不到的异味，妙不可言的陈年佳酿！

邦斯走了以后，庭长对太太说："倘若邦斯舅舅做媒做成了，就得送他一笔年金，相当于他乐队指挥的薪水。"

"那当然啰。"庭长太太回答。

他们决定，要是赛西尔看得中那个男的，就由她去叫老音乐家收下这笔不登大雅的津贴。

为了对弗列兹·勃罗纳的家私找些真凭实据，庭长下一天就去看贝蒂埃。贝蒂埃预先得到庭长夫人的通知，把他的新主顾，笛师出身的银行家希华勃约了来。希华勃一听朋友说可能攀上这样一门亲，不由得惊喜交集（大家知道德国人是多么看重头衔的，在德国，一位太太不是元帅夫人，便是参议夫人，或是律师夫人），他对谈判处处迁就，仿佛一个收藏家自以为叫古董商上了当，占了便宜似的。

"第一，"赛西尔的父亲对希华勃说，"因为我想在婚书上把玛维尔的产业给女儿，我要采取奁赠制度。勃罗纳先生得拿出一百万来扩充玛维尔庄田，凑成一份奁赠产业，使我女儿和她的孩子们将来不至于受到银行的风波。"

贝蒂埃摸着下巴颏儿想道："庭长先生倒真有一招！"希华勃问明了什么叫作奁赠制度[1]，立刻代朋友一口应承。这项条件正好符合朋友的愿望，因为弗列兹曾经表示，希望成家的时候能有个办法，使他不致重蹈覆辙。

"眼前就有一百二十万法郎的农场跟草原预备出让。"庭长又说。

"法兰西银行的一百万股票，做我们往来的保证金是尽够的了，"希华勃回答，"弗列兹也不愿意在生意上的投资超过二百万；庭长的条件，他一定会接受的。"

听到庭长回家报告这些消息，两位妇女简直乐死了。在捕婿的网里，从来没有这样的一条大鱼肯这样听人摆布的。

"你将来可以叫作勃罗纳·特·玛维尔太太，"父亲对女儿说，"我要替你丈夫正式申请用这个姓；以后他还能获得法国国籍。要是我当了贵族

---

[1] 奁赠制度乃由夫妻双方各拨一部分动产或不动产，在婚约上订明为奁赠产业，由丈夫执管，收益归夫妇共有；但不能出卖，公家亦不得没收。即使丈夫破产，此项产业仍可保留，不受牵累。

院议员,他可以承继我!"

庭长夫人花了五天工夫装扮女儿。相亲那天,她亲自替赛西尔穿衣,在化妆上细磨细琢所费的心血,不下于英国舰队的司令官的装配那艘游艇,让英国女王坐了上德国去访问。

另一方面,邦斯和许模克,给邦斯的美术馆、屋子、家具掸尘抹灰的那股劲儿,好比水手擦洗海军司令的战舰。雕花的木器连一星灰都没有。所有的铜器都闪闪发光。粉笔画外面的玻璃,叫人把拉都、格勒兹、李奥太(他是那张不能经久的名画[1]《巧克力女郎》的作者)的作品看得格外分明。翡冷翠铜雕上神妙的珐琅,毫光四射,变化无穷。彩色玻璃上细腻的颜色,绚烂夺目。在两个诗人一般的音乐家布置之下,那些杰作都放出异彩,发出声音,直扣你的心,使这个展览会同时也成为一个音乐会。

---

[1] 粉笔画的颜色极易脱落,故不能经久。

23

一个德国念头

  两位妇女相当聪明,懂得避免进场时的发窘,便抢着先到,以便巩固自己的阵地。邦斯把他的朋友许模克介绍了,被她们看作是个呆子。一心想着四百万富翁的新郎,两个无知的女人听着邦斯关于艺术的解释简直不大在意。她们很冷淡地,瞧着三个精美的框子里铺在红丝绒上的贝蒂多彩色珐琅。梵·华萨姆,达维特,埃姆的花卉,亚伯拉罕·米尼翁的草虫,梵·伊克,丢勒,真正的克拉拿赫,乔尔乔纳,赛白斯蒂安·但尔·毕翁菩,巴古逊,霍贝玛,奚里谷,所有的名画都引不起她们的好奇心,因为她们等着照明这些实物的太阳。可是看到某些伊特鲁里亚的首饰,一望而知是贵重的鼻烟壶,两位妇女也觉得惊奇。她们正为了敷衍主人而拿着翡冷翠铜雕出神的时候,西卜太太通报勃罗纳先生来了!她们并不转过身子,却利用一面镶着大块紫檀木雕花框的威尼斯镜子,来打量这个天下无双的候选人。

  弗列兹得到威廉的通知,把仅有的一些头发集中在一处,穿一条颜色很深而调子很柔和的裤子,一件大方而新式的绸背心,一件有空眼子的荷兰细布衬衫,系一条白地蓝条的领带。表链和手杖柄是法劳朗-夏诺的出品。上衣是葛拉夫老头挑最好的料子亲手裁剪的。那双瑞典皮的手套就显出他是个吃光母亲遗产的哥儿。要是两位娘儿们没有听到诺曼底街上的车声，单看他光可鉴人的靴子，也能想象出银行家的低矮的双马篷车。

既然二十岁的浪子就有银行家的种气，到四十岁上当然成为察言观色的老手了，而且勃罗纳特别精明，因为他还懂得一个德国人可以凭他的天真取胜。那天早上，正如一个人到了或是娶妻生子、或是花天酒地继续独身下去的关头，他眉宇之间颇有怅然神往的意味。在一个法国化的德国人身上，这种表情使赛西尔觉得他真是小说中的人物。她把维拉士的后人认作少年维特。再说，哪个姑娘不把她的结婚史编成一部小小的传奇呢？勃罗纳对四十年的耐性所搜集的那些精品看得非常有劲，邦斯因为第一次有人赏识他收藏的真价值，也十分高兴，而赛西尔更觉得自己是世界上最幸福的女人。她心里想：

"哦，他是一个诗人！他把这些玩意儿看作值几百万。诗人是不会计算的，能让太太支配家产的；那种人很容易对付，只消让他玩玩无聊的小东西就什么都不问了。"

老人卧房的两扇窗上，每块玻璃都是瑞士古代的彩色玻璃，最起码的一块也值一千法郎，而他一共有十六块，全是现代收藏家不惜到处寻访的精品。一八一五年，这些花玻璃每方只卖六法郎到十法郎。藏的六十幅画又无一不精，无一不真，没有经后人补过一笔，它们的价钱只有在拍卖行紧张的情绪中才见分晓。给每幅画做陪衬的框子又是些无价之宝，式样应有尽有：有威尼斯造的，大块的雕花像现代英国餐具上的装饰；有罗马造的，那是以艺术家的卖弄技巧出名的；有西班牙造的，把枯干老藤雕得多么大胆；有佛兰德斯的，有德国的，刻满了天真的人物；有嵌锡、嵌铜、嵌螺钿、嵌象牙的贝壳框子；有紫檀的、黄杨的、黄铜的框子；有路易十三式的、路易十四式的、路易十五式的、路易十六式的，总之，最美丽的款式都给包括尽了，可以说是独一无二的收藏。邦斯比德累斯顿与维也纳的美术馆馆员更运气，他藏有大名鼎鼎、号称木雕上的米开朗琪罗的勃罗多洛纳手造的一个框子。

不消说，玛维尔小姐见到每样新古董都要求说明。她请勃罗纳介绍她认识那些奇珍异宝。听到弗列兹说出一幅画、一座雕像、一个铜器的美跟价值，她显得那么快活，惊讶赞美之声那么天真，使德国人有了生气，脸也变得年轻了。结果双方都越出了预定的范围，以初次会面而论是表现得过火了一些，因为他们始终自认为偶然相遇的。

他们在一起一共有三小时。下楼的时候，勃罗纳挽着赛西尔的胳膊。赛西尔很聪明地放慢了脚步，老在那儿谈着美术，觉得那男的把邦斯舅舅的古董赞不绝口有些奇怪。

"我们刚才看的那些东西，你认为值很多钱吗？"

"哎，小姐，倘若邦斯先生肯出让他的收藏，我立刻可以出八十万法郎，而这还是桩好买卖。标卖的时候，单是六十幅画就不止值这些。"

"既然你这么说，我当然相信，"她回答，"那一定假不了，因为你全副精神都在那些东西上面。"

"噢！小姐……"勃罗纳叫道，"给你这么一说，我没有话回答了，我只能请求令堂大人允许我到府上去拜访她，让我能不胜荣幸地再看到你。"

庭长夫人紧跟在女儿后面，心里想："瞧我的小妞子多机灵！"然后她高声说：

"欢迎之至，先生。希望你和我们的邦斯舅舅一同来吃饭；庭长能够

"我们刚才看的那些东西,你认为值很多钱吗?"

见见你才高兴呢！——多谢，舅舅！"

她把邦斯的胳膊紧抓了一把，那意义比"咱们这是生死不变的了！"那样神圣的话还有过无不及。她一边说着"多谢，舅舅"，一边对他做了个媚眼。

等到把小姐送上车，出租马车拐进了夏洛街之后，勃罗纳跟邦斯谈着古董，邦斯跟勃罗纳谈着亲事。

"你说，没有问题吧？……"邦斯问。

"哦！小姑娘无聊得很，母亲的神气有点儿僵……咱们再谈吧。"

"将来的家私可不小，"邦斯特别点醒他，"有一百万以上呢……"

"星期一见！"百万富翁打断了他的话，"倘若你愿意出让你的画，我可以出五六十万法郎……"

"噢！"老人叫起来，他想不到自己会有这么大的家私，"我唯一的快乐就靠这些画……要卖也只能在我身后交货。"

"好，慢慢再说吧……"

"这一下倒发动了两件事啦。"收藏家心中只想着婚事。勃罗纳向邦斯行了礼，坐上华丽的马车走了。邦斯目送小篷车渐渐远去，没有注意到在门口抽着烟斗的雷蒙诺克。

24

空中楼阁

当天晚上,玛维尔庭长夫人跟公公去商量,碰巧包比诺全家人马也在那儿。做母亲的没有能招到一个亲戚的儿子做女婿,自然想等机会出口气;玛维尔太太便透露一些口风,表示赛西尔攀了一门了不起的好亲事。

"赛西尔攀给了谁呢?"大家异口同声地问。

于是,庭长太太自以为守着秘密,说了好多半吞半吐的话,也说了好多咬耳朵的心腹话,再加贝蒂埃太太从旁证实,使那件事第二天在邦斯吃饭的小圈子里归纳成这样的几句:

"赛西尔·特·玛维尔攀了一个年轻的德国人,存心济世的银行家,噢!他有四百万呢;简直是小说中的人物,真正的少年维特,极有风度,心地极好,早年也荒唐过,这一下可发疯似的爱上了赛西尔;真是一见生情,连邦斯画上所有的圣母都比不过赛西尔一个,你说这爱情还不可靠吗?"诸如此类。

再过一天,有几位客人上门来向庭长太太道喜,目的只为探探是否真

有那颗金牙齿[1]，庭长夫人那套措辞巧妙、大同小异的对答，可以给所有的母亲做参考，好似从前大家参考《尺牍大全》一样。

"一桩婚事，"她对希弗维尔太太说，"直要等新人从区公所跟教堂里回来才算确定，而我们这时还不过在相亲的阶段；所以我希望你看在我们的老交情面上，别在外边张扬……"

"你好福气，庭长太太，这年月结亲也真不容易。"

"可不是！这一回是碰巧；不过婚姻多半是这样成功的。"

"哎，赛西尔真的要大喜了吗？"加陶太太问。

"是的，"庭长夫人懂得对方用"真的"二字挖苦她，"我们一向太苛求，耽搁了赛西尔的亲事。现在可是一切条件都齐备了：财产、性情、品格，而且长得一表人才。我亲爱的小姑娘也的确配得上这些。勃罗纳先生非常可爱，非常漂亮；他喜欢排场，见过世面，可是爱赛西尔爱得发疯似的，真诚得不得了；所以，虽然他有三四百万，赛西尔也牺牲了清高的念头接受了……我们并没这么大的野心，可是……有钱总不至于是坏事。"

庭长夫人对勒巴太太说的又是一套：

"噢！我们决意应允他，倒并非为他的财产，而是为他对赛西尔的感情。勃罗纳先生急得很，希望满了法定期限就结婚[2]。"

"听说他是一个外国人？……"

"是的，太太；可是老实说，我觉得很高兴。我将来不是招了个女婿，

---

[1] 十六世纪末，德国竟传某七岁儿童于换齿时长出金白齿一枚，四方好事者争往瞻仰奇迹。学者霍斯脱亲往检验确实，为文证明，引起学术界争辩。尔后一金银工匠前往检视，发现所谓金白齿者乃以金叶子贴在齿上伪装而成。

[2] 法国民法规定，婚姻须先经区公所公告，满十日后方可举行婚礼。此之谓法定期限。

而是得了个儿子。勃罗纳先生真是太懂事了。你简直想不到他对奁赠制度会那么高兴地接受……这是对家属最可靠的保障……他要买一百二十万法郎的农场和草原,并入玛维尔田庄。"

第二天,她又把同样的题目做了几篇不同的文章。据说勃罗纳先生是个王爷,行事全是王爷气派,从来不斤斤计较;要是玛维尔先生替他弄到了完全国籍[1](以庭长的勋劳,司法部也应当为他破一次小小的例),女婿将来可以承继岳父做贵族院议员。没有人知道勃罗纳先生的家私有多大,他养着全巴黎最好的马,有全巴黎装备最好的车……诸如此类。

加缪索一家兴高采烈地宣传,正好说明这件事在他们是喜出望外的。

在邦斯舅舅家相过亲以后,玛维尔先生受着太太怂恿,立刻邀请司法部长、高等法院的首席庭长、检察署长,在理想的女婿晋谒那天到家里来吃饭。虽然约的日子很局促,三位大人物居然答应了;他们懂得家长希望他们扮的角色,也就不吝臂助。对那些想钓个有钱女婿的母亲,法国人都很乐意帮忙的。包比诺伯爵夫妇虽然觉得这种请客有些俗气,也答应来凑满那一天的贵宾名单。客人一共有十一位。其中当然少不了赛西尔的祖父,老加缪索和他的太太。请这顿饭的目的,是预备以那些客人的地位声望,使勃罗纳先生当天就开口求亲。至于勃罗纳,像上文所说的,早已给描写成一个德国的大资本家,鉴赏力极高(有他对小妞子的爱情为证),将来在银行界准是纽沁根、格雷、杜·蒂埃等的劲敌。

庭长夫人装着挺随便的神气,把当天的客人告诉她心目中的女婿。

---

[1] 外国人归化法国的待遇有两种:一种叫作半国籍,享有一切公民权,但无立法议会的被选举权;一种叫作完全国籍,即享有立法议会的被选举权。此项条例至一八八九年修改为:凡获得法国国籍的外侨,满十年后即享有立法议会的被选举权。

"今天是我们每星期照例的便饭，只有熟客，并无外人。先是庭长的父亲，想你已经知道，他不久就要晋升为贵族院议员了；其次是包比诺伯爵和伯爵夫人，虽说他们的儿子因为财产不够，配不上赛西尔，我们照旧是好朋友；还有是我们的司法部长、我们的首席庭长、我们的检察署长，都是些熟朋友……我们开饭要晚一些，因为议院总得六点钟散会。"

勃罗纳意味深长地瞅着邦斯，邦斯搓着手，仿佛说："是呀，都是我们的朋友，我的朋友！……"

机灵的庭长夫人有话要跟舅舅谈，让赛西尔跟她的维特单独在一块儿。赛西尔拉拉扯扯说了好多话，故意叫弗列兹瞧见她藏在一边的一本德文字典、一本德文文法、一本歌德的集子。

"哦！你在学德文？"勃罗纳说着，不由得脸上一红。世界上只有法国女人才会想出这种迷人的圈套。

"噢！这怎么行！……怎么可以翻我的东西呢，先生？"她又补上两句，"我想读原文的歌德，已经念了两年德文了。"

"大概文法很难懂吧，书还只裁开了十页[1]……"勃罗纳很天真地说。

赛西尔羞得马上转过身去，不让他看见脸上的红晕。德国人是经不起这种诱惑的，他挽着赛西尔的手把她拉回来，瞧得她好难为情的，他的眼神和奥古斯德·拉风登小说中那些未婚夫妻的一样。

"你可爱极了！"他说。

赛西尔做了个热烈的手势，表示说："可是你呢！谁见了你不喜欢呢？"

庭长夫人和邦斯回到客厅，女儿凑在她耳边说：

---

[1] 法国平装书都是毛边而不裁开的。

"事情很顺当,妈妈!"

在这种晚会中,一个家庭的景象是不容易描写的。看到母亲为女儿俘获了一个有钱的夫婿,每个人都觉得高兴。大家对新人和家长说些双关的或针对双方的吉利话;在听的人方面,勃罗纳只是装聋作傻,赛西尔是心领神会,庭长是但愿多听几句。邦斯全身的血都在耳朵里嗡嗡作响,仿佛看到他戏院里台上全部的脚灯都亮了起来,因为赛西尔很巧妙地、悄悄地告诉他,说父亲有意送他一千二百法郎年金;老人当下便坚决地谢绝了,说他自己有的是财产,勃罗纳最近不是提醒了他吗?

部长、首席庭长、检察署长、包比诺夫妇,那些忙人都走了,只剩下老加缪索、退休的公证人加陶和在场招呼他的贝蒂埃。邦斯这好好先生以为都是自己人了,便非常不雅地向庭长夫妇道谢赛西尔刚才的提议。好心肠的人都是这样的,什么都凭感情冲动。勃罗纳觉得这笔年金等于给邦斯的佣金,不由得犯了犹太人的疑心病,立刻变得心不在焉,表示他不光是在冷冷地打算盘。

"我的收藏或是它的售价,不管我跟我的朋友勃罗纳做成交易也罢,我保留下去也罢,将来终是归你们家里的。"邦斯这样告诉他的亲戚。他们听到他有着这么大的财富都很吃惊。

勃罗纳冷眼旁观,注意到那些俗物对邦斯从穷光蛋一变而为有产人士以后的好感,同时也发觉赛西尔是给父母宠惯的全家的偶像,便有心叫这些布尔乔亚诧异一下,惊叹几声。他说:

"关于邦斯先生的收藏,我对小姐说的数目只是我出的价;以独一无二的艺术品而论,没有人敢预言这个收藏在标卖的时候能值多少。单是六十幅画就可能卖到一百万,其中有好几张都值到五万一幅。"

"做你的承继人倒真有福气喽。"加陶对邦斯说。

"喏,我的承继人不就是我的小外甥赛西尔吗?"老人绝对不肯放松他的亲戚关系。

这句话使在场的人都对老音乐家表示不胜钦佩。

"那她将来好发笔大财啦。"加陶一边笑着说一边告辞了。

那时屋子里只有老加缪索、庭长、庭长夫人、赛西尔、勃罗纳、贝蒂埃和邦斯,大家以为男的就要正式开口了。果然,等到只剩下这些人的时候,勃罗纳问了一句话,父母一听就觉得是好预兆。

"我想小姐是独养女儿吧……"勃罗纳问庭长太太。

"一点不错。"她很骄傲地回答。

"所以你跟谁都不会有纠葛的。"好人邦斯凑上一句,让勃罗纳能放心大胆地提亲。

勃罗纳却上了心事,没有下文了,屋子里顿时冷冰冰的有些异样的感觉。庭长夫人那句话仿佛是承认女儿害了瘟疫。庭长觉得女儿这时不应该在场,便对她递了个眼色。她出去了。勃罗纳还是不作声。大家你望着我,我望着你,成了僵局。幸亏老加缪索经验丰富,把德国人带往庭长太太屋里,只说要拿邦斯找来的扇子给他瞧瞧。他猜到一定是临时有了问题,便向儿子媳妇做个暗号,叫他们留在客厅里。

"你瞧瞧这件好东西!"老绸缎商拿出扇子来。

"值五千法郎。"勃罗纳仔细看过了回答。

"先生,你不是来向我孙女求婚的吗?"

"是的,先生。你可以相信,我觉得这样一门亲事对我是莫大的荣幸。

我从来没见过比赛西尔小姐更美、更可爱、对我更合适的姑娘；可是……"

"噢！用不着可是，要不就把可是的意义马上说给我听……"

"先生，"勃罗纳郑重其事地回答，"我很高兴我们彼此还没有什么约束，因为大家把独养女儿的资格看作了不得的优点，我可完全看不出好处，反而觉得是个极大的障碍……"

"怎么，先生，"老人大为诧异，"你会把天大的利益看作缺点？你这个观念未免太古怪了，我倒要请教一下你的理由呢。"

"先生，"德国人的态度非常冷静，"我今晚到府上来，是预备向庭长先生求亲的。我有心替赛西尔小姐安排一个美丽的前程，把我的财产献给她。可是一个独养女儿是被父母优容惯的，从来没人违拗她的意志。我见过好些人家都供奉这一类的女神，这儿也不能例外：令孙女不但是府上的偶像，而且庭长夫人还加上些……你也知道，不必我多说了。先生，我眼见先父的家庭生活为了这个缘故变成了地狱。我所有的灾难都是我后母一手造成的，她便是人家百般疼爱的独养女儿，没有出嫁的时候千娇百媚，结了婚简直是化身的魔鬼。我不是说赛西尔小姐不是一个例外；可是我年纪不轻，已经到四十岁，因年龄差别而发生的龃龉，使我没有把握叫一个年轻的女人快活，因为庭长对她百依百顺惯了，她的话平日在家里像圣旨一样。我有什么权力要求赛西尔小姐改变她的思想跟习惯呢？过去她使些小性子，父亲母亲都乐于迁就的，将来和一个四十岁的中年人相处，她可是自私自利的呢；她要固执一下，低头服输的准是那个中年人。所以我采取老老实实的办法，把来意打消了。再说，我只到这儿来拜访一次，倘使必要的话，我愿意牺牲我自己[1]……"

"先生，倘若你的理由是这样，"未来的贵族院议员说，"那么虽然有些古怪，倒也言之成理……"

"先生，千万别怀疑我的诚意，"勃罗纳立刻接过他的话，"要是在一个兄弟姊妹很多的家庭里有个可怜的姑娘，尽管毫无财产，只消教养很好——那种人家在法国很多——只消我认为她品性优良，我就会娶她。"

说到这里，彼此不作声了，弗列兹·勃罗纳趁此丢下老祖父，出来向庭长夫妇客客气气行了礼，走了。赛西尔面无人色地回到客厅，把少年维特匆匆告辞的意义揭晓了；她躲在母亲的更衣室里把话全听了去。

"他回绝了！……"她咬着母亲的耳朵说。

"为什么？"庭长夫人问她的公公，他神气非常不自然。

"推说独养女儿都是宠惯的孩子，"老人回答，"嗯，这句话倒也不能完全派他错。"他因为二十年来给儿媳妇磨得厌烦死了，乐得借此顶她一下。

"我女儿会气死的！你要她的命了！……"庭长夫人扶着女儿对邦斯叫着。赛西尔听了就顺水推舟倒在母亲怀里。

庭长夫妇俩把女儿扶在一张椅子上，她终于完全晕了过去。祖父便打铃叫人。

---

[1] 当时中产阶级遇有未婚夫毁约情事，在未婚妻及其家庭方面为极不名誉之事。勃罗纳此言，犹："倘使你们已经把婚事张扬（即原文'倘使必要的话'的意思），则我愿意牺牲自己，你们可推说是女方看不中男的而毁约。"

25

邦斯给结石压倒了

"我看出来了,这是你的阴谋诡计!"狂怒的母亲指着可怜的邦斯说。

邦斯浑身一震,好似听到了最后审判的号角。庭长太太两只眼睛像两道火,接着说:

"先生,人家随便跟你开个玩笑,你就用恶毒的侮辱来报复。谁相信那个德国人不是昏了头?他要不是你的帮凶,就是发了疯。你想叫我们丢脸,要叫我们坍台,那么好吧,邦斯先生,从今以后别再上这儿来叫我们生气!"

邦斯变成了一座石像,眼睛盯着地毯上的玫瑰花纹,绕着大拇指。

"怎么,你还不走,忘恩负义的恶棍!……"庭长太太转过身来嚷着,又指着邦斯对下人们说,"要是他敢再来,别让他进门。——约翰,你去请医生。——玛特兰纳,把鹿角精[1]找来!"

以庭长太太的想法,勃罗纳所说的理由只是借端推托,骨子里必定别有隐情;唯其如此,这亲事更没法挽回。女人在重大关头,主意总来得特

---

[1] 鹿角精为从鹿角中提炼出来的液体,有提神醒脑之功效。

别快,玛维尔太太马上觉得唯有说邦斯存心报复,才能补救这次的失败。这种思想,在邦斯看来固然是恶毒万分,为挽回家庭的面子却是再好没有。她根据自己对邦斯的宿恨,把普通女人的疑心肯定为事实。一般来说,女人总另有一套信仰,另有一种规律,凡是能满足她们的利益和情感的,都被认为千真万确之事。庭长夫人还更进一步,整个晚上把自己的信念灌输给丈夫,把他说服,下一天,法官也真的相信舅舅是罪大恶极了。读者一定觉得庭长夫人的行为令人发指,但在同样的情形之下,每个母亲都会学加缪索太太的样,宁可牺牲外人的名誉来保全自己的女儿的。手段尽可不同,目的始终不变。

老人很快地奔下楼梯;但一出门就脚步很慢地从大街上走到戏院,木偶似的进去,木偶似的跨上指挥台,木偶似的指挥乐队。休息时间,许模克看见邦斯对他的招呼都似理非理,不禁暗暗发急,以为邦斯疯了。对于天性像儿童一般的邦斯,刚才那一幕简直是滔天大祸……一片好心而招来那么深刻的仇恨,这不是世界翻了身吗?在庭长夫人的眼睛、举动、声调之间,他终于发现了一股势不两立的敌意。

到明天,加缪索太太下了一个大决心,这是事势所迫,而庭长也同意的。他们决定把玛维尔庄田、汉诺威街的住宅,连同十万法郎,一齐给赛西尔做陪嫁。庭长太太懂得,对这样一个挫折,只能拿一门现成的亲事来弥补。她早上便去拜访包比诺太太,把邦斯的毒计和可怕的报复讲了一遍。人家听到亲事的破裂是为了独养女儿的缘故,也觉得庭长太太的解释是可信的了。接着她把包比诺·特·玛维尔那样显赫的姓氏,数目惊人的陪嫁,说得非常动听。玛维尔庄田现有的收入是两厘利,不动产本身值到九十万;汉诺威街的住宅估计值二十五万。只要是懂事的家庭,绝不会拒绝这样一门亲事的。所以包比诺夫妇就接受下来！然后，为了新亲家的面子，他们答应对隔天的倒霉事儿帮着向外边解释。

在赛西尔的祖父老加缪索家里，还是原班人马，还是几天以前把勃罗纳捧上天的那位庭长夫人：虽然没有人敢向她开口，她可是勇气十足地出来解释道：

"真的，这年月一牵涉亲事，简直防不胜防，尤其是跟外国人打交道。"

"为什么呢，太太？"

"你碰到了什么事啊？"希弗维尔太太问。

"你们不知道我们跟那个勃罗纳的事吗？他好大胆子，居然想向赛西尔求亲！……哪知他父亲在德国是个开小酒店的，舅舅是卖兔子皮的。"

"怎么会呢？像你这样精明的人！……"一位太太凑上来说。

"那些冒险家真狡猾！……可是我们从贝蒂埃那里全打听出来了。那德国人的好朋友是个吹笛子的穷光蛋！来往的有成衣匠，有在玛伊街开小客栈的……他自己吃喝嫖赌，无所不为，已经把他娘的遗产败光了，再有天大的家私也不够他花……"

"你家小姐嫁了他可真要吃苦呢！……"贝蒂埃太太说。

"他又怎么被介绍到府上来的呢？"勒巴太太问。

"那是邦斯要找我们出气；他介绍那家伙来想丢我们的脸……勃罗纳，德文的意思是一口井，人家说得他像王爷一样，可是身体坏得可怜，头也秃了，牙齿也坏了；我看见他一次就起了疑心。"

"你说起的那笔好大的家私又是怎么回事呢？"一位年轻的太太怯生生地问。

"也并没像人家说的那么了不起。那些成衣匠，那个开旅馆的，倾其所有想办个银行……如今晚儿新开一个银行算得什么！不过预备倾家荡产罢了。做太太的今儿睡觉的时候有一百万，明儿醒过来只剩她自己的一份私房了。听他一开口，看他第一面，就不是个有身份的，我们对他就拿定了主意。他戴的手套，穿的背心，处处显出他是个工人，在德国开小酒店人家的儿子，谈不到什么高尚的心胸，他滥喝啤酒，滥抽烟……哎呀，太太！烟斗一天要抽二十五筒！跟了这样的男人，我可怜的丽丽还有日子过吗？……我现在想想还寒心呢。总算是上帝救了我们！再说，赛西尔也不喜欢他……你怎么想得到，一个亲戚，一个自己人，在我们家吃了二十年饭，每星期两次，得了我们多少好处，竟然捣这个鬼！邦斯也真会做戏，还当着司法部长、检察署长、首席庭长，承认赛西尔是他的承继人！……那勃罗纳和他串通了，这个说那个有几百万，那个说这个有几百万！……真的，我敢说，你们几位要是碰上了这种艺术家的诡计，一定也会上当的！"

几星期之内，包比诺与加缪索两家和他们的羽党联合之下，毫不费劲地打了个大胜仗，因为谁也不替可怜的邦斯辩护，大家拿他看作吃白食的，又奸刁，又啬刻，又是假装的老实人，又是埋伏在旁人家里的毒蛇，极凶恶极危险的小丑，应当把他忘掉才好。

La Comédie Humaine

26

最后的打击

伪装的维特拒婚以后一个月光景，可怜的邦斯发了场神经性的高热病后第一次起床，由许模克搀着，在太阳底下沿着大街溜达。修院大街上的人看到这一个满面病容，另一个小心扶持，谁也没有心肠笑两个榛子钳了。走到鱼市大街，邦斯呼吸着闹市的空气，脸上有了血色；摩肩接踵的地方，空气中的生命力特别强，所以罗马那个肮脏的犹太人区域连疟疾都是绝迹的。见到从前每天看惯的景象和巴黎街头的热闹，或许对病人也有影响。在多艺剧院对面，邦斯跟并肩走着的许模克分开了；他一路常常这样地走开去，瞧橱窗里新陈列的东西。这时他劈面遇见了包比诺，便恭恭敬敬地上前招呼，因为前任部长是邦斯最崇拜最敬重的一个人。

"嘿！先生，"包比诺声色俱厉地回答，"你有心糟蹋人家的名誉，丢人家的脸，想不到你还敢向那家人家的至亲来打招呼！那种报复的手段，只有你们艺术家才想得出……告诉你，先生，从今以后，我再也不认得你了。伯爵夫人对你在玛维尔家的行为，也跟大家一样地深恶痛绝。"

前任部长走了，把邦斯丢在那里，像给雷劈了一样。情欲、法律、政治，一切支配社会的力量，打击人的时候从来不顾到对方的情形的。那位政治家，为了家庭的利益恨不得把邦斯压成齑粉，根本没有发觉这个可怕的敌人身体那么衰弱。

"怎么啦，可怜的朋友？"许模克的脸跟邦斯的一样白。

好人靠着许模克的肩膀回答说："我心上又给人扎了一刀。现在我相信，只有上帝才有资格做好事，谁要去越俎代庖，就得受残酷的惩罚。"

他竭尽全身之力，才迸出这几句艺术家辛辣的讽刺。可怜这好心的家伙，看到朋友脸上的恐怖还想安慰他呢。

"我也这样想。"许模克简简单单回答了一句。

邦斯简直想不过来。赛西尔的结婚，加缪索和包比诺两家都没有请帖给他。走到意大利大街，邦斯看见加陶迎面而来。虽然去年还每隔半个月在他府上吃一顿饭，邦斯鉴于包比诺的训话，不敢再迎上前去，只向他行了个礼；可是那位区长兼国会议员，非但不还礼，反而怒气冲冲地瞪了邦斯一眼。

邦斯早已把倒霉事儿详详细细告诉过许模克；这时他吩咐许模克："你去问问他，为什么他们都跟我过不去。"

"先生，"许模克走过去很婉转地对加陶说，"我的朋友邦斯才害了场病，也许你认不得他了？"

"当然认得。"

"那么你有什么事怪怨他呢？"

"你交的朋友是个忘恩负义的坏蛋，他那种人还能活着，那就像俗语说的，败草是拔不尽的。怪不得大家见了艺术家都要提防，他们又刁又恶，像猴子一样。你的朋友想扫他家族的面子，破坏一个姑娘的名誉，来报复一个无伤大雅的玩笑，我不愿意再跟他有什么关系；我但愿当初没有认识

La Comédie Humaine

修院大街上的人看到这一个满面病容,另一个小心扶持……

他，当作世界上根本没有这个人。先生，这不但是我的心理，而且我的家族，他的家族，所有赏他脸给他吃过饭的人都这样想……"

"先生，你是一个明白人，可不可以让我把事情解释给你听……"

"你要有那个心肠，你去跟他做朋友吧，我管不着，"加陶回答，"可是别多说了，我告诉你，谁要替他开脱，替他辩护，我就认为跟他是一丘之貉。"

"连替他分辩一下都不行吗？"

"不行。他的行为是不齿于人的，所以是不容分辩的。"把这两句自命为妙语的话说完后，塞纳州议员便扬长而去，不愿再听一个字。

许模克把那些恶毒的谩骂告诉了邦斯，邦斯苦笑道："已经有两个官儿跟我作对了。"

"大家都跟我们作对，"许模克很痛心地接着说，"回家吧，免得再碰到那些畜生。"

谦恭了一辈子的许模克，这种话还是破天儿第一遭出口。他素来超然物外，荣辱不系于心，自己要临到什么患难，可能很天真地一笑置之；但看到高风亮节、韬光养晦的邦斯，以那种豁达的胸襟、慈悲的心肠而受人凌辱，他就不由得义愤填膺，把邦斯的居停主人叫作畜生了！在这个天性温和的人，他那种激动已经是大发雷霆，不下于罗兰的愤怒[1]。许模克恐防再遇到熟人，便挽着朋友往修院大街回头走；邦斯迷迷糊糊听凭他带路，似乎一个战士已经挣扎到筋疲力尽，也不在乎多挨几拳了。而可怜的音乐家，命中注定要受尽世界上的打击，落在他头上的冰雹包括了一切：有贵

---

[1] 罗兰为法国史诗《愤怒的罗兰》中人物，生于八世纪，为查理曼大帝的勇将。

族院议员，有国会议员，有亲戚，有外人，有强者，有弱者，也有无辜的老实人。

在沿着鱼市大街回去的路上，对面来了加陶的女儿。这位年轻的妇女是经过患难而比较宽容的。她因为做了桩至今瞒着人的错事，不得不永远向丈夫低头。邦斯在招待他吃饭的那些人家，只有对贝蒂埃太太是称呼名字的，叫她"法丽西"，以为她有时还能了解他。那性情温和的太太当时一见到邦斯舅舅就有点儿发窘。虽然加陶是加缪索填房面上的亲戚，和邦斯毫无关系，但加陶家一向把他当作舅舅看待。法丽西·贝蒂埃没法躲开，只得在病人面前站住了：

"舅舅，我不相信你是坏人；可是人家说你的话，只要有四分之一是真的，那你的确虚伪透了……"她看见邦斯做了个手势，便抢着往下说，"噢！不用分辩！第一，我对谁都没有权力责备、批判，或是定什么罪名，因为我推己及人，知道理屈的人总有办法推诿；第二，你的申辩毫无用处。贝蒂埃先生——玛维尔小姐和包比诺子爵的婚约是他经手的——对你非常生气，要是知道我和你说过话，是我最后一个跟你攀谈，还会埋怨我呢。大家都对你很不好。"

"我亲眼看到了，太太！"可怜的音乐家声音异样地说着，恭恭敬敬向她行了个礼。

他费了好大的劲走回诺曼底街，靠在许模克的肩上，使德国人觉得他是硬撑在那里不让自己倒下来。跟这位太太的相遇，仿佛听到了睡在上帝脚下的羔羊的判决；而这是天上最后的判决，因为羔羊是可怜虫的天使，平民的象征。两个朋友一声不出地回到家里。人生有些情形，你只能觉得有个朋友在你身边；说出安慰的话只能刺痛创口，显出它的深度。在此你

们可以看到,老钢琴家天生是个友谊的象征;无微不至的体贴,表示他像饱经忧患的人一样,知道怎样应付旁人的痛苦。

这次散步是邦斯老人最后的一次。他一场病没有完全好,又害了另一场病。本是多血质兼胆质的人,胆汁进到血里去了,他患着剧烈的肝脏炎。这是他一辈子仅有的两场病,所以他没有相熟的医生。忠心而懂事的西卜太太,开头是凭她的好意,甚至还带着点儿母性,把本区的医生给找了来。

27

从忧郁变为黄疸病

在巴黎,每个区域都有一个医生,他的姓名住址只有下等阶级、小布尔乔亚和门房知道,所以大家管他叫作本区医生。这种医生既管接生,也管放血,在医学界的地位等于分类广告上招聘或应征的打杂的用人。他人缘很好,因为对穷人不得不慈悲,靠老经验得来的本领也不能算坏。西卜太太陪着来的波冷医生,许模克一见面就认得了。他不大在意地听着老音乐家的诉苦,说身上痒得他整夜地搔,直搔到失去了知觉。眼睛的神气和四周那圈发黄的皮色,跟上述的征象恰好相符。

"这两天中间,你一定受了剧烈的刺激吧。"医生对病人说。

"唉!是啊。"

"你这是黄疸病,上回这先生也差点儿得这个病,"他指着许模克说,"可是没有关系。"波冷一边开处方一边补上一句。

医生嘴里说着安慰的话,对病人瞧着的眼光却是宣告死刑的判决,虽然他照例为了同情而隐藏着,真正关切病情的人还是能琢磨出来,西卜太太把那双间谍式的眼睛对医生瞅了一下,马上感觉到他敷衍的口气和虚假的表情,便跟着医生一起出去了。

"你认为这个病真的没有关系吗?"西卜太太在楼梯头上问医生。

"好太太,你那位先生是完了,倒并非为了胆汁进了血里去,而是为了他精神太不行。可是调养得好,还能把他救过来;应当让他出门,换个地方住……"

"哪儿来钱呢?……他的进款只有戏院里的薪水,他的朋友是靠几位好心的阔太太送的年金过日子的,也是个小数目,他说从前教过她们音乐。这是两个孩子,我招呼了九年啦。"

"我生平看得多了;好些病人都不是病死而是穷死的,那才是无可救药的致命伤。在多多少少的顶楼上,我非但不收诊费,还得在壁炉架上留下三五个法郎!……"

"哎唷,我的好先生!"西卜太太叫道,"街坊上有些守财奴,真是地狱里的魔鬼,倒有十万八万一年的进款;你要有了这么些钱,那真是上帝下凡了!"

波冷医生靠着区里诸位门房先生的好感,好容易有了相当的主顾给他混口苦饭吃;这时他举眼向天,对西卜太太扯了个达尔杜弗式的[1]鬼脸表示感谢。

"你说,波冷医生,要是好好地调养,咱们亲爱的病人还有救是不是?"

"对,只要精神上的痛苦别过分地伤害了他。"

"可怜的人!谁能给他受气呢?这样的好人,世界上除了他的朋友许模克,就找不出第二个!……我会打听出来究竟是怎么回事!哼,哪个把我的先生气成这样的,我一定去把他臭骂一顿……"

---

[1] 莫里哀名剧《伪君子》中的主角达尔杜弗,是个天字第一号的大骗子。

"你听着，好太太，"医生说着已经到了大门口，"你这位先生的病有个特点，为些无聊的小事就会时时刻刻地不耐烦，他不见得会请看护，那么是你照顾他的了，所以……"

"你们是说邦斯先生吗？"那个卖旧铜铁器的咬着烟斗问。

他说着从门槛上站起身子，加入看门女人和医生的谈话。

"是啊，雷蒙诺克老头！"西卜太太回答那奥凡涅人。

"哎，他可是比莫尼斯特洛，比那些玩古董的大佬都有钱呢……这一门我是内行，他有的是宝物！"

"呦！我还当作你说笑话呢，那天我趁两位先生不在家带你去看古董的时候。"西卜太太对雷蒙诺克说。

在巴黎，阶沿上有耳朵，门上有嘴巴，窗上有眼睛；最危险的莫过于在大门口讲话。彼此临走说的最后几句，好比信上的附笔，所泄漏的秘密对听到的人跟说的人一样危险。只要举一个例子就可以使本书的情节更显得凿凿有据。

28

黄金梦

在帝政时代男人注意修饰头发的时候，有个最走红的理发匠，在一幢屋子里替一位漂亮太太梳完头走出来。那屋子里有钱的房客都是这理发匠的主顾，其中有位上了年纪的单身汉，雇的女管家恨死了主人的承继人。单身汉那时病得很重，才请了几位名医会诊，那时他们还没被称为医学界之王。碰巧几位医生和理发匠同时出门。做戏似的会诊过后，拿到了事实，根据了医学，他们之间照例有番话说的。到了大门口快分手的时候，奥特里医生说："这家伙必死无疑。"台北兰医生[1]回答道："除非是奇迹，他活不到一个月了。"理发匠把这些话都听了去。跟所有的理发匠一样，他和下人们都是通声气的。一念之间起了贪心，他立刻回到楼上，答应给病人的女管家一笔很大的佣金，倘使她能说服主人把大部分的产业押作终身年金。病人五十六岁，实际还要老上一倍，因为过去太风流了。他产业中有所漂亮屋子坐落在黎希留街，值到二十五万。理发匠看中这幢屋

---

[1] 奥特里、台北兰与皮安训（见《高老头》《贝姨》），都是巴尔扎克书中的医生，在许多小说中出现。加陶、贝蒂埃、汉纳耿等公证人，纽沁根、格雷、杜·蒂埃等银行家，均属此类。

子，居然以三万法郎的终身年金[1]买了下来。这件事发生在一八○六年。退休的理发匠现在年纪已经七十多，到一八四六年还在付那笔年金。单身汉已经九十六岁，老糊涂跟女管家结了婚，可见一时还不会死。理发匠给了女仆三万法郎；前前后后屋子花了他一百万以上，而今天的市价不过是八九十万。

学这个理发匠的样，奥凡涅人把勃罗纳相亲那天和邦斯在大门口说的话听了去，便想偷偷地进邦斯美术馆去瞧一眼。雷蒙诺克和西卜夫妇混得很好，所以两位先生一出门，马上被带进屋子。他看着那些宝物呆住了，觉得这倒是个发横财的机会。五六天以来，他只想着这个念头。

"我不是说着玩的，"他对西卜太太和波冷医生说，"咱们不妨仔细谈一谈；倘若他肯接受五万法郎终身年金，我可以送你一篮家乡的好酒，只要你……"

"真的吗？五万法郎的终身年金！……"医生对雷蒙诺克说，"要是老头儿这么有钱，有我给他医，有西卜太太给他看护，那他的病一定能好的……害肝病的人往往身体很强……"

"我说五万吗？哎，有位先生，就在这儿，在你门房外边的走道里，对他出过七十万，还光是为他的画呢，嗨嗨！"

听了雷蒙诺克这句话，西卜太太神气好古怪地望着波冷医生，她橘黄色的眼里射出一道魔鬼的凶光。

医生知道病人能够付诊费，不由得很高兴，嘴里却说着："得了吧，别听那些废话。"

---

[1] 终身年金为长期存款之一种，存款人每年可支取定额利息，但故去后本金即被没收。产业买卖亦可以此种方式付款，此处言三万法郎的终身年金，即理发匠每年付三万法郎与卖主，待卖主去世，不问已付一年两年或十年二十年，屋价即作为全部清讫。

"噢，医生，既然先生躺在床上，只要西卜太太答应我把我的专家找来，保险要不了两个钟点，就能捧出七十万法郎……"

"得了吧，朋友。"医生说道，"喂，西卜太太，千万别跟病人闹别扭；你得非常忍耐，他对每样事都要生气，连你的好意也会叫他不耐烦的；你得预备他怎么样都不如意……"

"那可不容易啰……"看门女人回答。

"你记着，"波冷拿出他医生的威严，"邦斯先生的命就操在招呼他的人手里；所以我每天要来，也许要来两次，早晨出诊先从这儿开始……"

医生从漠不关心——对穷苦病人的命运他一向是这样的——一变而为非常卖力非常殷勤，因为看那投机商人一本正经的态度，他觉得病人真的可能有笔财产。

"好，我一定把他服侍得像王上一样。"西卜太太装作很热心。

看门女人预备等医生拐进夏洛街再跟雷蒙诺克谈话。卖旧货的背靠着铺子的门框，抽着最后几口烟。他那样站着不是无心的，他等着看门女人。

铺面从前是开咖啡馆的，奥凡涅人租下来之后并没改装。像现代的铺子一样，橱窗高头有块横的招牌，上面还看得见诺曼底咖啡馆几个字。奥凡涅人大概没有花什么钱，叫一个漆匠的学徒在诺曼底咖啡馆下面空白的地方，漆上一行黑字：雷蒙诺克，买卖旧铜铁器，兼收旧货。不用说，那些玻璃杯、高脚凳、桌子、搁板，诺曼底咖啡馆所有的生财，都给卖掉了。雷蒙诺克花了六百法郎，租下这个店面，连带一个后间，一个厨房，和二层阁上一间卧房，以前是咖啡馆的领班睡的，因为咖啡馆主人住着另外一幢屋子。原有的体面装修，现在只剩下浅绿色的糊壁纸、橱窗外边的粗铁栏杆和插销了。

29

古董商的肖像

七月革命以后，雷蒙诺克在一八三一年到这儿来开始摆些破门铃、破盘子、废铜烂铁、旧天平、禁止使用的老秤。（政府定了法律推行新度量衡，它自己却把路易十六时代的一个铜子两个铜子的钱照旧流通。）这奥凡涅人是抵得上五个普通的奥凡涅人的，他第二步是收卖厨房用具、旧框子、旧铜器和残缺不全的瓷器。买进卖出地过了些时候，不知不觉他铺子里的货跟尼古莱的滑稽戏一般，越来越像样了[1]。他用那个稳赢的赌博方法，连本带利地押上去，使有眼光的过路人，从铺子陈列的商品上看得出他经营的成绩。画框和铜器，慢慢地代替了白铁器、高脚油灯和破瓶破罐。接着又出现了瓷器。铺子变成卖旧画的，不久又变成了美术馆。忽然有一天，满是尘埃的玻璃窗擦得雪亮，屋子也给装修过，奥凡涅人竟脱下他的灯芯呢裤和短装，穿上大褂了！那模样好比一条龙保护着它的宝物。他周围摆着好东西，人也变得挺内行，把本钱加了十倍，把这一行的诀窍全学

---

[1] 尼古莱为戏子出身，于一七六〇年在修院大街开一杂耍剧院，营业蒸蒸日上，戏码亦力争上游；至一七九二年已成为大街上有名的戏院之一。

到了家，再不会上人家的当。这猛兽待在那儿，好似老鸨坐在一二十个年轻姑娘中间等主顾来挑。什么美，什么艺术的奇迹，他全不理会；他又狡猾又粗野，要赚多少钱都是早打算好的，遇到外行就狠狠地敲一笔。他学会了做戏，假装喜欢他的画，喜欢他嵌木细工的家具，他装穷，或是说收进的价钱多高，甚至拿出拍卖行的字条给你瞧。总之，他一会儿这样，一会儿那样，又装小丑又做傻子，简直无所不为。

从第三年起，雷蒙诺克颇有些可看的时钟、盔甲、古画。他要上街就叫他的姊妹看着铺子，那是一个又胖又丑的女人，特意为了他从乡下步行来的。这个女的雷蒙诺克，目光迟钝像个白痴，穿扮得像日本瓷器上的神道，对兄弟告诉她的价钱连一个子儿都不肯让；并且她兼管家务，把不可能的事也变作可能，就是说他们俩差不多是靠塞纳河上的雾过日子的。姊弟两人只吃些面包、青鱼，还有从饭店扔在墙根的垃圾堆上捡来的蔬菜或老叶。连面包在内，两人花不了十二铜子一天，而女的雷蒙诺克还要靠缝衣或纺纱把这几个铜子挣回来。

初到巴黎的时候，雷蒙诺克只替人家跑腿，在一八二五至一八三一年之间，他给博马舍大街上的古玩商和拉北街上的铜匠铺做捐客。他这段开场的历史便是一般古董商的历史。犹太人、诺曼底人、奥凡涅人、萨瓦人这四个民族[1]，本能相同，弄钱的方法也相同。一个小钱都不花，一个小钱都要挣，利上滚利地积聚：这些是他们的基本原则，而这些原则的确是不错的。

---

[1] 诺曼底人（法国北部），奥凡涅人（法国中南部），萨瓦人（法国东南部），在法国都以吃苦耐劳，善于积聚见称。

这猛兽待在那儿,好似老鸨坐在一二十个年轻姑娘中间等主顾来挑。

那时雷蒙诺克和他从前的东家莫尼斯特洛又讲和了，跟一些大商人做着买卖，专门到巴黎四乡去收货。诸位都知道，所谓巴黎的四乡是包括一百六十里周围的。干了十四年，他积下六万法郎财产和一个存货充足的铺子。贪图房租便宜，他待在诺曼底街，不捞额外的油水，光是跟同行做交易，只赚一些薄利。他跟人谈生意都是用的奥凡涅土话。他有个梦想，希望有朝一日，到大街上去开铺子，成为一个有钱的古董商，直接和收藏家打交道。的确，他骨子里是个很厉害的商人。因为每样事都亲自动手，脸上厚厚的一层积垢全是铜屑铁屑和着汗堆起来的；劳作的习惯，使他跟一七九九年代的老兵一样镇静，一样刻苦，所以他的表情更显得高深莫测。雷蒙诺克外表是个瘦小的男人；生得像猪眼似的小眼睛，配上冷冷的蓝颜色，表示他贪得无厌，奸刁阴狠，不下于犹太人，所不同的是，犹太人还要面上谦卑而暗中一肚子的瞧不起基督徒。

西卜夫妇对雷蒙诺克姊弟很帮忙。因为相信两个奥凡涅人真穷，所以西卜太太把许模克和西卜吃剩下来的东西卖给他们的时候，也就便宜得不像话。他们买一磅发硬的面包头和面包芯子，只付两生丁半，一钵番薯只付一生丁半，诸如此类。狡猾的雷蒙诺克，从来不肯说他的买卖是为自己做的。他老说代莫尼斯特洛经手，受一班大商人的剥削，所以西卜夫妻真心地可怜他。十一年如一日，奥凡涅人还穿着他的灯芯呢上装、灯芯呢裤和灯芯呢背心；而这三件衣服，奥凡涅最通行的服装，是由西卜不收工资，东拼西凑地维持在那里的。由此可见世界上的犹太人并不都在以色列。

"雷蒙诺克，你别跟我开玩笑，"西卜女人说，"难道邦斯先生有了那么大的家私，还这样过日子吗？他家里连一百法郎都没有！……"

"玩古董的全是这样的。"雷蒙诺克很简洁地回答。

"那么,你真的相信他有七十万了?……"

"七十万,光是他的画……特别有一张,只要他肯,我就是拼了命也想出五万法郎买下来呢,你知道挂肖像的地方,有些铺着红丝绒的,嵌珐琅的小铜框子吗?嗳,那是贝蒂多珐琅,有位药材商出身的部长出到三千法郎一个……"

"他一共有三十个呢。"门房的女人睁大了眼睛说。

"那他有多少财产,你去算吧!"

西卜太太一阵眼花,把身子转了半个圈子。她马上想要在邦斯老人的遗嘱上有个名字,学那些管家女仆的样;她们不是为了得到主人的年金,在玛莱区叫多少人眼红的吗?她脑子里有幅图画,看到自己住在巴黎近郊一个小镇上,在一所乡下屋子里大摇大摆,养些鸡鸭,弄个菜园,让人家服侍得舒舒服服的,跟她心疼的西卜一块儿养老;他像所有被人遗忘、无人了解的天使一般,也应该享享福了。

一见看门女人这个突如其来的天真的动作,雷蒙诺克就知道事情有了把握。收旧货的行业(就是从外行的物主手里去买便宜货),最难的是走进人家的屋子。你真不知道他们为了穿房入户要想出多少玩意儿,那种狡猾、奸诈、哄骗,跟莫里哀剧中的坏用人不相上下,大有搬上舞台的资格。而那些活剧的动机,像这儿一样,永远是下人们的贪心。尤其在乡下或内地,仆人为了想捞进三十法郎的现款或东西,会让收旧货的做成净赚一二千法郎的交易。有些塞弗勒古窑的餐具,要是把收进的故事讲给你听,你会觉得尼美根、乌特累支、列斯维克[1]、维也纳,那些国际会议上发挥的

---

[1] 尼美根、乌特累支、列斯维克,均为荷兰城市,十七、十八世纪时,欧洲各国数次重要条约均在这些地方订立。

权术和聪明才智，还不及收旧货的商人，他们的可笑要比外交家的来得朴实。收旧货的手段，和外交使节为破坏别国邦交而苦思得来的计策，以挖掘人性而论是同样的深刻。

"西卜女人给我说得心眼儿都痒了。"雷蒙诺克对他的姊妹说，她正在坐上她坐惯的那张草垫磨散了的破椅子，"现在我要去请教一个独一无二的内行，那个犹太，只收咱们分半利的好犹太！"

雷蒙诺克把西卜女人的心看透了。这种性格的妇女，一有欲望就得行动；她们只问目的，不择手段，能从一丝不苟的诚实一刹那间变成无恶不作。诚实，像我们所有的情操一样，应当分成消极的与积极的两类。消极的诚实便是西卜女人那一种，在没有发财的机会时，她是诚实的。积极的诚实是每天受着诱惑而毫不动心的，例如收账员的诚实。

30
西卜女人的第一次攻势

卖旧货的那番恶魔式的话,仿佛打开了水闸,把一大堆坏念头灌进了看门女人的头脑和心里。从门房到她两位先生的屋子,她不是奔了去,而是飞过去的;邦斯和许模克正在那儿长吁短叹,她便装得满脸同情地跨进门。许模克看见打杂的女人来了,赶紧递个眼色,叫她别把医生的实话当着病人说;因为这朋友,这了不起的德国人,也看出了医生眼中的意思;她也递个眼色回答,表示很难过。

"喂,好先生,你觉得怎么样?"西卜女人问。

她站在床跟前,把拳头插在腰里,不胜怜爱地瞅着病人,可是她眼中射出多少金星!在旁观的人看来,那就和老虎眼睛一样可怕。

"不行哪,"可怜的邦斯回答,"我一点儿胃口都没有了。"他又紧紧握着许模克的手嚷道:"噢!那些人!"许模克坐在床前抓着邦斯的手,大概邦斯正和他谈着致病的原因。"亲爱的许模克,我早听了你的话就好啦!从我们同住之后,就该和你一起在这儿吃饭!别再跟那些人来往!他们像一车石头压一个鸡蛋似的把我压得粉碎,不知道为什么!……"

"得啦,得啦,好先生,别诉苦啦,"西卜女人说,"医生告诉了我

真话……"

许模克扯了扯看门女人的衣角。

"哎！他说你这一关是挨得过的，可是非要招呼得好……放心，你身边有这样一个好朋友，再加上我，不是我夸口，准会把你招呼得像母亲招呼第一个孩子一样。从前西卜害过一场病，波冷医生说他完了，像俗语说的，已经把尸衣扔在他头上了，当作死人看待了，结果我还把他救了过来！……你现在虽是病势不轻，可是谢谢上帝！还没到西卜那个田地……单凭我一个人，就能叫你挨过这一关！放心吧，可是你别这样地乱动呀。"

她把被窝拉上，盖住病人的手。

"你瞧吧，小乖乖，夜里我跟许模克先生陪你，坐在你床边……包你比王爷还要给侍候得周到……再说，你又不是没有钱，为了治病，尽可以要什么有什么……我才跟西卜讲妥了；哎呀，那可怜的人，没有了我就不知怎么办呢！……可是我把他开导明白了，你知道，我们俩都那么喜欢你，所以他答应我到这儿来陪夜……像他这样的男人，真是大大的牺牲哪！因为他对我的爱情还跟第一天一样。不知道他怎么的，大概在门房里咱们成天守在一起的缘故吧！……哎，你别把被窝推开呀！……"她奔到床头把被单拉到邦斯胸口。"你看波冷医生好得像上帝一样，你要不听他的吩咐，要不是乖乖的，那我就不管啦……你得听我的话……"

"是的，西卜太太，他一定听话，"许模克回答，"我知道，为了他的好朋友许模克，他要活下去的。"

"最要紧是不能烦躁，"西卜女人接着说，"便是你自己不闹脾气，这个病也要惹动你的肝火。好先生，我们害病都是上帝的意思，都是他惩罚我们的罪孽，你总该有些对不起人的事吧？……"

病人摇摇头。

"得了吧,你年轻的时候爱过女人,有过荒唐事儿,也许有些爱情的果子丢在外边,没有吃没有住的……哼,没良心的男人!爱的时候打得火热,过后就完啦,再也想不起啦,把小孩子奶妈的月费都忘了!……可怜的女人!……"

"唉,我哪,一辈子只有许模克和可怜的母亲爱我。"邦斯很伤心地回答。

"唉!你又不是圣人!你当初也年轻过呢,二十岁的时候一定是个漂亮哥儿……人又这样好,连我也会喜欢你呢……"

"我一向就像癞蛤蟆一样地丑!"邦斯给她缠得没了办法。

"你这是谦虚,谦虚就是你的好处。"

"不,不,好西卜太太,真的,我生来就丑的,从来没有人爱过我……"

"嚙!你没有人爱?……到这个年纪,你想叫我相信你当初是个贞节的小姑娘……这个话你去对别人说吧!一个音乐家!又是在戏院里混的!哪怕一个女人对我这么说,我也不信。"

"西卜太太,你要惹他生气了!"许模克叫着,他看见邦斯像条虫似的在床上扭来扭去。

"你,你也免开尊口!你们俩都是老风流……生得再丑也不相干,俗语说得好,没有一个丑男人娶不到媳妇的!连西卜也会叫巴黎最漂亮的牡蛎美人爱上他,还用说你吗?你比他强多了……你心地又好!……得啦,你是荒唐过的!上帝就是责罚你丢掉了你的孩子,像亚伯拉罕一样[1]!……"

---

[1]《旧约》载,亚伯拉罕把埃及女人夏甲替他生的儿子逐出。

病人疲乏已极，可是还挣扎着做了个否认的姿势。

"放心好啦，你尽管丢掉了你的孩子，还是能像玛士撒拉一样长寿的[1]。"

"别胡闹了！"邦斯叫起来，"我从来不知道什么叫作被人爱！从来没有什么孩子，世界上只有我一个人……"

"噢！真的吗？……因为你心肠这样好，那是女人最喜欢的，她们舍不得男人就为这个……所以我觉得你年轻的时候不会没有……"

"把她带出去！她把我烦死了！"邦斯凑着许模克的耳朵说。

"那么许模克先生，你是有孩子的了……你们这班单身的老头儿，都是一路的货……"

"我吗！……那……"许模克猛地站了起来。

"好吧，你，你也没有承继人是不是？你们两个在世界上就像那些自生自发的菌……"

"喂，你来！"许模克回答。

忠厚的德国人使劲拿西卜太太拦腰一抱，不管她怎么叫喊，拖着她往客厅里走。

---

[1] 玛士撒拉为亚当后裔的第七代，共活九百六十九岁。（见《旧约》）

31

贞节的表现

"你活了这把年纪,还想糟蹋一个可怜的女人吗?"西卜女人在许模克怀里挣扎着叫道。

"别嚷!"

"两个人中间还算你好呢,你竟这样!唉!你们这些老头儿从来没尝过女人的滋味,真不该对你们提到爱情什么的!"西卜女人看见许模克气得眼睛发亮,便又嚷着:"我挑起了你的心火啦,你这个禽兽!救命呀!救命呀!我给人抢走啦!"

"你这个傻瓜!告诉我,医生怎么说来着?……"德国人把她松了手。

"想不到你对我这样凶,"西卜女人哭着说,"我倒是水里火里为你们俩拼命呢!哎呀!人家说日久见人心……真是一点不错,西卜就不会这样虐待我……我还把你们当作孩子看待呢;因为我没有孩子,昨天,对啦,就不过是昨天,我对西卜说:朋友,上帝不给我们孩子,他可是肚里有数的,因为楼上两位就是我的孩子呀!——你瞧,我凭着基督的十字架起誓,凭我母亲的灵魂起誓,我的的确确对他这么说……"

"嗨!医生说些什么呀?"许模克问,他气得生平第一次跺脚了。

"你听着，"西卜太太把许模克拉到饭厅里，"他说，我们这个亲爱的小心肝小宝贝的病人，性命靠不住，要是不好好地看护；可是你瞧，我还是待在这里，尽管你那样凶，是的，你好凶喔，我一向把你当作那么和气呢。真是的！你这种脾气！……你这个年纪还想调戏女人吗，老混蛋？……"

"我？混蛋？……难道你不明白我只喜欢邦斯吗？"

"那才好啦，那么你不跟我胡闹了吧？"她对许模克微微笑着，"你还是老实一点的好，告诉你，谁要抹西卜的面子，西卜会打断他的腿的！"

"你好好地招呼邦斯吧，西卜太太。"许模克说着，想握她的手。

"怎么！又来啦？"

"你听我说呀！我把所有的东西都送给你，只要能救他的命……"

"好吧，我要上药房买药去了……先生，你知道这个病要花多少钱喔！你怎么办呢？……"

"我可以拼命去做事！我要邦斯给伺候得像王爷一样……"

"你交给我得啦，许模克先生，甭操心啦。我跟西卜有两千法郎积蓄，你们拿去用就是了，嘻！我在这儿垫款已经垫了好久了……"

"好太太！"许模克抹了抹眼泪，"你心肠多好！"

"你的眼泪就是我的报酬！"西卜女人做戏似的说，"因为我是世界上最没有贪心的人；可是你不能湿着眼睛走进去，邦斯先生会疑心他病重的。"

许模克被这番体贴感动了，抓着西卜女人的手握了一握。

"别动手动脚啊！"过时的牡蛎美人对许模克做了一个媚眼。

忠厚的德国人回到屋子说：

"邦斯，西卜太太真是个天使，说话太多一点，可的确是个天使。"

"真的？……我从一个月到现在变得多心了，"病人侧了侧脑袋回答，"吃了那些亏，我对谁都不信了，除了上帝跟你！……"

"快点儿好吧，咱们三个人可以把日子过得挺舒服的！"许模克嚷着。

看门女人上气不接下气地奔进门房，叫道："西卜，喂！朋友，咱们的家私跑不掉了。我那两位先生没有承继人，也没有私生子，也没有……什么也没有，嗨嗨！……我要去叫风丹太太起个课，瞧瞧咱们能有多少年金！……"

"我的女人呀，"矮小的裁缝回答说，"别光着脚等死人的鞋子穿。"

"哦！你来教训我吗，你？"她在西卜肩上亲热地拍了一下，"我肚里明白得很。波冷医生说的，邦斯先生是完了！咱们好发财啦！遗嘱上准有我的名字……包在我身上！你缝你的衣服，好好照顾着门房，嗳，你快不用干这个活啦！咱们到乡下去养老，譬如说巴底涅吧。弄所好屋子，有个小花园，你种种花玩儿，我吗，我要雇个老妈子！……"

"哎，喂！好嫂子，楼上怎么啦？"雷蒙诺克问，"那个收藏值多少，你知道了没有？"

"不，不，还早呢！好家伙，做事不能这么急。我呀，我先把更要紧的事儿打听出来了！……"

"更要紧的？"雷蒙诺克嚷着，"除了他的东西，还有什么更要紧的？……"

"得了吧，你这小子！让我来把舵。"门房女人老气横秋地回答。

"七十万抽三成，你就一辈子吃穿不尽了！……"

"别急，雷蒙诺克；赶到要知道老头儿藏的东西值多少钱的时候，咱们再谈……"

32

论占卜星相之学

她上药房去配了波冷医生的方子，决意等明天再去找风丹太太。因为那边常常挤满了人，西卜女人觉得清早去，赶在大众之前，女巫神志一定更清楚，说的话也更明白。

风丹太太是玛莱区的女巫，跟有名的勒诺芒小姐[1]竞争了四十年，结果比她还活得久。起课卜卦的女人和巴黎下等阶级的关系，愚夫愚妇要决定什么的时候受到她们多少影响，大家是想象不到的。厨娘、看门女人、人家的外室、男女工人，凡是在巴黎靠希望过日子的都要去请教那些女巫；她们生来有种不可思议的、没有人解释过的神通，能够预卜休咎。学者、律师、公证人、医生、法官、哲学家，都不会想到巫术信仰普遍的程度。平民自有一些历久不灭的本能，其中有一项大家妄称为迷信的本能，不但在平民的血里有，便是优秀人士的头脑里也有。在巴黎，找人起课卜卦的政治家就不在少数。在不信的人看来，占卜星相无非利用我们的好奇

---

[1] 勒诺芒（1772—1843），幼时在本多派修院受教育，少年时即能知未来之事。初为女裁缝，后至巴黎以代人占卜为业，以灵验见称于时，朝野名流趋之若鹜；甚至以预言奇中之故，被拿破仑下狱两次，一八二一年王政时代又入狱一次。

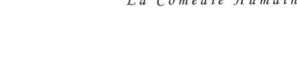

风丹太太是玛莱区的女巫。

心，因为好奇心是特别强的天性。他们绝对否认，占卜范围内七八种主要方法所显示的图谶跟人的命运有什么关系。头脑坚强的人或唯物主义的哲学家，只信有形的具体的事实，从蒸馏瓶或是靠现代物理学化学的天平得来的结果；可是他们的排斥占卜，等于他们排斥多少自然现象一样劳而无功，占卜术照旧存在，照旧传布，只是没有了进步，因为两百年来，优秀人士都不去研究它了。

一个人把一副纸牌洗过、分过，再由卜卦的人根据某些神秘的规则分成几堆，就能从牌上知道这个人过去的事，只有他一人知道的秘密：单从表面看，你去相信这种事是荒谬的。可是蒸汽、火药、印刷、眼镜、铜版镂刻等的发明，以及最近的银版摄影[1]，都被定过荒谬的罪名，而航空至今还被认为荒谬。要是有人告诉拿破仑，说一座建筑、一个人、一切物体，在空气中永远有个形象，可以捉摸到，感觉到；这个人一定给送进夏朗东疯人院，像从前黎希留把贡献汽船计划的沙洛蒙送入皮赛德疯人院一样[2]。可是这理论便是达盖尔的发明所证实的！某些目光犀利的人，觉得每个人的命运都给上帝印在他的相貌上；倘若把相貌当作全身的缩影，那么为什么手不能做相貌的缩影呢？手是不代表人的全部活动，但人的活动不是全靠手表现的吗？这就是手相学的出发点。社会不是模仿上帝的吗？我们看到一个兵就预言他会打仗，看到一个律师预言他会说话，看到一个鞋匠说他会做鞋子靴子，看到一个农夫说他会锄田加肥料；那么一个有先知能

---

[1] 银版摄影（daguerréotypie）为现代摄影之前身，于一八三五至一八三九年间由法人达盖尔（Daguerre）发明。现时吾国内地风景区，有照相师以当场摄影，立等可取之照相招揽游客者，即属此类。

[2] 沙洛蒙（Salomon de Caus, 1576—1626）生平事迹罕传，仅知其为旅行家，有论动力机器之文行世，于一六一五年在法兰克福出版。今人皆奉沙氏为发明蒸汽之远祖。被黎希留拘囚一节，史家认为并无根据。

力的人，看了人的手预言他的将来，还不是一样平淡无奇？举例来说：天才是一望而知的，哪怕最无知识的人在巴黎街上散步，瞧见一个大艺术家也会猜到他是大艺术家。那好比一个太阳，到哪儿都放光。一个呆子给你的印象，恰好跟天才的相反，所以你也能立刻认出他是个呆子。一个平常人走过，差不多是无人发觉的。多半的社会观察家，尤其是研究巴黎社会的，碰到一个过路人就能说出他的职业。从前关于萨巴的故事，说撒旦召集夜会，叫人间的信徒去参加等，十六世纪的画家常常作为题材，到今日已不成其为神秘了。源出印度而古时称为埃及人，现在称为波希米亚人的那个流浪民族[1]，其实只是给顾客吃了一种叫作赫希煦的麻醉品，令人精神恍惚，自以为去赴撒旦的夜会，又是骑了扫帚柄当马呀，又是从烟囱里飞出去呀，还有所谓亲眼看见的幻象，什么老婆子变成少妇，什么跳着疯狂的舞，听着奇妙的音乐等。以前指为魔鬼的信徒做的一切荒诞不经的怪事，实际全是吃了麻醉品的幻梦。

今日多少千真万确的事，都是从古代的占星学中发展出来的，所以将来必有一日，那些学问会像化学天文学一样成为学校的课程。巴黎最近设立斯拉夫文讲座、满文讲座，其实它们和北欧文学一样，只配受人家的教育，还没资格去教育别人，而那些讲师也只搬弄些关于莎士比亚或十六世纪的陈言滥调。可怪的是：人们一方面添加这些无用的科目，同时却并没在人类学项下，把古代大学教得最精彩的占星学加以恢复。在这一点上，那个如是伟大而又如是孩子气的德国，倒是法国的先进，因为他们已经在

---

[1] 按此处波希米亚人并非指波希米亚地区的人（今称捷克人），而是渊源甚古的一个流浪民族，在法国称为波希米，亦称罗曼尼希或尖迦纳；在英国称为吉卜赛，在意大利称为秦加里，在西班牙称为奚太诺。

教那门学问了,它不是比实际上大同小异的各派哲学有用得多吗?

既然俗眼看不见的自然现象,一个大发明家能看出它有成为一种工业一门学问的可能,那么某些人能从胚胎阶段的"原因"中去看出将来的"后果",也没有什么离情悖理,值得大惊小怪的。那不过是大家公认的某种官能所起的作用,一种精神的梦游。许多推测未来的方法,都可用这个假定作根据;尽管你说这个假定是荒谬的,可是事实俱在。你可以注意到,预言家推测未来并不比断言过去更费事;而在不相信的人说来,过去与未来同样是不可知的。假使既成事实有遗迹可寻,那就不难想到未来之事必有根苗可见。只要一个算命的能把只有你一人知道的以往的事实,详细说给你听,他就能把现有的原因在将来发生的后果告诉你。精神的世界可以说是从自然界脱胎而来的,一切因果作用也是相同的,除了因环境各异而有所区别之外。物体在空气中的的确确投射一个影子,可以用银版摄影把它在半路上捕捉得来;同样,思想也是真实而活跃的东西,它在精神世界的空气中(我们只能如此说)也发生作用,也有它的影子,思想的迹象。

至于占卜所用的方法,只要那借来预卜吉凶休咎的物体,例如纸牌,是由问卜的人亲自调动过的,那便是奇妙的程序中最容易解释的部分了。在现实世界上,一切都是相连的。一切动作都有一个原因,一切原因都牵涉到全体;所以一个最细微的动作也代表着全体。近代最伟大的人物拉伯雷,差不多集毕达哥拉斯、希波克拉底、阿里斯多芬、但丁之大成,在三百年前说过:"人是一个小天地。"三百年之后,瑞典的先知斯威顿堡又说地球是一个人。可见先知与怀疑派的远祖在人生最大的公式上是一致的。地球本身的活动是命定的,人生的一切也是命定的。所有的事故,哪怕是最琐细的,都隶属于整个的命运。所以,大事情、大计划、大思想,必然反映在最小的行动上面，而且反映得极其忠实；譬如说，一个阴谋叛乱的人，倘使把一副牌洗过，分过，就会在牌上留下他阴谋的秘密，逃不过占卜的人的眼睛，不管你把占卜的人叫作波希米亚人，或是算命的，或是走江湖的，或是别的什么。只要你承认有宿命，就是说承认一切原因的连锁，那么就有占卜星相之学存在，而成为像过去那样的一门大学问，因为其中包括着使居维埃成为伟大的演绎法；可是在占卜上，演绎法的运用是挺自然的，不像那位天才的生物学家需要埋首书斋，深夜苦思才能运用。

占卜星相流行了七个世纪，它的影响不像现代这样限于平民阶级，而是普及于帝王、后妃、有钱的人和聪明才智之士。古代最大的学问之一，动物磁气（现在叫作催眠学），便是从占卜星相的学问中蜕变出来的，正如化学的脱胎于炼丹术。新兴的头盖学、人相学、神经学，也渊源于占卜星相之学。首倡这些新学问的名人，和所有的发明家一样只犯了一桩错误，就是根据零星的事实造成一个严格的理论体系，其实我们还不能从那些零星的事实中分析出一个概括的原因。互为水火的天主教会与近代哲学，居然也有一天会一致和司法当局表示同意，把降神术的神秘和相信降神术的人士说作荒谬绝伦而加以禁止，加以迫害，使占卜星相之学一百年间无人研究。可是无知的平民，不少的知识分子，尤其是妇女，对于能知过去未来的术士继续在那里捐输纳款，向他们买希望，买勇气，买只有宗教能够给他们的一切精神力量。可见占卜星相之术永远在冒着危险流行，从十八世纪百科全书派学者提倡宽容之后，今日巫祝已不受酷刑的威胁；只有在敛人财帛、构成诈欺罪的时候才被送上轻罪法庭。不幸，诈欺行为往往跟这个通灵妙术分不开。原因是这样的：

巫祝所有的那些奇能异禀，通常只发生在我们所谓愚夫愚妇的身上。

愚夫愚妇倒是上帝的选民，获有惊世骇俗的真传秘箓。圣·彼得与埃尔米特一流的人都是愚夫愚妇出身。只要精神保持完整，不在高谈阔论、钩心斗角、著书立说、研究学问、治国治民、发明创造、驰骋疆场等上面消耗，它就能吐出非常强烈的潜伏的火焰，好像一块未经琢磨的钻石保存着所有的光彩。一有机会，这一点灵性就会突然爆发，有飞越空间的巨翼，有洞烛一切的慧眼：昨天还是一块煤，明天被一道无名的液体浸润过后，立刻成为毫光万道的钻石了。有知识的人把聪明在各方面用尽了，除了上帝偶然要显示奇迹之外，永远表现不出这种卓绝的能力。所以卖卜看相的男男女女，几乎老是浑浑噩噩的乞丐，村野粗鲁，在苦难的波涛中、在人生的沟壑中打滚的石子，除了肉体受苦之外别无消耗。总之，所谓先知，所谓预言家，就是农夫马丁，对路易十八说出一桩唯有王上自己知道的秘密而使他大吃一惊的[1]；也就是勒诺芒小姐，或是像风丹太太般当厨娘的，或是一个近于痴呆的黑姑娘，或是一个与牛羊为伴的牧人，或是一个印度的托钵僧，坐在庙门口苦修，练到神完气足，能够像梦游病人那样神通广大。

古往今来，这一类的异人多半出在亚洲。平时他们与常人无异；因为他们也要尽其物理的化学的功能，可是像传电的良导体一般，有时只是冥顽不灵的物质，有时却成为输送神秘电流的河床。这些人一恢复正常状态，就想为非作歹，结果把他们带上轻罪法庭，甚至像有名的巴太查一样给送进苦役监。卜卦起课对平民有多大影响，还有一个证明，便是可怜的音乐

---

[1] 农夫托玛·马丁，一八一六年时向人宣称，有一异人数次现形，嘱其向路易十八传达重要消息及若干忠告。经乡村教士、本区总主教以及警察当局盘问，被送入夏朗东疯人院。事为路易十八所闻，召入宫中，面陈若干事，使王大为感动，乃获释放。马丁死于一八三四年。

家的生死，全看西卜太太叫风丹太太占卜的结果而定。

虽然作者写的十九世纪法国社会史，篇幅浩繁，情节复杂，某些段落的重复无法避免，但风丹太太所住的魔窟，已经在《莫名其妙的喜剧家》[1]中描写过，在此可以毋庸赘述。我们只要知道，西卜太太走进老修院街风丹太太家的神气，活像英国咖啡馆的熟客走进这饭店去吃饭。她是女巫多年的主顾，常常介绍一些好奇的少妇或多嘴的老婆子去的。

---

[1] 巴尔扎克另一小说的题目。

33

大课[1]

替女巫当执事的老妈子，不先通报，就打开仙坛的门对主人说：

"西卜太太来了！……"她又回头招呼，"请进来吧，没有人呐。"

"哦，孩子，你这么早赶来有什么事啊？"老妖婆问。

七十八岁的风丹太太，活像地狱里执掌生死大权的帕耳卡女神，够得上称为妖婆了。

"我心里七上八下的，想请你起个大课，看看我的财运。"西卜太太叫着。

于是她把情形讲了一遍，要求对她居心不良的希望给个预言。

"你不知道起大课是怎么回事吗？"风丹太太一本正经地问。

"不，我没有那么多钱来见识这个玩意儿！……一百法郎！唉！我哪儿来一百法郎呢？可是今儿我非来一下不可！"

"大课我也不大起的，"风丹太太说，"只替那班有钱的人有大事的时

---

[1] 通常游戏用的纸牌仅有五十二张，占卜用的纸牌是更古的一种，叫作TAROTS，共有七十八张。起大课乃用全副七十八张牌占卜。

候才干一回,他们给我五百法郎呢;因为你知道,那是怪费力怪累的!仙人叫我抽肠刮肚地受罪,像从前人说的参加了萨巴一样!"

"可是我告诉你,风丹太太,这一下是有关我前程的……"

"好吧,承你介绍了许多主顾;我就为你上仙一次吧。"风丹太太的干瘪脸上有些恐怖的表情,倒绝对不是假装的。

她从壁炉旁边一张又旧又脏的大靠椅上站起来,走向桌子。桌上铺着绿呢,经纬都可以数得清;左边睡着一只奇大无比的蛤蟆,旁边摆一个打开着的笼,里头有只毛羽蓬松的黑母鸡。

"阿斯太洛!来,小东西。"她拿一支编织用的长针在蛤蟆背上轻轻敲了一下,它望着她,仿佛很懂事的样子。"还有你,克莱奥巴脱小姐!……留点儿神哪!"她把母鸡的嘴巴也用针尖敲了敲。

风丹太太凝神屏息,半晌不动,神气像死人,眼睛发了白,在那里骨碌碌地乱转,然后她把身子一挺,嘎着嗓子说了声:"我来了!"

她像木头人似的把粟子撒在母鸡前面,拿起牌来哆哆嗦嗦地洗过了,深深地叹了口气;叫西卜太太分作两堆。这个死神转世的老婆子,戴着条油腻的头巾,披着件怕人的短袄;瞧着母鸡啄食粟子,又唤她的蛤蟆在摊开的牌上爬:西卜太太看着这些,不由得身子凉了半截。只有坚定的信仰才能叫人心惊胆战。发财还是不发财,这是一个问题,像莎士比亚说的[1]。

妖婆打开一本符咒的书,嘎着嗓子念了一段,把剩下来的粟子和蛤蟆回去的路线打量了一番,瞪着白眼细细推详牌上的意义。这些动作一共花

---

[1] 巴尔扎克常喜套用《哈姆雷特》第三幕第一景中哈姆雷特的独白:To be or not to be, that is the question(生存还是死亡,这是一个问题)。

了七八分钟,然后她说:

"你会成功的,虽然这桩事并不像你所想的那么发展。你得大大地忙一阵,可是你的心血不会白费。你要做些很坏的事,像那些在病人身边谋遗产的人一样。这件坏事里头,你有好些贵人相助!……将来你受临终苦难的时候要后悔……因为你要给两个苦役监的逃犯谋财害命,一个是红头发的小个子,一个是秃顶的老人,他们相信你有钱,在你跟第二个丈夫住的那个小村子上……得啦,孩子,干不干随你吧。"

表面上冷冰冰的骷髅似的老婆子,内里却是精神奋发,深陷的眼睛有如两个火把。预言完了,那点精神也跟着消灭了。风丹太太好似一阵头晕,像患梦游病的给人惊醒了过来,很诧异地向四下里瞧了瞧,然后认出了西卜太太,看见她面无人色觉得很奇怪。

34

一个霍夫曼传奇中的人物

"怎么样，孩子？你满意吗？……"她的声音和预言的声音完全不同。

西卜太太眼睛直勾勾地瞪着妖婆，一句话都说不上来。

"哎！你不是要起大课吗？我是把你当熟人看待的。只收你一百法郎吧……"

"西卜会死？……"门房女人叫着。

"难道我告诉了你很可怕的事吗？……"风丹太太问话的口气非常天真。

"可不是！……"西卜女人从袋里掏出一百法郎放在桌子边上，"要给人谋杀！……"

"哦！只怪你自己要起大课！……可是放心，牌上说要给人谋杀的，不是每一个都应验的。"

"风丹太太，到底可能不可能？"

"哎呀！我的小乖乖，那我怎么知道呢？你要去敲未来的门，我就替你拉了铃，他就来了！"

"他，他是谁？"西卜太太问。

"仙人呀，不是仙人是谁？"妖婆表示不耐烦了。

"再会,风丹太太!我没见过起大课,你真把我吓坏了,你!……"

老妈子把看门女人送到楼梯口,说道:"太太一个月也不起两回大课的!过后她真累死了。她要吃好几块猪排,睡三个钟点……"

走在街上,西卜太太像一个人随便跟人家商量什么以后的心理,把预言中对自己有利的部分都信以为真,把所说的灾难都认为不可能。第二天,主意更坚决了,她想大举进攻,把邦斯美术馆的东西弄上一部分,发一笔财。她几天之内只盘算着怎样把各种方法配合起来,达到她的目的。上面说过,粗人从来不像上等人那样随时随地消耗智力,所以他们执着一念的时候,精神上仿佛添了武器,力量格外的强。这些现象,在西卜女人身上表现得特别显著。执着一念的囚犯能够造成越狱的奇迹,平常人执着一念能够产生感情上的奇迹,这个看门女人的贪心,也使她变得像纽沁根受困之下一样强悍,面上愚蠢而实际和拉·巴番里纳一样精明。

几天之后早上七点光景,雷蒙诺克正在开铺门,她就眉开眼笑地走过去问:"堆在我先生家里的东西,怎么样才能知道一个确实的价钱呢?"

"那容易得很。倘使你跟我公平交易,我可以介绍你一个估价的人,挺老实的,他能知道那些画的价值,差不了一两个铜子……"

"谁?"

"一个叫作玛古斯的犹太人,他现在做买卖不过是玩玩罢了。"

埃里·玛古斯在《人间喜剧》中已是老角色,可以无须介绍[1];只要知道他那时已不做古画古玩的买卖,而是以商人资格采取了收藏家邦斯的办法。以估价出名的人,例如已故的亨利,在世的比育、莫莱、丹莱、乔治

---

[1] 埃里·玛古斯在《复仇》《婚约》《比哀·葛拉苏》等几部小说中都出现过。

洛恩，以及美术馆的专家等，跟玛古斯一比简直都是小孩子。他对百年尘封的古画能辨别出是否是杰作，他认得所有的画派和所有画家的笔迹。

这个从波尔多搬到巴黎来的犹太人，一八三五年起就不做买卖，但依旧穿得破破烂烂，因为这是多数犹太人的习惯，而犹太人是最守传统的民族。中世纪各国对犹太人的迫害，使他们为了避人注目故意穿得衣衫褴褛，老是哭丧着脸，装穷叹苦。习惯成自然，当年出于不得已的行为，慢慢地成为民族的本能和习惯了。玛古斯从前买卖钻石、古画、花边、珐琅、高等古玩、细巧的雕刻、古时的金银器物，靠这一行规模越来越大的生意，暗暗地挣了一份很大的财产。的确，巴黎是世界上古玩珍宝荟萃之地，近二十年古董商的人数加多了十倍。至于画，只有在罗马、伦敦、巴黎三大城市才有交易。

玛古斯住在通往王家广场的一条宽而短的弥尼末街，那儿他有所古老的宅子，在一八三一年上买进的，价钱简直便宜得不像话，屋子当初是有名的审计官摩朗古盖的，其中有路易十五时代装修得最华丽的几间房，大革命时因地位关系并没受到损坏。老犹太人违反民族的习惯而置产是有他的理由的。他晚年也跟我们老来一样染上一种近乎疯狂的嗜好。虽然和他故去的老朋友高勃萨克同样吝啬，他却不知不觉地对手里进出的宝物着了迷。但像他那种眼光越来越高、条件越来越苛的癖，只有国王才够得上资格有，还得是个有钱有鉴赏力的国王。据说普鲁士的第二个王[1]挑选掷弹兵，要身高六尺才合意，那时他会不惜重金罗致，放进他的掷弹兵博物馆；同样，那位退休的古董商看得中的画，既要没有一点毛病，又要没有

---

[1] 普鲁士的第二个王是腓特烈·威廉一世，为腓特烈一世之子，有名的腓特烈二世之父。

经过后人修补，还得是那个画家最精的作品。所以逢到大拍卖，他从不缺席，他巡阅所有的市场，跑遍整个的欧洲。这颗唯利是图的心像冰山一般地冷，看见一件精品可马上会热起来，正如玩腻了女人的老色鬼，到处寻访绝色的美女，一朝碰见完美的姑娘就不由得神魂颠倒。他崇拜理想的美，对艺术品的疯魔好比唐璜对女人，从欣赏中体味到比守财奴瞧着黄金更高级的乐趣。他置身于名画中左顾右盼，俨如苏丹进了后宫。

存放那些宝物的地方，不下于王爷的儿女们住的。玛古斯把整个二楼装修得美轮美奂地供养它们。窗上挂着威尼斯的金线铺绣做成的窗帘。地下铺着萨伏纳理最漂亮的地毯。一百幅左右的画上富丽堂皇的框子，全部由赛尔威很古雅地重新描过金。玛古斯认为他是巴黎唯一认真的描金匠，亲自教他用英国金描漆，因为英国金的质地比法国的好得多。描金业中的赛尔威，正如装订业中的多佛南，是个爱好自己作品的艺术家。屋内所有的窗都钉着铁皮的护窗板。玛古斯自己在三层顶楼上住着两间房，里面全是些破家具破衣服，一望而知是犹太人住的地方，因为他到老也没改变他的生活方式。

底层到处摆着犹太人还在买进卖出的画和从国外运来的箱子；另有一间极大的画室，现代修补古画最好的一个艺术家，应该由美术馆聘请的名手，莫莱，差不多给玛古斯长期包着在这儿工作。女儿诺爱弥的房间也在楼下。她是犹太人晚年生的，长得秀美，就像亚洲种族的特征表现得特别纯粹、特别高雅的那种犹太女子。和她做伴的是两个顽固的犹太老妈子，还有一个叫作阿勃朗谷的波兰犹太做前哨。他不知怎么阴错阳差地，牵入了波兰的革命运动，玛古斯有心利用，把他救了出来派作门房。阿勃朗谷守着这所又静又阴气又荒凉的屋子，住着一间门房，带了三只凶猛无比的

玛古斯置身于名画中左顾右盼,俨如苏丹进了后宫。

狗，一只是纽芬兰种，一只是比莱南种，一只是英国种的斗牛狗。

这样，犹太人可以放心大胆地出门旅行，可以高枕无忧地睡觉，既不用怕人家来夺他的第一件宝贝，女儿，也不必为他的画跟黄金操心。他这种安全是根据极深刻的世故得来的。第一，阿勃朗谷的工资每年加二百法郎，可是主人去世之后再没有什么遗赠的了；同时玛古斯又把他教会了在街坊上放印子钱。有人来的时候，阿勃朗谷要不先从装着粗铁杆的门洞里张望一下，绝不开门。这个大力士般的门房爱戴玛古斯，仿佛桑丘·潘沙爱戴堂吉诃德。其次，三只狗白天都给关着，没有一点东西吃；晚上阿勃朗谷把它们放出来，照老犹太人精明的办法，叫一只狗守在花园里一根柱子下面，柱子高头放着一块肉；一只守在院子里，也有一根同样的柱子；第三只关在楼下大厅内。要知道狗的本能就是守家的，如今又被饥饿给拴住了。哪怕见到最漂亮的母狗，它们也不肯离开高悬食物的柱子，更不会东嗅西嗅地随便乱跑了。一有陌生人，三只狗就以为是来抢它们的肉吃；而那块肉是要等天明之后，阿勃朗谷才拿给它们的。这个刁钻古怪的办法真有说不尽的妙处。那些狗都一声不叫，玛古斯恢复了它们的野性，变得像印第安人一样狡猾。有一天，几个贼觉得屋子里静悄悄的，便大着胆子，以为一定能偷到老犹太的钱。其中一个当先锋的，爬上花园的墙想跳下去；斗牛狗明明听到了，只是不理；等到那位先生的脚走近了，它就一口咬下，吃掉了。受伤的贼居然进着勇气翻过墙头，仗着腿上的骨头走路，直到同伴身边才晕倒，由他们抬了走。《司法日报》把这条极有风趣的巴黎夜新闻给登出来，大家还认为是杜撰的笑话。

七十五岁的玛古斯可能活到一百岁。尽管有钱，他的生活和两个雷蒙诺克的差不多。连对女儿予取予求的费用在内，他每月的开支也只要三千法郎。

35

懂画的人并不都在美术院

老人的生活比谁都有规则。天一亮就起来，早餐只吃些大蒜跟面包。这一顿直要维持到吃晚饭的时候。晚饭是和大家一起吃的，食物的菲薄跟修道院的相仿。早上到中午那段时间，古怪的老头儿在他陈列名画的几间屋子内走来走去，把家具、图画，所有的东西，掸灰抹尘，永不厌倦地欣赏着；然后他下楼到女儿屋里，享受一下为父之乐；然后他上街，到巴黎各处去奔跑，看拍卖、看展览会等。遇到一件精品符合他的条件时，这家伙的生活就有了生气：他有件事要钩心斗角了，有一场马伦哥的仗要打了[1]。他使尽诡计，非用极便宜的代价把新看中的妃子收入后宫不可。玛古斯有他的欧洲地图，名作散布的地方都在图上记载明白。他托各地的同道刺探消息，经手买进的时候送他们一笔佣金。花这样许多心血的确是有收获的。

拉斐尔迷拼命寻访的两张不知下落的拉斐尔，给玛古斯弄到了。乔尔

---

[1] 马伦哥为意大利地名，一八〇〇年七月拿破仑在此大破奥军，为历史上有名的战役。

乔纳替他为之丧命的情妇[1]所画的肖像，也在玛古斯手上；外边所谓的真迹其实都是临本。据玛古斯估计，他这一幅值到五十万法郎。他又有一张提香为查理五世画的《基督葬礼》，大画家当时还附了一封信给大皇帝，而现在这封亲笔信就粘在画的下角。他也有提香为腓力二世画许多肖像的第一幅稿图。其余的九十七幅，画品与声名也都不相上下。有了这些宝物，难怪玛古斯要笑我们的美术馆了。他们让阳光从窗里透进来，损坏最美的作品，全不知玻璃窗的作用等于凹凸的镜片。原来画廊是只能从顶上取光的。玛古斯美术馆的护窗，都由他亲自启闭，照顾的周到像对他女儿一样，那又是他的一宝！这嗜画成癖的老人，的确懂得画的奥妙。他认为名作有它特殊的生活，每天都不同，而它的美是依赖光线的；他提到这些好像从前荷兰人提到郁金香[2]；对每幅不同的画，他有一定的钟点去欣赏，因为在天气晴朗的日子里，某幅画只有某一个时间才放射异彩。

这矮小的老头儿，穿着件粗呢大褂，上了十年的丝背心，满是油腻的裤子，露着光秃的脑袋，凹下去的脸，微微抖动的胡子，翘起了白须，凶狠的尖下巴，没有牙齿的嘴，眼睛跟他的狗的一样亮，有骨无肉的手，华表式的鼻子，全是皱痕而冰冷的皮肤，对着天才的创作欣然微笑：那在不活动的图画中间不是一幅活的图画吗！有三百万家财烘托的一个犹太人，永远是人间最美的一景。就凭我们的名演员劳贝·曼达出神入化的演技[3]，

---

[1] 意大利名画家乔尔乔纳（1478—1510），是为情妇死的，一说是情妇中时疫暴卒，乔氏亲吻死者，致染疫而死；一说是情妇被乔氏挚友比哀·路佐·特·法脱尔所诱，忧愤而死。

[2] 郁金香原生于非洲北部、亚洲西部、欧洲南部，十六世纪末盛行于西欧，种植郁金香成为一时风气，尤以荷兰人最为喜爱。

[3] 劳贝·曼达为巴尔扎克杜撰的演员。

也表现不出这种诗情画意。像玛古斯一类有所信仰的怪物,世界上以巴黎为最多。伦敦的怪物,对自己的癖好临了会像对自己的生命一样感到厌倦的;唯有巴黎的狂人精神上始终与他的怪癖融成一片。你可以在街上看到邦斯与埃里·玛古斯之流,穿得非常寒酸,像法兰西学士院的常任秘书一样心不在焉[1],仿佛对什么都无所谓,对什么都没有感觉,既不注意妇女,也不注意橱窗,漫无目的地走着,口袋里空无所有,似乎脑子里也空无所有:你碰上这种人一定会奇怪他们是属于巴黎哪一个部落的。哎,这些家伙原来是百万富翁,是收藏家,是世界上最疯魔的人,为了要弄到一个杯子,一幅画,一件稀有的东西,不惜踏上轻罪法庭,像从前玛古斯在德国一样。

这便是雷蒙诺克很神秘地带着西卜女人去求见的专家。雷蒙诺克每次在大街上遇到玛古斯,总得请教一番。老犹太也知道这个当伙计出身的人老实可靠,常常由阿勃朗谷出面借钱给他。弥尼末街和诺曼底街近得很,两个想发横财的同党十分钟就走到了。

"你可以见识到告老的古董商中最有钱的一个,巴黎最内行的鉴赏家……"雷蒙诺克对他的同伴说。

西卜太太一看矮小的老头儿穿着连西卜也不屑于修补的上装,先就呆住了;随后被他那双像猫一样冷静而狡猾的眼睛一扫,她更觉得毛骨悚然。他在楼下冷冰冰的大厅内,监督一个画家修整古画。

"什么事啊,雷蒙诺克?"他问。

"有些画要请你估价;巴黎只有你能告诉我,像我这样卖铜器的穷小

---

[1] 此处系作者讽刺法兰西学士院。常任秘书之心不在焉,乃反映学士院内陈言俗套的议论令人生厌。

子,不像你那么家私成千成万的,为那些画可以出多少钱。"

"东西在哪儿?"

"这位便是货主屋子里的门房,替那个先生打杂的,我已经跟她讲妥了……"

"货主姓什么?"

"邦斯!"西卜女人抢着说。

"没听见过。"玛古斯假痴假呆地回答,一边轻轻地把修补古画的人踩了一脚。

画家莫莱是知道邦斯美术馆的价值的,便突然抬起头来。这种微妙的表情,只能用在雷蒙诺克与西卜女人前面。犹太人的眼睛好似称金子的人的天平,一瞥之下已经把看门女人掂过了斤量。这一男一女当然不知道邦斯与玛古斯常常斗法。事实上,两个奇狠无比的收藏家彼此都很眼红。所以老犹太一听到邦斯二字就心中一动,他从来不敢希望能踏进一个守卫如是严密的宝库。巴黎唯有邦斯美术馆能和玛古斯美术馆竞争。犹太人采取邦斯的收藏办法,比邦斯晚二十年;但因他是个兼做买卖的人,所以跟杜索末拉一样是邦斯不招待的。而邦斯与玛古斯,双方都存着同样嫉妒的心。一般家中有画廊的人往往喜欢出名;他们两个却没有这种虚荣。玛古斯要能仔细瞧一瞧穷音乐家的精美的藏品,其愉快就好比一个好色的人有个朋友把美丽的情妇藏在一边不让看见,而有朝一日居然溜进了她的上房。雷蒙诺克对这个怪人的尊敬,把西卜女人唬住了。凡是真正的力量,即使是不可解的,都有一股声势;看门女人在老头儿前面不知不觉变得听话了,柔和了。她不敢再拿出对付一般房客和她两位先生的专横的口气,她接受了玛古斯的条件,答应当天就带他进邦斯美术馆。这一下可是把敌人引进腹地,一刀扎入了邦斯的心窝。十年来邦斯老把钥匙随身带着,告诉西卜女人谁也不让进去,她一向对古董的意见和许模克的相同,也就听从了他的吩咐。因为老实的德国人把宝物当作小玩意儿,看着朋友着迷觉得可叹;看门女人受他的影响,也瞧不起古董,所以邦斯的美术馆十年工夫没有被闲人闯入。

邦斯病倒以后,戏院和私塾方面都由许模克替代。可怜的德国人为了保住两人的位置而包办一切,只能在早上和吃晚饭的时候见到朋友。他痛苦至极,所有的精力都给双份的工作消耗完了。女学生和戏院的同事,从他那儿知道了邦斯的病,看见可怜虫愁眉不展,就常常问起邦斯的情形;而钢琴家悲伤的程度,使那些不关痛痒的人也拉长着脸表示同情,像巴黎人听到了最大的灾难一样。好心的德国人,生命的本源和邦斯的受到同样深刻的打击;他熬着自己的痛苦,还得为了朋友的病而痛苦。所以他每次上课倒有一半时间在谈论邦斯,他会挺天真地中途停下来想着朋友今天怎么样,连年轻的女学生也留神听着他解释邦斯的病情了。两课之间要有空闲,他就奔回诺曼底街陪邦斯一刻钟。两人的钱都花完了,半个月来西卜太太尽量增加病费的开支,再拿这种坏消息去恐吓许模克。他虽然又惊又急,却出乎意外地发觉自己竟有勇气把悲痛压下去。为了要家里不缺少钱,他生平第一次想到挣钱的念头。有个女学生给两位朋友的境况感动了,问许模克怎么能把邦斯一个人丢在家里的,他却像受骗的老实人一样,不胜欣慰地微笑着说:"哎,小姐,我们有西卜太太呀!她又好又热心,把邦斯招呼得像王爷一样!"

可是,只要许模克一出门,西卜女人在家便是主人了。半个月不吃东西的邦斯,四肢无力地瘫在那儿,西卜女人为了铺床要他坐到沙发上去的时候，非得把他抱过去不可，他怎么还能监视这个所谓的好天使呢？不用说，西卜女人是趁许模克吃中饭时去见玛古斯的。

她回来，许模克正在跟他的朋友说再会。自从知道邦斯可能有笔大家私以后，西卜女人简直寸步不离，像孵小鸡似的老守着他。她坐在床前一张舒服的沙发里，开始东拉西扯，搬弄一套这等女人最拿手的废话，替邦斯解闷。假装温和驯良、体贴周到、老担着心事，她用种种权术把邦斯的心收拾得服服帖帖。

36

看门老婆子的唠叨与手段

西卜女人听了风丹太太的预言吓坏了，决意用软功夫，用不犯法的恶毒手段，在她先生的遗嘱上争个名字。十年工夫，她不知道邦斯美术馆的价值；现在她忽然把自己十年的忠诚、老实、没有一点私心，看作一笔资本，预备兑现了。想发财的欲望，在这女人心里好比在壳里伏了二十五年的一条蛇，那天被雷蒙诺克一句暗示金钱的话唤醒之下，她便把潜藏在心里的所有的邪念喂着它。至于她听了蛇的主意如何执行，看下文便知分晓。

"哎，喂，他有没有喝过很多水，咱们的宝贝病人？是不是好一些呢？"她问许模克。

"不行哪！我的好西卜太太！不行哪！"德国人抹着眼泪回答。

"哦！先生，你别这样慌，事情总得往好的方面想……哪怕西卜马上要死过去，我也不至于像你一样发愁。得了吧，咱们的宝贝病人身子很棒。再说，他一向规矩，你可不知道规矩的人年纪才活得大呢！对，他现在病势不轻，可是凭我这样的服侍，一定把他救过来。放心吧，你去干你的正经事，我来陪他，拿大麦水给他喝。"

"要没有你，我才急死呢……"许模克捧着打杂女人的手握了一下，

表示他的信任。

西卜女人抹着眼睛走进邦斯的屋子。

"怎么啦,西卜太太?"邦斯问。

"都是许模克先生使我心里乱糟糟的,他在那儿哭你,好像你已经死了!虽然你病在这里,还不至于要人家哭你哪;可是给他一急,我也忍不住了!天哪!我傻不傻,对你比对西卜还要关切!归根结底,你对我没有什么相干,除了大家同是亚当夏娃的子孙,咱们既不是亲又不是眷;可是,一提到你呀,真的,我心就慌了。我可以牺牲一只手,当然是左手啰,真的,就在你面前割下来,只要能看到你能吃能喝,进进出出,从做买卖的手里骗到些便宜货,跟往常一样……我要有个孩子的话,我相信就会像爱你一样地爱他,不是吗?——来吧,好乖乖,你喝,把这一杯都喝下去!你喝不喝,先生!波冷医生对我说的:倘若邦斯先生不愿意进拉雪兹神甫公墓,就得把奥凡涅人每天挑来卖的水,统统喝下去。所以你得喝!喝呀!……"

"我不是喝着吗,好西卜太太!……我喝了多少,整个的胃都给水淹了……"

"对,这才对啦!"门房女人接过了空杯子,"这样你就有救了!波冷先生有过一个跟你一样的病人,没有人照顾,儿女都不理他,结果就为这个病死的,因为不喝水!……所以你瞧,你得喝水!……那个人才给埋了两个月……喂,你知道没有,要是你死了,许模克那好人就完啦……我不说假话,他真是个孩子。哦!这羔羊似的人多爱你哟!从来没有一个女人这样地爱一个男人的!……他为了你吃不下喝不下,半个月到现在瘦得跟你一样,只剩皮包骨头了……我还看了忌妒呢,因为我挺喜欢你,可是不到他那地步，我没有吃不下饭，相反呢！成天楼上楼下地爬，我两条腿酸得不得了，夜里一上床就睡熟了，像块石头一样。不是吗，为了你，我顾不到可怜的西卜，只能托雷蒙诺克小姐给他弄饭，他对我叽叽咕咕，说每样东西都不行。我吗，我劝他，一个人应当为别人牺牲，说你的病不轻，不能把你丢在这儿，……先是你不能雇一个老妈子服侍你！我招呼了你十年，替你管了十年家，怎受得了一个看护女人呢[1]？……她们都是贪嘴的家伙！一个人吃的要抵得十个人，又是酒，又是糖，又是脚炉，要这样那样的舒服……倘使病人不把她们写上遗嘱，她们还要偷东西……今天这儿来一个服侍病人的老妈子，明天就会少了一幅画或是别的什么……"

"噢！西卜太太，"邦斯急得直嚷，"别离开我啊！……不准人家动我的东西！……"

"我在这儿呀！只要我吃得住，我不会走的……你放心！波冷先生说不定在打你的宝物的主意，他想叫你雇个看护女人！……嘿！我老实不客气把他顶回去了，我说：先生只要我一个人服侍，他知道我的脾气，我也知道他的脾气。——这样他才不作声了。哼，服侍病人的老妈子全是贼！我恨透了那些女人！……你才不知道她们多坏呢……有个老先生……还是波冷先生跟我讲的……对啦，一个什么萨巴底哀太太，三十六岁，从前在王宫市场做拖鞋生意的——你不是知道王宫市场从前有些开铺子的门面，现在给拆掉了吗？……"

邦斯点点头。

"且说那女人早先运气不好，丈夫是个酒鬼，中风死了；可是说句公

---

[1] 此处所谓看护女人并非现代经过医学训练的护士，故不译为"看护"或"护士"，以免混淆。

道话，她长得真漂亮，可惜长得漂亮也不中用，交了些律师朋友也是白费……这样她就落难啦，平时专门服侍产妇，住在巴贝杜贝街。后来，她去看护一个老头儿，说句不文雅的话，他害着尿道病，要人给他通，像凿井似的，还得许多别的照顾，她只能睡在那个先生卧房里，搭一张帆布床。嗳！这种事说出来简直没人相信！也许你会说：男人都是不规矩的！只知道一味地自私自利！——总之，她在房里老陪着他，逗他高兴，和他讲故事，有一搭没一搭的，就像咱们现在一样地瞎聊……她打听出来，原来老人有些侄子，都恶得很，给他受了很多气，说到末了，他的病就是给侄子气出来的。后来哪，我的先生，她救了老人的命，嫁了他，生了个怪可爱的孩子，教母便是夏洛街上开肉铺子的老婆，因为鲍特凡太太跟那女的是亲戚……你瞧她这一回运气可好！……我吗，我嫁了人，可没有孩子，老实说，那只怪西卜不好，他太爱我了；因为倘使我要……哦，这样也好。有了孩子，我跟西卜俩怎么办？我们没有一点儿产业，没有一个钱，白做了三十年老实人，我的好先生！我觉得安慰的，就是从来没有拿过人家一个子儿，从来没有害过谁……打个比喻，我这么说是没有关系的，因为要不了六个星期，包你起床到大街上去溜达了，我不过打个比喻说，假使你把我写上遗嘱，那么，告诉你，我要不找到你的承继人把钱还掉，我就睡不着觉……因为我最怕不是自己流着汗挣来的钱。尽管你说：哦，西卜太太，你不用过意不去；那是你拿力气换来的，你把两位先生招呼得跟自己的孩子一样，一年替他们省了一千法郎……因为先生，你知道吗，换了别个做饭的老妈子，在我的地位早已存起万把法郎了！——所以那位好先生送你一笔小小的终身年金，也是应该的——譬如人家对我这么说吧，可是不，我绝不接受，嗨！我是不贪心的！……我真不懂怎么有些女人待

人好是为了有利可图……你想，先生，这还能算好事吗？……我不上教堂去，我没有那个工夫；可是我的良心告诉我什么叫作好什么叫作坏！……喂，你别这样乱动呀，我的宝贝！……别乱搔呀，我的天，你的脸多黄，黄得变成棕色了……一个人二十天工夫会像个柠檬，你说怪不怪！清白老实是穷人的财产，一个人好歹总得有点东西！打个比喻说，即使你快死了，我第一个会劝你把所有的东西都送给许模克先生。这是你的义务，你的家属只有他一个人！他可真爱你，这家伙，像一只狗爱它的主人一样。"

"唉！是的，"邦斯说，"我一辈子只有他爱我……"

37

一条美丽的手臂能有多少效果

"嗯！先生，"西卜太太说，"你这句话可不客气啦；那么我呢！难道我就不喜欢你啦？……"

"我没有这么说呀，我的好西卜太太……"

"得了吧！你把我当作一个老妈子，一个普通的厨娘，好像我是没心没肺的！哎哟！我的天！十一年工夫给两个老鳏夫做牛做马！一心一意为了他们好，为了找块勃里乳饼，一跑就是几十家水果店，听人家冷言冷语；为了买新鲜牛油，一直奔到中央菜场；大小事情没有一样不留神，十年工夫没有砸破一件东西，连一个碗角都不缺……简直像母亲待孩子一般！临了落得一声我的好西卜太太，明明是老先生心里不见你的情，可是你把他服侍得像王太子一样，哼，人家服侍罗马那位小国王还差得远呢！……我敢打赌他得不到你那样的照顾！……要不他怎么会年纪轻轻地死呢？……你瞧，先生，这不是你不公平吗……你没有良心！说来说去，不过因为我是个可怜的看门女人。哦！天哪，敢情你，你也拿我们当作狗看待的？……"

"噢！我的好西卜太太……"

"噢！我的好西卜太太……"

"对，你是有学问的，请你讲给我听，干吗咱们当门房的要受到这种待遇，干吗把我们当作没心没肺，瞧咱们不起，如今晚儿不是讲平等吗？……我，我难道比不上别的女人？我当初还是一个巴黎最漂亮的姑娘，出名的牡蛎美人，求情说爱的话一天要听到七八回呢！……哪怕到了今天，只要我愿意！嗬，先生，你不是认得那个卖旧货的小家伙吗，住在大门旁边的？告诉你，倘使我做了寡妇，打个比喻说，他会闭着眼睛娶我，他平常一双眼睛老盯着我，成天地对我说：噢！西卜太太，你这对胳膊多美！……我昨天晚上梦见你的胳膊变了面包，我变了牛油，躺在面包上！……来，先生，瞧瞧我的胳膊！……"

她卷起衣袖，露出一条世界上最美的胳膊；手又红又干，胳膊却显得又白又嫩；那是一条丰腴的、浑圆的、有小涡的手臂，从粗呢料子的衣袖中脱颖而出，好似锦囊中抽出一把宝剑，邦斯只觉得一阵眼花，不敢久视。

"吓！给这条手臂打开的心，跟我刀子劈开的牡蛎一样多！看见没有，这是西卜的。这亲爱的好人，只要我开声口，他为我从峭壁上跳下去都愿意；我真不该为了你冷淡了他，你先生只叫我声好西卜太太，我可不顾死活地，连办不到的事都想给你办……"

"你听我说啊，我总不成把你叫作我的妈妈，我的女人……"病人说。

"完啦完啦，我这一生这一世，再也不照应谁了……"

"你让我说好不好！"邦斯又道，"刚才我是在讲许模克。"

"许模克先生！对啦，他才是有良心的。他是喜欢我的，因为他穷！有了钱，心肠就硬了，你就是有了钱！好，你去找个看护老妈子吧，瞧她给你过的什么日子！要不把你折磨得像个金壳虫才怪！医生盼咐要给你喝水，她偏给你吃东西！她要送你进坟墓，好抢你的家私！你不配西卜太太的招呼！……得啦，波冷先生来的时候，你叫他找个老妈子吧！"

"唉，要命！你听我的呀！"病人气得直叫，"我讲我的朋友许模克，又没扯到什么女人！……我很明白，真心爱我的只有你跟许模克！……"

"别这样生气好不好！"西卜女人嚷着，扑过去按着邦斯睡下。

"我怎么能不喜欢你呢？……"可怜的邦斯说。

"噢，你喜欢我，真的吗？……得啦，得啦，对不起，先生！"她一边说一边哭，抹着眼泪，"我知道，你喜欢我像喜欢一个老妈子是不是？……你扔给她六百法郎终身年金，好比拿块面包扔在狗窝里！……"

"噢！西卜太太，你拿我当作什么人？你不了解我！"

"啊！那么你不是这样对我的！"她说话之间看到邦斯瞧了她一眼，"你把好西卜太太当作母亲是不是？那对啦，我是你的母亲，你们两口儿都是我的孩子！哦！我要认得那些给你受气的人，我就得上重罪法庭了，甚至给抓进警察局也难说，因为我一定会挖掉他们的眼睛！……十恶不赦的东西，送到圣·约各门外去砍头还是便宜了他们呢！……你人这样好，心这样软，你生到世界上来就是为使一个女人快活的……是的，你一定会使她快活……我一看就知道，你生来是这样的人……我早先看到你对许模克先生那么好，心里就想：可怜邦斯先生白活了一辈子，天生他是个好丈夫……我知道，你是喜欢女人的！"

"唉！是的，"邦斯说，"我可从来不曾有过女人！……"

"真的吗！"西卜女人带着挑拨的神气走近邦斯，抓着他的手，"敢情你不知道什么叫作有个疯疯癫癫的情妇听你摆布吗？那怎么可能！我要是你，要不尝到人生一世最快活的事儿，绝不肯离开这个世界去进天堂……可怜的小宝贝！现在我要像从前的模样，不说假话，一定扔下西卜跟你！"

瞧你的鼻子长得多体面！怎么会这样体面的，嗯，我的小心肝？……你一定要说：看男人，不是每个女人都有眼睛的！……对，可叹她们都糊里糊涂地嫁错了人！我以为你情妇起码有一打，什么舞女呀，戏子呀，公爵夫人呀，因为你常常不在家！……看着你出门我老对西卜说：呦！邦斯先生又找野娘们玩儿去啦！一句不假，我是这样说的，我真以为有多少女人爱你呢！你是天生的教人爱的……告诉你，我的好先生，你第一次在家里吃晚饭的时候，我就看出来了。哎哟！你瞧着许模克先生的欢喜，你多感动啊！第二天他还哭着对我说：西卜太太，他在家里吃过晚饭了！我也跟着哭得昏天黑地。赶到你又上外边去闲逛，在别人家里吃饭，他就多难过啊：可怜的人！从来没见过像他那么样的伤心！你的确应当把家私送给他。不是吗，这个正直的好人，就是你的亲属！……你不能忘了他！要不上帝就不准你进天堂了，你得知道，没有义气的人，不送年金给朋友的人，都进不了天堂。"

38

初步的暗示

邦斯再三想回答,总是无法插嘴,西卜女人拉不断扯不断的话好比刮大风。蒸汽机还有方法叫它停止,要拦住一个看门女人的舌头,恐怕发明家绞尽脑汁也想不出好办法。

"我知道你要说什么,"她抢着往下说,"好先生,一个人害了病,立张遗嘱并不会送命的;我要是你啊,我就要防个万一,我不愿意丢下那可怜的绵羊,真的,他是好天爷脚下的绵羊,一点儿事都不懂;我才不让他给吃公事饭的黑心人摆布,不让他落在那些坏蛋的家属手里呢!你说,二十天到现在,可有谁来看过你?……你还想把遗产送给他们!你可知道,有人说这里的东西值点儿钱吗?"

"我知道。"

"雷蒙诺克知道你是收藏家,他自己也在买进卖出,他说愿意给你三万法郎终身年金,只要你百年之后让他把画拿走……这倒是桩买卖!要是我,就答应下来了!可是他这么说,我以为他跟我开玩笑……你得把这些东西的价值告诉许模克先生,因为人家要哄他,就像哄孩子一般容易;你这些好东西能值多少,他一点儿念头都没有,连值钱两个字也没想到!他会三钱不值两文地给了人，倘使他不是为了爱你而一辈子留着，倘使他在你身后还能活着，因为你一死，他也会死的！可是放心，有我在这儿，我会保护他，抵抗所有的人！……我跟西卜两个。"

邦斯被她这一阵胡说八道感动了，觉得像所有平民阶级的人一样，她的感情的确很天真，便回答道：

"好西卜太太，要没有你跟许模克，我真不知道要落到什么田地呢！"

"哦！世界上只有我们两个是你的朋友！那是不错的！两颗好心就胜过所有的家属……哼，甭提什么家属啦！家属好比一个人的舌头，像那个有名的戏子说的，最好的是它，最坏的也是它……你的亲人，他们在哪儿？你有亲人吗？……我从来没见过……"

"就是他们把我气成这样的！……"邦斯不胜悲痛地嚷着。

"哦！你还有亲人……"西卜女人站起身子，仿佛她的沙发是一块突然烧红了的铁，"哎！好，他们真好，你的亲人！怎么！二十天了，对，到今儿早上已经二十天了，你病得死去活来，他们还没来问过一声！那可心肠太狠了！……我做了你，宁可把财产捐给育婴堂，绝不给他们一个子儿！"

"好西卜太太，我本想把所有的东西都给我的外甥孙女的，她的父亲是我的嫡堂外甥加缪索庭长，你知道，就是两个月以前，有天早上来看我的那个法官……"

"哦！那个矮胖子，打发当差们来代他的女人向你赔罪的！……他的老妈子还跟我打听你呢，那个老妖精，我恨不得把扫帚柄在她的丝绒短斗篷上扫它两下呢。哪有一个老妈子穿丝绒斗篷的！哦，真是世界翻身了！革命，革命，干吗革命？你们有办法，你们去吃两顿夜饭吧，有钱的混蛋！我说，法律是没用的，倘使路易·菲利普就让人家没大没小地不分上下，那还有什么王法？因为，我们真要是平等的话，不是吗，先生，一个老妈子就不该穿丝绒斗篷，因为我西卜太太，做了三十年老实人还穿不上……这算哪一门的玩意儿？你总得叫人看出你的身份。老妈子就是老妈子，就像咱家我是个看门的！要不军人戴那些肩章干吗？各人有各人的等级，怎么能胡来！这些七颠八倒的事，先生，要不要我告诉你最后一句话，那就是，法兰西是完了！……拿破仑在的时候，可不是这样的，你说是不是，先生？所以我对西卜说：你瞧，家里有了穿丝绒斗篷的老妈子，那家人准是没有心肝的……"

"对啦，就是没有心肝！"邦斯回答。

于是他把心里的委屈跟痛苦讲给西卜太太听，她把那些亲戚尽量地咒骂，对每一句伤心的叙述都不怕过火地表示同情。末了她哭了。

要想象老音乐家与西卜太太之间突如其来的亲密，先得了解老鳏夫的处境。他生平第一遭害着重病，躺在床上受罪，举目无亲，孤零零地消磨日子；而他的日子特别来得长，因为他得和肝脏炎那种说不出的痛苦挣扎，那是连最美满的生活也要给破坏完的，何况他没有了事做，惦记着不花钱就能看到的巴黎景象，更是意气消沉，像害了相思病。

这种孤独，这种暗淡的日子，这种生活的空虚，打击精神比打击肉体更厉害的痛苦，一切都逼得单身汉去依赖那个招呼他的人，好比淹在水里的人抓着一块木板；尤其他是生性懦弱，软心肠而又软耳朵的。所以邦斯对西卜女人的胡扯听得津津有味。在他心目中，全世界的人只有许模克、西卜太太和波冷医生，而他的卧室便是他整个的天地。普通的病人，精神只集中于目光所及的小范围，自私的心理只关切身边琐事，所依赖的只有一间屋子里的人和物；现在邦斯又是个老鳏夫，没有亲人，没尝过爱情的滋味,他的心境更可想而知了。病了二十天,他有时竟后悔没有娶玛特兰纳·维凡!所以二十天之内,西卜太太就在病人心中成为了不起的人物,仿佛没有她就没有命了。至于许模克,在可怜的病人旁边不过等于另外一个邦斯。西卜女人的巧妙,是在于无意之间代邦斯说出了心里的话。

"哦!医生来啦。"

她听见门铃响,就一边说着一边丢下了邦斯,明知那是犹太人和雷蒙诺克上门了。

"你们两位轻声点儿!"她说,"别让他听见什么!一牵涉到他的宝贝,他火气就大啦。"

"只要绕一转就够了。"犹太人回答。他手里拿着一个放大镜和一个手眼镜。

39

狼狈为奸

邦斯美术馆存放大部分作品的屋子,是从前建筑师替法国旧贵族设计的那种老式客厅,有二十五尺宽,三十尺长,十三尺高。四面挂着邦斯藏的六十七幅画,墙上装有白漆描金的护壁板,白漆已经发黄,描金已经变红,和谐的色调倒也不妨害画的效果。柱头上放着十四座雕像,有的在屋角,有的在画中间,柱子一律是蒲勒出品。靠壁半人高的地位摆着紫檀木酒柜,每个都刻花,富丽堂皇,放的是各式古玩。客厅中间,一排雕花的食器柜上全是最珍贵的手工艺品:象牙、铜器、木雕、珐琅、金银器物与瓷器等。

犹太人踏进宝殿,立刻认出四幅最精彩的画直奔过去,那些画家是他的收藏中没有的。他的心情,仿佛博物学者发现了采集不到的标本,不惜从西方跑到东方,踏进热带,跋涉沙漠,横渡大草原,穿越原始森林去寻访的。四幅画中第一幅是赛白斯蒂安·但尔·毕翁菩的,第二幅是弗拉·巴多洛美奥的,第三幅是霍贝玛的风景,第四幅是亚尔倍·丢勒的《女像》,简直是四宝!在绘画史上,赛白斯蒂安是集三大画派的精粹于一身的人。他原来是威尼斯画家,到罗马去在米开朗琪罗的指导之下学拉斐

尔的风格。米开朗琪罗有心训练自己的大弟子，用拉斐尔的方法去攻倒拉斐尔。因此，赛白斯蒂安虽是懒散的天才，但在为数有限而相传稿本出于米开朗琪罗手笔的画上，的确把威尼斯派的色彩、翡冷翠派的布局与拉斐尔的风格熔于一炉。这种兼有三家之长的艺术，其完美的程度可以从巴黎美术馆藏的《庞第奈里肖像》[1]上看到，它可以毫无愧色地比之于提香的《拿着手套的人》，拉斐尔的那幅兼有科累佐之妙的《老人像》，列奥纳多·达·芬奇的《查理八世像》。这四幅都有一样的光彩与色泽，异曲同工，价值相等。人类的艺术可以说是至此而极。它还胜过自然，因为自然界的美不过是昙花一现。邦斯藏的赛白斯蒂安，是画在石版上的《马耳他骑士的祈祷》，其鲜艳、工整、沉着，还有过于《庞第奈里肖像》。巴多洛美奥的《圣家庭》，可能有好多鉴赏家认作拉斐尔。霍贝玛的风景在标卖时可以值到六万法郎。丢勒的《女像》，很像有名的纽伦堡的《霍邱肖像》。霍邱和丢勒是朋友，那张肖像曾经由荷兰、普鲁士、巴伐利亚几邦的君主出到二十万法郎想收买，而且想收买了几次都没成功。邦斯这幅，画的或许便是霍邱的妻子或女儿。这假定很有可能，因为画上女人所摆的姿势，显然跟另一张是对称的；而爵徽的画法、地位，在两幅上也相同。最后，旁边写的四十一岁，也和另一幅上的年龄相配。不消说，纽伦堡霍邱家的后人对那幅藏画素来视为至宝，最近才完成了一幅铜刻的图。

埃里·玛古斯轮流瞧着四幅画，眼泪都冒上来了。

"这几张画，你要是能让我花四万法郎买到，我每张送你两千法郎酬劳……"他咬着西卜女人的耳朵说。西卜女人听到这一笔天外飞来的横财，

---

[1] 此画向被认为赛白斯蒂安·但尔·毕翁菩的杰作，但现代学者已断定为同时代的勃龙齐诺的作品。

不由得愣住了。

犹太人的欣赏到了如醉若狂的境界；神志乱了，平时的贪心也动摇了，他没头没脑地沉浸在里面了。

"那么我呢？……"雷蒙诺克问，他对画还是外行。

"这里的东西都没有什么高低，"犹太人很狡猾地附着奥凡涅人的耳朵说，"随便挑十张画，跟我一样的条件，你就发财啦！"

三个人你望着我，我望着你；贪欲获得了满足，每个人都咂摸着人生最大的快乐。不料病人一声叫喊，像钟声似的在空气中余音不绝……

"谁呀？……"邦斯嚷着。

"先生，你睡下去呀！"西卜女人奔过去硬要邦斯睡下，"嗯！你不想活吗？……来的不是波冷先生，是那个好人雷蒙诺克，他不放心你，特意来打听你的消息！……瞧大家对你多好，全屋子的人都在为你着急。你怕什么呢？"

"我听你们有好几个人呢。"病人说。

"好几个！喔！你在做梦吗？这样下去，你会发疯的，告诉你！……好，你瞧吧。"

西卜女人奔过去打开房门，递个眼色叫玛古斯退后去，叫雷蒙诺克上前来。

"嗳，亲爱的先生，"奥凡涅人顺着西卜女人的口气说，"我来伺候你，这屋里的人为了你都觉得害怕……你知道，谁都不喜欢屋子里有死神进门的！……还有莫尼斯特洛老头，你不是跟他很熟吗？他要我对你说，倘使要用钱，他可以帮忙……"

"哼，他派你来瞧瞧我的古董！……"老收藏家起了疑心，说话很不客气。

害肝病的人几乎都有一种特殊的说来就来的反感；他们的肝火会盯住某一件东西或某一个人。邦斯一心一意只想守护他的宝物，以为有人在觊觎它们；他平日常叫许模克去瞧瞧可有人溜进禁地。

"你的收藏相当精，可能引起收货的人注意，"雷蒙诺克很调皮地回答，"我对高等古玩是外行，但大家认为先生你是大鉴赏家，所以我虽然不大懂，也愿意闭着眼睛向先生你买点东西。……倘使你要用钱的话，因为这些要命的病是……最花钱的……上回我姊妹闹肚子，十天工夫就花了三十铜子，其实不吃药也会好的……医生都是些坏蛋，专门趁火打劫……"

"再见，先生，谢谢你。"邦斯一边回答，一边很不放心地把眼睛盯着旧货鬼。

"我送他出去吧，"西卜女人轻轻地告诉病人，"免得他拿了什么东西。"

"对，对。"病人不胜感激地向西卜女人递了个眼色。

西卜女人带上房门，这个举动可又引起了邦斯的疑心。她走出去看见玛古斯一动不动地站在四幅画前面。只有能体会理想的美，对登峰造极的艺术有股说不出的感情，会几小时地站在那里鉴赏达·芬奇的《蒙娜丽莎》、科累佐的《安底奥泼》、安特莱·但尔·萨多的《圣家庭》与《提香的情妇》、陶米尼耿的《花丛中的儿童》、拉斐尔的单色画和《老人像》的人，才能了解玛古斯那种出神的境界。

"你轻轻地走吧！"西卜女人吩咐他。

犹太人慢慢地，一步一步地倒退出去，眼睛老瞅着画，好比一个情人望着情妇向她告别。

La Comédie Humaine

狼狈为奸

40

狡猾的攻击

西卜女人看到犹太人的出神,心里就有了主意;一到楼梯口,她拍了拍玛古斯全是骨头的胳膊。

"你每张画得给我四千法郎!要不就拉倒……"

"我没有那么多钱呀!我想要那些画是为了爱好,为了爱艺术,我的漂亮太太!"

"好小子,你这样啬刻,还知道爱!今儿要不当着雷蒙诺克把一万六答应下来,明儿就要你两万了。"

"一万六就一万六。"犹太人被看门女人的贪心吓坏了。

"犹太人不是基督徒,他们能够凭什么赌咒?……"她问雷蒙诺克。

"放心,你相信他得了,他跟我一样靠得住。"收旧货的回答。

"那么你呢?我要让你买到了东西,你怎么酬劳我?……"

"赚的钱大家对分。"雷蒙诺克马上说。

"我宁可拿现钱,我不是做买卖的。"

"你真内行!"玛古斯笑道,"做起买卖来倒真够瞧的。"

"我劝她跟我合伙,把身体跟财产统统并过来。"奥凡涅人抓着西卜女人的胖手臂，用锤子一样的力气拍了几下。

"除了她的漂亮，我又不要她别的资本——你老跟着西卜傻不傻？像你这样的美人儿，可是一个门房能叫你发财的？喔！一朝坐在大街上的铺子里，四面摆满了古董，跟那些收藏家聊聊天，花言巧语地哄哄他们，你该是何等人物！等你在这儿捞饱了，赶快丢开门房，瞧咱们俩过的什么日子吧！"

"捞饱了！"西卜女人嚷道，"这儿我连一根针都不肯拿的，听见没有，雷蒙诺克！街坊上谁不知道我是一个规规矩矩的女人，嘿！"

西卜女人眼里冒出火来。

"哦，你放心！"玛古斯说，"这奥凡涅人太爱你了，绝不是说你坏话。"

"你瞧她会给你招来多少买主！"奥凡涅人又补了一句。

"你们也得说句公道话，"西卜太太的态度缓和了些，"让我把这里的情形讲给你们听听……十年工夫我不顾死活地服侍这两个老鳏夫，除了空话，没有到手过一点东西……雷蒙诺克知道得清清楚楚，我给两个老头儿包饭，每天要贴掉二三十个铜子，把我所有的积蓄都花光了，真的，我可以凭我妈妈的在天之灵起誓！……我从小只知道有娘，不知道有爷的；可是像咱们头上的太阳一样千真万确，我要有半句谎话，我的咖啡就变成毒药！……现在一个不是快死了吗？并且还是有钱的一个……我把两个都当作亲生的孩子呢！……唉，你们可想得到，二十天工夫我老告诉他，他快死了，（因为波冷先生早说他完了！）那吝啬鬼可没有半句口风把我写上遗嘱，就像是不认识我的一样！现在我真相信，咱们的名分一定要自己去拿；靠承继人吗？趁早别想！嘿！说句不好听的话：世界上的人都是混蛋！"

"不错，"玛古斯假惺惺地说，"倒还是我们这批人老实……"他眼望着雷蒙诺克补上一句。

"别跟我打岔，我又不拉上你……就像那戏子说的，一个人盯得紧，一定会成功！……我可以起誓，两位先生已经欠了我近三千法郎，我的一点儿积蓄都给买了药，付了他们家用什么的，要是他们不认这笔账的话，那……唉，我真傻，我这老实人还不敢跟他们提呢。亲爱的先生，你是做买卖的，你说我要不要去找个律师？……"

"律师！"雷蒙诺克嚷道，"你比所有的律师都强呢！……"

这时有件笨重的东西倒在饭厅里地砖上，声音一直传到空荡荡的楼梯间。

"哎呀！我的天！"西卜女人叫着，"什么事呀？好像是我的先生摔跟斗啦！……"

她把两个同党一推，他们马上身手矫捷地奔了下去。然后她回到屋子，赶到饭厅，看见邦斯只穿一件衬衣，躺在地下晕过去了。她像捡一片羽毛似的抄起老人身子，把他一直抱到床上。她拿烧焦的鸡毛给他嗅，用科隆水擦他的脑门，慢慢地把他救转了。赶到邦斯睁开眼睛活了过来，她就把拳头往腰里一插，说道：

"光着脚！只穿一件衬衫！这不是寻死吗？再说，你干吗疑心我？……要是这样，那么再会吧，先生。我服侍了你十年，把自己的钱贴作你们的家用，把积蓄都搅光了，只为的不要让可怜的许模克先生操心，他在楼梯上哭得像个小娃娃……想不到如今我落得这种报酬！你偷偷地刺探我……所以上帝要罚你……好，跌得好！我还拼了命把你抱起来，顾不得下半世会不会犯个毛病……喔！天哪！我连大门都没关呢……"

"你跟谁讲话啊?"

"亏你问得出这种话!我是你的奴隶吗,嗯?你管得着我?告诉你,你要这样的跟我怄气,我什么都不管了!你去找个看护老妈子吧!"

邦斯听了这句话的惊吓,无意中使西卜太太看出了她那个杀手锏的力量。

"那是我的病!"他可怜巴巴地说。

"那还好!"西卜太太很不客气地回答。

说完她走了,让邦斯怪不好意思的,暗暗地埋怨自己,觉得他多嘴的看护一片忠心,真是了不起;至于跌在饭厅里地砖上使他的病加重的那些痛苦,他反倒忘了。

41

关系更密切了

西卜女人看见许模克正在上楼。

"你来，先生……我有坏消息告诉你！邦斯先生疯了！……你想得到吗，他光着身子从床上起来，跟着我……真的，他笔直地躺在那儿……你问他为什么，他就说不上来……他不行了。我又没有做什么事引起他这种神经病，除非是提到了他从前的爱情，惹起了他的心火……男人的脾气真是看不透！哼，都是些老色鬼……我不该在他面前露出胳膊，使他眼睛亮得像一对红宝石……"

许模克听着西卜太太，好像她讲的是希伯来文。

"我过分用了力，受了内伤，怕一辈子不会好了！……"西卜女人说着，装出一阵阵剧烈的痛苦。原来她不过有些筋骨酸痛，随便想到的；可是她灵机一动，觉得大可借题发挥，利用一下。"我真傻！看他躺在地上，我就一把抄起，直抱到床上，当时只像抱个孩子。可是现在我觉得脱力了！哎哟！好疼啊！……我要下楼了，你招呼病人吧。我要叫西卜去请波冷先生来给我瞧瞧！要是残废，我宁可死的……"

她抓着楼梯的栏杆，一步步地爬，嘴里不住地哼哼叫痛，吓得每层楼上的房客都跑到了楼梯台上。许模克流着眼泪扶着她，一路把看门女人奋不顾身的事迹讲给大家听。不久，上上下下，四邻八舍，都知道西卜太太如何英勇，如何为了抱一个榛子钳而得了内伤，据说还有性命之忧呢。许模克回到邦斯身边，把管家婆受伤的情形告诉了他，两人都瞪着眼睛问："没有她，咱们怎么办呢？……"许模克看见邦斯跌了一跤以后的神色，不敢再埋怨他。可是等到他弄明白了原委，就大声说道：

"该死的古董！我宁可把它们烧掉，总不能丢了我的朋友！西卜太太把积蓄都借给了我们，还疑心她？那太没有道理了；可是也难怪，这是你的病……"

"唉！这个病啊！我也觉得我自己变了。我可真不愿意叫你难过，亲爱的许模克。"

"好吧，你要埋怨就埋怨我！别跟西卜太太找麻烦……"

西卜太太终身残废的危险性，不消几天就由波冷医生给消灭了。这场病能治好，被认为奇迹，波冷在玛莱区的声望顿时大为提高。他在邦斯家里说那是靠她的身体结实。从第七天起，她又在两位先生家当差了，他们俩为此都十分高兴。经过了这件事，看门女人对两个榛子钳生活上的影响与权力，凭空加了一倍。那一星期内他们又欠了债，由她代还了。西卜女人借此机会，毫不费力地从许模克手里弄到一张两千法郎的借票，据说那是她替两位朋友垫的钱。

"哦！波冷医生的本领真了不得！"西卜女人对邦斯说，"放心，先生，他一定能把你治好，我的命就是他给救过来的！可怜的西卜已经拿我当死人了！……波冷先生想必告诉过你，我躺在床上一心一意只记挂你，我说：上帝啊，把我带去吧，让亲爱的邦斯先生活着吧……"

"可怜的好西卜太太,你差点儿为了我残废!……"

"唉!没有波冷先生,我早已躺在棺材里了。像从前那戏子说的,我只好听天由命!什么事总要看得开。我不在这儿的时候,你怎么办的?"

"全靠许模克服侍我;可是我们的钱跟我们的学生都受了影响……我不知道他怎么对付的。"

"急什么,邦斯!"许模克回答,"有西卜老头做我们的银行老板呢……"

"这话甭提啦,亲爱的绵羊!"西卜女人叫道,"你们俩是我们的孩子。我们的积蓄存在你们那儿不是顶好吗?比法兰西银行还靠得住。只要我们有一块面包,你们就有半块……所以你那些话提也不值得提……"

"好西卜太太!"许模克这么说着,出去了。

邦斯一声不出。西卜女人看他心里烦恼,就说:

"你相信吗,小宝贝,我在床上死去活来的时候——因为我真的差点儿回老家!——我最不放心的就是丢下你们,让你们孤零零的,还有丢下两手空空的可怜的西卜!我们的积蓄一共也没多少,我不过随便跟你提一句,因为想到了我的死,想到了西卜。他真是个天使,把我服侍得像王后,为了我一把鼻涕一把眼泪地哭得昏天黑地。我是相信你们的,我对他说:得了吧,西卜,我的两位东家不会让你没有饭吃的……"

对于这个针对遗嘱的攻势,邦斯一声不出,看门女人静静地等他开口。

"我会把你交托给许模克的。"病人终于说了这一句。

"啊,你怎么办都好!反正我相信你,相信你的良心……这些话都甭提啦,你要叫我不好意思了,好宝贝;你快点儿好吧,你比我们都活得长呢……"

西卜太太心里很嘀咕,决意要她东家说明预备给她什么遗产。第一步,她等晚上许模克在病人床前吃晚饭的时候,出门去看波冷医生了。

42

巴黎所有初出道的人的历史

波冷医生住在奥莱昂街。他占着底层的一个小公寓,包括一个穿堂、一个客厅、两间卧房。一边通穿堂一边通医生卧室的一间小屋子,改成了看诊室。另外附带一个厨房,一间仆人的卧室,一个小小的地窖。小公寓属于正屋侧面的陪房部分。整幢屋子很大,是帝政时代拆掉了一座老宅子盖起来的,花园还保留着,分配给底层的三个公寓。

医生住的公寓四十年没有刷新过。油漆、花纸、装修,全是帝政时代的。镜子、框子的边缘、花纸上的图案、天花板、垩漆,都积着一层四十年的油腻灰土。虽是在玛莱区的冷角里,这小公寓每年还得一千法郎租金。医生的母亲波冷太太,六十七岁,占着另外一间卧房。她替裤子裁缝做些零活,什么长筒鞋套、皮短裤、背带、腰带和一切有关裤子的零件;这行手艺现在已经衰落了。又要照顾家务,又要监督儿子的那个独一无二的仆人,她从来不出门,只在小花园中换换空气;那是要打客厅里一扇玻璃门中走出去的。她二十年前做了寡妇,把专做裤子的裁缝铺盘给了手下的大伙计;他老是交些零活给她做,使她能挣到三十铜子一天。她为独养儿子的教育牺牲一切,无论如何要他爬上高出父亲的地位。眼看他当了医生，相信他一定会发达，她继续为他牺牲，很高兴地照顾他，省吃俭用，只希望他日子过得舒服，爱他也爱得非常识趣，那可不是每个母亲都能办到的。波冷太太没有忘了自己是女工出身，不愿意叫儿子受人嘲笑或轻视，因为这好太太讲话多用S音，正像西卜太太的多用N音。偶然有什么阔气的病人来就诊，或是中学的同学，或是医院的同事来看儿子，她就自动地躲到房里去。所以波冷医生从来不用为他敬爱的母亲脸红；她所缺少的教育，由她体贴入微的温情给补救了。铺子大约盘到两万法郎，寡妇在一八二○年上买了公债；她的全部财产便是每年一千一百法郎的利息。因此有好多年，邻居们看到医生母子的衣服都晾在小花园里的绳子上；为省钱，所有的衣服都由老太太和仆人在家里洗。这一点日常琐事对医生很不利；人家看他这么穷，就不大相信他的医道。一千一的利息付了房租。开头的几年，清苦的家庭都是由矮胖的老太太做活来维持的。披荆斩棘地干了十二年，医生才每年挣到三千，让老太太大约有五千法郎支配。熟悉巴黎的人都知道这是最低限度的生活。

病人候诊的客厅，家具十分简陋：一张挺普通的桃木长沙发，面子是黄花的粗丝绒的，四张安乐椅，六张单靠，一张圆桌，一张茶桌，都是裤子裁缝的遗物，当年还是他亲自选购的。照例盖着玻璃罩的座钟是七弦琴的形式；旁边放着两个埃及式的烛台。黄地红玫瑰花的布窗帘，居然维持了那么些年。姚伊工厂这种恶俗的棉织物，想不到一八○九年奥倍刚夫初出品时还得到拿破仑的夸奖。看诊间的家具，格式也相仿，大半拿父亲卧房里的东西充数。一切显得呆板、寒碜、冰冷。如今广告的力量高于一切，协和广场的路灯杆都给镀着金漆，让穷人自以为是有钱的公民而觉得安慰；在这种时代，哪个病家会相信一个没有名没有家具的医生是有本领的？

穿堂兼作饭厅；老妈子没有厨房工作或不陪老太太的时候，就在这儿做活。你一进门，看到这间靠天井的屋子，窗上挂着半红半黄的纱窗帘，你就能猜到这个凄凉的，大半日没有人的公寓，情形是怎么悲惨。壁橱里准是些发霉的面团、缺角的盘子、旧瓶塞、整星期不换的饭巾，总之是巴黎的小户人家舍不得的丑东西，早该扔进垃圾篓的。所以，在这个大家把五法郎一块的钱老放在心上老挂在嘴边的时代，三十五岁的医生只能做个单身汉。他的母亲在社会上是拉不到一点关系的。十年之间，在他行医的那些家庭中，可以促成罗曼史的机会，他连一次也没碰上。他的病人，生活情形都和他不相上下；他看到的不是小职员便是做小工业的。最有钱的主顾是肉店老板、面包店老板和一区里比较大一些的零售商；这等人病好了，大多认为是天意，所以对这个拼着两腿走得来的医生，只要送两法郎的诊费就够了。医生的车马往往比他的学识更重要。

平凡而刻板的生活，久而久之对一个最冒险的人也免不了有影响。人总是适应自己的境遇的，早晚会忍受生活的平庸。因此，波冷医生干了十年还继续在做他的苦工，而开场特别觉得苦闷的那种失意也早已没有了。虽然如此，他还存着一个梦想，因为巴黎人全有个梦想。雷蒙诺克、西卜女人，都做着自己的梦很得意。波冷医生的希望是碰到一个有钱有势的病人，由他一手治好，然后靠这个病人的力量谋到一个差事，不是什么医院的主任，便是监狱医生，或是几个大戏院的，或是部里的医生。他能当上区公所的医官就是走的这个路子。西卜太太介绍他去看她的房东比勒洛，被他治好了。比勒洛是包比诺伯爵夫人的舅公，病愈之后去向医生道谢，看他清苦，便有心照应他，要求那个很敬重他的外甥孙婿，那时正在部长任上，给他弄到这个区公所的位置。这是五年以前的事，有了这笔微薄的薪水，波冷才放弃了铤而走险的出国计划。一个法国人，非到山穷水尽的田地是绝不肯离开本国的。波冷医生特意登门向包比诺伯爵道谢；可是这位要人的医生是大名鼎鼎的皮安训，当然波冷没有取而代之的希望。十六年来，包比诺是当轴最亲信的十几位红人之一，可怜的医生以为得到了这位部长的提拔，不料结果仍旧隐没在玛莱区，在穷人与小布尔乔亚中间混，只多了个每年一千二百法郎的差事，逢着区里有死亡报告的时候去检验一下。

波冷当年实习的成绩很好，开业之后非常谨慎，经验也不少了。并且在他手里死掉的病人，家属绝不会起哄；他尽有机会实地研究各种各样的病。这样的人会有多少牢骚当然是可想而知的了。天生的瘦长脸本来已经很忧郁，有时候表情简直可怕：好比黄羊皮纸上画着一双眼睛，像达尔杜弗一样火辣辣的，神气跟阿赛斯德的一样阴沉[1]。医道不下于有名的皮安训，自以为给一双铁手压得无声无臭的人，该有怎样的举动、姿势、目光，你们自己去想象吧。他最幸运的日子可以有十法郎收入，而皮安训每天的进款是五六百：波冷不由自主地要做这个比较。这不是把德谟克拉西所促成的妒恨心理暴露尽了吗？再说，这被压迫的野心家并没什么可以责备自己的地方。他为了想发财，曾经发明一种近乎莫利松丸的通便丸，交给一个转业为药剂师的老同学去发行。不料药剂师爱上滑稽剧院的一个舞女，破产了；而药丸的执照用的是药剂师的名义，那个了不得的发明便给后任的药房老板发了财。老同学动身上墨西哥淘金，又带走波冷一千法郎积蓄。他跑去问舞女讨债，反被人家当作放印子钱的。自从比勒洛老人病

---

[1] 阿赛斯德为莫里哀名剧《厌世者》中的人物，以刚正不阿、性情暴烈著称。

La Comédie Humaine

波冷医生

好之后，波冷没有碰到一个有钱的病家。他只能像只吃不饱的猫，在玛莱区拼着两条腿奔东奔西，看上一二十个病人，拿两个铜子到两法郎的诊费[1]。要遇到一个肯出钱的病家，对他简直比登天还难。

没有案子的青年律师，没有病家的青年医生，是巴黎特有的两种最苦闷的人：心里有苦说不出，身上穿的黑衣服黑裤子，线缝都发了白，令人想起盖在顶楼上的锌片，缎子背心有了油光，帽子给保护得小心翼翼，手套是旧的，衬衫是粗布的。那是首悲惨的诗歌，阴森可怕，不下于监狱里的牢房。诗人、艺术家、演员、音乐家等的穷，还穷得轻松，因为艺术家天生爱寻快乐，也有得过且过、满不在乎的脾气，就是使天才们慢慢地变成孤独的那种脾气。可是那两等穿黑衣服而坐不起车的人，因职业关系只看到人生的烂疮和丑恶的面目。他们初出道的艰苦时期，脸上老带着凶狠与愤愤不平的表情，郁结在胸中的怨恨与野心，仿佛一场大火潜伏在那里，眼睛就是一对火苗。两个老同学隔了二十年再见的时候，有钱的会躲开那个潦倒的，会不认得他，会看着命运在两人之间划成的鸿沟而大吃一惊。一个是时来运转，登上了云路；一个是在巴黎的泥淖中打滚，遍体鳞伤。见了波冷医生那件外套与背心而躲开的老朋友，不知有多少！

现在我们就很容易明白，为什么在西卜女人假装重伤的那出戏里，波冷医生配合得那么好。各种贪心、各种野心，都是体会得到的。他一方面看到门房女人的五脏六腑没有一点损伤，脉搏那么正常，动作那么灵活，一方面又听她高声叫痛，他就懂得她的装死作活是有作用的。把这假装的重症很快地治好，不是可以在本区里轰动一下吗？他便夸大其词地说西卜

---

[1] 一法郎等于二十铜子，或一百生丁。

女人受的伤变了肠脱出，必须急救才有希望。他拿许多所谓秘方灵药给她，又替她做了一个不可思议的手术，结果非常圆满。他在台北兰医生的验方大全中找出一个古怪的病例，应用到西卜太太身上，还很谦虚地把这次的成绩归功于伟大的外科医生，说他自己不过是仿照名医的治疗罢了。巴黎一班初出道的人就是这样穷极无聊。只要能爬上台，什么都可以用作晋身之阶；不幸世界上没有一样东西用不坏的，便是梯子也不能例外，所以每行里的新进人物简直不知道哪种木料的踏级才靠得住了。你自以为成功的事，有时巴黎人竟给你一个不理不睬。他们因为捧场捧腻了，便像宠惯的孩子一般噘着嘴，不愿意再供奉什么偶像；或者说句真话，有时他们根本找不到有才气的人值得一捧。蕴藏天才的矿山，出品也有停顿的时候，那时巴黎人就表示冷淡了，他们不是永远乐意把庸才装了金来膜拜的。

43

只要耐心等待，自会水到渠成

西卜太太照例横冲直撞地闯进去，正碰到医生跟他的老母亲在饭桌上。他们吃着所有的生菜中最便宜的莴苣生菜。饭后点心只有一小尖角的勃里乳饼，旁边摆着一盘四叫化果子[1]，只看见葡萄梗，还有一盆起码货的苹果。

"母亲，你不用走，"医生按着波冷太太的手臂，"这位便是我跟你提过的西卜太太。"

"太太万福，先生万福，"西卜女人说着，往医生端给她的椅子上坐了下来，"喔！这位就是老太太？有这样一位能干的少爷，老人家真是好福气！因为，太太，他是我的救命恩人，是他把我从死路上拉回来的。"

波冷寡妇听见西卜太太这样恭维她的儿子，觉得她挺可爱。

"亲爱的波冷先生，我这番来是报告你，反正咱们说说不要紧，可怜的邦斯先生情形很不好；并且为了他，我有话跟你谈……"

"我们到客厅去坐吧。"波冷指着仆人对西卜太太做了个手势。

一进客厅，西卜女人就长篇大论地讲她跟两个榛子钳的关系，又把借

---

[1] 把葡萄、杏仁、无花果、榛子放在一处，叫作四叫化果子。

钱的故事添枝加叶地背了一遍，说她十年来对邦斯与许模克帮了不知多大的忙。听她的口气，要没有她那种慈母一般的照顾，两个老人早已活不成了。她自居为天使一流；扯了那么多的谎，浇上大把大把的眼泪，把波冷老太太也听得感动了。末了她说：

"你明白，亲爱的先生，第一我要知道邦斯先生打算把我怎么安排，要是他死下来的话；当然，我绝不希望有这一天，因为，太太，你知道，我的生活就是照顾这两个好人；可是，我要丢了一个，还可以照应另外一个。我是天生的热心人，只想做人家的母亲。要没有人让我关切，当作自己的孩子一样，我简直过不了日子……所以，倘使波冷先生肯替我在邦斯先生面前说句话，我真是感激不尽，一定会想法报答的。天哪！一千法郎的终身年金，可能算是多要吗，我问你？……这对许模克先生也有好处……咱们的病人对我说，他会把我嘱托给德国人，那是他心中的承继人……可是这先生连一句像样的法国话也说不上来，我能指望他什么？再说，朋友一死，心里一气，他可能回德国去的……"

"亲爱的西卜太太，"医生的态度变得很严肃，"这一类的事跟医生不相干。倘使有人知道我替病家的遗嘱出主意，我的开业执照就要被吊销。医生接受病人的遗产，是法律禁止的……"

"有这种混账法律吗！我要跟你分遗产，谁管得了？"西卜女人马上回答。

"不但如此，我还要进一步告诉你，我不能违背我做医生的良心，对邦斯先生提到他的死。先是他的病还没有危险到这个地步；其次，这种话在我嘴里说出来，他要大受刺激，加重病势，那时他真的有性命之忧了……"

"可是我老实不客气劝过他料理后事，他的病也不见得更坏……他已经听惯了！……你不用怕。"

"这些话一句都甭提了，好西卜太太！……那是公证人的事，跟医生毫无关系……"

"可是，亲爱的波冷先生，倘若邦斯先生自己问起你他的情形，要不要防个万一，那时你可愿意告诉他，把后事料理清楚也是恢复健康的好办法？……然后你再找机会替我说句话……"

"哦！要是他跟我提到立遗嘱的话，我绝不阻挡他。"

"好啦，这不就得了吗！"西卜太太嚷着，"我特意来谢谢你为我费的心，"她把一个封着三块金洋的小纸包塞在医生手里，"眼前我只有这点儿小意思。啊！……我要有了钱，一定忘不了你，亲爱的波冷先生，你这还不像好天爷到了世界上来吗！……太太，你家少爷真是个天使！"

西卜太太站起身来，波冷太太挺客气地跟她行了礼，然后医生把她送到门外。到了这里，这位下层阶级的麦克白夫人[1]，忽然胸中一亮，好像给魔鬼点醒了似的，觉得医生对她假装的病既然收了诊费，一定能做她的同党。

"亲爱的波冷先生，"她说，"我受伤的事，你已经帮了忙，怎么不愿意说几句话，救救我的穷呢？……"

医生觉得自己落在了魔鬼手里，他的头发被它无情的利爪一把抓住了。为这么一点小事而坏了名声，他不由得怕起来，马上想到一个同样阴险的念头。

"西卜太太，"他把她拉回到看诊室里，"我欠你的情分，让我还了你

---

[1] 麦克白夫人为莎士比亚名剧《麦克白》中的主角，为野心女子的典型。

吧，我在区公所的差事是靠你得来的……"

"咱们平分就是了。"她抢着说。

"分什么？"

"遗产呀！"

"你不了解我，"医生拿出道学家的神气，"这种话不能再提。我有个中学里的同学，非常聪明，我们特别知己，因为彼此的遭遇都差不多。我念医学的时候，他在念法律；我在医院里实习，他在诉讼代理人古丢尔那儿办公事。我是裤子裁缝的儿子，他是鞋匠的儿子；他没有得到人家的好感，也没有张罗到资本；因为归根结底，资本还是要靠好感来的。他只能在芒德城里盘下一个事务所……可是内地人太不了解巴黎人的聪明，给我的朋友找了许许多多的麻烦……"

"那些坏蛋！"西卜女人插了一句。

"是的，因为他们勾结起来，一致和他过不去，竟找出一些好像是我朋友不对的事，逼他把事务所盘掉；检察官也出面干涉了，那官儿是地方上的人，当然偏袒同乡。我这可怜的朋友叫作弗莱齐埃，比我还穷，比我还穿得破烂，家里的排场跟我的一样，躲在我们这一区里只能在违警法庭和初级法庭辩护，因为他也是个律师。他住在珍珠街，就靠近这里。你到九号门牌，走上四楼，就可看到楼梯台上有块小红皮招牌，印着：弗莱齐埃事务所。他专门替本区的门房、工人、穷人办理诉讼，收费很便宜，人也很老实。因为凭他的本领，只要坏一坏良心，他早已高车大马地抖起来了。今天晚上我去看他。你赶明儿一清早去。他认得商务警察路夏先生、初级法庭的执达吏泰勃罗先生、初级法庭庭长维丹先生、公证人德洛浓先生；在街坊上那些吃公事饭的里面，他已经是一个重要角儿了。倘使他做了你的代理人，倘使你能劝邦斯先生请他做顾问，那就像你一个人变了两个人。可是你不能像跟我一样，向他提出那些有伤尊严的话。他非常聪明，你们一定谈得投机的。至于怎么酬谢他，我可以做中间人……"

西卜太太很俏皮地望着医生，说：

"上回修院老街开针线铺的弗洛丽蒙太太，为了姘夫的遗产差点儿倒霉，后来一个吃法律饭的给她把事情挽回了，你的朋友是不是那个人？……"

"就是他。"

"哎，你说她可有良心？"西卜女人叫起来，"人家替她争到两千法郎年金，向她求婚，她倒不答应；听说结果只送了一打荷兰布衬衫，两打手帕，整套内衣，就算谢了他！"

"西卜太太，那些内衣值到一千法郎；那时弗莱齐埃在街坊上刚出头，也用得着衣衫。并且，一切代账她都照付，没有一句话……这件案子替弗莱齐埃招来了别的案子，现在他业务已经很忙；在我们眼里，大小主顾都是一样的……"

"唉，世界上吃苦的就是那些好人！"看门女人回答，"好吧，波冷先生，再见了，谢谢你。"

老鳏夫送命的惨剧，或者说可怕的喜剧，从此开场了。因缘巧合，他落在一班贪财的人手中，只能听他们摆布。还有最强烈的情欲在那里推波助澜：一个是嗜画如命的犹太人；一个是贪狠无比的弗莱齐埃，你要看到他躲在老巢里的模样准会发抖呢；一个是无恶不作、只要能搅上一笔资本连犯罪也不怕的奥凡涅人。以上所述可以说是这出喜剧的开场白；至于重要的角儿，至此为止都已经登场了。

44

一个吃法律饭的

社会上的风俗往往很古怪,某些字的降级就是一个例子;要解释这个问题简直得写上几本书。你跟一个诉讼代理人通信而称呼他法律家,对他的侮辱就像写信给一个经营殖民地货色的大商人而称他为杂货商。上流社会的人照理应当懂得这些世故,因为他们的全身本领便是懂世故,可是他们之中还有很多不知道文学家这称呼对一个作者是最刻薄的羞辱。要说明语言的生命与死亡,最好以先生二字为例。Monsieur 与 Monseigneur 是完全同样的意思,从前都是对诸侯贵族的称呼;可是 Monsieur 的 sieur 慢慢地变作了 sire,sire 现在只限于称呼王上,保留着"大人"的意义;至于 Monsieur 却是人人可用,仅仅是"先生"了。还有,Messire 一字不多不少就是 Monsieur 的同义字,可是偶然有人在讣文上用了这个字,共和党的报纸就要大声疾呼,仿佛人家有意推翻平等似的。

各级法院的法官、书记、执达吏、民间的法学专家、律师、诉讼代理人、法律顾问、辩护人、代办讼务的经纪人,都是包括在秉公执法或徇私枉法的这个阶级里的。其中最低的两级是经纪人和法律家。经纪人俗称为公差,因为他们除了包办讼务以外,还临时替执达吏做见证,帮助执行,可以说是民事方面的业余刽子手。法律家却是这一行特有的轻蔑的称呼：司法界中的法律家，等于文艺界中的文学家[1]。法国每个行业，由于同行嫉妒的关系，必有一些轻蔑的行话、刻薄的名称。但法律家、文学家，用作多数的时候就没有羞辱意味，说出来绝不会得罪人。从另一方面说，巴黎所有的职业，都有批末等角儿把他们的一行拉到跟街上的无业游民和平民一般高低。无论哪一区，总有几个法律家、经纪人，正如中央菜场必有些论星期放印子钱的；这些债主之于大银行，就好比弗莱齐埃之于诉讼代理人公会的会员。奇怪的是，平民阶级怕法律界的人，好像怕进时髦饭店一样；他们喝酒是上小酒店的，所以打官司也是找一般经纪人的。不管是什么阶级的人都只敢和同等地位的人打交道，这是不易之理。至于喜欢爬到上层去，站在高级的人前面不会自惭形秽，像博马舍敢把那个想折辱他的王爷的表摔在地上的[2]，只有少数优秀分子或是暴发户，尤其那班善于脱胎换骨的人往往有精彩表现。

第二天清早六点，西卜太太在珍珠街上打量她未来的法律顾问弗莱齐埃大爷住的屋子。那种地方从前是中下阶级住的。一进门便是一条过道，底层有个门房，有个紫檀木匠的铺子，里边的小院子给工场和堆的货占去一大半；此外是过街和楼梯道，墙壁受着硝石和潮气的剥蚀，仿佛整个屋

---

[1] 法文中的法律家与文学家，习俗认为有轻视意味，犹如我们说"吃法律饭的""弄笔头的"。

[2] 博马舍是法国十八世纪有名的喜剧家，原系钟表匠出身。某次在大庭广众之间，某巨公意欲加以羞辱，便拿一名贵的表给他，说："先生，你对钟表是内行，请你告诉我这只表行不行。"——博马舍把众人扫了一眼，回答说："先生，我好久不干这一行了，手也笨拙得很了。"——"喔，先生，别拒绝我的请求啊。"——"好吧，可是我告诉你我是很笨拙的。"于是他接过表来，打开盖子，举得老高，装作仔细研究的模样，然后一松手让它从半空中直掉到地下。他深深地行了个礼，说道："先生，我不是告诉你吗，我的手笨拙透了。"说完他就走了，让某巨公在哄堂大笑中急急忙忙在地上抢救残余。

子害着大麻风。

西卜太太直奔门房,发现西卜的同行是个鞋匠,家里有一个女人,两个年龄很小的孩子,住的屋子只有六尺见方,窗子是靠天井的。西卜太太一经说明身份,通名报姓,提到了她诺曼底街的屋子以后,两位女人立刻谈得非常亲热。弗莱齐埃的看门女人正在替鞋匠和孩子们准备早点。两人闲扯了一刻钟,西卜女人便把话题拉到房客身上,提起那位吃法律饭的来了。

"我有点事找他商量;是他的朋友波冷医生给我介绍的。你认得波冷医生吗?"

"怎么不认识?"珍珠街上的看门女人回答,"我的小妞子害的喉头炎,便是他给治好的。"

"他也救过我的命,太太……这位弗莱齐埃先生是怎么样的人呢?"

"这个人哪,好太太,就是到月底人家不容易问他讨到信钱的[1]。"

聪明的西卜女人一听这句就明白了,她说:"不过穷人也可能是规规矩矩的。"

"对呀,"弗莱齐埃的看门女人回答,"咱们没有金没有银,连铜子也没有,可是咱们就没拿过人家一个小钱。"

西卜女人听到了自己的那套话。

"那么他是可以信托的了,是不是?"

"喔!天!弗莱齐埃先生要真肯帮忙的话,我听弗洛丽蒙太太说过,

---

[1] 现代邮政创始于一八四八年,本书写作于一八四六至一八四七年。当时递信制度与吾国旧时相仿,月底收信钱,当系平时记账,每月结算一次之意。

他是了不起的。"

"她靠他发了财,干吗不肯嫁给他呢?"西卜太太急不及待地问,"一个开小针线铺的女人,姘着一个老头儿,做律师太太还不算高升了吗?……"

"你问我干吗?"看门女人把西卜女人拉到走道里,"太太,你不是要上去看他吗?……好吧,你进了他的办公室就明白了。"

45

不大体面的屋子

楼梯是靠几扇临着小天井的拉窗取光的,你一走上去,就能知道除了房东和弗莱齐埃之外,别的房客都是干手工业的。溅满污泥的踏级有每个行业的标记,例如碎铜片、碎纽扣、零头零尾的花边和草绳等。高头几层的学徒,在墙上涂些猥亵的漫画。看门女人的最后一句话,自然引起了西卜太太的好奇心,她决意先去请教一下波冷医生的朋友,且看印象如何,再决定是否把事情交给他办。

"梭伐太太怎么能服侍他的,有时我真想不过来。"看门女人跟在后面,把刚才的话加上一个注解。她又说:"我陪你上楼,因为要替房东送牛奶跟报纸去。"

到了二层阁上的第二层[1],西卜太太在一扇怕人的门前站住了。不三不四的红漆,门钮四周二十公寸宽的地方,都堆了一层半黑不黑的油腻;在漂亮公寓里,建筑师往往在锁孔上下钉一面镜子,免得日子久了留下手上

---

[1] 在底层与二楼之间,有一层较为低矮的非正式的二楼,叫作entresoe,姑译为二层阁。法国旧式房屋多有此种建筑。

"什么事啊,太太?"

的污迹。大门上的小门，像酒店里冒充陈年老酒的瓶子一样糊满了泥巴，钉着草头花形的铁条，扎实的铰链，粗大的钉子，可以名副其实地叫作监狱的门。这些装配，只有守财奴或是在小报上骂人而与大众为敌的记者才想得出。楼梯上臭气扑鼻，一部分是从排泄脏水的铅管散布出来的。蜡烛的烟在楼梯顶上画满了乱七八糟的图案。门铃绳子的拉手是个肮脏的橄榄球，微弱的声音表示门铃已经开裂。总之，每样东西都跟这个丑恶的画面调和。西卜女人先听见笨重的脚声，上气不接下气的呼吸，显见是个大胖女人；而后梭伐太太出现了。她像荷兰画家勃罗侯笔下的老妖婆，身高五尺六寸，脸盘像个当兵的，胡子比西卜女人的还要多，身子臃肿，胖得不正常了。她穿着件挺便宜的罗昂布衫，头上包着一块绸，还用主人家收到的印刷品做芯子，绕成头发卷儿，耳上戴着一副车轮大的金耳环，活像地狱里守门的母夜叉。她拿着一只东凹西凸的有柄的白铁锅子，淌出来的牛奶，使楼梯台上更多了一股味道，可是尽管酸溜溜的令人作呕，外边却也不大闻得到了。

"什么事啊，太太？"她一边问，一边恶狠狠地瞅着西卜女人，大概她觉得来客穿得太体面了。天生充血的眼睛，使她看起人来格外显得杀气腾腾。

"我来看弗莱齐埃先生，是他的朋友波冷医生介绍的。"

"请进来吧，太太。"梭伐女人忽然变得一团和气，证明她早知道要有这个清早上门的客人。

行了个像戏台上一样的礼，那个半男性的老妈子粗手粗脚地打开办公室的门，里边便是从前在芒德当过诉讼代理人的角色。这间临街的办公室，跟三等执达吏的办公室一模一样，文件柜的木料是黑不溜秋的，陈旧的案卷已经纸边出毛，吊下来的红穗子也显得可怜巴巴，文件夹看得出有耗子在上面打过滚，日积月累的尘埃把地板变作了灰色，天花板给烟熏黄了。壁炉架上的镜子模糊一片；烧火的翻砂架上，木柴寥寥可数；新货的嵌木座钟只值六十法郎，是向法院拍卖来的；两旁的烛台是锌制的，还冒充四不像的岩洞式，好几处的漆已经剥落，露出里面的金属。弗莱齐埃是一个矮小、干瘪、病态的男人，红红的脸上生满小肉刺，足见他血液不清，他还时时刻刻搔着右边的胳膊。假头发戴得偏向脑后，露出一个土黄色的脑壳，神气很可怕。他从一张铺着绿皮坐垫的穿藤椅上站起来，堆着笑脸，端过一张椅子，装着甜蜜的声音说道：

"是西卜太太吧，我想？……"

"是的，先生。"她平素大模大样的气概竟没有了。

很像门铃声的那种嗓音，和半绿不绿的眼睛里那道尖利的光，把西卜女人吓呆了。整个办公室都有弗莱齐埃的气息，仿佛里头的空气会传染似的。西卜太太这才明白干吗弗洛丽蒙太太没有做弗莱齐埃太太。

"波冷跟我提过你了，好太太。"弗莱齐埃故意用着装腔作势的声音，可是照旧的尖锐、单薄，像乡下人做的酒。

说到这儿，他把对襟便服的下摆拉了一下，遮住裹在破裤子里的瘦膝盖。那件印花布袍子破了好几处，棉花老实不客气从里头钻出来，可是棉花的重量还老是把衣襟往两边敞开，露出一件颜色变黑了的法兰绒上衣。他有模有样地把不听话的长袍紧了紧带子，显出他芦苇似的腰身，然后把两根像死冤家的弟兄般永远各自东西的木柴，拿火钳拨在一处；紧跟着他又心血来潮地想起了什么，站起身来叫了声：

"梭伐太太！"

"怎么呢？"

"谁来我都不见。"

"哎哟！还要你交代！"不男不女的老妈子口气很强硬。

"她是我的老奶妈。"弗莱齐埃不好意思地向西卜女人解释。

"她还有很多奶水呢。"当年中央菜场的红角儿回答。

弗莱齐埃笑了笑，闩上了门，免得女管家再来打断西卜女人的心腹话。他坐下来，一刻不停地拉着衣摆，说道："好吧，太太，把你的事讲给我听。你是我世界上独一无二的朋友介绍来的，你相信我得了……是的，你可以完全相信我！"

西卜太太直讲了半点钟，对方不插一句话：他那好奇的神气，活像一个年轻的兵听着老禁卫军里的老兵[1]说话。她的唠叨，在她对付邦斯的几幕里，我们已经领教过了。弗莱齐埃一声不出，态度恭顺，好像聚精会神地听着西卜女人瀑布似的拉扯，使存着疑心的看门女人，把多少丑恶的印象引起的戒惧也减少了几分。

---

[1] 老禁卫军指拿破仑手下的禁卫军。

46
律师的谈话是有代价的

其实弗莱齐埃那双满是黑点子的绿眼睛，正在研究他未来的当事人。赶到西卜女人把话说完，等他发表意见的时候，他忽然来了一阵咳呛，直呛得死去活来；他赶紧抓起一个搪瓷碗，把半碗药茶统统灌了下去。看见门房女人对他不胜同情的样子，他便说：

"亲爱的西卜太太，没有波冷，我早已死了！可是他会把我治好的……"

他仿佛把当事人说的话全忘了。她看着这样一个病人，只想快快离开。弗莱齐埃却一本正经地接着说：

"太太，凡是遗产问题，在进行之前，先得知道两件事。第一，它的数目值不值得我们费心；第二，承继人是谁，因为遗产是战利品，承继人是敌人。"

西卜女人便提到雷蒙诺克与玛古斯，说那两位精明的同党把收藏的画估到六十万法郎。

"他们愿不愿意出这个价钱买呢？……"弗莱齐埃问，"因为，你知道，咱们吃公事饭的是不相信画的。一幅画不是只值两法郎的一块画布，就是值到十万法郎的一幅名画！而十万法郎的名画都是大家知道的，而且这些东西，有多大名气的，也常闹笑话。一位出名的银行家，收藏的画经多少人看过，捧过，刻过铜版。据说买进来陆续花了几百万……赶到他死了，人不是总得死吗？他真正的画只卖了二十万！所以我得见一见你说的那两位先生……现在再谈承继人吧。"

弗莱齐埃说完又摆起姿势，预备听她的了。她一提到加缪索庭长的名字，他便侧了侧脑袋，扮了个鬼脸，使西卜女人大为注意；她想从他脑门上，从那张丑恶的脸上，琢磨出一点意思，可是看了半天，只看到一个生意上所谓的木头脑袋。

"不错的，先生，"西卜太太重复一遍，"邦斯先生是加缪索庭长的亲舅舅，这个话他一天要跟我提十几回。做绸缎生意的老加缪索先生……"

"最近进了贵族院……"

"他的第一位太太是邦斯家的小姐，跟邦斯先生是嫡堂兄妹。"

"那么邦斯先生是加缪索庭长的堂舅舅……"

"什么也不是了，他们已经翻了脸。"

加缪索·特·玛维尔来到巴黎之前，在芒德地方法院当过五年院长。不但那儿还有人记得他，他还有朋友。他的后任便是他从前来往最密的推事，至今还在芒德任上，所以对弗莱齐埃的根底是再清楚没有的。

等到西卜女人终于把话匣子关上之后，弗莱齐埃说道：

"太太，将来你的冤家，是个有力量把人送上断头台的家伙，你可知道？"

看门女人从椅子上直跳起来，活像那个叫作"吓人"的玩具[1]。

---

[1] 所谓"吓人"的玩具是一个装有弹簧的匣子，打开盖子就突然跳出一个怪东西，普通叫它为魔鬼。

"你别慌,好太太。我不怪你不知道当巴黎法院控诉庭庭长的是什么角色;可是你应当知道,邦斯先生有个合法的承继人。玛维尔庭长是你病人的独一无二的承继人,不过是三等旁系亲族,所以照法律规定,邦斯先生可以自由处分他的财产。庭长先生的女儿,一个半月以前嫁给包比诺伯爵的大儿子,包比诺是贵族院议员,前任农商部长,目前政界上最有势力的一个。攀了这门亲,庭长先生的可怕,就不止因为他在重罪法庭上操着生杀之权了。"

西卜女人听到重罪法庭几个字又吓了一跳。

"是的,"弗莱齐埃接着说,"能把你送上重罪法庭的就是他。哎,太太,你可不知道什么叫作穿红袍的官儿呢!有个穿黑袍的跟你为难已经够受了[1]!你看我现在穷得一无所有,头也秃了,身子也弄坏了⋯⋯唉,就因为我在内地无意中得罪了一个小小的检察官!他们逼我把事务所亏了本出盘,我能够丢了家私滚蛋,还觉得挺侥幸呢!要是跟他们硬一下,我连律师也当不成了。还有一点你不知道的,倘使只有一个加缪索庭长,倒还没有什么大不了;可是告诉你,他还有一位太太呢!⋯⋯你要劈面见到她,包管你浑身哆嗦,连头发都会站起来,像踏上了断头台的梯子,一朝庭长太太跟谁结了仇,她会花上十年工夫布置一个圈套,叫你送命!她调动她的丈夫像孩子玩陀螺一样。她曾经使一个挺可爱的男人在监狱里自杀,替一个被控假造文件罪的伯爵洗刷得干干净净。查理十世的宫廷中一位最显赫的爵爷,差点儿给她弄得褫夺公权。还有,检察署长葛朗维尔就是被她拉下台的⋯⋯"

---

[1] 检察署长穿红袍,普通检察官穿黑袍。

"可是那个住在修院老街,在圣·法朗梭阿街拐角上的?"西卜女人问。

"就是他。人家说她想要丈夫当司法部长,我看也不见得不成功……要是她有心把咱们俩送上重罪法庭、送进苦役监的话,我哪怕像初生的小娃娃一样纯洁,也要马上弄张护照往美国溜了……因为司法界的情形,我知道太清楚了。亲爱的西卜太太,我告诉你,为了把他们的独养女儿攀给包比诺子爵——据说他是你房东比勒洛先生的承继人——庭长太太把自己的财产都弄光了,现在只靠庭长的薪俸过日子。在这种情形之下,太太,你想庭长夫人对邦斯先生的遗产会不在乎吗?……喔,我宁可让大炮来轰我,也不愿意跟这样一个女人结冤家……"

"可是他们闹翻了啊……"西卜女人说。

"那有什么相干?就因为闹翻了,她才更不肯放手!把一个讨厌的亲戚送命是一回事,承继他的遗产是另一回事,那倒是一种乐趣呢!"

"可是老头儿恨死了他的承继人;他时时刻刻对我说,我还记得那些姓名呢,什么加陶,贝蒂埃……把他压扁了,像一车石子压一个鸡仔似的。"

"你是不是也愿意给他们压扁呢?"

"天哪!天哪!"看门女人叫起来,"风丹太太说我要遇到阻碍,真是一点不错;可是她说我会成功的……"

"你听我说,亲爱的西卜太太……你要捞个三万两万是可能的;可是承继遗产吗,趁早别想……昨天晚上,我们把你跟你的事都讨论过了,我跟波冷两个……"

西卜太太又在椅子上直跳起来。

"哎,怎么啦?"

"既然你已经知道了我的事,干吗还让我喊喊喳喳地说上大半天呢?"

"西卜太太,你的事我是弄明白了,可是关于西卜太太,我一点儿不知道啊!一个当事人有一个当事人的脾气……"听了这句话,西卜太太对她未来的法律顾问极不放心地瞅了一眼,被弗莱齐埃注意到了。

47

弗莱齐埃的用意

"还有,"弗莱齐埃又道,"我们的朋友波冷,承你介绍给包比诺伯爵夫人的舅公比勒洛,这也是一个理由使我愿意替你尽心出力。波冷每半个月去看一次你的房东,(听见没有?)所有的细节都是从那边知道的。那位告老的商人,参加了他外甥曾孙女的婚礼,(因为他是个有遗产的舅太公,每年大概有一万五进款,二十五年的生活像个修道士,一年难得花上三千法郎……)他把庭长女儿出嫁的事全告诉了波冷。听说那次吵架就是因为你那个音乐家为了报仇,想叫庭长家里丢人。我们不能只听一面之词……你的病人说他一点错儿都没有,可是人家都说他是坏人……"

"说他坏人我才不奇怪呢!"西卜女人叫道,"你可想得到,十年工夫我把自己的钱放了进去,他也知道我的积蓄都借给了他,可不肯把我写上遗嘱……真的,先生,他不肯,他一味地死心眼儿,的的确确是匹骡子……我和他说了十天,老家伙像块路旁的界石,一动也不动。他咬紧牙关不开口,望着我的神气真像……末了他只说一句话,就是把我交托给许模克先生。"

"那么他是想把许模克立为他的承继人啰?"

"他预备把什么都送给他……"

"亲爱的西卜太太,要我得到个结论,订一个计划,我先得认识许模克,亲眼看到那些成为遗产的东西,跟你说的犹太人当面谈一谈;那时,你再听我的调度……"

"慢慢再说吧,弗莱齐埃先生。"

"怎么慢慢再说!"弗莱齐埃对西卜女人毒蛇似的扫了一眼,说话也恢复了他原来的嗓子,"嗯!我是你的顾问不是你的顾问?咱们先说说明白。"

西卜女人觉得自己的心事给他猜到了,不由得背脊发冷。眼看落在了老虎手里,她只得说:"我完全相信你。"

"我们做诉讼代理人的老吃当事人的亏。哎,仔细看看你的情形吧,真是太好了。倘使你每一步都听我的话去做,我保证你在这笔遗产里头捞到三万四万法郎……可是这个美丽的远景有正面也有反面。假定庭长太太知道了邦斯先生的遗产值一百万,知道了你想把它啃掉一角的话……"说到这儿他顿了一顿,"因为这一类的事总有人去报告她的!……"

这个插句使西卜女人打了个寒噤,她马上想到弗莱齐埃就是会出头告密的人。

"那么,亲爱的当事人,不消十分钟,人家就会叫比勒洛把你看门的饭碗给砸了,限你两个钟点搬家……"

"那我才不怕呢!……"西卜女人像罗马战神般直站起来,"我就跟定了两位先生,做他们亲信的管家。"

"好,你这样是不是?人家就安排一个圈套,让你夫妇俩一觉醒来,身子都进了监牢,担了个天大的罪名……"

"我！……"西卜女人直嚷起来,"我从来没有拿过人家一个生丁！……我！……我！……"

她一口气讲了五分钟,弗莱齐埃却在那儿把这个自吹自捧的大艺术家细细推敲,神气又冷静又刻薄,眼睛像匕首似的盯着西卜女人,他在肚里暗笑,干瘪的假头发在那儿微微抖动。他的模样仿佛吟诗作文时代的罗伯斯庇尔[1]。

"怎么可能?为了什么?有什么理由?"她结束的时候这样问。

"你要知道你的脑袋怎么会搬家吗?……"

西卜女人脸色白得像死人一样地坐了下去,听到这句话,好似断头台上的铡刀已经搁在她的脖子上。她迷迷糊糊地瞪着弗莱齐埃。

"你仔细听我说。"弗莱齐埃看了当事人的惊吓非常满意,可是忍着不表示出来。

"那我宁可什么都不要了……"西卜女人喃喃地说着,预备站起来了。

"别走,因为你应当知道你的危险,我也应当点醒你,"弗莱齐埃俨然地说,"你得给比勒洛先生撵走,那是一定的,可不是?你做了两位先生的老妈子,好吧,很好!那表示你跟庭长太太开火了。你,你想不顾一切,好歹要弄到这笔遗产……"

西卜女人做了个手势,弗莱齐埃却回答说:

"我不责备你,那不是我的事儿。可是夺家私就等于打仗,你会拦不住自己!一个人有了个主意,头脑会发昏的,只知道狠命地干……"

---

[1] 法国大革命主要领导人罗伯斯庇尔未参加政治之前,在故乡阿拉斯颇有文名,常参加各州征文竞赛。

西卜太太挺了挺腰板，又做了个否认的手势。

"得了吧，得了吧，老妈妈，"弗莱齐埃很不客气地用了这样的称呼，"你会下毒手的……"

"哎呀，你把我当作贼吗？"

"别嚷，老妈妈，你没有花多大本钱就拿到了许模克一张借票……哎！美丽的太太，你在这儿就像在忏悔室里一样……别欺骗你的忏悔师，尤其他能够看到你的心……"西卜女人被这个家伙的明察秋毫吓坏了，同时也明白了为什么他从头至尾对她的话听得那么留神。

"可是，"弗莱齐埃接着说，"你得承认在这个抢遗产的竞赛里头，庭长太太绝不肯让你占先的……他们要看着你，暗中盯着你……你叫邦斯先生把你名字写上遗嘱是不是？……好得很。可是有一天，警察上门了，搜到一杯药茶，发现有砒霜；你跟你的丈夫被逮走了，上了公堂，判了罪，认为你想毒死邦斯，得到他的遗产……我曾经在凡尔赛替一个可怜的女人辩护，就像你那样顶着个莫须有的罪名，案情也跟我刚才说的一样，我那时只能做到救她的性命为止。可怜虫给判了二十年苦役，如今就在圣·拉查监狱执行。"

这时西卜女人恐惧到了极点。她面无人色，瞧着这个绿眼睛矮身量的干瘪男人，活像可怜的摩尔女子被判火刑的时候望着异教裁判官。

"好先生，你说只要把事情交给你，让你来照顾我的利益，我可以弄到一笔钱，什么都不用害怕，是不是？"

"我担保你弄到三万法郎。"弗莱齐埃表示十拿九稳。

"再说，你知道我多么敬重波冷医生，"她把声音装得很甜，"是他劝我来看你的，那好人并没叫我到这儿来听到这种话，说我要给人家当作谋财害命的凶手送上断头台……"

说到这儿她哭起来了。她想着断头台就发抖，神经受了震动，恐怖揪住了她的心，顿时没了主意。弗莱齐埃对着自己的胜利大为得意。他看到当事人犹疑不决，以为这桩生意吹了，因此他要制服西卜女人，恐吓她，唬住她，把她收拾得服服帖帖，缚手缚脚地听他摆布。看门女人进到屋子里来，像一只苍蝇投入了蜘蛛网，只能粘在上面，听人捆缚，给这个吃法律饭的小家伙当作食料，实现他的野心。的确，弗莱齐埃把自己的舒服、幸福、地位、老年的口粮，都算在这件案子的账上。隔天晚上，他和波冷两人深思熟虑，把什么都掂过斤量，仔细地，像用了放大镜似的，检讨过。医生把许模克的为人描写给他的朋友弗莱齐埃听，两个精明强干的人一同把各种可能、各种方法、各种危险都琢磨过了。弗莱齐埃一时高兴起来，嚷道："这一下咱们俩的运道可来了！"他说波冷可以在巴黎当个医院的主任医师，他自己要做本区的初级法庭庭长。

对这个能干的角色，鞋袜不全的法学博士，初级法庭庭长的职位仿佛不容易骑上去的神龙怪兽，心中念念不忘的对象，犹如当选为议员的律师想着司法部长的长袍，意大利的神父想着教皇的冠冕。简直想得发疯了！初级法庭庭长维丹先生，是个六十九岁的老头儿，病歪歪的，已经说要告老了。弗莱齐埃平日就在维丹庭上辩护；他常常跟波冷提到想接替这位置，正如波冷向他说希望救了一个危险的女病人而娶她做太太。一切巴黎的职位有多少人追逐，是我们意想不到的。住在巴黎是普遍一致的愿望。只要卖烟草卖印花税票的零售店有一个空额[1]，上百的女人会奋臂而起，发动全

---

[1] 法国烟草是国家公卖的，故烟草零售店的执照有一定限额。

体亲友为自己钻谋。巴黎二十四处捐税稽征所有一处可能出缺的话,众议院里就得给那些野心家搅得满城风雨!那些缺分都得开会来决定,发表的时候是一件国家大事。巴黎初级法庭庭长,年薪是六千法郎左右。可是初级法庭一个书记官的职位就值到十万法郎[1]。所以那是司法界中人人眼红的差事。弗莱齐埃,当了初级法庭庭长,结了一门有钱的亲,把朋友波冷医生安插到医院里当主任,也设法给他结婚;他们俩就预备这样有来有往地互相吸引。

---

[1] 法国法院的书记官与执达吏,须先经前任推荐,然后由政府任命。向例此项职位须以金钱向前任盘下,有如公证人与诉讼代理人等之事务所。

48

西卜女人中了自己的计

从前芒德的诉讼代理人睡了一夜，主意更坚决了，一个复杂的大计划已经有了眉目，这计划不知要用到多少阴谋，也不知会有多么丰富的收获。西卜女人是这出戏的主要关键。所以这个工具的倔强非制服不可；弗莱齐埃没有防到这一着，可是他尽量发挥他阴险的本性，居然把大胆的看门女人打倒在脚下。

"得了吧，亲爱的西卜太太，你不用怕。"他拉着她的手说。

他那只跟蛇皮一般冷的手，使看门女人有股可怕的感觉，生理上有了反应，精神上的激动反倒停止了。她觉得碰到这个戴着土红色的假头发、说话像房门咿咿呀呀怪叫的家伙，等于碰到了一个毒药瓶，比风丹太太的癞蛤蟆还要危险。弗莱齐埃看见西卜女人表示厌恶的姿势，便接着说：

"别以为我平白无故地恐吓你。使庭长太太凶恶出名的几桩案子，法院里无人不晓，你去打听就是了。差点倒霉的爵爷是埃斯巴侯爵。靠她的力量而没有进苦役监的是哀斯葛里浓侯爵。那个又漂亮又有钱的年轻人，正要跟法国门第最高的一位小姐攀亲的时候，吊死在监狱里的，是吕西安·特·吕庞泼莱，那件案子当时曾经轰动巴黎。事情还是为的遗产，大名鼎鼎的哀斯丹小姐，死下来有几百万，人家控告吕西安说他把她毒死了，因为哀斯丹在遗嘱上指定他做承继人。可是那女人死的时候，风流公子根本不在巴黎，也不知道自己是承继人……这不是证明他毫无干系吗？……不料被加缪索审了一堂之后，吕西安在监狱里吊死了[1]。……法律跟医学一样有它的牺牲者。为法律死的是为社会牺牲；为医学死的是为科学牺牲。"说到这里，他很怕人地惨笑了一下，"再说我自己不是尝过了危险吗？……我这可怜的无名小子，已经给法律把家私弄光了。我的经验花了很高的代价，现在我就拿这个经验给你当差……"

"喔！谢谢你，不用费心了……"西卜女人说，"我什么都不要了！那我要变作忘恩负义的人……我原来只是要我应该有的一份！先生，我清白了三十年呢！邦斯先生说过，他会在遗嘱上把我托付给他的朋友许模克的；好吧，我将来就依靠那好心的德国人养老吧……"

弗莱齐埃耍手段耍得过火了，西卜女人灰了心！他不得不把她所受的惊吓设法消除。

"别泄气，"他说，"你安心回家，咱们会把事情调动得挺好的。"

"那么，好先生，我该怎么办才能够得到年金而不……"

"不至于后悔是不是？"他赶紧接过西卜女人的话，"哎！就因为要做到这一点，世界上才有吃法律饭的人！在这种情形之下，一个人不守法律的范围，什么都不能拿……你不懂法律，我懂……有了我，你就每样事都合法了，尽可以太太平平地捞进一笔，不怕人家干涉；至于良心，那是你自己的事。"

---

[1] 以上几件案子，均散见于巴尔扎克别的几部小说。

"那么你说啊，应当怎么办？"西卜女人听了这几句，觉得又好奇又安慰。

"现在我还不能告诉你，我没有考虑到用什么手段，只研究了事情的阻碍。第一，要逼他立遗嘱，你不能走错一步；可是最要紧的，先得打听出邦斯预备把遗产送给谁，因为倘使你是他的承继人的话……"

"不会的，不会的，他不喜欢我！啊！我要早知道他的小玩意儿值那么多钱，早知道他没有什么私生子，今天我也不会着急了……"

"管它，你干就是了！"弗莱齐埃接着说，"快死的病人念头没有准儿的；亲爱的西卜太太，要对他存着希望是常常会落空的。让他立了遗嘱，我们再看着办。可是最要紧的是先估一估遗产的价值。所以你得让我见见犹太人和那个雷蒙诺克，我们用得着这两个……你完全相信我吧，我替你尽心出力。对当事人我是赤胆忠心的朋友，只要他也拿我当朋友。我的脾气干脆得很，不是朋友便是敌人。"

"那么我完全拜托你了，至于公费，波冷先生……"

"这话甭提。你只要不让病人逃出波冷先生的手掌；这医生真是太老实太纯洁了，我从来没见过那样的人；你知道，在病人身边我们必须有个心腹……波冷的心比我好，我这个人变得凶起来了。"

"我也觉得你有点儿凶；可是我相信你……"

"你这是不错的……出点儿小事就得来找我，行啦……你是聪明人，将来一切都顺当的。"

"再见，亲爱的弗莱齐埃先生；希望你恢复健康……"弗莱齐埃把当事人送到门口，然后，像她隔天晚上对付波冷医生一样，他也和她说出了最后一句话：

"要是你能劝邦斯先生请我做顾问,事情就更有希望了。"

"我一定去劝他。"

弗莱齐埃把西卜女人重新拉进办公室,说道:"告诉你,老妈妈,我跟德洛浓先生很熟,他是本区的公证人。要是邦斯自己没有公证人,你跟他提起这一个……最好劝他请德洛浓。"

"我懂了。"

看门女人走出去的时候,听见衣衫的窸窣声,和特意想走得轻而提着足尖的沉重的脚步声。在街上走了一程,她头脑方始清醒过来。虽然还受着这次谈话的影响,虽然还非常怕断头台、法律、法官等,她的挺自然的反应,是决意跟她可怕的顾问不声不响地斗一斗。

"哼!干吗我要招些股东老板呢?"她心里想,"我捞我的;以后哪,我帮了他们的忙,再拿他们一笔酬劳……"这个念头把可怜音乐家的命送得更快了。

49

西卜女人上戏院去

西卜太太跑进两位老人家里：

"喂，亲爱的许模克先生，咱们的宝贝病人怎么啦？"

"不行哪，邦斯整夜都在说胡话。"

"说些什么呢？"

"都是瞎扯！他要我把他的财产统统拿下来，条件是一样东西也不替他卖掉……可怜的人！他哭得我难过死了！"

"慢慢会好的。现在已经九点，你的早饭给耽误了；可是别埋怨我……你知道，为了你们，我忙得很。家里一个子儿都没有了，我在张罗钱呢！……"

"怎么张罗？"德国人问。

"长生库啰！"

"什么？"

"当铺啰！"

"当铺？"

"喔！你这个好人！这样老实！你真是一个圣人，一个天使。怎么！

你在巴黎住了二十九年，经过了七月革命，看见了多多少少的事，还不知道什么叫作当铺……拿你的衣服杂物去押钱的地方！……我把我们的银餐具，八套刻花的，都送了去。没关系！西卜可以用喷银的，反正一样体面，像那个戏子说的，你别跟咱们的宝贝病人提，他会发急的，脸更要黄了，没有这些他已经烦死了。咱们先把他救过来，旁的事以后再说。紧急的时候只能咬紧牙关，不是吗？……"

"好太太，你真了不起！"可怜的德国人抓着西卜女人的手按在自己胸口，神情很感动。他含着一泡眼泪望着天。

"别这样，许模克老头，你真可笑。这不是过分了吗？我这个人是老老实实的，什么都摆在脸上。你瞧，我就是有这个，"她拍了拍心窝，"你们两个心地好，我可是跟你们一样……"

"唉，许模克老头吗！……"德国人接着说，"他伤透了心，哭出了血泪，上天堂去，这是许模克的命！邦斯死了，我也活不成的……"

"对啦！我知道，你是不要命了……听我说，小狗子……"

"小狗子？"

"那么小鬼……"

"小鬼？"

"那么小东西好不好？"

"你越说我越糊涂了……"

"好吧，你听着，你得让我来照顾你，听我的安排；要不然，你这样下去，我要背上两个病人了……我看哪，咱们这儿的工作得分配一下。你不能再东奔西跑地去教书，把你弄得筋疲力尽，回家来什么事都干不了；邦斯先生的病越来越重，晚上得守着他。我想今儿挨门挨户去通知你的学生,说你病了……那么你晚上陪着病人,早上五点到下午两点可以睡觉。最吃力的活儿我来,就是说白天由我值班,我要管你的中饭、晚饭,服侍病人,抱他起来,替他换衣服,给他吃药……照我过去做的那些事,我顶多再撑十天。咱们不顾死活地已经熬了三十天。要是我病倒了,你们怎么办?……还有你哪,也叫人担心,这一夜没有睡,你自己去瞧瞧还像个样吗……"

她把许模克拉到镜子前面,许模克发觉自己的确改变了很多。

"所以,倘使你赞成我的办法,我马上去弄早饭给你吃。你陪着病人,陪到下午两点。你把主顾的名单抄下来,我很快就能办妥,那你可有半个月假期了。等我回来,你就能一觉睡到晚上。"

这个提议非常合理,许模克一口答应了。

"对邦斯先生一个字都不能提;因为,你知道,倘若我们告诉他,把他在戏院里和教书的事统统停起来,他要觉得没希望了。可怜的先生会想他的学生都要跑掉了……这不是胡闹吗?……波冷医生说的,咱们非得让他十二分安静,才能把他救过来。"

"啊!好,好!你去弄早饭,我在这儿抄地名。……你说得不错,我也会病倒的!"

一小时以后,西卜女人穿扮得非常齐整,坐着马车(雷蒙诺克见了大吃一惊),决意体体面面地,以亲信的管家身份,代表两个榛子钳到那些私塾和家庭中去。

她到一处都大同小异地拉扯一番,在此也不必细述;我们单说她好容易踏进高狄沙经理室的那一幕。巴黎的戏院经理,门禁比王上和部长的都更森严。理由很简单:王上他们只要防备人家的野心;戏院经理还得防备演员和作家们的自尊心。

西卜女人的冲破禁卫，是因为她能三言两语地马上跟门房亲热。像任何一业的同行一样，看门的彼此都一见便知的。每行有每行的暗号，正如每行有每行的咒骂和伤疤。

"啊！太太，原来你是戏院的门房，"西卜女人说，"我不过是诺曼底街一个可怜的看门女人。你们的乐队指挥邦斯先生就住在我屋子里。喔！你好福气，天天看到一班戏子、舞女和作家！这才像那个有名的戏子说的，是我们一行中的大元帅呢。"

"他怎么啦，那位多好的邦斯先生？"对方问。

"不行哪；已经两个月没下床，将来只能直着两腿给抬出去的了，一定的。"

"那多可惜……"

"可不是！我今天代他来向你们的经理说说他的情形；劳驾想个法儿，让我见一见经理。"

戏院里的当差受了门房嘱托，进去通报道：

"有位太太是邦斯先生派来的。"

高狄沙为了排戏刚到戏院。碰巧那时没有人找他，作者和演员都迟到了；听到有他乐队指挥的消息，他很高兴，便做了个拿破仑式的手势。于是西卜女人进去了。

50

生意兴隆的戏院

这个跑街出身的家伙当了时髦戏院的经理,把股东当作正室太太一样地欺骗。发了财,身体也跟着发福了。又胖又结实,山珍海味,日进斗金,把他调养得满脸红光。高狄沙一变而为暴发户了。

"咱们面团团的快像银行家蒲雄了。"他自嘲自讽地说。

"我看你倒像那个市侩丢加拉。"皮克西沃回答。在戏院的头牌舞女,鼎鼎大名的哀络绮思·勃里斯多那里,皮克西沃是常常替高狄沙做代表的。

高狄沙的经营戏院,目的是专为自己拼命捞钱。他先想法把几出芭蕾舞剧、杂剧,算作自己出的主意,拿到一半的上演权;而后,等老是叫穷的作家要用钱的时候,把另外一半上演权也买过来。除此以外,再加上一些走红的戏,他每天都有好几块金洋上袋。他叫人出面拿黑票做生意;又公开地拿一部分戏票算作经理的津贴。这是高狄沙三项主要的收入。另外他私卖包厢,收受起码演员的贿赂;她们只要能扮些小角色,例如侍从或王后等就满足了。所以他三分之一的股份,实际的收入还不止这个比例,而别的三分之二的股权只分到盈余的十分之一。可是这十分之一也还合到分半利息,高狄沙根据这分半红利,自画自赞地说自己如何调度有方,如

何热心,如何诚实,而股东们又如何运气。包比诺伯爵用着关切的神气问玛蒂法、克勒凡、玛蒂法的女婿古罗将军,对高狄沙满意不满意,进了贵族院的古罗回答说:

"人家说他欺骗我们,可是他那么风趣,那么好脾气,我们也觉得满意了……"

"那倒像拉封丹的小说了[1]。"前任部长笑着说。

戏院之外,高狄沙还做别的投资。他认为葛拉夫、希华勃和勃罗纳的公司挺不错,跟他们合伙办铁路。他不露出自己的精明,只一味装作随便、洒脱、爱女人,仿佛只想寻欢作乐、讲究穿扮;其实他每件事都想到,拿出他跑街时期的经验尽量应用。这玩世不恭的暴发户,住着一所场面阔绰、一切都由他的建筑师安排的屋子,常在那儿大开宴席,请名流吃宵夜。喜欢排场,喜欢讲究,他表面上做人很随和,说起话来,除了从前跑街的一套又加上后台的切口,使人家更不防他有什么城府。干戏剧的人讲话虽然毫无忌讳,却也另有风趣;高狄沙拿这些后台的风趣,和跑惯码头的人粗野的笑话混在一起,自命不凡。那时他正想把戏院让给人家,找点别的玩意儿换换口味。他希望当个铁道公司的经理,做个正经商人,娶一个巴黎最有钱的区长的女儿,弥娜小姐。他也希望靠着铁路局当选议员,再仗着包比诺的势力当参议官。

"这一位是谁呀?"高狄沙拿出经理气派瞧着西卜女人。

"先生,我是邦斯先生亲信的管家。"

---

[1] 薄伽丘《十日谈》中第七日第七篇《丈夫戴了绿头巾还觉得满意》;尔后拉封丹根据此书用诗体写成短篇《戴了绿头巾,挨了打,觉得很满意》,并注明出处为薄氏原作。

"哦,他怎么啦,这个好人?"

"不行,很不行,先生。"

"要命!要命!我听了真不高兴……我要去看看他,像他这样的人是少有的。"

"嗳,是啊,先生,真是个天使……我奇怪他怎么会在戏院里做事的……"

"告诉你,太太,戏院是改好一个人品性的地方……可怜的邦斯!……真的,世界上就少不得这等人……简直是个模范,并且还有才气!你想他什么时候可以来上班呢?因为戏院跟驿车一样,不管有客没客,到了钟点就得开……一到下午六点,这儿还能不开场吗?……我们尽管同情人家,可没法变出好音乐来……你说,他究竟怎么啦?"

"唉,我的好先生,"西卜女人掏出手帕来掩着眼睛,"说来可怕,他是靠不住的了,虽然我们把他服侍得千周到万周到,我跟许模克先生两个……我还得告诉你,连许模克也暂时不能来了,他每天要守夜……我们不能不死马当作活马医,想尽方法救他……医生对他已经没希望了……"

"怎么会呢?"

"喔,又是伤心事,又是黄疸病,又是肝病,还加上好多亲戚之间的纠葛,复杂得很。"

"再加上一个医生,当然更糟了,"高狄沙说,"他应当找我们戏院里的特约医生,勒勒仑先生,又不用他花一个钱……"

"现在看邦斯先生的那个人,好得跟上帝一样;可是病这么复杂,医生本领再好也没用。"

"我正用得着这两个榛子钳,为我那出新排的神幻剧……"

"可不可以让我来代他们做呢？……"西卜女人的神气天真到极点。

高狄沙不禁哈哈大笑。

"先生，我是他们亲信的管家，替两位先生做好多事呢……"

这时门外忽然有个女人的声音：

"朋友，既然你在笑，我可以进来吧？"

说话的便是挂头牌的舞女，哀络绮思·勃里斯多，她披着一条鲜艳夺目，叫作阿基里安的披肩，闯进经理室，往独一无二的长沙发上坐了下来。

"你笑什么？……是不是这位太太逗你发笑的？她预备来扮什么角儿？……"她瞧着西卜女人，像演员打量另外一个将来要登台的演员。

哀络绮思是个极有文学气息的姑娘，在艺术界中颇有声名，跟一班大艺术家有来往，长得体面、细巧、妩媚，比普通的头牌舞女要聪明得多。她一边问一边拿着个香炉闻着。

"太太，所有的女人只要长得漂亮，就没有什么高低，虽然我不去闻什么瓶里的臭气，腮帮上不涂什么灰土……"

"凭你这副尊容，涂上去不是多余了吗，我的孩子！"哀络绮思对她的经理挤了挤眼睛。

"我是个规规矩矩的女人……"

"那算你倒霉。要有男人肯养你，也不是容易的事！我可是办到了，太太，而且觉得挺舒服呢！"

"怎么算我倒霉！"西卜女人说，"你尽管披着阿基里安装模作样，也是白的！你又听到过多少爱情话，太太？你能跟蓝钟饭店的牡蛎美人比吗？……"

舞女猛地站起来立正，举起右手行了个敬礼，像小兵对他的将军一样。

La Comédie Humaine

"先生,我是他们亲信的管家,替两位先生做好多事呢……"

"什么！"高狄沙嚷道，"我听父亲说起的牡蛎美人，敢情就是你？"

"那么西班牙舞、卜尔加舞，太太是完全不懂的了？太太已经五十出头了！"

哀络绮思说着，摆了个舞台上的姿势，念出那句有名的诗[1]：

咱们做个朋友吧，西拿！

"得了，哀络绮思，太太不是你的对手，别逗着她玩了。"

"太太就是新哀络绮思吗[2]？……"西卜女人假装很天真。

"有意思，这老婆子！"高狄沙叫着。

"这个双关语已经过时了，"舞女回答，"它已经长了胡子啦，老太太，你再想个旁的吧……要不然请你抽一支卷烟。"

"对不起，太太，我太伤心了，没有心绪再回答你；我有两位先生病得很重……为了给他们吃饱，免得他们发急，今天早上我连自己丈夫的衣服都拿去当了，你看这张当票……"

"哎哟！这么严重！是怎么回事呢？"漂亮的哀络绮思问。

"太太，"西卜女人接着说，"你闯进来的时候真像……"

"真像挂头牌的红角儿。我来替你提示，太太，你说下去吧。"

"得了吧，我忙得很，别胡扯了，"高狄沙插嘴道，"哀络绮思，这位太太是咱们乐队指挥的管家，他快死了；她来告诉我，对他不能再存什么

---

[1] 按系高乃依名剧《西拿》中的名句。
[2] 《新哀络绮思》为卢梭有名的小说，此处以谐音为戏谑。

希望,这一下我可糟啦。"

"喔!可怜的人!咱们应当替他演一场义务戏。"

"那会叫他闹亏空的!义务戏收支不相抵的时候,他还得欠慈善会五百法郎捐税。他们除了自己养的穷人,不承认巴黎还有别的人需要救济。好吧,太太,既然你这样热心,预备得蒙底翁道德奖……"

高狄沙说着,按了铃,马上来了个当差。

"去通知出纳员,支一千法郎给我。太太,你坐下吧。"

"喔,可怜的女人,她哭了……"舞女嚷道,"看她傻不傻!……得了吧,老妈妈,我们会去看他的,别难过了。喂,你啊,"她把经理拉过一边,"你一方面要我当《阿里安纳》舞剧的主角,一方面想把我丢掉,想结婚,告诉你,我能跟你捣乱的!……"

"哀络绮思,我的心重得很,像条巡洋舰。"

"我会向人家借几个孩子来,说是你跟我生的!"

"咱们的关系我已经声明过了……"

"你客气一些好不好?把邦斯的位置给了迦朗育吧,那穷小子很有本领;你答应了,我就饶你。"

"那也得等邦斯死了以后……他说不定还能逃过这一关呢。"

"喔,先生,他逃不过的了……"西卜女人插嘴道,"从昨天晚上起,他已经神志不清,说胡话了。可怜他是不久的了。"

"反正你可以让迦朗育先代理一下!"哀络绮思说,"所有的报纸都肯替他捧场……"

这时出纳员走进来,拿着两张五百法郎的钞票。

"交给这位太太,"高狄沙吩咐。——"再见吧,好太太;你去好好地

侍候病人，告诉他，我会去看他的，明天或是后天，只要我有空……"

"他是完蛋了。"哀络绮思说。

"喔！先生，像你这样大慈大悲的心肠，只有戏院里有，但愿上帝保佑你！"

"这一笔怎么出账呢？"出纳员问。

"归入津贴项下。等会儿我签传票给你。"

西卜女人向舞女行着礼出去之前，听见高狄沙问他旧日的情妇：

"咱们的芭蕾舞剧《莫希耿》的音乐，迦朗育能不能在十二天之内赶起来？他要能替我解决这个困难，就让他接邦斯的位置！"

La Comédie Humaine

51

空中楼阁

　　看门女人做了那么多坏事，反而比做善事得到更大的酬报。她把两位朋友的收入完全割断，连他们的生计也给断绝了，要是邦斯病好的话。这个卑鄙的勾当使西卜女人几天之内就如愿以偿，把埃里·玛古斯觊觎的几幅画卖了出去。为要抢到这第一批东西，她不得不把自己找来的奸刁的同党弗莱齐埃给蒙蔽起来，叫玛古斯和雷蒙诺克严守秘密。

　　至于奥凡涅人，他渐渐地抱了无知识的人所有的那种欲望。他们从偏僻的内地跑到巴黎来：一方面，乡居的孤独生活使他们有了个念头永远放不开；另一方面，原始性格的愚昧和暴烈的欲望，又化为许多执着的念头。西卜太太那种阳性的美，那种轻快活泼，那种菜市上的风趣，成为旧货商垂涎的目标，使他很想从西卜手中把她偷上手。在巴黎下等社会中，这一类一妇二夫的情形是很普遍的。可是贪心好比一个套结，把人的心越套越紧，结果把理智闭塞了。雷蒙诺克估计他跟玛古斯两人付的佣金大概有四万法郎，胸中的邪念便一变而为犯罪的动机，竟想人财两得，把西卜女人正式娶过来了。抱着这种纯粹投机性质的爱情，他靠在门上，抽着烟斗，老半天的胡思乱想之下，只盼望裁缝早死。那么他的资本可以变成三倍，而西卜女人做起买卖来又何等能干，坐在大街上体面的铺子里又何等妖艳。这双重的贪欲使雷蒙诺克迷了心窍。他要在玛特兰纳大街租一个铺面，摆着从邦斯的收藏里拿来的最美的古董。夜里做着金色的梦，烟斗里的缕缕青烟都变作成千累万的洋钱；不料他一觉醒来，正当打开铺门，摆出商品的时候，就看到矮小的裁缝扫着院子和大门口，因为从邦斯病倒以后，西卜女人的职司都由丈夫在代理。那时奥凡涅人便觉得这个橄榄色的、黄铜色的、骨瘦如柴的、矮小的裁缝，是他的幸福的唯一的障碍，而盘算着怎么样解决他了。这股越来越热烈的痴情，西卜女人看了非常得意，因为到了她的年纪，所有的女人都明白自己是会老的了。

因此有一天早上，西卜女人起身之后，若有所思地打量着雷蒙诺克，看他在那里摆出他的小玩意儿；她很想探探他的爱情究竟到什么程度。

"哎，你的事情顺当吗？"奥凡涅人问她。

"倒是你叫我不放心，"西卜女人回答，"你要害我了，你那种鬼鬼祟祟的眼睛，早晚要给邻居们发觉的。"她说完了便走出过道，溜到奥凡涅人铺子的尽里头。

"你哪儿来的这种古怪念头？"雷蒙诺克说。

"你来，我有话跟你讲。邦斯先生的承继人要忙起来了，会跟咱们捣乱的。天知道将来出些什么事，要是他们派些吃法律饭的来到处乱搅，像猎狗一样。要我叫许模克卖几幅画给你，先得看你对我真心不真心，能不能把事情保守秘密……喔，就是把你脑袋砍下来也不能哼一个字……既不说出画是哪儿来的，也不说是谁卖给你的。你知道，邦斯先生死了，埋了，人家来点他的画，六十七幅只剩了五十三幅的时候，那可跟谁都不相干……并且，邦斯先生在世的时候卖了画，谁也管不着。"

"好吧，"雷蒙诺克回答，"我不在乎；可是玛古斯先生是要正式的发票的。"

"急什么！你的发票也照样给你！……不是许模克先生给你凭据，难道是我给吗？……可是你得告诉犹太人，要他跟你一样地守秘密。"

"放心，咱们做哑巴就是了。干我们这一行的，嘴巴都紧得很。我吗，我认得字，可不能写，所以我要一个像你这样又有教育又能干的女人！……我一心只想挣一笔老年的口粮，生几个小雷蒙诺克……嗳，你把西卜丢了吧！"

"呦！你那个犹太人来啦，咱们好把事情谈妥了。"

"喂，我的好太太，事情怎么啦？"玛古斯每三天都在清早来一次，打听什么时候能买他的画。

"没有人跟你提到邦斯先生和他的小玩意儿吗？"西卜女人问他。

"我收到一个律师的信；可是我觉得他是个坏蛋，起码是个掮客；我一向提防这种人，所以没理他。隔了三天他上门来留了一张片子；我吩咐门房，他要再来总回他一个不在家……"

"哎呀，你真是一个好犹太，"西卜女人当然不会知道玛古斯那种谨慎的作风，"就在这几天，我来想法叫许模克卖七八幅画给你们，至多十幅。可是有两个条件：第一要绝对守秘密。先生，你得承认你是许模克找来的。你来买画是雷蒙诺克介绍的。不管怎么样，反正跟我不相干。你出四万六买四幅画，是不是？……"

"行吧。"犹太人叹了口气。

"好。第二个条件是你得给我四万三，你只拿三千法郎给许模克！雷蒙诺克出两千法郎也买他四幅，把多下来的钱给我……可是告诉你，玛古斯先生，将来我可以让你和雷蒙诺克做到一桩好买卖，只要你答应赚了钱咱们三个人均分。我带你去看那个律师，或者他会到这儿来的。你把邦斯先生家里所有的东西估一个价钱，估一个你愿意买进的价钱！让弗莱齐埃切实知道遗产的价值。可是我们的交易没做成以前，绝不能让他来，明白没有？……"

"明白了，"犹太人回答，"可是要仔细看过东西，估个价钱，是很费时间的呢。"

"你可以有半天工夫。你甭管，那是我的事……你们两位把事情商量一下；后天，咱们就来做交易。我要去找弗莱齐埃谈谈，因为这儿的事，波冷医生都会告诉他的，嚄！要这个家伙不多嘴可不容易呢。"

在诺曼底街到珍珠街的半路上，西卜女人碰到弗莱齐埃上她那儿来了，他急于要知道详细的案由，照他的说法。

"呦，我正要去找你呀。"她说。

弗莱齐埃抱怨玛古斯没有接见他，看门女人说玛古斯刚旅行回来，这才把律师眼中那点儿猜疑的神气给消灭了。她说最迟到后天，一定让他在邦斯屋里跟犹太人见面，把收藏的东西定个价钱。

"你得跟我公平交易，"弗莱齐埃回答，"我大概要替邦斯先生的承继人做代表。在那个地位上，我更可以帮你忙了。"

这几句话说得那么强硬，把西卜女人吓了一跳。这饿鬼似的律师，大概也像她一样在那儿耍手段；所以她决心要把卖画的事赶紧办了。西卜女人这个猜测一点没有错。律师和医生凑了一笔钱，给弗莱齐埃缝了套新衣服，使他能够穿得齐齐整整地去见加缪索庭长太太。两个榛子钳的命运就凭这次会面的结果来决定。要不是为了等新衣服，弗莱齐埃绝不会耽搁到现在。他预备看了西卜太太之后,去试他的上衣、背心跟裤子。不料他一去就看到衣服都已缝好,便回家换上一副新的假头发,十点左右雇了一辆车上汉诺威街,希望能见到庭长太太的面。弗莱齐埃打着白领带,戴着黄手套,全新的假头发,洒着葡萄牙香水,很像水晶瓶子里的毒药:封皮、标签、缚的线,都很花哨,可是叫人看了只觉得更害怕。他的坚决的神气,满是小肉刺的脸,生的皮肤病,他的绿眼睛和凶恶的气息,好比青天上的云一样明显。在办公室内面对西卜女人的时候,他是杀人犯用的一把普通的刀;在庭长太太门外,他变为少妇们放在小古董架上的一把精致的匕首了。

52

容光焕发的弗莱齐埃

汉诺威街那边经过了很大的变化。包比诺子爵夫妇、前任部长夫妇，都不愿意庭长先生和庭长太太把产业给女儿做了陪嫁之后，搬到外边去另租屋子。三层的老太太下乡养老，把屋子退租了；庭长他们便搬上三楼。加缪索太太还留着玛特兰纳·维凡、一个男当差和一个厨娘，可是境况又回复到早年一样地艰难，唯一的安慰是白住了四千法郎租金的屋子，另外还有一万法郎年俸。这种清苦对玛维尔太太已经不大合适，她是需要相当的家财和她的野心配合的。何况他们把全部产业给了女儿之后，庭长的被选举的资格也跟着丧失了。阿曼丽却照旧一心一意希望丈夫当议员，因为她绝不轻易放弃计划，始终想要庭长在玛维尔庄田所在的那个州县里当选。老加缪索新进了贵族院，新封了男爵；两个月以来媳妇磨着他，要他在遗产项下先拨出十万法郎。她预备拿去买一块地，就是给玛维尔庄田在四边围住了的一块，付了捐税每年有两千法郎收入。将来她和丈夫可以住在自己的产业上，靠近孩子们。原有的庄田不仅是扩充了，地形也可以变得更完整。庭长太太在公公前面尽量地说，为了把女儿嫁给包比诺子爵，她自己一个钱都不剩了；她问老人家是否愿意耽误他大儿子的前程，使他

爬不上司法界的最高地位,那是一定要拥有国会的势力才有希望的;而她丈夫的确能当选议员,叫部长们怕他。她说:

"那些人哪,直要被你拉紧领带,把舌头都吐了出来,才肯给你一点东西。他们都是无情无义的家伙!也不想想沾了加缪索多少光!哼,加缪索要不促成七月法案,路易·菲利普怎么上得了台[1]!……"

老人回答说,他对铁路的投资超过了他的实力;所以媳妇的话虽然有理,也得等股票上涨的时候才能拨款子。

庭长太太几天以前听到老人只许了一半的愿,觉得闷闷不乐。照这个情形,下届议会的改选恐怕赶不及了,因为被选的条件不单是要有相当的产业,而且置产的时期要满一年。

弗莱齐埃不费什么事就见到了玛特兰纳·维凡。这两个毒蛇般的性格的人一见就知道是自己人。

"小姐,"弗莱齐埃的声音很甜,"我想见见庭长夫人,有件跟她个人跟她财产有关的事,你可以告诉她是为了一笔遗产……我没有机会拜见过她,所以我的姓名对她是不生作用的……我平常不大走出办公室,可是我知道对一位庭长夫人应当怎样敬重,所以我亲自来了,尤其因为那件事一刻也耽搁不得。"

以这样的措辞做引子,再经老妈子进去添枝加叶地说了一遍,接见是当然没有问题的了。这一刻工夫,对弗莱齐埃所存的两种野心正是千钧一发的关头。所以,就凭内地小律师那股百折不回的勇气、死抓不放的性格、

---

[1] 一八三○年七月二十六日,查理十世听从极端派保王党的提议,颁布四项法案:取消言论自由,解散国会,修改选举法,九月中举行普选。自由党人为之大哗,当即鼓动中产阶级及工商人士起而反抗,酿成暴动,卒至查理逊位。此即法国史上所谓的七月革命。

"我想见见庭长夫人,是为了一笔遗产……"

强烈的欲望，他当时也不免像决战开始时的将军，有点胜负成败在此一举的感觉。过去最强烈的发汗药，对他生满皮肤病而毛孔闭塞的身子也不生效力，可是踏进阿曼丽在那儿等他的小客厅的一刹那，他脑门上背脊上都微微地出了点汗。他心里想：

"即使发财的事不成功，至少我的命是保住了，因为波冷说过，只要我能出汗，就有恢复健康的希望。"

庭长太太穿着便服等在那里。

"太太……"弗莱齐埃叫了一声，停下来行了个礼，那种恭敬在司法界中是承认对方比自己高级的表示。

"坐下吧，先生。"庭长太太马上认出他是个吃法律饭的。

"庭长夫人，我所以敢为了一件跟庭长先生利益有关的事来求见，是因为我断定，玛维尔先生以他高级的地位，也许把事情听其自然，以致损失了七八十万法郎；可是我认为对于这一类的私事，太太们的见解比最精明的法官还要高明，或许会……"

"你提到一笔遗产……"庭长太太截住了他的话。

阿曼丽听到那个数目有点飘飘然，却不愿意露出她的惊讶和高兴；她只学着一班性急的读者的样，急于想知道小说的结局。

"是的，太太，是一笔你们失之交臂的遗产，可是我能够，我有方法替你们挽回过来……"

"你说吧，先生！"玛维尔太太口气冷冷的，用她藐视而尖利的目光打量着弗莱齐埃。

"太太，我久仰您的大才，我是从芒德来的。那边的勒勃夫院长，玛维尔先生的朋友，可以把我的底细告诉庭长……"

庭长太太突然把腰板一挺,意思那么明显,使弗莱齐埃不得不赶紧说明一下。

"以太太这样心明眼亮的人,马上就会知道为什么我先跟太太谈我自己。那是提到遗产最近便的路。"

对这句巧妙的话,庭长太太只做了个手势回答。弗莱齐埃知道他可以往下说了:

"太太,我在芒德当过诉讼代理人,我的事务所就是我整个的家私,因为我是勒佛罗先生的后任,您一定认识他吧?"

庭长太太点了点头。

"我借了一笔资本,自己又凑上万把法郎,离开了台洛希,巴黎最能干的一个诉讼代理人,我在他那儿当过六年一等书记。不幸我得罪了芒德的检察官……"

"奥里维哀·维奈。"

"对啦,太太,那位检察署长的儿子。他追着一位太太……"

"他吗?"

"是的,他追求华蒂南太太……"

"哦!华蒂南太太……她长得很漂亮,并且很……在我那个时候……"

"她对我很不错,这就种下了祸根……"弗莱齐埃接着说,"我很活跃,我想还清朋友的债,想结婚;我需要案子,到处招揽;没有多久,我一个人的业务比所有的同业都忙了。这样,芒德的诉讼代理人、公证人,甚至执达吏,都跟我过不去啦。他们预备跟我找麻烦。您知道,在我们这可怕的行业里,要跟人捣乱是挺容易的。有件案子我接受了两造的委托,给人发觉了。当然事情是做得轻率了些;但在某些情形之下,在巴黎是行得通的，诉讼代理人往往彼此交换条件。在芒德可不行。我对蒲伊翁南先生帮过这一类的小忙，他却受了同业的压迫，听了检察官的怂恿，把我出卖了……您瞧我什么都不瞒您。那可犯了众怒。我变成了个坏蛋，人家把我说得比马拉还要可怕。我不得不卖掉事务所，把一切都丢了。我到巴黎来想搅个小小的代办所，可是我的健康给毁了，二十四小时就没有两小时舒服的。如今我只有一个欲望，很可怜的欲望。您有朝一日可能变成司法部长的太太，或是首席庭长太太；我这个骨瘦如柴的穷人，却只巴望找个小差事混到老，默默无闻地抱住饭碗。我想当个初级法庭庭长。在您或在庭长先生，替我谋这种小差事真是太容易了，连现任的司法部长都忌惮你们，巴不得讨你们喜欢呢……"他看到庭长太太做了个手势预备开口了，便赶紧说，"不，太太，我的话还没有完。我有个做医生的朋友，正在看一个年老的病人，便是庭长先生应当承继的人。您瞧，我们可提到正文来了……我们少不了这位医生的合作，而他的情形就跟我现在一样：有了本领没有机会！……我从他那儿才知道你们的利益受了损害，因为就是眼前，我们在这儿说话的时候，可能什么都完了，可能就立了一张剥夺庭长承继权的遗嘱……那医生希望当一个医院的主任，或是王家中学的医师，反正是想谋一个巴黎的差事，和我的差不多的……请您原谅我大胆提出这两个问题，可是我们对这件事一点不能含糊。并且那医生是个很受敬重很有学问的人，令婿包比诺子爵的舅太公比勒洛先生的病是他给治好的。倘使您宽宏大量，肯答应我初级法庭庭长和主任医生这两个位置，我可以负责把遗产差不多原封不动地给您送上来，我说差不多原封不动，因为其中要除去一小部分给遗产受赠人，给其他几个我们必须要他们帮忙的人。您的诺言，可以等我的诺言兑现之后再履行。"

53

买卖的条件

庭长太太抱着手臂听着,好像一个人不得不听一番说教似的;这时她放下手臂,瞅着弗莱齐埃,说道:

"先生,关于你自己的事,你说得一明一白了;可是我觉得你对正文还是一篇糊涂账……"

"太太,再加一两句,事情就揭穿了。庭长先生是邦斯先生独一无二的三等亲属承继人。邦斯先生病得很重,要立遗嘱了,也许已经立了。他把遗产送给一个叫作许模克的德国朋友。遗产值到七十万以上,三天之内,我可以知道准确的数目……"

庭长太太听了这个数字大吃一惊,不由得自言自语地说:

"要是真的话,我跟他翻脸简直是大错特错了,我不该责备他……"

"不,太太,要没有那一场,他会像小鸟一样地开心,比您、比庭长、比我,都活得久呢……上帝自有它的主意,咱们不必多推敲!"他因为说得太露骨了,特意来这么两句遮盖一下,"那是没有办法的!咱们吃法律饭的,看事情只看实际。太太,现在您可明白了,以庭长这样高的地位,他对这件事绝不会也绝不能有所行动。他跟舅舅变了死冤家,你们不见他的面了，把他从社会上撵出去了；你们这样做想必有充分的理由；可是事实是那家伙病了，把财产送给了他唯一的朋友。在这种情形之下立的一张合乎法定方式的遗嘱，一个巴黎高等法院的庭长能有什么话说呢？可是，太太，我们在私底下看，这究竟是极不愉快的事，明明有权承继七八十万的遗产……谁知道，也许上一百万呢，我们以法定的唯一的承继人资格，竟没有能把这笔遗产抓回来！……要抓回来，就得把自己牵入卑鄙龌龊的阴谋，又疙瘩，又无聊，要跟那些下等人打交道，跟仆役、下属发生关系，紧紧地盯着他们：这样的事，巴黎没有一个诉讼代理人、没有一个公证人办得了。那需要一个没有案子的律师，像我这样的，一方面要真有能力，要赤胆忠心，一方面又潦倒不堪，跟那些人的地位不相上下……我在我一区里替中下阶级、工人、平民办事……唉，太太，我落到这个田地，就因为如今在巴黎署理的那位检察官对我起了恶感，不能原谅我本领高人一等……太太，我久仰您大名，知道有了您做靠山是多么的稳固，我觉得替您效劳，干了这件事，就有苦尽甘来的希望，而我的朋友波冷医生也能够扬眉吐气了……"

庭长太太有了心事。那一会儿工夫，弗莱齐埃可真急坏了。芒德的检察官，一年以前被调到巴黎来署理；他的父亲维奈是中间党派的一个领袖，当了十六年检察署长，早已有资格当司法部长，他是阴险的庭长太太的对头：傲慢的检察署长公然表示瞧不起加缪索庭长。这些情形是弗莱齐埃不知道，也不应该知道的。

"除了在一件案子中接受两造的委托以外，你良心上没有别的疙瘩吗？"她把眼睛瞪着弗莱齐埃问。

"太太可以问勒勃夫先生，他对我是不错的。"

"你可有把握,勒勃夫先生替你在庭长跟包比诺伯爵面前说好话吗?"

"那我可以保证,尤其维奈先生已经离开芒德;因为,我可以私下说一句,勒勃夫先生很怕那个干巴巴的检察官。并且,庭长太太,要是您允许,我可以到芒德去见一见勒勃夫先生。那也不会耽误事情,因为遗产的准确数目要过两三天才能知道。为这桩事所用的手段,我不愿也不能告诉太太,可是我对自己的尽心尽力所期望的报酬,不就等于保证您成功吗?"

"行,那么你去想法请勒勃夫先生替你说句好话;要是遗产真像你说的那么可观,我还不大相信呢,那我答应你要求的两个位置,当然是以事情成功为条件啰……"

"我可以担保,太太。可是将来我需要的时候,请把您的公证人、诉讼代理人都邀来,以庭长的名义给我一份委托书,同时请您要那几位听我调度,不能自作主张地行动。"

"你负了责任,我当然给你全权,"庭长太太的口气很郑重,"可是邦斯先生真的病很重吗?"她又带着点笑容问。

"我相信,太太,他是医得好的,尤其他找的是个很认真的医生;我的朋友波冷并没起什么坏心,他是听了我的指挥,为您的利益去刺探情形的;他有能力把老音乐家救过来;可是病人身边有个看门女人,为了三万法郎会送他进坟墓,不是谋杀他,不是给他吃砒霜,她才不那么慈悲呢,她更棘手,用的是软功,成天不断地去刺激他。可怜的老头儿,换一个安静的环境,譬如在乡下吧,能有周到的服侍、朋友的安慰,一定会恢复;可是给一个泼辣的女人折磨——她年轻时候,是闻名巴黎的二三十个牡蛎美人之中的一个,又贪心,又多嘴,又蛮横,病人给她磨着,要他在遗嘱上送她大大的一笔钱,那不成问题,但肝脏会硬化的,也许现在已经生了结石，非开刀不可了，而那个手术病人是受不住的……医生哪，是个绝顶好人！……他可为难死了。照理他应当叫病人把那婆娘打发掉……"

"那泼妇简直是野兽了！"庭长夫人装出温柔的声音叫道。

弗莱齐埃听到这种跟自己相像的声音，不由得在肚里暗笑，他知道把天生刺耳的嗓音故意装作柔和是什么意思。他想起路易十一所说的故事。有位法官娶了一位太太，跟苏格拉底的太太一模一样[1]，法官却并没那个大人物的达观，便在燕麦中加了盐喂他的马匹，又不给它们喝水。有一天，太太坐了车沿着塞纳河到乡下去，那些马急于喝水，便连车带人一起拉到了河里。于是法官感谢上帝替他这样自自然然地摆脱了太太。这时，玛维尔太太也在感谢上帝在邦斯身边安插了一个女人，替她把邦斯不着痕迹地摆脱掉。她说：

"只要有一点儿不清白，哪怕一百万我也不拿的……你的朋友应当点醒邦斯先生，把看门女人打发走。"

"太太，首先，许模克和邦斯两位把这女人当作天使，不但不肯听我朋友的话，还会把他打发走呢。其次，这该死的牡蛎美人还是医生的恩人，他给比勒洛先生看病就是她介绍去的。他嘱咐她对病人要一百二十分的柔和，可是这个话反而给她指点了加重病势的方法。"

"你的朋友对我舅舅的病认为怎么样呢？"

弗莱齐埃的答话那么中肯，眼光那么尖锐，把那颗跟西卜女人一样贪婪的心看得那么清楚，使庭长太太为之一震。

---

[1] 相传苏格拉底的妻子极凶悍泼辣，而苏格拉底认为可以训练他的涵养功夫。

"六个星期之内,继承可以开始了[1]。"

庭长太太把眼睛低了下去。

"可怜的人!"她想装出哀伤的神气,可是装不像。

"太太有什么话要我转达勒勃夫先生吗?我预备坐火车到芒德去。"

"好吧,你坐一会儿,我去写封信约他明天来吃饭;我们要他来商量,把你那件冤枉事给平反一下。"

庭长太太一走开,弗莱齐埃仿佛已经当上初级法庭庭长,人也不是本来面目了:他胖了起来,好不舒畅地呼吸着快乐的空气,吹到了万事如意的好风。意志那个神秘的宝库,给他添了一股强劲的新生的力量,他像雷蒙诺克一样,觉得为了成功竟有胆子去犯罪,只要不留痕迹。他一鼓作气来到庭长太太面前,把猜测肯定为事实,天花乱坠地说得凿凿有据,但求她委托自己去抢救那笔遗产而得到她的提拔。他和医生两人,过的是无边苦海的生活,心中存的亦是无穷无极的欲望。他预备把珍珠街上那个丑恶的住所一脚踢开。盘算之下,西卜女人的公费大概可有三千法郎,庭长那里五千法郎,这就足够去租一个像样的公寓。并且他欠波冷的情分也能还掉了。有些阴险的性格,虽然被苦难磨得非常凶狠,也会感到相反方面的情绪,跟恶念一样强烈:黎希留是个残酷的敌人,也是个热心的朋友。为了报答波冷的恩惠,弗莱齐埃便是砍下自己的脑袋都愿意。庭长太太拿着一封信进来,对这个自以为幸福而有了存款的人,偷偷地瞧了一下,觉得不像她第一眼看到的那么丑了;并且他现在要做她的爪牙了,而我们看自己的工具和看邻人的工具,眼光总是不同的。

---

[1] 继承开始为法律术语,各国法律均有类似"继承因被继承人死亡而开始"之定义。

"六个星期之内,继承可以开始了。"

"弗莱齐埃先生，"她说，"我已经看出你是个聪明人，我也相信你是坦白的。"

弗莱齐埃做了个意义深长的姿势。

"那么，"她接着又说，"请你老老实实回答一个问题：你的行动会不会连累我，或是连累玛维尔先生？……"

"我绝不敢来见您的，太太，要是将来有一天，我会埋怨自己把泥巴丢在了你们身上，哪怕像针尖般小的污点，在你们身上也要像月亮般大。太太，您忘了我要做一个巴黎初级法庭的庭长，先得使你们满意。我一生受的第一个教训，已经使我吃不消了，还敢再碰那样的钉子吗？末了，还有两句话，我一切的行动，凡是关涉到你们的，一定先来请示……"

"那很好。这儿是给勒勃夫先生的信。现在我就等你报告遗产价值的消息。"

"关键就在这里。"弗莱齐埃很狡猾地说。他对庭长太太行着礼，尽他的脸所能表示的做得眉开眼笑。

"谢天谢地！"加缪索太太心里想，"喔！我可以有钱啦！加缪索可以当选议员啦。派这个弗莱齐埃到鲍贝克县里去活动，他准会替我们张罗到多数的选票。这工具再好没有了！"

"谢天谢地！"弗莱齐埃走下楼梯的时候想，"加缪索太太真是一个角色！我要有这一类的女人做太太才好呢！行了，干事要紧！"

于是他动身上芒德向一个不大认识的人讨情去了。他把这希望寄托在华蒂南太太身上。过去他的倒霉就是为了她；可是不幸的爱情，往往像可靠的债务人的一张到期不付的借票，会加你利钱的。

54
给老鳏夫的警告

三天以后,许模克正在睡觉,因为老音乐家和西卜太太已经把看护病人的重任分担了,她跟可怜的邦斯,像她所说的抢白了一场。肝脏炎有个可怕的症候,我们不妨在此说一说。凡是肝脏受了损害的病人,都容易急躁、发怒,而发怒会叫人暂时松动一下,正如一个人发烧的时候精力会特别充沛。可是高潮一过,他马上衰弱到极点,像医生所谓的虚脱了,而身体所受的内伤也格外严重。所以害肝病的人,尤其因精神受了打击而得肝病的人,大发雷霆以后的虚弱特别危险,因为他的饮食已经受到严格的限制。这是扰乱人的液体机能的热度[1],对血和头脑都不相干的。全身的刺激引起一种抑郁感,使病人对自己都要生气。在这等情形中,无论什么事都可以促成剧烈的冲动,甚至有性命之忧。下等阶级出身的西卜女人,既没有经验,也没有教育,尽管医生告诫,也绝不肯相信液体组织会把神经组织弄得七颠八倒。波冷的解释,在她心目中只是做医生的一厢情愿。她像所有平民阶级的人一样,无论如何要拿东西给邦斯吃,直要波冷斩钉截铁

---

[1] 十九世纪以前的西洋医学,重视人身的液体,即血液、淋巴汁、胆汁、脓汁及其他分泌物。

地告诉她"你给邦斯吃一口随便什么东西,就等于把他一枪打死",才能拦住她不偷偷地给他一片火腿、一盘炒鸡蛋,或是一杯香草巧克力。在这一点上,一般平民真是固执到极点;他们生了病不愿意进医院,就因为相信医院里不给病人吃东西,把他们活活饿死。病人的妻子夹带食物所造成的死亡率,甚至使医生不得不下令,在探望病人的日子,家属的身体必须经过严格搜查。西卜女人为了要立刻捞一笔钱,想跟邦斯暂时翻脸,便把怎样上戏院去看经理,怎样和舞女哀络绮思斗嘴,统统告诉了邦斯。

"可是你到那儿去干吗呀?"病人已经问到第三遍。只要西卜女人一打开话匣子,他就拦不住了。

"那时候,赶到我训了她一顿,哀络绮思小姐知道了我是谁,她就扯了白旗,我们也变作世界上最好的朋友。——现在你问我上那儿去干什么是不是?"她把邦斯的问话重复了一遍。

有些多嘴的人,可以称为多嘴的天才的,就会这样地把对方插进来的话,或是反对的意见,或是补充的言论,拉过来当作材料,仿佛怕他们自己的来源会枯竭似的。

"哎,我是去替你的高狄沙先生解决困难呀;他有出芭蕾舞剧要人写音乐;亲爱的,你又没法拿些纸来乱画一阵,交你的差……我就无意中听到,他们找了一个迦朗育先生,去给《莫希耿》写音乐……"

"迦朗育!"邦斯气得直嚷,"迦朗育一点儿才气都没有,他要当第一提琴手我还不要呢!他很聪明,写些关于音乐的文章倒很好;可是我就不相信他能写一个调子!……你哪儿来的鬼念头,会想起上戏院去的?"

"哎哟,瞧你这个死心眼儿,你这个魔鬼!……得了吧,小乖乖,咱们别说来就来生那么大的气好不好?……像你现在这样,你能写音乐吗?

难道你没有照过镜子？要不要我给你一面镜子？你只剩皮包骨头了……力气就跟麻雀差不多……你还以为能够写音符？……连我的账你都写不起来呢……喔，对啦，我得上四楼去一趟，他们欠我十七个法郎……十七法郎也是个数目呀；付了药剂师的账，咱们只剩二十法郎了……所以哪，我得告诉那个人，看上去倒是个好人，那个高狄沙……我喜欢这名字……他是嘻嘻哈哈的快活人，很配我的胃口……他呀，他可不会闹肝病的！……我把你的情形告诉了他……不是吗，你身体不行，他暂时叫人代替你的位置……"

"代替了！"邦斯大叫一声，在床上坐了起来。

一般而论，生病的人，尤其被死神的魔掌拿住了的，拼命想抓住差事的劲儿，简直跟初出道的人谋事一样。所以听说位置有人代替，快死的人就觉得已经死了一半。他接着说：

"可是医生说我情形很好呢！他认为我不久生活就能照常了。你害了我，毁了我，要了我的命！……"

"啧！啧！啧！啧！"西卜女人叫起来，"你又来啦！好吧，我是你的刽子手，你在我背后老对许模克先生说这些好听的话，哼！我都听见的……你真是个没心没肺的恶人。"

"你可不知道，只要我的病多拖上半个月，我好起来的时候，人家就会说我老朽、老顽固，落伍了，说我是帝政时代的、十八世纪的古董！"病人这样嚷着，一心只想活下去，"那时，迦朗育在戏院里从顶楼到卖票房都交了朋友啦！他会降低一个调门，去迁就一个没嗓子的女戏子，他会爬在地下舔高狄沙的靴子；他会拉拢他的三朋四友，在报纸上乱捧一阵；可是，你知道，西卜太太，平常报纸专门在光头上找头发的呢！……你见了什么鬼会跑得去的？"

"怪啦！许模克先生为这件事跟我商量了八天呢。你要怎么办？你眼里只看见你自己，你自私自利，恨不得叫别人送了命来治好你的病！可怜许模克先生，一个月到现在拖得筋疲力尽，走投无路，他哪儿都去不成了，又不能去上课，又不能到戏院里去上班，因为，难道你不看见吗？他通宵陪着你，我白天陪着你。早先我以为你穷，所以由我陪夜，现在再要那么办，我白天就得睡觉，那么家里的事谁管？你的宝贝又归谁看着呢？……有什么法儿，病总是病呀！不是吗？……"

"许模克绝不会打这个主意的……"

"那么是我凭空想出来的？你以为我们的身体是铁打的？要是许模克先生照旧一天教七八个学生，晚上六点半到十一点半在戏院里指挥乐队，不消十天他就没有命了……这好人，为了你便是挤出血来都愿意，你可要他死吗？我可以叫爷叫娘的起誓，像你这种病人真是从来没见过……你的理性到哪儿去啦？难道送进了当铺吗？这儿大家都在为你卖命，每件事都尽了力，你还不满意……你要逼我们气得发疯是不是？……我吗，不说别的，我人快倒下来了！……"

西卜女人尽可以信口胡说，邦斯气得话都说不上来了，他在床上扭来扭去，结结巴巴地只能迸出几个声音，他要死过去了。到了这个阶段，照理急转直下，吵架一变而为亲热的表示。看护女人扑到病人身边，捧着他的脑袋，硬逼他睡下去，把被单盖在他身上。

"你怎么能这样呢！我的乖乖，怪来怪去只能怪你的病！波冷先生就是这么说的。得了吧，你静静吧。好孩子，乖一点呀。凡是接近你的人都把你当作宝贝似的，医生甚至一天来瞧你两回！倘使看到你烦躁成这样，

他要怎么说呢？你叫我沉不住气，唉，你真是不应该……一个人有西卜太太看护的时候，应当敬重她呀！……你却又叫又嚷！……你明明知道那是不可以的。说话会刺激你的……干吗要生气呀？这都是你的错儿，老跟我闹别扭！喂，咱们讲个理吧！倘使许模克先生和我，我是把你当作心肝宝贝一般的，倘使我们认为做得不错……那么，告诉你，就是做得不错！"

"许模克不会不跟我商量，就叫你上戏院去的……"

"要不要叫醒他，要他来做见证呢？可怜的好人睡得像登了天似的。"

"不！不！倘使我的好朋友许模克决定这样办，那么也许我的病比我自己想象的要重得多，"邦斯说着，对他卧房里陈设的美术品好不凄惨地瞧了一眼，"得跟我心爱的画，跟我当作朋友一般的这些东西……跟我那个超凡入圣的许模克告别了！——喔！可是真的吗？"

西卜女人这恶毒的戏子把手帕掩着眼睛。这个没有声音的答复顿时使病人黯然若失。地位与健康，失业与死亡，在这个最受不起打击的两点上受了打击，他完全消沉了，连发怒的气力也没有了。他奄奄一息地愣在那里，好似害肺病的人和临终苦难挣扎过了的情景。

西卜女人看见她的俘虏完全屈服了，便道："我说，为了许模克先生的利益，你最好把德洛浓先生找来，他是本区的公证人，人挺好的。"

"你老是跟我提到这个德洛浓……"

"嘿！随你将来给我多少，请这个请那个，我才不在乎呢！"

她侧了侧脑袋表示瞧不起金钱。于是两人都不作声了。

55

西卜女人叫屈

那时许模克已经睡了六个多钟点,给肚子饿闹醒了。他走进邦斯屋子,一言不发地对他看了一会儿,因为西卜女人把手指放在嘴唇上警告他:"嘘!"

然后她站起来走近德国人,附在他耳边说:

"谢天谢地!这一下他快睡着了,刚才他凶得像要吃人似的!……也难怪,他是跟他的病挣扎……"

"哪里!我倒是很有耐性呢,"病人凄恻的声音表示他已经萎靡到极点,"可是,亲爱的许模克,她到戏院去叫人把我开差了。"

他歇了一下,没有力气说下去。西卜女人趁此机会对许模克做了个手势,意思是说他神志不清。她说:

"你别跟他分辩,他快死过去了……"

"她还说是你叫她去的……"邦斯瞧着老实的许模克补上一句。

"是的,"许模克拿出代人受过的勇气,"那没有法儿呀。你别多讲!……让我们把你救过来!……有了这些家私还要拼命做事,你傻不傻?……只要你快快好起来,咱们卖掉些小古董,安安静静地躲在一边过日子，带着这个好西卜太太……"

"她把你教坏了！"邦斯很痛苦地回答。

西卜女人特意站在床后，好偷偷地对许模克做手势。病人看不见她，以为她走了，接着又说：

"她要我的命！"

"怎么！我要你的命？……"她突然闪出身子，红着眼睛，把拳头插在腰里，"做牛做马，落得这个报答吗？……哎哟，我的天！"

她眼泪马上涌了出来，就手儿倒在一张沙发里；这悲剧式的动作对邦斯又是个加重病势的刺激。

"好吧，"她又站起身子瞪着两个朋友，眼睛里射出两颗子弹和一肚子的怨毒，"我在这儿不顾死活地干，还不见一点好，我受够了。你们去找一个看护女人吧！"

两个朋友听了，相顾失色。

"喔！你们俩尽管挤眉弄眼地做戏吧！我主意拿定了！我去请波冷医生找个看护女人来。咱们把账算一算。你们得还我在这儿垫的钱……我本意是永远不跟你们要的……哼，我还为你们又向比勒洛先生借了五百法郎呢……"

"那是他的病呀！"许模克扑过去抱着她的腰，"你耐着点吧！"

"你，你是一个天使，我会跪在地下亲你的脚印。可是邦斯先生从来没有喜欢过我，老是恨我的……并且还以为我要在他遗嘱上有个名字呢！……"

"嘘——！你要他的命了！"许模克叫着。

"再会，先生。"她走过来对邦斯像霹雳似的瞪了一眼，"你说我对你那么坏，我还是希望你好。赶到你对我和和气气，觉得我做的事并没有错的时候我再来！暂时我待在家里……你是我的孩子，哪有孩子反抗妈妈的？……——不，许模克先生，你再说也没用……你的饭我给你送来，我照常服侍你；可是你们得找个看护女人，托波冷医生找吧。"说完她走了，气势汹汹地关上房门，把一些贵重而细巧的东西震得摇摇欲坠。瓷器的叮当声，在受难的病人听来，仿佛一个熬着车刑的人，听到了最后那个送他上天的声音。

一小时以后，西卜女人不走进邦斯的卧室，只隔着房门招呼许模克，说他的晚饭已经在饭厅里了。可怜的德国人脸色惨白，挂满了眼泪走出来。

"可怜的邦斯神志糊涂了，他竟把你当作一个坏人。那都是他的病哟。"许模克这么说着，想讨好西卜女人而同时不责备邦斯。

"喔！他的病，我真是受够了！告诉你，他又不是我的父亲，又不是我的丈夫，又不是我的弟兄，又不是我的孩子。他讨厌我，那么好，大家拉倒！你哪，你到天边，我也跟你到天边；可是一个人卖了命，拿出了真心，拿出了全部的积蓄，甚至连丈夫都来不及照顾，你知道，西卜病了，结果我还给人家当作坏人……那真是他妈的太那个了……"

"他妈的？"

"是的，他妈的！废话少说。咱们谈正经。你们该我三个月的钱，每月一百九十法郎，一共是五百七！我代付了两次房租，连捐税和小费，六百法郎，收条在这里；两项加起来，一千二不到，另外我借给你们两千，当然不算利息；总数是三千一百九十二法郎……除了这个，你至少还得预备两千法郎对付看护女人、医生、药和看护女人的伙食。所以我又向比勒洛先生借了一千法郎在这里。"她把高狄沙给的一千法郎拿给许模克看。

许模克对她这笔账听得呆住了，因为他不懂银钱出入，就好比猫不懂音乐。

"西卜太太,邦斯是头脑不清楚!请你原谅他,照旧来服侍他,做我们的好天使吧……我给你磕个头求情吧。"

德国人说着跪在了地下,捧着这刽子手的手亲吻。

"听我说,小乖乖,"她把他扶了起来,亲了亲他的额角,"西卜病了,躺在床上,我才叫人去请了波冷医生。在这个情形之下,我的事一定要料理清楚。并且,西卜看我哭哭啼啼地回去,气恼得不得了,不准我再上这儿来了。他要收回他的钱,那也难怪,钱原来是他的。我们做女人的能有什么法儿?还了他三千二百法郎,说不定他的气会消下去。可怜的人!那是他全部的家私,二十六年的积蓄,流着汗挣来的。他明天一定要这笔钱,不能再拖了……唉,你不知道西卜的脾气;他一冒火,会杀人的呢。也许我能跟他商量,照旧来服侍你们。你放心,他爱怎么说就怎么说吧,我预备受他的气,因为我太喜欢你了,你是一个天使。"

"不,我不过是个可怜虫,只知道爱我的朋友,恨不得牺牲了性命去救他……"

"可是钱哪……许模克先生,哪怕一个子儿不给我,你也得张罗三千法郎,对付你们的用途!你知道我要是你,我怎么办?我绝不三心二意,立刻把没用的画儿卖掉七八幅;再拿你屋子里因为没处放而靠壁堆着的,搬些出来补在客厅里。只要那儿数目不缺,管他这一幅那一幅!"

"干吗补上去呢?"

"哎,他坏得很哪!不错,那是他的病,平常他是像绵羊一般的!他可能起来,东找西寻;虽说他软弱得连房门都出不来,万一他闯进客厅,画的数目总是不错啦!……"

"对!"

"将来等他完全好了,咱们再把卖画的事告诉他。那时你都推在我头上得啦,说要还我的钱,没有法儿。我才不怕负责呢。"

"不是我的东西,我总不能支配的……"老实的德国人很简单地回答。

"那么我去告一状,让法院把你和邦斯先生都传得去。"

"那不是要他命吗?"

"这两条路你自己挑吧!……我的天!我看你还是把画卖了,以后再告诉他……那时你拿法院的传票给他看。"

"好,你去告我们吧……那我将来总算有个理由……将来可以把判决书给他做交代……"

当天晚上七点钟,西卜太太跟一个执达吏商量过了,把许模克叫了去。德国人见了泰勃罗,当场听说要他付款;他浑身哆嗦地答了话,执达吏吩咐他和邦斯都得上法院去听候裁判。那个衙门里的小官儿和备案的公事,把许模克吓坏了,再也不敢抵抗。

"卖画就卖画吧。"他含着一包眼泪说。

下一天早上六点,玛古斯和雷蒙诺克一齐来把各人的画卸了下来。两千五百法郎的两张正式收据是这样写的:

本人兹代表邦斯先生,将油画四幅出售与埃里·玛古斯先生,共得价两千五百法郎整,拨充邦斯先生个人用途。计开:女像一幅,疑系丢勒所作;又人像一幅,属于意大利画派;又荷兰风景画一幅,布勒开尔作;又《圣家庭》一幅,属于翡冷翠画派,作家不详。

给雷蒙诺克的收据，措辞相仿；他的四幅画是格勒兹、克洛德·洛兰、鲁本斯和梵·伊克的作品，收据上都用法国画派、佛兰德斯画派含混过去了。

"这笔钱，使我相信了这些小玩意儿的确有点价值……"许模克拿到了五千法郎说。

"对啦，有点价值……"雷蒙诺克回答，"我很愿意出十万法郎统统买下来呢。"

邦斯有些次等的画堆在许模克屋里；奥凡涅人受了西卜女人之托，就在那一批中挑出几幅尺寸相同的放在老框子内，补足了八张空额。

56

弱肉强食

埃里·玛古斯拿到了四幅杰作，以算账为名，把西卜女人邀到自己家里。他拼命哭穷，吹毛求疵地指出画上的缺点，说要重新修过，只能出三万法郎佣金。他把法兰西银行印着一千法郎的辉煌耀眼的钞票摆在西卜女人面前，她看得动了心，接受了。玛古斯勒令雷蒙诺克也给西卜女人同样的数目，因为雷蒙诺克是要拿四幅画做抵押，向他借这笔钱的。玛古斯觉得那四幅太美了，舍不得再放手，便在下一天送了六千法郎给旧货商作为他的赚头，叫他开一张发票把画卖给了他。西卜太太有了六万八千法郎财产，又把严守秘密的话对两个同党说了一遍。她请教犹太人，怎么样才能存放这笔款子而不让人家发现。

"你不妨买奥莱昂铁路股票，目前市价比票面低三十法郎，三年之后包你对本对利；凭据只有几张纸，往皮包里一放就完了。"

"你在这儿等着，玛古斯先生，我得看邦斯先生亲属的代理人去，他要知道你对楼上那些东西肯出多少钱买……我去把他找来。"

"要是她做了寡妇，"雷蒙诺克对玛古斯说，"那倒对我正合适，你瞧她现在有钱啦……"

"倘使买了奥莱昂股票，两年工夫她的钱还能加一倍。我的一些小积蓄就投资在这上面，做我女儿陪嫁的……趁律师没有来，咱们到大街上去遛遛吧。"

"西卜已经病得很重，"雷蒙诺克又道，"要是上帝愿意把他召回，我就能有个出色的女人管铺子，我的买卖也做得开了……"

西卜女人走进法律顾问的办公室，娇声娇气地说："你好，亲爱的弗莱齐埃先生，怎么你的门房说你要搬家了？"

"对啊，西卜太太；我在波冷医生屋子的二层楼上租了个公寓，就在他的上面。房东把屋子装修过了，怪漂亮的，我正想借两三千法郎，体体面面地布置一下。现在我负责照顾你跟玛维尔庭长两方面的利益了，就像我以前跟你说的一样……我不再干这个法律经纪人的行业，我要加入律师公会，非住得像个样儿不可。一定要有一套过得去的家具、一套藏书，巴黎的律师公会才让你登记。我是法学博士，见习过几年，如今又有了大佬做后台……啊，你说，咱们的事怎么啦？"

"我有笔积蓄存在银行里，"西卜女人对他说，"没有多少，不过三千法郎，二十五年苦吃苦熬省下来的，倘使你愿意接受，你就给我一张约期票，像雷蒙诺克说的，因为我自己什么都不懂，只知道人家叫我怎么办就怎么办……"

"不，公会条例不准咱们律师出约期票的。这样吧，我给你一张收据，写明五厘起息；将来我要替你在邦斯的遗产上弄到一千两百终身年金的话，你就把收据还我。"

西卜女人发觉自己上了当，不作一声。弗莱齐埃便接着说：

"不开口就是默认。明儿你给我送来。"

"西卜已经病得很重。"雷蒙诺克又道。

"喔！我很乐意先付公费，这样我的年金更靠得住了。"

弗莱齐埃点了点头，又说："咱们的事怎么样啦？昨天晚上我碰到波冷，似乎你对病人毫不留情哪。再像昨天那样来一次，他胆囊里准会生结石了……我看你还是缓和一点吧，好西卜太太，别叫良心过不去。一个人不是长命百岁的。"

"得了吧，什么良心不良心的！……你还想拿断头台来吓我吗？邦斯先生简直是个老顽固！你可不知道他呢！是他惹我冒火的！世界上再没比他更恶的人了，活该受他亲戚的那一套……他又刁，又毒，又是死心眼儿！……我把答应你的话做到了，现在玛古斯先生在我们那儿等你。"

"好！……我跟你同时赶到就是了。你年金的多少全靠那个收藏的价值；要是有八十万，你一年就能有一千五……那是个很大的数目呢！"

"那么，我去吩咐他们估价的时候要绝对公平。"

一小时以后，邦斯正睡得很熟。他从许模克手里吃了一点医生开的安神药，可是被西卜女人私下把量加了一倍。弗莱齐埃、雷蒙诺克、玛古斯，这三个十恶不赦的家伙，把老音乐家收藏的一千七百件东西，一样一样地仔细看过来。许模克也睡在那里，所以那些乌鸦尽可以嗅着死尸，为所欲为了。

玛古斯屡次对着作品出神，看到什么杰作便指点雷蒙诺克，告诉他作品的价值，和他讨论；那时西卜女人就得警告他们："别出声呀！"

四个人各有各的贪心，都希望物主早死，如今趁他睡着的时候先来掂一掂遗产的斤两：这样的一幕叫人看了真是揪心。他们直花了三小时才把客厅里的东西看完。

"平均计算，"吝啬的老犹太说，"这儿每件东西值一千法郎。"

"那么总共有一百七十万了！"弗莱齐埃听着愣住了。

"对我是不值的，"玛古斯眼里发出一道冷光，"我不会出到八十万以上；因为你不知道那些东西要在铺子里搁多久……有些精品要过十年才卖得出，那时进价以复利计算已经加了一倍；可是我要买的话是付现款的。"

"卧室里还有彩色玻璃、珐琅、小型画、金银的鼻烟壶等。"雷蒙诺克在旁提了一句。

"能去瞧瞧吗？"弗莱齐埃问。

"让我去看看他是不是睡得很熟。"西卜女人回答。

门房女人做了个手势，三只掠食的鸟便走了进去。

"那边是精品，"玛古斯指着客厅说，他的白须根根都在那里钻动，"这儿是贵重的宝物！而且是何等的宝物！帝王的宫中也没有比这儿更美的东西。"

雷蒙诺克瞧着那些鼻烟壶，眼睛亮得像两颗宝石。弗莱齐埃，沉着、冷静，像一条蛇在地上竖了起来，扯着他的扁脑袋，姿势活像画家笔下的靡菲斯特。这三个不同的吝啬鬼，对黄金的饥渴像魔鬼贪嗜天堂上的露水一样，不约而同对宝物的主人瞧了一眼，因为他在床上动了一动，仿佛一个人做噩梦时的动作。给三道魔鬼般的目光注视之下，病人突然睁开眼睛，大叫起来：

"有贼！有贼！……警察呀！有人谋杀我呀！"

显而易见，他虽然醒了，但还是在做梦，因为他在床上坐起，眼睛越睁越大，白白地定在那里，一动也不能动。

玛古斯和雷蒙诺克抢着往门外跑，可是被一句话喝住了：

"玛古斯！……我给人出卖了！……"

病人是被保护爱物的本能惊醒的，这情绪至少和保卫生命的本能一样强。

"西卜太太，这一位是谁？"他一看到弗莱齐埃，不由得打了个寒噤。弗莱齐埃却呆呆地站在那儿。

"哎呀！你想我能把他赶出去吗？"她眨巴着眼睛说，同时对弗莱齐埃递了个暗号，"这先生才来，代表你的亲属来看你……"

弗莱齐埃竟没法不露出佩服西卜女人的表情。

"是的，先生，我代表玛维尔庭长太太，代表她的丈夫，她的女儿，来向你道歉。他们无意中知道你病了，很想亲自来招呼你……接你到玛维尔田庄上去养病！包比诺子爵夫人，你那么喜欢的赛西尔，预备做你的看护……她在她母亲面前替你分辩，现在庭长太太也觉得她自己错了……"

"哼！我的承继人派你来，"邦斯气得直嚷，"还给你找了一个巴黎最有眼光的鉴赏家，最精明的专家！……啊！你的故事倒编得不错！"他说到这里像疯子一般哈哈大笑，"你们来估我的画，估我的古董，估我的鼻烟壶，估我的小型画！……好，你们估价吧！你找的人不但每样都内行，而且还有钱买，他是上千万的富翁哪……我的遗产，我那些亲爱的家属用不着等久的了，"他含讥带讽地说，"他们把我勒死了！……嘿，西卜太太，你自称为我的母亲，可趁我睡觉的时候，把一些做买卖的，跟我竞争的，和玛维尔家的人，带到这儿来！——你们都给我滚出去！……"

可怜虫又是愤怒又是害怕，冲动之下，竟撑起瘦骨嶙峋的身子站了起来。

"抓住我的胳膊，先生，"西卜女人扑上去扶着他，不让他倒下来，"你静静吧，那些人都走了。"

"我要瞧瞧我的客厅去！……"快死的病人说。

西卜女人做个手势叫三只乌鸦赶快飞走；然后她抓着邦斯，也不理会他的叫喊，像捡一根羽毛似的把他抱起来放倒在床上。看见可怜的收藏家完全瘫倒了，她便出去关上大门。邦斯的三个刽子手还在楼梯台上，西卜女人招呼他们等一会儿！同时她听见弗莱齐埃正在对玛古斯说：

"你们俩得共同署名写一封信，说愿意出九十万现款承买邦斯先生的收藏；将来我们一定让你们大大地赚一笔。"然后他咬着西卜女人的耳朵说了一个字，只有一个字，而且是谁也听不见的；说完他和两个商人下楼到门房里去了。

57

许模克至诚格天

看门女人回到屋子，可怜的邦斯问：

"西卜太太，他们走了吗？"

"谁？……谁走了？……"她反问他。

"那些人呀……"

"那些人？……怎么，你看到了人？……刚才你热度多高，要不是我在这儿，你早已从窗里跳出去了，现在你又跟我说什么人……你头脑老是不清楚吗？……"

"怎么？刚才这儿不是有位先生，说是我亲属派来的吗？"

"你还要跟我胡闹？……哼，你该叫人送到哪儿去，你知道吗？送到夏朗东[1]！……你见神见鬼地看到人！……"

"怎么没有人，埃里·玛古斯！雷蒙诺克！……"

"啊！雷蒙诺克，你看到雷蒙诺克是可能的；他来告诉我可怜的西卜情形很不好，我只能丢下你不管了。你知道，第一得救我的西卜。只要我

---

[1] 夏朗东为有名的疯人院所在地。

男人一闹病，我就谁都不理了。你静下来睡两个钟点吧，我已经打发人去请波冷医生，等会儿我跟他一起来……你喝点水，乖乖地睡吧。"

"真的没人到我屋子里来过吗，我刚才醒来的时候？"

"没有！你也许在镜子里看到了雷蒙诺克。"

"你说得不错，西卜太太。"病人又变得绵羊一般了。

"啊，你这才懂事啦……回头见，小宝宝，乖一点儿，我马上来的。"

邦斯听见大门一关上，便集中最后一些精力爬起来，心里想着：

"他们欺骗我！偷我东西！许模克是个孩子，会让人家捆起来装在袋里的！……"

他觉得刚才那可怕的一幕明明是真的，绝不像幻觉；因为一心要求个水落石出，他居然挨到房门口，费了好大的劲把门打开，走进客厅。一看到心爱的画，雕像，翡冷翠的铜器，瓷器，他马上精神为之一振。食器柜和古董橱把客厅分成两半，拦做两条甬道；收藏家穿着睡衣，光着腿，脑袋在发烧，在甬道里绕了一转。他先把作品数了数，并没缺少。他正要退出来，忽然瞧见赛白斯蒂安·但尔·毕翁菩的《玛德教士祈祷》，给换了一幅格勒兹的肖像。一有疑心，他头脑里立刻像雷雨将临的天上划了一道闪电。他把八幅名画的地方看了一遍，发觉全部调换了。可怜虫顿时眼前一黑，脚下一软，往地板上倒了下去。他这一晕简直人事不知，在地上躺了两小时；直到许模克睡醒了，从房里出来预备去看他朋友的时候方始发现。许模克好容易才把快死的病人抱起，放在床上给他睡好。可是他跟这个死尸般的朋友一说话，就发觉他目光冰冷，嘟嘟囔囔地不知回答些什么；这时德国人非但没有惊惶失措，反倒表现出英勇无比的友谊。给无可奈何的情形一逼，这孩子般的人居然有了灵感，像慈母或动了爱情的妇女一样。他把手巾烫热了（他也会找到手巾！）裹着邦斯的手，放在邦斯胸口，又把出着冷汗的脑门捧在自己手里。他拿出不下于古希腊哲人阿波里奴斯·特·蒂阿纳的意志，把朋友的生命救了回来。他吻着朋友的眼睛，仿佛意大利雕塑家在《圣母哭子》的浮雕上表现马利亚亲吻基督。超人的努力，像慈母与情人一般的奋斗，把一个人的生命灌输给另一个人的结果，终于见了功效。半小时以后，邦斯的身体暖了，恢复了人样：眼睛有了神采，身上的暖气使身内的器官又活动起来，许模克拿着提神的药水和了酒，给邦斯喝了：生机传布到全身，早先像顽石一般毫无知觉的脑门上又发出点儿灵性。那时邦斯才明白，他能够苏醒是靠了多么热烈的情意和多么了不起的友谊。他觉得脸上给德国人洒满了眼泪，便说了句：

"没有你，我早死了！"

许模克在那里又是笑又是哭。他为了希望朋友开口，焦急的痛苦已经近于绝望；他已经筋疲力尽，所以一听到邦斯的话，就像破皮球似的泄了气。这一回是轮到他支持不住了，他把身子往沙发上倒了下去，合着手做了个极诚心的祷告感谢上帝。在他心目中，邦斯的复活是一个奇迹！他并不以为自己心中的愿望有什么作用，却相信一切都由于上帝的神力。其实这种奇迹是医生们常常看到的很自然的结果。

倘使有两个病情相仿的人，一个得到温情的安慰，有关切他生死存亡的人照顾，一个是由职业的看护服侍：那么一定是后者不治而前者得救的。这是人与人之间不由自主的交感作用；医生不愿意承认这一点，以为病人得救是由于服侍周到，由于严格听从医生的嘱咐；可是做母亲的都知道，持久的愿望的确有起死回生之力。

"亲爱的许模克！……"

"别说话，我能听到你的心的……你歇歇吧，歇歇吧！"老音乐家微笑着说。

"可怜的朋友！高尚的心胸！你是上帝的孩子，永远生活在上帝身上的！只有你爱我！……"邦斯断断续续地说话，以一种从来未有的音调。

快要飞升的灵魂，整个儿都在这几句话里表现出来，许模克听了简直像体验到爱情似的，达于极乐的境界。

"你活呀！你活呀！我可以像狮子一样地勇猛，我一个人能养活两个人。"

"你听着，我的好朋友，我的忠实的亲爱的朋友！你得让我说话，我快来不及了。我知道自己非死不可。受了这些接二连三的打击，怎么还能恢复？"

许模克哭得像孩子一样。

"你先听着，听完了再哭，"邦斯说，"别忘了你是基督徒，应当逆来顺受。我给人家偷盗了，而偷的人便是西卜女人……跟你分手之前，我得告诉你一些人情世故，你是完全不懂的……他们偷了我八幅画，值到很大的一笔钱呢。"

"对不起，是我卖掉的……"

"你？……"

"是我……"可怜的德国人回答，"我们收到了法院的传票……"

"传票？……谁告了我们？……"

"你等一下！……"许模克说着，出去把执达吏交给他的公文拿了来。

邦斯仔仔细细地看过了，让公事在手里掉了下来，一声不出。他生平只知道观察人类的创作，从没注意到道德方面，这时才把西卜女人的诡计一桩桩地想起。于是他艺术家的谈吐，罗马学院时代的才气，又恢复了一刹那。

"许模克，我的好人，现在你得像小兵一样地服从我。你听着！你下去到门房里对那万恶的女人说，我要再见见我外甥派来的那个人，要是他不来，我就有意把收藏送给博物院，因为我要立遗嘱了。"

许模克照着他的吩咐去做了；可是他才开口，西卜女人就笑了一笑：

"许模克先生，咱们亲爱的病人才发了一场恶热，说看到屋子里有人。我可以拿我的一生清白赌咒，咱们病人的亲属压根儿没有派什么人来……"

许模克一五一十把话回报了邦斯。

"想不到她这么厉害，这么奸刁，这么阴险。"邦斯微笑着说，"她扯谎直扯到自己的门房里去了！你知道吗，她今儿早上把一个叫作埃里·玛古斯的犹太人，雷蒙诺克，还有一个人我不认识，可是比其他两个更丑，带到这儿来。她预备趁我睡觉的时间估我的遗产，碰巧我醒过来，撞见他们三个拿着我的鼻烟壶正在估价。那陌生人自称为加缪索他们派来的，我跟他讲了话，无耻的西卜女人硬说我是做梦，可是许模克，我并没做梦！我明明听到那个人的声音，他和我说过话……至于那两个做买卖的，吃了一惊，当场溜了……我以为西卜女人会露马脚的……想不到我没有成功。我要另外做个圈套，叫那坏女人上当！……可怜的朋友，你把西卜女人当作天使，哪知她一个月来为了贪心老是在折磨我，希望我快死。我本不愿意相信一个服侍我们多年的女人能坏到这地步。这一念之差，我把自己断送了……告诉我，那八幅画，人家给了你多少钱？……"

"五千法郎。"

"天哪！它们至少值到二十倍！这是我全部收藏的精华。我来不及告到法院去了；并且你上了那些坏蛋的当，也得给牵涉进去……那就要了你的命！你不知道什么叫作司法！那是世界上的阴沟，集卑鄙龌龊之大成……看到那么些丑恶，像你那样的心灵是受不了的……何况你现在还有相当的财产。那八幅画当初是我出四千法郎买来的，已经藏了三十六年……再说，他们偷盗的手段也真高明。我已经在坟墓边上了，心上只牵挂你一个人……你这个最好的好人。我所有的东西都是你的，我可不愿意你给人家偷盗。所以你得提防所有的人，可是你就从来不知道提防。我知道你有上帝保护；可是万一上帝把你忘了一刹那，你就得像条商船似的给海盗抢得精光了。西卜女人是个妖魔，她害了我的命！你还把她当作天使！我要叫你看看她的本相。你现在去托她介绍个公证人替我立遗嘱……然后我想法叫你把她当场活捉……"

许模克听着邦斯的话好像听着天书。天底下会有西卜女人那样恶毒的人，倘使邦斯看得不错的话，那岂不是没有上帝了吗？

"可怜的邦斯情形很坏，"德国人到门房里对西卜太太说，"他想立遗嘱了；请你给找个公证人来……"

这话是当着好多人说的，因为西卜的病差不多没希望了，雷蒙诺克和他的姊妹，从隔壁过来的两个看门女人，房客们家里的三个老妈子，靠街的二层楼上的房客，都站在大门口。

"喔！你自己去找吧，"西卜女人含着一包眼泪叫道，"你们爱叫哪个立遗嘱都可以……可怜的西卜快死了，我还离开他吗？……哪怕一百个邦斯我也不稀罕，我只要救我的西卜，唉，结婚三十年，他从来没有叫我伤过一次心！……"

说完她走了进去，让许模克愣在那里。

La Comédie Humaine

"看到那么些丑恶,像你那样的心灵是受不了的……"

"先生，"二楼的房客问，"邦斯先生的病真是很厉害吗？"

这房客叫作姚里华，是法院登记处的职员。

"刚才差点儿死了！"许模克不胜痛苦地回答。

"靠近这儿，"姚里华接着说，"圣·路易街上有位德洛浓先生，他是本区的公证人。"

"要不要我替你去请呢？"雷蒙诺克问。

"好极了……"许模克回答，"我朋友病成这样，西卜太太又不能陪他，我就没法抽身啦……"

"西卜太太说他发疯了！……"姚里华又说。

"邦斯发疯？"许模克骇然叫起来，"嗬，他头脑比什么时候都灵活呢……我就担心是回光返照。"

周围所有的人当然很好奇地听着这些话，而且印象很深。许模克是不认识弗莱齐埃的，也就没注意到那张撒旦式的脸和那双炯炯发光的眼睛。刚才那幕大胆的戏，也许超过了西卜女人的能力，实际上是弗莱齐埃在她耳边提了一句，在幕后主使的；可是她的表演的确非常精彩。当众宣告病人发疯，原是恶讼师为这篇文章预先安排好的伏笔。早上的事叫弗莱齐埃有了准备；因为他要不在的话，老实的许模克下楼叫西卜女人去请邦斯家属的代表的时候，她一时心慌意乱，也许会圆不过谎来。至于雷蒙诺克，他看见波冷医生来了，巴不得溜之大吉，原因是这样的……

58

不可恕的罪恶

十天以来，雷蒙诺克正在代行上帝的职司；这是法律所痛恨的，因为它认为赏罚大权应当由它包办才对。雷蒙诺克无论如何想摆脱他幸福的障碍。而他所谓的幸福是把妖娆的看门女人娶过来，使自己的资本增加三倍。他看见小裁缝喝着药茶，就有心把他无关紧要的病变为致命的绝症，而贩卖废铜烂铁的行业又给了他下手的方便。

一天早上，他靠着铺门抽着烟斗，正在想象玛特兰纳大街上的铺子，穿得漂漂亮亮的西卜太太坐镇在那儿……他忽然眼睛一转，看到一个氧化很厉害的圆铜片，大小像五法郎一枚的洋钱，便马上灵机一动，想很经济地用西卜的药茶把它洗干净。他在铜片上系了一根线，每天等西卜女人去服侍两位先生的时候，以探望他的裁缝朋友为名，过去坐上几分钟，把铜片浸入药茶，临走再提着线拿回去。俗称为铜绿的这些酸性的东西，使有益身体的药茶有了侵害身体的毒素，虽是分量极微，也产生了惊人的效果。从第三天起，可怜的西卜头发脱了，牙齿动摇了，身体上调节的机能都被这微乎其微的毒物破坏了。波冷医生看到药茶发生这种作用，不由得左思右想起来，因为他有相当学识，断定必有个破坏性的因素在那里作怪。他瞒着大家把药茶拿回去亲自化验，可是什么都没找到。因为那一天，雷蒙诺克看着自己的成绩也有点害怕了，没有把致命的铜片放进去。波冷医生对自己对科学的唯一的交代，只有认为在潮湿的门房里，整天伏在桌上，对着装有铁栅的窗子，长期枯坐的生活，可能使裁缝的血因为缺少运动而变质，何况还有阳沟的臭气永远把他熏着。诺曼底街是巴黎最老的街道之一，路面开裂，市政府还没装置公共的水龙头，家家户户的脏水都在乌黑的阳沟里慢腾腾地淌着，渗进街面：巴黎特有的那种泥浆便是这么来的。

西卜女人老是奔东奔西地活动着；工作勤奋的丈夫，却老对着窗洞像苦行僧一样地坐着。裁缝的膝盖关节不灵活了，血都集中在上身；越来越瘦的腿扭曲了，差不多成为废物。所以大家久已认为西卜黄铜般的脸色是一种病态。而在医生眼中，老婆的强壮和丈夫的病病歪歪，更是势所必然的结果。

"我可怜的西卜害的是什么病呀？"看门女人问波冷医生。

"好西卜太太，他的病是当门房得来的……一般性的干枯憔悴，表示他害了不可救药的坏血症。"

波冷医生早先的疑心已经化解，因为他想到一个人犯罪必有目的，必有利害关系，而像西卜那样的人，谁又会害他的命呢？他的老婆吗？医生明明看到她替西卜的药茶加糖的时候，自己也喝上几口的。凡是逃过社会惩罚的许多命案，通常都因为像这一桩一样，表面上并没有暴行的证据，杀人不用刀枪、绳索、锤子那一类笨拙的方法，但尤其因为凶杀发生在下等阶级里面而并无显著的利害关系。罪案的暴露，往往是由于它的远因，或是仇恨，或是谋财，那是瞒不过周围的人的。但在小裁缝、雷蒙诺克与西卜女人的情形中，除了医生，谁也没有心思去推究死因。黄脸的病歪歪的门房，一方面老婆对他很好，一方面既无财产，又无敌人，旧货商的动机与痴情，西卜女人的横财，都是藏在暗里的。医生把看门女人和她的心事看得雪亮，认为她能折磨邦斯，可并没犯罪的动机与胆量；何况医生每次来，看她拿药茶递给丈夫的时候，她总还先尝一下。这案子本来只有波冷一个人能揭破，可是他以为病势的恶化完全是出于偶然，是一种不可思议的例外，就因为有这种例外，医生这一行才不容易对付。不幸裁缝平素萎靡不振的生活早已把他身子磨坏，所以受到一点儿轻量的铜绿就把命送掉了。而街坊上的邻居和多嘴的妇女，对他暴病身亡的不以为奇，也等于替雷蒙诺克开脱。

"啊！"一个邻居说，"我早说过西卜身体不行了。"

另外一个接口道："他工作太多，这家伙！他火气上了头。"

"他不肯听我的话，"第三个又说，"我劝他星期日出去遛遛，另外也该停一天工，一礼拜玩两天也不能算多。"

街谈巷议往往是警察分局长破案的线索，司法当局也利用这个平民阶级的皇帝做耳目；如今关于西卜的舆论把他暴卒的原因完全给解释清楚，毫无可疑之处了。可是波冷若有所思的神气，烦躁不安的眼睛，使雷蒙诺克慌得厉害；所以他一看见医生来到，就向许模克自告奋勇，请弗莱齐埃认识的那个德洛浓去了。

"赶到立遗嘱的时候，我再来，"弗莱齐埃附在西卜女人的耳边说，"虽然你心里很难过，还得看着你的谷子。"

恶讼师像影子一般轻飘飘地溜走了，半路上碰到他的医生朋友。

"喂，波冷，一切顺利，"他说，"咱们得救啦！……今晚上我把情形

告诉你！你喜欢什么位置，早点儿打定主意吧，包在我身上！至于我哪，初级法庭庭长是稳的了！这一回我再向泰勃罗的女儿提亲，可不会被拒绝啦……我还要替你做媒，把那初级法庭庭长的孙女儿维丹小姐介绍给你。"

波冷听着愣住了，弗莱齐埃把他丢在那里，像箭头似的直奔大街，对街车招了招手，十分钟之后就到了旭阿梭街的上段。那时大约四点钟，弗莱齐埃知道只有庭长夫人一个人在家，因为法官绝不会在五点以前离开衙门。

玛维尔太太这次对他的另眼相看，证明勒勃夫先生对华蒂南太太的诺言已经兑现，替弗莱齐埃说过好话。阿曼丽招呼他的态度可以说近乎亲热了，当年蒙邦西哀公爵夫人对约各·格莱芒想必也是如此[1]；因为这个小律师是她的一把刀。玛古斯和雷蒙诺克共同署名写了封信，声明愿意出九十万现款承买邦斯的收藏，弗莱齐埃拿出这封信以后，庭长太太瞧着他的眼光可完全反映出那个数字，好比一道贪欲的巨流直冲到小律师面前。

"庭长先生要我约你明天来吃饭，"她说，"没有什么外客，不过是我的诉讼代理人台洛希的后任，高特夏先生；我的公证人贝蒂埃先生；还有小女和小婿……吃过饭，你、我、公证人、诉讼代理人，我们可以照你上次要求的办法谈一谈，同时我们要全权委托你。那两位一定能听从你的主意，帮你把那件事儿办妥。至于庭长先生的委托书，你需要的时候我随时可以交给你……"

"病人死的那一天我就用得着……"

"我们先给你准备好就是了。"

---

[1] 蒙邦西哀公爵夫人（1552—1596），波旁王族出身，与当时在位的华洛阿-昂古莱姆王族的亨利三世不睦。约各·格莱芒教士（1567—1589），刺杀亨利三世的凶手。

"庭长太太，我所以要求有份委托书，要求府上的诉讼代理人别出面，倒不是为了我，而是为了你们……我要替人出力的话，我是把自己整个儿贡献出来的。所以，太太，我希望我的保护人（我不敢把你们看作当事人），对我一样地忠实，一样地信任。您可能以为我这样做是要抓住生意；不是的，太太，不是的；如果出了点小小的乱子……因为在遗产案子里，尤其目标有九十万法郎的数目，一个人往往要给拖到……那时您总不能让高特夏先生那样的人为难，他的清白是无可批评的；可是对一个无名小卒的经纪人，您尽可把全部责任推在他头上……"

庭长太太望着弗莱齐埃，不觉深表佩服。她说：

"你将来不是爬得极高，便是跌得极重。我要是你，我才不眼红什么初级法庭庭长，我要上芒德去当一任检察官，大大地干一番。"

"您等着瞧吧，太太！初级法庭的位置对维丹先生是匹驽马，于我却是匹战马。"

这样谈着，庭长太太对弗莱齐埃说出了更进一步的心腹话。她说：

"你既然这样关切我们的利益，我不妨让你知道我们的难处和希望。以前小女跟一个现在开着银行的油滑小子提亲的时候，庭长就有心扩充玛维尔产业，把当时有人出卖的几块牧场买下来。后来我们为了嫁女儿，把那美丽的庄子放手了，那是你知道的；可是我只有这个女儿，我还希望把剩下的牧场买进，因为一部分已经给别人买去。业主是个英国人，在那儿住了二十年，预备回国了。他盖着一所精致的别墅，风景极好，一边是玛维尔花园，一边是草地，这草地从前也是英国人的。他为了要起造大花园，曾经花了很多钱，把小树林和园亭等大加修葺。这乡下别墅跟它附属的建筑物，正好衬托出四周的形胜，和我女儿的花园又只有一墙之隔。屋子连同牧场的价钱大概是七十万法郎,因为每年的净收入是两万……但要是华特曼先生知道我们想买,马上会多要二三十万,因为照乡下出卖田产的惯例,建筑物不算钱的话,他是有损失的……"

"可是,太太,您那份遗产可以说十拿九稳了;我有个主意在这儿,我能代您出面,用最低价买进那块地。我跟卖主的手续不用经过官方,像地产商一样办法……我不妨就用那个身份去跟英国人接洽。这种事我很内行,在芒德专门干这一套;华蒂南事务所的资本,就是这样地增加了一倍,因为是我替他经手……"

"你跟华蒂南太太的关系敢情就是这么来的……那位公证人现在该很有钱啦?……"

"可是华蒂南太太也真会花……所以,太太,您放心,我一定替您把英国人收拾得服服帖帖……"

"你要办到这一点,那我真感激不尽了……再会,亲爱的弗莱齐埃先生,明儿见。"

弗莱齐埃临走对庭长太太行的礼不像上次那样卑恭了。

"明儿我要在玛维尔庭长家吃饭了!"弗莱齐埃心里想,"得了,这些人都给我抓住了。不过要完全控制大局,还得利用初级法庭的执达吏泰勃罗,去间接支配那德国人。泰勃罗从前不愿意把独养女儿给我,我当了庭长就不怕他不肯了。红头发、高身量、害着肺病的泰勃罗小姐,从母亲手里承继了一所王家广场上的屋子,那我不是有被选资格了吗?将来她父亲死后,总还能有六千法郎一年的收入。她长得并不漂亮;可是天哪!从一文不名一跳跳到一万八千的进款,可不能再管脚下的跳板好看不好看啦!"

从大街上回到诺曼底街,他一路做着这些黄金梦:想到从此不愁衣食的快乐，也想到替初级法庭庭长的女儿维丹小姐做媒，攀给他的朋友波冷。跟医生合作之下，他可以在一区里称霸，控制所有的选举，不论是市里的、军队里的、中央的[1]。他一边走一边让自己的野心像奔马般的飞腾，大街的路程也就显得特别短了。

---

[1] 军队里的选举，系指国家禁卫军的选举军官。因路易·菲利普治下的禁卫军为民团性质，由中产阶级与工商人士组成。

59

遗嘱人的妙计

　　许模克上楼回到朋友身边，告诉他西卜快死了，雷蒙诺克请德洛浓公证人去了。邦斯听着不由得一怔，以前西卜女人滔滔不竭地跟他胡扯的时候，常常提到这名字，说那公证人如何如何诚实，要介绍给他。病人从早上起已经满腹狐疑，这时更恍然大悟，使他那个捉弄西卜女人，叫轻信的许模克把她完全揭穿的计划，给修正得更完美了。

　　"许模克，"他拿着他的手说，可怜的德国人被这么多的新闻这么多的事搅糊涂了，"屋子里要乱起来了；倘若西卜快死，咱们就可以有一会儿的自由，就是说可以暂时摆脱一下奸细，因为人家一定在那里刺探我们。你出去，雇一辆车上戏院，找哀络绮思小姐，告诉她我临死之前想见她一面，希望她十点半完场以后到这儿来。你再去找你的朋友希华勃和勃罗纳，约他们明儿早上九点来看我，要做得像走过这儿顺便来的……"

　　老艺术家自知不久人世之后所订的计划是这样的：他要使许模克有钱，指定他为全部遗产的继承人；而为预防人家跟德国人捣乱起见，他预备当着见证把遗嘱口述给公证人，令人不能说他精神错乱，而加缪索他们也找不到借口来攻击他对遗产的处分。听到德洛浓的名字，他认为其中必有阴谋：先是公证人可能把遗嘱订得不合法定方式，使它失效；其次，西卜女人一定有心出卖他，早就定下什么诡计。他就想将计就计，教德洛浓口授一份遗嘱，由他亲笔书写、封固，藏在柜子的抽斗内。然后他打算要许模克躲入床后的小房间，把西卜女人来偷遗嘱、拆开来念过了再封好等的勾当，一一看在眼里。然后，明天早上九点，他另外请个公证人，立一份合格的无可批驳的遗嘱，把昨天那份撤销。一知道西卜女人在外边说他发疯，说他白日见鬼，他就觉得背后必有庭长太太的深仇宿恨在作怪，她既要报复，又要谋他的财产；因为两个月以来，可怜虫躺在床上失眠的时候，长时间孤独的时候，把一生的事都细细温过一遍了。

古往今来的雕塑家，往往在坟墓两旁设计两个手执火把的神像。这些火把，除了使黄泉路上有点儿亮光之外，同时照出亡人的过失与错误。在这一点上，雕塑的确刻画出极深刻的思想，说明了一个合乎人性的事实。临终的痛苦自有它的智慧。我们常常看到一班普通的年纪轻轻的姑娘，头脑会像上百岁的老人一样，她们能预言未来，批判家人，绝不给虚情假意蒙蔽。这是死亡带来的伟大。而值得注意的是，人的死有两种不同的方式。洞烛过去或预言未来那样的能力，只限于因躯壳受伤，因肉体生活遭到破坏而致命的人。凡是害坏疽病的，例如路易十四；或是害肺病的，或是发高热的，例如邦斯；或是患胃病的，例如莫索夫太太；或是生龙活虎般的人中了重伤，例如兵士：这种人就能洞察幽微，死得奇特，死得神妙；至于另外一些病人，可以说病在理智，病在头脑，病在替肉身与思想做媒介的神经组织的，他们的死是整个儿死的，精神与肉体同时毁灭的。前者是没有肉体的灵魂，像《圣经》中所说的精灵；后者只是死尸。邦斯这个童贞的男子，这个贪嘴的道学家，这个端方正直的完人，很晚才参透庭长夫人胸中那股怨毒之气。他直到快离开尘世的时候才了解尘世。所以从几小时以来，他高高兴兴地打定了主意，仿佛一个生性快活的艺术家，觉得一切都可以拿来做插科打诨，嬉笑怒骂的材料。他与人生最后的联系，爱美的热情，鉴赏家对艺术品的留恋，从那天早上起也斩断了。一发觉给西卜女人偷盗之后，邦斯对艺术的浮华与虚幻，对自己的收藏，对创造那些神奇的作品的作者，决意告别了；他一心只想到死，并且像我们的祖先一样，把死看作基督徒的一个快乐的归宿。唯有他对许模克的友爱，使他还想在身后保护他；所以他要找哀络绮思来帮助他对付那些坏蛋，他知道他们不但眼前在包围他，将来还不肯放过他的受赠人。

哀络绮思·勃里斯多，颇像贞妮·凯婷和玉才华一流[1]，身份虽然不上不下，人倒是挺真的：她一方面不择手段，玩弄一切出钱买笑的崇拜者；一方面却很够朋友，什么权势都不怕，因为她看穿了人的弱点，而在玛皮伊舞会与狂欢节中间，跟巴黎警察对垒的阵式，她也见得多了。邦斯对她的想法是这样的：

"她既然把我的位置给了迦朗育，她一定觉得更应该帮我的忙。"

门房里情形混乱，许模克出去竟没有人发觉；他极快地赶回来，唯恐邦斯一个人在家里待得太久。

德洛浓和许模克同时来到。虽然西卜快死了，他的女人还是陪着公证人上楼，带进卧房；然后她自动退了出去，让许模克、德洛浓和邦斯三个人在屋里。但她把房门开着一点，手中拿了一面很巧妙的小镜子站在门口。这样，她不但能听见，还能看到屋内的情形，因为这一刻工夫是她的重要

---

[1] 贞妮·凯婷和玉才华同为巴尔扎克小说中有名的女歌唱家兼演员，散见于《贝姨》及其他小说。

关头。

邦斯对德洛浓说:"先生,我不幸神志很清楚,因为我觉得自己要死了;大概由于上帝的意志,死亡的痛苦我一桩都不能幸免!……这一位是许模克先生……"

公证人向许模克行了礼。邦斯又道:

"他是我世界上唯一的朋友,我要指定他为全部遗产的承继人;他是德国人,对我们的法律完全不懂的。请你告诉我,遗嘱应该用什么方式,我的朋友才能执管遗产而不致受人家反对。"

"先生,"公证人回答,"天下没有一件事不可以反对的,所谓法律就有这点儿麻烦。可是在遗嘱的范围内,也有批驳不倒的……"

"请问是哪样的遗嘱呢?"

"那是当着公证人和见证立的遗嘱。有了见证就能证明遗嘱人的神志完全清楚,而如果遗嘱人没有妻子儿女,没有父亲,没有弟兄……"

"这些我都没有,我全部感情都在我亲爱的朋友许模克身上……"

许模克听着哭了。

"根据法律,倘若你只有旁系远亲,你就可以自由处分你的动产与不动产。但遗嘱的行为不能与道德抵触。想必你也看到过,有些遗嘱受到攻击是因为遗嘱人处置乖张。但当着公证人立的遗嘱是推翻不了的。因为这样,人家不能说遗嘱是伪造的,遗嘱人的精神状态有公证人鉴定,而遗嘱人的签字也绝无争辩的余地……除此以外,凡是意义清楚、合乎法定方式的自书遗嘱,也同样不容易推翻。"

"那么我根据我的理由,决定请你口授遗嘱,由我亲笔写下来,交给我的朋友……你说这么办行不行?……"

"行！……你写吧，我来念……"

"许模克，把我那个蒲勒小墨水缸拿过来。"——"先生，请你念的时候声音放低一些，可能有人偷听。"

"把你的意思先告诉我吧。"公证人说。

十分钟之后，许模克点起一支蜡烛，公证人把遗嘱仔细看过，封固，由邦斯交给许模克，要他放在书桌的一个暗抽屉内；然后邦斯把书桌的钥匙系在手帕上，放在枕头底下。这些情形，西卜女人都看在眼里，而邦斯在大镜子内也把她看在眼里。遗嘱人为表示礼貌起见，指定公证人为遗嘱执行人，又遗赠他一幅名贵的画，那是公证人在法律范围内可以接受的。德洛浓出来在客厅内碰到了西卜女人。

"喂，先生，邦斯先生有没有想到我呀？"

"好太太，你总不至于要公证人泄露当事人的秘密吧？"德洛浓回答，"我只能告诉你，多少人的贪心和希望这一下都完事大吉。邦斯先生的遗嘱通情达理，极有爱国心，我非常赞成。"

这几句话把西卜女人的好奇心刺激到什么程度，简直难以想象。她下楼去替西卜守夜，打算等会儿叫雷蒙诺克小姐来替代她，以便在清早两三点钟去偷看遗嘱。

60

假遗嘱

哀络绮思·勃里斯多小姐晚上十点半来拜访，西卜女人并不觉得奇怪；但她很怕舞女提到高狄沙给的一千法郎，所以她对客人的礼貌与巴结，好似招待什么王后一般。哀络绮思一边上楼一边说：

"啊！亲爱的，你在这儿比进戏院好多啦，我劝你还是把这个差使干下去吧！"

哀络绮思是由她的知心朋友皮克西沃坐着车送来的，她浓妆艳服，因为要赴歌剧院的红角儿玛丽哀德的晚会。二楼的房客，从前在圣·特尼街开绣作铺的夏波罗先生，带着太太和女儿，刚从滑稽剧院回来，在楼梯上遇到这样漂亮的装束这样漂亮的人物，都不由得吃了一惊。

"这位是谁呀，西卜太太？"夏波罗太太问。

"是个贱货！……你只要花四十铜子，就可以看到她每天晚上光着身子跳舞……"看门女人咬着房客的耳朵回答。

"维多莉，你让太太先走！"夏波罗太太吩咐女儿。

哀络绮思完全明白做母亲的这样大惊小怪的叫嚷是什么意思，便回过头来说：

"太太,你家小姐难道比艾绒还容易着火,你怕她一碰到我就会烧起来吗?……"

哀络绮思笑盈盈地对夏波罗先生飞了一眼。

"嗯,不错,她下了台倒真漂亮!"夏波罗先生说着,站在了楼梯台上。

夏波罗太太把丈夫使劲拧了一把,使他痛得直叫,顺手把他拉进了屋子。

"哼!"哀络绮思说,"这里的三楼简直像五楼一样。"

"小姐可是爬高爬惯的呢。"西卜女人一边说一边替她开门。

哀络绮思走进卧房,看见可怜的音乐家躺着,瘦削的脸上血色全无。

"喂,朋友,还是不行吗?戏院里大家都在牵挂你;可是你知道,光有好心也没用,各人忙着各人的事,简直抽不出一个钟点去看朋友。高狄沙天天都说要上这儿来,可天天为了经理室的琐碎事儿分身不开。不过我们心里都对你很好……"

"西卜太太,"病人说,"你走开一下好不好,我们要跟小姐谈谈戏院的事,商量我的位置问题……回头许模克会送小姐出去的。"

许模克看见邦斯对他递了个眼色,便推着西卜女人出去,把门销插上了。

西卜女人一听见锁门声,就对自己说:"嘿!这混账的德国人,他也学坏了,他!……这些缺德事儿一定是邦斯教他的……好吧,你们瞧我的吧……"西卜女人自言自语地下楼,"管他!要是跳舞女人提到一千法郎什么的,我就说是戏子们开的玩笑。"

她去坐在西卜床头。西卜嘟囔着说胃里热得像一团火;因为他女人不在的时候,雷蒙诺克又给他喝过了药茶。

邦斯在许模克送出西卜女人的时间,对舞女说:"亲爱的孩子,我有

"小姐可是爬高爬惯的呢。"

件事只信托你一个人,就是请你介绍一位诚实可靠的公证人,要他明天上午九点半准时到这儿来,给我立遗嘱。我要把全部财产送给我的朋友许模克。万一这可怜的德国人受到欺侮的话,我希望那公证人能做他的顾问,做他的保护人。因此我要找一个极有地位极有钱的公证人,不至于像一般吃法律饭的,为了某些顾虑而轻易屈服;我可怜的承继人将来是要倚靠他的。我就不相信加陶的后任贝蒂埃;你交友极广……"

"喔!有了有了!弗洛丽纳和勃吕哀伯爵夫人的公证人雷沃博·汉纳耿,不是行了吗?他是个道学家,从来不跟什么交际花来往!你找到他仿佛找到了一个父亲,你自己挣的钱,他也不许你乱花;我把他叫作吝啬鬼的祖宗,因为我所有的女朋友都给他教得省俭了。告诉你,第一,他除了事务所以外,一年有六万法郎进款。第二,他这个公证人完全是老派的公证人!他走路,睡觉,随时随地都忘不了公证人身份;大概他生的儿女也是些小公证人吧……他顽固,迂执,可是办起事来绝不对权势低头……他从来没养过女人,好做家长的标本!太太对他挺好,也不欺骗他,虽然是公证人太太……要讲到公证人,巴黎没有更好的了;就像古时的长老一样。他不像加陶对玛拉迦那么有趣;可也不会溜之大吉,像跟安多尼亚同居的那小子!我叫他明儿早上八点钟来……你放心睡觉吧。希望你的病快点儿好,再替我们写些美丽的音乐!可是,人生的确没意思,经理们讨价还价,国王们横征暴敛,部长们操纵投机,有钱的视钱如命……干戏剧的连这个都没有啦!"她说着拍了拍心窝,"这年月真是活不下去……再见吧,朋友!"

"哀络绮思,我第一要求你严守秘密。"

"这不是舞台上的玩意儿,"她说,"我们做戏的,嘿,把这种事看得很重呢。"

"孩子，你现在的后台是谁呀？"

"你这一区的区长蒲杜伊哀，像故去的克勒凡一样的蠢家伙；你知道，高狄沙的股东克勒凡，几天之前死了，什么都没留给我，连一瓶头发油都没有[1]。所以我说咱们这时代真没出息。"

"他怎么死的？"

"死在他女人手里！……要是他不离开我，还不照常活着吗？再见，好朋友！我毫不忌讳地跟你提到死，因为我料你不消半个月，一定会在大街上溜达，捡些小古董小玩意儿；你没有什么病，我从来没见过你眼睛这么精神……"

舞女走了，知道她堂兄弟迦朗育的乐队指挥是稳的了……每层楼上都有人开出门来瞧这位头牌舞女。她的出现轰动了整个屋子。

舞女走到大门口招呼开门的时候，弗莱齐埃像只斗牛狗咬到了东西死不放松，正待在门房里守着西卜女人。他知道遗嘱已经立了，特意来探探看门女人的意思；因为德洛浓对他像对西卜女人一样，一点消息不肯透露。恶讼师不免把舞女瞧了一眼，决意要使他这最后关头的访问有点儿结果。

"亲爱的西卜太太，你事情紧急啦。"

"唉，是啊，可怜的西卜！……将来我发了财，他可享受不到了，想到这个，我……"

"可是先得知道邦斯先生有没有留给你什么，就是说遗嘱上有没有你

---

[1] 哀络绮思从前是克勒凡的情妇，而克勒凡是做花粉生意出身，事见《贝姨》。

的名字。我是代表血亲继承人，当然反对邦斯的处分；总而言之，你只能指望我的当事人给你一些好处……听说那遗嘱是自己写的，所以很容易推翻……你知道放在哪儿？"

"放在书桌的抽斗里，他把钥匙缚在手帕上，藏在枕头底下……我看得清清楚楚。"

"遗嘱有没有封起来？"

"哎呀！封起来的呀。"

"偷盗遗嘱把它灭迹，固然是很重的刑事，但私下看一看不过是很轻的罪名；老实说，那也没有什么大不了，反正没人看见你！老头儿睡觉是不是睡得很熟的？……"

"睡是睡得很熟的；可是早上你要把每样东西都看到，估个价钱的时候，他明明睡得像死人一样，谁想到他会醒的……可是我得去瞧瞧！天亮四点钟，我去跟许模克换班，你要愿意来，可以有十分钟的时间看到遗嘱……"

"行！就这么办。我四点钟来轻轻地敲门……"

"等会儿雷蒙诺克小姐代我陪西卜，我先通知她教她开门；你只要敲敲窗子，免得惊动旁人。"

"好吧；你先把火预备好，是不是？一支蜡烛就够了……"

半夜左右，可怜的德国人坐在沙发里，不胜悲痛地端详着邦斯。邦斯像垂危的人一样满脸皱痕，他经过了那天多少的刺激，疲倦不堪，仿佛快断气了。

"我想我这点精力只能撑到明天下午，"邦斯很洒脱地说，"明天晚上，我大概要进入弥留状态了。许模克，等公证人和你两个朋友来过以后，你

去把圣·法朗梭阿教堂的杜泼朗蒂神父请来。这位好人不知道我病了,我希望明天中午受临终圣体……"

他停了半晌又说:"上帝不愿意给我理想的生活。我要有个女人、有些孩子、有个家庭的话,我会多么爱他们!……我的野心不过是躲在一边,有几个亲人爱我!……每个人都觉得人生是场空梦,我看到有些人,凡是我希望不到的都齐备了,可也并不快乐……慈悲的上帝使我晚年有了意想不到的安慰,给我一个像你这样的朋友!……亲爱的许模克,我自问没有误解你,完全体会到你的优点,我把我的心,把我的友爱都给了你……你别哭,要不然我就不说了!可是和你谈谈我们的事,我心里多快乐……要是听了你的话,我就不会死了。我应当脱离社会,戒掉我的习惯,那就不至于受到奇耻大辱,把我的命送掉了。现在我只想料理你的事……"

"你不用费这个心!……"

"别跟我争,你听着我,好朋友……你天真,坦白,像从来没有离开过母亲的五六岁的孩子,这是了不起的;我看上帝会亲自照顾你这一类的人。可是世界上的人心术多坏,我应当教你提防他们。你的轻信是胸怀高洁的表现,唯有天才和像你那样的心灵才会有,可是你这些纯洁的信心马上要丧失了。你要看到西卜太太来偷我这份假遗嘱,你不知道她刚才在半开的门里始终在偷看我们……我料定那坏女人要在天亮的时候下手,以为那时你是睡着的。你得仔细听我的话,我说什么你都得照办,一点不能含糊……听见没有?"病人又问了一句。

61

大失所望

被痛苦压倒的许模克,心跳得可怕,脑袋仰在椅背上,好似昏迷了。

"是的,我听见的!可是你的声音远得很……我好像跟你一块儿陷到坟墓里去了!……"德国人说着,难过到极点。

他过去捧着邦斯的手,很诚心地做了个祈祷。

"你念念有词地用德文说些什么呀?……"

祷告完了,他很简单地回答:"我求上帝把我们俩一块儿召回去!"

邦斯忍着胸口的疼痛:勉强探出身子,挨近许模克去亲他的额角,把自己的灵魂灌注给这个上帝脚下的羔羊,表示祝福。

"喂,听我说呀,亲爱的许模克,快死的人的话,是非听从不可的……"

"我听着!"

"你知道,你的屋子跟我的屋子中间有个小房间,两边都有扇小门。"

"不错,可是里头全堆满了画。"

"你马上去轻轻地把门的地位腾出来!……"

"好吧……"

"你先把两边的过道清出来,再把你那儿的门虚掩着。等西卜女人来跟你换班的时候，（今天她可能提早一个钟点，）你照常去睡觉，要作出很疲倦的神气。你得装作睡熟……只要她在椅子里坐下了，你就从门里走进我的小房间，把玻璃门上的窗纱撩开一点，留神看着这儿的动静……明白没有？"

"明白了。你的意思是那个坏女人要来烧掉遗嘱……"

"我不知道她要怎么办，反正以后你不会再拿她当作天使了。现在我要听听音乐，你来临时作些曲子让我享受一下……这样你心有所归，不至于太愁闷；而你的诗意也可以替我排遣这凄凉的一夜……"

许模克就开始弹琴了。悲痛的激动和反应所唤起的音乐灵感，不消几分钟，就像往常一样把德国人带到了另外一个世界。他找到些意境高远的主题，任意发挥，时而凄怆沉痛，委婉动人如肖邦，时而慷慨激昂，气势雄壮如列兹：这是最接近帕格尼尼的两个音乐家。演技的完美到这一步，演奏家差不多与诗人并肩了；他与作曲家的关系，好比演员之于编剧：神妙的内容有了神妙的表现。那晚上，邦斯仿佛预先听到了天国的音乐，连音乐家的祖师圣女赛西尔也为之惘然若失的神奇的音乐。许模克这一下是等于贝多芬而兼帕格尼尼，是创造者同时是表演者。涓涓不尽的乐思，像夜莺的歌喉，崇高伟大像夜莺头上的青天，精深闳博像夜莺在那里千啼百啭的丛林：他从来没有这样精彩的表现。邦斯听得悠然神往，有如博洛尼亚美术馆中那幅拉斐尔画上的情景。不料这团诗意给一阵粗暴的铃声打断了。二楼房客的老妈子，奉主人之命来请许模克停止吵闹。夏波罗先生、夏波罗太太、夏波罗小姐，都给吵醒了，没法再睡；他们认为戏院里的音乐白天尽有时间练习；而在玛莱区的屋子里也不该在夜里弹琴……那时已经三点了。到三点半，不出邦斯所料——他仿佛亲耳听见弗莱齐埃和西卜女人的约会的——看门女人出现了。病人对许模克会心地望了一眼，意思是说："你瞧，我不是猜着了吗？"然后他装作睡得很熟的模样。

一个人的老实最容易使人上当，儿童的卖弄狡狯就利用他的天真烂漫做手段，而且往往是成功的。西卜女人绝对相信许模克是老实人，所以看他悲喜交集地走过来对她说话，一点也不疑心他扯谎。

"哎呀！他这一夜情形坏透了！烦躁不堪，像着了魔似的。我只得给他弹弹琴使他安静；想不到二楼的房客跑来叫我停止！……真是岂有此理！那是为救我朋友性命呀。我弹了一夜琴，累死了，到今儿早上简直撑不住啦。"

"我可怜的西卜情形也不好，今儿要再像昨天一样，就没希望了！……有什么法儿！只能听上帝的意思！"

"你人多老实，心多好，要是西卜老头死了，咱们住在一块儿！"狡狯的许模克说。

朴实正直的人作假的时候，会像儿童一样可怕，做的陷阱跟野蛮人做的一样精密。

"得啦，小乖乖，去睡吧！"西卜女人说，"瞧你眼睛多累，像核桃一样了。能跟你这样的好人一块儿养老，那我丢了西卜，还算有点安慰。放心，我会把夏波罗太太去训一顿的！……嘿，卖针线出身的女人也配拿架子吗！……"

这样以后，许模克就躲进了他的小房间。

西卜女人把大门虚掩着，弗莱齐埃溜了进来，轻轻地把门关上了，那时许模克已经走进自己屋子。律师拿着一支点着的蜡烛，和一根极细的铜丝，预备拆遗嘱用的。病人有心让缚着钥匙的手帕露在长枕头外面，身子朝着墙，睡的姿势使西卜女人拿起手帕来格外方便。她拿了钥匙走向书桌，尽量轻手轻脚地开了锁，摸到抽斗的暗机关，抓着遗嘱到客厅去了。邦斯看见这情形吓坏了。许模克却从头到脚在那里哆嗦，仿佛他自己犯了什么罪。

"你回到屋子去，"弗莱齐埃从西卜女人手里接过遗嘱，吩咐她，"他要醒来，应当看见你坐在屋里才对。"

弗莱齐埃拆开封套的熟练，证明他已经不是初犯。他念着这古怪的文件，不由得大为惊异。

立自书遗嘱人邦斯，兹因自本年二月初患病以来，病势有增无减，自知不久人世，决将所有遗产亲自处分。余神志清楚，可以本遗嘱内容为证。又本遗嘱系会同公证人德洛浓先生拟定。

余素以历代名画聚散无常，卒至澌灭为恨。此等精品往往辗转贩卖，周游列国，从不能集中一地，以饱爱美人士眼福，尤为可慨。窃以为名家杰作均应归国家所有，俾能经常展览，公诸同好，一如上帝创造之光明永远为万民所共享。

余毕生搜集若干幅画，均系大家手迹，面目完整，绝未经过后人篡改或重修。此项图画为余一生幸福所在，极不愿其在余身后再经拍卖，流散四方，或为俄人所得，或入英人之手，使余过去搜集之功化为乌有。所有画框，均出名工巧匠之手，余亦不忍见其流离失所。

职是之故，余决将藏画全部遗赠国王，捐入卢浮宫博物馆。遗赠条件即受赠人必须对余友人威廉·许模克负担每年两千四百法郎之终身年金。

倘或国王以卢浮宫博物馆之代表人资格，不愿接受上述条件之遗赠，则该项图画当即遗赠余友人许模克。至图画以外之其他物件，本不在捐入公家之列，亦一并赠予许模克。但受赠人必须负责将戈雅所作《猴头》一画，致送与余外甥加缪索庭长；将米尼翁所作花卉《郁金香》一幅，致送与公证人德洛浓先生。余并指定德洛浓先生为遗嘱执行人。又许模克当以二百法郎之年金，赠予为余服役十年之西卜太太。

余并委托友人许模克将鲁本斯所作《放下十字架》一画，赠予本区教堂，以表余对杜泼郎蒂神父之谢意。余临终深感杜神父指导，俾余得以基督徒身份魂归天国。（下略）

一八四五年四月十五日　邦斯（签名）

"这可完了蛋！"弗莱齐埃对自己说，"我所有的希望都完了蛋！啊！庭长夫人说老头儿如何如何奸刁，我这才相信了！……"

"怎么了？"西卜女人走来问。

"你的先生真不是人！把全部东西送给了国家美术馆。咱们可不能跟政府打官司！……这遗嘱是推翻不了的。咱们真是遇到了贼，给偷盗了，抢光了，要了命了！……"

"他给我什么？"

"两百法郎终身年金……"

"哎呀！他手面这样阔！……这十恶不赦的坏蛋！……"

"你去看着他，"弗莱齐埃说，"我得把你那个坏蛋的遗嘱给封起来。"

62

初次失风

　　西卜太太一转背，弗莱齐埃赶紧拿张白纸装入封套，把遗嘱藏在自己袋里；然后他很巧妙地重新封固，等西卜太太再来的时候给她瞧，问她可看得出痕迹。西卜女人接过封套，摸了摸，觉得遗嘱还在里头，不禁深深地叹了口气。她本来希望弗莱齐埃把该死的文件烧掉的。

　　"唉，亲爱的弗莱齐埃先生，怎么办呢？"她问。

　　"哦！那是你的事！我不是承继人；我要对这些东西有权利的话，"他指着屋里的收藏，"我当然知道怎么办的……"

　　"我就是问你这个啊……"西卜女人愣头傻脑地说。

　　"壁炉里有的是火……"他说着站起身来预备走了。

　　"不错，这件事只有你我两个人知道是不是？……"

　　"谁能证明有过什么遗嘱的！"律师说。

　　"那么你预备怎么办？"

　　"我吗？……倘若邦斯先生死后没有遗嘱，我担保你到手十万法郎。"

　　"哼，对啦！"她说，"你们总是金山银山地答应人家；赶到东西一到手，要付钱了，你们就赖个精光，像……"

她差点儿说溜了嘴,把埃里·玛古斯的事对弗莱齐埃说出来……

"我得走了!"弗莱齐埃说,"为你着想,不应该让人家看见我在这儿;咱们在门房里见吧。"

西卜女人关上大门,拿着遗嘱回来,打定主意要把它扔在火里了;可是她进了卧房走向壁炉的时候,忽然给两只胳膊抓住了!……她发觉邦斯与许模克一边一个站在她两旁。他们原来靠着房门,把身子贴在墙上等着她。

"啊!"西卜女人叫了一声。

她合着身子扑倒在地下,丑态百出地浑身抽搐,也没人知道她是真是假。这模样给邦斯的刺激,使他差不多要死过去了,吓得许模克丢下西卜女人,赶紧扶着邦斯上床。两位朋友浑身发抖,就像一些人好不容易做了件大事而把气力用过了头,赶到邦斯睡下,许模克的精力恢复了一点的时候,他听见了哭声。原来西卜女人跪在地下,流着眼泪,伸着手,做出种种表情向两位朋友哀求。她看见两人注意她了,便说:

"哎哟!我的好邦斯先生!那完全是好奇心呀。女人就是这个毛病,你知道!可是我没法拆开来念,就给你拿回来了!……"

"你滚吧!"许模克猛地站起身子,义愤填膺,一下子变得威严起来,"你是畜生!想害我邦斯的命。他没有冤枉你!你不但是畜生,还该入地狱!"

西卜女人看见天真的德国人满脸厌恶的表情,马上像达尔杜弗一般扬着脸站起身子走了,临走又瞪了许模克一眼,把他吓得心惊肉跳。出门之前,她顺手捡了一幅曼殊作的小画藏在衣兜里。她听见玛古斯赞不绝口地说过那幅画是"一宝"。她在门房里碰到了弗莱齐埃;他在那儿等着,只

她发觉邦斯与许模克一边一个站在她两旁。

希望西卜女人把那个封套跟里面那张白纸都给烧了；一看见当事人神色慌张，他不由得吃了一惊。

"出了什么事啦？"

"亲爱的弗莱齐埃先生，你给我出的好主意！你说是指导我，结果叫我把两位先生的年金和信任统统丢了……"

于是她又拿出她的看家本领，滔滔滚滚的话像开了水闸。

"废话少说，"弗莱齐埃冷冷地把她拦住了，"快点讲事实！事实！"

"好吧，你听我的事实……"

她就把经过情形一五一十说了一遍。

"我并没使你损失什么，"弗莱齐埃回答，"那两位先生早已在疑心你了，要不怎会做这个圈套呢？他们早等着你，私下在注意你！……哼，敢情你还有些事瞒着我！"律师补上这句的时候，虎视眈眈地把门房女人瞪了一眼。

"咱们一同干过了那样的事……你还说我瞒着你什么！……"她说着，打了个寒噤。

"哎，好太太，我又没做什么不正当的事！"弗莱齐埃这句话，明明表示他不承认去过邦斯的屋子。

西卜女人觉得头发根里有团火，浑身上下却是冻了冰。

"怎么？……"她完全呆住了。

"你这不是担了天大的罪名吗？……人家可以告你毁灭遗嘱。"弗莱齐埃冷冷地回答她。

西卜女人马上大惊失色。

"放心吧，我是你的顾问。我不过给你证明，要做到我以前跟你说过的话是多么容易，不论用什么方法。告诉我，你究竟干了些什么事，会叫那天真的德国人瞒着你躲在屋子里的？……"

"我又没有做什么，除非是昨天我说了邦斯先生见神见鬼。从此他们俩对我的态度完全变了。所以还是你害了我，因为倘若邦斯先生不相信我，德国人我还是拿得住的，他已经说起要娶我，或是带我一起走，那不是一样吗？"

这理由相当充分，弗莱齐埃没法再逼她了。

"不用怕，我答应你的年金绝不赖。至此为止，这件事里头一切还只是个假定；从现在起，就跟现钞一样啦……你一千二的终身年金是少不了的……可是亲爱的西卜太太，你得完全听我的命令，而且要应付得好。"

"是的，弗莱齐埃先生。"看门女人低声下气地答应，表示她又给收服了。

"那么再会吧。"弗莱齐埃身上带着那份危险的遗嘱，离开了门房。

他很高兴地回家，因为那张遗嘱是个极厉害的武器。他心里想：

"现在我可有了保障，不怕庭长夫人反悔了。她要不履行条件，就得丢掉她的遗产。"

63

荒唐的提议

天刚亮,雷蒙诺克开了铺门,由姊妹在那里看着,他照最近几天的习惯,过去看他的好朋友西卜了。西卜女人正打量着曼殊的画,心里奇怪怎么一块涂了颜色的小小的木板能值那么多钱。雷蒙诺克掩在西卜女人背后,从她肩膀上望过去,说道:

"哦呵!玛古斯因为没有能弄到这一张还在嘀咕;他说有了这件小玩意儿,就一辈子的心满意足啦。"

"他愿意出多少呢?"

"你要答应做了寡妇以后嫁给我,我担保替你向玛古斯弄到两万法郎;要不然你这幅画卖起来永远不会超过一千。"

"为什么?"

"因为你得以物主的身份开一张发票,那就得给承继人告上啦。倘若你是我的老婆,由我出面卖给玛古斯,我们做买卖的只要在进货簿上有笔账就行了,我可以写作是许模克卖给我的。得了吧,还是把画儿放在我家里……你丈夫一死,你就麻烦啦;不比我铺子里有幅画,谁也不会奇怪……你是知道我的。再说,你要不相信,我可以给你一张收据。"

贪心的看门女人觉得自己犯的案给人拿住了，只得接受他的提议，而从此就摆脱不了这旧货商的束缚。她把画往柜子里藏起，说道："你的话不错，你就写个字条来吧。"

"邻居啊，"旧货商把西卜女人拉到门口，低声地说，"咱们的朋友西卜明明是没救的了；波冷医生昨天晚上就说没有希望，挨不过今天的……这当然是你大大的不幸！不过，话得说回来，这儿也不是你住的地方，你应当坐在加波西大街上一家漂亮的古董铺里。告诉你，我十年工夫，挣了近十万法郎，倘使有朝一日，你也有那么多钱，我担保替你好好地挣笔家私……只要你做我的老婆……将来你是老板娘啦……还有我的姊妹服侍你，替你打杂，而且……"

这一番勾引的话给小裁缝一阵哼唧打断了，他已经到了临终的阶段。

"你走吧，"西卜女人说，"你真不是东西，我丈夫快死了，还跟我讲这种话……"

"啊！因为我爱你，把什么都忘了，一心只想得到你……"

"你要是爱我，这时候一句话都不应该说。"她回答。

于是雷蒙诺克踱回自己的铺子，知道跟西卜女人结婚是没有问题的了。

十点左右，大门四周乱成一片，因为西卜在受临终圣体了。西卜夫妇所有的朋友，诺曼底街和近段几条街上的看门的，挤满了门房、大门口的过道和街面。所以希华勃和勃罗纳，汉纳耿和他的一个同事先后来到的时候，谁也没注意，西卜女人更是看不见。隔壁屋子的看门女人，听见公证人问她邦斯住在哪一层，便指给他看了。勃罗纳从前来看过邦斯的收藏，这一回便不声不响，带着他的朋友往里直奔……邦斯把昨天的遗嘱正式撤销，另外立了一份，指定许模克为全部遗产的继承人。手续办完，邦斯谢

十点左右,大门四周乱成一片……

过了希华勃与勃罗纳，又把许模克的利益郑重托付了汉纳耿，他就精神不济，衰弱到极点，因为半夜里对付西卜女人的那一场，刚才的吩咐后事等，把他精力用尽了。许模克看到这种情形，不愿意再分身，就托希华勃去通知杜泼朗蒂神父，因为邦斯已经要求受临终圣体了。

西卜女人坐在丈夫床边，不再过问许模克的饭食，而且她也给两位朋友撵走了。至于许模克，为了清早的事，又眼看朋友泰然自若地忍着临终苦难，心中悲痛欲绝，根本不觉得饥饿。

可是到下午两点光景，看门女人因为没看见德国人，又好奇又放心不下自己的利益，便托雷蒙诺克的姊妹，去问许模克可要点儿什么。那时杜泼朗蒂神父听完了邦斯的忏悔，正在举行临终的抹油体。雷蒙诺克小姐再三再四地拉着门铃，把这个仪式给扰乱了。可是邦斯怕人来偷东西，早已叫许模克发过誓，对谁都不开门。雷蒙诺克小姐拉了半天铃没有结果，便慌慌张张地奔下去，告诉西卜女人说许模克不肯开门。这一节给弗莱齐埃在旁听了去，他料到许模克不久就得为难：这德国人从来没看见死过人，而在巴黎有个死人在手里，没有人帮忙，没有人代办丧事，其窘是可想而知的。弗莱齐埃也知道，真正悲伤的亲属，临时会一点主意都没有的。他从吃过饭以后就待在门房里跟波冷医生商量个不停，这时他决定亲自来指挥许模克的行动了。

波冷医生和弗莱齐埃能做到这一步，原因是这样的：

圣・法朗梭阿教堂的执事，从前是做玻璃生意的，叫作刚蒂南，住在奥莱昂街，跟波冷医生的屋子只有一墙之隔。刚蒂南太太在教堂里专管出租椅子，平日由波冷医生义务治病，为了感激的缘故对他很亲热，常常把自己的苦处讲给他听。两个榛子钳，逢着星期日与节日，总到圣・法朗梭阿教堂去望弥撒，跟执事、门丁、分发圣水的人，都相当熟；这些人在巴黎被称为教会的小职员，往往从善男信女手里得到一些酒钱。所以刚蒂南太太和许模克也彼此很熟悉。弗莱齐埃能利用这太太做盲目的工具，是因为她有两块心病。刚蒂南的儿子，本有希望当教堂的门丁，可是他对戏剧着了迷，不愿意吃教会饭，进了奥林匹克马戏班当跑龙套，过着胡天胡地的生活，伤透了母亲的心，又把她的钱袋常常刮得精光。至于刚蒂南本人，又懒又爱喝酒，他为了这两个缺点把本行的买卖丢了。当了教堂的执事，糊涂虫非但不知悔改，反而觉得这职司更可以满足他的嗜好：他游手好闲，跟喜事车上的马夫、殡仪馆的员役和教士平日救济的穷光蛋混在一块儿喝酒，从中午起就满脸通红。

刚蒂南太太，据她自己说，当初还有一万两千法郎陪嫁，想不到老来没有好日子过。波冷医生听过上百遍的这些苦经，使他想起利用她把梭伐太太引进邦斯和许模克家里去当厨娘兼打杂。因为凭空把梭伐太太安插进去是绝对办不到的，两个榛子钳已经疑心到极点，刚才雷蒙诺克小姐没法进门，就足以使弗莱齐埃明白这一点。可是医生和律师都相信，只要是杜泼朗蒂神父介绍去的人，两个老音乐家准会闭着眼睛接受的。根据他们的计划，刚蒂南太太应当带着梭伐太太一块儿去；而弗莱齐埃的老妈子一进了门，就等于弗莱齐埃亲自到场了。

64

梭伐女人再度出现

杜泼朗蒂神父走到大门口,被西卜的一大群朋友挡着去路,他们都来向本区资格最老最受尊敬的门房表示关切。

波冷医生招呼了神父,把他拉过一边,说道:

"我要去看看可怜的邦斯先生;他还能有一线希望,只要他愿意让人开刀拿出肝里的结石;现在用手摸也摸得出了,使肝脏发炎而致命的就是这个;也许现在动手还来得及。他是相信你的,你应当劝他做手术;倘若开刀的时候没有意外,我可以担保他的性命。"

"我把圣体匣送回了教堂马上就来;许模克先生的情形,也需要有点宗教的帮助。"神父回答。

"我刚才知道他没人帮忙了,"波冷又道,"今儿早上,德国人跟西卜太太抢白了几句,他们是十年的老宾主,吵架想必是暂时的。可是在这个情形之下,他身边没有人怎么行呢?我们关切他也算做了件好事。"——医生说着,招呼教堂的执事:"喂,刚蒂南,你去问问你女人,可愿意来看护邦斯先生,代西卜太太把许模克先生招呼几天?……就是他们不吵架,现在西卜太太也得找个替工了。"——他又回头对神父说:"刚蒂南太太人倒是挺老实的。"

"你挑的人不能再好了，"忠厚的教士回答，"我们董事会也相信她，叫她在教堂里收椅子的租钱。"

过了一会儿，波冷医生在邦斯床前看他的临终苦难一步步地加紧。许模克劝他开刀，毫无结果。老音乐家对德国人的苦苦哀求只是摇头，有时还表示不耐烦。临了，他进足气力对许模克好不凄惨地瞪了一眼，说道：

"别闹，让我安安静静地死吧！"

许模克难过得要死过去了，但他还拿着邦斯的手轻轻亲吻，用两手把它捧着，还想把自己的生命灌注给他。这时波冷听见打铃，便去开门把杜泼朗蒂神父接了进来。波冷医生说：

"病人已经在做最后的挣扎，不过是几个钟点的事了。你今晚得派个教士来守灵。我们要赶紧叫刚蒂南太太带一个打杂的老妈子来帮许模克的忙。他一点主意都没有，我还担心他会神经错乱呢；再说，屋子里还有值钱的东西，也得可靠的人看守。"

杜泼朗蒂神父是个正人君子，不知道什么叫作怀疑，什么叫作恶意，听了波冷这番入情入理的话觉得很对；而且他素来相信本区医生的为人，便站在病人房门口叫许模克过来。许模克不敢马上离开邦斯，因为邦斯的手一边抽搐一边抓着他的手，好像已经掉入深渊而唯恐再往下滚。可是临死的人照例有种幻觉，使他们碰到一样抓住一样，像火烧的时候抢救贵重的东西；因此邦斯放掉了许模克，揪着被单拼命把身子裹紧，那股情急与割舍不得的模样非常可怕。

德国人终于走过来了，教士对他说："你朋友一死，你一个人怎么办？西卜太太又走了……"

"她是个畜生，害了邦斯的命！"

"可是你身边总得有个人，"波冷医生接口道，"今晚上就得要人守尸。"

"我来陪他，我替他祈祷！"天真的德国人回答。

"还得吃饭呢！……现在谁管你的伙食？"医生又道。

"我伤心得不想吃了！……"

"还得带着证人上区公所报告死亡，还得替死人脱掉衣服，把他缝在尸衣里，还得上丧礼代办所去订车马，还得弄饭给守尸的人，给守灵的教士吃：这些事你一个人办得了吗？……在文明世界的京城里，死个人总不能像死只狗似的！"

许模克骇得睁大了眼睛，好似变了呆子。

"邦斯不会死的！……我会把他救过来！……"

"那你也不能老不睡觉地守着他，谁跟你换班呢？邦斯要人招呼，要喝水，要吃药……"

"啊！不错！……"德国人说。

"所以，"杜泼朗蒂神父接口道，"我想叫刚蒂南太太来帮你，她这个人是挺好挺老实的……"

朋友死后的种种俗事把许模克吓坏了，恨不得跟邦斯一同死。

"唉，真是个孩子！"波冷对神父叹道。

"孩子！……"许模克莫名其妙地接了一句。

"得啦！"神父说，"我去跟刚蒂南太太说一说，要她就来。"

"你别劳驾了，"医生回答，"她是我的邻居，我现在就回去。"

死神好比一个看不见的凶手，快死的人跟他在搏斗；在临终苦难的时间，一个人受到最后几下打击，还想还手，还想挣扎。邦斯便是到了这一步,他在呻吟中叫了几声,三个人立刻从房门口奔到床前。死神又最后打了一下,把人的生机,把灵和肉的联系都斩断了:邦斯忽然静下来,那是经过临终苦难以后应有的现象;他停止了挣扎,完全清醒了,脸上显出死后的那种恬静,差不多挂着点笑容,望着周围的人。

"唉!医生,我多痛苦;可是你说得不错,现在好一些了……神父,谢谢你;我刚才在想许模克到哪儿去了……"

"许模克从昨天晚上起没吃过东西,现在已经下午四点了!你身边一个帮忙的人都没有,我们又不敢把西卜太太叫回来……"

"她什么事都做得出的,"邦斯一听西卜女人的名字,就表示深恶痛绝,"不错,为许模克是要一个诚实可靠的人才行。"

"神父跟我,"波冷说,"想到了你们两位……"

"哦!谢谢,我自己就没想到。"

"他想找刚蒂南太太来这儿帮忙……"

"哦!是那个管出租椅子的!"邦斯叫道,"不错,她是个好人。"

"她不喜欢西卜太太,"医生又补充着说,"她会把许模克先生招呼得挺好的……"

"神父,叫她夫妇俩一齐来吧,那我放心了,不会有人偷东西了……"

许模克抓着邦斯的手很高兴地捧着,以为朋友的病好起来了。

"咱们走吧,神父,"医生说,"得马上去找刚蒂南太太;我看得出的,她来的时候邦斯先生大概已经完了。"

65

他这样地死了

  杜泼朗蒂神父在这儿劝邦斯雇刚蒂南太太做看护,弗莱齐埃却把她叫到自己家里,拿出他那套败坏人心的话和恶讼师的手段打动她,那是谁也不容易抵抗的。刚蒂南太太,大牙齿,白嘴唇,面黄肌瘦,像多数下等阶级的妇女,给苦难磨得愣头磕脑的,看到一点儿小小的好处就认为天大的运气,听了弗莱齐埃的话就同意把梭伐太太带到邦斯家里打杂。弗莱齐埃对自己的老妈子早已吩咐停当。她答应用铜墙铁壁把两个音乐家包围起来,像蜘蛛看着粘在网上的苍蝇一样看着他们。梭伐太太的酬报是到手一个烟草零售店的牌照;这样,弗莱齐埃一方面把这个所谓的老奶妈打发走了,一方面有她在刚蒂南太太身边就等于有了个密探,有了个警察。两位朋友家里有一间下人的卧室和一间小小的厨房,梭伐女人在那儿可以搭张帆布床,替许模克做饭。波冷医生把两个妇女送上门的时候,邦斯刚好断气,而许模克还没有发觉。他拿着朋友正在逐渐冷去的手,向刚蒂南太太示意叫她别开口。可是一见梭伐太太那副大兵式的模样,他不由得吓了一跳,那种反应在她这个十足男性的女人是看惯了的。

  "这位太太是杜泼朗蒂神父负责介绍的,"刚蒂南太太说,"她在一个主教那儿当过厨娘，人非常靠得住，到这儿来替你做饭。"

"哦！你说话不用低声啦！"那雄赳赳的患着气喘病的梭伐女人说，"可怜的先生已经死啦！……他才断气。"

许模克尖厉地叫了一声，觉得邦斯冰冷的手在那里发硬了，他睁着眼睛瞪着邦斯，死人眼睛的模样使他差不多要发疯。梭伐太太大概对这种情形见得多了，她拿着面镜子走到床前，往死人嘴边一放，看到镜子上没有一点呼吸的水汽，便赶紧把许模克的手跟死人的手拉开。

"快放手呀，先生，你要拿不出了；你不知道骨头会硬起来吗？死人一下子就冷的。要不趁他还有点暖气的时候安顿好，等会儿就得扯断他的骨头了……"

想不到音乐家死后倒是由这个可怕的女人替他合上眼睛。她拿出十年看护的老经验，把邦斯的衣服脱了，身子放平了，把他两手贴在身旁，拉起被单盖住他鼻子：她的动作完全跟铺子里的伙计打包一样。

"现在要条被单把他裹起来，被单在哪儿呢？……"她问许模克，许模克觉得她的行动可怕极了。

他先看到宗教对一个有资格永生天国的人那么尊敬，此刻看到朋友给人当作货物一般包扎，心中的哀痛简直要使他失掉理性。

"随你怎么办吧！……"许模克迷迷糊糊地回答。

这老实人还是生平第一遭看见一个人死，而这个人是邦斯，是他唯一的朋友，唯一了解他而爱他的人！……

"让我去问西卜太太。"梭伐女人说。

"还得一张帆布床给这位太太睡觉。"刚蒂南太太对许模克说。

许模克摇摇头，眼泪簌落落地哭了。刚蒂南太太只得丢下这个可怜虫。

"快放手呀,先生,你要拿不出了!"

可是过了一小时她又来了：

"先生，可有钱给我们去买东西？"

许模克对刚蒂南太太望了一眼，那眼风叫你即使对他有一肚子的怨恨也发作不起来；他指着死人那张惨白、干瘪、尖瘦的脸，仿佛这就答复了所有的问题。

"把所有东西都拿去吧，我要哭，我要祈祷！"他说着跪了下来。

梭伐太太向弗莱齐埃去报告邦斯的死讯，弗莱齐埃立刻雇辆车上庭长太太家，要他们明天给他委托书，指定他做承继人的代表。

一小时以后，刚蒂南太太又来对许模克说："我去找过西卜太太了，她替你们管家，应当知道东西放在哪儿；可是西卜刚死，她对我好不客气……先生，你听我说呀！……"

许模克望着这女人，她可一点不觉得自己的残酷，因为平民对于精神上最剧烈的痛苦一向是逆来顺受的。

"先生，我们要被单做尸衣，要钱买帆布床给这位太太睡，买厨房用的东西，买盘子、碟子、杯子；等会儿有个教士来守夜，厨房里可一样东西都没有。"

"先生，"梭伐女人接口说，"我要柴、要煤、预备夜饭，家里又什么都看不见！这也难怪，原来都是西卜女人包办的……"

许模克蜷伏在床脚下，完全没有了知觉。刚蒂南太太指着他说：

"哎，好太太，你还不信呢，他就是这样地不理不答。"

"好吧，我来告诉你碰到这种情形该怎么办。"

梭伐女人把屋子四下里扫了一眼，好比做贼的想找出人家放钱的地方。她奔向邦斯的柜子，打开抽屉，看到一只钱袋，里边有许模克卖了画用剩下来的钱；她拿到许模克面前，他糊里糊涂地点了点头。梭伐女人就对刚蒂南太太说：

"喂，嫂子，钱有了！让我数一数，拿点儿去买应用的东西，买酒、买菜、买蜡烛，样样都要，他们什么都没有呢……你在柜子里找条被单，把尸体缝起来。人家告诉我这好好先生非常老实，想不到他老实得不像话。简直是个初生的娃娃，连吃东西还要人喂呢……"

两个女人忙着做事，许模克瞧着她们的眼风完全像个疯子。他悲痛至极，入于麻痹状态，跟木头人一样眼睛老盯着邦斯的脸，仿佛给它迷住了；而长眠之后的邦斯，遗容变得非常恬静。许模克只希望死，对什么都满不在乎。便是屋子着了火，他也不会动的了。

"总共是一千二百五十六法郎……"梭伐女人对他说。

许模克耸了耸肩膀。等到梭伐女人想把邦斯缝入尸衣，来量他的身长预备裁剪被单的时候，她和可怜的德国人扭作了一团。许模克好比一只狗守着主人的尸体，谁都不让走近。梭伐女人不耐烦了，抓着德国人，像大力士般把他按在沙发里。

"快点儿，嫂子，把死人缝起来。"她吩咐刚蒂南太太。

事情一完，梭伐女人把许模克拖到床前他的老位置上，说道：

"明白没有？死人总得打发掉啊！"

许模克哭了。两个女人丢下他，支配厨房去了。不消一刻，她们把生活的必需品一齐给捎了回来。

66

看护女人趁火打劫

开了三百六十法郎的第一笔账之后,梭伐女人开始预备一顿四个人吃的夜饭。多么丰盛的夜饭!正菜有肥鹅,有果酱炒蛋,还有生菜,还有最后那个什锦砂锅,佐料之多,把肉汤变成了肉冻。晚上九点,本堂神父派来守灵的教士到了,同来的还有刚蒂南,带着四支大蜡烛和教堂里的烛台。教士发觉许模克睡在死人床上,紧紧地抱着邦斯。直要人家拿出教会的威严,他才放开尸身,跪在地下祷告。他求上帝来一个奇迹,使他能够跟邦斯相会,葬在一个墓穴内。教士舒舒服服地埋在沙发里念他的祷文。这时刚蒂南太太又上修院大街替梭伐女人买了一张帆布床和全套被褥。她们想法把一千二百五十六法郎的钱袋尽量搜刮。十一点,刚蒂南太太来问许模克可要吃点东西。他做了个手势叫人别打搅他。于是她转身招呼教士:

"巴德罗先生,夜饭预备好啦!"

许模克看见人都走了,便露出点笑容,好比一个疯子觉得可以为所欲为,实现像孕妇那样急切的愿望了。他又上床紧紧抱着邦斯。半夜,教士回到屋子;许模克受了埋怨,只得放开邦斯,重新做他的祷告。天一亮,教士走了,七点钟,波冷医生很亲热地来看许模克,想逼他吃东西;可是他拒绝了。医生说：

"现在要不吃，你回来就得肚子饿；因为你得带着证人上区公所报告死亡，领一张死亡证书……"

"要我去吗？"德国人骇然地问。

"不是你是谁？……这责任你逃不了的，因为看着邦斯死的只有你一个人……"

"我没有时间……"许模克向波冷带着哀求的口吻。

"你可以雇辆车，"假仁假义的医生挺和气地回答，"我已经代表公家验过死亡。你找个邻居陪你去吧。你不在的时候，这两位太太会替你看屋子的。"

法律要跟一个伤心的人找多少麻烦，真是想象不到的。那简直要叫人恨文明而觉得野蛮人的风俗可爱了。到九点，梭伐太太扶着许模克下楼，他上了马车，不得不临时请雷蒙诺克陪他上区公所，去证明邦斯的死。法国人醉心平等，可是在巴黎，每样事情都显出不平等。哪怕死个人，也有这个永远消灭不了的分别。在有钱的人家，一个亲戚、一个朋友，或是经纪人，就能替悲伤的家属把这些不愉快的小事给担任了；但报告死亡等等的手续正如分派捐税一样，所有的重担都压在没人帮忙的平民与穷人身上。

雷蒙诺克听见可怜的受难者长叹了一声，便说："啊！你可惜他真是应该的，他人多好，多正派，留下多美的收藏；可是先生，你是外国人，你可知道马上要惹是招非了吗？因为人家到处说着，你是邦斯先生的承继人。"

许模克根本没有听，他的悲伤差不多使他变成了呆子，精神像肉体一样也会害"强直病"的。

"你最好还是请个顾问，找个经纪人做代表。"

"经纪人！"许模克莫名其妙地答应了一句。

"慢慢你会觉得，你不能不有个代表。我要是你，我就找个有经验的，在街坊上有名气的，可以信托的人……我平常办些小事都托执达吏泰勃罗……只要写份委托书交给他的书记，就什么都不用操心啦。"

这番暗示，原是弗莱齐埃出了主意，由西卜女人和雷蒙诺克讲妥的，从此就深深地印在许模克的脑子里。凡是因痛苦而精神停止活动的时候，一个人的记忆会接受一切无意中得来的印象。雷蒙诺克看见许模克听着他的话，眼神像白痴一般，也就不说下去了。他心里想：

"他要老是这样呆头呆脑，我可以花十万法郎把楼上那些东西统统买下来，只要是他承继……——先生，区公所到了。"

雷蒙诺克不得不搀许模克下车，扶着他走到民政科，许模克一闯闯到登记结婚的一堆里。像巴黎常有的那种巧事，登记员手头有五六份死亡证书要办，许模克只能等着，那时他的受罪仿佛上了十字架的基督。

"这位是许模克先生吗？"一个穿黑衣服的人过来招呼德国人，他听见有人叫他的名字，愣了一愣，呆子似的望着来人像他刚才望着雷蒙诺克一样。

"你找他干吗？"旧货商问陌生人，"别打搅他，你没看见他伤心得很吗？"

"我知道先生才死了个好朋友，"陌生人说，"他是承继人，一定想给朋友留点儿纪念吧。我看先生绝不爱惜小钱，会买一块永久的墓地的。邦斯先生多爱艺术！他墓上要没有三座美丽的全身神像，代表音乐、绘画、雕塑追悼他，不是太可惜了吗？……"

雷蒙诺克拿出奥凡涅人的功架，做了个手势想叫那人走开；可是那人也回敬他一个生意人的手势，意思是说："生意也得大家做！"旧货商马上明白了。

"鄙人是索南公司的伙计。"那跑街接着说；照沃尔特·司各特的笔法，他可以被称为墓园掮客[1]。"敝公司的业务是专办墓地纪念像，倘若先生向敝公司订货，我们可以向市政府代买墓地，安葬这位朋友，他的故世的确是艺术界的损失……"

雷蒙诺克摇头摆脑表示赞成，又用肘子碰了一下许模克。跑街看见奥凡涅人好似在鼓励他，便往下说：

"每天都有人委托敝公司代办一切手续。办丧事的时候，承继人往往哀伤过度，照顾不到这些小事，我们可是代客服务惯的。先生，我们的纪念像按高度计算，材料有石灰石的，有大理石的……我们也承包全家合葬的坟墓工程，大小事务都可代办，取费公道。哀斯丹·高勃萨克小姐和吕西安·特·吕庞泼莱的纪念雕刻，就是敝公司承办的，那是拉雪兹神甫公墓上最美的装饰。敝公司的工匠都是好手，你先生千万别上小公司的当……他们的货色都偷工减料。"他这么补上一句，因为又有个穿黑衣服的人走近来，预备替另一家大理石铺子招揽生意。

---

[1] 按沃尔特·司各特有部小说叫作《修墓老人》，是个专雕墓地纪念像的人的诨名。

67

只有死人不受骚扰

人家常常说死是一个人的旅行到了终点,这比喻在巴黎是再贴切也没有了。一个死人,尤其是一个有身份的死人,到了冥土仿佛游客到了码头,给所有的旅馆招待员闹得头昏脑涨。除了几个哲学家之外,除了家道富裕、又有住宅又有生圹的某些家庭之外,没有人会想到死和死的社会影响。在无论什么情形之下,死总是来得太早;并且由于感情关系,承继人从来不想到亲属是可能死的。所以,多半死了父亲、母亲、妻子、儿女的人,会立刻给那些兜生意的跑街包围,利用他们的悲痛与慌乱做成一些交易。早年间,承办墓地纪念工程的商人,都把铺子开在有名的拉雪兹神甫公墓四周——他们集中的那条街可以叫作墓园街——以便在公墓左近或出口的地方包围丧家;可是同业竞争与投机心理,使他们不知不觉地扩充地盘,现在甚至进了城,散布到各区的区公所附近了。那班跑街往往还拿着坟墓的图样,闯进丧家的屋子。

"我正在跟先生谈生意呢。"索南公司的跑街对另一个走近的跑街说。

"喂,邦斯的丧家!……证人在哪儿?……"办公室的当差嚷道。

"来吧,先生。"跑街招呼雷蒙诺克。

许模克在凳上好似一块石头种在那里,雷蒙诺克只能请跑街帮着拉他起来,挟着他站在栏杆前面;办死亡证的职员跟大众的痛苦就隔着这道栏杆。许模克的救命星君雷蒙诺克,靠了波冷医生帮忙,代他把邦斯的年岁籍贯报了出来。德国人除了邦斯是他的朋友之外一无所知。大家签过了字,雷蒙诺克、医生、跑街,把可怜的德国人挟上马车;那死不放松的伙计非要做成他的交易,也跟着挤上去。早等在大门口的梭伐女人,由雷蒙诺克和索南公司伙计帮着,把差不多晕倒了的许模克抱上楼。

"他要闹病了!……"跑街说。他还想把自以为开了场的买卖谈出个结果来。

"可不是!"梭伐女人回答,"他哭了一天一晚,一口东西都不肯吃。悲伤对身体是最坏的。"

跑街也跟着说:

"亲爱的主顾,喝一碗汤吧。你还得办多少事呢:你得上市政府去买块地,安放你那位爱艺术的朋友的纪念像,你不是想表示你的感激吗?"

"不吃东西真是太胡闹了!"刚蒂南太太说着,手里拿了一盘肉汤一块面包。

雷蒙诺克插嘴道:

"亲爱的先生,你这样累,就得找个代表,事情很多呢:你得去订送葬的仪仗,你朋友的丧事总不能给办得像穷人一样吧!"

"得了,得了,好先生!"梭伐女人看见许模克把脑袋倒在椅背上,乘机凑上来。

她拿一羹匙的汤送进许模克的嘴,像对付孩子一样硬逼他吃了些东西。

"现在,先生,你要是懂事的话,既然你想安安静静地躲在一边伤心,就得找个人来做你的代表……"

"既然先生有意替他朋友立一座美丽的纪念像，"跑街说，"不妨就托我代办一切，我可以……"

"什么？什么？"梭伐女人说，"先生向你订什么东西！你是谁？"

"我是索南公司的伙计，好太太，敝公司是承包墓地纪念像最大的号子……"他说着掏出一张名片递给魁伟的梭伐女人。

"好，好！……我们需要的时候会去找你们的；可是不能看他这副模样就欺负他。你明明知道他现在头脑不清……"

索南公司的跑街把梭伐女人拉到楼梯台上，凑着她耳朵说：

"要是你能设法让我们做成一笔交易，我可以代表公司送你四十法郎……"

"行，那么把你地址留下来。"梭伐女人变得客气了。

许模克看见人全走开了，肚子里有了汤和面包，觉得精神恢复了些，马上回到邦斯屋里去祈祷。他正陷在痛苦的深渊中昏昏沉沉的时候，忽然一个穿黑衣服的年轻人把他惊醒了。他已经"先生！先生！"地叫到第十一次，又抓着他的衣袖拼命地摇，才使可怜的受难者听到了声音。

"又是什么事啦？……"

"先生，迦那医生有个了不得的发明，把埃及人保护尸身不烂的奇迹给恢复了；敝公司绝不否认迦那医生的伟大，可是我们的方法更进步，成绩更好。要是你想看到你的朋友，像他活着一样……"

"看到他？……他能跟我说话吗？"许模克嚷着。

"那不一定！……他就是不能说话；可是肉身是永远不坏的了。手术只要一会儿工夫。把颈动脉切开，来一个注射就行啦；可是得赶紧了……

再过十五分钟,就赶不及替你朋友办这种称心如意的事啦……"

"去你的吧!……邦斯是有灵魂的!……这颗灵魂是在天上。"

这位青年跑街所代表的公司是跟有名的迦那医生竞争的,他走到大门口,说了句:

"那家伙一点良心都没有;竟不肯替他的朋友做防腐手术!"

"人就是这样的,先生!他是承继人,得遗产的!目的达到了,哪还想到死人!"西卜女人这样说,因为她才替心爱的丈夫做过了防腐手术。

68

巴黎的丧事是这样办的

一小时以后,许模克看见梭伐女人走进屋子,后边跟了一个穿着黑衣服,像工人模样的年轻人,她说:"先生,刚蒂南介绍教区里的棺材店老板来啦。"

棺材店老板行了礼,装着同情和安慰的神气,也有点人家少不了他和生意一定成功的派头;他挺内行地瞧着死人。

"先生要怎样的寿器呢?松板的?普通橡木的?还是铅皮里子橡木面的?最上等的当然是铅皮里子的橡木寿器。他是中等尺寸……"

老板说着,摸了摸脚,量了一下死人的身长,又补上一句:

"一米突七十!——大概先生还要向教堂里定一场法事吧?"

许模克望着那个人,眼睛像疯子要动武的神气。

"先生,你该找个人替你办这些琐琐碎碎的事。"梭伐女人说。

"是的……"可怜虫终于答应了一声。

"要不要我去把泰勃罗先生找来?你事情还多呢。你知道,泰勃罗先生是街坊上最可靠的人。"

"哦,泰勃罗先生!有人跟我提过的……"许模克给制服了。

"那么，先生，你可以清静啦，跟你的代表商量过后，你尽管在这儿伤心吧。"

下午两点，泰勃罗手下的书记，预备将来当执达吏的青年，叫作维勒摩的，文文雅雅地进来了。青春有这一点便宜，就是不会叫人害怕。维勒摩坐在许模克旁边，等机会开口。这个小心翼翼的态度使许模克很感动。

"先生，"他开始说，"我是泰勃罗先生的书记，他派我来照顾先生的利益，代办令友的丧事……你是不是有这个意思？"

"你照顾我，可救不了我的命，我是活不久的了，可是你能不能让我清静呢？"

"喔！你不用再操一点心。"

"好！那么要我怎么办呢？"

"只要在这张纸上签个字，委托泰勃罗先生做你的代表，包括一切承继遗产的事。"

"行！把纸拿来。"德国人想马上签字了。

"别忙，我先得把委托书念给你听。"

"那么念吧！"

许模克一个字都没听进去就签了字。年轻人把出殡的仪仗，教堂的法事，墓地的购买等，都问过了许模克；许模克表示要在邦斯的坟上留一个墓穴给自己用。维勒摩告诉他，以后再没有人来打搅他或向他要钱了。

"只要能清静，我把我所有的东西送人都愿意。"可怜的人说着，又去跪在朋友的尸身前面。

弗莱齐埃得胜了，承继人给梭伐女人和维勒摩包围之下，再不能有什么自由行动。

睡眠打不倒的痛苦是没有的，所以那天傍晚，梭伐女人发现许模克躺在邦斯床前的地板上睡着了。她把他抱起，放在床上，像母亲般安顿他睡好了，他就一觉睡到第二天早上。赶到他醒来，就是说休息过后又恢复了痛苦的知觉的时候，邦斯的遗体已经给放在大门内的走道里，灵柩上的披挂等全是三等丧仪的排场。许模克在家里再也找不到朋友，只觉得屋子格外大，到处都是凄凉的回忆。梭伐女人像奶妈对付小娃娃似的调度德国人，逼他上教堂之前吃了饭。可怜虫一边勉强吃着东西，一边听梭伐女人絮絮叨叨，仿佛唱着耶利米哀歌，说他连一套黑衣服都没有，许模克的衣着一向是西卜包办的，在邦斯病倒以前，已经和他的伙食一样被减缩到最低限度，统共只剩两条长裤和两件外套了！……

"难道你就像现在这样去送葬吗？这种荒唐事儿不给街坊上的人耻笑吗？……"

"那你又要我怎样去呢？"

"穿着孝服去呀！……"

"孝服！……"

"那是规矩呀……"

"规矩！……我才不理会这些无聊事呢！"许模克儿童般的心灵，受着痛苦的刺激，气极了。

"嘿！这样忘恩负义，简直不是人。"梭伐女人说着转过身去，因为屋子里忽然又来了一个人，许模克一见就抽了口冷气。

来人穿着漂亮的黑衣服、黑短裤、黑丝袜、白袖套，银链条上挂着一个徽章，整整齐齐地戴着白纱领带、白手套；这种俨然的人物，仿佛为了公众的丧事在同一模子里塑出来的，手里拿着他行业的标识，一根紫檀木短棍，左腋下挟着一个有三色徽记的三角帽。

"我是丧礼司仪员。"他用柔和的声音说。

因为每天指挥丧礼，出入的家庭都真真假假地表示同样的悲伤，这个人和他的同业一样，说话老是小声小气的非常柔和；他的职业使他稳重、有礼、端正，好比一座代表死亡的雕像。许模克听了他的自我介绍，不由得心惊肉跳，似乎来的是个刽子手。

"先生你跟故去的人是父子呢还是弟兄？……"这俨然的人物问。

"都是的，而且还不止……我是他的朋友！……"许模克淌着大把大把的眼泪说。

"你是承继人吗？"

"承继人？我才不理会这些呢。"

许模克又恢复了痴呆的痛苦的神气。

"亲戚朋友在哪儿呢？"

"都在这里！"许模克指着图画和古董，"他们从来不叫我的邦斯伤心的！……他喜欢的就是我跟这些东西！"

"先生，他疯了，听他干吗？"梭伐女人对司仪员说。

许模克坐下来，呆呆地抹着眼泪，还是那副白痴的模样。这时泰勃罗的书记维勒摩出现了，司仪员认出他是接洽葬礼的人，便招呼他：

"喂，先生，该出发啦……柩车已经到了；可是这种丧事我真难得看到。亲戚朋友都在哪儿呢？……"

"我们时间很局促，"维勒摩回答，"我的当事人又悲伤成这样，什么主意都没有；可是故去的先生也只有一个亲戚……"

司仪员很同情地瞅着许模克，因为他是鉴别痛苦的专家，真情假意是

La Comédie Humaine

"我是丧礼司仪员。"

一望而知的。他走到许模克身边说：

"哎，亲爱的先生，拿点儿勇气出来！……你得想到替朋友增光泉壤。"

"我们忘了报丧，可是我派了一个专差去通知玛维尔庭长，就是我说的独一无二的亲戚……此外没有什么朋友……他虽是戏院的乐队指挥，恐怕那边也不会有人来……据我知道，这位先生是指定承继人。"

"那么应当由他主持丧礼啰。"司仪员说着，注意到许模克的穿扮，便问，"你没有黑衣服吗？"

"我心里全黑了！……"可怜的德国人声音很沉痛，"我只觉得自己快死了……上帝会哀怜我，让我跟朋友在坟墓里相会的，那我才感激他呢！……"说完了他合着手。

"敝公司已经新添了不少设备，"司仪员对维勒摩说，"可是我向经理室提过几回了，还得办一批丧服租给承继人……这个业务现在越来越需要了……既然他先生是承继人，送丧的大氅就该由他披着，我带来的这一件可以把他从头到脚地裹起来，遮掉他里边的服装……——请你站起来好不好？"他对许模克说。

许模克站起身子，可是晃晃悠悠地站不稳。

"你扶着他，你不是他的全权代表吗？"司仪员招呼书记。

维勒摩用胳膊挟着许模克把他撑着，司仪员抓起又大又难看的黑大氅披在他肩上，用黑丝带在他领下扣住了，那是承继人把灵柩从家里送往教堂的时候穿的。

这样，许模克就给扮作了承继人。

69

老鳏夫的葬礼

"现在我们可碰到了一个难题,"司仪员说,"灵柩的披挂上有四根绋……哪儿来四个执绋的人呢?……"他掏出表来瞧了瞧,"十点半了,教堂里的人已经等着了。"

"啊!弗莱齐埃来了!"维勒摩冒冒失失地叫了起来。这句话等于承认他们是串通的,可是当场没有人把它记下来。

"这位是谁?"司仪员问。

"哦!是家属方面的。"

"什么家属?"

"被剥夺承继权的家属。他是加缪索庭长的代表。"

"好极了!"司仪员的神气似乎很满意,"我们至少有两个人执绋了,你跟他。"

他因为问题解决了一半觉得挺高兴,过去拿了两副漂亮的白麂皮手套,客客气气地分送给弗莱齐埃与维勒摩:"你们两位可愿意执绋吗?……"

弗莱齐埃穿得整整齐齐的,黑衣服,白领带,神气俨然,叫人看了直打寒噤。他仿佛把对方罪行的证据都收齐了。

"当然愿意。"他回答。

"只要再来两位，执绋的人数就齐了。"司仪员说。这时索南公司那个死不放松的跑街又来了，后面跟着一个人，记得邦斯而特意来尽他最后礼数的唯一的人。他是戏院的小职员，在乐队里分发乐谱的当差；邦斯因为知道他要养家活口，平时每个月都给他五法郎酒钱。

"哦！多比那！……"许模克认出了当差，叫起来，"你，你还想到邦斯！……"

"先生，我每天早上都来的，来打听邦斯先生的消息……"

"每天来的！好多比那！……"许模克握着戏院当差的手。

"可是人家大概拿我当作了家属，对我很不客气！我再三声明是戏院里的，要知道邦斯先生的病情，人家可说我扯谎。我想进来看看病人，他们不准我上楼。"

"混账的西卜！……"许模克把当差那只粗糙的手按在胸口。

"邦斯先生是天底下最好的好人，每个月给我五法郎……他知道我有三个孩子一个女人。现在我女人在教堂里等着。"

"以后我跟你有饭大家吃！"许模克因为旁边有个爱邦斯的人，十分高兴。

"先生你可愿意执绋吗？"司仪员过来问，"这样，问题就解决了。"

司仪员没有费什么事，就邀上了索南公司的跑街参加执绋，尤其给他看到了一副漂亮手套，那照例是送给他的。

"十点三刻啦！……非下楼不可了……教堂里的人等着呢。"司仪员说。

于是这六个人开始走下楼梯。两个妇女站在楼梯头，可恶的弗莱齐埃吩咐道：

"把屋子关严,守在里头;刚蒂南太太,倘使你想在清点遗产期间当个看屋子的,就得格外留神,嗨!嗨!四十铜子一天的工钱呢!……"

大门口停着两口柩,一口是西卜的,一口是邦斯的,因此同时有两个出殡的行列:这种巧合的事在巴黎也不足为奇。邦斯的柩罩披挂相当光鲜,可是没有一个人来对这位爱美的朋友表示敬意;倒是那看门的,有四邻八舍的门房来给他洒几滴圣水。西卜的哀荣和邦斯身后的寂寞,不但在大门口成为对照,而且在到教堂的路上也是如此。跟在邦斯柩车后面的只有许模克一个人,由司仪员搀着,因为这承继人几乎随时都要倒下来。从诺曼底街到圣·法朗梭阿教堂所在的奥莱昂街,路旁站满了看热闹的人,因为我们以前说过,这个区域里不论什么事都会轰动的。大家看到白色的柩车,柩罩上绣着一个大 P 字(邦斯姓氏的缩写),只有一个送殡的人;而另一辆普通的柩车,末等殡仪的车马后面,却跟着一大群吊客。幸而许模克给窗口的、路旁的、看热闹的闲人吓呆了,一句话也听不见,而且对那些拥挤的人,他的泪眼也看不大清。

"哦!是榛子钳!……"有人说,"你知道吗,就是那个音乐家!"

"那几个执绋的是谁?……"

"还不是些戏子!"

"呦!这是西卜老头的灵柩了!又少了一个认真的司务!他做活多卖力!"

"也从来不出来玩的,这家伙!"

"他一天也不歇工的。"

"而且对他女人多好!"

"呦!那可怜的寡妇来了!"

雷蒙诺克跟着他的牺牲者的柩车,听众人你一句我一句地追悼他的邻人。

70

巴黎有多少人靠死人吃饭

两家的行列到了教堂,刚蒂南跟门丁商量好了,不让乞丐向许模克开口。维勒摩答应过不打搅德国人,所以他一边看着当事人,一边负责一切开销。西卜的简陋的柩车有七八十人陪送,直送到公墓。从教堂出来,邦斯的行列一共有四辆送殡的车;一辆是为教士他们的预备的,其他三辆是为家属亲友预备的,但实际只需要一辆。做弥撒的时候,索南公司的跑街已经先走一步,去通知索南先生准备纪念雕刻的图样和估价单,等承继人从公墓出来拿给他看。所以弗莱齐埃、维勒摩、许模克和多比那都坐在一辆车里。多余的两辆空车并不回到丧礼代办所,照旧上拉雪兹神甫公墓。这种把空车赶一趟的情形是常有的。凡是故去的人没有名望,不会吸引时髦人士赶来凑热闹的时候,送殡的车辆往往会太多。死者要不是生前极得人心,亲戚朋友绝不肯把他送上公墓;因为巴黎人生活忙乱,都恨不得每天要有二十五小时。可是马夫要空赶一次,就没有酒钱可得;所以有人也罢,没人也罢,车子照旧上教堂,上公墓,回丧家,回到那儿,马夫就开口讨酒钱了。多少人靠死人吃饭,你简直想象不到。教堂的小职员、穷人、殡礼代办所的员役、马夫、盖坟的工人,都把柩车当作一个马槽,让自己像海绵似的吸饱。一出教堂,大批穷人上来包围许模克,马上给门丁喝阻了。但从教堂到公墓的路上,可怜的许模克很像一些囚犯给人家从法院押送到葛兰佛广场。他好比替自己送葬,只顾拿着多比那的手,因为只有他心里真正地哀悼邦斯。多比那觉得被邀执绋非常荣幸,又很高兴能坐到马车,拿到一副簇新的手套,认为给邦斯送丧的确是他生平的一件大事。许模克受着痛苦的煎熬,唯一的倚傍便是从多比那的手上感觉到一些同情,他在车中完全跟装上屠宰场的小牛一样。弗莱齐埃与维勒摩占着车厢的前座。凡是常有机会参加亲友葬礼的人,全知道大家上了送殡的车就做不了假。从教堂到巴黎东区的墓地,到这个最讲场面、最讲奢侈、壮丽的雕塑最多的公墓,路程往往很远。漠不关心的送客开始谈话,结果连最悲伤的人也伸着耳朵听着,不知不觉地精神松弛了。

"庭长先生已经出庭去了,"弗莱齐埃对维勒摩说,"我认为不必再到法院去惊动他,无论如何他赶不及来的了。虽说他是血亲承继人,但邦斯先生剥夺了他的承继权,把遗产给了许模克先生,所以我想有他的代表到场也够了……"

多比那听到这话,不觉留了点神。

"还有一个执绋的家伙是谁?"弗莱齐埃问维勒摩。

"是某一家大理石铺子的跑街,想承包墓地工程,提议雕三座大理石像,由代表音乐、绘画、雕塑的三个女神来哀悼亡人。"

"主意倒不错,"弗莱齐埃回答,"那好人也值得这样的表扬;可是这件工事总要花到七八千法郎吧。"

"哦!是的!"

"要是许模克先生定了这件工程,那可不能用遗产支付,这样的开支会把整笔遗产消耗完的……"

"结果还得打一场官司,不过你会赢的……"

"那么,"弗莱齐埃又道,"要归他负责了!这桩事对那些包工的倒是个挺有意思的玩笑……"弗莱齐埃凑着维勒摩的耳朵,"因为,倘若遗嘱给撤销了,那我可以保险的……或是根本没有遗嘱,你想归谁付钱呢?"

维勒摩扮了个鬼脸,笑了笑。他跟律师两人以后便交头接耳,放低了声音谈话。虽然有车轮的声音和其他的打扰,戏院的当差平时在后台鉴貌辨色惯了,也能猜到这两个吃法律饭的正在设计划策,想叫可怜的德国人为难,他还听见提到格里希[1]。于是这个喜剧界中正直而忠心的仆役,决意保护邦斯的朋友了。

维勒摩早已托索南公司的伙计,向市政府买妥了三米墓地,声明将来要立一座伟大的纪念雕塑。到了公墓,许模克由司仪员搀着,从看热闹的人堆里穿过去,走向邦斯的墓穴。教士在那儿做着最后的祷告,四个人拿着邦斯枢上的绳索等着。许模克看到那个四方形的土坑,顿时一阵心酸,晕了过去。

---

[1] 格里希为巴黎有名的监狱。

71

继承开始,先得封门

多比那、索南公司的跑街和索南先生本人,大家七手八脚把德国人抬进大理石铺子;索南太太和合伙老板维德洛的太太都很热心,赶紧上来施救。多比那在铺子里等着,因为他看见弗莱齐埃正在和索南公司的伙计谈话,而他觉得弗莱齐埃满脸凶光,完全是上断头台的料子。

过了一小时,到下午两点半,可怜的德国人醒了。他以为过去两天全是梦,早晚能醒来看到邦斯好好地活在那里。人家在他脑门上放了多少湿手巾,给他嗅了多少盐和醋,终于使他睁开了眼睛。索南太太硬要许模克喝了一碗油水很足的肉汤,因为铺子里正炖着大砂锅。她说:

"伤心到这样的主顾,咱们难得看到的;可是每两年还能碰上一次……"

临了许模克说要回去了,于是索南先生对他说道:

"先生,你瞧这个图样,维德洛特意为你赶出来的,他画了一夜呢!……可是他的确有些灵感!完工之后一定很好看……"

"一定是拉雪兹神甫公墓最美的一座!……"矮小的索南太太插嘴道,"朋友送了你全部家私,应当给他留个永久纪念!"

那张说是特意画起来的草图,当初是为有名的玛赛部长设计的;可是

La Comédie Humaine

许模克先生

玛赛的寡妇把纪念工程交给了雕塑家史底曼；人家不要粗制滥造的作品，把索南的图样拒绝了。那三座人像原来代表七月革命中三天重大的日子，因为玛赛部长是那次政变的重要角色。以后，索南与维德洛把图样修改了一下，画成军队、财政与家庭三大光荣的象征，预备给查理·格雷做纪念像，结果人家又找了史底曼。十一年中间，为了迎合丧家的情形，那张图给换了不知多少题目；这一回，维德洛又复着原样，把三座像描作音乐、绘画与雕塑的女神。

"画图还不算什么，雕塑的工程才浩大呢，可是有三个月的时间也行了。"维德洛说，"先生，这儿是估价单和订货单……一共七千法郎，石工的费用在外。"

"倘若先生想做大理石的，价钱是一万二，"索南说，因为他的专业是大理石，"那么先生的大名可以跟你朋友并垂千古了……"

多比那咬着维德洛的耳朵说："我才听到消息，遗嘱有人反对，遗产将来恐怕还得归血亲承继人；你们最好去看加缪索庭长；这可怜的好好先生会一个子儿都拿不到的……"

"你怎么老是找这种主顾来的！"维德洛太太开始埋怨跑街了。

送殡的马车早已回去，多比那只能陪着许模克走回诺曼底街。

"你别离开我呀！……"许模克说，因为多比那把他交还给梭伐女人，想走了。

"已经四点了，亲爱的许模克先生，我得回去吃饭……内人是戏院的案目，我这样老半天不回家，她要担心了。你知道，五点三刻戏院要开门的……"

"可是你想，我现在孤零零的，一个朋友都没有了。你是不忘记邦斯的，你得指点指点我！我简直掉在黑夜里，邦斯还说我周围全是些坏蛋……"

"我早已看出了,刚才我已经把你救出了格里希!"

"格里希?……"许模克叫道,"我不懂……"

"哎哟,可怜的人!放心,我会来看你的,再会了。"

"再会,再会!希望你就来!……"许模克说着,已经累得半死了。

"再会,先生!"梭伐太太对多比那说话的神气很古怪。

"哦!怎么啦,老婆子?……"戏院当差冷冷地问。"你这副模样倒像舞台上的奸细。"

"你才是奸细!你到这儿来干什么?想来兴风作浪,骗先生的钱吗?……"

"什么!骗先生的钱?……"多比那功架十足地回答,"鄙人不过是个戏院的当差,可是我喜欢艺术家;告诉你,我从来不向人要求什么!我有没有向你要求什么?欠过你什么?老婆子,你说!……"

"哦!你是戏院的当差,你叫什么名字?……"梭伐女人问。

"我叫多比那!……怎么着,您哪……"

"我就要知道你的尊姓大名。"

"怎么啦,好太太?……"刚蒂南太太冲过来问。

"嫂子,你在这儿预备晚饭,我得上先生家跑一趟……"

"他在楼下跟西卜太太说话呢——她死了丈夫把眼泪都哭干了。"刚蒂南太太回答。

梭伐太太三脚两步地滚下去,把楼梯都震动了。

"先生……"她把弗莱齐埃拉到一边。

多比那凭他在后台学的一点儿小聪明,居然使邦斯的朋友不致落入圈套;他想到这也算报答了一下恩人,不由得很高兴。他因此决心要保护这位乐队里的乐师,不让人家欺他忠厚。梭伐女人等多比那走过门房的时候,指着他对弗莱齐埃说：

"你瞧这个小混蛋！……他自命为规矩人，想来管许模克先生的事……"

"他是谁？……"弗莱齐埃问。

"哦！是个无名小子……"

"咱们办公事的眼里，没有无名小子的……"

"他是戏院里的当差，叫作多比那……"

"好，梭伐太太！你老是这样卖力，烟草牌照是稳的了。"

弗莱齐埃说完，又跟西卜太太继续谈话：

"所以，亲爱的当事人，我说，你没有跟我们公平交易；对一个不忠实的合伙人，我们是用不着负责的！"

"嗯，我欺骗了你什么？……"西卜女人把拳头往腰里一插，"凭你这副阴森森的眼睛，冷冰冰的神气，就想吓倒我吗？……你想找碴儿，对说过的话不认账，亏你还自称为规矩人！你知道你是什么东西吗？你是一个流氓！哼，哼，你尽管搔你的胳膊吧！……别拿这种话来唬我！……"

"老妈妈，甭废话，甭生气，你听我说！你是捞饱了……今儿早上，他们准备出殡的时候，我找到了这本目录，一共有正副两份，都是邦斯先生的亲笔，我无意中看到了这一条。"

他打开那本手写的目录，念道：

藏品第七号：精美画像一幅，底子是大理石的，赛白斯蒂安·但尔·毕翁菩一五四六年作。原作存丹尔尼大教堂，给人家拿出来，现在卖给了我。还有姊妹作某主教像，被一个英国人买去。我这幅是画的一个玛德派教士的祈祷，原来挂在教堂里洛西家墓的高头。倘无年月为证，此画竟可说是拉斐尔手笔。卢浮宫博物馆所藏毕氏作品，《巴岂沃·庞第奈里肖像》，偏于干枯，远不及我这一幅。因为它用石板做底子，所以色泽鲜艳，历久不变。

"我一看第七号作品的地位，"弗莱齐埃接着说，"只有一幅夏尔登作的女像，下面也没有第七号的标签！……我在司仪员找人执绋的时候，把画数了一遍，发觉有八幅画都给换上了普通的、没有号数的作品；那失踪的八张，邦斯先生在目录上注明全是最好的东西……此外还少了一幅木板底子的小画，作者叫作曼殊，也是被认为精品的……"

"我可是看守图画的人，我问你？"西卜女人说。

"你可是他亲信的老妈子，邦斯先生家里的事全是你管的，这明明是偷盗……"

"偷盗！告诉你吧，先生，那些画是邦斯先生为了要用钱，叫许模克先生卖出去的。"

"卖给谁？"

"卖给埃里·玛古斯和雷蒙诺克……"

"卖了多少？……"

"我记不得了！……"

"亲爱的西卜太太，你是捞饱了！……我会看着你，你逃不了的……你要对我识相一点，我就不声张！总而言之，你该明白，既然揩了加缪索庭长的油，就不能再希望从他那儿得到什么。"

"亲爱的弗莱齐埃先生，我早知道我要落空的……"西卜女人听了"我不声张"这句话，态度缓和了些。

72

干预人家的官司是危险的

"嗯,"雷蒙诺克闯进来说,"你来跟西卜太太找碴儿;那可不成话!卖画是邦斯先生跟我跟玛古斯先生大家情愿的;你知道,他还为了画乱做梦呢,我们费了三天口舌才和他商量停当。我们拿到正式的发票,要是我们送西卜太太四十法郎,那也没有什么大不了,她到手的不过是我们到人家屋里买东西照例给的佣钱。啊!亲爱的先生,你要以为一个寡妇是好欺负的,那可打错算盘了!……明白没有,你这位搬弄是非的人?这件事全在玛古斯先生手里,你要不跟太太客气一些,想赖掉你说过的话,我一定在拍卖的时候等着你,嗨!我跟玛古斯两个把画商鼓动起来,斗你一斗,看你损失多少!……什么七十万八十万的,你甭想啦,连二十万还卖不到!"

"好,好,咱们瞧吧!"弗莱齐埃说,"咱们根本不卖,要卖也上伦敦去卖。"

"哪还不是一样!随你巴黎伦敦,玛古斯先生的势力一样大。"

"再会,太太,我要去仔细查查你的事。"弗莱齐埃说。

"除非你永远听我的指挥。"他又补上一句。

"小流氓!……"

"留点神哪,"弗莱齐埃回答,"我要当初级法庭庭长啦!"

他们这样互相恫吓着分手了,其实两人听了对方的话都有点害怕。

"谢谢你,雷蒙诺克,"西卜女人说,"一个可怜的寡妇有人保护真是太好了。"

晚上十点,高狄沙在经理室召见乐队的当差。自从他跟作家们打交道,手下有了一大批做戏的、跳舞的、跑龙套的、音乐师和管布景的技工等给他指挥以后,他学了一副拿破仑功架,喜欢把右手插在背心里头,抓着左边的背带,斜着四分之三的脑袋,眼睛望着空中。当下他站在壁炉前面,就摆着这个姿势。

"喂!多比那,你可是发了财啦?"

"没有,先生。"

"那么你是另有高就了?"

"不,先生。"当差的脸发了白。

"该死!我派你女人在新戏上演的时候当案目……我看在前任经理的面上留着她……我让你白天擦擦后台的灯,晚上招呼乐谱。除此以外,碰到戏里有什么地狱的场面,还教你扮个魔鬼头儿,挣二十铜子外快。这样的差事,戏院里的员工谁不眼红!朋友,人家都在忌妒你呢,因为你有你的冤家。"

"我有冤家?……"多比那说。

"你还有三个孩子,大的常在这儿扮戏里的小孩子,拿五十生丁……"

"先生……"

"你听我说好不好!……"高狄沙大喝一声,"凭你这样的情形,你还想离开戏院……"

"先生……"

"你想管闲事,卷进人家的遗产官司!……嗨,糊涂蛋,人家要干掉你就像打烂一个鸡蛋一样容易!我的后台是部长大人包比诺伯爵阁下,他呀,一等聪明,十分能干;也算王上有眼力,又把他请进内阁去了……这位政治家,这位大人物,我是说包比诺伯爵,他替儿子娶了玛维尔庭长的女儿,玛维尔庭长是司法界最了不起最受敬重的要人,高等法院的一盏明灯。你认得高等法院吗,嗯?告诉你,他是咱们乐队指挥邦斯先生的外甥,应当继承他的遗产。你今儿早上去送邦斯的葬,我不怪你对这好人尽你最后的礼数……可是倘使去管许模克先生的闲事,你就越出范围了;我对那老实人也很好,可是他不久就得跟邦斯的承继人闹纠纷……因为德国人跟我没有什么相干,而包比诺伯爵对我关系很大,所以我劝你让许模克自个儿去想办法。德国人另外有个上帝照顾,你想替天行道是要倒霉的!明白没有?还是安分守己,做你的戏院当差吧……这是最聪明的办法!"

"我明白了,经理先生。"多比那说着,心里很难过。

这样,许模克就失掉了无意中碰上的保护人;他还以为明天能见到当差,那唯一哀悼邦斯的人呢。第二天一早醒来,德国人看到屋子空荡荡的,更感觉朋友的死对他损失重大。昨天和前天,因为忙着丧葬等,周围乱哄哄的,他眼前还有些分心的事。可是一个朋友、一个父亲、一个儿子、一个心爱的妻子进了坟墓以后,屋子里那种阴惨的冷静简直可怕,好像要叫你冻成冰似的。可怜虫觉得有股不由自主的力量把他推进邦斯的屋子,但他看了一眼就受不住,赶紧退出来坐在饭厅里。梭伐女人开出早饭来,许模克可一点吃不下。

73

三个穿黑衣服的人

忽然门铃一响,来势相当猛烈;刚蒂南太太和梭伐太太让三个穿黑衣服的人走了进来。为首的是初级法庭庭长维丹和他的书记官。第三个是弗莱齐埃,沉着脸,气色更难看了,因为他知道另有一份正式的遗嘱,把他那么大胆地偷来而当作法宝的一份给撤销了,不禁大失所望。

"先生,"庭长声音很柔和地对许模克说,"我们来封存财产……"

许模克好似听到了外国话,吓得呆呆地瞧着三个人。书记官接口道:

"我们是根据弗莱齐埃律师的申请而来的,他代表邦斯先生的外甥兼承继人,加缪索·特·玛维尔先生……"

"收藏就在这大客厅和故去的人的卧房里。"弗莱齐埃说。

"好,咱们就上那儿去。——对不起,先生,请吧,你尽管用饭。"初级法庭庭长说。

三个黑衣人物的光临把可怜的德国人吓得凉了半截。

"先生,"弗莱齐埃瞪着许模克,那副恶狠狠的眼神大有先声夺人的威势,好似蜘蛛能慑服苍蝇一样,"先生,你既有本领拿到一张公证遗嘱,就应当预备家属方面来反对。家属绝不会毫无抵抗,让外人抢掉家私的;

咱们瞧吧，究竟是卑鄙龌龊的方面得胜，还是家属得胜！……我们以承继人的资格，有权要求封存遗产，我们一定办到这一点，而且要把手续做得非常周到。"

"上帝！上帝！我犯了什么天条呀？"淳朴的许模克叫道。

"屋子里大家都在谈论你呢，"梭伐女人说，"你睡着的时候，有个小伙子来找你，浑身穿着黑衣服，一个油头粉脸的家伙，说是汉纳耿先生的书记。他硬要见你；可是你睡着，昨天送丧等又把你搅累了，所以我告诉他，你已经委托泰勃罗的书记做代表，有什么事可以找他。那小伙儿就说：啊！那好极了，我可以跟他去商量。我们要把遗嘱送法院。——我跟着托他赶快通知维勒摩先生来。哎，好先生，你放心，有人会来保护你的，他们绝不能拿你当绵羊似的随意摆布。维勒摩先生会替你尽心出力，把他们顶回去！我对那个不要脸的西卜女人已经发作了一场，一个看门的居然敢批评房客，一口咬定你抢了承继人的家私，软禁了邦斯先生，折磨他，又说他早已变了疯子。我老实不客气把她臭骂了一顿，我说：你是一个坏东西，你是一个贼！你偷了两位先生的东西，要不送你上公堂才怪！……她听了哑口无言。"

"先生，"书记官招呼许模克，"请你过来好不好，我们要在邦斯先生的屋子里贴封条了！"

"请吧请吧！"许模克回答，"我要清清静静地死大概总可以吧？"

"放心，你要死是不会有人干涉的，"书记官笑道，"我们在这儿的重要公事是封存遗产。可是我难得看见指定承继人会跟着遗嘱人进坟墓的……"

"我就要跟他进坟墓！"许模克再三受到打击，痛苦得受不住了。

"哦！维勒摩先生来啦！"梭伐女人叫道。

"维勒摩先生，你来代表我呀。"可怜的德国人对他说。

"我特意赶来通知你，遗嘱完全合格，法院一定会批准，让你执管遗产的。喔！你要得一笔好大的家私了。"

"我？得一笔好大的家私？"许模克觉得给人怀疑他贪财，急坏了。

"可是，"梭伐女人插嘴道，"那法官拿着蜡烛和布条子在那儿干什么呀？"

"哦！他在贴封条……来，许模克先生，你应该到场。"

"不，你去吧……"

"干吗要贴封条呢？先生不是在自己家里，一切东西都是他的吗？"梭伐女人像所有的妇女一样，是用一厢情愿的态度看法律的。

"先生不是在自己家里，太太，他是在邦斯先生家里；当然将来一切都是他的，可是遗产受赠人要等到法院核准之后才能执管遗产。倘若被剥夺承继权的承继人反对执管，那就得打官司了……因为遗产归谁还没决定，所有的东西都得封存起来，由承继人和遗产受赠人双方的公证人，在法定期限之内把遗产清册造好……"

许模克生平第一次听到这些话，完全给搅糊涂了，脑袋倒在他坐着的椅子上，沉甸甸的再也抬不起来。维勒摩去跟法官书记官谈着话，拿出办公事的态度，非常冷静地参加他们封存的手续。遇到这种情形，只要没有承继人在场，大家把每样东西贴封条的时候，总免不了七嘴八舌说些打趣的话。四个吃法律饭的人，封了客厅的门，回到饭厅里。许模克心不在焉地看他们办理手续，把盖有法院官章的布条子贴在门中间，倘使是双扇门的话，而碰到单扇门或柜子等，就贴在门缝上面。

"咱们上这间屋去吧。"弗莱齐埃指着许模克的卧房,那是有扇门跟饭厅通连的。

"这是先生的屋子呀!"梭伐女人叫着,跑过去站在门口,挡着那些办公事的人。

"我们在文件里头找到了租约,"可恶的弗莱齐埃说,"上面不是两个人的名字,而是邦斯先生一个人的。所以整个屋子都得归入遗产……"

他打开了许模克屋子的门,又道:

"并且,庭长,你瞧,里边还堆满了画呢。"

"啊,不错。"庭长这句话,当场使弗莱齐埃的主张得胜了。

74

弗莱齐埃的成绩

"啊,诸位,等一等,"维勒摩说,"你们想把指定承继人撵出去吗?至今为止他的身份还没有人争论。"

"怎么没有?"弗莱齐埃回答,"我们反对他执管遗产。"

"凭什么理由?"

"你慢慢会知道的,小子!"弗莱齐埃冷冷地说,"我们并不反对受赠人把他自己的东西从他屋里拿走;可是屋子一定得封起来。先生他爱上哪儿住都可以。"

"不,他绝不让出屋子!……"

"怎么呢?"

"我要法院来个紧急处分,当庭宣告我们是合租屋子的房客,你不能赶走我们……你们尽管把画拿出来,分清哪是邦斯先生的东西,哪是我当事人的,凡是他的就得放在他屋里……明白没有,小子?……"

"我走我走!"老音乐家说,他听着这番可厌的辩论,忽然提起了精神。

"对啦,还是这办法聪明!"弗莱齐埃说,"你可以省点儿钱;这件小事打起官司来你也赢不了的。租约是真凭实据……"

"租约租约！"维勒摩回答，"这是事实问题！……"

"哼，那像刑事案子一样不能靠人证的……你预备由法院派人调查、勘验……要求临时判决，来整套的诉讼程序吗？"

"不，不！"许模克吓得直嚷，"我搬家，我走……"

许模克过的是哲学家生活，那种朴素简陋差不多有点玩世不恭的意味。他只有两双鞋子、一双靴子、两套完全的衣服、一打衬衫、一打颈围、一打手帕、四件背心，另外还有邦斯送的一支精美的烟斗和一个绣花烟袋。他气愤之下，跑进屋子，把自己所有的东西都拣出来放在椅子上。

"这些都是我的！……还有钢琴也是我的。"他说话时那种天真淳朴，就跟古希腊的高人隐士一样。

"太太……"弗莱齐埃吩咐梭伐女人，"你找个人帮忙，把钢琴推出去，放在楼梯台上。"

"你也欺人太甚了，"维勒摩抢着对弗莱齐埃说，"发号施令有庭长在这儿，这件事只有他才能做主。"

"里头很有些值钱的东西呢。"书记官指着卧房说了一句。

"并且先生他是自愿出去的。"庭长也表示了意见。

"从来没看到这样的当事人，"维勒摩愤愤不平的，回过来对许模克生气了，"你简直是个脓包！……"

"反正一个人死在哪儿都一样！"许模克一边出门一边说，"这些人都张牙舞爪像老虎似的……那些破东西我叫人来拿就是了。"他又补上一句。

"你上哪儿去呀，先生？"

"听上帝安排！"指定承继人做了个满不在乎的手势。

"你得把住址通知我。"维勒摩嘱咐他。

"你跟着他去呀。"弗莱齐埃凑着维勒摩的耳朵说。

他们指定刚蒂南太太看守屋子,在邦斯剩下的款项内先拨了五十法郎给她。

许模克一走,弗莱齐埃就对维丹说:"事情进行得不错。你要愿意告老,把位置让给我,不妨去见见玛维尔庭长太太,你一定跟她谈得拢的。"

许模克在院子里回头对窗子望了最后一眼,法官在楼上看了对弗莱齐埃说:

"你碰上了一个窝囊废!"

"不错,事情已经十拿九稳了!你不必三心二意,就把孙女儿嫁给波冷吧,他要当养老院的主任医师了。"

"慢慢再说吧!——再见,弗莱齐埃先生。"法官很亲热地和他告别。

"这家伙倒真有几招,"书记官说,"他会抖起来的,这小子!"

那时刚好十一点,德国老头心里想着邦斯,不知不觉走上了他平日和邦斯俩走惯的路;他时时刻刻看到朋友,觉得他还在自己身旁;临了他走到戏院前面,看见多比那在里头走出来。多比那一边想着经理的蛮横,一边擦着各处的灯,刚把工作做完。

"哦!办法有了!"许模克叫着把当差拦住了,"多比那,你可有地方住呀?……"

"有,先生。"

"有家吗?"

"有,先生。"

"你可愿意管我的膳宿?喔!我很能出点钱,我有九百法郎年金呢……并且我也活不久了……我绝不打搅你,吃东西挺随便!唯一的嗜好是抽烟

斗……跟我一起哭邦斯的只有你,所以我喜欢你。"

"先生,我还有不乐意的吗?可是先告诉你,高狄沙先生把我排揎了一顿……"

"排揎?"

"就是说骂了我一顿,因为我关切你的事……所以咱们得留点儿神,倘使你上我家去的话!可是我看你住不了的,你才不知道像我这等穷小子的家是怎么回事呢!……"

"我宁可跟一些有良心的、不忘记邦斯的穷人在一块儿,可不愿意跟人面兽心的家伙住在王宫里!我才在邦斯家看到些野兽,他们把什么都想吞下去呢!……"

"来,先生,你自己去瞧吧……我们有个阁楼……去跟我女人商量一下再说……"

许模克绵羊似的跟着多比那,由他领到一个可称为巴黎之癌的贫民窟里。那地方叫作鲍打弄,是条很窄的巷子,两旁的屋子都是地产商为了投机,盖得挺马虎的。巷子的起点,是篷地街上给圣·玛丁戏院的大厦——又是巴黎的一个疣——遮得黑魆魆的一段;弄内的路面比篷地街低,从斜坡上往玛多冷街方面低落下去,可是半中间给一条小巷子截住了,使整个鲍打弄成为T字形。这两条交叉的小巷里头,一共有六七层高的三十来幢屋子。屋子里的院子、住房,全做了各种工场和堆栈。这简直是小型的圣·安东阿纳城关。其中有做木器的、做铜器的、缝戏装的、做玻璃器具的、给瓷器上颜色的,总而言之,凡是制造各式巴黎货的工业,无不应有尽有。巷子跟它的商业一样肮脏一样发达,老是挤满了来来往往的人,大大小小的货车,一切景象叫人看了恶心。满坑满谷的居民,正好跟周围的

La Comédie Humaine

多比那

环境调和。他们都是些耍手艺的工匠，把所有的聪明都用在手艺上的人。因为租金便宜，人丁之旺不下于巷内出产的商品。多比那住在鲍打弄左手第二幢屋子的七层楼上，从他的公寓里可以望到几个大花园，那是属于篷地街上硕果仅存的几座大宅子的。

多比那的住屋包括两个房间、一个厨房。第一间房是孩子们睡的，摆着两张白木小床和一个摇篮。第二间是多比那夫妇的卧室。厨房兼作饭厅。从白木扶梯上去，顶上有个六尺高而盖着锌片的假阁楼，开着一扇老虎窗。这小间既美其名曰下房，多比那的屋子也就够得上称为完全的公寓，而要花到四百法郎租金了。一进门有个小穿堂，靠厨房的圆窗取光，统共只有三间屋子的房门的地位。屋内是砖地，墙上糊的是六个铜子一卷的花纸，壁炉架的漆是模仿木头的恶俗颜色。住的五个人中间，三个是孩子，所以壁上凡是孩子的胳膊够得着的地方，全给划满了很深的沟槽。

75

一个不大舒服的家

有钱的人万万想不到多比那家里的厨房用具多么简单，统共只有一座灶、一口小锅、一个烤肉架、一个煮菜锅、一个平底锅和两三个白铁咖啡壶。白的和土黄的搪瓷碗盏，全套只值十二法郎。厨房桌子兼作饭桌，另有两张椅子两个圆凳。灶下有一个篓，堆着煤和木柴。壁角的木桶是洗衣服用的，而洗衣服多半还得等到夜里。孩子们的卧房内，拴着晾衣服的绳子，墙上花花绿绿粘着戏院的招贴，报上剪下来的画片，或是有插图的书籍的说明书。屋角堆着大儿子学校里的课本。晚上六点父母到戏院上班以后，就由这孩子管家。好些平民家庭中的孩子，一到六七岁就对小兄弟小姊妹代行母亲的职司。

这段简单的描写，足以表明多比那夫妇是那些俗语所谓穷而清白的人。多比那大约四十岁，老婆名叫洛洛德，也有三十岁了。她当过合唱队的领班，据说做过高狄沙前任经理的情妇，当年还是个美人儿，但前任经理的失败对她大有影响，使她不得不跟了多比那。她相信只要他们两人能挣到一百五十法郎一月，多比那一定会补办结婚手续；他多么疼他的孩子，绝不肯让他们永远做私生子的。多比那太太早上空闲的时候，在家里缝制戏装，晚上在戏院当案目。这两个勇敢的小职员，花了天大的气力才挣到九百法郎一年。

"还有一层。"多比那从四楼起就对许模克这么说着；许模克伤心透了，迷迷糊糊的已分不清是在上楼还是下楼。

多比那像所有的员工一样身上套着件白围身，一开大门，就听见他太太大声嚷着：

"喂，孩子们，别嚷！爸爸来啦！"

大概孩子们对爸爸是要怎么就怎么的，所以老大照旧学着在奥林匹克马戏班看来的玩意，骑在扫帚柄上冲锋，老二吹着白铁笛子，老三尽量学着老大的样。母亲正在缝一套戏装。

"别闹！"多比那大吼一声，"再闹我要揍了！"他又轻轻地对许模克说："一定要这样吓吓他们的。"然后他招呼老婆："小乖乖，这位便是许模克先生，邦斯先生的朋友；他没有地方住，想搬到我们这儿来；我告诉他我们家里谈不上体面，又是在七层楼上，只能给他一个小阁楼……他还是要来……"

多比那太太端过一张椅子让许模克坐下；孩子们看到陌生人都愣住了，彼此挤在一起，不声不响地把他仔细打量，一会儿也打量完了。儿童和狗一样，对人不是靠判断而是用鼻子闻的。许模克望着这群美丽的孩子，看到一个五岁的小女孩，长着漂亮的金黄头发，便是刚才吹喇叭的。

"她倒很像一个德国娃娃！"许模克说着，对她招招手要她过来。

"先生住到这儿来是怪不舒服的。"多比那太太说，"倘使我不需要把孩子放在身边，我可以腾出我们自己的卧房。"

她打开房门让许模克进去。这间屋是全家的精华所在：桃花木的床上挂着白镶边的蓝布床帷，窗上也挂着同样的蓝布帘。柜子、书桌、椅子，虽然全是桃花木的，倒也收拾得很干净。壁炉架上摆着一口钟和一对烛台，显见还是从前破产的经理送的，他的一幅恶劣的画像就挂在柜子高头。孩子们因为不准踏进这间屋子，这时都在伸头探颈地张望。

"先生住在这儿才好呢。"多比那太太说。

"不，不，"许模克回答，"我活不久的了，只是找个地方等死。"

关上房门，大家走上阁楼。一到那儿，许模克就叫道：

"这才对啦！……我没有跟邦斯同住以前，就是住的这种地方。"

"那么，只要买张折床、两条褥子、一个长枕、一个方枕、两张椅子、一张桌子。这也没有什么大不了，连洗脸盆、水壶、床前的脚毯在内，一百五十法郎就能对付了……"

一切商量停当，只缺少一百五十法郎。许模克看到这些新朋友的艰难，当时离开戏院又只有几步路，自然想到向经理去要薪水了……他立刻上戏院，找到了高狄沙。经理拿出他对付演员们的态度又客气又有点紧张的样子接见许模克；他听到许模克来讨一个月的薪水，不由得奇怪起来。

可是一查账，果然没有错。

"嘿，朋友，你真了不起！"经理说，"德国人哪怕在悲伤的时候，也忘不了他们的账……我还以为你会谢谢我一千法郎的津贴，那等于你们一年的薪水，还该出张收据呢！"

"我们什么都没拿到，"德国人回答，"我今天来见你，是因为我给人家赶到了街上，身边一个子儿都没有……你把津贴交给谁的？"

"你们的看门女人！……"

"喔，西卜太太！"德国人叫起来，"她害了邦斯的性命，偷了他东西，

把他出卖了……她还想烧掉他的遗嘱……简直是个流氓婆！是只野兽！"

"嗳，你是指定承继人，怎么会没有一个钱，没有地方住，流落在街上呢？这真叫作从何说起！"

"人家把我赶出了大门……我是外国人，一点不懂法律……"

"可怜的老头儿！"高狄沙心里想，他已经料到这场一面倒的官司是什么结果了。"你可知道你该怎么办吗？"他对许模克说。

"我有个代理人呢！"

"那么你趁早跟承继人和解，还可以从他们那儿得一笔钱和一笔终身年金，这样你就能太太平平地过日子啦……"

"我只要太太平平地过日子！"许模克回答。

"好吧，让我来替你安排。"

原来弗莱齐埃上一天已经把计划跟高狄沙谈过了。

76

高狄沙的慷慨

高狄沙以为替庭长夫人解决了这件肮脏事,一定能讨包比诺子爵夫人母女俩的喜欢;他想立了这一功,将来至少也得当个参议官。

"我全权拜托你吧……"许模克说。

"行!第一我先给你三百法郎……"这位戏院里的拿破仑从皮包里掏出十五枚金路易递给许模克。

"这是预支你六个月的薪水;要是你离开戏院,就还我这笔钱。咱们来算一算你每年要多少开支,要怎么样才过得快活。来!来!譬如你过着阔佬的生活,你得花多少钱?……"

"我每年只要一套冬季衣服,一套夏季衣服……"

"三百法郎!"高狄沙说。

"四双鞋……"

"六十法郎。"

"袜子……"

"就算一打吧!三十六法郎。"

"六件衬衫。"

"布料子的，二十四法郎；再加六件府绸的，四十八法郎；以上一共四百六十八法郎，加上领带手帕等，就算五百吧，加一百法郎洗衣服……六百！还有伙食，你要多少？……一天三法郎行吗？"

"喔，太多了！……"

"可是你还得买帽子呢……那就是一千五，五百房租，两千。要不要我替你要求两千法郎的终身年金？到期照付，绝不拖欠。"

"还有我的烟草呢？"

"那么再加四百！哎，许模克老头，你管这个叫作烟草吗？……行，你要烟草就给你烟草。那就是两千四的年金。"

"我的账还没完呢，我还要一笔现款……"

"哦！还要佣金！对啦！这些德国人还说自己天真！瞧他这个老奸巨猾！……"高狄沙心里这么想着，问道："你还要什么呢？先告诉你，这是最后一笔，不能再节外生枝了。"

"那是为了一笔神圣的债。"

高狄沙私下想："债！……想不到他这么坏，比浪子还要不得！居然会造假账，拿出些借票来！得趁早拦住他。那弗莱齐埃是手面很小的！"他接着说："什么债呀，朋友？你说吧！……"

"跟我一起追悼邦斯的只有一个人……他有个可爱的小女孩子，头发真漂亮，我刚才看见她，就像看到了我亲爱的德国！……当初我就不应该离开德国，巴黎不是我们住的地方，大家拿我们打哈哈……"他微微摆了摆脑袋，仿佛把人情世故看透了似的。

"他疯了！"高狄沙对自己说。

可是经理对这个忠厚的人也动了恻隐之心，不禁冒起一滴眼泪。

"啊！经理先生，你明白了我的意思！那小姑娘的父亲就是多比那，在乐队里当差，管点灯什么的；邦斯在的时候很喜欢他，常常照顾他；只有他一个人陪着我把邦斯送上教堂，送上公墓……我要拿三千法郎送给他，另外拿三千法郎给他女儿……"

"可怜的好人！……"高狄沙暗暗地想。

多比那送邦斯的葬，在一般人看来完全是不足道的小事，许模克却看作像鲍舒哀说的一杯水一样[1]，比征略者打的胜仗还重要：这点高尚的心胸使那位贪婪成性的暴发户也大为感动。因为高狄沙虽然虚荣，虽然极想不择手段地往上爬，跟他的老朋友包比诺并驾齐驱，骨子里还是有良心的。他觉得刚才把许模克看错了，便一口答应说：

"没有问题，你要的款子我都替你办到！亲爱的许模克，我还想再进一步地帮忙。多比那是个诚实可靠的人……"

"是的，我才看到他跟他清苦的家庭，他多喜欢那些孩子啊……"

"鲍特朗老头辞职了，我想叫多比那当出纳……"

"喔！上帝保佑你！"许模克嚷着。

"那么，我的好人，你今晚四点到公证人贝蒂埃家里去；我替你把一切都办妥，老年的生活你别愁了……你要的六千法郎也照给，在乐队里你帮着迦朗育，像跟邦斯一样，照旧支你的原薪……"

"唉！我怎么还活得下去！……我对什么都没心思了……我觉得自己完了……"

---

[1] 鲍舒哀为法国十七世纪有名的说教家，曾言给穷人的一杯水，在最后审判时评量善恶功过的天平上极占重要。

"可怜的绵羊!"高狄沙一边跟告退的德国人行礼,一边想,"不过,话得说回来,人总是吃亏的。歌曲大家裴朗越说得好:

可怜的绵羊,早晚得给人剪毛!"

他哼着这两句,想排遣心里的感触。

"叫他们预备车子。"他吩咐当差。

一会儿他下楼,对马夫嚷道:"上汉诺威街!"

野心家的面目又整个儿恢复了,他眼里看到了参事院。

77

夺回遗产的办法

那时许模克买了花,买了点心,差不多很高兴地捧着去给多比那的孩子。

"我带点心来啦!……"他微笑着说。

这是他三个月来第一次的笑容,令人看了只觉得不寒而栗。

"可是有个条件。"他补上一句。

"先生,你太好了。"孩子们的母亲说。

"得让我抱一下这小女孩儿,还要她把花编在辫子里,像德国小姑娘一样!"

"奥尔迦,你得听先生的话,他要你怎么办就怎么办……"母亲沉着脸吩咐。

"别对我的德国娃娃这么凶啊!……"许模克嚷着。他在这个女孩子身上看到了他爱的祖国。

"你的东西我已经叫三个挑夫在那里搬来了!……"多比那从外边进来说。

"啊!朋友,"德国人招呼他,"这儿两百法郎是做开销的……你太太真好,将来你要跟她正式结婚的,是不是?我送你三千法郎……再送你女孩儿三千法郎做陪嫁,你给她存起来。你也不用再做当差,马上要升作戏院的出纳了……"

"我?接鲍特朗老头的差事?"

"是啊。"

"谁跟你说的?"

"高狄沙先生。"

"喔!那真要乐疯了!……哎!洛莎丽,戏院里的人不是要忌妒死了吗!……这简直不可能!"

"咱们的恩人怎么可以住在阁楼上?……"

"我活也活不了几天,有这么个地方住也很好了,"许模克说,"再见!我要上公墓去……看看他们把邦斯怎么办了……还得给他墓上送些花去。"

加缪索庭长太太那时正焦急到极点。弗莱齐埃在她家里跟公证人贝蒂埃和诉讼代理人高特夏商量了一番。贝蒂埃和高特夏认为那份当着两位公证人和两个见证立的遗嘱,绝对推翻不了,因为汉纳耿起的稿子措辞非常明确。据正派的高特夏说,即使许模克被他现在的法律顾问蒙蔽一时,早晚也会给人点醒,因为想找机会出头而乐于帮忙的律师有的是。贝蒂埃和高特夏,不消说,早已把弗莱齐埃的底细打听清楚,所以等他在邦斯家办妥封存手续回来的时候,特意请庭长太太把他邀到庭长书房里去起草传票底稿;然后他们劝她提防弗莱齐埃。他们觉得加缪索先生以庭长的身份绝不宜牵入这种不清不白的事。两人把话说完就走了。

"哎,太太,那两位先生呢?"弗莱齐埃走出来问。

"走啦!……他们劝我放弃这件事!"玛维尔太太回答。

"放弃！"弗莱齐埃勉强抑捺着胸中的怒意说，"太太，您听着……"于是他念出代执达吏起草的传票底稿：

兹据××××××状称（套语从略）事缘汉纳耿与克洛泰二公证人，会同两外籍证人勃罗纳与希华勃，将故邦斯先生遗嘱送呈地方法院，请求执管遗产在案。查故邦斯先生将遗产赠予德国人许模克先生之行为，实属侵害具状人之权利；因具状人乃系故邦斯先生之法定的血亲继承人，而邦斯先生生前亦明白表示愿将遗产授予具状人之生女赛西尔小姐。关于此点，具状人可提出社会上素有声望之人士为证。讵许模克先生不惜以卑鄙伎俩，非法手段，乘病人神志昏迷之际赚取遗嘱；甚至于事先禁锢邦斯先生，使其不能接见家属，以遂其夺取遗产之阴谋；而一旦目的达到，于主办邦斯先生丧葬之时，许模克立即忘恩负义，行同禽兽，致引起邻里公愤。此外尚有其他罪行，具状人现方搜集证据，以备日后当庭陈述。基于上述理由，具状人特请求法院宣示撤销故邦斯先生遗嘱，并将其遗产判归血亲继承人依法执管。据此，本执达吏依法当面票传许模克于×月×日到庭，听候审理撤销故邦斯遗嘱一案。本执达吏并根据具状人请求，反对许模克取得受遗赠人之身份，并反对其执管遗产……（下略）[1]

"庭长太太，我知道那个人的，他一收到这张请帖就会让步。他跟泰

---

[1] 法国执达吏的职权，除执行法院判决，为强制执行及假扣押等以外，得签发诉讼案件及非诉讼案件的传票，并负责送达。又以许模克委托泰勃罗为代表而论，执达吏似亦能接受私人委托代办非诉讼案件，但此点在现代法国诉讼程序上无可查考。又执达吏另有事务所，雇有书记等等助理其事。

勃罗一商量，泰勃罗就会劝他接受我们的办法！您愿不愿意送他三千法郎的终身年金呢？"

"当然愿意，我恨不得现在就把第一期的款子给付了。"

"喔，三天之内一定办妥……他悲痛之下，拿到这张传票会大吃一惊的，因为这可怜虫的确在那里哀悼邦斯。他把朋友的死看作很大的损失。"

"传票送了出去还能收回吗？"庭长太太问。

"当然能收回，太太，案子随时可以撤销的。"

"那么，先生，行了！……你去办吧！……你替我张罗的那份家私值得我们这样干的！我已经把维丹先生退休的事给安排好了，只要你给他六万法郎；这笔钱将来在邦斯的遗产项下支付。所以你瞧……我们非成功不可！……"

"他已经答应辞职了吗？"

"答应了，维丹绝对听庭长的话……"

"好吧，太太，我早先预备给西卜太太，那个下流的看门女人，六万法郎，现在我替您省掉了。可是梭伐女人的烟草牌照一定得给的，还有我朋友波冷，希望能补上养老院主任医师的缺。"

"没有问题，都预备好了。"

"那么万事齐备了……为这件事大家都在替您出力，就是戏院的经理高狄沙也很帮忙。昨天我去看他，因为戏院里有个当差可能跟我们捣乱，高狄沙答应把他压下去。"

"哦！我知道。高狄沙完全是包比诺家的人！"

弗莱齐埃走了。可是他没有碰到高狄沙，那份催命符一般的传票马上给送了出去。

二十分钟以后，高狄沙来报告他和许模克的谈话，那时庭长太太心中的欢喜，是一切贪心的人都能了解，一切诚实的人都切齿痛恨的。她完全赞成高狄沙的办法，觉得他的话入情入理，而且自己的顾虑也给他一扫而空了，更对他感激不尽。

"庭长太太，"他说，"我来的时候就想到，那可怜虫有了钱还不知道怎么办呢。他的忠厚淳朴，简直像古时的长老。那种天真，那种德国人脾气，竟可以把他放在玻璃罩底下，像蜡制的小耶稣般供起来！我看他拿了两千五年金已经为难死了，要不荒唐一下才怪呢……"

"戏院里的当差追悼我们的舅舅，他就送他一笔钱，足见他宅心仁厚。当初就怪那件小事，造成了我跟邦斯先生的误会；要是他再到我们家来的话，一切都会原谅他的。你真不知道我丈夫多么想念他。这一回没有得到他的死讯，庭长心里难过得不得了；他对亲属之间的礼数看得极重，要是知道了邦斯舅舅去世，一定要上教堂，要去送丧，连我也会去参加他的弥撒祭的……"

"那么，美丽的太太，"高狄沙说，"请你叫人把和解据预备起来；准四点，我替你把德国人带来……太太，希望你在令爱包比诺子爵夫人面前为我吹嘘吹嘘；也希望她对她的公公，对我那位显赫的老朋友，对这个大政治家提一句，说我对他所有的亲属都愿意尽心出力，请他继续高抬贵手，提拔提拔我。他那个当法官的叔叔救过我的命，这几年他又让我发了财……太太，像你跟令爱这样有权有势的人，当然是众望所归，万人景仰，我很想沾点儿光。我的计划是想脱离戏院，做个有作为的人。"

"你现在不是很有作为了吗，先生？"

"你太好了！"高狄沙说着，吻着庭长太太那只干枯的手。

78

结局

当天四点钟,贝蒂埃公证人的事务所里,陆续来了和解书的起草人弗莱齐埃,许模克的代理人泰勃罗,还有许模克本人也由高狄沙陪着来了。弗莱齐埃在贝蒂埃的书桌上放着六千法郎和第一期的年金六百法郎钞票,有心让许模克看到。他果然看了那许多钱愣住了,对于人家宣读的和解书内容,连一个字都没听进去。可怜虫在墓上向邦斯默祷了一番,说不久就要去跟他相会。他在回家的路上给高狄沙拉到了这儿。经过多少打击之后,他神智早就不大清楚,这时更有点神魂恍惚;所以和解书上说许模克亲自到场,由代理人泰勃罗在旁协助,以及庭长为女儿提起诉讼等的案由,许模克一概没有听见。那时德国人显而易见当了个倒霉角色,因为他签这份和解书,等于承认弗莱齐埃状子上的话是事实。但他看到有这么多钱可以拿去给多比那,让那个唯一敬爱邦斯的人有好日子过,简直高兴至极,再也不把什么和解据听在耳里。他们把文件念到一半,贝蒂埃手下的一个书记进来向主人报告说:

"先生,有个人要找许模克先生……"

公证人看见弗莱齐埃做了个手势,便特意耸了耸肩膀,说道:

"我们在签订文件的时候,千万别来打搅!你去问问那个人的姓名……是个普通人还是上等人?是不是什么债主?……"

书记回来报告说:

"他一定要跟许模克先生说话。"

"他姓什么?"

"多比那。"

"我去,你尽管签字,"高狄沙对许模克说,"让我去问他有什么事。"

高狄沙明白了弗莱齐埃的意思,他们都咂摸到可能有点儿危险。

"你到这儿来干什么?"经理对当差说,"难道你不想当出纳吗?出纳员第一个条件是谨慎小心。"

"先生……"

"你走吧,再管闲事,你的差事就砸了。"

"先生,倘使每一口面包都要塞着我喉咙管,我是咽不下去的!——许模克先生!"他叫起来。

许模克签过了字,手里抓着钱,听见多比那的声音,跑来了。

"这是给你和德国娃娃的……"

"哎呀!亲爱的许模克先生,那些狐群狗党想破坏你名誉,你倒让他们发了财。我把这张传票给一个规矩人,一个认得弗莱齐埃的诉讼代理人看过了,他说你不应该怕打官司,他们作恶多端,应当受点儿惩罚,并且你一接受他们的诉讼,他们会退缩的……你把这个文件念一念吧。"

这位冒失的朋友把送到鲍打弄的传票递给许模克。许模克接过来念了,才知道受了诬蔑,可还不明白这些糟蹋他的话是怎么回事,只觉得挨了一个闷棍。他心口好似给一颗石子塞住了,当场晕倒在多比那怀里。他们正在公证人屋子的大门下，恰好有辆车在街上过，多比那就把可怜的德国人抱上了车。他已经发作脑溢血，眼睛看不清了，可还挣扎着把钱交给多比那。许模克并不就死，但从此没有清醒过来，不饮不食，只有些无意识的动作。十天之后，他死了，连哼也不哼一声，因为他早已不能开口。他病中由多比那太太服侍；死后由多比那张罗着，无声无臭地给埋了，就葬在邦斯旁边；送丧的人也只有多比那一个。

弗莱齐埃当上了初级法庭庭长，在加缪索府上走得很熟。庭长夫人非常赏识他，不赞成他娶泰勃罗那等人的女儿，答应给他介绍一门比这个胜过万倍的亲事。庭长太太觉得，不但买进玛维尔的草场跟庄子都是他出的力，连庭长在一八四六年国会改选时当选议员也是他的功劳。

本书的故事，不幸连许多细节都是事实；它与它的姊妹作[1]放在一起，更足证明人的性格在社会上有极大的作用。读者想必都想知道本书主人翁的下落；而我说的主人翁，凡是收藏家、鉴赏家、古董商，全会猜到是指邦斯的收藏。那么只要把下面一段对话提一提就行了，因为就在不久以前，包比诺伯爵招待几个外国人在家里看画。

"伯爵，你收藏的全是宝物！"一个英国绅士说。

"喔！爵爷，"包比诺很谦虚地回答，"关于图画的收藏，不但在巴黎，就是在欧洲，也没有人敢和那不知名的犹太人，叫作埃里·玛古斯的相比。他是个怪物，可以说是收藏图画的巨擘。他搜集的一百多幅画，简直叫所有的收藏家望而却步，不敢再想收藏。法国政府真该花上七八百万，

---

[1] 指《贝姨》。《邦斯舅舅》与《贝姨》为巴尔扎克最后两部小说（本书发表尤在《贝姨》之后），统称为"穷亲戚"，故此处谓为姊妹作。

等这个守财奴故世之后把他的美术馆买下来……至于古董古玩，那么我的这一批还不算坏，值得人家一提的了……"

"可是像你这样的忙人，你当初的家业又是光明正大靠经商挣来的，怎么能……"

"对啦，"包比诺伯爵接口道，"靠卖药起家的，怎么会再去买进些起码东西……"

"不是这意思，"外国客人抢着说，"我奇怪你怎么能有时间去找！古玩古董不会自己来找你的……"

"我公公喜欢美术，原来就有些收藏，"包比诺子爵夫人插言道，"可是宝物之中最大的部分是我从家里带来的！"

"怎么，太太，是你带来的！……你这样年轻，已经有这种癖了？……"一位俄国亲王说。

俄国人最喜欢模仿别人，所以一切文明的病都会在他们国内蔓延。玩古董的习气在圣彼得堡风靡一时，再加他们那种天真的勇猛，把货价抬得那么高，简直令人没法再买东西。那位亲王便是专程到巴黎来收古董的。

"王爷，"子爵夫人说，"这批宝物是一个非常喜欢我的舅公传给我的。他从一八〇五年起，花了四十多年在各地收集这些精品，主要是在意大利……"

"他姓什么？"那位英国爵爷问。

"邦斯！"加缪索庭长回答。

"他是个挺可爱的人，"庭长太太装着很甜蜜的声音，"挺有风趣，挺古怪，同时心地又好得不得了。爵爷，你刚才赞美的那把扇子，原是蓬帕杜夫人的遗物，邦斯先生送给我的时候还说过一句妙语，可是原谅我不告诉你了……"

她说完了望着女儿。

"子爵夫人，"俄国亲王说，"请你告诉我们吧。"

"哦，那句话跟扇子一样名贵！……"子爵夫人回答，她说话就喜欢用这种滥调，"他对家母说：宠姬荡妇之物，早该入于大贤大德之手。"

英国爵爷望着玛维尔太太，那种表示不信的神气，在一个毫无风韵的女人是看了最舒服的。庭长太太接着又说：

"他每星期要在我们家吃三四次饭，他真喜欢我们！我们也非常了解他；艺术家最得意的是有人赏识他们的才气。并且玛维尔先生是他独一无二的亲属。可是他得这笔遗产完全是出乎意外。包比诺伯爵不忍心让这批收藏给送出去拍卖，便全部买了下来；而我们也觉得这么办最合适。倘使把舅舅多么爱好的精品散失出去，我们心里也不好过。给这批东西估价的便是埃里·玛古斯……爵爷，我们这样才买下了令叔在玛维尔盖的那所别庄，以后还希望你赏光上那儿去玩。"

高狄沙把戏院盘给别人已有一年了，多比那还在那里当出纳。可是他变得沉默寡言、愤世嫉俗；人家觉得他像犯了什么罪；戏院里某些缺德的人，还说他的抑郁不欢是娶了洛洛德的缘故。诚实的多比那，只要听见弗莱齐埃的名字就会吓得直跳。也许有人奇怪，品格配得上邦斯的人只有一个，而这一个倒是戏院里的小职员。

雷蒙诺克太太鉴于风丹太太的预言，不愿意住到乡下去养老；她在玛特兰纳大街上一家漂亮铺子里又做了寡妇。雷蒙诺克因为婚约上订明夫妇一方死亡时，遗产即归对方承受，便有心在老婆身边摆着一小杯硫酸，希望她无意中会弄错；他老婆看见了，好意把杯子换了个地方，不料雷蒙诺克竞拿去一饮而尽。这恶棍的下场当然是自食其果，同时也证明上帝还是有赏罚的。一般人往往责备描写社会风俗的作家把这一点给忘了，其实是大家看那种千篇一律的，善有善报、恶有恶报的戏看得太多了。

书中倘有誊写错误，敬请读者原谅[1]。

一八四七年五月　巴黎
一九五二年二月　译

---

[1] 巴尔扎克自知对文字风格不甚讲究，故将此种责任推与誊写人负责，以示俏皮。

人间喜剧 VI

赛查·皮罗多盛衰记
César Birotteau

LA COMÉDIE HUMAINE

La Comédie Humaine

译者序

一八四六年十月,本书初版后九年,巴尔扎克在一篇答复人家的批评文章中提到:

"赛查·皮罗多在我脑子里保存了六年,只有一个轮廓,始终不敢动笔。一个相当愚蠢相当庸俗的小商店老板,不幸的遭遇也平淡得很,只代表我们经常嘲笑的巴黎零售业;这样的题材要引起人的兴趣,我觉得毫无办法。有一天我忽然想到:应当把这个人物改造一下,叫他做一个绝顶诚实的象征。"

于是作者就写出一个在各方面看来都极平凡的花粉商,因为抱着可笑的野心,在兴旺发达的高峰上急转直下,一变而为倾家荡产的穷光蛋;但是"绝顶诚实"的德性和补赎罪过的努力,使他的苦难染上一些殉道的光彩。黄金时代原是他倒霉的起点,而最后胜利来到的时候,他的生命也到了终局。这么一来,本来不容易引起读者兴趣的皮罗多,终究在《人间喜剧》[1]的舞台上成为久经考验,至今还没过时的重要角色之一。

---

[1]《人间喜剧》是巴尔扎克所作九十四部小说的总称。按照作者的计划,还有五十部小说没有写出。

乡下人出身的赛查·皮罗多，父母双亡，十几岁到巴黎谋生。由于机会好，也由于勤勤恳恳的劳动，从学徒升到店员，升到出纳、领班伙计，最后盘下东家的铺子，当了老板。他结了婚，生了一个女儿；太太既贤惠，女儿也长得漂亮；家庭里融融泄泄，过着美满的生活。他挣了一份不大不小的家业，打算再过几年，等女儿出嫁，把铺子出盘以后，到本乡去买一所农庄来经营，就在那里终老。至此为止，他的经历和一般幸运的小康的市民没有多大分别。但他年轻的时候参加过一次保王党的反革命暴动，中年时代遇到拿破仑下台，波旁王朝复辟，他便当上巴黎第二区的副区长。一八一九年，政府又给他荣誉团勋章。这一下他得意忘形，想摆脱花粉商的身份，踏进上流社会去了。他扩充住宅，大兴土木，借庆祝领土解放为名开了一个盛大的跳舞会；同时又投资做一笔大规模的地产生意。然后他发觉跳舞会的代价花到六万法郎，预备付地价的大宗款子又被公证人卷逃。债主催逼，借贷无门，只得"交出清账"，宣告破产。接着便是一连串屈辱的遭遇和身败名裂的痛苦：这些折磨，他都咬紧牙关忍受了，因为他想还清债务，争回名誉。一家三口都去当了伙计，省吃俭用，积起钱来还债。过了几年，靠着亲戚和女婿的帮助，终于把债务全部了清，名誉和公民权一齐恢复；他却是筋疲力尽，受不住苦尽甘来的欢乐，就在女儿签订婚约的宴会上中风死了。

巴尔扎克把这出悲喜剧的教训归纳如下：

"每个人一生都有一个顶点，在那个顶点上，所有的原因都起了作用，产生效果。这是生命的中午，活跃的精力达到了平衡的境界，发出灿烂的光芒。不仅有生命的东西如此，便是城市、民族、思想、制度、商业、事业，也无一不如此；像王朝和高贵的种族一样，都经过诞生、成长、衰亡的阶段。……历史把世界上万物盛衰的原因揭露之下，可能告诉人们什么时候应当急流勇退，停止活动……赛查不知道他已经登峰造极，反而把终点看作一个新的起点……结果与原因不能保持直接关系或者比例不完全相称的时候，就要开始崩溃：这个原则支配着民族，也支配着个人。"[1]

  这些因果关系与比例的理论固然很动听，但是把人脱离了特定的社会而孤立起来看，究竟是抽象、空泛而片面的，绝不能说明兴亡盛衰的关键。资本主义的商业总是大鱼吃小鱼的残酷斗争，赛查不过是无数被吞噬的小鱼之中的一个罢了。巴尔扎克在书里说："这里所牵涉的不只是一个单独的人，而是整个受苦的人群。"这话是不错的，但受苦的原因绝不仅仅在于个人的聪明才智不够，或者野心过度，不知道急流勇退等，而主要是在于社会制度。巴尔扎克说的"受苦的人群"，当然是指小市民、小店主、小食利者，在资本主义社会里注定要逐渐沦为无产者的那个阶层。作者在这本书里写的就是这般可怜虫如何在一个人吃人的社会里挣扎：为了不被人吃，只能自己吃人；没有能力吃人，就不能不被人吃。他说："在有些人眼里，与其做傻瓜，宁可做坏蛋。"傻瓜就是被吃的人，坏蛋就是有足够的聪明去吃人的人。个人的聪明才智只有在这个意义上才有作用。从表面看，赛查要不那么虚荣，就不会颠覆。可是他的叔岳不是一个明哲保身的商人吗？不是没有野心没有虚荣的吗？但他一辈子都战战兢兢，提防生意上的风浪，他说："一个生意人不想到破产，好比一个将军永远不预备吃败仗，只算得半个商人。"既然破产在那个社会中是常事，无论怎样的谨慎小心也难有保障，可见皮罗多的虚荣、野心、糊涂、莽撞等的缺点，

---

[1] 见本书第 452 页。

只是促成他灾难的次要因素。即使他没有遇到罗甘和杜·蒂埃这两个骗子，即使他听从了妻子的劝告，安分守己，太平无事地照原来的计划养老，也只能说是侥幸。比勒罗对自己的一生就是这样看法。何况虚荣与野心不正是剥削社会所鼓励的吗？争权夺利和因此而冒的危险，不正是私有制度应有的现象吗？

而且也正是巴尔扎克，凭着犀利的目光和高度写实的艺术手腕，用无情的笔触在整部《人间喜剧》中暴露了那些血淋淋的事实。尤其这部《赛查·皮罗多盛衰记》的背景完全是一幅不择手段攫取财富的丑恶的壁画。他带着我们走进大小商业的后台，叫我们看到各色各种的商业戏剧是怎么扮演的，掠夺与吞并是怎么进行的，竞争是怎么回事，捐客发生什么作用，报纸上的商业广告又是怎样诞生的……所有的细节都归结到一个主题：对黄金的饥渴。那不仅表现在皮罗多身上，也表现在年轻的包比诺身上；连告老多年的拉贡夫妻，以哲人见称的比勒罗叔叔，都不免受着诱惑，几乎把养老的本钱白白送掉。坏蛋杜·蒂埃发迹的经过，更是集卑鄙龌龊、丧尽天良之大成。他是一个典型的"冒险家"，"他相信有了金钱和地位，一切罪恶就能一笔勾销"，作者紧跟着加上一句按语："这样一个人当然迟早会成功的。"在那个社会里，不但金钱万能，而且越是阴险恶毒，越是没有心肝，越容易飞黄腾达。所谓银行界，从底层到上层，从掌握小商小贩命脉的"羊腿子"起，到亦官亦商、操纵国际金融的官僚资本家纽沁根和格莱弟兄，没有一个不是无恶不作的大大小小的吸血鬼。书中写的主要是一八一六到一八二〇年间的事，那时的法国还谈不上近代工业：蒸汽机在一八一四年还不大有人知道，一八一七年罗昂城里几家纺织厂用了蒸汽动力，大家当作新鲜事儿；大批的铁道建设和真正的机械装备，要到一八三六年后才逐步开始[1]。可是巴尔扎克告诉我们，银行资本早已统治法国社会，银行家勾结政府，利用开辟运河之类的公用事业大做投机的把戏，已经很普遍；交易所中偷天换日，欺骗讹诈的勾当，也和二十世纪的情况没有两样。现代资本主义商业的黑幕，例如股份公司发行股票来骗广大群众的金钱，银行用收回信贷的手段逼倒企业，加以并吞，等等，在十九世纪初叶不是具体而微，而已经大规模进行了。杜·蒂埃手下的一个傀儡，无赖小人克拉巴龙，赤裸裸地说的一大套下流无耻的人生观[2]和所谓企业界的内情，应用到现在的资本主义社会仍然是贴切的。克拉巴龙给投机事业下的一个精辟的定义，反映巴尔扎克在一百几十年以前对资本主义发展的预见：

"花粉商道：'投机？投机是什么样的买卖？'——克拉巴龙答道：'投机是抽象的买卖。据金融界的拿破仑，伟大的纽沁根说……它能叫你垄断一切，油水的影踪还没看见，你就先到嘴了。那是一个惊天动地的规划，样样都用如意算盘打好的，反正是一套簇新的魔术。懂得这个神通的高手一共不过十来个。'"[3]

杜·蒂埃串通罗甘做的地产生意，自己不掏腰包，牺牲了皮罗多而发的一笔横财，便是说明克拉巴龙理论的一个实例。怪不得恩格斯说：巴尔扎克"汇集了法国社会的全部历史，我从这里……甚至在经济细节方

---

[1] 见拉维斯主编《法国近代史》第四卷"王政复辟"第304页，第五卷"七月王朝"第198页。
[2] 见本书第十二章。我想借此提醒一下青年读者：巴尔扎克笔下的一切冒险家都有类似杜·蒂埃和克拉巴龙的言论，充分表现愤世嫉俗，或是玩世不恭，以人生为一场大赌博的态度。我们读的时候不能忘了：那是在阶级斗争极尖锐的情形之下，一些不愿受人奴役而自己想奴役别人的人向他的社会提出的挑战，是反映你死我活的斗争的疯狂心理。
[3] 见本书第644页。

面……所学到的东西,也要比从当时所有职业的历史学家、经济学家和统计学家那里学到的全部东西还要多"[1]。而《赛查·皮罗多盛衰记》这部小说特别值得我们注意的一点是:早在王政复辟时代,近代规模的资本主义还没有在法国完全长成以前,资本主义已经长着毒疮,开始腐烂。换句话说,巴尔扎克描绘了资产阶级的凶焰,也写出了那个阶级灭亡的预兆。

历来懂得法律的批评家一致称道书中写的破产问题,认为是法律史上极宝贵的文献。我们不研究旧社会私法的人,对这一点无法加以正确的估价。但即以一般读者的眼光来看,第十四章的《破产概况》所揭露的错综复杂的阴谋,又是合法又是非法的商业活剧,也充分说明了作者的一句很深刻的话:"一切涉及私有财产的法律都有一个作用,就是鼓励人钩心斗角,尽量出坏主意。"——在这里,正如在巴尔扎克所有的作品中一样,凡是他无情的暴露现实的地方,常常会在字里行间或是按语里面,一针见血,挖到资本主义社会的病根,而且比任何作家都挖得深,挖得透。但他放下解剖刀,正式发表他对政治和社会的见解的时候,就不是把社会向前推进,而是往后拉了。很清楚,他很严厉地批判他的社会;但同样清楚的是他站在封建主义立场上批判。他不是依据他现实主义的分析作出正确的结论,而是拿一去不复返的,被历史淘汰了的旧制度作批判的标准。所以一说正面话,巴尔扎克总离不开封建统治的两件法宝:君主专制和宗教,仿佛只有这两样东西才是救世的灵药。这部小说的保王党气息还不算太重,但提到王室和某些贵族,就流露出作者的虔敬、赞美和不胜怀念的情绪,

---

[1] 恩格斯一八八八年四月初致哈克纳斯的信。

使现代读者觉得难以忍受。而凡是所谓"好人"几乎没有一个不是虔诚的教徒；比勒罗所以不能成为完人，似乎就因为思想左倾和不信上帝。陆罗神父鼓励赛查拿出勇气来面对灾难的时候，劝他说："你不要望着尘世，要把眼睛望着天上。弱者的安慰，穷人的财富，富人的恐怖，都在天上。"当然，对一个十九世纪的神父不是这样写法也是不现实的；可是我们清清楚楚感觉到，那个教士的思想正是作者自己的思想，正是他安慰一切穷而无告的人，劝他们安于奴役的思想。这些都是我们和巴尔扎克距离最远而绝对不能接受的地方。因为大家知道，归根结底他是一个天才的社会解剖家，同时是一个与时代进程背道而驰的思想家。

顺便说一说作者和破产的关系。巴尔扎克十八九岁的时候，在一个诉讼代理人的事务所里当过一年半的见习书记，对法律原是内行。在二十六至二十九岁之间，他做过买卖，办过印刷所，结果亏本倒闭，欠的债拖了十年才还清。他还不断欠着新债，死后还是和他结婚只有几个月的太太代为偿还的。债主的催逼使他经常躲来躲去，破产的阴影追随了他一辈子。这样长时期的生活经验和不断感受的威胁，对于他写《赛查·皮罗多盛衰记》这部以破产为主题的小说，不能说没有影响。书中那个啬刻的房东莫利奈说的话"钱是不认人的；钱没有耳朵，没有心肝"，巴尔扎克体会很深。

本书除了暴露上层资产阶级，还写了中下层的小资产阶级（法国人分别叫作布尔乔亚和小布尔乔亚）。这个阶层在法国社会中自有许多鲜明的特色与风俗，至今保存。巴尔扎克非常细致生动地写出他们的生活、习惯、信仰、偏见、庸俗、闭塞，也写出他们的质朴、勤劳、诚实、本分。公斯当斯、比勒罗、拉贡夫妻、包比诺法官，以及皮罗多本人，都是这一类的人物。巴尔扎克在皮罗多的跳舞会上描写他们时，说道：

La Comédie Humaine

"这时,圣·但尼街上的布尔乔亚正在耀武扬威,把滑稽可笑的怪样儿表现得淋漓尽致。平日他们就喜欢把孩子打扮成枪骑兵,民兵;买《法兰西武功年鉴》,买《士兵归田》的木刻……上民团值班的日子特别高兴……他们想尽方法学时髦,希望在区公所里有个名衔。这些布尔乔亚对样样东西都眼红,可是本性善良,肯帮忙,人又忠实,心肠又软,动不动会哀怜人……他们为了好心而吃亏,品质不如他们的上流社会还嘲笑他们的缺点;其实正因为他们不懂规矩体统,才保住了那份真实的感情。他们一生清白,教养出一批天真本色的女孩子,刻苦耐劳,还有许多别的优点,可惜一踏进上层阶级就保不住了"。[1]

作者一边嘲笑他们,一边同情他们。最突出的当然是他对待主角皮罗多的态度,他处处调侃赛查,又处处流露出对赛查的宽容与怜悯,最后还把他作为一个"为诚实而殉道的商人"加以歌颂。

倘若把玛杜太太上门讨债的一幕跟纽沁根捉弄皮罗多的一幕做一个对比,或者把皮罗多在破产前夜找克拉巴龙时心里想的"他平民气息重一些,说不定还有点儿心肝"的话思索一下,更显出作者对中下阶层的看法。

所以这部作品不单是带有历史意义的商业小说,而且还是一幅极有风趣的布尔乔亚风俗画。

译者
一九五八年六月五日

---

[1] 见本书第 562 页。

第一部
赛查登峰造极

1

夫妇之间的一场争论

  冬天夜里,圣·奥诺雷街上只有一会儿安静;从戏院或跳舞会出来的车马才闹过一阵,便是赶中央菜场的菜贩的声音。那一会儿安静,在巴黎市嚣的大交响乐中好比一个休止符,出现在清早一点左右。就在这休止期间,在王杜姆广场附近开花粉铺的赛查·皮罗多的女人,做了一个噩梦惊醒过来。她梦里变作两个人,眼看自己穿得破破烂烂的,把干瘪打皱的手抓着铺子的门钮;一个她站在店门口,另外一个她坐在账台后面的椅子上;她向自己要饭,听见自己在账台上和店门口同时讲话。她醒过来想扑到丈夫身上去,不料摸到的地方是冷的,更吓得魂不附体:她脖子发僵,动不来了;喉壁粘在一块,喊不出声音来。安放床位的暖阁,两扇小门敞开着;她坐在床上动弹不得,眼睛直勾勾地睁得很大,头发好像给人揪着,耳朵里乱哄哄地响成一片,心又是抽搐又是乱跳,浑身发冷,同时又在出汗。

  本来恐怖差不多是个病态的感觉,对身体的压力之猛,可以使器官的机能不是突然发挥到最高度,就是全部瓦解。生理学家对这个现象向来感到惊奇,他们的理论和推测都被推翻了,打乱了;其实事情很简单,只是一种精神上的触电，不过和电流的变化一样，出现的方式总是古古怪怪地难以捉摸。电流对我们的思想影响极大，将来科学家承认了这一点，我这番解释也就变得平淡无奇了。

当时皮罗多太太的难受等于受到剧烈的光的刺激，因为我们的意志不知被什么机构触动之下，会扩张开去或者集中起来，产生一些可怕的放射作用。所以这个平凡的女人会像鬼使神差一般，能够在实际上只是一刹那，而以她迅速的印象来说是极长的时间之内，比着她身心正常的一天之内生出更多的念头，唤起更多的回忆。只要听她几句荒唐矛盾、莫名其妙的话，就能知道她自言自语的时候心里多么难过。

"皮罗多没有理由不在我床上。他小牛肉吃得太多了，也许不舒服吧？不过他真要闹病，也该叫醒我呀。在这幢屋子里，在这张床上，我们两人睡了十九年，他从来没有不声不响地走开的，可怜的羔羊！只有上民团去值夜班的时候，他才睡在外边。今晚上他是不是和我一起睡的呢？怎么不是！天哪！我真糊涂！"

她向床上瞅了一眼，看见丈夫的睡帽圆滚滚的，明明是戴过的样子。

她往下又想："那么他是死了！会不会自杀的呢？干吗自杀？这两年他做了副区长就六神无主。天地良心，叫他当官儿才可怜呢！他的买卖很不错，还送了我一条披肩。也许买卖不行吧？嘿！那也瞒不了我。不过男人的心事，谁摸得透呢？女人的心还不是一样？那也没有关系。今天咱们不是做了五千法郎生意吗？再说，当副区长的总不能寻死，他是精通法律的啊。那么他哪儿去了呢？"

她既不能扭动脖子，也不能伸出手去拉绳子打铃，把一个厨娘、三个伙计和一个送货的叫起来。醒是醒了，噩梦还没有散。她忘了她女儿安安

La Comédie Humaine

皮罗多太太做了一个噩梦惊醒过来。

静静地睡在隔壁房里,房门就在自己的床脚边。终于她叫了一声:"皮罗多!"没有回音。她自以为叫了,可是没有叫出声来。

"莫非他养着什么女人吗?"她马上又想,"不会的,他没有这本领;而且他多么爱我。他不是告诉过罗甘太太,说从来没有对我不忠实,连念头都不曾有过吗?这个人是最老实不过的。谁要配进天堂的话,准定是他。不知他在忏悔师面前有什么事好埋怨自己,还不是瞎说一阵!他虽是个保王党,也不知他为什么做保王党的——却从来不把宗教挂在嘴上[1]。可怜的好人儿早上八点偷偷摸摸去望弥撒,好像是去寻欢作乐,见不得人似的。他敬上帝就是为敬上帝。地狱跟他不生关系。怎么会养女人?他还寸步不离地盯着我,叫我腻烦呢。他爱我胜过他的眼睛,他为我连瞎掉眼睛都愿意。十九年工夫,他对我说话,嗓门儿从来不比别人高。他心里第一是我,其次才是女儿。啊,赛查丽纳不是睡在那边吗?……赛查丽纳!赛查丽纳!皮罗多有什么念头,一向不瞒我。他到小水手[2]来看我的时候,说要日子长了才能认识他;这话一点不错。这一下他不在床上!……那可怪了。"

她好容易转过头去,偷偷瞧了瞧卧房。那些别有风光的夜景只有小品画家画得出,语言是无能为力的。各种东西的影子扭来扭去非常可怕;窗帘给风吹着鼓起来,变得奇形怪状;守夜灯隐隐约约的光照着红布幔子的褶裥;挂钩上射出火焰似的反光,钩子的中心又红又亮,好比小偷的眼睛;一件袍子拖在地下,像一个人跪在那里;总之,在脑子只会感受痛苦夸大痛苦的当儿,一切可惊可怖的怪现象,无论什么话都没法描写。皮罗

---

[1] 保王党人热心宗教的居多。
[2] 小水手是一家铺子的名字,详见下文。

多太太似乎看到卧房的外间有一片强烈的光，便马上想到失火；回头看见一条红围巾，又当作一摊鲜血，念头转到强盗身上，觉得家具摆的样子是有人打过架了。她一想起银箱里的现款就心惊胆战，把她做噩梦的忽冷忽热的感觉赶走了。她光穿着衬衣，慌慌张张扑到房间当中预备去救丈夫，以为他在跟凶手搏斗。

她终于声音很凄惨地叫起来："皮罗多！皮罗多！"

她发觉丈夫就在隔壁屋里，拿着一支尺在空中量来量去。绿地棕色花的睡衣没有穿好，把两条腿冻得通红；赛查却一心想着自己的事，不觉得冷。他转过身来说道："嗯，什么事啊，公斯当斯？"那副心不在焉的傻相叫皮罗多太太看着笑了。

她说："哎，赛查，瞧你这副滑稽样儿！干吗不告诉我一声，把我丢在那里呢？我差点儿吓死了，不知道出了什么事。你冒着寒气在这儿干什么呢？你要重伤风了。听见没有，皮罗多？"

"听见了。我来啦。"花粉商一边回答一边回到卧房。

皮罗多太太拨开炉子里的灰，赶紧把柴火弄旺了，说道："来，来烤火吧。你打的什么鬼主意，告诉我听。我冻死了。怪我自己糊涂，只穿一件衬衫就起来了；可是我当真以为有人谋杀你呢。"

皮罗多把烛台放在壁炉架上，把睡衣裹裹紧，心不在焉地替太太找来一条法兰绒衬裙。

"喂，咪咪，穿上吧。"又自言自语地往下说，"宽二十二，深一十八，正好做一间漂亮的客厅。"

"哎！哎！皮罗多，你是疯了还是做梦？"

"才不呢，太太，我在计算。"

"你要胡闹也该等到天亮啊。"她说着把衬裙曳在衬衫下面,走过去打开女儿的卧房。

"赛查丽纳睡着呢,听不见的。来,皮罗多,告诉我是怎么回事。"

"咱们可以开个跳舞会。"

"开跳舞会!天晓得,你真是做梦了,朋友。"

"不是做梦,我的好宝贝。听我说,一个人有怎样的地位,就该做怎样的事。政府提拔了我,我是官方的人了。咱们应当体会政府的精神,把它的意思发挥出来,帮政府贯彻。要求占领军撤退的交涉[1],黎希留公爵已经办成了。特·拉·皮耶第埃先生认为,代表巴黎市的大小官儿都应当在各人的范围之内庆祝领土解放。这是一种责任。咱们要表示真正的爱国精神,叫那些所谓进步党,该死的阴谋家,看了惭愧。你以为我不爱国吗?我要给进步党人,给我的敌人们立个榜样,告诉他们爱王上就是爱国!"

"皮罗多,你说你有敌人吗?"

"当然啰,太太,咱们有敌人。咱们街坊上的朋友,一半就是敌人。他们说:'皮罗多运道好;皮罗多是个光棍出身,居然当了副区长,百事顺利。'好吧,这一回又要叫他们吓一跳了。别人不知道,我先告诉你:我得了荣誉团四等勋章,王上的命令昨天就下来了。"

皮罗多太太听了大为激动,说道:"噢!朋友,那么跳舞会是应当开的了。可是你得勋章是立了什么功呀?"

皮罗多不大好意思地回答:"昨天特·拉·皮耶第埃先生告诉我这个消

---

[1] 拿破仑战败下野之后,各国根据一八一五年的巴黎和约,在法国一部分领土上驻扎军队。路易十八的外交大臣黎希留与各国谈判,于一八一八年十月九日成立协议,各国占领军于当年十一月三十日前全部撤退。

息，我跟你一样想了想我有什么资格；回家的路上我可想出来了，觉得政府做事真有道理。首先，我是保王党，共和三年正月的圣·洛克事件[1]，我受过伤；在那个年月为了尽忠王室而拿起枪杆子来，也是不容易的吧？其次，据某些生意人的意见，我当商务裁判时期办的事，大家都满意。最后，我是副区长。王上这回派了四个受勋的名额给巴黎的市政官员。州长查了一下有资格受勋的副区长，把我列为第一名。再说，王上也该记得我的名字：因为拉贡老头的关系，王上所喜欢的那种扑粉向来由我们供应。故去的王后[2]——可怜在大革命中牺牲了，她用的香粉配方就是咱们独家有。区长还拼命替我撑腰呢。那有什么办法！反正我没有要求勋章，是王上自动赏的；要不接受，无论从哪方面看都是对他不敬。副区长又何尝是我自己要做的？所以，太太，既然遇着'胜风'（顺风）——像你家比勒罗叔叔高兴的时候说的——我决意把屋子重新安排一下，样样要配得上咱们的门第。倘使我能当个人物，老天爷要我做什么就做什么，命里要当县长就当县长。你认为做了二十年零卖的花粉生意，就算尽到国民的责任，那你是大错特错了，太太。国家要咱们缴家具税、门窗税，咱们不是一律缴上去吗？如果要咱们贡献出聪明才智，咱们也该贡献出来。难道你愿意坐一辈子账台吗？天哪，你也坐够了。我要开的跳舞会也是庆祝咱们自己的喜事。从今以后，你不用再管零碎生意。我要烧掉玫瑰女王的招牌，把拉贡香粉老店，赛查·皮罗多新记字样取消，只漆上香粉铺几个描金大字。我要把账房间和收银柜搬到中层[3]，再替你布置一个漂亮的办公室。铺面后间，

---

[1] 一七九五年十月（即共和三年正月）圣·洛克教堂事件，是保王党人最后一次的反革命暴动。
[2] 这个王后就是指玛丽·安托瓦内特。
[3] 中层是在底层与二楼之间的一层，比较低矮。

还有现在做餐室和厨房的屋子,将来改作货栈。我要租下隔壁的二层楼,在墙上开一扇门,把楼梯改个方向,使两边的楼面一样高低。这样,咱们就有一套宽大的房间,摆设得漂漂亮亮的。是的,我要把你的房间家具全部换新,替你安排一间小会客室,给赛查丽纳一间精致的卧房。将来你雇一个女店员,她跟领班伙计,还有你的贴身老妈子——是的,太太,你一定要有一个贴身老妈子!——都睡在三楼。四楼做厨房,做打杂的伙计和厨娘的卧室。五层楼作为贮藏室,存放咱们的瓷器、瓶罐和玻璃器具。女工都到阁楼上去做活。过路人再也看不见店堂里粘标签、做纸袋、捡瓶子、盖瓶塞等等了。那是圣·但尼街的派头,放在圣·奥诺雷街可不行,太俗气了!咱们的铺子要摆设得像客厅一样。你说,有头面的花粉商是不是只有咱们一家?做醋生意的,做芥末生意的,不是在民团里当团长,受到宫里的抬举吗?咱们应当学他们的样,扩充营业,同时想法进上流社会。"

"皮罗多,你知道我听着你的话有什么感想?你是骑驴找驴,多此一举了。别忘了人家派你当区长的时候我劝过你:人生在世,第一要过太平日子!我说的'你要出名,好比拿我的胳膊去做风车的翅膀。荣华富贵要断送你的'。那时你不听我,现在可闯祸了。要在官场中做个角儿,先得有钱;咱们有没有呢?怎么!花了六百法郎做来的招牌,你想烧掉?你的名气都是靠玫瑰女王挣来的,你倒不要了吗?别人有野心是别人的事。把手伸进火里去总得带些火星出来,是不是?今日之下,政治是烫手的。咱们除了工场,存货和做买卖的资本以外,不是有响当当的十万法郎存起来吗?你想多弄些钱,尽可以用一七九三年的老办法:公债市价只有七十二法郎,还是买公债吧,一年有一万法郎利息好收,又不妨碍咱们的买卖。经过这番调度,你可以把女儿出嫁,把铺子出盘,咱们俩回本乡去。十五年工夫，你口口声声只想把希农附近的德莱索里买下来；那儿有池塘，有草原，有树林，有葡萄园，有分种田，是个挺好的小庄园，一年有三千法郎进款。咱们俩都喜欢那屋子；现在花六万法郎还能买进，而你先生倒想进官场了。别忘了咱们的身份，咱们是花粉商。十六年前，你还没发明女苏丹两用雪花膏和润肤水的时候，倘若有人告诉你，说你就要有本钱买进德莱索里了，你还不快活死吗？你一心想要那块产业，老是挂在嘴上；如今能买了，你反而想把钱胡乱花掉。钱是咱们俩满头大汗挣来的，我说咱们俩，因为我一年四季坐在账台上，像一只可怜的狗守着它的窝一样。等女儿出嫁了，做了巴黎公证人的太太，我们一年在希农住八个月，把女儿的家作为在巴黎歇脚的地方，那比起把五个铜子变成两个半，把两个半变成一个都没有，不是强得多吗？将来公债涨价了，给女儿每年八千法郎利息，咱们自己留着两千；出盘铺子的钱可以买进德莱索里。咱们把家具带走，还值好大一笔钱呢。凭着这种气派住在你家乡，好朋友，咱们就跟王爷差不多！不比在巴黎当个角色起码要一百万家私。"

皮罗多说道："哎，太太，你这些话，我早料想到了。你认为我糊涂透顶，我还不至于糊涂到不考虑周全。你听我说：亚历山大·格劳太将来要盘进罗甘的事务所，招他做女婿对咱们跟手套一样合适；可是十万法郎陪嫁，你想能满足他吗？而且咱们要把全部现款都给女儿，才有这笔数目。当然我打算这么办的：我宁可老来吃干面包，一定要女儿像王后娘娘一样享福，就是像你说的，把她嫁给巴黎的公证人。可是要盘进罗甘的事务所，别说十万资金，便是年息八千法郎的本钱也不管用。人家以为我们的家私远不止这些；我们叫他小山德罗的格劳太心里也这样想。他老子是个有钱的庄稼人，就是一毛不拔；他要不卖掉十万法郎田产，山德罗休想当公证人。罗甘的事务所值到四五十万；格劳太不先付一半现款，交易怎么能成功？所以赛查丽纳的陪嫁要有二十万才行；而我告老的时候还得体体面面地保持布尔乔亚身份，需要一万五的进款。哼！事情一明一白全摊出来了，看你还有什么话说？"

"啊！你要有什么金山银山的话……"

"我就是有呀，我的宝贝，"他搂着老婆的腰轻轻拍着，高兴得眉飞色舞。"有笔买卖还没定局，我一向不愿意跟你谈，明儿大概能成交了。事情是这样的：罗甘劝我做一桩投机生意；因为十拿九稳，他跟拉贡，你的叔叔比勒罗，还有两个别的主顾，都加入了。我们想在玛特兰纳附近[1]买进一批地产。罗甘计算过了，拿三年以后上涨的行情来说，眼前的买价只有四分之一。三年以后，现有的租地契约都满了期，我们就能自由经营。一共是六个股东，各人认一个数目。我出三十万，因为我要占总数的八分之三。以后无论哪个股东要调动银钱，只消把自己的股份托罗甘做押款。为了要亲自出马，看看鱼儿是怎么钓的，我跟比勒罗和拉贡老头合认一半股份，这一半统统归我出面，还有一半的买主归罗甘负责，他托一个叫查理·克拉巴龙的出面。罗甘将来和我一样，另外出凭据给他的合伙人。在我们没有能支配全部地产以前，只立一份预约买卖的文契，不经过公证。不过到底立哪一种合同，还得罗甘研究；是不是能暂时不备案，注册费叫将来分块买进的人负担，还没有把握。这些事也跟你解释不完。一朝付清了地价，咱们只要抱着胳膊坐等，三年以后就有一百万家私。那时赛查丽

---

[1] 玛特兰纳是巴黎有名的大教堂之一，附近一带现在是最热闹的市中心；十九世纪初期还没完全开发。

纳二十岁，咱们再盘掉铺子，就能靠天照应，乖乖儿地往上爬了。"

皮罗多太太问道："可是你的三十万法郎去哪儿张罗呢？"

"亲爱的小猫咪，你一点不懂生意经。存在罗甘那儿的十万法郎可以先付出去，再拿寺院区的工场和园子抵押四万，咱们手头还有两万有价证券；总数是十六万。还缺十四万，我签一张票据给银行家克拉巴龙先生，托他贴现。这样，三十万法郎就凑齐啦。老话说得好：票据不到期，不欠一个钱。到期的时候，咱们拿生意上的赚头去付。万一付不出，拿我名下的地产做抵，向罗甘借，只要五厘起息。其实也用不到借：我发明了一种香精——用榛子做的生发油。李文斯东替我装了一座水压机，榛子的油经过高压，全部能挤出来。我算过，不出一年，至少能赚进十万。我正在盘算招贴怎么写，第一句就是打倒假头发！必定轰动一时。你啊，你就没发觉我夜里失眠！看到玛加撒油走红，我已经三个月睡不着觉了。我要打倒玛加撒！"

"原来这就是你瞒着我盘算了两个月的好主意。我刚才做了一个梦，梦见我在自己的店门口要饭。这是什么预兆啊！不久咱们的家产要弄得精光，只剩一双眼睛淌眼泪。只要我活着，绝不让你这样做，听见没有，赛查？那些事情里头必有些鬼把戏，你没看到；你太规矩太正派了，想不到别人会欺骗讹诈。干吗人家要送你一百万？你把现货都脱手了，做的生意超过了你的实力；要是你的油销不出，钱弄不到，地产变不了现款，你拿什么去付你的票据？拿你的榛子壳吗？为了向上爬，你不愿意再在生意上出面，要卸下玫瑰女王的招牌，同时你倒想印招贴，印仿单，在墙角里、在木板上、在人家盖屋子的地方，让赛查·皮罗多的大名到处出现。"

"噢！你不懂我的意思。我要用安赛末·包比诺的名义设一家分店，在龙巴街一带找所屋子让小安赛末安顿下来。帮拉贡的内侄自立门户，也可以缴销我欠拉贡老夫妻的情分。包比诺将来会发财的。可怜的拉贡夫妇近来寒酸得很。"

"呦！那些人就是想你的钱。"

"那些是什么人呢，请问你？你的叔叔比勒罗把我们当作心肝宝贝一般，每星期天都跟我们一块儿吃饭，难道他想我们的钱吗？难道是咱们的老东家，好好先生拉贡吗？他清白了四十年，咱们经常跟他玩着波士顿[1]，他想骗我们的钱吗？再不然是堂堂巴黎公证人，当了十五年公职，上了五十七岁的罗甘吗？如果老实人还得分等级，那么巴黎的公证人就是天字第一号的老实人。何况到紧要关头，合伙老板还会帮我忙呢！好宝贝，请问你圈套在哪儿？唉，我非点醒你不可。真的，我心里不大舒服。你老是像猫一样多心。店里存了两个钱，就把顾客当作小偷一般地防。要你发财，直要人家跪下来向你苦苦央求！亏你还是巴黎人出身，竟然这样没有野心！你要不老是担惊受怕，我就十全十美，就是天底下最快活的男人了！依了你，什么女苏丹雪花膏，什么润肤水，我都不会制造。不错，咱们的铺子养活了咱们，可是咱们净赚的十六万法郎，是靠那两样发明和咱们的肥皂挣来的呀。——没有我的天才，（因为我做花粉生意的确有本领，）咱们不过是小本经营的零售商，不把吃奶的力气都使出来，顾了年头就顾不到年尾，更轮不到做什么商界名流，竞选商务裁判了；我既当不了裁判，也当不了副区长。在那个情形之下，你知道我是怎样的人？还不是个开小铺子的，跟当年的拉贡老头一样！我这么说不是刻薄他，我看重铺子，顶

---

[1] 波士顿，一种纸牌游戏。

赛查·皮罗多

呱呱的人物都是开店出身。但是卖了四十年花粉,咱们也不过像老东家一样攒到三千法郎一年进款,照眼前的局势,物价涨起一倍,咱们只能勉强过个苦日子,跟他们没有分别。这对老夫妻使我心里越来越难受了。我要弄清他们的底细,明儿问包比诺就知道。——你看到运气来了就担心,怕今天有的明天保不住。听了你,我不会有声望,我得不到勋章,也没希望踏进政界。真的,你别摇头,咱们的生意成功了,我可以当巴黎的议员!我名叫赛查[1]不是白叫的,我做一样成功一样。——外边人人说我能干,想不到在家里,我最要讨她喜欢的人,我做牛做马要她幸福的人,偏偏当我傻瓜!"

有心埋怨人家的人总是说几句,停一下,开起口来像连珠炮,静默的时候又那么含蓄。皮罗多虽然用了这个手法,但口气仍表现出对老婆一片深情,叫皮罗多太太听了心中感动。可是她跟一般的女人一样,还想利用对方的感情来取胜。

她说:"皮罗多,你要是爱我,就让我自得其乐地过日子吧。你我都没受过教育;咱们不会说话,不会像上流人物那样请安行礼,进官场怎么会得意呢?我吗,我只要能住在德莱索里就快活了,我向来喜欢牲口、小鸟;我养养鸡啊,管管庄稼,日子可以过得挺好。我劝你把铺子出盘,把赛查丽纳嫁掉,别想你那个生发油了。咱们每年到巴黎来过冬,住在女婿家里,多么逍遥自在!政界商界出什么事都跟咱们不相干。为什么要压倒别人呢?咱们眼前的产业还嫌不够吗?做了百万富翁能多吃一顿夜饭吗?是不是你还想另外弄个女人?看看咱们的叔叔比勒罗吧!他只有一份小小

---

[1] 法文中的赛查就是拉丁文中的恺撒,古罗马有名的独裁者就叫作尤利乌斯·恺撒。

的家私,却是很知足,经常做点儿好事。他几曾想要什么漂亮家具?我料定你已经替我定了家具:我看见勃拉训来过,他绝不是来买花粉的。"

"是啊,我的美人儿,你的家具已经定下了。屋子明天就动工装修,一切归建筑师负责,他是特·拉·皮耶第埃先生介绍来的。"

皮罗多太太嚷道:"哎哟,我的上帝!可怜我们吧!"

"你这是不讲理了,我的宝贝。难道你在三十七岁上,一个这样娇嫩、这样漂亮的女人,就躲到希农乡下去不成?我吗,谢谢上帝,还只有三十九岁。运道来了,给了我一个美好的前程,我就闯进去。只要谨慎小心,我在巴黎的布尔乔亚中间可以开创一个光荣的门第;过去的例子多得很,我可以叫皮罗多成为一个世家大族,像格莱,像于勒·台玛雷,像罗甘,像谷香,像琪奥默,像勒巴,像纽沁根,像萨耶,像包比诺,像玛蒂法,他们都在本区出过名,或是正在出名。你放心,这桩买卖像金条一般靠得住……"

"靠得住!"

"当然靠得住。我已经盘算了两个月。我装作若无其事地向市政府、建筑师、承包商,把营造的事都打听过了。替我们改装屋子的青年建筑师葛兰杜,因为没有钱加入我们的投机生意,懊恼死了。"

"将来有营造生意好做,他自然撺掇你,好敲你一笔了。"

"像罗甘、比勒罗、克拉巴龙这些人可是哄骗得了的?这桩赚钱的生意和女苏丹雪花膏一样稳,告诉你!"

"可是朋友,罗甘盘进事务所的钱早已付清,家业也挣起来了,干吗还要做投机生意?有时我看见他走过,心事比当部长的还要重;他低着眼睛瞧人的样子,我就不喜欢:他怕人看出他心中有事。这五年来,他脸孔变得像个老色鬼。谁告诉你，他不会拿了你们的钱溜之大吉？这是常有的事。咱们知道他的底细吗？尽管他和咱们交了十五年朋友，我可不愿意为他把手伸到火里去[1]。啊，我想起了，他害着鼻窦炎，不跟太太同居，一定私下养着女人，被她们蛀空了；要不然他没有理由垂头丧气。我早上梳妆，从百叶窗里望出去，看见他走回家，天知道他从哪儿来！我看他是另外有个家，管着两处开销。这种生活可是公证人的生活？要是收进五万，花掉六万，二十年下来，他的家业不就完了？还不是光杆儿一个，像初出世的小约翰吗？但是他阔绰惯了，便老实不客气抢劫朋友；精明的慈善家总是先照顾自己的。他跟咱们的老伙计，那小流氓杜·蒂埃，很亲热，这就不是好兆。倘若他识不透杜·蒂埃，他是瞎子；倘若识透了，干吗要那样讨好他？你会说他的女人爱着杜·蒂埃吧？哼！一个男人在有关老婆的问题上不要面子，绝不会做出什么好事来。再说，那些地产的业主竟那么傻，肯把值到一百法郎的东西只卖一百铜子吗？你碰到一个孩子不知道一个路易值多少，你不是会告诉他吗？照我看来，你们那买卖，你听了别生气，竟是一种抢劫。"

"天哪！女人家有时候真古怪，念头会这样七颠八倒的！罗甘不参加吧，你会说：'喂，喂，赛查，罗甘不搭股，那买卖靠不住。'罗甘加入了，应该有保障了，你又说……"

"加入的不是罗甘，是什么克拉巴龙。"

"当公证人的不能出面做投机生意啊。"

"那么他为什么要干一桩法律禁止的事呢？你向来尊重法律，你怎

---

[1] 从古代风俗留下的民间传说：凡是好人好事，你可以把手放在火里打赌，绝不受伤。

么说？"

"让我说下去好不好？罗甘加入了，你又说买卖靠不住。有这道理吗？你又说：'他这么做是违法的。'可是必要的话，他尽可以出头露面。你还说：'他已经有钱了。'人家不是也可以这样说我吗？倘若拉贡和比勒罗来问我：'你已经像贩猪的一样赚饱了，干吗还做这笔生意？'咱们听了欢迎吗？"

皮罗多太太说："生意人的地位跟公证人不同。"

赛查接口道："反正我良心很太平。卖主有不得不卖的理由；我们并没抢他们，好比你买进七十五法郎的公债，并没有抢劫抛出的人。今天我们照今天的市价买进地产！两年以后，行情不同了，跟公债一样。告诉你，公斯当斯－巴勃－约瑟芬·比勒罗[1]，无论什么事，只要有一点儿不清白，我赛查·皮罗多一辈子也不会做，不管是犯法的还是违背良心的，还是犯嫌疑的。真想不到，成家立业十八年了，还被老婆疑心做人不老实！"

"得啦，得啦，赛查！别生气。跟你相处了这么些年，还识不透你的心吗？归根结底，你是当家的。这笔产业不是你挣来的吗？既然是你的，你尽管花吧。哪怕弄到山穷水尽，我们母女俩绝没有半句怨言。可是你听我说：当初你发明女苏丹雪花膏和润肤水的时候，你冒的险不过五六千法郎。现在你把全部家私都押在一副牌上，赌的又不止你一个，你有合伙老板，说不定比你精明。你要开跳舞会就开吧，要装修屋子就装修吧，花上万把法郎虽然冤枉，还不至于伤元气。至于那笔玛特兰纳的生意，我坚决反对。你是花粉商，就做花粉商，别做地皮生意。我们女人天生有股灵性，

---

[1] 皮罗多太太娘家姓比勒罗，公斯当斯－巴勃－约瑟芬是她的全名。

不会错的！我的话说完了，随你怎么办吧。你当过商务裁判，懂得法律；你当家当得很好，我跟你走就是了。不过咱们的财产还没安排妥当，赛查丽纳还没有称心如意地嫁出去，我总觉得提心吊胆。但愿上帝保佑，我的梦不要是个预兆才好！"

公斯当斯表示就范了，皮罗多倒也不大好受；遇到这类情形，他就喜欢使一些无伤大雅的小手段。

他道："公斯当斯，我话还没有说出去呢；不过说不说都是一样。"

"噢！赛查，话都说尽了，不用再提。总之，名誉比财产要紧。来，朋友，睡觉吧，咱们柴火也烧完了。你喜欢谈天，床上谈舒服得多。……噢！那个噩梦！我的天哪，看见自己变成那副情景，多可怕！……我要跟赛查丽纳去好好地念一台九日经，保佑你的地产生意成功。"

皮罗多一本正经地说道："有老天爷帮忙自然没有害处；可是太太，榛子油也是一股力量呢！我这个发明，像我从前发明女苏丹雪花膏一样是碰巧。上回是随便翻开一本书，这回是看到一幅版画，题目叫作《海洛与利安德》，画着一个女人在情人头上洒香油，你想多有趣！最可靠的投机生意是利用人的虚荣心，利用人的自尊心和爱打扮的心理。这些心理是永远不会消灭的。"

"唉！是啊，这一点我看得很清楚。"

"男人到相当年纪，头发没有了，会千方百计地想要。理发师告诉我，近来不但玛加撒油畅销，凡是可以染头发的，大家认为可以长头发的药品，销路都好。自从和平以后[1]，男人对女人热心多了，女人可是不喜欢秃

---

[1] 这里所说的和平，指一八一五年签订巴黎和约之后。

顶的，嗨，嗨，咪咪！可见这一类商品的销路跟时局有关。保护头发的药品跟面包一样好卖，尤其我的香精将来可以请科学院批准，好心的伏葛冷先生一定还会帮我一次忙。明天我要把我的主意告诉他，向他请教；他喜欢的版画也要拿去送给他，我托人在德国找了两年才找到。和他合伙做化学药用品的希佛勒维说，他正在研究头发。我的发明倘若跟他的发明合得拢，男男女女都要买我的香油。我再说一遍，我这个主意就是一笔财产。天哪，我简直睡不着觉了。总算运气，小包比诺长着一头世界上最好看的头发。咱们再雇一个头发拖到地下的女店员，只要不亵渎上帝不得罪人，就叫她说是多亏了我的生发油，因为那东西的确是油，一点不假。这么一来，凡是头发花白的家伙都要盯着我的油了，好比晦气星老盯着穷人一样。除此以外，亲爱的，还有跳舞会哩！我不是要吓唬人，只想见见那个小流氓杜·蒂埃，他有了几个钱耀武扬威，一到交易所可就躲着我啦。他知道有桩不光彩的事落在我手里。也许我当初对他太厚道了。太太，你说奇怪不奇怪，一个人做了好事老吃亏，当然我说的是这一世！我待他像待儿子一样，你才不知道我帮了他多大的忙呢。"

"提起他来，我身上就起鸡皮疙瘩。他要你当什么角色，你要知道了就不会把他偷三千法郎的事瞒起来了；我早猜到那桩事是怎么了结的。你如果送他上法庭，对大家倒是做了件功德。"

"他想叫我当什么角色呢？"

"别提了。今晚上你要肯听我的话，皮罗多，我就劝你不要再理睬杜·蒂埃。"

"他从前是我的伙计，他刚做生意的当口，我还替他做了两万法郎的保；现在不准他进门，人家不要奇怪吗？算了吧，咱们总是为好，别的不

用管了。再说，杜·蒂埃已经变好了也说不定。"

"那么咱们家里要弄得一塌糊涂了！"

"什么一塌糊涂？放心好了，样样会安排得有条有理，像五线谱一样。我才告诉你，楼梯要改向，我跟卖伞的加隆办过交涉，要租隔壁的屋子，难道你都忘了不成？我明儿要和他一同去找他的房东莫利奈，明儿我事情多得跟部长一样……"

公斯当斯道："你那些主意把我搅得头昏脑涨，什么都弄不清了。再说，皮罗多，我快睡着了。"

丈夫答道："啊，你早。因为咪咪，现在已经是早上了。啊！她睡熟了，亲爱的孩子！嘿，你要不发一笔大财，我才不叫赛查呢。"

一会儿，公斯当斯和赛查都安安静静地打起鼾来。

我们只要把这出戏里两个主角的身世大致看一看，就知道这场不伤和气的争论给人的印象，和他们过去的历史完全一致。我们这幅速写除了描写一般零售商的生活，也要交代清楚做花粉生意的赛查·皮罗多，怎么会碰巧当上副区长，从前怎么会在民团中当队长，现在又怎么会得荣誉团勋章。摸透了他的性格，弄清了他发迹的原因，我们就懂得为什么生意上的风浪，精明强干的人能够战胜，临到无能的人头上就会变作不可挽回的灾难。世界上的事情永远不是绝对的，结果完全因人而异：苦难对于天才是一块垫脚石，对基督徒是一口受洗礼的池子，对能干的人是一笔财富，对弱者是一个万丈深渊。

2

赛查·皮罗多的出身

希农附近有个穷苦的农民叫作约各·皮罗多,在一位有钱的太太家里种葡萄,和她的丫头结了婚,生了三个儿子。老婆生下小儿子就死了,可怜的男人也没有再活多久。女主人对丫头感情不错,让约各的大儿子法朗梭阿和她自己的孩子一同上学,又送他进神学院。法朗梭阿·皮罗多做了神甫,在大革命中躲来躲去,和一般拒绝向政府宣誓的教士[1]一样到处流浪,被人当作野兽一般追捕,抓住的话至少是上断头台。我们这故事开场的时节,法朗梭阿是都尔大教堂的副司祭。他只离开过一次都尔,去看他的弟弟赛查。巴黎的喧闹拥挤把老实的教士吓昏了,躲在房里不敢出去。他把双轮马车叫作小街车,看到每样东西都大惊小怪。住了一星期,他回到都尔,打定主意从此不进京城。

种葡萄的第二个儿子约翰·皮罗多当了民兵,在大革命初期打了几仗,很快就升到上尉。特雷比亚一役[2],麦唐那招募敢死队攻打一座炮台,上尉

---

[1] 法国大革命后,政府曾于一七九〇年下令,教士必须宣誓服从政府。
[2] 一七九九年六月,法国麦唐那将军与俄、意联军战于特雷比亚河畔。

带着部队冲上去,打死了。皮罗多一家的命运就是这样到处受人压制,或者受时势摆弄。

最小的孩子便是这出戏[1]的主角。赛查在十四岁上识得字,能写能算,带着一个金路易离开本乡,步行到巴黎去找出路。都尔的一家药店老板介绍他进拉贡的花粉铺,做个打杂的小厮。那时他的全部家当不过是一双底上有铁钉的皮鞋、一条扎脚裤、几双蓝袜子、一件花背心、一件乡下人穿的上衣、三件厚厚实实的粗布衬衫和他上路用的棍子。头发虽则剪得像唱诗班里的孩子,可是身体结实,到底是都兰地区的人。他有时像他同乡人一样懒散,但成家立业的愿望把这一点给补救了。他既不聪明,也没受过什么教育,却是天性正直,一丝不苟,像他的母亲。照都兰的俗语说,他母亲是个有钱难买好心肠的女人。赛查吃了东家的,每月拿六法郎工钱,睡在阁楼上,靠近厨娘的卧室搭一张破床。伙计们指点他打包、送货、扫街、扫栈房,一边教他干活,一边拿他打哈哈。按照小商店的习惯,师兄传授本领,说笑打趣也是一个重要项目。拉贡先生和拉贡太太跟他说起话来好像他是只狗。他在街上跑了一天,夜晚两只脚痛得要命,肩膀像断下来似的;可是没有一个人理会学徒的苦处。在所有的京城里,只顾自己不顾别人是天经地义;赛查尝到这种冷酷的滋味,觉得巴黎的生活苦极了。他晚上一边哭一边想着都兰。那边的乡下人做起活来才悠闲呢:泥水匠慢吞吞地砌着墙,很聪明地把劳动和懒散连在一起。但他还来不及想到逃跑就睡着了,因为第二天早上还得出差,他又生来像看家的狗一样尽职。他偶尔嘀咕几句,领班伙计就嘻嘻哈哈地笑道:

---

[1] 巴尔扎克的全部小说总称为《人间喜剧》,他常常把每部小说看作人间喜剧中的一幕或一场一景。

"啊！小伙子，玫瑰女王店里不是样样都玫瑰色的，云雀不是现成炸好了从天上掉下来的；先得去追，去捉，末了还得有烹调的作料。"

胖子厨娘于絮尔是比加地人；她把好菜都自己吃了，从来不和赛查说话，除非是向他抱怨拉贡夫妻管得紧，什么都不让走漏。第一个月月终，星期天轮着这姑娘看家，不免跟赛查谈起话来。厨娘身上一经收拾干净，在打杂的小厮眼里就很动人了。这是他一生第一个暗礁，要不是后来事情起了变化，他说不定就会这样断送了的。跟所有无依无靠的人一样，他碰到第一个对他和颜悦色的女人就爱上了。厨娘做了赛查的保护人，和他有了私情，给伙计们毫不留情地作为嘲笑资料。过了两年，厨娘高高兴兴地丢开了赛查，另外挑上一个二十岁的同乡。他为了逃避兵役，躲在巴黎，家乡有几亩田，听凭于絮尔做主和她结了婚。

那两年，厨娘尽拣好东西给她的小赛查吃；教他从下面去看巴黎的生活，把一些秘密替他拆穿了；为了抓住赛查，她告诉他下流场所的可怕，使他听了毛骨悚然；那些地方的危险，她自己好像并不陌生。一七九二年赛查失恋的时候，两只脚已经在巴黎街上锻炼出来了，肩膀上箱子也扛惯了，他所谓巴黎人的噱头也听惯了。因此于絮尔把他扔下，他也不怎么伤心，觉得自己在感情方面的许多理想，于絮尔一桩都配不上。她又淫荡又暴躁，会撒娇会揩油，又自私又纵酒。她既伤害了皮罗多那颗纯洁的心，又没有什么美丽的远景好让他指望。天真的人总以为爱情的关系是最牢固的；可怜的孩子和一个并不投机的姑娘有了这种关系，有时感到很痛苦。等到他在感情方面恢复自由的当儿，他成熟了，年纪也到了十六岁。头脑经过于絮尔的栽培，经过伙计们说笑打诨的启发，他开始研究生意经了；别看他眼睛的神气老实，骨子里还是聪明的呢。他留心主顾，有空就打听关于商品的知识，把品种和来路记在心里。终于有一天，他对货色、价钱、暗码，比新来的同事熟悉得多；拉贡先生和拉贡太太也把他使唤惯了。

共和二年[1]全国征发壮丁，拉贡公民手下的人抽调一空，赛查·皮罗多升了二伙计，趁此机会拿到五十法郎一月的薪水，能够和拉贡夫妻同桌吃饭更是说不出的得意。玫瑰女王的二伙计本来积着六百法郎，如今又有了一间正式的卧房，把他添置的一些蹩脚衣服放进眼红了多年的柜子里。当时的风气，年轻人都喜欢做出粗野的举动，算作时髦；这个温和朴实的乡下佬，逢着十天一次的例假[2]，也照他们的款式打扮起来，模样儿也不输他们了。他和布尔乔亚的雇佣关系，在别的时代原是一道高墙，这一下可被他轻轻跳了过去。那年年底，因为他诚实可靠，当了出纳。威严的拉贡女公民[3]管着伙计的内衣被褥；老板和老板娘都当他自己人看待了。

一七九四年九月，赛查拿一百金路易的积蓄换了革命政府的六千法郎钞票，买进行市三十法郎的公债。交易所市面大跌的前一天，他付清了款子，欢天喜地地把债券收起来。从此他就关心行市，关心大局，暗地里牵肠挂肚；那个时期正是我们历史上的多事之秋，好消息坏消息都会使他心跳。玛丽·安托瓦内特王后用的香粉一向是拉贡供应的，两位暴君倒台了，拉贡对他们还是忠心耿耿，在大局紧张的日子把这份儿心意告诉了赛查。赛查一辈子就受着这些心腹话的影响。夜晚铺子关了门，盘好账，街上静悄悄的时候谈的话，把都兰人听得如醉若狂；再加上天生的倾向，他竟做了保王党。拉贡夫妇讲了许多故事，形容路易十六的德行，赞美王后的贤

---

[1] 共和二年，即一七九三年。

[2] 大革命时期，政府把星期的例假改为十天一次。

[3] 大革命时期，男人统称为公民，女人统称为女公民，以代替先生、太太的称呼。

惠，越发挑起赛查的热情。国王和王后就在离开铺子不远的地方砍头的，这个悲惨的下场叫心软的赛查大抱不平，恨死了那个残杀无辜的政权。从做生意的角度看，他觉得限制物价的法令[1]和不利于买卖的政潮把商业的生路断绝了。何况革命以后，大家把头发剪短，不再用扑粉；赛查是个地道的花粉商，也就对革命大起反感。既然只有专制政体能使国家太平，只有太平能使百姓活命和赚钱，他便死心塌地地拥护王室。等到拉贡先生认为他思想成熟了，就升他做领班伙计，参与玫瑰女王的秘密。原来有些主顾是波旁王室最忠心最活跃的党羽，暗中把花粉铺作为巴黎与西方的通讯机关。赛查血气方刚，和乔治、拉·皮耶第埃、蒙多朗、蒲璜、龙琪、芒达、裴尼埃、特·甘尼克、冯丹纳[2]等接触之下，受着他们的煽动，竟参加了共和三年正月十三的事变。那是保王党联合了恐怖党，想推翻那个快要结束的国民会议的阴谋。

赛查很荣幸，居然在圣·洛克教堂的石级上和拿破仑交锋，但一开场就受了伤。事变的结果，大家都知道。巴拉斯手下的副官从默默无闻中冒了出来[3]，皮罗多亏得默默无闻而逃了性命。几个朋友把作过战的领班伙计送到玫瑰女王店里，拉贡太太替他包扎了，把他藏在阁楼上，幸而没有人追究。皮罗多打仗的勇气不过是一时冲动。他一面养伤，一面把政治与花粉生意这种荒唐的结合，认真思索了一番。虽然他仍是保王党，但打定主意只做一个吃花粉饭的保王党，全心全意管他的本行，再也不去冒险。

---

[1] 一七九三年五月国民会议颁布法令，限制一部分主要粮食的最高价格。
[2] 以上都是巴尔扎克笔下的保王党人物，散见于其他小说。
[3] 圣·洛克事变时，拿破仑在巴拉斯部下率领军队保卫国民议会，镇压保王党的叛乱。

共和七年二月十八的政变[1],使拉贡夫妻对波旁王室的命运绝望了,决意脱离花粉业,去过安分守己的布尔乔亚生活,从此不问政治。他们要想收回资本,必须物色一个野心不大而诚实有余、才具不足而明理懂事的人来接手。拉贡便劝领班伙计把他的店盘下来。皮罗多却是踌躇不决。他那时二十岁,每年有一千法郎的公债利息;他的志愿是但等拿破仑在蒂勒黎宫中的地位巩固,公债也跟着稳定,他每年能有一千五利息的时候,住到希农乡下去。他私下想:"老老实实过着自给自足的日子不好吗?干吗去担生意上的风险?"他从来没想到能攒起那么大一笔财产,那种发财的机会也只有一个人年轻的时代才敢尝试。当时他只想在都兰娶一个家业和他差不多的老婆,把德莱索里买下来自己经营。他从懂事的时候起就看中那块小小的产业,打算扩充到一年有三千法郎进款,在那儿快快活活、无声无息地过日子。他正要回绝东家,不料爱情使他忽然改变主意,野心也大了十倍。

赛查被于絮尔丢开以后很本分,不敢在巴黎接近女色,一则怕危险,二则工作也忙。情欲没有养料,会变作饥渴一般的需要;所以中等阶级的人脑子里只想着结婚,除此之外,他们没有办法弄到一个女人。赛查·皮罗多便是到了这一步。玫瑰女王店里的大小事务都集中在领班伙计身上,他没有时间可以去寻欢作乐。在这样的生活中间,情欲的需要就变得愈加迫切。荒唐惯的伙计看了不会动心的那种漂亮姑娘,给安分的赛查遇到了,印象就深刻了。六月里有一天,他从玛丽桥走往圣·路易岛,在安育河滨道上靠近桥堍的一家铺子门口,看见站着一个姑娘。她叫作公斯当斯·比

---

[1] 共和七年二月十八,即一七九九年十一月九日,拿破仑推翻旧执政,自任首席执政,开始独裁。

勒罗，在小水手铺子里当领班小姐。小水手是巴黎最早的一家时装商店。这类铺子以后开了不少，多半挂着油漆招牌和飘飘荡荡的市招；橱窗里的围巾挂成秋千架一般，领带叠得像纸扎的宫堡，还有许多招徕顾客的花样，售价划一的商品[1]，又是布幡，又是招贴，花花绿绿，光彩夺目的玩意儿做得着实巧妙，把橱窗装饰得挺有诗意。小水手卖的所谓时新货，价钱非常便宜，所以虽则开在巴黎最冷落最不时髦的地段，倒也生意兴隆，红极一时。领班小姐长得漂亮的名声也传出去了，正如后来千柱咖啡馆的老板娘和别的一些女孩子一样，引得老头儿和小伙子们在帽子店、咖啡馆、小商店窗外伸头探脑，数目比巴黎街上的石板还要多。玫瑰女王的领班伙计住在圣·洛克教堂和苏第埃街之间，平日只关心花粉，不知道有这家叫作小水手的铺子。巴黎的零售商素来不通声气。赛查一见公斯当斯的姿色，兴奋得不得了，一鼓劲儿冲进店里买了六件衬衫，讨价还价磨了半天，把整匹的布抖开来看过，活脱是英国女人买东西的派头。赛查承蒙领班小姐赏脸，亲自出来招呼。她一看某些情景就知道（那是每个女人都看得出的），这位顾客上门主要不是为买东西，而是为了售货员。赛查把姓名住址告诉领班小姐，领班小姐只等他买好东西，并不在乎他的钦慕。可怜的伙计当初讨于絮尔喜欢，并没有费什么力，只是傻支支地像绵羊一般听人摆布；这番动了真情，他变得更傻了，一句话都说不上来。迷人的女店员笑了笑，马上对他很冷淡；可是他神魂颠倒，根本没发觉。

　　一连八天，赛查每天晚上去守在小水手门外，但求人家瞧他一眼，好比一只狗在厨房门口讨骨头吃。男女店员们的嘲笑，他满不在乎；遇到顾

---

[1] 售价划一的推销方法，就是现代一元商店或一角商店的起源。

客和行人，他就恭恭敬敬闪在一边；那些人都很注意店里的动静。过了几天，他又走进他天使住的乐园，推说买手帕，其实是要告诉她一个简单明了的念头。

他一边付账一边说："小姐，你要用花粉，我可以供应。"

公斯当斯·比勒罗经常听见人家对她许愿，话说得天花乱坠，可是从来不提婚姻；因此她虽然心地的单纯跟脸蛋儿的白净不相上下，也直要赛查回来回去，奔走了六个月，证明他的爱情确是百折不回以后，才肯赏脸接受他的殷勤，但还不愿意表示态度。她这样谨慎是因为追求她的人太多了，做批发生意的酒商，有钱的咖啡馆老板，还有一些别的人，都对她很有意思。赛查发现公斯当斯有个监护人叫作格劳特-约瑟·比勒罗，在弗拉伊河滨道上开着五金店，便走了他的门路。这种暗地刺探的勾当，说明他的确动了真情。

在巴黎，纯洁的爱情自有许多乐趣，一般做伙计的也另有一套花钱的方式，或者请吃时鲜的甜瓜，或者上佛奴阿饭店吃一顿讲究的饭，接着再上戏院，再不然星期天坐着马车到乡下去玩儿；这些情节在我们这个简短的叙述里只好略而不谈了。

赛查虽不是美男子，也没有什么叫人不喜欢的地方。在巴黎住了相当时候，老待在黑洞洞的铺子里，乡下人的通红的皮色已经褪下去了，头发又黑又浓，胸脯结实像诺曼底的马，四肢粗大，神气忠厚老实，都给人一个好印象。比勒罗管着侄女的终身大事，经过访查，同意了赛查的亲事。一八〇〇年五月，正当风光明媚的季节，公斯当斯-巴勃-约瑟芬·比勒罗小姐，在梭城[1]的一株菩提树下答应嫁给赛查，赛查快活得晕过去了。

---

[1] 巴黎近郊的风景胜地。

比勒罗对侄女说："孩子,你这个丈夫着实不错。他心肠好,爱面子,脾气爽直,而且像小耶稣一样安分,的确是个天字第一号的好人。"

公斯当斯和所有的女店员一样,有时对自己的前途也做过想入非非的好梦,这一下干脆把这些念头丢开了,自愿安分守己,做个贤妻良母,按照中等阶级的一套原则做人。并且她的思想也最配当这个角色,许多巴黎姑娘所向往的那种虚荣危险的生活,对她并不合适。公斯当斯头脑狭窄,是个标准小布尔乔亚,喜欢一边做活一边闹些小脾气;心里要的,嘴里偏说不要,把她当真了又要生气。从厨房什物到银钱出入,从要紧事儿到内衣上小得看不见的破洞,她都放心不下,忙着照管。便是喜爱一个人的时候,嘴上也老在埋怨。她只能想些最简单的主意,挺无聊的念头;她什么都要争辩,什么都要害怕,什么都要计算,时时刻刻想着将来。她的呆板而天真的美,动人的表情,娇嫩的气息,使皮罗多把她的缺点都忘了。何况她也有许多好处,先是那种诚实不欺的本性,做事极有条理,既有拼命干活的劲儿,也有推销商品的天赋。那时公斯当斯十八岁,积着一万一千法郎。

赛查受着爱情鼓动,顿时雄心勃勃,盘进了玫瑰女王;在王杜姆广场附近租下一所漂亮屋子,把铺子搬过去。年纪不过二十一岁,娶了一个心爱的美人儿,做了老板,本钱已经付了四分之三,再想到从开场到现在所走过的路,他当然觉得前程远大。罗甘是拉贡家的公证人,也是皮罗多婚书的起草人,给新接手的花粉商出了个好主意,劝他不要因为有了老婆的陪嫁,就把盘进铺子的钱付清。

他说:"老弟,留些本钱好好做几笔生意吧。"

皮罗多佩服这位公证人,经常向他请教,和他做了朋友。像拉贡和比勒罗一样，他最相信公证人这一行，也就对罗甘推心置腹，不容许自己有半点儿怀疑。赛查听了他的话，拿公斯当斯的一万一千法郎做起买卖来。那个时候，即使有人拿首席执政的家业来和他调换，不管拿破仑的家业如何烜赫，他也不会接受。皮罗多开场只雇一个厨娘，自己住在店面高头的中层楼上。家具商把简陋的房间装修得还算整齐，新婚夫妇就在那儿度他们永远没有完的蜜月。

赛查太太坐在账台上简直是个活宝。靠了美人儿的名气，铺子的营业蒸蒸日上：帝政时代的公子哥儿，谈话之间没有不提到漂亮的皮罗多太太的。舆论虽然责备赛查是保王党，却也承认他规矩老实；街坊上有些商人妒忌他福气好，却也认为他有资格消受。因为在圣·洛克的石级上中过一颗子弹，他得了勇敢的名气，人家还说他参加过秘密的政治活动。其实他血里既没有什么军人的胆气，脑子里也没有一星半点的政治观念。但就凭着这几点，本区的一班老实人推他当了民团队长；后来这个职位被拿破仑撤销了，据皮罗多说是拿破仑为了共和三年的事，怀恨在心。于是皮罗多又轻易得了一个被迫害的荣誉，引起在野党的注意，使他显得相当重要。

赛查夫妻俩的感情始终很融洽，只有一些生意上的烦恼使生活有些波动。现在我们来说一说他们婚后的遭遇。

第一年，赛查·皮罗多把花粉生意的门道关节告诉他女人听，他女人领会得特别快，一来就精通了；好像她生到世界上来是专为招揽顾客的。赛查预定要攒到十万法郎，作为一生幸福的保障；不料年终结账下来，除掉开支，直要二十年工夫才能勉强攒到这个数目，把野心勃勃的花粉商吓了一跳。他决意快一点发财，第一个念头是除了零卖之外，自己也动手制造。他不管老婆反对，在寺院区租了一块空地，一间木屋，漆上"赛查·皮

La Comédie Humaine

王杜姆广场附近。

罗多作坊"几个大字；从葛拉斯地方挖来一个工人，专做肥皂、香精和科隆水，条件是赚的钱对半均分。这桩合伙买卖做了半年就结束了，亏空全落在赛查一个人头上。他可并不灰心，因为怕老婆埋怨，无论如何要得出一个结果来。事后他告诉老婆，那个时期他毫无希望，脑子里翻上翻下像油锅一般，要没有宗教观念，早已跳塞纳河了。

他做了几次试验都失败，非常苦闷。有一天回家吃饭，一路沿着环城大道闲逛。在巴黎逛马路的，除了闲汉，往往也有灰心绝望的人。地摊的箱子里摆着几本六个铜子一册的旧书；赛查忽然注意到一个满布尘土、颜色发黄的题目，叫作《阿台格，一名驻颜术》。这部冒充的阿拉伯著作其实是一部小说，作者是十八世纪的一个医生。赛查随手翻到的一页恰好提到香粉。他靠在路旁的树上翻下去，发现一条注解，说真皮和表皮性质不同，有些雪花膏和肥皂，效果往往跟目的相反。需要放松的皮肤用了有刺激性的雪花膏和肥皂，或者需要刺激的皮肤用了有放松作用的化妆品，效果都不会好。皮罗多觉得这些话给了他一个生财之道，就把书买下了。

可是他不敢相信自己的聪明，又去见有名的化学家伏葛冷，很天真地问他，对于性质不同的表皮，有什么方法配制一种两用的化妆品。真正的学者真正了不起的地方，是暗暗做了许多伟大的工作而生前并不因此出名；但他们对头脑简单的人差不多都和颜悦色，乐于相助。所以伏葛冷帮了花粉商的忙，给他一张方子去配一种能够使手皮白净的雪花膏，作为皮罗多自己的发明。皮罗多给这个化妆品起的名字叫作女苏丹两用雪花膏。为了生意经，他又用同一张方子做了一种药水，叫作润肤水。他仿效小水手的一套招徕顾客的办法：大批的招贴、传单、广告，被社会上不大公平地称为江湖派的那些手段，在花粉业中是他第一个采用。

花花绿绿的招贴把女苏丹雪花膏和润肤水送进市场，送进上流社会。广告一开头就标着学士院认可几个字。

　　这个口号第一次应用的结果，灵验无比。不仅在法国，连全欧洲的街头巷尾都被玫瑰女王的老板贴满了黄的、红的、蓝的招贴，写着：本号专制化妆用品发售，品种齐备，售价克己。东方这个名词在那个时代最流行，男的只想做苏丹，女的只想做女苏丹；苏丹两字的魔力不一定要聪明人才体会得到，用作化妆品的名字，便是普通人也想得出来。但群众只看成绩，认为皮罗多确是做生意的能手，尤其因为那份仿单是他自己起的稿子，字句的可笑也是走红的原因之一。在法国不管是人还是东西，有人挖苦就有人注意！失败的事根本没人理会。皮罗多的可笑不是有意做出来的，别人却以为他很聪明，懂得在恰当的时候装傻。

　　这仿单，我们好容易在龙巴街包比诺制药公司里找到一份，内容很有意思，用学术的眼光看，也是一种带有证明性质的文件。我们把仿单抄在下面。

女苏丹两用雪花膏与润肤水

赛查·皮罗多监制

最新发明　　奇妙无比

法兰西学士院认可

　　欧洲各界仕女久已认为科隆水功效平常，必须另有高等香膏与高等香水，作为搽手搽脸之用。皮罗多先生向为花粉业之翘楚，驰誉京城，名闻国外，深知男女两性对皮肤之和顺柔软，光泽娇嫩，均极重视！因特夜以继日，研究真皮与表皮的性质，发明雪花膏与润肤水各一种。一经问世，即蒙巴黎高雅人士交口称誉，赞为妙品。良以此项发明对皮肤功效卓著，不若市上一般药品纯以谋利为目的，用后反使皮肤起皱，未老先衰。皮罗多先生之出品，按照不同体质分为两类：粉红色的宜于淋巴质人士的表皮；白色的宜于多血质人士的表皮。

此项雪花膏原系阿拉伯名医专为苏丹后宫配制，故今命名为女苏丹雪花膏。雪花膏及根据同一配方制成之香水，均经我国化学大家伏葛冷先生化验合格，呈请学士院认可。

雪花膏气味芬芳，功能消除最顽强之雀斑，遏止人人厌恶之手汗，即最难调养之皮膏亦能一变而为洁白纯净。

润肤水功能消除面刺，仕女用之，参加舞会即无临时受阻之虞；并能适应各人体质，使毛孔或开或闭，增加皮色之娇嫩。本品能长葆青春，妙用无穷，已为世人公认，故各界妇女感激之余，称之为"美人良友"。

科隆水纯为普通香水，毫无特殊作用。女苏丹两用雪花膏与润肤水则以验方配制，不特功效显著，且对皮肤机能有益无损。香味幽雅宜人，大有怡情养性，提神醒脑之功。配制简单，尤为特色。妇女用之，愈增妩媚；男性用之，尤觉风流潇洒。

日常使用润肤水可免除修面剃胡之刺痛，口唇不致龟裂而能常保红润；雀斑自然灭迹，皮色自然鲜艳。凡此种种，均表示人身液体[1]平衡，绝无偏头痛之患。妇女若以润肤水为经常化妆用品，可预防一切皮肤病，既不妨碍汗水蒸发，兼能养护皮肤，娇艳逾恒。

---

[1] 欧洲旧派医学对人身之血、胆汁及各种分泌物，统称为液体。

外埠顾客请函巴黎圣·奥诺雷街，王杜姆广场附近，赛查·皮罗多先生接洽，邮资免付。本号原为拉贡老店，故玛丽·安托瓦内特王后所用花粉皆由本号供应。

雪花膏每匣三法郎，润肤水每瓶六法郎。

包装雪花膏之纸上印有赛查·皮罗多先生亲笔签名，润肤水瓶上亦有暗印为记，敬请各界注意，以防假冒。

赛查不曾发觉，出品的畅销还是得力于公斯当斯。她劝丈夫把雪花膏和润肤水整箱运出，答应国内外的花粉商，凡是论箩[1]批发的都给三成回扣。这两样货色的确比同类的化妆品高明，一般外行又被他按照体质分类的说法迷惑了。法国的五百家花粉店贪图厚利，每家每年向皮罗多批进三百箩以上。按件计算固然利子很薄，销数一大，赚头就惊人了。赛查把寺院区的木屋和空地买了下来，盖了几间宽大的厂房；玫瑰女王的店面也装修得十分华丽。两夫妻过着小康的生活，太太也不像以前那么提心吊胆了。

一八一〇年，赛查太太料到房租快要涨价，撺掇丈夫在原来的店面和中层之外，把屋子的大部分房间都租下来，自己的卧室也搬上二楼。皮罗多装修房间为太太花了一大笔钱；公斯当斯因为家里有桩喜事，也就闭着眼睛，由他去了。原来花粉商当选了商务法庭的裁判。由于他规矩老实，一丝不苟，又靠着外边的人缘好，他得了这份荣誉，从此成为巴黎有身份的商人。为了充实知识，他清早五点起身，研究判例汇编和有关商业诉讼

---

[1] 一箩是十二打。

的书。他做人方正，热心，讲公道：这些都是处理商务纠纷最要紧的条件，所以他变了最受推重的裁判之一。不但优点，便是他的缺点也抬高了他的声望。赛查知道自己才力不够，很愿意接受同事的意见；同事看他聚精会神地听着，心里很受用。有的人因为他专门听人说话，认为他思想深刻，看他不声不响地表示同意，觉得特别高兴；有的喜欢他谦虚随和，尽量夸奖他。诉讼的当事人又赞他心地宽厚，处处息事宁人。交给他的案子，他往往凭着天生的理性，处理得像回教祭司一样公正。他当裁判的时期又学会了一套滥调，无非是老生常谈、计算筹划之类，用四平八稳的句子不慌不忙地说出来，浅薄的人只道他能言善辩。社会上总是俗人居多，老是忙忙碌碌，没有什么远大的眼光，因此大多数人很喜欢赛查。但他大半时间都花在商务法庭上，老婆认为代价太高，硬要他把这个荣誉放弃了。

一家子庸庸碌碌在人生中走了一程之后，靠着两夫妻感情融洽，到一八一三年上进入一个兴旺的时期，好像是不怕挫折，可以永远维持下去的了。来往的朋友包括老东家拉贡夫妇，叔叔比勒罗，公证人罗甘，拉贡太太的兄弟包比诺法官；普罗丹-希佛勒维公司的希佛勒维；龙巴街上的药材商，供应玫瑰女王货源的玛蒂法一家；他们的合伙老板，国库职员谷香和他的太太；琪奥默的后手，盘进猫儿打球[1]的布商约翰·勒巴，圣·但尼街上的一位能人；这个虔诚的小集团的忏悔师兼灵修指导陆罗神父；还有几个别的人。

虽然皮罗多拥护王室，舆论还是对他很好。大家当他非常有钱，其实除了做生意的资本，他只存起十万法郎。他买卖做得正规，说一不二，从

---

[1] 这是一家布号的名称，招牌上画着一只猫拿了拍子打球。巴尔扎克有一部小说即以此店号为题目。

来不欠账，不拿票据出去贴现，但是肯帮人家忙，只要票据可靠，他无不通融；所以他在外面名气很大。他的确赚了很多钱，但在建筑和制造上头花掉不少。家里开销每年要近二万法郎。夫妻俩都宠爱他们的独养女儿赛查丽纳，她的教育费就需要很大一笔款子。他们只想把女儿留在身边；只要能讨女儿喜欢，从来不考虑到钱。可爱的赛查丽纳不是在琴上练一支斯丹贝德的朔拿大，就是唱一支罗曼斯；她文字写得很通顺，常常朗诵拉辛父子的作品，解释其中的妙处；也画些风景画和墨笔画。你想，这些情形叫一个可怜的乡下人出身的暴发户看着听着，该有多么得意！她是一朵还没离开枝条的花，那么美丽、纯洁；她是一个天使，父母抱着满腔热情看着她一天比一天长得妩媚；她是一个独养女儿，天真未凿，还不会轻视父亲，嘲笑他缺少教育；赛查能够把生命寄托在这样一个女儿身上，当然是乐不可支了。

赛查来到巴黎的时候识得字，能写能算，但他的教育至此为止；平时辛苦忙碌，除了花粉生意，不可能学到别的知识，得到什么别的思想。经常接触的一些人都只懂本行，完全不关心科学文学；他自己也没有时间研究高深的东西，只能做一个办实际事务的人。他自然而然地接受了巴黎布尔乔亚的一套语言、见解和错误。这班人凭着一些听来的话，佩服莫里哀、伏尔泰、卢梭，买着他们的著作从来没看过；一口咬定"衣柜"应当说作"金柜"，因为女人在柜子里藏着黄金，她们的衣衫从前也差不多全是闪光的，现在人说"衣柜"是念别了音。他们说，卜蒂埃、塔玛、玛斯小姐[1]的家私都上千万，饮食与众不同：塔玛吃生肉，玛斯小姐学一个埃及有名

---

[1] 卜蒂埃（1775—1837）、塔玛（1763—1826）、玛斯小姐（1779—1847），都是法国的名演员。

的女演员的样，把炸珍珠当饭菜。又说拿破仑的背心上有许多皮口袋，因为他要一大把一大把地抓烟草；凡尔赛的橘宫的大楼梯，拿破仑是骑着马奔上去的。作家和艺术家生活怪癖，结果都死在救济院里；而且他们不信上帝，万万招待不得。约瑟·勒巴还不胜惊骇地提到他的小姨子嫁给画家索默维欧的故事。他们也相信天文学家把蜘蛛当粮食。他们在语言、戏剧、政治、文学、科学方面的这些突出的见解，说明布尔乔亚的脑子是怎么一个天地。要是一个诗人走过龙巴街，香料的味道会使他想到亚洲；闻到香草，印度客店里的舞女好像就在眼前供他欣赏；看见金壳虫的光彩，他体会到婆罗门的诗歌、宗教和阶级制度；遇到生坯的象牙，他仿佛自己就骑着象，坐在纱笼里像拉荷尔王一样跟后妃谈情说爱。但零售商对自己经营的货物，根本不知道来路和产地。皮罗多做着香粉生意，对化学、生物学却一窍不通。他把伏葛冷看作大人物，认为他是个例外。有一个退休的杂货商跟人家谈论茶叶怎么运来的，装着很精明的神气说道："茶叶的来路只有两条，不是由骆驼大队装来，便是由勒·哈佛的海道运来。"皮罗多的知识就跟这个杂货商差不多。

据皮罗多说，沉香和鸦片只有龙巴街上买得到；所谓君士坦丁堡的玫瑰香水，其实和科隆水一样是巴黎做的。那些地名全是胡扯，为讨好法国人而编出来的，因为他们讨厌本国货。法国商人必须把出品说作英国货才有销路，正如英国的药行老板必须把东西说成法国出品。可是赛查究竟不完全是傻子或脓包：诚实和好心使他的一生行事都照着一道光彩，叫人敬重。一个人只要行为高尚，不管怎样无知也会得到原谅的。赛查因为百事顺利，面上表现得信心十足。信心是权势的标记，所以巴黎人认为信心就是权势。结婚的头三年里，赛查太太认清了赛查的性格，经常为之担心。

夫妻两人，女的代表怀疑、恐惧、机警、深谋远虑，老站在批评反对的方面；男的代表大胆、行动、野心，和意想不到的好运道。但这不过是表面，花粉商骨子里胆小得很，他老婆倒有耐性，有勇气。一个庸俗猥琐、没有教育、没有思想、没有知识、没有个性的人，照理绝不能在世界上最不容易站稳脚跟的地方成功；可是由于他品行端方，是非分明，像真正的基督徒一样慈悲，始终爱着他唯一占有的女人，居然被认为很有本领，又是勇敢，又有决断。群众是只看见效果的。除掉比勒罗和法官包比诺以外，同赛查来往的都只看他的表面，没有能力加以判断。并且，彼此经常见面的二三十个朋友，都说着同样的废话，搬弄一套同样的滥调，个个自命为在本行中高人一等。太太们比打扮，比请客的饭菜，各人有一句瞧不起丈夫的话，此外就谈不到什么思想。只有皮罗多太太一个人识得大体，在众人面前敬重自己的丈夫。她认为赛查虽则骨子里无用，毕竟挣了一份家私，让她也沾着光，有了身份。但她有时暗中思忖，社会究竟是怎么回事，假定所谓高明的人都跟她丈夫差不多的话。在我们国内，做老婆的多半喜欢抱怨丈夫，灭丈夫威风；所以花粉商能始终受人尊敬，一部分还得归功于他的太太。

一八一四年，正是法兰西帝国受到致命伤的那一年年初，皮罗多家里出了两件事，在别人家根本不足为奇，但对于像赛查夫妻那样心地单纯、感情上从来没受过大波动的人，却是印象很深。他们雇了一个二十二岁的青年做领班伙计，名叫斐迪南·杜·蒂埃。据说是个天才，因为人家不答应他分红，刚从一家花粉铺出来，千方百计想进玫瑰女王。玫瑰女王两个东家的性格、能力和家庭生活，他都知道。皮罗多雇了他，给他一千法郎一年薪水，存心将来把铺子盘给他。斐迪南对这个家庭的前途大有影响，必须把他介绍一下。

最初他有名无姓，只叫作斐迪南。在拿破仑要家家户户出壮丁的时代，没有姓倒是个很大的便宜。但他虽是一个薄情郎逢场作戏的产物，到底也有个出生之处。以下便是有关他身世的些少材料。安特里附近有个小地方叫作杜·蒂埃，一七九三年的一天夜里，一个可怜的姑娘在本堂神父的园子里生下一个孩子，敲了敲护窗板，投河自尽了。好心的教士收下婴儿，当作亲生的一样抚养，给他取的名字就是当天日历上圣者的名字[1]。一八〇四年，神父死了，留下的遗产不够让孩子继续受他已经开始的教育。斐迪南便到巴黎来过着流浪生活，尽有机会不是上断头台，就是飞黄腾达；当律师，进军队，做生意，当用人，都有可能。他不得不像费加罗[2]那样鬼混，先是做跑码头的掮客，最后在巴黎当了花粉店的伙计。那时他已经在全国各地走过一遭，把社会研究过了，打定主意非出头不可。一八一三年，他认为自己的年龄和身份需要由公家证明一下，便申请安特里法院把他在教堂受洗的记录转到区政府，让他用杜·蒂埃做姓氏。法院按照处理孤儿的条例，在他出生的地方办过招认手续，批准了他的要求。

他无父无母，除了检察官没有别的监护人[3]，独自在世界上，对谁都不用负责。他把社会当作后娘看待，像土耳其人跟摩尔人一样势不两立；做事只管自己的利益，只要能发财，什么手段都行。这个诺曼底人有着可怕的才干，除了向上爬的欲望，还有大家责备（不管责备得对不对）他同乡人的那种狠毒。他当面奉承，暗里寻衅，是个最刁顽的讼棍。他大胆否认

---

[1] 基督教国家的日历，每天都轮着纪念一个圣者。这里就是指圣·斐迪南的节日（五月三十日）。
[2] 费加罗是法国喜剧家博马舍(十八世纪)创造的人物。后来成为聪明狡猾、机智风趣的仆役的通称。
[3] 法律规定检察官是孤儿的监护人。

别人的权利,自己的权利可一丝一毫都不放弃,他用时间来磨敌人,顽强到底,死缠不休,叫敌人疲劳。他的主要本领就是老戏里的司卡班[1]的那一套:花样百出,做了坏事,照样能逍遥法外,见了好东西就心痒难熬地想抢过来。总之,丹拉伊神父替政府说的那句话[2],杜·蒂埃拿来应用在自己身上,预备将来有了钱再规规矩矩做人。他干起事来精神百倍,凭着打仗一般的蛮劲,不管好事坏事,都要人家帮忙,他的理论无非是个人的利益高于一切。他瞧不起人,认为谁都可以用钱收买。既然所有的手段都使得,他自然毫无顾虑。他相信有了金钱和地位,一切罪恶就能一笔勾销。这样一个人当然迟早会成功的。要他在苦役监和百万家财之间选择的话,他会存着仇恨与顽强的心情,很快地决定下来;但是像克伦威尔一样不动声色,认定诚实是他的死冤家,非打倒不可。他城府很深,面上却装作玩世不恭的轻佻样儿。地位不过是一个花粉店的伙计,野心却大得没有边际。他用仇恨的目光瞪着社会,心里想:"我一定要征服你!"他发誓要四十岁才结婚,后来果然说到做到。

至于外表,斐迪南是个身腰俊美、个子瘦长的青年,没有一定的态度举动,能随机应变,适应各个阶层的社会。瘦小狡狯的脸,初看还讨人喜欢,接触多了,就会发觉他有些古怪的表情,说明他是个精神上有矛盾、良心不太平的人。诺曼底人那种软绵绵的皮肤,颜色赭红,非常刺目。眼珠上蒙着一层银色的翳,平时目光躲躲闪闪,欺负人的时候却死盯着人,

---

[1] 司卡班是从早期意大利喜剧传到法国喜剧里来的人物,莫里哀有一出喜剧专写司卡班,是一个狡猾透顶的仆人。
[2] 路易十五的财政总监丹拉伊神父(1715—1778),以横征暴敛被拿鲍纳大主教批评,说他等于在人家口袋里拿钱。丹拉伊回答:"要不然叫我哪儿去拿呢?"

十分可怕。声音有气无力，好似话讲得太多了。薄薄的嘴唇还算细气，但尖鼻子和微微鼓起的脑门，明明显出他的血统不纯。头发的颜色像染黑的，证明他是各个不同社会的混血儿：聪明得之于一个生活放荡的贵族，卑鄙得之于一个被诱失身的乡下姑娘，知识是受了一半的教育给他的，品行不端是流浪生活养成的。

杜·蒂埃穿得挺漂亮出去，回店很晚，常常到银行家和公证人府上参加跳舞会；皮罗多知道了非常诧异。他不喜欢这种行径；依他的思想，做伙计的应当研究店里的账册，只关心本行的事。花粉商看不惯那些胡闹的举动，用婉转的口气数说杜·蒂埃不该穿那么讲究的内衣，不该在名片上印着 F. 杜蒂埃[1]，那种款式，按照赛查的生意人观点，只有上流人物才配用。但斐迪南投身到这个奥贡家里来，是存心要做达尔杜弗的[2]。他追求赛查太太，想勾引她；他和东家娘一样把东家的为人看得很清楚，可是比她看的快得多。杜·蒂埃尽管十分谨慎，说话很留意，但他流露出来的人生观把小心翼翼的公斯当斯吓坏了；她的做人之道完全跟丈夫一样，认为损害人家一分一毫就是天大的罪过。虽则她应付得很巧妙，杜·蒂埃仍旧感觉到皮罗多太太瞧他不起。公斯当斯收到过杜·蒂埃几封情书，不久又发觉这伙计对她换了一副态度，装出俨然的样子，仿佛他们之间已经有了默契。于是公斯当斯没说明什么理由，只劝赛查把斐迪南开掉。赛查也表示同意，辞退伙计的事算是定局了。在打发他的三天之前，一个星期六晚上，皮罗多清点月底的现金，发觉少了三千法郎。他大吃一惊，还不是为了损

---

[1] 法国人姓氏前冠有"特"或"杜"，多半是贵族的标记，杜·蒂埃利用这一点来蒙混人家。

[2] 莫里哀在喜剧《伪君子》中描写一卑鄙小人叫作达尔杜弗，赚得富翁奥贡的信任，想骗取他的女儿，又想勾引他的妻子。现在奥贡的名字已成为冤大头的别称。

La Comédie Humaine

公斯当斯收到过杜·蒂埃几封情书,不久又发觉这伙计对她换了一副态度……

失,而是因为铺子里的三个伙计、一个厨娘、一个杂差和几个长工都犯了嫌疑。叫他疑心哪一个好呢?皮罗多太太从来不离开账台。管出纳的包比诺是拉贡先生的内侄,只有十八岁,宿在店里,是最老实不过的青年。他账上的数目跟柜子里存的现金不符,可见是结过账以后出的事。皮罗多夫妻俩决定暂不声张,在店里私下留神。

第二天星期日,他们在家招待客人。这小圈子里的几个人家一向是轮流做东的。玩蒲育脱[1]的时候,公证人罗甘在桌面上丢出几块老的金路易,正是赛查太太几天以前从一个新婚的妇女特·埃斯巴太太手里收进的。

花粉商笑着说:"哎哟,你这是偷了教堂里的募捐箱啦。"

罗甘说这几块钱是在一位银行家府上从杜·蒂埃那赢来的。杜·蒂埃若无其事地当场承认了。花粉商可是面孔涨得通红。客人散了,斐迪南正想去睡觉,皮罗多推说要谈生意,把他邀到店堂去,说道:

"杜·蒂埃,我柜子里少了三千法郎,又没有一个人可疑心。刚才那几块老洋钱对你太不利了,我不能不跟你说明。今晚咱们要找出了账上的错误才睡觉。因为一定是账目弄错了。说不定你在你薪水项下拿了钱。"

杜·蒂埃承认那些路易是他拿的。东家翻开账簿,杜·蒂埃名下并没记上借支的数目。

斐迪南道:"我当时匆忙,忘了叫包比诺上账。"

"对。"皮罗多说着,看见杜·蒂埃冷冷的满不在乎,倒反怔住了。可是这诺曼底人存心到这铺子里来找生路,早已摸熟这些老实人的脾气。

两人花了大半夜工夫对账,忠厚的赛查明知这查对是多余的。趁查来

---

[1] 一种纸牌戏。

查去的当口,他在抽斗侧面的板上暗中粘了三张一千法郎的钞票;然后装作疲倦至极,瞌睡了,打起鼾来。杜·蒂埃得意洋洋地把他叫醒,因为找出了错误,高兴得不得了。下一天,皮罗多当众把太太和小包比诺埋怨了一顿,对他们的粗心大意很生气。半个月以后,斐迪南·杜·蒂埃进了一家证券号子,说花粉生意对他不合适,他要研究金融了。从皮罗多店里出来,杜·蒂埃提到赛查太太的口气,仿佛东家是为了吃醋而开掉他的。

过了几个月,杜·蒂埃来看他的老东家,说有笔生意可以让他发迹,还缺两万保证金,要求老东家作保。皮罗多看他这样无耻,大出意外;杜·蒂埃眉头一皱,问皮罗多是不是不相信他。玛蒂法和其他两个正在跟皮罗多谈生意的商人,都看出花粉商心里很气,但当着他们没有发作。他想也许杜·蒂埃已经变老实了,从前犯的事或者是被一个发急的情妇逼出来的,或者是赌输了钱想翻本;一个年纪轻轻而说不定正在忏悔的人,当众受到一个正派人责备,很可能走上犯罪和悲惨的路。皮罗多这好人儿便拿起笔来在杜·蒂埃的票据背后签了字,做了保,嘴里还说,对一个过去在店里出过力的青年,他很乐意帮这点儿小忙。皮罗多说着这些遮面子的假话,脸都红了。杜·蒂埃受不住皮罗多的目光,当下就怀恨在心,而且永远记着,像魔鬼对天使一样。在金融界做投机好比走绳索,杜·蒂埃可是把平衡棒拿得很稳,内里还空虚的时候,外表已经衣冠楚楚,俨然是个富家儿了。他一朝买进了自备小马车,就永远坐下去。上流社会的人都是一边作乐一边做买卖,把歌剧院当作交易所的分店,全是现代的丢卡雷[1]派头。杜·蒂埃在这个社会里居然站住了脚。他在皮罗多家认识了罗甘太

---

[1] 十八世纪勒萨日所作的喜剧。主角丢卡雷是一个被情妇敲诈、拿钱倒贴别人的傻瓜。

太,靠她帮忙,很快就钻进金融界大头的圈子。到那个时候,杜·蒂埃的富裕就不是徒有虚名的了。由于罗甘的介绍,他和纽沁根银号关系很好,又跟格莱弟兄和上层银行界搭上了。谁也不知道这年轻人手里调度的大量资金从哪儿来的,大家认为他的成功是靠他的聪明和诚实。

王政复辟使赛查变了一个人物。政局动荡,他当然把那两件生活中的小事给忘了。自从他受了伤,他对保王党的政治主张早就十分冷淡,只是为了面子关系还站在保王党一边,好像始终不曾动摇过!人家也还记得他共和三年效忠王室的事。正因为他自己一无所求,以上的两点使当局特别想抬举他。他连一个操练的口号都喊不上来,却被任为民团的大队长。一八一五年,始终跟皮罗多作对的拿破仑把他撤职了。"百日"[1]期间,皮罗多是本区进步党人的眼中钉。商人们在政治上分派别就是从一八一五年开始的,以前他们只一致要求时世太平,好做生意。第二次复辟,政府改组市级机构,州长有心叫皮罗多做区长。花粉商听着老婆劝告,只接受了副区长的职位,免得太显露。人家看他谦虚,对他愈加重视;区长法拉梅·特·拉·皮耶第埃也和他交了朋友。远在玫瑰女王给保王党人做通讯机关的时代,皮罗多就常常看见拉·皮耶第埃到店里来;所以塞纳州州长向皮罗多征询区长人选,皮罗多便把他推荐了。从此以后,区长请客就没有忘记过皮罗多夫妇。赛查太太还时常陪着上流社会的漂亮太太在圣·洛克教堂替穷人募捐。轮到市政官员受勋的时节,拉·皮耶第埃热烈支持皮罗多,说他在圣·洛克受过伤,对波旁家忠心耿耿,在群众之间又有相当

---

[1] 一八一五年三月二十日拿破仑从厄尔巴岛逃回巴黎,到同年六月二十二日滑铁卢战败后第二次下野为止,在法国史上称为"百日"时期。

名气。政府原想大发勋章，摧毁拿破仑的事业，借此也可收买人心，为波旁家拉拢一批艺术家、科学家和各行各业的商人。于是皮罗多就被列入受勋的名单。这个荣誉和皮罗多在区里的声望正好相配；他本来百事顺利，这一下更长了他的志气。区长一告诉他受勋的消息，花粉商更觉得刚才说给太太听的那桩买卖非做不可，以便尽早脱离花粉业，踏进巴黎高等布尔乔亚的圈子。

那时赛查四十岁。因为在工场里干活，脸上早有了皱纹，稠密的长头发略微带着银色，被帽子压成亮晶晶的一圈。前面的头发把脑门画出五个尖角。额角开朗，足见他生活朴素。浓厚的眉毛并不可怕，因为他的蓝眼睛一清如水，目光跟他老实人的额角完全一致。塌鼻梁，大蒜鼻，神气好像巴黎那种大惊小怪的傻瓜。嘴唇很厚，肥大的下巴长得笔直。紫糖糖的四方脸，在整个相貌和皱纹的分布上，显出乡下人那种毫无掩饰的狡猾。四肢肥大，阔背，大脚，浑身都是力气，样样都说明他是个移植到巴黎来的乡下人。出身的标记即使不是全身都有，单看他毛茸茸的大手，皮肤打皱的手指，粗大的骨节，四方的阔指甲，也就够了。他嘴角上挂着一团和气的笑容，像招待顾客一样；但他的笑容也是志得意满、心情和顺的表现。他的猜疑从来不超出做生意的范围，一离开交易所，一合上账簿，他就把狡诈的心思丢开了。他认为做买卖不能不提防，正像不能不开发票一样。他那张信心十足的滑稽面孔，又得意又和气，倒也颇有特色，不完全像巴黎布尔乔亚那么平凡。要没有这种天真的、自命不凡的表情，他会显得太威严的；正因为有了可笑的地方，他才能跟众人接近。平时说话总反剪着手，自以为说了句风流的或是精彩的话，会不知不觉地踮着脚尖，把身子往上挺两下，再重重地放下脚跟，仿佛专为加强语气。争论热烈的时候，他有时突然打个转身，往后走几步，好似要找些理由，再回过头来应付人家。他从来不打断别人的话！这个讲礼貌的作风常常使他吃亏；人家把话说完了，走了，他竟来不及开口。他做买卖是老经验，由此养成的某些习惯，有人认为是怪脾气。有什么不能兑现的票据，他都交给书办，从此不问，除非是去收回本利和赔偿的手续费；他让书办代他追讨，直到债务人破产为止。破产以后的程序，赛查从不参加，他不出席债权人会议，只保存着票据。这套办法和绝对瞧不起破产人的心理，都是向拉贡学来的。拉贡凭着做生意的经验，觉得打官司旷时废日，协议书上规定的清偿成数不但微乎其微，而且靠不住，犯不着浪费时间去来回奔走，听不老实的破产人花言巧语的搪塞。

拉贡说过："破产的倘是个规矩人，将来能够爬起来的话，一定会还你钱。倘若他一无办法，真正倒了霉，难为他有什么用？倘是个坏蛋，那就永远不会有希望。你严厉出了名，大家知道你绝不通融，没法叫你让步，那么只要人家还得出，一定会还你的。"

赛查逢到约会必定准时，对方迟到十分钟，他就走，怎么也挽留不住；这个脾气逼得跟他打交道的人也不得不准时。

他的装束跟他的相貌和生活习惯很调和。他固执得很，非戴白领带不可，挂在脖子底下的四只角上有他妻子或女儿做的挑绣。斜纹布的方襟背心一直盖到他的大肚子上，因为他已经有些发胖了。蓝裤子，黑丝袜，鞋子上打的结常常松开。老是嫌太大的橄榄青常礼服，加上一顶阔边的帽子，使他模样很像一个朋友会[1]会员。为了星期日晚上的应酬，他换一条

---

[1] 朋友会是基督新教中的一派，教士都戴阔边帽子。

绸的扎脚裤,一双银搭扣的鞋子,还穿上那件永不离身的方襟背心,领口略微敞开,露出胸前的百裥颈围。栗色大氅的衣襟很大,下摆很长。到一八一九年为止,他都挂着两条平行的金表链,但第二条只有正式穿扮才挂出来。

这便是赛查·皮罗多。他是个好人,可是掌管命运的主宰不曾给他足够的聪明,他既不能从全局来看政治看人生,也不能超出中等阶级的水平,样样事情只会照老规矩办理;所有的见解都是听来的,不加思考地随便应用。他没有眼光,但是天性厚道;相当俗气,但是奉教虔诚;他的心是纯洁的。这颗心中只有一股专一的爱,成为他生命的光与力;他向上爬的欲望,学到的些少知识,都是为了他对妻子和女儿的感情。

至于三十七岁的赛查太太,跟米洛岛上的维纳斯女神[1]太相像了,认识她的人,在特·李维埃侯爵把那座美丽的雕像运到巴黎的时候,都看作是赛查太太的肖像。可是不出几个月,她就饱经忧患,白得耀眼的皮色很快染上了一层黄黄的色调,美丽的绿眼睛四周,那蓝圈很凄惨地变成了黑的,肉也陷下去了,神气像个老年的圣母。因为她虽然潦倒憔悴,还保存着温柔和天真;眼神虽然凄凉,仍旧那么清朗,叫你不能不承认她始终是个端庄稳重的美人儿。在赛查不久要开的跳舞会里,美丽的赛查太太还得放出最后一道光芒,引人注意。

每个人一生都有一个顶点,在那个顶点上,所有的原因都起了作用,产生效果。这是生命的中午,活跃的精力达到了平衡的境界,发出灿烂的

---

[1] 古希腊时代留下的维纳斯女神雕像,一共有许多座;后人都用发现的地名或贮藏的博物馆命名。一八二〇年,法国驻君士坦丁堡大使特·李维埃侯爵,向米洛岛上的乡下人购得维纳斯雕像一座,运回法国赠予国家。此雕像即名为"米洛岛上的维纳斯"。

光芒。不仅有生命的东西如此，便是城市、民族、思想、制度、商业、事业，也无一不如此；像王朝和高贵的种族一样，都经过诞生、成长、衰亡的阶段。这个盛衰的规律怎么能施诸万物，不爽毫厘的呢？在疫疠盛行的时期，连死亡也有猖獗、缓和、复发和酣睡的阶段。我们的地球本身也许只是一支历时较久的火箭。历史把世界上万物盛衰的原因揭露之下，可能告诉人们什么时候应当急流勇退，停止活动；但是雄图大略的霸主也罢，演员也罢，女人也罢，作家也罢，都不听这个忠告。

赛查不知道他已经登峰造极，反而把终点看作一个新的起点。史不绝书的灭亡倾覆的事迹，多少帝王与财阀的家世提供了那么显著的例子，赛查可不知道原因所在；而那些帝王与民族也不曾想到把原因大书特书，昭示后世。结果与原因不能保持直接关系或者比例不完全相称的时候，就要开始崩溃：这个原则支配着民族，也支配着个人。我们为什么不立一些新的金字塔，随时把这个原则提醒大家呢？其实这一类的纪念碑触目皆是：例如种种的传说和建筑物告诉我们许多过去的事，证明顽强的命运变化莫测，一举手之间就能把我们的幻想抹得干干净净，也证明历史上最重大的事件归纳起来不过是一个观念罢了。特洛伊战争和拿破仑的事迹仅仅是几首诗。但愿我这个故事能够成为歌咏布尔乔亚兴亡递嬗的诗篇。虽然这些变化太猥琐了，没有一个诗人注意过；但变化的意义是伟大的，因为这里所牵涉的不只是一个单独的人，而是整个受苦的人群。

3

苦难的萌芽

赛查睡下去的时候,唯恐他女人第二天再来坚决反对,打算清早起床,把所有的事都解决掉。天才透亮,老婆还睡着,他就悄悄地起来,急忙穿好衣服下楼。打杂的正在卸下编着号码的护窗板。伙计们还没起床,皮罗多只得等着,站在店门口看打杂的拉盖做活,皮罗多对这些事也是内行呢。虽然冷一些,天气却好得很。

他看见安赛末·包比诺下楼,就说:"包比诺,去戴上帽子,换了鞋;叫赛莱斯丁下来;我跟你上蒂勒黎公园去谈谈。"

包比诺正是跟杜·蒂埃完全相反的角色,赛查身边有这么一个人也算运气,仿佛冥冥之中真有天意似的。他对这个故事关系重大,应当在这儿把他描写一番。

拉贡太太是包比诺家的小姐。她有两个兄弟。小兄弟在塞纳州初审法院当候补推事。大的一个做羊毛生意,亏了本死了,留下一个独养儿子由拉贡夫妻和没有儿女的法官负责;孩子的母亲得了产后症早已不在。拉贡太太要给内侄安排职业,便送他进花粉店,希望将来能接替皮罗多。安赛末·包比诺身材矮小,又是拐脚。拜伦、沃尔特·司各特、泰勒朗,都有这残疾，所以同病的人不必因此丧气。红头发的人多半皮色鲜明，长满雀斑；包比诺就有这些特点。但是他清秀的额角，夹着灰色纹缕的玛瑙眼睛，好看的嘴巴，白皙的皮肤，童贞的青年人的妩媚，因为体格有缺陷而表示的畏缩羞怯，都惹人怜爱。人总是喜欢弱者的。所以大家关心他，叫他小包比诺。出身是个奉教虔诚的家庭，虽然重道德，并不冬烘；生活俭朴，做过不少好事。孩子经过那个当法官的叔叔教养，结合着许多优点，越发显出青年人的可爱：他又本分又亲切，又羞怯又热情，对人忠心，生性朴实，脾气像绵羊一般和顺，干起活来却劲道十足；总之，凡是早期基督徒的品德，他都具备。

威风凛凛的东家大清早约伙计上蒂勒黎散步，事情太奇怪了！包比诺以为皮罗多要跟他谈成家立业的事，便忽然想起赛查丽纳来。赛查丽纳是真正的玫瑰女王，店里的活招牌；包比诺比杜·蒂埃早两个月进店的那天，心里就爱上了她。他上楼的当儿胸口发胀，心跳得厉害，不得不在楼梯上歇了一下。一会儿，他下来了，后面跟着领班伙计赛莱斯丁。包比诺和东家两人一声不响地往蒂勒黎走去。当时他二十一岁，皮罗多就是在这个年纪上娶亲的。包比诺觉得他跟赛查丽纳的亲事也不应该有什么阻力，虽说花粉商的财产和他女儿的美貌，对于这个野心勃勃的愿望是极大的障碍。爱情的发展完全是靠希望推动的：一个人抱的希望越狂妄，越相信会成功，自己和情人距离越远，欲望越强烈。在一切平等、衣着不讲身份的时代，包比诺还会把花粉商的女儿看作高高在上，忘了自己是巴黎老布尔乔亚出身，可见他幸福得很，的确动了真情。事实上他尽管疑疑惑惑，暗地着急，心里毕竟很快活：他不是天天和赛查丽纳一桌吃饭吗？照管铺子的那股热诚和劲道，使他忘了工作的艰苦；一切都是为了赛查丽纳，他自然不觉得疲倦了。在一个二十来岁的青年身上，忠诚便是培养爱情的养料。

"他将来能够做大生意，会发迹的。"赛查对拉贡太太这么说着，称赞安赛末在作场里打包卖力，对本行的窍门领会得很快，在批发生意最赚钱的时节不怕辛苦，卷着袖子，露着胳膊，拐着腿，他一个人装的箱，敲的钉，就比别的伙计加起来还多。

公证人罗甘的首席帮办亚历山大·格劳太想要娶赛查丽纳的意思，他自己承认，别人也知道；他父亲又是勃里地方有钱的庄稼人：这对孤儿包比诺的心愿都是很大的阻碍，但还不是最难克服的。包比诺暗中另外有些苦闷，使他和赛查丽纳距离更远。拉贡家的财产原是他的名分，此刻不但成了问题，还得他按月把微薄的薪水送去帮助他们。可是他仍旧相信自己能成功！他好几次发觉赛查丽纳望着他的眼神好像很高傲，但那双蓝眼睛明明含着期待的意味在鼓励他。所以那天走在路上，他受着希望鼓动，战战兢兢，一声不出，心里非常紧张。生命才抽芽的时候，青年人遇到类似的情形大概都这样。

好心的东家问他："包比诺，你姑妈好吗？"

"好，先生。"

"我觉得她近来愁眉不展，可是有什么不如意的事吗？告诉你，孩子，你用不着对我躲躲闪闪，我差不多是一家人，跟你姑丈认识二十五年了。当初我是穿着大钉鞋从村里出来进他铺子的。虽然我家乡的地名叫作宝库，我的全部家私只有特·于克赛侯爵夫人给的一块金路易。她是我的干妈[1]，现在过世了，跟咱们的老主顾特·勒农古公爵夫妇是亲戚。我每个星期天

---

[1] 这里所谓"干妈"是指幼年受洗时的教母。

都为侯爵夫人和她的家属祈祷。她的侄女特·莫苏夫太太住在都兰,她的化妆品也是我供应的。她们常常介绍主顾来,比如特·王特奈斯先生一年就照顾我们一千二百法郎。我们感激人家不单是为了良心,同时也为了实际利益,不过我指望你好,完全是为了你,没有别的意思。"

"啊!先生,允许我大胆说一句,你的脑子真灵!"

"不,不,孩子,光是这一点还不够。我不说我的脑子不如别人,但是我还做人老实呢,作风正派呢!还有,除了太太之外从来没爱过别人。特·维兰尔先生昨天在议会里说的好:有了爱情就有前程。"

包比诺接口道:"爱情!噢!先生,难道……"

"咦,咦!在路易十五广场那一头走过来的不是罗甘老头吗?此刻才不过八点,好家伙在那儿干什么呀?"赛查自言自语地说着,把包比诺和榛子油都给忘了。

皮罗多想起了老婆的猜疑,便不进蒂勒黎公园,一径朝着公证人走过去。安赛末远远跟着东家,不懂他为什么忽然注意起一件无关紧要的事情来;但东家说到钉鞋,说到金路易和爱情等,大有鼓励的意思,安赛末觉得很高兴。

罗甘又高又胖,脸上长着肉刺,前面的黑头发秃得很厉害,当年也还算得上有风度的人。他有过魄力,有过朝气,从小职员一直爬到公证人。但到了这个时候,眼光尖利的人一看就知道他色欲过度,面上的肌肉扭来扭去,疲倦不堪。一个人陷入了纵欲的泥坑,脸上不管这儿那儿要没有一点污迹是办不到的:罗甘的满面皱纹和火气就谈不上什么庄严。清心寡欲的人,肌肤之间自有一种明净的光彩,表现身心康健;罗甘却相反,他的身体和肉欲苦苦挣扎之下,只叫人看到一片浑浊的血色。他的鼻子往上翘

罗甘的身体和肉欲苦苦挣扎之下，只叫人看到一片浑浊的血色。

得很难看，正如湿热专从鼻孔排泄，因而成了暗疾的人一样。从前法国有位贤德的王后，很天真地以为这是男性共同的不幸，因为她除了王上，从来没从近处看过别的男人。罗甘一生的苦恼主要是这个暗疾引起的，他想用大量的西班牙鼻烟来遮盖，结果反而更坏。

大家为了顾全面子，老是用不真实的色彩描写人物，不揭露盛衰荣辱的真正的原因，其实疾病往往就是原因之一。至此为止，写小说的人恐怕太不重视生理的缺陷，没有考察它对精神的损害和对生命机能的影响。罗甘夫妇之间的秘密，倒是被赛查太太猜着了。

罗甘太太是银行家希佛兰的可爱的独养女儿，新婚第一夜就对可怜的公证人起了难以克服的反感，马上想提出离婚。她有五十万陪嫁，将来还有遗产可得；罗甘好运气娶到这样一个有钱的太太，只求她不要离婚，情愿让她自由，一切后果他都忍受。于是罗甘太太在家里唯我独尊，对丈夫好比交际花对待一个痴情的老头儿。罗甘不久就觉得吃不消，跟多数的巴黎人一样在外边另外有了一个家。这笔额外的费用开头还有节制，数目不大。

先是罗甘没有花多少钱，找了一班容易满足的女工。但近三年来，他的情欲不但像五六十岁的男人那样到了没法控制的地步，而且那女的还是当时一个了不起的尤物。她在脂粉队里绰号叫荷兰美人，后来重堕风尘，因为被人谋杀而出了名。她原是罗甘的一个主顾从勃鲁日带到巴黎来的，那人为了政局关系要回国，在一八一五年上把她送给了罗甘。公证人为他的美人儿在天野大道买进一所小房子，布置得十分华丽；对她百依百顺，尽量满足她奢豪的欲望。她挥霍成性，把他的产业吃光了。

罗甘见了皮罗多马上遮盖掉的满面愁容，跟一些偷偷摸摸的事情有关，其中就有杜·蒂埃很快会挣起一份家私来的秘密。在皮罗多家星期日的集会上，杜·蒂埃一看出罗甘夫妇之间的关系，立刻把他进花粉店的计划改变了。他原来的目的还不在于勾引赛查太太，而尤其希望在勾引不到的时候，人家会向他提赛查丽纳的亲事作为补偿。杜·蒂埃只道赛查有钱，后来发觉他并不，所以放弃娶赛查丽纳的念头并不困难。他对公证人做了一番刺探工作，把他拍上了，见到了荷兰美人，研究她和罗甘的交情究竟如何。结果他知道只要罗甘克扣她奢侈的享受，她就恐吓罗甘要跟他脱离。荷兰美人本是那种荒唐透顶的女子，从来不问钱从哪儿来和怎么来的；哪怕是逆子杀了父亲弄来的钱，她也会拿去寻欢作乐。她今天不想到明天。她的所谓将来不过是下午之于上午；至于月底，虽有许多账要付，也觉得遥遥无期，仿佛永远不会来的。杜·蒂埃在社会上遇到这第一块跳板，高兴极了，先劝荷兰美人把爱罗甘的代价从每年五万减到三万。这种帮忙，痴情的老年人都不大会忘记的。

有一天，两人醉醺醺地吃过宵夜，罗甘把自己的经济危机告诉了杜·蒂埃。他的不动产给太太做了法定抵押品[1]，为着情妇，只得挪用主顾的存款，数目已经超过事务所价值的一半。等到余下的本钱也吃完了，不幸的罗甘预备用手枪自杀，利用大家的哀怜减轻一些倒账引起的公愤。杜·蒂埃听着，看到有笔又快又稳的横财在他沉醉的脑子里闪出光来，便安慰了罗甘，并且为报答他的信任起见，劝罗甘把手枪朝天放。

他说："既然是冒险，你这等角色做事就不该像傻瓜一样，闭着眼睛瞎撞，应当大着胆子干。"

他劝罗甘马上拿出一大笔现款，交给他狠狠地去搏一下，或者做交易

---

[1] 夫妇结婚时在婚书上订明以丈夫的不动产若干作为经管妻子财产的担保，称为"法定抵押品"。

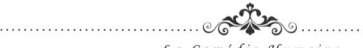

所，或者在当时许许多多的投机事业中挑一样。赚钱的话，两人合办一家银行，拿客户的存款去做生意，得了好处给罗甘拿去寻欢作乐。万一运道不好，罗甘也不必自寻短见，尽可躲到外国去，因为他的好朋友杜·蒂埃哪怕只剩一个铜子，还是对他忠心的。对一个淹在水里的人，这计划好比一根现成的救命索；罗甘可没看出花粉店伙计正在把救命索套他的脖子。

杜·蒂埃利用罗甘的秘密，把妻子、情妇、丈夫三个人一齐抓在手里。罗甘太太听到有想不到的危险，马上接受了杜·蒂埃的殷勤。杜·蒂埃觉得自己的前途有了把握，也就离开皮罗多的花粉铺。他又毫不费事地说服荷兰美人拿出一笔钱来碰碰运气，免得将来遭到不幸，再去当妓女。罗甘太太把事情料理一下，赶紧凑起一笔小资本交给一个受她丈夫信托的男人；因为公证人已经先拿出十万法郎交给他的同党。杜·蒂埃在罗甘太太身边的地位，正好使美人儿对他的关心转变为感情，而杜·蒂埃也自有本领挑起她狂热的爱情。三位不出面的股东当然送他一份干股，但他还不满足，胆敢在交易所里假作亏本，串通了一个对手，事后把亏蚀的钱还给他；因为他替三个老板做投机，同时自己也做。等他挣到五万法郎，他就知道稳发大财了。他凭他特别锐利的眼光，把当时国内各个阶段的局势看得很准：对外作战期间，他看跌；波旁王室回来了，他看涨。路易十八复辟以后两个月，罗甘太太有了二十万法郎，杜·蒂埃有了三十万。公证人的收支也平衡了，觉得这青年简直是个天使。荷兰美人却是有多少花多少，原来她身上长着一个毒癌，名叫玛克辛·特·脱拉伊，当过拿破仑的侍从。杜·蒂埃和那婆娘订合同的时候，发现她真姓名叫作萨拉·高勃萨克，和他常常听到的一个放高利贷的、公子哥儿们的救命恩人同姓，觉得很奇怪。他就去找那个放债的老头儿，看看萨拉·高勃萨克对这个高勃萨克有多少影响。放高利贷的巨头对侄孙女毫无情分；但杜·蒂埃自称为萨拉的银钱经理，手头有资金要存放，居然使高勃萨克对他另眼相看。诺曼底人的性格和放印子钱的性格十分相投。高勃萨克当时正在物色一个能干的年轻人，代他到国外去监督一笔小生意。

有一位平政院[1]的评事，先没料到波旁王室复辟，临时想出一个讨好宫廷的主意，打算上德国去收买王室在流亡期间签的借票。他的目的完全在政治方面，愿意把盈利[2]让给替他垫款的人。高勃萨克只愿意在借据陆续收回的时候陆续放款；另外还得派一个精明的代表去审查债权。放高利贷的是对谁都不相信的，非要有担保不可。跟这种人打交道完全要看当时的形势：用不着你的时候，他们冷若冰霜；用得着的时候倒也眉开眼笑，阔气得很。在圣·但尼和圣·马丁两条街上放债的韦勃勒斯脱和羊腿子，在卜阿索尼埃区放债的巴尔玛，差不多经常跟高勃萨克有来往；杜·蒂埃知道这些人在巴黎市场上潜势力很大。他为了想做高勃萨克的代表，愿意提供一笔保证金，但是要有利息，还得让他在那桩银钱生意上投资：这样一来，他以后就有靠山了。"百日"时期，他陪着格莱芒－夏邓·台·吕卜克斯上德国旅行了一趟，到二次复辟才回来；结果是为将来播的发财种子比他眼前发的财多。巴黎最精明的投机家的秘诀，都被他摸熟了。他的使命原是去监督台·吕卜克斯，临了却和吕卜克斯交了朋友。这个高明的骗子把政治上的一些关节和实例赤裸裸地向杜·蒂埃揭穿了。杜·蒂埃生来聪明，听了一言半语就懂，旅行完毕，他的教育也受完全了。

---

[1] 平政院是专门受理各方对政府机关的诉讼的。
[2] 第三者用低价收买别人的借票，再向原债务人追偿；虽追偿所得不可能与票面金额相等，但与收进价已有差额，故收买的人仍有盈利。

回到巴黎，他发觉罗甘太太对他没有变心。可怜的公证人等着杜·蒂埃的心情和他太太同样急切。荷兰美人又把他蛀空了。杜·蒂埃盘问荷兰美人，没有一笔开支合得上她花费的数目，这才发觉萨拉·高勃萨克对玛克辛·特·脱拉伊的痴情，那是她一向紧瞒着的秘密。特·脱拉伊荒唐下流的生活一开场，就说明他是无论哪个政府都少不了的政治流氓。他嗜赌若命，永远需要钱。杜·蒂埃发觉了这一点，方始明白为什么高勃萨克对他的侄孙女这么冷淡。事情到了这一步，银行家杜·蒂埃——因为他已经成为银行家了——便极力劝罗甘预备后路，招揽一班有钱的主顾做一桩买卖，让他能大大地捞一笔，假使投机再失败而非破产不可的话。交易所行市的涨落当然只会对杜·蒂埃和罗甘太太有利！公证人经过这些交易所的风波，终于到了山穷水尽的田地。于是他的临终苦难被他的好朋友利用上了。玛特兰纳教堂近边的地产生意就是杜·蒂埃想出来的。不用说，皮罗多暂时存在罗甘那儿的十万法郎，早已到了杜·蒂埃手里；而杜·蒂埃为了断送花粉商，还指点罗甘说，欺骗亲近的朋友，可以少冒一些危险。

他道："朋友即使恼火，总还留个余地。"

今日之下，很少人知道玛特兰纳四周的地当初多么便宜；但买进的时候也要高于市价，才有业主肯脱手。杜·蒂埃只打算坐收渔利，不愿担远期投机的风险。换句话说，他的计划是先毁掉这笔生意，当作死尸一般接收过来，再把它弄活。高勃萨克、巴尔玛、韦勃勒斯脱和羊腿子那帮人，遇到这一类的事都会互相支援；但杜·蒂埃跟他们不够亲密，不便去央求他们；并且他也不愿意出面，只想在暗里指挥，免得吞进赃物的时候觉得难为情。因此他需要有个傀儡，生意场中所谓的稻草人。据他看，最好是叫那个在交易所里替他冒充对手的家伙做替死鬼；他便代行上帝的职权，凭空造出一个人来——那是一个掮客出身的穷光蛋，一无所有的汉子，唯一的本领是对什么问题都能空空洞洞地说一套废话；但是他懂得角色的性质，上台表演绝不会出乱子；他也极讲义气，就是说能够保守秘密，为了后台老板的利益，便是弄到身败名裂也愿意。杜·蒂埃把他装扮成一个创办和经营大企业的银行家，克拉巴龙银号的老板。倘若杜·蒂埃办的事业宣告破产，查理·克拉巴龙就得给犹太人和法利赛人摆布，克拉巴龙自己也知道。但他当初遇到老伙计杜·蒂埃的时候，身边只有四十个铜子，愁眉苦脸地在大街上闲荡；这样一个穷光蛋在每桩生意中到手一点小小的好处，就像得了金山银山一般。他对杜·蒂埃的友谊和忠心，加上盲目的感激，自己又生活腐化，需要用钱，使他唯命是听，什么事都愿意干。克拉巴龙出卖了自己的名誉，看到人家倒也郑重其事，不随便拿他的名誉去冒险，也就死心塌地跟着老伙计，像狗对它的主人一样。的确，克拉巴龙是条奇丑无比的哈巴狗，但随时肯赴汤蹈火，替人拼命。在眼前这桩地产买卖里，他代表一半的买主，赛查·皮罗多代表另外一半。克拉巴龙收下皮罗多的票据，由杜·蒂埃托一个放高利贷的出面做贴现；唯有这样，等罗甘卷走皮罗多的资金以后，才能把皮罗多逼上破产的路。将来的破产管理人会按照杜·蒂埃的意思行事。杜·蒂埃既拿了花粉商的钱，又是花粉商的不出面的债主，可以叫人把皮罗多方面的共有地产拍卖，他只要出一半价钱就能买进，买价就用罗甘的资金和皮罗多偿还债权人的成数抵充。罗甘在这件事情中通同作弊，只道在花粉商和他合伙老板的贵重的遗物里头可以分到一大笔，没想到支配他的人会把肥肉一口独吞。罗甘既没法向任何法院告杜·蒂埃的状，只能躲在瑞士乡下，心满意足地啃着杜·蒂埃按月扔给他的骨头，搅一些廉价的女人。

这个恶毒的计划是客观形势促成的，不是什么虚构情节的悲剧作家编出来的。单是恨而没有报复的心，等于一颗谷子落在花岗石上。但杜·蒂埃要拿赛查出气是极自然的心理，否则代表黑暗的魔鬼也不会跟代表光明的天使斗争了。巴黎只有一个人知道杜·蒂埃偷过钱，杜·蒂埃要谋杀这个人固然有许多不便，却尽可把他推入泥坑，把他毁掉，使他不可能再出来作证。报复的种子在杜·蒂埃心中长着芽，长时期不得开花；因为在巴黎，便是心里有深仇宿恨的人也不能预订计划；日子过得太快、太忙，出乎意料的事也太多。但这些动荡不已的人事虽不允许你预谋，却很可以给潜伏在你心中的思想利用，只要你相当精明，能够抓住变化多端的机会。罗甘向杜·蒂埃吐露心腹的时候，杜·蒂埃还在当伙计，已经隐隐约约看到毁灭赛查的机会，而他果然看得不错。公证人因为快要跟他的心肝宝贝分手了，便捧着破杯子里剩下的迷魂汤，拼命想多喝几口，每天都上天野大道过夜，到第二天清早才回家。可见赛查太太不是瞎疑心。等到一个人像罗甘那样决心接受杜·蒂埃派给他的角色，他自然会有名角儿做戏的本领，眼睛像野猫一般地尖，像巫术师一般深沉，能催眠那个受他愚弄的人。皮罗多没看见公证人之前，公证人早看到了皮罗多，皮罗多朝他一望，他就远远地伸出手来。

他神态自若地说道："我才替一个大人物立了遗嘱，他活不了几天了。人家当我乡下医生看待，派车子把我接了去，却让我走回家。"

这几句话把花粉商脸上一层淡淡的疑云抹掉了。罗甘早就看出他的面色，所以绝不先开口谈地产生意；他要把皮罗多一举成擒地攻下来。

皮罗多道："立了遗嘱，又立婚书：这就叫作人生。说起婚书，咱们什么时候把玛特兰纳娶过来呢，嗯，嗯，罗甘老头？"他拍拍公证人的肚子补上这两句。

男人见了面,最规矩的布尔乔亚最喜欢说些风流话儿取乐。

公证人声色不动地回答:"要不是今天,事情就吹啦。我们怕消息张扬出去;我两个最有钱的主顾紧盯着我,要求加入。所以事情马上要定局了。一过中午,我就立文书;你想加入的话,要赶在下午一点以前。再见了,昨天晚上山德罗替我拟了合同,我正要去过过目。"

"好吧,一言为定,我决定加入了,"皮罗多追上去抓着公证人的手拍了几下,"我给女儿作陪嫁的十万法郎,你先收下吧。"

"行。"罗甘一边走开一边回答。

皮罗多回头向小包比诺走去,只觉得肚子里一阵奇热,横膈膜乱抽,耳朵乱响。

伙计看见东家脸色发白,问道:"先生,你怎么啦?"

"啊!孩子,我刚才一句话做了一笔大生意。遇到这种情形,谁也免不了心中激动。再说,那跟你也有关系。所以我带你到这儿来痛快谈一谈,不让别人听见。你姑母手头很紧,她的钱是怎么亏掉的?你讲给我听。"

"先生,我姑丈和姑母的资金存在纽沁根那儿,硬被他结成了伏钦煤矿的股票,还没派过利息。在他们这个年纪,单靠希望过活是不容易的。"

"那么他们日子怎么过的?"

"承他们瞧得起,收了我的薪水。"

"好,好,安赛末,"花粉商说着,冒出一滴眼泪在眼眶里打滚,"你真不枉我一片诚心的关切。你在店里尽心出力,我就要重重地酬劳你了。"

花粉商说着这几句,不但包比诺觉得他伟大,他自己也觉得伟大;那种庸俗、天真、浮夸的口吻正是他自命为了不得的表现。

"怎么！难道你猜到我爱……"

"爱谁？"花粉商问。

"赛查丽纳小姐。"

皮罗多嚷道："啊！小家伙，你好大胆子！这话千万别说出去。我不跟你计较，好在你从明儿起就不住在店里了。我不怪你。嘿，嘿！换了我，也会爱她的。她长得多漂亮啊！"

"啊！先生！"伙计出了一身大汗，连衬衫都湿了。

"孩子，这不是一天两天的事。我让赛查丽纳自己做主；她妈妈还有她妈妈的打算。你该仔细想想，擦擦眼睛，收起心来，从此别提。你是初审法院推事包比诺先生的侄儿，拉贡家的内侄，有你这样的女婿，我不会觉得丢脸的。你爱怎么打天下都可以，谁也管不了；不过因为呀，然而呀，如果呀，条件多得很。咱们要谈生意，你怎么七颠八倒说这种鬼话呢？喂，在这张椅子上坐下来，丢开爱情，管你的本行。"他把眼睛瞪着伙计，问，"包比诺，你有种没有？可有胆子跟一个比你高强的对手较量，敢跟他拼一拼吗？"

"我敢，先生。"

"敢打个长期的危险的仗吗？"

"为了什么事呢？"

"为了要打倒玛加撒油！"皮罗多说着，站起身来，俨然是个普鲁塔克[1]笔下的英雄，"咱们不能糊里糊涂地骗自己，敌人好厉害呢，他站得很稳，声势浩大。玛加撒这块牌子做得劲道十足。他们心思也巧，小方瓶儿

---

[1] 公元前一至二世纪时的希腊作家，所著《希腊罗马名人传》为古代经典著作之一。

的式样别致得很。咱们的瓶子，我原先计划用三角形的；细细想来，还是用细长的小玻璃瓶，外面裹一层芦草，叫人看了莫名其妙。凡是古怪的东西，用户都喜欢。"

包比诺道："这样做很花钱。咱们每一项成本都要精打细算，才能提高零售商的回佣。"

"对，孩子，这是真正的生意眼。你多费点儿心吧，玛加撒油会抵抗的！它外表很漂亮，名字又好听，自称为进口货。咱们的货色吃亏的是出在本国。你说，包比诺，你问问自己可有力量打倒玛加撒？第一，外洋的销路一定要胜过它。听说玛加撒的确是个印度的地方；咱们把法国货卖给印度人，不是比把印度货销回到印度去更合理吗？你非打倒这些蹩脚货不可！可是咱们要在国外竞争，也要在国内竞争！玛加撒油的广告做得挺好，不能小看它的势力，它已经时行了，大家都知道它了。"

包比诺眼睛火辣辣地说道："我一定把它打倒！"

皮罗多道："拿什么去打呢？年轻人就是这股热情。你先听完我的话啊。"

安赛末的姿势活像一个小兵向法兰西元帅行敬礼。

"包比诺，我发明了一种油，能够长头发，刺激头皮；用了它，男男女女的头发都能不褪颜色。这油跟我的雪花膏和润肤水一样能畅销。可是我想脱离商界，不愿意自己经营。我预备把高玛日纳油交给你去做。高玛日纳这个词儿是从拉丁文的高玛来的，太医阿里培先生告诉我，高玛的意思就是头发。拉辛有一出悲剧叫作《裴雷尼斯》，说一个国王爱上了别国的一个王后，她的头发出名地好看；那痴情的国王为了讨好王后，竟把自己的国度叫作高玛日纳国。你看，那些伟大的作家心思多巧，连最细微的地方都想到了。"

小包比诺一本正经地听着，这段古里古怪的插话明明是说给他受过教育的人听的。

皮罗多又道："安赛末，我看中了你，要你到龙巴街上去开一家卖高等药材的号子。我做你不出面的合伙人，第一批资金归我来。做好了高玛日纳油，再来试验香草精、薄荷精。咱们做药材生意要在药材业里来一次革命：不卖原料，只卖浓缩的香精。孩子，你既然有雄心，听了高兴不高兴？"

安赛末紧张得答不上话来，但是湿漉漉的眼睛代他回答了。他觉得东家这个提议像父亲对儿子一样体贴，仿佛是告诉他："你想法先挣了钱，有了地位，再来打赛查丽纳的主意。"

他把皮罗多的激动当作惊奇，便回答说："先生，我一定成功！"

花粉商叫道："啊！我当年就是这样，就是说的这句话。你虽然得不到我女儿，家业是稳的了。嗯，孩子，你又想什么啦？"

"我希望得到了这个，也能得到那个。"

皮罗多被安赛末的语气感动了，说道："你要希望，我当然阻止不了。"

"先生，我能不能今天就去想法找个铺面，趁早开张呢？"

"好啊，孩子。明儿咱们俩要在工场里待上一天。上龙巴街之前，你先到李文斯东那儿，瞧瞧我的水压机明天能不能派用场。今天吃晚饭的时候，咱们去拜访那位好心的、有名的伏葛冷先生，向他讨教一下。这位学者最近在研究头发的组织，研究它的色素是什么东西，从哪儿来的，头发是什么东西构成的。关键就在这里，包比诺。我会把秘密告诉你，以后就得好好地利用了。你找李文斯东之前，先去看比埃里·裴那。伏葛冷先生那种清高脾气，使我一辈子心里苦闷：没有办法送他一点东西。幸亏我向希弗勒维打听出来，他在觅一幅特莱斯登的圣母像，是一个叫作缪勒的刻的版子。裴那写信到德国去托人找了两年，才找到一份印在中国纸上的初印本，值到一千五百法郎呢，孩子。你看看裴那有没有配好框子。等会儿我们的恩人送我们出来，可以在穿堂里看见这幅版画了。这样，伏葛冷先生就会永远记得我跟我的女人。我们为了感激他，十六年工夫天天在为他祈祷。我永远不会忘记他的。可是，包比诺，那些学者只知道做学问，把妻子、朋友、受过他们恩惠的人都忘了。我们不够聪明，但至少有一颗热乎乎的心。这也算我们做不了大人物的安慰。学士院里那班先生只有头脑，没有别的，等会儿你瞧吧。教堂里从来看不见他们。伏葛冷先生老是待在书房里或是实验室里：但愿他在化验的时候也想到上帝才好。行，就这样吧，我给你资本，给你秘方，股份咱们各人一半，用不着立合同。等事业成功了，咱们好好庆祝一番。孩子，你快去吧；我也要去干我的事。告诉你，包比诺，过二十天我要开个盛大的跳舞会，你去做一套新衣服，打扮得像个已经发迹的生意人一样来参加……"

最后这番好意使包比诺感动得不得了，捧着皮罗多的手亲了一下。老头儿的体己话叫动了爱情的人听着很得意！而动了爱情的人干起事来就会拼命。

皮罗多看着他在蒂勒黎花园中奔出去，说道："可怜的孩子！要是赛查丽纳爱他的话！不过他是个瘸子，头发又黄得莫名其妙；女孩子们的脾气多古怪！我不相信赛查丽纳会……并且她妈要她嫁给公证人。亚历山大·格劳太会替她挣钱：有了钱，样样都受得了；要不然，无论怎样的快乐都经不起贫穷的折磨。还是让女儿自己做主的好，即使她胡闹，我也由她。"

4

铺张浪费

皮罗多的邻居是个南方人，叫作加隆，做着雨伞、阳伞和手杖的小买卖，生意很坏，皮罗多帮过他好几次忙。加隆巴不得减轻房租，只借店面，把二层楼的两间屋让给有钱的花粉商。

皮罗多走近卖伞的铺子，挺随便地说道："喂，邻居，我女人同意扩充住房了！要是你愿意，咱们十一点钟去看莫利奈。"

卖伞的接口道："亲爱的皮罗多先生，为了转让房子，我从来没向你开过口；可是你知道，生意人在每样东西上都得想法挣几个钱。"

花粉商答道："噢！噢！我没有成千上万的家私啊。我正等着建筑师，还不知道他认为这工程能做不能做呢。他告诉我：'没决定以前，先得弄清楚两边的楼面是不是一般高低。打通墙壁要莫利奈先生答应，这堵墙是不是两家合的也是问题。'我家里的楼梯要改换方向，楼梯台也得重新做过，两边的屋子才能一样平。开支多得很，我不愿意弄得倾家荡产啊。"

"噢！先生，"那南方人说，"等到你倾家荡产，太阳要从西边出了。"

皮罗多摸着下巴颏儿，踮着脚尖，把身子往上挺了两下。

加隆又道："而且我只求你收下这些票据，给我贴现……"

La Comédie Humaine

"我只求你收下这些票据,给我贴现……"

他递给皮罗多一叠票子,共计十六张,总数是五千法郎。

花粉商一边翻一边说:"全是零碎票子,两个月的,三个月的……"

卖伞的赔着小心,说道:"只算我六厘利吧。"

花粉商带着埋怨的口气回答:"难道我放过高利贷不成?"

"唉,先生,我找过你的老伙计杜·蒂埃,他无论怎样不肯收;大概他是故意的,要看看我肯损失多少。"

花粉商道:"这些出票人,我都不认识。"

"卖伞卖手杖的,姓名怪得很,都是跑乡村的小贩。"

"好吧,我不说照单全收,拣期头近一些的替你想办法吧。"

"你别叫我为了四个月期的一千法郎票子,再去找那班蚂蟥了[1];一经他们的手,我的赚头都给拿走了。先生,你一齐收下吧。我没有地方好贴现,也没有地方透支;我们做零卖生意的苦就苦在这里。"

"行,我收下了,等会儿让赛莱斯丁和你办手续。十一点整,你等着我。——啊,这不是我的建筑师葛兰杜先生吗?"花粉商看见头天晚上在特·拉·皮耶第埃先生家约好的青年来了,便拿出生意人的头等应酬工夫,招呼道:"先生,你不像一般有本领的人,倒是准时的。咱们的王上是个大政治家兼大才子,他说准时是帝王的礼貌,我说也是商人的财富。光阴,光阴就是黄金,尤其为你们艺术家。建筑是一切艺术的总汇,我相信这句话。"他指着自己家里的小门,补上一句,"咱们不用打店里走。"

四年以前,葛兰杜得了美术学校的建筑奖,靠官费在罗马留学了三年。青年艺术家在意大利想的是艺术,在巴黎想的是家业。一个建筑师要成名

---

[1] 一般人把放高利贷的叫作蚂蟥,也就是吸血鬼的意思。

只有靠政府，只有政府拿得出几百万来盖大房子。从罗马回来的人不是自命为风丹纳就是自命为贝尔西埃[1]，所以有点儿野心的都要捧政府：留学时代的进步党一回国就变作保王党，一心想找有势力的人撑腰。得过奖的艺术家有了这种作风，就被老同学们说是投机分子。年轻的葛兰杜当时有两种办法：或者替花粉商尽心出力，或者敲他一笔。但对皮罗多还是要敷衍才对，他是副区长，不久又要买进玛特兰纳近边的一半地产。那儿早晚要大兴土木，变成一个热闹的市区。葛兰杜为着将来的利益，只得牺牲眼前的好处。虽然艺术家都瞧不起布尔乔亚，老是拿他们作为说笑挖苦的资料，但皮罗多颠来倒去说出他的计划和主意的当口，葛兰杜却也耐性听着，点头耸脑地表示赞成。花粉商样样说清楚了，年轻的建筑师便替他把计划归纳起来。

他说："你楼上有三扇窗临街，另外一扇是靠里边，从楼梯台取光的。如今要在这四个窗洞之外，加上隔壁屋子的两个窗洞；楼梯要改换方向，使靠街的楼面两边一样高低。"

"我的意思，你全明白了。"花粉商说着，想不到建筑师领会得这样快。

"根据你的计划，将来楼梯要从顶上取光，把看门的住的小间安排在座子底下。"

"座子？……"

"是啊，安放楼梯的座子……"

"我懂了，先生。"

"至于你们的住房怎样分配，怎样装修，最好让我全权处理。我要使

---

[1] 两人都是法国十八至十九世纪有名的建筑师。

你们的屋子配得上……"

"配得上！先生，你这话说得对极了。"

"你要我多少天完工呢？"

"二十天。"

"你打算在人工方面花多少钱？"

"先要知道这样的改装要多少钱？"

葛兰杜回答说："盖一所新房子，建筑师的预算顶多只有一个生丁出入；可是我不知道哄骗一个布尔乔亚……（噢！对不起！先生，我说溜了嘴，）我得声明改装和修理是没法估价的。八天以后，我才能开出一个大概的账目。希望你信任我，我替你设计一座漂亮的楼梯，从顶上取光，临街布置一间雅致的穿堂，座子底下……"

"又是座子！"

"你别担心；我会腾出位置来做个小小的房间。至于你们的上房，我要花足心思来设计。先生，我是只看艺术不看钱。要出头，不是先要大家替我宣传吗？我认为最好不跟那些包工的做手脚，工程要做到价廉物美。"

皮罗多带着老长辈的口气说道："存着这样的心，小朋友，你一定成功。"

葛兰杜接着道："因此，泥水匠、漆匠、铜匠、木工、木器工，都由你直接交涉。我只管核对账单。我只要两千法郎酬劳，你花这笔钱包你不吃亏。明儿中午，场子就得归我支配，还要请你告诉我工匠的名字。"

皮罗多说："约估一下，总数要多少钱呢？"

葛兰杜说："一万到一万二，家具不算；我想你也要全部换过吧。请你把家具商的地址给我，我好去跟他商量颜色，把整个屋子都配得高雅大方。"

"替我管家具的是圣·安东纳街上的勃拉训。"花粉商的口气像贵人一般。

建筑师掏出一本多半是漂亮妇女送的小册子，把地名记下了。

"好吧，我完全相信你，先生。可是我先要把隔壁两间屋子的租约过到我自己名下，打通墙壁也要人家答应。"

建筑师道："晚上你叫人送个字条来。我夜里就要动手打图样。我们宁可替布尔乔亚当差，不喜欢白忙一阵，替自己工作。现在让我先量量屋子的高低、墙壁的厚薄、门窗的大小……"

皮罗多道："咱们到期一定要完工，要不然就不做。"

建筑师道："当然。工人可以开夜工，我们有办法叫油漆快干。可是你别上包工的当，价钱要事先问清楚，讲好的条件要写下来。"

"世界上只有在巴黎才能变出这样的戏法来，"皮罗多做了一个手势，气派活像《天方夜谭》中的人物，"先生，请你赏光来参加我的跳舞会。有才干的人不一定都瞧不起做买卖的，在我的跳舞会上你会碰到第一流的学者伏葛冷先生，他是学士院的会员！还有特·拉·皮耶第埃先生，特·冯丹纳伯爵，商务法庭庭长，商务裁判勒巴先生；还有一些司法界的人，比如高等法院的特·葛朗维伯爵，初审法院的包比诺先生，商务裁判加缪索先生，他的岳父加陶先生……说不定御前侍从长勒农古公爵也会来。我约了些朋友……为了庆祝领土解放……也为了庆祝我……得到荣誉团勋章……"

葛兰杜做了个古怪的手势。

"大概……我得到这个勋章和王上的……恩典，是因为我当过商务裁判；共和三年正月十三的事变，我曾经为波旁家在圣·洛克的石阶上打过仗，被拿破仑打伤。这些资历……"

公斯当斯在赛查丽纳房里换衣服，穿着晨装走出来。她才望了一眼，就把丈夫的谈锋打断了。赛查原来在找一句得体的话，想用谦虚的口吻把他的荣誉告诉人家。

"喂，咪咪，这一位是特·葛兰杜先生[1]，年纪轻轻，极有才干。他是特·拉·皮耶第埃先生介绍的建筑师，来主持咱们这儿的一点小工程的。"

花粉商说到"小"字，躲着太太把手指往嘴上一放，向建筑师递了个暗号，建筑师马上懂了。

"公斯当斯，这位先生要量量屋子的高低大小。你让他量吧。"皮罗多说完，往街上溜了。

公斯当斯问建筑师："这工程是不是要花很多钱？"

"不，太太。约估一下，六千法郎……"

"约估一下！"皮罗多太太嚷道，"先生，没有讲妥条件，说好价钱，千万不要动工。我知道包工的花样，说六千就是两万。我们可没有力量浪费钱。我恳求你，先生，虽说我丈夫是一家之主，也得让他有时间多想想。"

"太太，副区长先生限我二十天完工；误了日子，钱就白花了。"

花粉美人说道："唉！这里那里，都是花钱！"

"太太，一心想造大建筑的人来替人装修住家，你想他脸上光彩吗？我承担这件小小的工程，无非看着拉·皮耶第埃先生的情分，要是太太怕我……"

他退了一步，好像预备走了。

"好吧，好吧，先生，"公斯当斯说着，回到自己卧房，把头倒在赛查丽纳肩上，"啊！孩子，你父亲要把家产败光了。他找来一个建筑师，上

---

[1] 皮罗多故意在葛兰杜的姓氏前面加一个"特"字，一方面向妻子卖弄建筑师出身高贵，一方面奉承建筑师，一方面也表示自己来往的都是有身份的上流人物。

嘴唇留着一撇胡子,下巴上留着一撮须,说要造高楼大厦呢!他要把好好的屋子拆掉,替我们盖一所卢浮宫了。赛查胡闹起来,手脚真快。昨天夜里才告诉我计划,今天早上就动手了。"

"没关系,妈妈,让爸爸去吧,老天爷一向照应他的。"赛查丽纳把母亲拥抱了一下,弹起琴来,有心叫建筑师看看花粉商的女儿对艺术也并不外行。

建筑师走进卧房,看到赛查丽纳的美貌大吃一惊,几乎愣住了。赛查丽纳穿着早晨的便服从小房间走出来,正像一个十八岁的女孩那样娇嫩、那样红润。她淡黄头发,蓝眼睛,细挑身材,有股巴黎难得看到的弹性,使她细腻的皮肉格外饱满;透明的肌肤底下,布满着蓝颜色的血管在那里微微颤动,深浅不一的色调正是画家最喜欢的层次。尽管巴黎的商店生活老是阴沉沉的,屋子里空气阻塞,很少阳光,赛查丽纳的起居习惯却使她康健活泼,倒像住在脱朗斯丹凡里区过露天生活的罗马人。浓厚的头发长得跟父亲一样,往上梳的款式把好看的脖子露在外面,闪闪发光的头发卷儿收拾得跟商店的女职员一样细致——她们为了要人注目,在装扮方面的认真完全是英国派。赛查丽纳的那种美不是英国贵妇人的美,也不是法国公爵夫人的美,而是像鲁本斯[1]笔下的头发赭红、身体滚圆的佛兰德斯美女。往上翘的鼻子像父亲,但长相更细巧,所以更秀气,近乎拉奚里埃[2]最拿手的标准法国鼻子。她的皮肤赛过细结紧密的布,充满着处女的生命力。美丽的前额像母亲,但因为无忧无虑而更加开朗。水汪汪的蓝眼睛,

---

[1] 鲁本斯(1577—1640),有名的佛兰德斯画家,画的女人都是体格丰满、特别健康的类型。
[2] 拉奚里埃(1656—1745),有名的法国肖像画家。

活活表现出头发淡黄的快乐姑娘的温柔妩媚。一般画家为了追求诗意，往往把人物画得过于沉思默想；赛查丽纳因为心情快活，缺少这种诗意；但是从未离开母亲怀抱的女孩子，生理上也有些说不出的惆怅，使她显得超然脱俗。她外表很细气，身体却非常结实：一双脚证明她的父亲是乡下人出身，这是她血统方面的缺陷，手上的红斑也是纯粹布尔乔亚的标记。她这种人是早晚要发胖的。铺子里常有漂亮的年轻妇女上门，赛查丽纳见得多了，也就懂得怎么穿扮、怎么说话、怎么动作，学会了一些左顾右盼的姿态，摆出一副良家妇女的功架，叫所有的年轻人和店里的伙计都为她着迷，觉得她人才出众。包比诺发誓非赛查丽纳不娶。她像一泓水似的可以让你一眼看到底，受一句埋怨就会变作泪人儿；包比诺只有在她面前才觉自己是个刚强的男性。这可爱的姑娘叫人一见生情，来不及考虑她是否相当聪明，能够使爱情持久。而且巴黎人的所谓聪明对布尔乔亚根本没用，他们只要女人贤惠、懂道理，就幸福了。赛查丽纳的品性和母亲一样，不过经过教育点缀，知识略微完备了一些。她喜欢音乐，能够用铅笔临摹拉斐尔的圣母坐像，看些高打太太、李高包尼太太、裴那登·圣－比哀、费纳龙、拉辛等的作品。她只有在饭前几分钟方和母亲一同坐在柜台后面，或者很难得地替代她一下。暴发户都急于把儿女捧得高高在上，促成他们的忘恩负义；赛查丽纳的父母也把她当作神道一般，幸亏她天性笃厚，不曾滥用父母的宠爱。

葛兰杜拿着建筑师和包工用的界尺棍棒量屋子，皮罗多太太带着不安和恳求的神气盯着他，觉得那些棍棒界尺的古怪动作像巫术一般可怕，预兆很不好。她指给女儿看，心里恨不得叫墙壁低一些，房间小一些，可又不敢问建筑师做这些法术有什么用。

建筑师微笑着说："放心，太太，我不会拿走你东西的。"

赛查丽纳听着笑了。

公斯当斯没注意到建筑师的误会，只用着央求的口气说："先生，请你算省一些，我们一定重重酬谢……"

赛查去找隔壁屋子的业主莫利奈之前，先上罗甘那儿，把格劳太替他立的租屋文书拿来。走出事务所，皮罗多看见杜·蒂埃靠在罗甘办公室的窗口。以杜·蒂埃和公证人太太的关系来说，订地产合同的时候有他在场原来很平常，皮罗多对公证人也向来深信不疑，但这一回也不放心了。杜·蒂埃神气很兴奋，好像在讨论什么。

皮罗多由于生意上的谨慎，暗暗想道："这笔交易，他是不是也有份呢？"

猜疑的念头在他脑子里像电光似的一闪。他马上回到屋子，看见了罗甘太太，便觉得杜·蒂埃在场并不怎么可疑了。

他又想："说不定公斯当斯看得不错呢！——嘿！听信女人，岂不糊涂！等会儿跟叔叔去谈谈吧。从莫利奈住的巴太佛大院到蒲陶南街，只有几步路。"

换了一个多疑的观察家或是生平遇到过坏蛋的商人，就会逃过这一关。但皮罗多过去事情太顺利，脑子又不管用，不能像高明的人那样把事情推本穷源，追出原因来，所以他活该倒霉。

他回去看见卖伞的穿得整整齐齐，就预备一同去见他的业主；不料厨娘维奚尼跑来拉着皮罗多的手臂，说道：

"先生，太太不让你再出去……"

皮罗多嚷道："嘿！女人家又来出主意了！"

"……她要你先回家喝咖啡。"

皮罗多道:"啊!不错。"便回头招呼加隆:"我脑子里事情太多了,竟忘了肚子。你先走一步吧,咱们在莫利奈家门口相会;或者你先上去跟他说明,节省一点儿时间也好。"

莫利奈先生是个靠少数利息过日子的怪物;这种人只有巴黎看得见,正如某种藓苔只长在冰岛上。我这比喻非常恰当,因为他是混合品种,属于半动物半植物一类;倘若再出一个迈尔西埃[1],很可能当他隐花植物看。他们生长在一些古怪而不卫生的屋子里,从开花到枯萎都在墙头墙脚,或是墙里。头上戴着瓜棱式的便帽,那株人形植物颇像一朵伞形花;下身套一条似绿非绿的裤子,脚上穿着翻鞋,好比长着球状的根须。一眼望去,你只觉得他相貌平凡,皮肤苍白,看不出有什么毒性。这古怪东西最喜欢买股票,什么事都相信报纸,他的意见只有一句话:"你去看报吧!"他拥护秩序,精神上老是反抗政府,事实上永远服从。这等人聚在一起全是脓包,单独碰到却也十分凶横。一牵涉到利益,他就像书办一样冷酷;平时在家可是会用新鲜的野菜喂鸟,拿鱼骨喂猫,写写房票也会停下来对金丝雀吹口哨。他一方面和牢头禁卒一样多心,一方面乖乖地把钱捧出去做一桩蚀本生意,事后再用精打细算的啬刻办法来弥补损失。这个混合品种的害处,只有接触多了才显出来;一定要等他跟人打交道,有了利害关系,你才会发觉他满嘴牢骚,讨厌透顶。我们每个人,哪怕是做门房的,总有或多或少的威力加在或多或少的人身上,例如自己的老婆、孩子、房客、伙计、狗、马、猴子等;一朝受了暗中羡慕的上层阶级的气,就不免

---

[1] 迈尔西埃(1740—1814),法国作家,所著《巴黎景象》多系讽刺当时社会的小品文。

La Comédie Humaine

莫利奈先生

回过来向另外一些人发泄。莫利奈和所有的巴黎人一样，觉得也需要有这么一份威力。无奈这讨厌的小老头儿既没有女人孩子，也没有侄儿侄女；对待打杂的老妈子也太凶了，没法把她当作出气筒；她除了认真干活之外，处处躲着他。他统治别人的欲望既不得满足，为了过瘾，只得把有关租赁契约和共有墙壁的法律拿来耐心研究。凡是涉及巴黎房地产的项目，例如接界的土地房屋、地役权、正税、附加税、清洁捐、圣体节的结彩、污水管、街灯、挑出在公共走道上空的建筑物、附近有什么妨碍卫生的工厂等，每一项判例的细枝小节，他都下过很大的功夫。他的体力、精力、聪明，都用来保卫他做业主的地位。开头这些事情不过作为消遣，后来竟成了怪癖。他喜欢保护同胞不受非法行为的侵害；可惜出头申诉的机会很少，一肚子偏激的情绪只能发泄在房客身上。房客是他的敌人、他的下属、他的子民、他的奴仆，必须对他恭而敬之，在楼梯上见了他不招呼就是下流坯。房票都由他亲手写好，在到期的那天中午送出。过期不付，限期付清的催告就来了。随后是封门啊，要求赔偿损失啊，一连串的法律手续都跟着来，正是"说时迟，那时快"，像刽子手形容他手里的家伙一样。莫利奈不答应分期付款，也不答应展期。一提到房租，他的心就是铁打的。

他对那些付得出房租的人说："你缺少钱，我可以借给你！但是房租非付不可。迟付一天，我就吃亏利息，法律又不给我补偿的。"

房客都有些意想不到的怪脾气，新来的总要推翻老规矩，好比国家改朝换代一样。莫利奈把他们的怪脾气细细研究过了，定出一个宪章来；他不像国王，对这个宪章倒是严格遵守的。所以他从来不管修理。照他说来，没有一个烟囱漏烟，楼梯干净，天花板雪白，檐板没有毛病，地板很坚固，粉刷油漆都过得去，锁钥的年龄永远不超过三年，窗上玻璃一块不缺，毫无裂痕。直要到房客搬走的时候，他才会发现破碎的玻璃，带着铜匠或玻璃匠去，叫房客当场配好，他说："这些工人都很好说话，为什么不叫他们配呢？"当然，房客有权力装修屋子；不过要是有个冒失鬼这么做了，小老头儿莫利奈就会日夜想办法把他撵走，把新装修的屋子收回去；他暗中看着，等着，使出一连串的坏主意。有关租约的法规一切奥妙他都知道。他又健讼又健笔，专门写些温和有礼的信给房客；他的文体跟他面上那副猥琐而殷勤的表情一样，骨子里都藏着一颗夏洛克[1]的心。他要房客预付六个月押租，将来在最后一期房租内扣除；另外还想出许多麻烦的条件。他要查看房客有没有数量足够的家具能保证房租。招新房客必先经过详细调查，因为他不接受某些行业，不管怎么小的锤子，他都害怕。合同的稿子，他要拿去推敲一个星期，最怕公证人笔下的那"等等"二字。丢开了业主的观念，约翰-巴蒂斯德·莫利奈倒也殷勤和气。打波斯顿，同伴出错牌，他并不嗔怪；一般布尔乔亚听了好笑的事，他也笑；一般布尔乔亚说的话，他也说，也跟着大家谈论警察的舞弊、十七位左翼议员的英勇事迹、面包店加重秤码、胡作非为等。他一边读梅里埃神父[2]反宗教的著作《明辨》，一边照旧望弥撒，因为在自然神教与基督教之间没法选择；可是他不缴领圣体的费用，理由是不愿意受势力越来越大的教会的影响。不怕麻烦的请愿专家为这个题目写过许多信给报馆，报馆既不登出，也不答复。总而言之，他是一个值得敬重的布尔乔亚，逢着圣诞节必定郑重其事地把木柴点起来；国王节玩面包的游戏和四月一日编谎话的

---

[1] 夏洛克是莎士比亚的《威尼斯商人》里的主角，是个贪得无厌、重利盘剥的犹太人。
[2] 梅里埃神父（1677—1733），生前默默无闻，但在死后发表的《遗书》内说他久已丧失信仰，故死后声名大噪。

玩意儿，他都参加；天晴一定出去散步，把条条大街都走遍；溜冰也要看；放烟火的日子，下午两点就到了路易十五广场的走道上，袋里带着面包去抢头排。

小老头儿住的巴太佛大院原是投机商人盖的，一朝完工了，谁也说不出为什么要造成那个怪样子。修道院款式的建筑用的是软砂石，四周是连拱式的走廊，院子底上有一个早已干了的喷水池，上面的狮子张着大嘴，不是喷出水来，倒像是向过路人讨水喝。当初修建这屋子，大概是要让圣·但尼区也有一所王宫[1]式的建筑。不卫生的院子四周都是高房子，只有白天才有人活动，有点生气。坐落的地位正是几条小巷子的交叉点，出去走到有名的耿刚波街[2]，一头就通菜市区，一头通圣·马丁区。小巷子都很潮湿，会叫匆忙的行人害关节炎；一到夜晚更是全巴黎最冷落的所在，好像是商业区的地下坟场。这儿有好几个作坊的垃圾堆，很多的什货商，可没有几个巴太佛人[3]。这座商业宫内部的住屋，窗子都不开在街上，除了公用的院子，望不到别的风景，所以房租非常便宜。莫利奈为了健康关系，住在七层楼的转角上，这里的空气要离开地面七十尺才新鲜。我们这位和善的业主在屋顶的水管旁边散步的时候，可以望见蒙马特区的大风车，欣赏一下那个奇妙的景致。虽则警察局禁止居民在现代的巴比伦[4]城里布置屋顶花园，他还是在屋顶上种了花。他一共有四间屋，上面一层还

---

[1] "王宫"是指圣·奥诺雷街上面对卢浮宫的大建筑，原名主教官邸，因黎希留大主教献给国王，改称王宫，楼下设有市场，称为王宫市场，在巴尔扎克小说内时常提到。
[2] 耿刚波街在十七、十八世纪时是巴黎的商业中心，洛氏（1671—1729）首创的第一家银行就设在这条街上。故作者说是"有名的耿刚波街"。
[3] 巴太佛是古代日耳曼族的一支，建筑物的名称叫作巴太佛大院，但并没有什么巴太佛人。
[4] 巴比伦是古代世界上最繁华的都城；现代的巴比伦是指巴黎。

有他独用的一间卫生厕所，那是由他装置，钥匙归他的：这方面的手续他都齐备。走进他家，一副寒酸相立刻显出主人的啬刻：穿堂里摆着六张草垫椅子，一个珐琅质的火炉，壁上是深绿色的花纸，挂着四幅从拍卖行买来的版画。餐室有两口食器柜，两个笼子装满了鸟儿，一张铺着漆布的桌子，一个晴雨表，一扇通往屋顶花园的落地长窗，几张马鬃垫子的胡桃木椅。客厅挂着旧绿绸小窗帘，放一套丝绒面子的白漆家具。老鳏夫的卧房，摆的是路易十五时代的家具，已经破旧不堪，穿白衣衫的妇女就不敢坐上去，怕弄脏衣服。壁炉架上放着一个钟，钟面夹在两根柱子中间，顶上站着一个神话里的巴拉斯，手里拿着长枪。砖地上摆满碟子，都是给猫儿吃的剩菜，叫人生怕一脚踩在里头。红木五斗柜高头的壁上挂着一幅水粉画：莫利奈年轻时代的肖像。还有一些书，几张桌子，堆着难看的绿色文件夹；钉在壁上的古董架供着几只金丝雀的标本，是他以前养过的；最后还有一张床，那种冰冷的感觉，相形之下仿佛嘉曼丽德派女修士的苦行还不够苦。

赛查·皮罗多进门的时候，莫利奈穿着灰呢晨衣，正在壁炉架上用一个白铁小炉子煮牛奶，一面拿着在瓦罐里翻腾的开水一点一滴地倒进咖啡壶，卖伞的免得惊动房东，代他去开了门，让皮罗多进来。皮罗多看见莫利奈对他礼数周到，心里挺高兴。莫利奈素来敬重巴黎的区长和副区长，说是他的地方官。他见了皮罗多马上站起来，脱下帽子拿在手里，只要皮罗多大人站着，他绝不敢坐。

"不，先生……是，先生……啊！先生，倘若我早知道敝业要有一位巴黎的市政长官来借住，我一定亲自到府上来接洽，这是我应尽的义务，虽然我忝为阁下的房东，或者说将要成为……你先生的房东。"

皮罗多抬了抬手，要他戴上帽子。

"不，不；请您先坐下，把帽子戴上，免得伤风。我这屋子不大暖和，我收入有限，不能……"皮罗多掏摸租约的当儿打了一个喷嚏，莫利奈忙说："啊，副区长，希望您万事如意。"[1]

皮罗多把文书递过去，说为了节省时间，他已经出钱托罗甘公证人把文件起草了。

莫利奈答道："在巴黎的公证人里头，罗甘先生是出名的老前辈了，对他的学识我绝不怀疑；可是我有我的习惯，每件事都亲自动手，这点儿脾气也还可以原谅吧？我的公证人是……"

生意人办事都是爽爽快快、当场决定的，花粉商习惯了这一套，便说："咱们的事简单得很哪。"

莫利奈道："简单得很！租赁房屋的事从来不简单。啊！先生，您没有房产真是运气。您才不知道房客无情无义到什么田地，要多么小心提防才好呢！告诉您，先生，我有个房客……"

莫利奈讲了一刻钟，说有个画素描的姚特冷先生，在圣·奥诺雷街的屋子里逃过门房的监督，做出像马拉那样的下流事儿，画些猥亵的画，警察竟不去干涉，原来他们是通气的。那个伤风败俗的艺术家把不三不四的妇女带进屋子，叫人楼梯都没法走！世界上也只有画漫画攻击政府的人才会这样捣乱。为什么他要捣乱呢？……因为要他每月十五付房租！他非但不付，还赖在空房子里不走。这样，莫利奈就和姚特冷上了法院。莫利奈还收到一些匿名信，准是姚特冷写的，恐吓说夜里要在巴太佛大院四周的小巷子里暗杀他。

---

[1] 法国人习惯，遇到有人打喷嚏，往往对他说一句吉利的话。

他接着说:"我逼得没法,只能把我的苦处告诉警察局长,顺便对他说起这一部分的法律需要修正。局长准许我带自卫手枪。"

小老头儿站起来,找出他的手枪,叫道:"您瞧,先生!"

"可是,先生,你用不着怕我有这样的事啊。"皮罗多微微笑着,对加隆瞟了一眼,表示很瞧不起这样的人。

莫利奈注意到这个眼风,气得不得了。副区长应当保护居民才对,怎么可以这样讪笑人呢?别人有这个态度倒还罢了,出之于皮罗多可就不能原谅。

他沉着脸说道:"先生,您是大家敬重的商务裁判,又是副区长,又是体面的商人,当然不会失了身份去干这些卑鄙的事,因为那的确卑鄙!不过在咱们这个交涉里头,打通公共墙壁要您的房东葛朗维伯爵同意;合同上要注明满期的时候恢复原状。再说,现在的租金便宜得不像话,将来市面要涨的,王杜姆广场一带的房租都要抬高,此刻已经在抬高了!加斯蒂里翁街快要开辟,我……我订了合同要受束缚……"

皮罗多听得呆住了,说道:"闲话少说,你究竟要什么?我懂得生意经,知道你的许多理由只要一个理由就能压倒,就是钱!说吧,你要什么条件?"

"只要公平就行,副区长先生。租期打算订几年呢?"

"七年。"

莫利奈叫道:"七年里头,我的二层楼可以租到什么价钱啊!在那个区域,两间有家具的屋子,租金再高也有人要。说不定能租到两百法郎一月!现在订了合同,我就受了束缚!所以咱们的租金一千五百法郎一年。您出了这个价钱,我同意在加隆先生的租金项下除去两间屋子,"他说到这里斜着眼瞧了瞧卖伞的,"我跟您订七年合同。打通墙壁的费用归您,条件是要葛朗维伯爵表示同意,放弃他的一切权利,他的书面声明得交给我。打通墙壁的全部后果由您承担。我这方面将来用不着您恢复原状,只要现在先付我五百法郎赔偿损失。谁死谁活,没人知道,我不愿意有朝一日为了重砌墙壁再去找这个那个。"

皮罗多道:"这些条件大致还公平。"

"还有,"莫利奈道,"现在就得付我七百五十法郎,将来在最后一期的租金内扣除;这笔钱只消在合同上注一笔,不另立收据。您可以付我小额的期票,期头长短随您的便;但票子上要批明是付房租的,那我才有保障。我办事干脆得很。合同上还得规定,由您出钱把通到我楼梯的大门用砖头堵死。放心,租约满期的时候,我不会为了恢复门洞再要求补偿损失,这笔费用已经算在五百法郎之内。先生,您瞧,我样样都公平交易。"

花粉商道:"我们做买卖的才不这样认真呢;要办这么些手续,生意就做不成了。"

"噢!做买卖当然不同,尤其是花粉生意,样样都像手套一样合适,"小老头儿尖刻地笑了笑,"但是先生,在巴黎租赁房屋,一点都马虎不得。我有个房客,在蒙多葛伊街……"

皮罗多道:"先生,耽误你的中饭,我心里要不安的。合同留在这里,你修改就是了。你的要求,我都同意,咱们明儿签字,有话今天讲明,建筑师明天就要支配场子。"

莫利奈把眼睛望着卖伞的,对皮罗多说:"先生,还有已经到期的租金,加隆先生不愿意付,咱们把它跟小额票据加在一起吧;租约从正月算起也正规一些。"

"行！"皮罗多说。

"看门的小费……"

皮罗多说："哎哟！你不准我从大门出入，也不准用楼梯，怎么要我……"

小老头儿斩钉截铁地答道："噢！您是房客啊，是房客就得付门窗税。房子上的各项开支都有您一份。一切讲明了就没事啦。先生，您越来越高发了，生意很好吧？"

皮罗多道："很好。不过我扩充住房另外有原因。我打算请些朋友庆祝我们的领土解放，同时庆祝我获得荣誉团勋章……"

莫利奈道："啊！啊！那是您应得的酬报！"

皮罗多道："是啊。王上给我恩典，赏我勋章，也许是因为我当过商务裁判，共和三年正月十三还替波旁家打过仗，在圣·洛克的石级上被拿破仑打伤过；这些资历……"

莫利奈接口道："这些资历跟咱们王军里的英雄好汉没有分别。打仗的人流过血，怪不得勋章的绶带是红的。"

听到这几句从《立宪报》上搬来的话，皮罗多不由得邀请莫利奈参加跳舞会。莫利奈一再道谢；刚才受的皮罗多的轻蔑，这一下也觉得可以原谅了。老人把新房客直送到楼梯头，客气非凡。皮罗多和加隆走到院子中间，望着邻居含讥带讽地说道："想不到天底下有这样没出息的人！"他本想骂一句脓包的，临时改了口。

加隆道："啊！先生，不是每个人都有您这样的才干啊。"

在莫利奈面前，皮罗多觉得自己真是个了不起的人物；听着卖伞商人的回答，他很得意地笑了笑，然后大模大样地和加隆告别。

皮罗多心上想："已经来到中央菜场，顺手把榛子的事也办了吧。"

中央菜场上的女摊贩叫皮罗多到龙巴街去，做糖果用的榛子那边销得最多。他找了一小时，才从朋友玛蒂法嘴里打听出，批发干果的只有一家铺子，是安日丽葛·玛杜开的，在贝冷－迦斯兰街。她卖的是真正普罗旺斯大榛子和阿尔卑斯的白榛子。

在河滨道、圣·但尼街、铁器街、钱局街之间，有个四方形的区域，里头纵横交错，全是些小巷子，可以说是巴黎的脏腑。贝冷－迦斯兰街便是许多小巷中的一条，无数杂七杂八的商品都聚集在那儿，有腥臭难闻的，也有讨人喜欢的，有青鱼，有镂空纱，有丝织品，有蜂蜜，有牛油，有纱罗；还有很多连巴黎人都想象不到的小商业，好比大多数的人不知道自己的脏腑里消化些什么。这些小本经营的买卖都受一个葛勒奈太街上的吸血鬼盘剥，他姓皮杜，外号叫作放款的羊腿子。在贝冷－迦斯兰街上，这儿是从前的马房改成的货栈，堆着一桶桶的油，停马车的屋子里放着成千上万双的纱袜；那儿又是什么批发粮食的字号，给人拿到中央菜场去零卖的。玛杜太太原先是卖海鲜的小贩，十年以前和现在这铺子的老板有了关系，才改行做干果。那段姻缘曾经在菜市上成为多年说笑的资料。她当年是个雄赳赳的富有刺激性的美人儿，如今胖得不可收拾，谈不上什么姿色了。她住的那幢黄颜色的破屋子，每层都靠一些交叉的铁条支撑；她住在底下一层。故去的老板早就打倒了同业，把干果买卖变作独行生意；所以他的承继人虽然教育得有些缺点，也能按着老规矩接办下去，在货栈里奔进奔出，忙个不停。货栈原是马房、车房和工场改的，里头的虫子都被她肃清了。

她店里没有柜台，没有账房，没有账簿，因为她不识字；她收到信就拍桌子，认为是欺侮她。总的说来，她心肠不坏；皮色紫糖糖的，头上戴一顶小帽,再裹一块包头布;大喇叭似的嗓子把送货的手车夫收拾得服服帖帖,跟他们吵起架来总是一瓶白葡萄酒收场。她和供应果子的庄稼人从来不发生麻烦,样样凭现钱说话,他们之间的交道也只能用这个方式;不冷不热的季节,玛杜妈妈还下乡去拜访他们呢。皮罗多在成袋的榛子、栗子、核桃中间把这个粗野的老板娘找到了。

皮罗多带着点轻浮的神气说道:"你好,亲爱的太太。"

她道:"亲爱的!嘿!我的儿,你算是记得我啦,你跟我打过交道,觉得不错是不是?咱们一块儿服侍过王上没有?"

"我是做花粉生意的,又是巴黎第二区的副区长,凭我这个官员兼顾客的身份,你对我讲话应该换一种口气才对。"

那个雄赳赳的女人回答:"我一不结婚,二不上区政府买东西,反正不打搅区长。要说我的主顾,他们才喜欢我呢。我对他们爱说什么就说什么。他们要不乐意,尽管请便,上别处去交易好了。"

皮罗多轻轻说了句;"这就是独行生意弄出来的!"

"你说杜安孙吗?他是我的干儿子,说不定闯了祸;区长先生,你可是为他来的?"她说话的声音缓和了。

"不是的。早告诉你了,我是办货来的。"

"你叫什么名字,好小子?从来没看见你来过。"

"照你这种口气,你的榛子大概卖得很便宜了?"皮罗多说着,把姓名职业告诉了她。

"啊!原来你就是皮罗多,你的老婆好漂亮呢!榛子榛子,你要多少呢,我的心肝宝贝?"

"六千斤。"

"我统共只有六千斤，"老板娘的声音好似一支嘶嘎的笛子，"好先生，你又要替姑娘们证婚，又要替她们扑粉[1]，倒不是贪吃懒做的家伙。上帝保佑你，你真忙啊。了不起！了不起！你要做我的大主顾了，你的名字要刻在我最喜欢的女人心上了……"

"谁？"

"亲爱的玛杜太太呀。"

"榛子怎么卖？"

"你要全部买，老板，我特别优待，二十五法郎一百斤。"

皮罗多道："二十五法郎一百斤，六千斤就是一千五！我每年说不定要十万斤呢。"

她把鲜红的胳膊伸进一个袋里，掏出一把大榛子来，说道："你瞧，货色多好！都是赤了脚采的，只只实心，我的好先生！什货店里的什锦干果要卖二十四铜子一斤，每四斤羼一斤多榛子。难道你要我亏本吗？你人倒不错，但是要我为你赔本，我还没喜欢你到这一步呢。你大批买，就算二十法郎一担吧。反正我不能让一个副区长空手回去，对新娘子们不吉利。你动手摸摸看，货色多好，多重！一斤还秤不到五十个！个个饱满，没有蛀的！"

"好吧，二千法郎六千斤[2]，三个月期票，送到我寺院区工场里，明儿清早就要。"

"怎么，急得像新娘子一样吗？行，区长先生，再见了，别生我的气。"

---

[1] 区政府的任务之一是替人民证婚；皮罗多是副区长，又是花粉商，所以玛杜太太跟他这样说笑话。
[2] 巴尔扎克小说中的数字常有矛盾：二千法郎六千斤，比玛杜太太开的价反而高出许多，显然是错了。

她跟着皮罗多到院子里，又道，"你要是方便的话，最好给我四十天的票子；我价钱卖得太便宜了，不能再在贴现上头吃亏。羊腿子的心肠才狠呢，他像蜘蛛吃苍蝇一般咬着我们的心。"

"那么给你五十天的票子吧。可是货色要一担一担地过秤，免得弄进许多空心的。要不然，我不买。"

玛杜太太想："啊！老狐狸，倒是个内行，骗他不过的。准是龙巴街上的那些混蛋教给他的！那些老虎都串通了来吃我们这般可怜的绵羊。"

她这绵羊可是身高五尺，腰围三尺，好像一块界石披了一件条纹的布袍，没有束上腰带。

花粉商沿着圣·奥诺雷街走去，一路想着跟玛加撒油火并的事，出神了。他心里盘算用什么标签，什么样的瓶子，还计划瓶塞子上的零件，招贴的颜色。谁说生意经中没有诗意呢？便是牛顿为他著名的二项式定理所花的心思，也不见得比皮罗多为他的高玛日纳香精花得多。在他脑子里，头油忽然变作香精了；他不知道两个名词的区别，只是颠来倒去地乱用。各式各样的计划往他脑子里挤：他把这种忙忙碌碌的空想当作是才能出众的实际表现。聚精会神地转着念头，他直走过了蒲陶南街才想起他的叔岳，回过头来。

5

一个真正的哲人，一个伟大的化学家

  格劳特－约瑟·比勒罗从前是做五金生意的，开的铺子叫作金铃。他的相貌天然有种风度；衣着和生活，头脑和心地，言语和思想，在他身上都很调和。比勒罗是皮罗多太太独一无二的亲属，他所有的感情都放在公斯当斯和赛查丽纳身上。在他经商的时期，他的老婆、儿子，还有过继厨娘的一个孩子，全死了。这些悲痛的丧事养成了他坚韧刻苦的基督徒精神。这个高尚的人生观使他日子过得很有生气，他的风烛残年也有一道又冷又暖的光彩，像冬天的太阳。瘦削干瘪的脸，土黄和暗棕色混合起来的皮肤，色调沉着，跟画家用来象征时间的人物非常相像，只是更亲切一些。做买卖的习惯把他那种庄严古板的气息减轻了些，不至于像画家、雕塑家、造钟的艺术家所表现的那么过分。他中等身材，不是胖而是有些臃肿，天生是个能劳动而长寿的人；肩膀的宽度说明他骨骼结实。人很镇静，没有表面上的激动，可也并非冷酷无情。从安详的态度和神气坚决的面相上看，比勒罗很少有表情，他的感情是内在的，既不放在嘴上，也不加以夸张。带着一星星黑点子的绿眼珠特别清朗。脑门很低很窄，因为年纪大了，皮肤已经发黄，刻着一道道笔直的皱纹；银灰色的短头发像毡一样。细气的嘴巴不是吝啬而是谨慎的标识。炯炯有神的目光说明他生活很有节制。诚实、负责、谦虚这些美德，像光轮一般罩着他，使他的脸更显得精神饱满。

六十年工夫，他都过着艰难俭省、刻苦耐劳的生活。他的经历和赛查相仿，只是没有赛查那样的运气。他做伙计一直做到三十岁：赛查把积蓄买进公债的时代，比勒罗的资金还冻结在生意上。他吃过限价政策的苦，锄头和铁器都被征用。他谨慎、保守、有预见，转起念头来像做算术一样精细，这些特点影响到他的经营方式。他的买卖多半是口头成交的，倒也不大发生纠葛。他和深思默想的人一样会冷眼旁观，尽量听人家说话，暗暗打量人家。因此邻居们贪便宜做的好买卖，他往往不愿意做；事后他们上了当，才佩服比勒罗有眼光，识得人的好坏。他宁可做些利子薄而稳当的买卖，不肯拿大本钱去冒险。他经营壁炉前面的铁板，烤肉用的夹子，粗糙的壁炉架，翻砂的和生铁的锅子，铁耙和乡下人的动用器具：全是没有出息的货色，要花很多力气整理，赚头还抵不上人工。东西笨重，搬动存放都不容易，好处却有限得很。他一生不知钉了多少箱子，打了多少包，卸了多少车货。这样挣来的一份家私可以说是最光明、最正当、最体面的了。他从来不勒索高价，也从来不钻谋生意。最后一个时期，他常常站在店门口，抽着烟斗，一面瞧着过路人，一面看伙计们做活。一八一四他退休的那一年，他手头有七万法郎公债，一年收五千几百法郎利息。他把铺子盘给一个伙计，但是那四万法郎要五年收清，而且是没有利钱的。三十年工夫，他每年做十万法郎交易，赚一个七厘钱，日常吃用去了一半。这就是他的总账。邻居们对这份薄产并不眼红，只称赞他做人通达，可并不懂得其中的道理。钱局街和圣·奥诺雷街的转角上，有一家大卫咖啡馆，几个老年的商人都像比勒罗一样晚上在那儿喝咖啡。过继厨娘儿子那件事，有时在咖啡馆里成为取笑的材料,但是取笑并不过火,因为大家敬重这个五金商,虽则他只求问心无愧,并不要人尊敬。那可怜的过继儿子死后,有两百多人送丧,一直送到公墓。比勒罗却表现得非常勇敢;他凭着刚强朴实的性格忍着痛苦,使邻里街坊更加同情这个好人。提到比勒罗的时候,大家嘴里的好人两字意思特别广泛,也特别高贵。

巴黎的布尔乔亚一朝闲下来就会闷得发慌,比勒罗清苦惯了,告老之后更不愿意懒洋洋地坐享清福。他依旧过着从前那样的生活,还用政治信仰来鼓起他晚年的兴致。他的政见,也不必替他隐瞒,是极端的左派。大革命曾经把一部分工人阶级和布尔乔亚结合在一起,比勒罗就属于这一部分的工人。他唯一的缺点是把布尔乔亚在政治上的收获看得过于认真:他坚持布尔乔亚的权利,坚持自由,坚持大革命的果实。进步党人说耶稣会教士潜势力很大,《立宪报》说王上的兄弟有某些思想;比勒罗也的确相信那些教士和那些思想威胁布尔乔亚的安乐生活和政治地位。但他和自己的生活与思想完全一致;他的政见没有胸襟狭窄的意味,他绝不辱骂敌人。他一方面怕出入宫廷的马屁鬼,一方面相信共和党人的品德,以为玛奴埃真是生活朴素,福阿将军真是大人物,拉斐德是政治上的先知,加西米·贝里埃没有野心,古里埃是个好好先生[1]。总而言之,他脑子里装满了高尚的幻想。这个极有风度的老人喜欢和亲友们相处,跟拉贡家、侄女家、法官包比诺家、勒巴家、玛蒂法家来往。个人的开销一年只花到一千五。他把余下的收入做好事,送侄孙女礼物,每年四次在阿查街的洛朗饭店请朋友们吃饭,接下来还请他们看戏。像他这样的老鳏夫,太太们兴之所至,

---

[1] 玛奴埃、福阿将军等都是王政复辟时代的左派政治家。

他和深思默想的人一样会冷眼旁观，尽量听人家说话。

尽可敲他竹杠，叫他开一张现期支票，要他做东到郊外去玩儿，或是上歌剧院，上蒲雄游乐场。比勒罗能够请人玩儿觉得非常得意，看见人家快乐，他就快乐。铺子出盘了，他可不愿意离开住惯的区域，在蒲陶南街一所老屋子的五层楼上租了三间屋。

正如莫利奈的不三不四的家具反映出他的生活习惯，比勒罗家里的陈设也表现了他的简单朴素的生活。三间屋分作穿堂、客室和卧房，除了大小不同以外，都像修道士的寝室。穿堂铺着红的上蜡地砖，只有一扇窗，挂着红边的布窗帘，红羊皮面子的胡桃木椅钉着铜钉；壁上糊着橄榄青的花纸，挂着几幅版画，有《美国人的宣誓》、《首席执政时代的波拿巴》和《奥斯特里兹战役》。客厅大概是家具商设计的，铺着地毯，摆着玫瑰花图案的黄色桌椅；壁炉架上放一套本色的紫铜摆设；壁炉前面有一个漆屏风；靠壁的桌上，玻璃罩底下盖着一个花瓶；圆桌上铺着毡毯，摆着一套酒具。上了年纪的五金商很少在家招待客人，所以客厅里样样簇新，可见他是为了适应潮流而牺牲了一笔钱。卧房简单得跟教士和老军人住的差不多，这两类人最能够体会人生。床高头的壁上挂着一个带圣水缸的十字架。生活清苦的共和党人居然还有信仰，的确叫人感动。屋子每天由一个老婆子来收拾，但比勒罗尊重妇女，不让她擦皮鞋，另外包给一个专门擦鞋的工人。

他衣着简单，刻板得很。平时穿的是绿呢外套、绿呢长裤、花布背心、白领带、阔口皮鞋；过节换一件铜纽扣的大氅。他起身，吃中饭，上街，吃晚饭，出门，回家，都有一定的时间，再准确没有。有规律的生活原是健康与长寿的秘诀。他和赛查、拉贡夫妇、陆罗神父，从来不谈政治；这帮人彼此太熟悉了，绝不为了要说服别人而争论。他像佥婿和拉贡夫妻一样，极信任罗甘。在他眼里，巴黎的公证人永远是个德高望重的人物，诚实不欺的模范。关于那笔地产生意，比勒罗曾经做过一番调查；所以赛查才敢大着胆子不相信老婆的预感。

花粉商走完七十八级楼梯，到了叔岳家的棕色小门前面，心里想老人家身体真结实，经常爬这些蹬级居然不哼一声。他看见外边的衣架上挂着外套和长裤；华伊昂太太正在把衣服又是刷又是搓。那位真正的哲人披着一件灰呢大褂，坐在火炉旁边吃中饭，一边念着《立宪报》或是《商报》上登载的国会辩论。

赛查道："叔叔，生意已经定局，就要立合同了。你要有些害怕或是懊悔的话，退出还来得及。"

"为什么要退出？买卖是好的，不过时间长一些；靠得住的生意全是这样。我的五万法郎端整好了，就在银行里；出盘铺子的最后五千法郎，昨天已经收齐。拉贡他们可是把全部家私都押上去了。"

"以后他们怎么过日子呢？"

"放心，他们不会饿死的。"

"我懂了，叔叔。"皮罗多非常感动，握着古板老头儿的手。

比勒罗突然问道："这笔交易怎么分配呢？"

"我认八分之三，你和拉贡两人合认八分之一。公证契约的问题没决定以前，你们的款子先收在我账上。"

"好吧。不过，侄儿，你真有那么多钱，能投资三十万吗？我觉得你在本行之外太冒险了些；不影响买卖吗？当然，这是你的事儿。你要有什么困难，我可以卖掉二千法郎整理公债，行市已经到八十法郎。那是我预备给你女儿的。你还是小心点儿好，侄儿。万一要我帮忙，就得动用你女儿的财产了。"

"叔叔，多么了不起的事，你说得这样轻描淡写！我真感动。"

"刚才我念了福阿将军的演说才感动呢！行，就这样，你去把事情定下来吧。地产是飞不走的，咱们将来好占到一半；就算等上六年，还是有好处，那边的工场也得付咱们租金，所以没有什么可损失的。只有一个危险，说起来也不可能，就是罗甘把咱们的资金拿走……"

"昨天夜里我女人就这么说过，她怕……"

比勒罗笑道："怕罗甘拿走我们的资金？为什么拿走？"

"她说他太痴情了，凡是弄不到女人的男人都拼命想……"

比勒罗微微一笑表示不信；接着从一本小册子上撕下一页纸，写上数目，签了字。

"这十万法郎的支票是我和拉贡两人的股款。可怜拉贡他们，直要把伏钦矿山的十五股股票卖给你那个混账伙计杜·蒂埃，才凑起这个数目。我看见好人落难，心里真难过。夫妻俩做人多正派，多高尚，完全是老一辈布尔乔亚的精华！拉贡太太的兄弟包比诺法官完全不知道他们的景况！他们瞒着他，省得多费周折谢绝他的帮助。这些人像我一样干活干了三十年……"

皮罗多叫道："但愿上帝保佑，让我的高玛日纳油做成功！那我才格外高兴呢。再见了，叔叔；星期天你来跟拉贡、罗甘和克拉巴龙一同吃饭，咱们都要在合同上签字；明天是星期五，我不愿意……"

"你还迷信这些吗？"

"叔叔，神的儿子被人处死的那一天，我永远不相信是什么吉利的日子。正月二十一，我们什么事都得暂停一下……"

比勒罗突然打断了他的话，说道："星期日见。"

皮罗多走下楼梯，心里想："要没有他那些政治主张，像叔叔这样的人世界上恐怕找不出第二个。其实政治跟他有什么相干？丢开那些念头不是很好吗？他这样固执，可见天底下没有一个完人。"他回到家里，说道："嘿！已经三点了。"

赛莱斯丁拿着伞店老板的一叠零碎票子，问："先生，你收下这个吗？"

"是的，六厘起息，不取手续费。——太太，替我准备衣服，我要去看伏葛冷先生了，你知道为什么事。别忘了白领带。"

皮罗多关照了伙计们几件事，没看到包比诺，心里想这个未来的合伙人一定在换衣服，便急忙回到房里。特莱斯登的圣母像果然照他的意思，配上了富丽堂皇的框子。

他对女儿说："嗯，你看，好玩吗？"

"爸爸，应该说美得很；要不然人家会笑你的。"

"啊！女儿教训起爸爸来了！……依我的心思，我倒是喜欢《海洛与利安德》。圣母是宗教题材，最好挂在教堂里。可是《海洛与利安德》，啊！我一定去把它买来，装油的瓶子叫我想起了……"

"爸爸，我不懂你什么意思。"

赛查剃好胡子，嗓子很响亮地叫道："维奚尼，去雇辆马车！"那时怯生生的包比诺也下来了，他为了赛查丽纳特意拖着脚走路。

可是多情的包比诺没有发觉，他的残废在情人眼中早已不存在了。这一类爱情的证据最是回味无穷，也只有生理上有缺陷的人才体会得到。

他说："先生，压榨机明儿可以用了。"

赛查看见安赛末红着脸，问道："什么事啊，包比诺？"

"先生，我太高兴了；我在五钻石街找到一个铺面，有后间，有厨房，有货栈，楼上还有卧室，一年只要一千二百法郎。"

皮罗多说："那就得想法订十八年租约。咱们先去看伏葛冷先生，路上再谈。"

赛查和包比诺上了马车。伙计们看着耀眼的服装和不平常的车子，好不诧异；玫瑰女王的主人在心里盘算的大事业，他们一点都不知道。

花粉商说道："榛子到底怎么样，这一下可以弄清楚了。"

"榛子？"包比诺问。

花粉商道："我已经把秘密告诉你了，包比诺。我说榛子，对啦，关键就在这上头。只有榛子油对头发有用，就是没有一家花粉铺想到过。我一看见《海洛与利安德》那幅版画，就心上想：古人为了头发用那么多油，必有道理；因为古人到底是古人！不管现在的人怎样自命不凡，我对古人的意见还是跟鲍阿罗[1]一样。我这么一想，马上想到榛子油。也亏得你那个在医学院念书的亲戚小皮安训提醒我，说他的同学要胡子和鬓角长得快，都是用的榛子油。现在只消大名鼎鼎的伏葛冷先生给证实一下就行。由他指点过了，我们就不会欺哄主顾。刚才我在中央菜场向一个卖榛子的女人收了原料；如今为了从原料中提取精华，又要去见一位法兰西最了不起的学者。俗语说得好：极端也会碰在一起。孩子，你瞧，商业就是蔬果和科学的中间人。安日丽葛·玛杜管收割，伏葛冷先生管提炼，咱们管出卖油精。榛子卖五个铜子一斤，经过伏葛冷先生的手，价值就提高一百倍，而且说不定咱们还造福人类呢。大家既然为了虚荣，心里烦恼，发明一种

---

[1] 十七世纪末叶至十八世纪初叶，法国文坛上有厚古与厚今两派的论战。诗人兼批评家鲍阿罗是厚古派的健将。

灵验的化妆品当然是做了一件好事。"

包比诺听着他的赛查丽纳的父亲说话，非常钦佩；皮罗多看了，谈锋越来越健，凡是布尔乔亚所能想到的古怪词儿都用上了。

皮罗多一拐进伏葛冷住的那条街，就说："安赛末，你态度要恭敬；咱们马上要踏进科学的圣殿了。你等会儿把圣母像放在饭厅里椅子上，地位要显著，可不能像是故意摆的。啊！但愿我说话不要结结巴巴地把意思搅糊涂了！"皮罗多很天真地嚷着，"包比诺，这个人物对我有种化学作用，听见他的声音，我的五脏六腑就会发热，甚至有点儿肚子痛。他是我的恩人；再过几分钟，安赛末，他也是你的恩人了。"

包比诺听了这些话觉得身上发冷，走路战战兢兢地仿佛脚下踩着鸡蛋；他神色不安地瞧了瞧屋外的墙。伏葛冷先生在书房里，门上给皮罗多通报了。学士院会员知道花粉商当了副区长，非常走红，马上接见了。

学者说："承你的情，得意了还想到我。不过化学家和花粉商本来也很接近。"

"哎哟！先生，您是天才，我是凡人，跟您比真是天差地远了。您说我得意，那是您赏赐的，不管在这个世界上还是那个世界上，我都永远忘不了。"

"噢！在那个世界上，咱们一律平等，不分什么国王和鞋匠了。"

"就是说做人正直的国王和鞋匠。"皮罗多补上一句。

小包比诺在化学家的书房里没看见什么奇怪的东西，既没有大得吓人的机器，也没有会飞的金属，会动的物质，反倒呆住了。伏葛冷瞧着包比诺问皮罗多："这位可是令郎？"

"不是的，先生。我很喜欢这个青年，特意带他来求您照应。您的好意不是跟您的天才一样没有穷尽吗？"皮罗多说着，装出一副机灵的神气，"十六年前我请教过您，今天又要来讨教一个重要的问题，那是我做花粉生意的完全不懂的。"

"什么事啊？"

"听说先生正在研究头发。您为了您的荣誉而想到这个题目，我是为了商业而想到的。"

"亲爱的皮罗多先生，你要问我什么呢？是不是分析头发的结果？"

他拿起一张字条儿，说道："我正要向科学院宣读一篇关于这个问题的报告。头发的成分包含相当多的黏液，少量的白油，很多青黑色的油，还有铁质，还有几颗酸化物的分子，有锰，有磷酸石灰，有极少量的碳酸石灰，有二氧化硅和大量的硫黄。这些物质的比例不同，头发的颜色就跟着不同。红头发含的青黑色油就比别的头发多得多。"

赛查和包比诺都把眼睛睁得那么大，叫人看了好笑。

皮罗多叫道："一共有九样东西。怎么！头发里头还有油跟金属？要不是你先生，我所敬重的人告诉我，我才不信呢。多奇怪！……伏葛冷先生，上帝真伟大！"

大化学家接着说："头发从一个小囊里长出来，那个器官像一个两头开口的袋子：一头接神经和血管，另外一头长出头发。我有些同道，像勃兰维尔先生，认为头发是一部分已经死了的物质，从那个含有髓状物的囊里排泄出来的。"

包比诺叫道："那不像人身上流出来的汗，挂成面条那样吗？"

花粉商轻轻踢了踢包比诺的脚跟。伏葛冷听着包比诺的比喻微微一笑。

赛查把眼睛望着包比诺，对伏葛冷道："这孩子倒还乖巧是不是？但是先生，既然头发长出来就是死的，自然不能叫它活过来，那我们就完啦。仿单上的一套全是胡说；您不知道一般人多古怪，就不能告诉他们……"

包比诺还想逗伏葛冷笑一下，接口道："不能告诉他们，说他们头上有个垃圾堆……"

化学家顺口把笑话接下去，道："有些空中的坟墓。"

皮罗多叫道："那么我买的榛子怎么办呢？"他为了生意上的损失急起来了，"那么为什么人家要卖……"

伏葛冷微笑道："你别慌。我知道你要找一个不让头发脱落或者发白的秘方。根据我的研究，我的意见是这样的……"

包比诺竖起耳朵，像一只受了惊吓的兔子。

"头发这种物质，不管是死的还是活的，我认为它的褪色是由于色素的停止分泌；所以寒带地方，长毛的动物到冬天颜色会变淡或者发白。"

皮罗多叫道："包比诺，听见没有？"

伏葛冷又道："头发的变质，显然是由于周围的温度突然起了变化。"

皮罗多嚷道："周围的，包比诺……记住这个词儿，记住！"

"对啦，"伏葛冷说，"不是由于冷热的交替，便是由于效果相同的内部现象。说不定偏头痛和一切头痛毛病把含有生殖力的液体给吸收了，消耗了，或者使液体流到别的地方去了。身体内部是医生的事。外部就得你们的化妆品来补救。"

皮罗多道："啊！先生，您这么一说，我透过气来了。我打算卖榛子油，因为想到古人头发上是用油的。古人到底是古人，我赞成鲍阿罗的意见。要不然，为什么运动员身上要涂油呢？……"

伏葛冷不听皮罗多的话，往下说："不一定榛子油，橄榄油也一样。

无论哪种油都能保护球根,不让在它内部起作用的物质——我们在化学上说起来是在分解中的物质——受到损害。也许你想得对:丢比德朗告诉我,榛子油有刺激作用。将来我要研究各种油的分别,榧实油、菜油、橄榄油、核桃油等。"

皮罗多很得意地说道:"那么我的想法是不错了,我竟会跟一个大人物的意见相同。这样看来,玛加撒油一定能打倒了!先生,玛加撒是价钱卖得很贵的一种生发油。"

伏葛冷说:"亲爱的皮罗多先生,玛加撒地方从来也没出口一两油到欧洲来,所谓的玛加撒油,对头发毫无作用。马来人出了金子一样的价钱去买它,因为它能保存头发,却不知鲸鱼的油功效跟玛加撒油一样。天下没有一种力量,不管是化学的还是上帝的力量……"

"噢!上帝的……那可不能这么说,伏葛冷先生。"

"可是,亲爱的先生,上帝的第一条规律就是跟他自己不发生矛盾:有了矛盾就不能产生力量……"

"啊!要是这么说……"

"所以天下没有一种力量能够叫秃顶长出头发来,也不能把红头发白头发染色而不出毛病。不过你宣传用油的好处是不错的,不是扯谎;我认为用了油可以保存头发。"

"您想王家科学院肯出面审定吗?……"

伏葛冷道:"噢!这又不是什么新发明。而且那些江湖派滥用科学院的招牌,你就是抬出科学院来也没有什么好处。凭良心,我不能说榛子油是什么灵丹妙药。"

皮罗多问:"用什么方法提炼最好呢?用水煮还是用机器压?"

"放在两块滚热的板中间压,出油比较多;用冷的板压,质地比较好。"伏葛冷还好心告诉他,"油要搽在头皮上,擦头发是没用的。"

"包比诺,记住这一点。"皮罗多兴奋得脸上升火。他又对伏葛冷道:"先生,这年轻人一定会把今天看作他一生最幸运的日子。他没见到您,已经认得您,敬重您了。啊!我家里人常常提起您。老挂在心上的人,嘴上就会说出他的名字来。我跟老婆、女儿,天天在为您祈祷。对恩人也应该这样。"

"你把小事情看得太重了。"伏葛冷听着花粉商一大堆感谢的话,很不自在。

皮罗多叫道:"噢!噢!您一点儿礼物都不肯收我的,总不能拦着我们,不让我们敬您吧?您像太阳一般大放光明,受到恩惠的人竟没法回敬。"

化学家微笑着站起身来;花粉商和包比诺也跟着站起。

"安赛末,你把这间书房多瞧上几眼吧。先生,您允许吗?您时间宝贵,也许他不会再来了。"

伏葛冷问皮罗多:"你的买卖顺利吗?归根结底,咱们俩都是做买卖的……"

"还不错,先生,"皮罗多说着,往饭厅那边退出去,伏葛冷在后面相送。皮罗多接着说:"可是要把这个高玛日纳油精推销出去,需要很大的本钱……"

"高玛日纳油精这几个字有点刺耳,还不如叫皮罗多香油。要是不愿意用自己的姓名,另外起个名字也行……噢,这不是特莱斯登的圣母像吗?……皮罗多先生,你要叫咱们闹得不欢而散了。"

皮罗多抓着化学家的手,说道:"伏葛冷先生,这东西又不值什么,不过我存心要找到它，表示我一点儿意思。我托人把整个德国都寻遍了，才觅来一幅中国纸的初印本。我知道您想要，只是事情忙，没空去找；我替您做了一次掮客。我请您接受的不是一幅粗糙的版画，而是我的一番殷勤、一番心血，表示我的诚意。我巴不得您访求的东西要我到悬崖峭壁之下去取来，送到您面前。所以请您收下吧。我们太容易叫人忘记了；让我跟我的老婆、女儿，还有将来的女婿，永远留在先生心目中，但愿先生看到这幅圣母像的时候会记起来，还有些老实人在想着您呢。"

"那么我收下了。"

伏葛冷语气恳切，包比诺和皮罗多都感动得抹了抹眼睛。

"您能不能再赏个脸？"花粉商问。

"什么事啊？"

"我约几个朋友……"

他提起脚跟，但态度还是很谦虚。

"……庆祝我们的领土解放，同时庆祝我获得荣誉团勋章。"

伏葛冷诧异地叫了一声："啊！"

"王上给我恩典，赏我勋章，或许是因为我当过商务裁判，并且共和三年正月十三那天，我在圣·洛克教堂的石级上替波旁家打过仗，被拿破仑打伤了……二十天以后的星期日，内人要开个跳舞会，请您光临。那天还要请先生赏脸来吃饭。那我就好比得了两次勋章。事先我会把请帖送过来的。"

伏葛冷道："好吧。"

花粉商到了街上，叫道："我快活得心要跳出来了。他居然答应到我家里来！他说的关于头发的话，我真怕记不住；包比诺，你都记得吗？"

"记得,先生;再过二十年也忘不了。"

皮罗多说道:"这个大人物眼光多厉害!多深刻!他一点不含糊,一下子就猜到我们的心事,给了我们打倒玛加撒油的办法。啊!原来没有一样东西能够叫头发生长,玛加撒完全是扯谎!包比诺,咱们发财是稳的了。明儿早上七点就得上工场,等榛子送到,咱们就动手炼油。伏葛冷先生说什么油都一样,这话给外人听见,咱们不就完了吗?要不加点儿榛子和香料,凭什么理由把四两油卖到三四个法郎呢?"

包比诺说:"先生,你要受勋了;这是很大的光荣,对于……"

"对于商界,是不是,孩子?"

皮罗多发财有了把握,不由得脸上很得意;伙计们也注意到了,互相递着眼色。他们看着老板和出纳穿扮齐整,坐着马车出去,已经想入非非地编了许多故事。赛查和安赛末两人心照不宣的眼风表示彼此都很满意,包比诺还满怀希望地对赛查丽纳瞅了两回,可见铺子里的确发生了大事情,伙计们猜得不错。在那种忙乱而闭塞的生活中间,只要一点儿小事就会引起大家兴趣,好比犯人特别留意监狱里的动静。赛查摆着一副俨然的神气,太太却带着将信将疑的表情,这就说明他们又要办什么新事业了。要不然,赛查太太一定会心满意足,因为当天的收入出乎意料地到了六千法郎,有些客户来付了几笔过期的账;而她平时看到门市生意好就高兴的。

饭间和厨房都在底层和二楼之间的中层,从前是赛查夫妻俩的卧房;他们在这儿度过蜜月,所以饭间的款式像一间小客厅。厨房靠一个小天井取光,和饭间隔着一条过道;通往底层后间的楼梯就在过道里。吃晚饭的时候,铺子叫心腹小厮拉盖看守;上了饭后点心,伙计们先下楼,让赛查和他老婆女儿在火炉旁边继续吃饭。这习惯还是拉贡夫妇传下来的,他们的老规矩素来严格，东家与伙计距离很大，像从前师父跟徒弟一样。伙计们走开了，赛查便坐到壁炉旁边的大靠椅上，由赛查丽纳或是公斯当斯替他料理咖啡。那时他就把白天的琐碎事儿告诉太太听，或者是城里的见闻，或者是寺院街工场里的情形和制造方面的困难。

那天伙计们一下楼，赛查就说："太太，今天是咱们一生中最重大的日子了！榛子买下了，水压机明儿开动了，地皮生意也成交了。哪，这张支票你收起来。"他把比勒罗的票子递给太太，"屋子决定改装，咱们住家要扩充了。啊！我在巴太佛大院遇到的一个人才怪呢。"

他讲了莫利奈的事。

他正在高谈阔论，说到兴头上，太太忽然插嘴道："我看你已经背了二十万法郎的债！"

"是啊，太太，"花粉商故意装着情虚胆怯的样子，"怎么还得清呢，我的天哪？玛特兰纳的地产不能算在账上，虽则将来是巴黎最热闹的区域。"

"对，赛查，要等将来呢！"

他继续开玩笑，说道："唉！我八分之三的股份要六年以后才值到一百万。眼前的二十万怎么付呢？"赛查做了一个惊慌的手势，"嗨，告诉你，就用这个来付！"他从袋里掏出一个向玛杜太太要来，当作宝贝一般藏着的榛子。

他用两个手指夹着榛子给赛查丽纳和公斯当斯看。公斯当斯一声不响，赛查丽纳却诧异得不得了，一边替父亲倒咖啡一边说："啊！爸爸，你这是说笑话吧？"

花粉商和伙计们一样在饭桌上留意到包比诺投向赛查丽纳的眼风，起了疑心，想借此机会弄个明白，便道：

"哎，孩子，这榛子叫咱们家里起了大大的变化。从今晚起，屋子里要少一个人了。"

赛查丽纳望着父亲，神气仿佛说："那跟我有什么相干？"

父亲又补上一句："包比诺要走了。"

赛查看人固然没有什么眼光，他最后一句话也是为一面试探女儿，一面宣布包比诺公司成立而说的！但因为爱女儿，看到她面上和额上泛起红晕，连眼睛都红起来，终于低下头去，他也猜到女儿心中有些说不出的感情，以为赛查丽纳和包比诺私下讲过什么话了。其实并不。两个孩子跟所有胆怯的情人一样，一句话没说就心心相印了。

有些伦理学家认为，除了母爱之外，两性的爱是最不由自主，最没有利害观念，最没有心计的。这个见解真是荒谬绝伦。即使大部分人不知道爱情怎么发生，但是一切生理上精神上的好感，仍然从头脑、感情，或是本能的计算出发的。男女之爱主要是一种自私的感情，而自私就是斤斤计较的计算。一般人只注意结果，看到像赛查丽纳那样的漂亮姑娘，竟会爱上一个又是瘸腿又是红头发的穷小子，第一个印象可能觉得不大现实，或是太离奇了。然而这的确合乎布尔乔亚在感情方面打的算盘。明白了这一点，那些老是令人奇怪的婚姻，例如个子高大的美女嫁了一个矮小的丈夫，漂亮哥儿娶了一个矮小丑陋的老婆等，也可以得到解释了。凡是体格有缺陷的，不论是拐脚，是瘸腿，是各种各样的驼背，或者长得奇丑无比，或者满面酒瘢，或者长着白癜风，或者有罗甘那样的毛病，或者有了父母没法控制的任何一种残废，他只有两条路好走：不是叫人害怕，就是和善得不得了！他不能像大多数人那样在中间摇摆不定。走第一条路的有能人、有天才、有强者；因为只有无恶不作才能使人恐怖，只有天才才能

使人尊敬，只有聪明绝顶才能使人惧怕。走第二条路的却叫人疼爱，特别能适应女性的专横，比长相完全的男人更懂得爱。

管教安赛末的都是些德行高尚的人，无论是当法官的包比诺叔叔还是拉贡他们——这夫妻俩在体面的布尔乔亚里头也算得上是模范。再加小包比诺天真朴实，信仰宗教，生理上那点儿小小的缺陷早已由完美的品性给补偿了。年轻人有了这些优点，格外显得可爱。公斯当斯和赛查时常当着女儿称赞安赛末。两个开店的虽则头脑狭窄，却是胸襟宽大，很懂得一个人的心地。他们的称赞引起女儿的共鸣；她尽管天真，在安赛末纯洁的眼睛里也看出有股强烈的热情。女人看见男人对自己钟情总是得意的，不管这男的年龄如何、地位如何、长相如何。何况小包比诺比一个漂亮哥儿更有理由爱一个女人。倘若是个美女，他到老都会发疯般地爱她，用热情来培养自己的野心，千辛万苦地为妻子谋幸福，奉她为一家之主，甘心情愿地听她支配。这就是赛查丽纳不由自主所想到的，也想得这样露骨。她已经远远地看到爱情的果实，比来比去地思索过了：母亲的幸福摆在面前，自己的期望也不过如此；她的本能告诉她，安赛末就是第二个赛查，不过像她一样受了教育、多经过些琢磨而已。她的理想是包比诺将来能当上区长，她自己在本区的教堂里替穷人募捐，跟现在母亲在圣·洛克教堂里一样。临了，她竟不觉得包比诺的左腿和右腿有什么不同了，可能还会说："他瘸腿吗？"她喜欢那对一清如水的眼珠，往往有心瞅他一下，让他眼睛里冒出一道纯洁的火焰，然后神态抑郁地把眼睛低下去。罗甘的首席帮办亚历山大·格劳太的谈吐庸俗，赛查丽纳先就受不了；他在公事场中混惯了，不免少年老成，有种半玩世半随和的神气，赛查丽纳觉得更可厌。相反，包比诺的沉默却表示他性情和顺！赛查丽纳最喜欢看他听着无

La Comédie Humaine

赛查丽纳

聊的俗套露出一副凄凉的笑容；引起他微笑的那些废话，赛查丽纳也一向厌恶，所以他们俩是一同微笑，或者是一同感到难受的。安赛末虽则在这些地方高人一等，干起活来照样抢在前面，赛查丽纳就赏识他这股不怕辛苦的干劲。她知道尽管伙计们都说："赛查丽纳将来是嫁给罗甘的帮办的。"那又穷、又瘸腿、又是红头发的安赛末，却始终存着向她求婚的念头。本来吗，一个人抱的希望越大，越显出他的痴情。

赛查丽纳装着满不在乎的神气问父亲："他上哪儿去呢？"

皮罗多道："他要在五钻石街自立门户了！我相信，靠着上帝保佑……"

老婆和女儿都没有听懂他这句惊叹的话。

皮罗多碰到难题，往往像虫蚁遇到障碍物似的东撞一下、西撞一下。他把话扯开去了，打算以后再和老婆谈赛查丽纳的事。

他对公斯当斯说："你对罗甘的意见和担心，我告诉了你叔叔，他听着笑了。"

公斯当斯叫道："咱们俩说的话，你不应该告诉别人。可怜的罗甘也许是世界上最老实的男人，他已经五十八了，大概不会再想……

她看见赛查丽纳留神听着，便突然停住，朝赛查眨了眨眼睛。

皮罗多道："那么我决定入股是不错的了。"

她答道："你本来是当家的嘛。"

她要是赞成丈夫的计划，说的总是这句话。赛查抓着他女人的手，亲了亲她的额角。

接着他下楼对伙计们嚷道："喂，十点钟收市。今天夜里大家出把力，把二层楼的家具搬上三楼。咱们要像俗话说的，把小瓶放在大瓶里，让建筑师明天舒舒服服地动手。"他没看见包比诺，便道，"怎么！包比诺没请假就出去啦？啊，他不睡这儿了，我忘了。"又暗暗想道："他不是去把伏葛冷先生的话记下来，准是租店房去了。"

两个伙计和拉盖都站在赛莱斯丁后面，赛莱斯丁代表大家说道："我们知道为什么要搬东西；我们要向先生道喜，你的荣誉也是我们的光彩……包比诺说先生……"

"哎，孩子们，有什么办法呢！他们给了我勋章。所以我想请一次客，不但为了领土解放，还为了庆祝我的受勋。王上给我恩典，赏我勋章，大概因为我当过商务裁判，共和三年正月十三还为了保卫王家打过仗，就像你们现在的年纪，在圣·洛克的石级上被那个自称皇帝的拿破仑打伤了！我伤在大腿上，还是拉贡太太给包扎的。所以你们应当有勇气，将来一定会得到酬报。不是吗，孩子们，吃苦不是白吃的。"

赛莱斯丁道："以后不会再有巷战了。"

"可是不能不存着希望。"赛查又接下去对伙计们演说了一番，末了请大家一齐参加跳舞会。

拉盖、维奚尼和三个伙计一听有跳舞会，都上了劲，手脚轻健像卖技的一样。他们在楼梯上搬东西，上上下下，什么都没砸破，什么都没摔倒。清早两点，全部搬完了。赛查夫妻睡在三楼上。包比诺的房间给赛莱斯丁和二伙计住了。四层楼上暂时堆着家具。

6

两个明星

大量的神经液体所激起的强烈的热情[1]，能够在胸怀大志的野心家或情人心中燃起一团烈火。那么温和那么安详的包比诺，就在这股热情激励之下离开饭桌，下楼到铺子里，浑身骚动，像一匹正要出场比赛的骏马。

赛莱斯丁问他："你怎么啦？"

他凑着赛莱斯丁的耳朵说："朋友，没想到有这么一天！我要开店去了。还有，赛查先生得了勋章。"

赛莱斯丁嚷道："老板帮你忙，你真运气。"

包比诺没有回答，一溜烟走了，仿佛是一阵狂风，一阵胜利的好风把他卷走的。

一个伙计正在收拾成打的手套，对另外一个核对标签的同事说："哼！运气！包比诺瞧着赛查丽纳小姐的眼风，被老板发觉了；他多精明，借此机会把包比诺打发出去。他是拉贡家的内侄，真要求亲倒不好意思回绝。"

---

[1] 相信磁性感应的人认为"神经液体"是肉体与灵魂之间的媒介，凡是暗示作用及全身强直等现象都是由神经液体促成的。巴尔扎克深信催眠术和灵学，故小说中常常引用磁性感应的学说。

明明是调虎离山,赛莱斯丁还说老板热心呢!"

安赛末·包比诺走出圣·奥诺雷街,直奔二洋街去找一个青年人帮忙。他凭着做生意的直觉,认为要挣一份家业非利用那个人不可。

法官包比诺帮助过一个巴黎最能干的捐客;他靠着信口雌黄、无孔不入的手段,后来得了个外号,叫作"大名鼎鼎"。那时他还没有成为捐客大王,大家只知道他姓高狄沙,专门推销帽子和巴黎什货。年纪不过二十二岁,在生意上已经显出他催眠人的本领。他细挑身材,终日眉开眼笑,脸上表情十足,记性极好,眼光又厉害,一下子就能看出每个人的口味,确有资格成为后来的捐客大王,十足地道的法国人。前几天,高狄沙遇到包比诺,说马上就要出门。那天晚上包比诺匆匆赶到二洋街,希望他还在巴黎。一打听,他在驿站上的位置都定了,因为要和他亲爱的京城告别,正在杂剧院看一出新戏。包比诺决意等着他。高狄沙是推广新出品的能手,一些大公司已经在极力奉承他了;把榛子油交给他推销,就等于拿到了一张财神的期票。而且包比诺对高狄沙是完全抓得住的。要叫内地最顽固的零售商上钩,高狄沙固然是本领一等,但他自己也上过人家的当,参加了"百日"以后第一次颠覆王室的阴谋。他是最怕待着不动的人,偏偏背了大逆不道的罪名给关进监狱。负责侦查的包比诺法官认为他受到牵连仅仅是由于荒唐胡闹,把他开脱了。换了一个有心巴结政府的推事或是一个狂热的保王党,准会把倒霉的捐客送上断头台。他眼看预审推事救了他的命而他只能空空洞洞地感激一番,心里老大过意不去。既然不能向秉公处理的法官道谢,高狄沙便去见拉贡夫妇,说他为了报答包比诺一家,便是粉身碎骨也愿意。

安赛末等着他的时候,不免又去瞧了瞧五钻石街的店房,把屋主的地

名打听好了,以便商量租约。他在中央菜场近边那个黑洞洞的迷魂阵似的区域里闲荡,盘算怎样使事业快点儿成功,不料就在屠夫奥勃里街上碰到了一个独一无二的、预兆挺好的机会,打算第二天叫赛查大大地高兴一下。包比诺守在二洋街尽头通商旅馆门口,半夜左右,远远听见高狄沙在格勒奈街那边唱着一出戏文的结尾,还拿手杖在石板路上打拍子。

安赛末冷不防从旅馆门洞里走出来,说道:"先生,跟你谈两句话。"

"二十句也行。"捐客只道遇到歹人,把一头装铅的手杖举了起来。

安赛末忙道:"我是包比诺。"

高狄沙认出是他,便说:"什么事啊?要用钱吗?钱请假出门去了,不过总有办法。还是要决斗找我去帮忙?好,我从头到脚都交给你就是了。"

接着他唱道:

对啦,对啦,

这才是真正的法国兵!

包比诺道:"来跟我谈十分钟,不要在你房里,免得给人听到;这时河滨道上没有人,咱们上那边去。事情非常重要。"

"这样紧急吗?好,走吧!"

一会儿,高狄沙知道了包比诺的秘密,认为事情的确重要。他套着拉丰[1]串演熙德的台词,连唱带做地念道:

---

[1] 拉丰(1773—1846),法国有名的悲剧演员。

花粉商,理发师,零售商,统统替我走出来![1]

"我要把法兰西和纳瓦拉[2]所有的零售商头上都涂上油。噢!主意有了!我本来要出门,现在不走了。我要去代理巴黎的花粉生意。"

"为什么?"

"为打倒你的同行啊,你这傻瓜!我做了他们的推销员,就能偷天换日,拿你的头油去抢他们蹩脚化妆品的生意。我开口闭口只提你的油,只推销你的油。这就叫作掮客的手段!哈哈!我们是生意场中的外交家,好厉害呢!你的仿单交给我去办。我有个从小的朋友叫作安杜希·斐诺,老子在公鸡街上开帽子店,当初叫我推销帽子的就是他。安杜希聪明绝顶:他一个人的头脑抵得上所有戴他爸爸帽子的头脑。他弄文学,替戏剧报写小戏馆的剧评。他爸是个没有脑子的老混蛋,不喜欢聪明,不相信聪明;你告诉他头脑也能卖钱,也能发财,都是白搭。他脑子里只有酒精。老斐诺叫小斐诺饿肚子,逼他投降。可是小斐诺有本事,跟我是好朋友;我除了做买卖,向来不跟傻瓜来往。斐诺替那家叫作'忠实的牧羊人'的糖果店在匣子上题字,糖果店倒还肯出钱,不比那些报刊叫他做了苦工,只给他喝西北风。他那一行也忌妒得厉害,和巴黎的什货业一样。有个做戏的玛斯小姐是个了不起的美人儿,我着实喜欢,斐诺为她编了一出绝妙的独幕剧,为了要上演,只得拿到快乐剧场去。他写仿单是老手,懂得生意人的心思;又不拿架子,不会要咱们酬报的。一碗什合酒、几块蛋糕,请请

---

[1] 高乃依的著名悲剧《熙德》里有一句台词:"纳瓦拉人,摩尔人,加斯蒂利亚人,统统走出来!"
[2] 纳瓦拉是比利牛斯山脉两旁的古国名,原属西班牙,十七世纪初被法国并吞。现在这个名称是指法国西南边界上的地区。

他就行啦。真的，包比诺，不说笑话：我这回出门不收你佣金，不要你花一个钱，一应开支都出在你同行账上。我要耍他们一下。跟你讲明在先：这件事的成功失败跟我面子有关，只要你结婚请我做傧相，就是我的报酬了。我要去意大利，去德国，去英国，带着各种文字的广告到处张贴，村子也好，教堂的大门也好，内地无论什么要紧关口，只要我知道，都要贴上去。保险每个人头上都搽你的油，搽得亮晶晶地发光。嚄！将来你结婚起来非同小可，一定是大场面！你要娶不到赛查丽纳，我就不叫作'大名鼎鼎'！这个绰号是斐诺老头送给我的，因为他的灰呢帽给我一推销就风行全国。现在推销你的头油还是我的老本行，弄来弄去离不开人的脑袋。大家知道，帽子和头油都是保护头发的。"

包比诺眼看事业有希望了，上姑母家睡觉去的时候，兴奋至极，一路上走过的街道都变作一条一条的油沟。他夜里睡不安稳，梦见自己的头发拼命地长，两个天使像在戏里一样打开一条横幅，上面写着赛查丽安油。他醒来记起这个梦，决定就用这个名字；他把梦里的胡思乱想看作是天意。

榛子还没送来，赛查和包比诺早已在工场里等着。趁玛杜太太的送货工人没有到，包比诺得意扬扬地先把他跟高狄沙的联盟讲了一遍。

"大名鼎鼎的高狄沙肯帮忙，咱们的百万家财是稳的了！"花粉商嚷着，向他的出纳员伸出手去，神气活像路易十四在特南一仗之后接待特·维拉元帅。

"还有好消息呢，"兴高采烈的伙计从袋里掏出一个小瓶来，形状像葫芦，四边是瓜棱式的，"这样的现成瓶子一共有一万个，四个铜子一个，六个月的期票。"

皮罗多打量着奇形怪状的小瓶，先叫了声："安赛末！"然后声调很严肃地说道:"只不过是昨天,你在蒂勒黎花园说你一定成功;今天轮到我来对你说了:你一定成功!四个铜子一个!六个月的期票!式样这么别致!这一下玛加撒可完蛋啦,给我们一棍子打死了!巴黎只有这么一批榛子,都给我收了来,你看我做得对不对?这些瓶子你哪儿找到的?"

"我一边等着高狄沙,一边在街上闲逛……"

皮罗多道:"跟我从前一样。"

"顺着屠夫奥勃里街往下走,有一家批发各式瓶罐和玻璃龛的铺子,栈房大得不得了;我一看到这种小瓶就眼睛一亮,好像忽然遇到了一道光,耳朵里听见一个声音说道:你要的东西就在这里!"

赛查轻轻地自言自语道:"天生是个做买卖的!我女儿准是他的了。"

"我走进铺子,看见那样的小瓶箱子里装着几千个。"

"你就问了?"

安赛末听了这一句好似受了委屈一般,说道:"我才不那么傻呢!"

"天生是个做买卖的!"皮罗多又说了一遍。

"我说要买个玻璃龛,安放蜡制的小耶稣。我一边还价,一边批评那些瓶子难看。老板被我逗了几句,就一五一十把实话告诉我听。原来新近破产的法伊和蒲旭两人想制造一种化妆品,要用奇形怪状的瓶子;老板不信任他们,要他们先付一半定洋。法伊和蒲旭只希望事业成功,照付了。瓶子没有做好,他们已经破产。破产管理人为了清理这笔债务,最近跟玻璃店老板讲好条件,破产人把付过的钱和做好的瓶子一齐放弃,作为赔偿。大家觉得这批东西式样可笑,反正卖不掉的。瓶子原价八个铜子,现在要能卖到四个铜子,老板就很高兴了。谁知道这批冷门货还得在栈房里搁多少时候!我说:'你可愿意照四个铜子的价钱供应一万只吗?我能替你出清这批瓶子,我是皮罗多先生店里的伙计。'我跟他磨来磨去,一边逗,一边激,终究把他说服了。"

皮罗多说:"好啊,四个铜子!你知道没有?咱们的油每瓶可以定到三法郎,让零售商赚一法郎,咱们赚一法郎半。"

包比诺叫道:"啊!赛查丽安油!"

"什么赛查丽安油?噢,多情的家伙,你把父女两个都奉承到了。行,就叫作赛查丽安油吧!赛查征服过天下,他的头发一定漂亮。"

包比诺道:"赛查是秃顶呢。"

"因为他没有用上咱们的油呀,将来我们就这么说吧。赛查丽安油卖三法郎一瓶,比玛加撒油便宜一半。有高狄沙帮忙,不消一年就能赚到十万。咱们要叫每个爱体面的人一年买一打,赚他十八法郎!一万八千人就是十八万法郎[1]。咱们马上是百万富翁啦。"

榛子送来了,包比诺、赛查、拉盖和几个工人先剥了一堆,下午四点以前就榨出了几斤油。包比诺送去给伏葛冷,伏葛冷给他一张配方,在榛子油里掺进另外一种便宜的油,再加香料。包比诺马上办手续,向公家申请发明和精工监制的执照。捐税是忠心的高狄沙垫付的,因为包比诺存心争口气,他的半股开办费一定要自己筹划。

根基浅薄的人一朝事业兴旺就会冲昏头脑,得意忘形的后果是不难预料的。葛兰杜送来一张着色的草图,各个房间的内景,画上家具,美不可言。皮罗多看了中意得很,全部同意。泥水匠立刻挥动铁锹,把屋子和公斯当斯震动得直叫。管油漆的罗杜阿是个挺有钱的包工头儿,有心把工程

---

[1] 这笔账,巴尔扎克又算错了。

做得讲究，说要在客厅墙上嵌金线。听到这句话，公斯当斯出来干涉了。

她说："罗杜阿先生，你有三万法郎利息收入，住着自己的屋子，可以爱怎么装修就怎么装修；可是我们……"

"太太，做买卖的也得放点儿光彩，别让贵族压倒才好。再说，皮罗多先生进了官场，赫赫有名……"

公斯当斯当着手下的伙计和其余的五个人插嘴道："对，可是他还在开店呢。我、他、他的朋友、他的敌人，都不会忘记这一点。"

皮罗多背剪着手，踮着脚尖，放下脚跟，身子一上一下动了好几回，说道："我女人说得不错。我们虽然事业兴旺，还是应该俭朴一些。并且，只要一个人还在做买卖，用钱就得谨慎，不能过于奢华，法律也规定，生意人不应当铺张浪费。倘使扩充住宅，装修屋子而超过了限度，就是我轻举妄动，便是你罗杜阿也要批评我的。街坊上都瞪着眼看着我，一帆风顺总有人忌妒，总有人眼红！——啊，小朋友，你不久也体会得到。"皮罗多对葛兰杜补上一句，"人家要毁谤是没办法的，至少不能给他们抓住把柄，说我坏话。"

罗杜阿道："毁谤也罢，坏话也罢，都扯不上你的；你的地位与众不同：做生意的经验这么丰富，什么都考虑周到。你好厉害啊！"

"不错，做买卖我还有点儿经验；你知道我们为什么要扩充住宅？我把工程脱期的罚款定得那么高，就是为了……"

"为了什么呀？"

"告诉你吧，我跟我太太请几位客人，为了庆祝领土解放，同时也为了庆祝我获得荣誉团勋章。"

罗杜阿道："什么！什么！他们给了你勋章？"

"是啊；王上给我恩典，赏我勋章，也许是因为我当过商务裁判，并且共和三年正月十三我替王上打过仗，在圣·洛克的石级上被拿破仑打伤了。希望你带着太太小姐一齐来……"

属于进步党的罗杜阿道："承你瞧得起，荣幸得很。可是皮罗多，你真有一手啊。你是要我不脱期，才请我参加跳舞会的。好吧，让我派一些最熟练的工人来，多生一点火，把油漆烘干。我们有快干的办法，反正不能让石灰里的潮气把屋子搅得烟雾腾腾的，叫人家来跳舞。要屋子没有气味，只消外面加一层油就行了。"

三天以后，街坊上做买卖的听到皮罗多要开跳舞会的消息，都轰动了。为了赶快把楼梯搬好，屋外架着支柱，街上停着大车，拆下的旧料从方形的木漏斗里直接倒下来：这些情形，大家都看到了。工人分作日夜两班，点着火把急急忙忙干活，闲人和看热闹的站在街上议论纷纷；他们根据这些排场，预言屋子的装修不知有多么奢华。

地产生意正式定局的那个星期日，下午四点左右，晚祷以后，拉贡夫妻和比勒罗叔叔来了。赛查说因为正在拆屋，只请了查理·克拉巴龙、格劳太和罗甘，公证人带来一份《辩论报》，上面有特·拉·皮耶第埃先生叫人登的一条新闻：

本报讯　为了领土解放，全国上下均将热烈庆祝。在外国军队占领期间，首都的繁华因体统关系曾一度消歇，巴黎各区政府的官员觉得应当及时恢复。闻正副区长均将分别举行跳舞会，盛况空前，可以预卜。举国欢腾的热潮势必普遍展开。各界正在筹备的庆祝会中，尤以皮罗多先生的舞会引人注意。皮罗多先生最近获得荣誉团四等勋章；

他素来效忠王室，曾于共和三年正月十三在圣·洛克事件中受伤；尔后出任商务裁判，又深孚众望；此次得邀圣眷，实属受之无愧。

皮罗多叫道："噢！现在的人文章写得多好！"又对比勒罗说："报纸上提到我们呢。"

比勒罗答道："那又怎么呢？"他最讨厌《辩论报》。

赛查太太不像丈夫那样神魂颠倒，只轻轻地对拉贡太太说："这条新闻一出来，我们的雪花膏和润肤水也许会多销一些。"

拉贡太太又高又瘦，满面都是皱纹，削鼻子，薄嘴唇，很像旧时宫廷中的侯爵夫人。眼睛四周，很大的一圈皮肤已经松了，跟那些饱经忧患的老太太一样。她尽管很有礼貌，那副威严庄重的气派叫人不能不肃然起敬。她身上还有些说不出的古怪样儿，很触目而不会叫你发笑，那只能用她的衣着和举动来解释。她戴着露出半截手指的手套，不管什么天气出门总拿着手杖式的阳伞，像玛丽·安托瓦内特王后在德利亚农宫中用的；穿的是淡棕色的，所谓"落叶"色的连衫裙，叠在腰里的褶裥，谁都学不来，那个窍门跟着上一代的老太太失传了。她披的黑头纱，周围镶着大方眼子的黑花边；古色古香的帽子，四面的镶边好像旧框子上的镂空花。她吸起鼻烟来最是干净利落；凡是有福气见过祖母和祖姑母的青年们，都还记得她们郑重其事地把金鼻烟壶放在身边的桌上，再把围巾上的烟屑子抖干净！拉贡太太吸鼻烟就是这副功架。

拉贡先生是矮个子，最多不过五尺高，脸像个榛子钳，只看见他一双眼睛、两个尖颧骨、一个鼻子和一个下巴。牙齿落尽，说起话来滔滔不绝，可是一半的字儿都给吃掉了。对人很殷勤，喜欢装腔作势，从前开店的时代有什么漂亮太太上门,他总是满面春风地迎上去,到现在脸上仍旧挂着这副笑容。扑粉在他头上画出一个雪白的月牙形,梳得很整齐,两边突出,像鱼翅,中间用缎带扎成一根短辫子。身上穿的是宝蓝色大氅、白背心、扎脚裤、丝袜、金搭扣的皮鞋,戴着黑丝手套。最特别的脾气是走在街上帽子不戴,老是拿在手里。他神气活像贵族院里的信差,或是御前的传达,像那些待在什么长官身边而多少沾着点光彩的小角儿。

他神气俨然地说道:"喂,皮罗多,当初你信了我们的话,现在后悔吗?亲爱的王上绝不会忘记我们,这一点我们从来没怀疑过。"

拉贡太太对皮罗多太太说:"好妹子,你心里一定很快活吧?"

"是的。"花粉美人回答。拉贡太太的手杖式的阳伞、蝴蝶式的帽子、窄袖子和大头巾,对公斯当斯始终有股吸引力。

拉贡太太尖着嗓子,摆出老长辈的神气说道:"赛查丽纳真讨人喜欢。过来,美丽的孩子。"

比勒罗叔叔问:"是不是办了公事再吃饭?"

罗甘说:"咱们等克拉巴龙先生。我走的时候,他正在换衣服。"

赛查说:"罗甘先生,你告诉他没有,我们是在见不得人的中层楼上吃饭?……"

"哼!十六年前他觉得这房间漂亮得很呢。"公斯当斯轻轻说了一句。

"到处是灰土、工人。"

罗甘说:"噢,他随和得很,绝不挑剔。"

赛查又说:"我叫拉盖守在店里;咱们不走原来的门了,你看见没有?样样都拆掉了。"

比勒罗问拉贡太太:"干吗你不带侄儿来呢?"

赛查丽纳也跟着问:"他今天会来吗?"

"不来了,我的宝贝,"拉贡太太回答,"安赛末这孩子忙得连命都不要了。那条臭气冲天的五钻石街没有阳光,没有空气,我想到就害怕。阳沟不是发蓝,就是发绿发黑。我担心他会掉下去。可是年轻人脑子里打定了主意就是这样!"她对赛查丽纳做了一个手势,表示她所谓脑子其实是指心。

赛查问道:"难道他已经签了租约吗?"

拉贡道:"昨天就签了,还经过了公证。租期十八年,可是要预付六个月租金。"

花粉商道:"拉贡先生,我这么办,你满意吗?我把新发明的秘方告诉了他……"

"赛查,我们太了解你了。"小老头儿拉着赛查的手,热乎乎地捏了一回。

罗甘对于克拉巴龙的出场不能不担忧,觉得他的举动谈吐会叫循规蹈矩的布尔乔亚吓一跳的,还是让众人心上有个准备的好。

他对拉贡、比勒罗和太太们说:"你们等会儿看吧,克拉巴龙是个怪物,表面上胡说八道,出言粗俗,实际非常有才干;他是靠着聪明从低微的地位上爬起来的。将来跟银行家来往多了,一定会学得文雅一些。说不定你们在大街上或者咖啡馆里,会看见他衣冠不整地在那里喝酒、打弹子,神气活像个大傻瓜……其实不是的;他在转念头,想翻些新鲜花样叫工商界轰动一下。"

皮罗多说:"我懂得;我最好的主意都是逛马路的时候想出来的,不是吗,亲爱的?"他问太太。

罗甘接着说："克拉巴龙白天在外面安排、布置、找门道；晚上还抓紧时间做事。这般有本事的人过的生活都莫名其妙，怪得很。别看他自由散漫，他照样达到目的。我亲眼看着他叫咱们的卖主一个一个地让步。当初有的人不愿意，有的心里疑疑惑惑，克拉巴龙要弄他们，天天去看他们，跟他们纠缠不清，终于把地产弄来了。"

克拉巴龙是这个故事中最离奇的角色，是出面支配赛查今后命运的人物。他人还没出场，先传来一阵酒鬼所特有的"勃噜——勃噜"的怪声音。花粉商听了，赶到黑洞洞的小楼梯上吩咐拉盖关店门，同时向克拉巴龙道歉，表示在饭间里接待他不恭得很。

克拉巴龙回答说："那有什么关系！这儿正好啃菜根……哦，我的意思是说，谈生意经。"

虽然罗甘用花言巧语解释过了，态度文雅的拉贡夫妇，冷眼旁观的比勒罗，还有赛查丽纳和她的母亲，对这个冒充的大银行家一开场都印象不大好。

他是捐客出身，年纪大概有二十八，头发脱得精光，戴着一副烫成螺旋形的假头发。这个款式照例要有少女般的娇嫩、凝脂般的皮肤、妩媚动人的女性的风度才配得上；克拉巴龙戴上这假头发，越发显出他的丑恶，那张长满小肉刺的土红脸一团虚火，活像赶班车的马夫。未老先衰的皱纹，一道道像绲边一般沟槽很深的肉裥，扯动起来好不难看，说明他生活糜烂，一口牙齿都坏了，粗糙的皮肤布满着小黑点，也是他荒唐胡闹的结果。克拉巴龙的神气颇像内地戏班里的跑龙套，什么角色都能演，脸上已经涂不上胭脂，疲乏的身体快支持不住了，厚嘴唇像涂了一层面粉；可是油嘴滑舌，即使喝醉了也口角俏皮。看起人来，眼睛非常放肆，举动更不

La Comédie Humaine

克拉巴龙

知检点。他灌饱了杂合酒,脸上老是醉醺醺的,嘻嘻哈哈,没有一点做生意的正经样儿。他直要指手画脚地学了半天,才勉强学会一副冒充阔佬的功架。杜·蒂埃好比一个剧团经理不放心初次登台的主角,亲自监督克拉巴龙穿衣打扮,生怕他生活放荡,下流惯了,在装作银行家的时候忽然露出马脚来。

他吩咐道:"你越少开口越好。银行家从来不多说话;他只管行动,思索,考虑,听着人家,掂斤估两。所以要装得像,就不能说话,顶多只说一些不关痛痒的话。你那快活的疯疯癫癫的眼神得收起来,目光要严肃,呆一点倒不要紧。提到政治,你得站在政府一边,说些空话,好比:预算庞大呀;各党各派不可能妥协呀;进步党人是危险分子呀;无论什么摩擦,波旁王室都应当避免呀;进步党的主张只是利害相关的集团用的幌子呀;波旁家正在替我们安排一个繁荣的时代,尽管你不喜欢,也得支持现政府呀;法国已经有相当的政治经验呀;诸如此类。别看见桌子就懒洋洋地伏在上面,别忘了你得保持百万富翁的尊严。吸鼻烟不能像残废军人那样,回答人家的话,最好先把鼻烟壶拿在手里玩玩,瞧瞧自己的脚,望望天花板;总之要装作思想深刻。还有你那乱动东西的坏习惯,非改掉不可。在交际场中,银行家应当懒得动弹。不是吗?你通宵没有睡觉,被数目字搅得头昏脑涨,办一桩事业不知要凑集多少条件!花多少工夫研究!你尤其要表示对生意怨声载道,说做买卖又吃力,又麻烦,又棘手。说话不要越出这范围,别提到什么专门的问题。吃饭之前,别哼你那些贝朗瑞的小调,酒不能喝太多。喝醉了,你的前途就完啦。反正罗甘会管着你的。你这回要去见一班道学先生,都是挺规矩的布尔乔亚,别把你那套下等酒店的论调吓了他们。"

这篇训话给查理·克拉巴龙精神上的影响，和他的新衣服对他身体的影响不相上下。他原是一个满不在乎的乐天派，跟谁都合得来；穿惯乱七八糟的舒服衣衫，身体裹在里头，和他的思想在谈吐中一样无拘无束。如今刚穿上裁缝误了时间送来的新衣服，身体直僵僵的像根柱子；他既担心自己的说话，又担心自己的动作：一只手向什么瓶子匣子冒冒失失地伸出去又缩回来，一句话说到一半忽然停住，使比勒罗只觉得他矛盾得可笑。他的通红的脸，乱蓬蓬的螺旋形的假头发，和他的衣着全不相称；他的思想也老是和他的说话打架。但是这些接二连三的矛盾，那般忠厚的布尔乔亚还当作是事情太忙、心不在焉的缘故。

罗甘说："他做的事业才多呢。"

拉贡太太对赛查丽纳说："事业并没给他多少教育。"

罗甘听了，急忙把手指放在嘴上，低下头去告诉拉贡太太："他又有钱又能干，做生意又非常规矩。"

比勒罗对拉贡道："看在他这些长处分上，有些地方自然不必计较了。"

罗甘道："咱们就在饭前把合同念了吧，好在没有外人。"

拉贡太太、赛查丽纳和公斯当斯一齐走开；比勒罗、拉贡、赛查、罗甘和克拉巴龙，听亚历山大·格劳太念合同。合同上写明赛查拿寺院街的工场和地基作抵押，出一张四万法郎的借据给罗甘的一个主顾。他把比勒罗的银行支票交给罗甘；另外拿出二万法郎证券和开着克拉巴龙抬头的十四万法郎期票，但克拉巴龙不出收据。

克拉巴龙说："我用不着出收据给你；你们的一份由你向罗甘先生负责，我们的一份归我们负责。卖主将来向罗甘先生收钱，我只凭你的十四万法郎票据替你凑足股款。"

比勒罗说:"对。"

克拉巴龙说:"那么请太太们回来吧,她们走开了,咱们冷得很。"他看了看罗甘的脸色,不知道这句笑话是不是说得过分了。

他叫了一声:"太太们!……"又挺着身子望着皮罗多说,"噢!那位小姐想必是令爱吧?想不到你还有这一手。经过你提炼的玫瑰花都给她比下去了,也许就因为你提炼了玫瑰花……"

罗甘截断了他的话,说道:"真的,我肚子饿了。"

皮罗多说:"那就吃饭吧。"

克拉巴龙鼓起脖子说:"咱们这顿饭也是经过公证的了。"

比勒罗有心坐在克拉巴龙旁边,问道:"先生买卖做得很多吗?"

银行家回答:"太多了,全是整批整批的;可是买卖真难做,真棘手。比如运河吧,哎!那些运河啊!我们为了运河忙成怎样,你才想不到呢。那也是当然的。政府要开运河。你知道,各州各府都需要运河,那跟各行各业都有关系。柏斯格说过:'江河是活动的路。'所以我们要开辟市场。市场要有地基,因为不知要挑多少土;挑土是穷人的事;因此要发公债,公债归根结底是还给穷人的!伏尔泰说过:'河道,胡说八道,穷人的生财之道!'可是政府有工程师指导,不容易叫它上当,除非你和工程师串通;因为国会!……噢!先生,国会老跟我们为难,不肯考虑财政所牵涉的政治问题。双方都不怀好意。你相信吗?格莱弟兄,呃,我是说国会议员法朗梭阿·格莱,他为了公债问题,运河问题,攻击政府。我们在他家里等着,那好家伙回来看到我们的计划对他有利,还得和他刚才臭骂过的政府妥协。议员的利益和金融家的利益发生冲突,我们夹在中间两面受敌。现在你可明白生意多么难做了吧,每个人都要给他满足,职员,议员,清客,部长……"

"部长?"比勒罗决意要摸清这个合伙人的底细。

"是啊,先生,连部长在内。"

比勒罗道:"那么报上说得不错了。"

皮罗多道:"叔叔谈起政治来了;克拉巴龙先生对他倒很合胃口。"

克拉巴龙道:"报纸吗?它专门捣乱,混账透了。先生,报纸把我们的计划都搅乱了;有时候也帮我们的忙,可是常常叫我提心吊胆,睡不着觉;那我可不愿意呢。总而言之,又要看文件又要计算,我眼睛都花了。"

比勒罗希望知道些内幕,接着问:"部长们又怎么样呢?"

"部长们提出的条件完全按照政府的意思。哎,这是什么菜啊?龙肝凤脯吗?"克拉巴龙把话扯开去了,"这种沙司只有布尔乔亚家里吃得到,休想在兔崽子的小饭铺里……"

拉贡太太听到这一句,帽子上插的花像小羔羊似的直跳来起。克拉巴龙知道说了一句粗话,想补救一下。

他说:"在高级金融界里头,凡是时髦的夜酒店,像凡里和普罗旺斯弟兄等,都叫作'兔崽子小饭铺'。我是说,不管是那些酒店老板还是什么高明的厨子,都做不出滑腻的沙司;有的在清水里加些柠檬,有的是做化学实验。"

饭桌上从头至尾是比勒罗在那里进攻,想摸克拉巴龙的底,可是摸来摸去只摸个空。比勒罗认为这家伙不是好东西。

罗甘咬着克拉巴龙的耳朵说:"情形很好。"

"唉!我要能把这身衣服早点儿脱下来才好呢。"克拉巴龙闷得气都透不过来。

皮罗多说:"先生,我们不得不把饭厅作为客室,因为十八天以后我们要请客,庆祝领土解放……"

"好啊,先生;我也是拥护政府的人。梅特涅那家伙真狠,奥国王室的命运都操在他手里;他主张维持现状,我政治上的主张是跟他一路的。要并吞新的就得保持旧的,要保持旧的就得并吞新的:这是我的原则,荣幸得很,那也是梅特涅亲王的原则。"

赛查接着说:"……我请客也为了庆祝我得到荣誉团勋章。"

"是的,我知道。谁跟我说的?是格莱弟兄还是纽沁根?"

罗甘想不到他这样机灵,不由得做了个钦佩的手势。

"啊,不是的,我想起来了,是在议院里听到的。"

赛查道:"在议院里吗?可是特·拉·皮耶第埃先生告诉你的?"

"对啦,就是他。"

赛查对叔岳道:"你看他多可爱。"

比勒罗道:"他空话连篇,叫人越听越糊涂。"

皮罗多又道:"王上给我恩典,赏我勋章,也许……"

克拉巴龙抢着说:"也许因为你对花粉业有贡献。不管什么功劳,波旁家都会奖励。所以咱们应当拥护这些正统的帝王,他们宽宏大量,不久还要大兴市面呢……复辟政府知道一定要和拿破仑政权见个高低;现在的政府不用打仗也能扩充疆界,你等着瞧吧!……"

赛查太太说:"先生肯赏光来参加我们的跳舞会吗?"

"噢!太太,为了来奉陪您,便是错过机会,少赚几百万我也愿意。"

赛查对叔岳说:"他的话真多。"

正当花粉业的巨头日薄西山,快到回光返照的时候,生意场中的地平线上隐隐约约升起一颗星来。就在同一个时间,小包比诺在五钻石街上开始为他的家业打基础。

五钻石街一头通龙巴街,一头通屠夫奥勃里街,对面便是巴黎老区里赫赫有名的耿刚波街,法国史上许多大事都是在那条街上发生的。五钻石街路面狭窄,货车很不容易通过。但虽然有这个缺点,近边全是药材行,所以地段还是有利,包比诺挑得不错。屋子坐落在龙巴街那头的第二家,里面黑得厉害,有时白天也得点灯。头天晚上,初出道的包比诺接管了这个黑洞洞的叫人恶心的地方。原来的房客是做糖浆和粗糖生意的;墙壁、院子、货栈,到处留着这个行业的痕迹。

店面是一间开阔高大的屋子,装着两扇深绿漆的大门,钉着长铁条,帽钉形式像香菌。窗上围的铁丝网,底下一截往外鼓起,像老式的面包房;地下铺着大块的白石板,多数已经破裂;颜色发黄的墙上一无所有,跟营房一样。往里是一间后店堂和一间厨房,都靠院子取光;拐角上的货栈原先一定是马房。楼梯在后店堂,上楼去有两间临街的屋子,包比诺打算做办公室和账房。他自己预备住在货栈楼上,一共有三个小房间,跟邻居合着一堵墙,窗子对着天井。从三间黑魆魆的破屋子里望出去,只看见一个不规则形的院子,四面围着高墙,房里的潮气即使在最干燥的日子也像新粉刷的。院子堆过糖浆和粗糖,石板缝里嵌着一层又黑又臭的油腻。三间房都没有糊纸,地下铺着方砖,只有一间有壁炉。

高狄沙找了一个裱糊匠在墙上刷了一层胶水;那天从早上起,除了工匠,包比诺和高狄沙都亲自动手,把那间难看的卧房糊上十五铜子一卷的花纸。家具只有一张中学生睡的红漆小木床、一只蹩脚床几、一口古式五斗柜、一张桌子、两张安乐椅、六张单靠椅,都是包比诺法官给的。高狄沙买来一面旧镜子，放在壁炉架高头。晚上八点左右，炉子里烧起一捆木柴，两位朋友坐下来预备吃白天剩下的饭菜。

高狄沙叫道："咱们要吃进屋酒，把冷羊肉拿开！"

"可是我……"包比诺只有一块二十法郎的银洋，预备给起草仿单的人做报酬的，他掏出来给高狄沙看了。

"我！……"高狄沙说着，把一块四十法郎的钱贴在自己的眼睛上晃了一晃。

大门上的环子响了一下，声音一直传到院子里，因为是星期天，做手艺的都离开作场出去了，院子里特别幽静，回声也特别响亮。

大名鼎鼎的高狄沙说道："啊，卜德里街的老伙计来了。我，我就是有办法！"

果然，一个伙计带着两个小厮，捧着三个食匣送来一桌菜，还有挑得很内行的六瓶酒。

包比诺道："咱们俩怎么吃得了这许多？"

高狄沙道："还有那个作家呢！斐诺见过花天酒地的大场面。等会儿他要来的，写的仿单包你别出心裁。你说我用的词儿妙不妙？仿单总不免枯燥无味，要种子开花，全靠用好酒来浇。"他整了整衣服，对两个小厮说："好吧，小鬼，我赏你们几两金子。"

他给了他们十个铜子，气概就像他所崇拜的拿破仑。

"谢谢先生。"两个小厮听他的说笑，比拿到酒钱还高兴。

高狄沙对留下来侍候的一个伙计说："告诉你，小子，楼下有个看门女人，住在一个破窑里，有时在那里烧烧饭消遣消遣，像当年瑙西卡洗衣服[1]一样。你去向她求告一番,要她关心一下我们饭菜的冷热。对她说:约翰-法朗梭阿·高狄沙的儿子,贫民世家高狄沙的后代,斐列克斯·高狄沙,多多拜上她,祝福她。去吧,小心侍候,每个菜都要弄得好好的;要不然,仔细你的屁股!"

大门上的环子又响了一下。

高狄沙道:"才子安杜希来啦。"

进来的是个胖胖的青年,不高不矮,大圆脸,从头到脚像个帽子司务的儿子;五官长得毫无棱角,外表稳重,看不出是个精明家伙。他本是穷得愁眉苦脸,一看见饭桌上摆得齐齐整整,酒瓶的封口与众不同,顿时笑逐颜开,快活得不得了。他听到高狄沙的叫喊,淡蓝眼睛亮了一亮,把大脑袋从右到左移动了一下,一张脸活像卡尔梅克人[2]。他招呼包比诺的态度很古怪,既不卑躬屈节,也不表示尊敬,仿佛很不自在而又放不下架子。那时他正认识到自己没有一星半点的文才,觉得与其写出作品来卖不到钱,不如做个文坛企业家,踏在文人雅士的肩膀上做生意。低声下气求人的手段已经用尽了,钻门道找出路的委屈也受够了,他打算改变作风,像实力雄厚的金融家一样,故意装得神态傲慢。但开场总得有一笔资本才行,恰好高狄沙跑来告诉他,只要把包比诺的头油捧上台,他的开办费就有了着落。

高狄沙说:"你代表他跟报馆打交道,可是不能骗他;要不然我会跟你拼命的。你赚他多少钱就得出多少力。"

---

[1] 荷马史诗《奥德赛》中的瑙西卡是阿尔喀诺俄斯的女儿,在海滨与女伴洗衣打球的时候,发现漂流在海边的奥德修斯。

[2] 卡尔梅克人是蒙古族的一支,住在俄罗斯南部。

包比诺神色不安地瞧着这位作家。真正的生意人看到作家，总带着又害怕又哀怜又好奇的心情。包比诺原来很有教养，但是他那些老长辈的习惯和思想把他影响了，再加在店里忙着大小事务、银钱出入，更容易感觉麻木；所以包比诺的头脑变了，完全受着本行的风俗习惯控制。这种情形，我们在老同学身上也能看到：离开中学或私塾的时候，许多人思想都差不多，隔了十年就大不相同。当下包比诺愣了一愣，斐诺却当作是佩服他。

高狄沙道："咱们先把仿单商量好了，才能丢开心事，痛痛快快喝酒。吃过饭，文章就念不清楚，舌头也要管消化的。"

包比诺道："先生，一张仿单往往等于一笔财产。"

斐诺道："对于我这样的光棍，财产不过是一张仿单。"

高狄沙道："啊！妙极了。斐诺这怪物，他一个人的才气抵得上四十个[1]。"

包比诺听了斐诺的话，吃了一惊，说道："别说四十，一百个也抵得上！"

性急的高狄沙拿起稿子，加强着语气高声念道："护首油"。

包比诺道："我想还是叫作赛查丽安油。"

高狄沙道："朋友，你不知道内地人的脾气。有种外科手术叫这个名字，内地人笨得很，会把你的油当作催生用的；要把他们从接生拉回到头发上来，不知要费多少口舌。"

作者说："我不是替我起的名字辩护，我只提醒你一下：护首油就是

---

[1] 法兰西学士院的名额一共是四十人，所谓四十个就是指学士院会员。包比诺不懂这个意思，故有下文。科学院则是另一组织。

头上用的油,把你的意思都包括了。"

"念吧。"包比诺说着,心里急得很。

下面便是仿单原文,市场上到今天还在成千成万地分发。(这又是一种证明文件。)

荣获一八二七年博览会奖章

护 首 油

领有发明执照及精工监制执照

世界上既没有一种化学品能够把头发染色而不损害理智的中枢,也没有一种化妆品能够叫头发生长。科学界最近宣布,头发是一种死的物质,脱落或发白都无法阻止。要预防秃顶与毛囊萎缩,只消维持头部所需要的温度,保护头发根下面的球茎不受外界气候的影响。护首油就是根据科学院所肯定的原理制成的,能产生上面所说的作用。这些作用为古希腊人、古罗马人和北方民族一致重视，因为头发对他们特别宝贵。据专家考证，古代以头发长短为标志的贵族，也是用的这个方法。但制油的秘诀失传已久，最近方由护首油的发明人安赛末·包比诺重新发现。

护首油的目的是保护头发，而不是对包含球茎的表皮加以无效的或有害的刺激。护首油香味幽雅，能防止头上脱皮；并且由于成分关系——主要是榛子油——能防止空气对头部的影响，保持内部的温暖，从而预防伤风、鼻腔感冒，以及一切头痛脑涨病症。因此之故，贮藏繁殖头发的液体的球茎，即不会受凉受热。各界男女所珍视的头发，用了护首油可保光泽细软，与儿童的头发媲美。

每瓶的包装纸上均附有用法，敬请注意为幸。

护首油用法

每晨先用刷子梳子将头发梳洗干净，用木梳分开，再用细软小布饱蘸护首油涂于发根上，全部头皮均须擦遍，但不宜太厚。至于将油涂在头发上不但是可笑的成见，且遍留油渍，殊为可厌。

护首油一律用小瓶装，瓶上有发明人签字为记，以防假冒。售价每瓶三法郎。发行所：巴黎龙巴区五钻石街包比诺商行。

外埠函洽，免收邮费。

附注：包比诺商行兼售药用油料，如橙花油、松香油、甜杏仁油、可可油、咖啡油、蓖麻油等，均有发售。

大名鼎鼎的高狄沙对斐诺说道："亲爱的朋友，写得好极了。嘿！让人家瞧瞧咱们是怎么谈科学的！不绕圈子，开门见山，马上谈出要点来。啊！我从心底里佩服你，这才是切实有用的文章。"

包比诺非常高兴，说道："仿单真妙！"

高狄沙说："开头第一句就把玛加撒骂倒了。"他威风凛凛地站起来，指手画脚，像在国会里演说似的一字一顿地念道：

"你——不能——叫——头发——生——长！

"你——不能——把——头发——染——色——而——不冒——危——险！"

"哈哈！这样一来，咱们的货色要销不出才怪呢！现代的科学居然和古人的习惯完全一致。不管老少，咱们都谈得拢。碰到年纪老的人，你就说：'喂！喂！先生，古人、希腊人、罗马人，都是有道理的，不像大家说的那么傻！'跟年轻人打交道吧，你就说：'亲爱的小弟弟，科学日新月异，又有新发明啦，可见咱们在进步。蒸汽、电报这一类东西不知要发展到什么地步呢！这油便是根据伏葛冷先生的报告制造的！'咱们把伏葛冷先生向科学院宣读的报告印上一段，你们看怎么样？那才妙呢！好，斐诺，来吃饭。咱们来啃菜根！多喝几杯香槟，祝贺咱们的小朋友成功！"

作者很谦虚地说道："我觉得时代变了，不能再用轻浮无聊的笔调来写仿单。咱们已经进入科学时代，要摆出学者面孔，权威口吻，才能叫大众信服。"

高狄沙道:"咱们一定要把头油捧上台,我脚底痒了,舌头也痒了。跟头发有关的商品,我都做了代理人。他们的佣金没有一家超过三成的,咱们给四成,包你六个月销十万瓶。我要把药房老板、杂货店老板、理发师,一齐拉过来。他们得了四成佣金,准会把每个主顾的头搽满油的。"

三个青年狼吞虎咽,喝了不知多少酒,想着护首油美丽的远景,快乐得飘飘然。

斐诺微笑着说:"这个油会叫人头晕的。"

凡是跟油、头发、脑袋这几个字谐音双关的玩意儿,都被高狄沙发挥尽了。三个朋友吃到饭后点心,正在互相干杯祝贺,哈哈大笑的当儿,大门上的门环又响了,他们居然也听见了。

包比诺道:"这是我叔叔了。他可能来看我的。"

斐诺道:"叔叔?没有酒杯怎么办呢?"

高狄沙告诉斐诺:"包比诺的叔叔是个预审推事,救过我的命,不能跟他开玩笑。唉!要是你像我这样差点儿上断头台,去领教那咔嚓一声,马上跟头发脱离关系的滋味,"他用手比画着铡刀落下来的样子,"碰到一个清官把你救下来,让你还能留着脖子在这儿喝香槟,那你一定会记得他,哪怕醉得半死也记得。斐诺,你敢说你将来就用不着包比诺先生吗?所以要对他鞠几个躬,多下一些定钱。"

那位公正的预审推事果然向看门女人打听他侄子的住处。安赛末一听出他的声音,马上端了一个烛台去迎接。

法官说了声:"诸位先生好。"

大名鼎鼎的高狄沙深深鞠了一躬。斐诺醉眼蒙眬地把法官打量了一下,认为他相当饭桶。

法官瞧着房间，一本正经地说道："嗯，简陋得很。可是孩子，想要出人头地，先得从小角儿做起。"

高狄沙对斐诺道："你听，多深刻！"

当记者的斐诺回答说："不过是报纸上的滥调。"

"啊！先生，是你，"法官认出了高狄沙，"你在这儿干什么呢？"

"先生，我想尽我一些小小的力量，帮助您亲爱的侄儿挣一份家业。我们才把仿单商量好，稿子是这位先生起草的。有关头发的文献，要算他的一篇写得最好了。"

法官望着斐诺。

高狄沙接下去说："这一位是安杜希·斐诺先生，杰出的青年文学家，常常有高深的政论和小戏院的剧评在官方报纸上发表。他本来是位政治家，现在快成为作家了。"

斐诺扯了扯高狄沙的衣摆。

法官听了，才明白饭桌上为什么杯盘狼藉，觉得在这个情形之下摆酒作乐也还情有可原。他说："好吧，孩子们，"又回头吩咐包比诺，"你去换衣服，咱们一同上皮罗多先生家，我有事找他去。你跟他两人应当签一份合伙契约，我已经把稿子细细研究过了。既然你制油的作坊在寺院街，皮罗多就应当和你订一份工场的租赁合同，他也可以派代表参加你的工作。手续办齐了，将来不会有争论。安赛末，你这里墙壁潮湿得很，靠床应当挂些草席。"

高狄沙哈腰曲背地抢着说："法官先生，对不起打断您的话，我们今天自己动手糊了纸……还……还没有干。"

法官说："你们知道省钱，好得很。"

高狄沙凑着斐诺的耳朵说道:"我的朋友包比诺是个规矩人,他跟他叔叔走了;咱们找老相好去吧。"

斐诺把背心口袋翻给高狄沙看,被包比诺瞧见了,马上塞了二十法郎给仿单的作者。法官雇的车子停在街口上,便带着侄儿上皮罗多家。

他们俩到的时候,比勒罗、拉贡夫妇和罗甘,正在玩波斯顿。赛查丽纳在拉贡太太旁边绣头巾,安赛末一进来,她就显得很高兴。罗甘坐在拉贡太太对面,看见赛查丽纳的表情,立刻向帮办使了个眼色,叫他注意那姑娘的脸红得像石榴一般。

大家招呼过了,法官向皮罗多说明来意,皮罗多道:"哦,今天真是立文书的日子了。"

赛查、安赛末、法官包比诺,走上三楼,到花粉商的临时卧房去讨论法官起草的租约和合伙文书。皮罗多同意把工场的租期定为十八年,跟五钻石街店房的租期一样。这点儿小枝节好像无关紧要,后来对皮罗多却大有用处。赛查和法官重新回到中层。看到屋子里到处乱七八糟,而且皮罗多向来奉教虔诚,星期天家里还有匠人做工,法官就很诧异,不免问起缘故;花粉商也巴不得他有此一问。

他说:"先生,虽然你不应酬不交际,我们庆祝领土解放,你也不反对吧?而且还有别的事呢。我们请客也为了庆祝我得到荣誉团勋章。"

法官不禁"啊!"的一声叫起来,他自己还没有受过勋呢。

"王上给我恩典,赏我勋章,也许是因为我当过裁判……呃,不过是商务裁判;并且替波旁家出过力……"

法官说:"是的。"

"共和三年正月十三,我在圣·洛克的石级上被拿破仑打伤过。"

"哦,今天真是立文书的日子了。"

法官说:"我一定来。要是内人不闹病,我带她一起来。"

罗甘临走,在大门口对他的帮办说:"山德罗,你娶赛查丽纳的念头,我看还是趁早丢开了吧。再过六个星期,你会觉得我这个劝告是不错的。"

"为什么?"格劳太问。

"朋友,皮罗多的跳舞会要花到十万法郎;他又不听我的话,拿全部财产做了那笔地产生意。六个星期以后,这些人连饭都没得吃了。油漆包工罗杜阿的女儿有三十万陪嫁,你还是娶她吧。我告诉你这话是免得你吃亏。你倘使想接手我的事务所,先付我十万现款,明天就好成交。"

7

跳舞会

报纸已经向欧洲作了预告,提到花粉商筹备的跳舞会场面伟大;但是日夜不停的工程所引起的谣言一传到商界,大家对跳舞会又有另一种说法。有的说赛查租了三幢屋子;有的说客厅都描了金;又有人说酒席是定的稀奇古怪、新发明的菜;还有一说,做生意的一律不请,只请政府官员;有人狠狠地批评花粉商的野心,笑他自命不凡的政治资历,不承认他受过伤。在第二区里,为了要弄一张跳舞会的请帖而钩心斗角的事已经有好几起;皮罗多的朋友们固然不用操心,普通的熟人却钻谋得厉害。一个人只要有好处给人家,就有人来趋奉。不少人的请帖是费了好大周折才到手的。皮罗多夫妇看到不认识的朋友这么多,大吃一惊。那股争先恐后的劲儿吓得皮罗多太太心里发慌;好日子越近,她脸色越阴沉。她告诉赛查不知道怎么应付,这样大的局面有许许多多的零碎事儿,想起就害怕:什么银器呀,玻璃杯呀,冷饮呀,瓷器呀,餐具呀,哪儿去张罗呢?大小事情由谁照管呢?她要皮罗多当天站在上房门口,不曾邀请的人一概不让进来。她听说有的家庭跳舞会就有人冒充朋友混进去,发生意想不到的事,主人连他们的姓名都叫不出。十天之前,勃拉训、葛兰杜、罗杜阿和营造商夏法罗，宣布屋子准定在十二月十七那个星期天完工；赛查就跟妻子女儿吃过晚饭，在中层楼那个朴素的小客厅里开了一个滑稽的会，商量请帖的名单。那天早上，印刷所已经把帖子送到，粉红卡纸上印着漂亮的斜体字，内容无非照抄交际大全上的一套。

皮罗多说："嗳！嗳！一个人都不能忘掉啊。"

公斯当斯说："咱们忘了，人家可忘不了。但尔维太太从来不曾来看过我们，昨天傍晚可神气活现地来了。"

赛查丽纳说："她漂亮得很，我喜欢她。"

公斯当斯说："她做姑娘的时候还不如我呢；她是蒙马特街上的女裁缝，替你爸爸做过衬衫的。"

皮罗多说："好吧，名单先从最阔气的人物开场。赛查丽纳，写下来：特·勒农古公爵和公爵夫人……"

公斯当斯叫道："我的天哪！赛查，我们单单为了卖花粉而认识的客人，一个都不能请。特·勃拉蒙－旭弗里公主和你故世的干妈特·于克赛侯爵夫人，论起亲戚来比特·勒农古公爵还要近一些，难道你也请她不成？两位特·王特奈斯先生，特·玛赛先生，特·龙葛洛先生，特·哀格勒蒙先生，还有别的顾客，你都请吗？你好糊涂，你得意得昏了头了……"

"对！可是特·冯丹纳伯爵和他的家眷呢？嗯？圣·洛克事变以前，他常到玫瑰女王店里来的，假名叫作'大个子雅各'，和他一起的还有特·蒙多朗侯爵，假名叫作'汉子'，特·拉·皮耶第埃先生假名叫'南特人'。那时候他们总是亲亲热热地跟我拉手，对我说：'亲爱的皮罗多，拿出勇气来！为了王家，跟我们一同牺牲吧！'我们都是参加那次阴谋的老伙计啊。"

公斯当斯说："你要请冯丹纳伯爵就请吧。特·拉·皮耶第埃先生爷儿俩来了，也得有人陪陪他们。"

皮罗多说道："赛查丽纳，写吧。——先是塞纳州州长；不管他来不来，总是市政府的领袖，既是大人，就得尊敬。——再写上区长特·拉·皮耶第埃先生和他的少爷。（名字后面要注明客人的数目。）——我的同事副区长葛拉南和他太太。那太太长得真难看，可是没办法，不能不请。——民团团长，开首饰铺的居兰尔先生，居兰尔太太和两位小姐。——以上是所谓官方。现在轮到大人物了。——特·冯丹纳伯爵和伯爵夫人，他们的女儿爱弥丽·特·冯丹纳小姐。"

赛查太太道："那姑娘骄横透了，不管什么天气都把我叫到她车门口去讲话。她要来的话，一定是来取笑我们的。"

赛查道："那么她大概会来的了。"他只希望客人越多越好。"写下去，赛查丽纳。——我们的房东特·葛朗维伯爵和伯爵夫人，据但尔维说，伯爵是高等法院里最了不起的角色。——啊，我想起来了，特·拉·皮耶第埃先生明天请特·拉赛班特伯爵亲自出马，主持我的授勋典礼。应当送一份跳舞会外加吃饭的请帖，给这位荣誉团总裁。——还有伏葛冷先生。赛查丽纳，后面写明跳舞会带吃饭。顺手把希佛勒维和泼洛丹士两家也写上吧，免得忘记。——塞纳州初级法院推事包比诺先生和他的太太。——拉贡家的朋友，御前传达官蒂里翁先生和他太太，还有他们的小姐。听说这位小姐要嫁给加缪索前妻生的一个儿子了。"

公斯当斯说："赛查，别忘了包比诺先生的内侄，安赛末的表兄荷拉斯·皮安训。"

"对啦。哦，赛查丽纳已经在包比诺名下写上四个人了。——还有特·拉·皮耶第埃先生手下的科长拉蒲登先生和他太太。——同一个科里的谷香先生，玛蒂法的不出面的合伙老板，还有他的太太和儿子；顺便也写上玛蒂法先生，太太，小姐。"

赛查丽纳道："玛蒂法替他们的朋友高勒维夫妇、丢里埃夫妇说过情，还有沙伊阿他们。"

赛查道："等会儿再说；先写上咱们的经纪人于勒·台玛雷先生和台玛雷太太。"

赛查丽纳道："跳舞会里的美人儿，要数这位太太第一了；在所有的太太中，我最喜欢她。"

"还有但尔维和但尔维太太。"

公斯当斯说道："接手比勒罗叔叔铺子的高葛冷先生和高太太，也写上了吧。他们打算好来的，可怜的小奶奶叫我的裁缝做了一件挺漂亮的跳舞衣服，白缎子衬里薄纱面子的长袍，绣着生菜花，差点儿没像进宫朝见一样穿起铺金衣衫来。不请她是要恨死我们的。"

"写上去，赛查丽纳。咱们是生意人，应当尊重同行——还有罗甘先生和他的太太。"

"妈妈，你瞧着吧，罗甘太太的钻石项链和她所有的金刚钻都要戴出来了，还要穿上那件钉着玛里纳镂空花边的衣衫。"

赛查接着说："勒巴先生和他太太。——还有商务法庭庭长，庭长太太和两位小姐。刚才写官员的时候我把他们忘了。——罗杜阿先生，太太，小姐。——银行家克拉巴龙先生，杜蒂埃先生，葛兰杜先生，莫利奈先生，比勒罗先生，比勒罗的房东，丝绸业的富商加缪索先生和他太太，还有他们的少爷，一个在多艺学校念书，一个已经做了律师，听说因为和丢里翁家攀了亲，快要当法官了。"

"只能在内地吧？"赛查丽纳说。

"还有加缪索的老丈加陶先生和他的几位少爷。呦！还有勒巴的老丈，白鸽街的琪奥默先生和他的太太，两个老人不过来坐坐罢了。——还有亚历山大·格劳太，赛莱斯丁……"

"爸爸，别忘了安杜希·斐诺先生和高狄沙先生，两个年轻人对安赛末先生都很有帮助。"

"高狄沙？他吃过官司。可是没关系；反正他为了我们的头油过几天就出门了……写上吧！你还提到安杜希·斐诺，他跟咱们有什么相干？"

"安赛末先生说他将来是个人物，才气跟伏尔泰差不多。"

"是个作家吗？全是不信上帝的家伙。"

"请他吧，爸爸，能跳舞的男人本来就不多。再说，你那张头油的仿单写得多好，就是他的手笔。"

赛查说："哦，他相信咱们的油吗？写上去，好孩子。"

赛查丽纳说："嘿！我保举的人也上了名单了。"

"再写上我的书办弥德拉先生；咱们的医生奥特里先生，这是为了礼貌，请请罢了，他不会来的。"

赛查丽纳说："他要来打牌的。"

赛查太太说："喂，赛查，我希望请吃饭要请陆罗神父。"

赛查说："我已经写信去了。"

赛查丽纳说："噢！别忘了勒巴的小姨子，奥古斯丁纳·特·索默维欧太太。她真可怜！身体很坏，勒巴说她伤心死了。"

赛查叫道："嫁给艺术家就是这么个下场。"又压低着声音对女儿说，"瞧，你妈睡着了。哈哈，赛查太太，明儿见。"接着又问赛查丽纳，"你妈的跳舞衣衫怎么啦？"

"放心，爸爸，一定赶得上。她还以为只有一件跟我一样的绉纱衫呢。裁缝说不用试样子了。"

赛查看见太太睁开眼来，便提高着嗓子问女儿："一共多少人啦？"

赛查丽纳答道："一百零九，连伙计们都算上。"

皮罗多太太说："这么些人安置到哪儿去呢？"又天真地补充道，"再说，过了这个星期天，还有星期一呢。"

从一个阶层爬上另一阶层的人，没有一件事肯办得简简单单的。无论什么人，连皮罗多夫妇在内，天大理由也不准走上正在装修的二楼。赛查答应打杂的拉盖，送他一套新衣服开跳舞会那天穿，只要他严格看守，完全按命令办事。当年拿破仑为了娶奥国的玛丽·路易斯，大修公比埃涅行宫的时候，就不愿意零零星星地进去参观；皮罗多也是这样，他要让自己出其不意地快乐一下。可见皮罗多和拿破仑这两个老冤家无意之中又碰上了，不是为了打仗，而是为了布尔乔亚的虚荣心。所以不能不由葛兰杜先生搀着赛查的手走进新屋，像向导带游客参观画廊一般。一家人都还别出心裁，各自发明一套惊人之笔。赛查丽纳这个宝贝女儿，把她小小的家私一百路易，统统买了书送给父亲。有一天，葛兰杜告诉她，父亲房里要有两个书架，因为建筑师也有他的惊人之笔，把卧室同时设计成书房。赛查丽纳听了，就拿全部积蓄捧到书店的柜台上，送父亲一套藏书：什么博须埃、拉辛、伏尔泰、卢梭、孟德斯鸠、莫里哀、布封、费纳龙、特里勒、裴那登·特·圣-比哀、拉封丹、高乃依、帕斯卡、拉·哈泼，反正是到处看得见而她父亲永远不会去翻的普通书。跟着来的当然是一份数目惊人的装订账单。那个不守时间可是赫赫有名的装订艺术家多佛南，答应十六日中午交货。赛查丽纳没有办法，告诉了叔公比勒罗，比勒罗替她付了账。赛查给太太预备的惊人之笔，是一件钉花边的樱桃红丝绒衣衫，就是他刚才跟同谋的女儿提到的。皮罗多太太给新任的荣誉团骑士预备的惊人之笔，是一副金搭扣、一支独粒钻镶的别针。最后，给一家三口共同预备的惊人之笔是整套新装修的屋子，尤其是十五天以后送上门的那些账单。

赛查郑重考虑了一下，哪些请帖该自己送，哪些在晚上派拉盖送。他雇了一辆马车，叫太太坐上去，她帽子上插着鸟毛，披一条想了十五年而新近才到手的开司米披肩，反倒乡气十足，变得难看了。夫妇俩穿扮齐整，一个上午拜访了二十二户人家。

大请客的场面需要在家里准备好各种点心糖果，这些麻烦事儿，赛查都替太太打发了。他很聪明，跟有名的希凡酒家办好交涉，租用他们的全套漂亮银器；这笔租金对于业主和田地收入一样可观。希凡承包酒菜，供给听差，还派一个体面的总管来带领，他们的举动行事保险没有问题。希凡要求把中层楼上的厨房和饭间交给他做大本营，准定下午六点开一桌二十客的酒席，半夜一点供应一顿精美的冷餐。皮罗多向福阿咖啡馆订了果汁冰激凌，说好用镀金调羹、漂亮杯子，放在银盘里端出来。冷饮是向巴黎另外一家有名的铺子唐拉特订的。

喜事前两天，赛查看见他女人过于紧张，便道："你不用慌。中间一层交给希凡、唐拉特和福阿咖啡馆的人；维奥尼看守三楼。咱们把铺子关严，消消停停待在二楼就是了。"

十六日下午二点，特·拉·皮耶第埃先生来接赛查上荣誉团办公厅，跟其他十几位骑士[1]一同由特·拉赛班特伯爵授勋。区长上门的时候，花粉商正含着一泡眼泪：公斯当斯才送了他两件意想不到的礼物：一副金搭扣和一支独粒钻的别针。

赛查丽纳、公斯当斯和伙计们集合在大门口，皮罗多一边上车一边说："有人这样爱我，心里真暖和。"

大家一齐望着赛查：他穿着黑丝袜，黑绸扎脚裤，全新的宝蓝大氅；大氅外面等会儿就要扣上一条鲜艳夺目的红丝带，照莫利奈说来是鲜血染红的[2]。

赛查回来吃晚饭，快活得脸都白了，挂着勋章对家里的镜子一面一面地照过来。他正在自我陶醉的兴头上，单是扣绶带绝不过瘾，他确是得意扬扬，没有什么不好意思的样子。

他告诉太太说："总裁人真和气；特·拉·皮耶第埃先生一开口，他就接受了我的邀请，答应和伏葛冷先生一同来。特·拉赛班特先生是个大人物，是的，和伏葛冷先生一样了不起，写过四十本书呢！而且这位作家是贵族院议员。别忘了称呼他大人或是伯爵。"

"嗳，先吃饭啊，"他女人催着他，又对女儿说，"你爸爸比小孩子还要不得。"

赛查丽纳对父亲说："你纽子洞上扣了红带子真好看，以后军警都要对你行礼了；明天咱们一块儿出去。"

"是啊，只要有岗位的地方，他们都要对我敬礼的。"说话之间，葛兰

---

[1] 骑士是获得荣誉团最低级勋章的人的称号。

[2] 勋章上面有宽两三厘米的一条红缎带，受勋的人平日只在上衣的纽子洞上扣一条红带作为标记。

杜和勃拉训两人从楼上走下来。吃过晚饭，先生、太太和小姐可以去看看新屋子了。勃拉训的领班伙计快要钉完窗帘钩子，另外三个人正在点蜡烛。

勃拉训道："我们要一百二十支蜡烛。"

赛查太太道："一下子就是二百法郎出门了，照顾了脱吕同铺子。"她抱怨的话没说完，被赛查骑士瞪了一眼，拦住了。

勃拉训道："骑士先生，你这个庆祝会场面可了不起啊。"

皮罗多心上想："哼！已经来拍马屁了！陆罗神父特别嘱咐我要谦虚，不要上这种人的当。对，我不能忘了自己的出身。"

这位圣·安东纳街上有钱的家具商，说话是有用意的，可惜皮罗多没听懂。勃拉训想要赛查请他和他的老婆、女儿、丈母、姑母，试了十几次没有成功，恨死了皮罗多，临走已经不叫他骑士先生了。

正戏之前的彩排开始了。赛查夫妇带着赛查丽纳走出铺子，从街上走进新屋。两扇大门重新做过了，气派不小，从上到下分做一块块大小相等的方格，每一格都嵌着一个上过漆的铁质图案。这种款式的门后来在巴黎极其普通，那时还很时新。穿堂底上是一座笔直的和合式楼梯，中间便是当初皮罗多老大不放心的那个楼梯座子，像笼子似的刚好安顿一个看门的老婆子。地下铺着黑白花纹的大理石，墙壁也漆成大理石颜色；顶上挂一盏四个烛台的古式吊灯。建筑师把华丽和素雅结合在一起。楼梯的踏级用的是磨光白石，铺了一条狭窄的红毯子，越发白得耀眼。第一个楼梯台通到中层楼。上房的门和临街的大门格式一样，不过是全部木料做的。

赛查丽纳赞道："多么雅致！又没有一点儿叫人注目的东西。"

"对啦，小姐；所谓雅是全靠平台、座子、嵌线和各种装饰的比例恰当；我不用描金，只用素淡的颜色，没有强烈的调子。"

赛查丽纳说："这是一门学问。"

于是大家先走进一间宽敞而大方的穿堂，铺着地板，装饰简单。朝里去是一间红白两色的客厅，临街一共有三扇窗，壁上的嵌线做得很漂亮，漆的颜色很文雅，没有什么闪光湛亮的东西。壁炉架两边砌着白石柱子，高头的几样摆设挑得很精，一点不俗气，跟其余的装饰很相称。总之，到处是一片和谐，叫布尔乔亚看了只会莫名其妙地赞叹；那境界只有艺术家能创造，他们对最细微的东西都有一套装饰计划。一盏吊灯点着二十四支蜡烛，把红绸窗帘照得辉煌夺目；富有诱惑性的地板叫赛查丽纳只想跳舞。从大客厅进去，走过一间绿白两色的小客室，才是赛查的书房。

两座书架之间很巧妙地嵌着一个暖阁，葛兰杜打开门说道："我在这儿摆一张床，你或者太太不舒服的时候，可以各有各的卧房。"

赛查道："架子上插满了精装的书……噢！太太！太太！"

"这不是我，是赛查丽纳送你的。"

赛查把女儿抱在怀里，对建筑师说："对不起，我做父亲的动了感情了。"

葛兰杜答道："别客气，先生；你是在自己家里啊。"

小书房以棕色为主，用绿作陪衬。每间房的色调都有连带关系，衔接得非常巧妙：在这一间做主体的颜色，在另一间里只作为点缀；反过来也一样。赛查房内的护壁板上，光彩奕奕地挂着一幅《海洛与利安德》的版画。

皮罗多很高兴地问女儿："这些都是你买的吗？"

赛查丽纳答道："这幅美丽的版画是安赛末先生送你的。"

原来安赛末也有他的惊人之笔。

"好孩子，他对我就像我对伏葛冷先生一样。"

接着是皮罗多太太的寝室。建筑师有心巴结这般好人，把这间房装修得特别华丽，讨他们喜欢。他事先答应要在这桩工程上费一番心血，他的确做到了。壁上是糊的白镶边白嵌线的蓝绸，家具是用的蓝绳边的白细呢面子。白石的壁炉架上，时钟的座子是一个维纳斯女神蹲在一块石头上。一条土耳其花式的漂亮羊毛地毯，把这间屋的色调和赛查丽纳卧房的色调连成一片。她那个玲珑小巧的房间糊着波斯绸，摆着一架钢琴，一口带镜子的漂亮衣柜，小床上挂着简单轻便的帐帷，另外还有些女孩子们喜欢的小家具。

饭厅在皮罗多书房和他太太卧房的背后，从楼梯那边进出，装修的格局是所谓路易十四式，摆一架蒲勒座钟，几口黄铜和螺钿嵌花的酒柜，糊壁绸上钉着铜帽钉。

三个人心花怒放，快乐得无法形容。皮罗多太太回到寝室的时候，丈夫送的镶花边樱桃红丝绒衣衫，已经由维奚尼轻手轻脚地放好在床上；等她一发觉，大家更是说不尽的高兴。

公斯当斯对葛兰杜说："先生，你做了这个工程，名气可大了。明儿晚上我们有一百多客人，他们都要称赞你呢。"

赛查道："我一定替你扬名。来的都是商界中的头儿脑儿，你一夜工夫出的名胜过你盖一百幢屋子。"

公斯当斯激动之下，再也不想到费用，也不想批评丈夫了。那也是有缘故的。她一向认为安赛末聪明绝顶，能干非凡；当天早上他送《海洛与利安德》的版画来，告诉公斯当斯护首油必定成功，他正在拼命地干。这个情人还担保，皮罗多这回摆阔虽然要花很多钱，但他在头油上分到的赚头，不出半年就好抵销。公斯当斯提心吊胆了十九年，能够无忧无虑地快活一下，哪怕只有一天也是怪舒服的；因此她答应女儿再也不开口扫丈夫的兴，自己也决意痛痛快快地享受一番。

十一点左右，葛兰杜走了；公斯当斯抱着丈夫的脖子，高兴地直淌眼泪，说道："啊！赛查！你叫我快活死了，我简直要疯了。"

赛查微笑道："要能长久才好，是不是？"

"一定长久的，现在我不怕了。"

赛查道："好吧，这一下你算是赏识我了。"

他们俩一个是没爹没娘的女孩子，十八年前在圣·路易岛上小水手铺子里当领班小姐；一个是可怜的乡下人，手里拿着木棍，脚上穿着钉鞋，从都兰走到巴黎来的，如今一片好心，为了国庆居然办起大规模的喜事来；我想凡是胸襟宽大、肯承认自己缺点的人，必定认为他们是应当得意和高兴的。

赛查道："天哪！现在要是有个客人上门，叫我出一百法郎也愿意。"

恰好维奚尼上来通报，说是陆罗神父来了。

陆罗神父当时是圣·舒比斯教堂的副堂长。精神的力量要算在这位圣洁的教士身上表现得最清楚了。接触过他的人对他都留着深刻的印象。一脸苦相，长得非常丑陋，叫你看了竟不相信他是个好人；但他道行高超，眉宇之间自有一副庄严的气概，预先照出天国的光彩。五官虽然难看，却有股天生的忠厚样儿把五官贯串在一起；不整齐的线条也被慈悲的火焰净化了，这种现象和使克拉巴龙暴露出兽性和下贱的现象正好相反。教士脸上的皱纹完全表现出希望、信仰、慈悲三大美德的妙用。他说话又慢又温和，深深地打入你的心里。他穿的是一般巴黎教士的服装，披一件栗色大

精神的力量要算在这位圣洁的教士身上表现得最清楚了。

氅。生性高洁，没有一点野心，将来天使们把他的灵魂交还给上帝的时候，还是和他生下来的时候一样纯洁。他经不住路易十六的女儿力劝，才接受了巴黎的一个教区，而且还是一个极清寒的教区。他瞧着皮罗多家豪华的场面，神气不大放心，对三个兴高采烈的商人笑了笑，摇了摇他花白的头，说道：

"孩子们，我的职务不是赶热闹，而是安慰受难的人。我特意来谢谢赛查先生，同时向你们道喜。等这个美丽的孩子出嫁的时候，我再来吃喜酒，别的宴会我不参加了。"

过了一刻钟，神父走了；花粉商和他女人都没有敢请他参观新屋。严肃的客人来过一下，把赛查的一团高兴浇了几滴冷水。当夜各人睡在奢华的房里，平时想要的许多实用而美丽的小东西，这一下都到手了。赛查丽纳对着白石梳妆台的镜子，帮母亲卸妆。赛查自己也置办了几样奢侈品，马上用起来。三个人想着第二天的快乐，睡熟了。

下一天，望过弥撒，做过晚祷，下午四点光景，把中层楼暂时交给了希凡铺子的人，赛查丽纳和母亲两个开始打扮。赛查太太穿上镶花边的短袖樱桃红丝绒衣衫，再合适没有了：美丽的胳膊还很娇嫩，胸脯雪白，肩膀和脖子的线条非常优美，经过贵重的料子和富丽的色彩一衬托，越发耀眼。女人觉得自己风头十足的时候，都不免沾沾自喜；这点心情使赛查太太的希腊式的侧影更加妩媚动人，像宝石上的雕像那么细腻的美，也全部表现出来了。赛查丽纳穿一件白绉纱衫，头上戴一个白玫瑰的花环，腰里也系着一朵玫瑰，披肩一直遮到胸部，显得端庄稳重，包比诺看着简直被她迷住了。

公证人太太参观屋子的时候对丈夫说："这些家伙想压倒我们。"

她眼看自己比不上赛查太太漂亮，气恼得很。因为对手的高低，每个女人都心中有数。

罗甘轻轻地回答说："哼，日子不会长的。过些时候，你会在街上碰见这可怜的婆子搬着脚走路，家私都败光了，你还不是照样压倒她吗？"

特·拉赛班特先生坐了车把学士院的同僚伏葛冷接着一起来。伏葛冷态度非常殷勤。花粉商太太光彩奕奕，两位学者对她赞不绝口，用的都是一套科学的字眼。

化学家说："太太，你保养得这样年轻貌美，科学家就研究不出这个秘诀。"

皮罗多说："学士先生，这儿差不多是您自己的家。"又回过头来向荣誉团总裁解释道，"真的，伯爵，我的家业全靠伏葛冷先生帮忙。——大人，请允许我介绍商务法庭庭长。——这位是特·拉赛班特伯爵，贵族院议员，法兰西最了不起的人物。"他又告诉陪着庭长的约瑟·勒巴，"他写过四十本书呢。"

客人准时到齐。生意人请客照例兴致十足，特别热闹，夹着许多粗俗的打趣，叫人笑个不停。精致的菜，名贵的酒，吃得人人赞赏。回到客厅喝咖啡的时候，正好九点半。几辆出租马车已经送了一批女客上门，等不及地想来跳舞。过了一小时，客厅里挤满了人，舞会的场面越来越大了。特·拉赛班特先生和伏葛冷先生起身告辞，急得皮罗多一直跟到楼梯头上还在苦苦挽留。包比诺法官和特·拉·皮耶第埃先生总算被他留了下来。特·冯丹纳小姐、拉蒲登太太和于勒太太是贵族，官场和金融界三方面的代表，相貌既漂亮，态度衣着又高雅大方，在场子里自然与众不同。其余的女客可是都穿得笨重、呆板、乡气；一般布尔乔亚的庸俗，和那三位太太的轻盈妖媚对照之下，愈加赤裸裸的刺目了。

这时，圣·但尼街上的布尔乔亚正在耀武扬威，把滑稽可笑的怪样儿表现得淋漓尽致。平日他们就喜欢把孩子打扮成枪骑兵、民兵；买《法兰西武功年鉴》，买《士兵归田》的木刻，看了《穷人的葬礼》赞叹不已；上民团值班的日子特别高兴；近郊有所自己的屋子，星期天一定得上那边玩儿。他们想尽方法学时髦，希望在区公所里有个名衔。这些布尔乔亚对样样东西都眼红，可是本性善良，肯帮忙，人又忠实，心肠又软，动不动会哀怜人：他们为福阿将军的遗孤捐钱，也为希腊的复国运动捐钱，可不知道希腊人在海上打劫；美洲的难民区结束了好久，捐款还照旧送去。他们为了好心而吃亏，品质不如他们的上流社会还嘲笑他们的缺点；其实正因为他们不懂规矩体统，才保住了那份真实的感情。他们一生清白，教养出一批天真本色的女孩子，刻苦耐劳，还有许多别的优点，可惜一踏进上层阶级就保不住了；但是像克利沙勒[1]那样的老实人娶起老婆来，还是喜欢这些头脑简单的姑娘。参加皮罗多家跳舞会的就是这一类的布尔乔亚；在龙巴街开药材铺、跟玫瑰女王做了六十年交易的玛蒂法，便是他们出色的代表。

玛蒂法太太有心做出庄严的样子，裹着头巾，穿一件笨重的钉金片的紫酱衣衫，配上她自命不凡的气概，罗马人派头的鼻子，发亮的暗红皮色，倒也十分调和。至于玛蒂法先生，尽管民团大操的时节好不威风，老远就看见他滚圆的肚子，亮晶晶地挂着表链和一大串小玩意儿，但在家的确受着账台上的凯塞琳二世支配。他矮胖身材，鼻梁上夹着眼镜，高领头

---

[1] 莫里哀的《女子教育》中的克利沙勒是一个平庸老实、带点乡气的男子典型。

几乎碰到后脑勺子,他的低嗓子和丰富的词汇特别引人注意。

他从来不说高乃依而说"崇高的高乃依"。提到拉辛总是说"温厚的拉辛"。至于伏尔泰,噢!伏尔泰"写无论什么体裁都是第二流,机智多于天才,但终究是个天才"。卢梭么,"他多疑,骄傲,终于自己吊死了"。比隆[1]在布尔乔亚眼中是个大人物,玛蒂法讲些比隆的轶事,内容既无聊,口齿也笨拙。他有点儿色眯眯的,一心都在女演员身上;有人还说他学着加陶老头和有钱的加缪索的样,养着一个情妇呢。有时,玛蒂法太太看见他要讲什么故事了,赶紧直着嗓子对他嚷:"胖胖,讲话小心点儿!"她很亲密地把丈夫叫作胖胖。这位魁梧奇伟的药材王后使冯丹纳小姐连贵族的尊严都顾不得了,一听见她对玛蒂法说:"胖胖,吃冰别这样穷形极相,多难看!"就忍不住抿着嘴笑。

要说明上流社会和布尔乔亚的差别在哪儿,比着要布尔乔亚消灭这个差别更难。那些女的为了身上的穿戴拘束不堪,可又念念不忘自己穿着新衣服:那副天真的得意样儿说明她们平时太忙,难得有跳舞的机会。至于另外三个妇女,虽则代表三个阶层,可是态度都随随便便,跟平常一样,不像是特意打扮起来的,既不因为穿戴华丽而自鸣得意,也不在乎人家的印象。她们穿好跳舞衣衫,照着镜子轻轻巧巧地收拾一两下就算停当。脸色不过分兴奋,跳舞的风度跟无名的天才在古雕塑上表现的一样潇洒、妩媚。其余的女人恰好相反,身上有着做活的标记,举动姿势都那么俗气,玩也玩得太高兴;眼睛东张西望,毫无顾忌,讲话直着嗓子,不知道跳舞会上的谈话应该低声细语,才有那种微妙的气氛。她们不会摆出一副俨然

---

[1] 法国十八世纪作家,遗有大宗诗歌及讽刺文字。

的正经面孔，在一言半语之间说些俏皮话，也不像有涵养的人那么气度安闲。所以拉蒲登太太、于勒太太和冯丹纳小姐，存心要来拿花粉商家的跳舞会取乐。在买卖人家的眷属中间，她们三个凭着懒洋洋的姿态、文雅的装束、脸上的表情，显得出人头地，好比歌剧院的主角在蠢俗的跑龙套中间一样突出。大家瞪着眼打量她们，又诧异又忌妒。罗甘太太、公斯当斯和赛查丽纳，可以说是生意人和三个贵族太太之间的桥梁。舞会照例有个高潮，大片的灯光，音乐，快乐的心情，跳舞的兴致，使人飘飘然像喝醉了酒一般；大合奏越来越响亮，连人物的雅俗也分不清了。那天的舞会刚要热闹起来，冯丹纳小姐预备走了，她正在找父亲一同回家，皮罗多一家三口就急忙赶来，不肯让贵族全部撤退。

傲慢的姑娘对花粉商说："府上有股特别优雅的香味，真是难得。"

皮罗多被众人捧糊涂了，没有听懂；他女人可是涨红了脸，不知道怎么回答。

加缪索说："为了国庆办这样的喜事，也是你的光荣。"

特·拉·皮耶第埃先生说："我很少看到这样有气派的跳舞会。"他在应酬场中说句把假话本来不算稀奇。

但是皮罗多听了所有的好话都信以为真。

勒巴太太道："场面真好看，乐队也妙极了！你可愿意为我们多开几次跳舞会吗？"

台玛雷太太道："屋子多美！可是你亲自设计的？"

皮罗多居然扯起谎来，暗示装修的款式都是他的主意。至于赛查丽纳，每次四组舞都有人邀请；她也觉得安赛末·包比诺对她体贴极了。

离开饭桌的时候，安赛末凑着她耳朵说："依我的心思，一定请你跳一次四组舞；可是我不能贪图一时快乐，伤害咱们俩的自尊心。"

但赛查丽纳偏要当夜的跳舞会由她跟包比诺两人开场；在她眼里，两腿笔直的男人走路谈不上风度。包比诺听着姑母撺掇，一边跳舞，一边竟大着胆子对这个迷人的姑娘谈起爱情来，不过和胆怯的情人一样，只敢用旁敲侧击的方式。

"我的家业全靠你哪，小姐。"

"怎么靠我呢？"

"只有一个希望能使我挣起家业来。"

"那就希望吧。"

包比诺说："你这句话包含多少意思，你知道没有？"

赛查丽纳俏皮地笑着说："我是叫你对家业存着希望呀。"

跳完四组舞，安赛末使劲抓着高狄沙的胳膊，说道："高狄沙！高狄沙！你非成功不可，要不然我就活不了。事业成功才能把赛查丽纳娶过来，她和我说过了。你瞧她多好看！"

高狄沙道："不错。她打扮得漂亮，并且还有陪嫁；咱们把她浸在油里就是了。"

罗杜阿小姐和格劳太十分投机，叫皮罗多太太瞧着很伤心，因为她一向要女儿嫁一个巴黎的公证人，而罗甘已经指定格劳太接他的后任。比勒罗叔叔和小老头儿莫利奈招呼了一下，坐在书架旁边的靠椅上，瞧着牌桌上的客人，听人家谈话；有时也站在客厅门口张望，看女太太们头上插着鲜花，跳起舞来像许多花篮在那里抖动。他的态度完全是一个看破世情的哲人。

男客都俗不可耐，只有杜·蒂埃算有了上流社会气派，拉·皮耶第埃少爷是个初出道的公子哥儿,几个官方人物和于勒·台玛雷也还比较像样。余下的人面孔多少有点滑稽,成为这个跳舞会的特色。其中有一张脸尤其轮廓模糊,像一个共和政府时代的五法郎铜币,但身上的打扮使他显得很特别。读者想必知道,我说的就是那个巴太佛大院的地头蛇。他穿着在柜子里放得发黄的细布衬衫;还有心卖弄,胸前戴着祖传的镶花边百裥颈围,扣一支似蓝非蓝的宝石别针;下身穿一条黑绸扎脚裤,两条纱锭般的细腿好容易撑住了他的身体。赛查得意扬扬,带着他参观建筑师在二层楼上装修的四个房间。

莫利奈道:"哎!哎!先生,这是你的事儿。不过我的二层楼这样装修过了,将来好租到三千法郎出头呢。"

皮罗多说了句笑话扯开去了,可是也觉得小老头儿的口气把他刺了一针。

莫利奈像放冷箭一般说的"将来好租到……"那句话,意思是:"这家伙是个败家精,我的二层楼很快就能收回。"

杜·蒂埃首先注意到这位房东在表链上挂着斤把重的小古董,绿颜色的大氅已经发白,衣领翘成一副怪样子,神气活像一条响尾蛇。再加他脸色发青,眼露凶光,给杜·蒂埃印象更深。银行家便过去招呼这个放债的小头目,打听他为什么这样得意。

莫利奈一只脚站在大客厅里,一只脚站在小客厅里,说道:"先生,这边是葛朗维伯爵的产业,但一到那边,"他指着大客厅,"我就在自己屋里了,因为那幢屋子是我的。"

莫利奈最喜欢有人听他讲话,看见杜·蒂埃聚精会神听着,高兴极了,马上把自己的身份、习惯、姚特冷先生的蛮横、跟花粉商订的条件,讲了一遍；当然，要是他不通融，皮罗多的跳舞会是开不成的。

杜·蒂埃说："怎么，赛查先生已经把房租付给你了？这和他向来的习惯完全相反。"

"噢！那是我要求的。我待房客好得很哪！"

杜·蒂埃私下想："倘若皮罗多老头破产，叫这个小混蛋当破产管理人倒再好没有。那张出口伤人的利嘴很有用处。他准是和陶米蒂安一样，在家没事，拿掐死苍蝇做消遣的[1]。"

杜·蒂埃上了牌桌，克拉巴龙听着他的吩咐已经先入局了。杜·蒂埃觉得有了灯罩做掩护，那冒充的银行家就不会被人识破。他们俩的态度像素不相识的一样，你再疑心也看不出他们有什么勾结。高狄沙知道克拉巴龙的来历，只是不敢上前相认；那位有钱的捐客摆着暴发户面孔，好不威严地把高狄沙冷冷地瞪了一眼，分明是不愿意他过来招呼。

清早五点左右，跳舞会像一个明亮的花炮一般熄下来了。摆在圣·奥诺雷街上的一百多辆马车，只剩下四十辆光景。大家跳着蒲朗日舞，过后又是高底翁舞、英国快步舞。杜·蒂埃、罗甘、加陶的儿子、葛朗维伯爵、于勒·台玛雷，一块儿玩蒲育脱。杜·蒂埃赢了三千法郎。东方发白，烛光暗淡了，打牌的客人过来看最后一次的四组舞。布尔乔亚的寻欢作乐照例要闹哄一阵收场。大人物走了。余下的都跳舞跳得兴高采烈，屋子里暖烘烘的，不管多么和顺的饮料总有些酒精在内，使老太太们僵硬的筋骨也松动起来，加入四组舞放肆一下。男人们疯疯癫癫，烫的头发全走了样，掉下来挂在脸上，一副滑稽样儿叫人看了好笑。年轻的妇女做出轻狂的样

---

[1] 陶米蒂安是公元一世纪时的罗马皇帝，相传他每天必有一小时以掐死苍蝇为乐。

子，头上的鲜花掉了不少。屋子里笑声不绝，仿佛专管诙谑的莫缪斯神到了世界上，给布尔乔亚来一套插科打诨的节目。人人想到第二天又得受工作束缚，便赶紧说笑打趣，玩个痛快。玛蒂法戴着女人帽子跳舞；赛莱斯丁一味地寻开心。四组舞跳个没结没完，有些女的换姿势的时候，拍手拍得特别过火。

皮罗多满心欢喜，说道："他们玩得多高兴啊！"

公斯当斯对她叔叔说："只要不打烂东西就好。"

杜·蒂埃向他老东家告别的时候说："跳舞会我见得多了，这样盛大的场面还是第一回碰到。"

皮罗多那时的心情只有诗人能了解。读者想必记得贝多芬在八阕[1]交响乐中写过一段幻想曲，气魄的雄伟像一首诗，放在C小调交响乐的结尾作为高潮。主题的内容非常丰富，大概就因为此，这阕交响乐驾乎其他几阕之上。出神入化的作者用大段音乐作高潮的准备。哈巴纳克[2]完全了解作者的用意，他精神抖擞地舞动棍子，揭开一幅绚烂的画面，引进那个光芒四射的主题把全部音乐的威力发挥出来，叫诗人们听了不能不神摇魄荡。唯有这个时候，他们才体会到那个跳舞会对皮罗多精神上的作用，就等于贝多芬的音乐对诗人的作用。一个姿容绝世的仙女拿着棍子冲出来；众天使拉开紫红缎子的帷幕，连窸窸窣窣的声音能听到。一重重黄金的门户全是钻石做的铰链，雕刻精工，有如翡冷翠教堂的铜门。五光十色的奇景目不暇接，巍峨壮丽的宫殿连绵不断，进进出出的人物都不是凡胎俗

---

[1] 大家知道贝多芬的交响乐一共有九阕，不是八阕。也许作者写作时，巴黎尚未演出第九交响乐。
[2] 哈巴纳克是十九世纪初期的法国乐队指挥，最先向巴黎人介绍贝多芬的作品。

骨。象征财富的香烟袅袅不绝，幸福的神坛上灯烛辉煌，阵阵异香在空中荡漾。仙子们穿着蓝边的白袍、带着恬静的笑容在你面前翩然掠过，身段窈窕，美貌非人世所有。爱神在天上飞翔，拿着火把到处散着火花。音乐滔滔汩汩地流着，浸润你的心田，对每个人都不啻琼浆玉液；你觉得有人爱你，得到了渴望已久而说不出名字来的快乐。暗中的心愿一时都实现了，你深深地受了感动。乐队指挥带着你在天上遨游，正当你听着神奇的曲调恋恋不舍，心中喊着再来一次的时候，低音乐器却奏出一段音调深沉、神秘莫测的过门，突然之间把你送回到冷酷的世界上。

这便是那个美妙的最后乐章的最精彩的段落，那个精神境界就是赛查夫妇在跳舞会中经历到的。不过那阕商业交响乐的最后乐章不是贝多芬的作品，而是为他们伴奏的高利南用笛子吹出来的。

皮罗多一家三口疲倦极了，也快活极了，早上蒙眬入睡的时候，耳朵里还隐隐约约听见跳舞会的余音。赛查可没想到，这次喜事连同房屋的装修、新置的家具、当天的饮食、新做的衣衫和还给赛查丽纳买书的钱，一共要花到六万法郎。这就是王上给花粉商的纽子洞扣上一根害人的红丝带的代价。

赛查·皮罗多倘若倒霉的话，这笔大浪费尽可以把他送上轻罪法庭。生意人花的钱要是被认为挥霍过度，他的破产就是犯法的。因为糊涂或者不会经营而上轻罪法庭，可能比为了一桩大骗局而上重罪庭更可怕。在有些人眼里，与其做傻瓜，宁可做坏蛋。

第二部

赛查与苦难搏斗

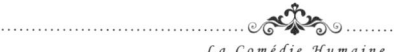

1

几道闪电

跳舞会过后八天，十八年兴旺的家业，像一堆干草烧起来的火，烧到连最后一些火星也快熄掉了。赛查从铺子的玻璃窗里望着街上的行人，想着事业的范围，觉得担子很重。他向来日子过得简单，不是自己做货色来卖，便是批发来卖。如今做了地皮生意，在包比诺号子里搭了股，还有十六万法郎的票据抛在外面。要付这笔款子只有两个办法：或者是做老婆不喜欢的事，让票据在市场上流通；或者包比诺的生意做得意想不到地发达。许许多多念头把可怜的家伙吓坏了，只觉得头绪纷繁，无法掌握。再说，安赛末当家又当得怎么样呢？皮罗多看待他像作文老师看待一个学生，始终不相信他的能力，恨不得站在他背后。他在伏葛冷家曾经把包比诺踢过一脚，要他住嘴，可见那初出道的生意人叫花粉商着实担心。皮罗多绝对不让老婆女儿和伙计猜到他的忧虑，但心境却好比塞纳河上一个普通的船夫忽然被海军部长派去指挥一艘军舰。他这个人本来不宜于思索，一有这些念头，脑子里更是布满了迷雾；他站在那儿想看看明白。不料街上出现了一张他最讨厌的脸，他的新房东小个子莫利奈的脸。我们大概都做过一些梦，事情多得可以代表整整一生，其中常常有一个专门作恶的怪物，像戏里的坏蛋一样。皮罗多觉得莫利奈就是命运派来当这一类的角色，跟他捣乱的。在喜气冲冲的跳舞会上，莫利奈就不怀好意地扮过鬼脸，对着豪华的场面恶狠狠地直瞪眼睛。这一回在皮罗多出神的当口突然露面，使他更多了一层反感，以前对这个小气鬼（这是皮罗多常用的词儿）的印象也回想起来了。

小老头儿的声音阴阳怪气得叫人难受，他说："先生，咱们事情办得太匆忙了，你忘了在合同后面批一句[1]。"

皮罗多接过合同预备补手续，不料又来了建筑师，跟花粉商打过招呼，装着莫测高深的样子在他身边转来转去。

终于他凑着皮罗多的耳朵说道："先生，你是知道的，开头吃一行饭多么不容易，你既然对我满意，请你帮帮忙，把酬劳给了我吧。"

皮罗多的现款和证券都掏空了，只能吩咐赛莱斯丁开一张三个月的两千法郎期票，预备一张收据给建筑师签字。

莫利奈话中带刺地说道："你把邻居的房租承担下来，我很高兴。今天早上看门的报告说加隆逃走了，治安法官已经来封了门。"

皮罗多心里想："哎哟，但愿我那五千法郎不要吃倒账才好！"

罗杜阿也送发票来，一跨进屋子就接口道："人家还说他买卖做得挺好呢。"

莫利奈道："做生意的要告老了才算保险。"他一边说一边细磨细琢地把租约折起来。

建筑师打量着这个小老头儿，看得津津有味。艺术家只要遇到一张可

---

[1] 我国的旧式契约在正文后面必加上一句"××契约是实"，外国契约亦有类似程式。

笑的脸能证实他对布尔乔亚的想法，没有不高兴的。

他说："一个人撑了伞，就以为下起雨来不用怕了。"

莫利奈瞧着建筑师的脸，特别端详他的鬓角和小胡子。两个人彼此瞧不起的程度正是不相上下。他故意留着不走，要在出门的时候把建筑师刺一下。莫利奈跟猫儿混惯了，举动和眼神都很像猫。

那时，拉贡和比勒罗来了。

拉贡咬着赛查的耳朵说："我们把地产的事和包比诺法官说了，他认为做这种投机生意一定要拿到卖主的收据，把手续办完全，咱们才能算真正的业主……"

罗杜阿道："啊！你们买进了玛特兰纳那块地吗？外边都在谈论，又要盖新房子了！"

油漆包工罗杜阿原想把账款快快收清，临时改变主意，觉得还是不要催得太紧的好。

他凑着赛查的耳朵说："我送发票来只是为了年终关系，不是急于要钱。"

赛查只管呆着脸望着账单，不回答拉贡，也不回答罗杜阿。比勒罗看他发愣，问道："喂，赛查，什么事啊？"

"没有什么。隔壁那个卖伞的破产了，我收了他五千法郎票据。要是票子靠不住，我就上了当，做了傻瓜。"

拉贡叫道："我早就告诉你的：一个人掉在水里就只想逃命，连老子的腿也会拖住不放，结果两个人都淹死。破产的事我见得多了：刚倒霉的时候不一定想骗人，后来也是逼不得已。"

比勒罗说："这话不错。"

皮罗多踮起脚尖，把身子往上挺了一下，说道："啊！将来我要是能够进国会，或者在政府里多少有点势力的话……"

罗杜阿说："那你预备干些什么呢？你是个聪明人哪。"

莫利奈对有关法律的议论都感兴趣，便留着不走。比勒罗和拉贡向来知道赛查的意见，只因为大家都聚精会神，也就跟着别人一本正经地听下去。

花粉商说道："我要建议设一个法院，法官全是终身制的，再派一位受理刑事案件的检察官。在侦查期间，凡是现在由查账人、破产管理人和'执行裁判'所担任的职务，统统交给一个法官去马上执行。侦查完毕，法院应当宣布当事人属于哪一类，是可以复权的破产人呢，还是一个倒闭户[1]。可以复权的破产人必须把债务全部清偿；他和他妻子的财产可以由他保管；但他的权益、遗产、全部归债权人所有；他应当在债权人监督之下负责管理。我们可以允许他继续营业，但签名的时候必须写明破产人某某，直到债务全部还清为止。至于倒闭户，就得像从前一样给他戴上一顶绿帽子，送到交易所去枷示两小时。他和他妻子的财产、他本人的权益，一律没收，交给债权人，还得把他逐出国境。"

罗杜阿道："这样，生意场中可以少点儿风险。一个人不管做什么买卖，总得多想想了。"

赛查气愤地说道："现在的法律并没有执行。一百个做生意的，倒有五十个以上营业额超过资本四分之三，或者货色的卖价比资产负债表上开

---

[1] 复权是恢复公民权的意思，因破产人未清偿债务以前是停止公民权的。倒闭户专指欺诈或经营不当而破产的人。在法国法律上，破产人与倒闭人有严格区别。

的低四分之一，他们就是这样捣乱市面。"

莫利奈道："先生说得不错，现在的法律伸缩性太大了。破产人要不把家私全部拿出来，就得叫他名誉扫地。"

赛查道："该死！像眼前这样，做生意的快要变作合法的强盗了：签一个字就好在众人银箱里拿钱。"

罗杜阿道："你倒是硬心肠，皮罗多先生。"

拉贡老头道："他这个态度是对的。"

赛查受了那笔小损失，气坏了，说道："破产的人都不是好东西。"他听到邻居破产的消息，好似一头鹿听见了猎人的号角。

这时，希凡酒家的茶房头儿送了发票来。接着，斐列克司的伙计、福阿咖啡馆的小厮、高利南手下吹单簧管的乐师，都带着账单来了。

拉贡微笑着说："这是年关到啦。"

罗杜阿说："真的，你的跳舞会精彩极了。"

赛查对那些伙计说了声："这会我没有工夫。"他们便留下发票走了。

罗杜阿看见建筑师正在把皮罗多签的票子折起来，便说："葛兰杜先生，我的账单请你就审查吧，只消核对一遍就行，价目都是你代表皮罗多先生讲定的。"

比勒罗听着，对罗杜阿和葛兰杜两人望了一眼。

他咬着侄婿的耳朵说："让建筑师跟包工的讲价钱，你上当了。"

葛兰杜走出铺子，莫利奈鬼鬼祟祟地跟上去，说道："先生，我说的话，你没有听进去；但愿你有把伞才好。"

葛兰杜听了大吃一惊。人心总是这样：越是非分之财，越是不肯放松。建筑师设计花粉商的屋子，的确一心一意拿出全身本领，花了不少时间，所费的心血值到一万法郎酬劳。他为了显本事，吃了亏。所以那些包工头儿很容易地把他拉拢了。劝他通同作弊的理由固然很动听，而且暗中还带着威胁的意思：要不依他们，他们会说他坏话、和他为难的；但对建筑师最起作用的还是罗杜阿对玛特兰纳地产的看法。据他说，皮罗多只是在地价上投机，并不打算盖房子，包工的和建筑师原像剧作家和演员一样相依为命。葛兰杜代皮罗多讲价钱的时候，也就帮着同行欺骗主顾。怪不得罗杜阿、夏法罗、木工多莱昂三个大包工，都夸说葛兰杜脾气随和，跟他共事是最愉快不过了。葛兰杜在工账里头既然有一份好处，又料到皮罗多将来少不得要用票据付账，像付他的酬劳一样，所以听到小老头儿的话，就觉得票据能不能兑现成了问题。艺术家向来对布尔乔亚心肠最硬，现在葛兰杜也要不客气了。到十二月底，赛查一共收到六万法郎的账单。斐列克司铺子、福阿咖啡馆、唐拉特冷饮店，还有一些非付现款不可的小户，已经上门来讨过三次。这一类的小事情，在生意场中比真正的灾难更可怕，等于是灾难的预告。肯定的损失总有一个限度，精神上的恐慌却漫无止境。皮罗多银箱空了，心里怕起来了。他做了一辈子买卖也没遇到这种情形，其实对大多数的巴黎小商人一点不算稀奇。但赛查天生懦弱，又不曾在贫穷里长时期地挣扎，一遇难关就心慌意乱，没了主意。

　　花粉商吩咐赛莱斯丁，把买主在店里挂的账一齐开了发票送出去。领班伙计从来没听见过这种命令，直要东家说了两遍才敢动手。当时做零卖生意的都喜欢说得好听，把买主叫作顾客，赛查就是这个脾气；他老婆反对也没用，最后只得说："随你怎么叫吧，只要他们付钱就行！"他们的所谓顾客都是一班有信用的阔佬，只是付账要趁他们高兴，赛查放给他们的账经常有五六万法郎。二伙计拿出账簿，把数目最大的客户抄下来。赛查怕见老婆。灾难的风暴已经把他吹得失魂落魄，他想上街去，免得被老婆发觉他的心事。

不料葛兰杜若无其事地闯进来叫道："先生，你好哇。"自命清高的艺术家一提到钱，老是装出这副洒脱的神气。他说："拿了你的票子，我一个钱都弄不到，请你给我现款吧。我到处想办法，苦极了；可是没有去找放印子钱的，也不愿意把你的票子传出去。我懂得生意经，知道流通票据会妨碍你的信用，所以为了你的利益……"

皮罗多听着怔了一怔，说道："先生，讲话轻一些好不好？你真使我奇怪。"

这时罗杜阿又来了。

皮罗多笑着说："罗杜阿，你可知道……"

皮罗多话说了一半就停住。可怜他像信心十足的商人一样，还打算叫罗杜阿收下他出给葛兰杜的票子，借此笑话建筑师多心，但一看罗杜阿沉着脸，马上觉得自己太冒失了，暗暗吃了一惊。人家已经不放心你，你再来打哈哈，要不信用堕地才怪。真正殷实的商人遇到这个局面，一定收回票据，绝不转给别人。皮罗多那时头昏眼花，好像望着一个深不可测的窟窿。

罗杜阿拉他到铺子的尽里头，说道："亲爱的皮罗多先生，我的账单已经查过，核过，没问题了，请你明天把钱准备好。我的女儿嫁给格劳太，他需要钱，做公证人的没有商量的余地。我也从来没签过票据。"

皮罗多大模大样地回答说："后天来拿吧。"他想自己店里的账那时可以收来了。又对葛兰杜说："先生，你也后天来吧。"

"为什么不马上付呢？"建筑师问。

从来没扯过谎的赛查回答说："我作坊里要发工钱。"

他拿起帽子和他们一同出去,才带上大门,多莱昂、夏法罗和泥水匠又把他拦住了。

夏法罗说:"先生,我们急于要用钱呢。"

"唉!我又不开什么金矿啰。"赛查不耐烦地回答了一句,急急忙忙丢下他们,一下子就走得老远。他心上想:"哼!其中必有蹊跷。该死的跳舞会!各个人当我是百万富翁了。"转念又想:"罗杜阿神气不大自然,准有人暗中捣鬼。"

他在圣·奥诺雷街上走着,茫无目的,只觉得自己像冰消瓦解一般地化掉了。

2

一声霹雳

他在路角上和亚历山大·格劳太撞了一个满怀,好似一头羊撞着另外一头羊,也好似一个数学家聚精会神想着一个算题,撞在另外一个数学家身上。

未来的公证人说:"啊!先生,问你一句话:罗甘可曾把你的四十万法郎交给克拉巴龙?"

"事情不是你经手的吗?克拉巴龙一张收据也没给我;我出的票子……是要贴现的……罗甘应当把我的二十四万现款交给克拉巴龙……我们说好要立正式合同……法官包比诺认为……要有收据!……可是……你为什么问我这个?"

"为什么问你这个?为了要知道你的二十四万法郎是在克拉巴龙手里还是在罗甘手里。罗甘和你来往了这么多年,也许他顾到交情,那笔钱已经交给克拉巴龙,那就算你逃过了!呃!我好糊涂!这笔款子和克拉巴龙的款子都被他卷走了,克拉巴龙幸亏只交了他十万。罗甘逃走啦,拿了我受盘事务所的十万法郎,也没有出收据。我把钱交给他,就像把荷包交给你一样放心。你们的卖主一个钱都没拿到,他们才看我来着。你拿工场的

地皮托他向人家抵押，其实你既没有借到款子，人家也没有什么钱好借给你；他们存在罗甘那儿的钱，跟你存的十万一起被他吞掉了……你的钱他早已挪用……你最近交出的十万他也拿了，记得还是我上银行去领的。"

赛查眼珠鼓得那么大，只看见一堆鲜红的火焰。

年轻的公证人又道："你的十万法郎支票，我盘进他事务所的十万，克拉巴龙的十万，这就是拐了三十万，不曾发觉的数目还没算进。罗甘太太急死了，恐怕有性命危险，杜·蒂埃先生整夜陪着她。杜·蒂埃不曾上当，也好险啊！罗甘磨了他个把月，要他加入地产生意，幸亏他全部资金都跟纽沁根银号做着别方面的投机。罗甘留给他太太的信简直不像话，我才看了来。客户的存款，他已经挪用了五年。为什么挪用的？为了一个情妇，叫作荷兰美人。罗甘卷逃以前半个月才离开她。那个挥金如土的女人弄到两手空空，家具给人拍卖了，还有约期票签在外面；她怕人追究，躲在王宫市场一家妓院里，昨天晚上被一个上尉谋杀了。总算老天有眼，报应得快；罗甘的家私准是她吃光的。有些女人觉得世界上没有一样动不得的东西，连公证人的事务所也敢吞掉，还了得！罗甘太太手头只剩下一些法定抵押品，坏蛋罗甘的产业全押在外面，押的钱已经超过了实际价值。事务所作价三十万。我还以为占了便宜，一开头就多付了十万，没有拿到收据；还有业务上的亏累，要拿基金和保证金去抵偿。我一提到我的十万法郎，债主还会当我跟罗甘串通呢。一个人刚开业，名誉多么要紧。我将来最多只能收回三成。想不到我年纪轻轻就栽了这么一个筋斗！一个人活到五十几岁还养女人！……老混蛋！……二十天以前，他就叫我不要娶赛查丽纳，说你马上要没有饭吃了，你看他恶毒不恶毒！"

亚历山大尽可以讲个半天，皮罗多站在那儿像一块石头。每句话对他都是一记闷棍。他开头只看见火烧,这时只听见丧钟。亚历山大·格劳太只道稳重的花粉商是个有魄力有办法的人,一看他脸色发青,呆着不动,不由得慌起来。他不知道罗甘卷走的不仅仅是赛查的财产。这生意人虽是奉教虔诚,也动了马上自杀的念头。与其给人家千刀万剐,还不如自寻短见;这时候想要一死了事也在情理之中。格劳太搀着赛查的胳膊想把他扶着走,可是他两条腿软绵绵得像喝醉了一样。

格劳太道:"喂,你怎么啦?我的好先生,拿出勇气来!这也不至于致你死命啊。再说,那四万法郎并没有损失,借主没有这笔钱,也不曾当面点交,可以请求法院撤销借据。"

"我的跳舞会,我的勋章,二十万法郎的票子抛在外面,现款都完了……拉贡夫妇、比勒罗……还有我老婆,她把事情看得多清楚!"

多少沉重的念头,从来未有的苦恼,一时都涌上心头,吐出一大堆含含糊糊的话,像冰雹似的把玫瑰女王花坛里的花全部打光了。

临了他说:"我这脑袋要砍掉才好,累赘得要命,对我又一无所用……"
亚历山大说:"可怜的皮罗多老头!难道真有什么危险吗?"
"危险!"
"那么勇敢一些,奋斗吧。"
花粉商也跟着说:"奋斗!"
"杜·蒂埃是你的老伙计,他很精明,会帮你忙的。"
"杜·蒂埃?"
"好,跟我来。"
皮罗多说:"天哪!我不愿意这样地回家。假使我还有朋友,那就是你了;我对你有过一番心意,你也常在我家里吃饭,山德罗,看在我女人面上，雇辆车陪我溜溜吧……"

公证人费了好大的劲，才把赛查那个僵直的身体扶上马车。

花粉商一边哭一边说，声音呜呜咽咽得不大清楚；但他一淌眼泪，头上的铁箍倒松开了一些。他说："山德罗，先到我家里转一转，你去告诉赛莱斯丁，罗甘失踪的消息，谁都不许泄露，不管为什么理由。那跟我夫妻俩性命攸关。你叫赛查丽纳出来，要她在母亲面前不让人家谈到这件事。便是对我们的好朋友也要防着，比勒罗，拉贡，所有的人……"

格劳太发觉皮罗多声音变了，心上一惊，知道他这番嘱托的确关系重大。格劳太本来要去见法官，圣·奥诺雷街是顺路。他替花粉商传了话。皮罗多像呆子似的坐在车厢里头，面色苍白，一声不响，赛莱斯丁和赛查丽纳看了害怕得很。

花粉商道："这件事一定要保守秘密。"

山德罗私忖道："啊！这可好啦。我只怕他就此完了呢。"

格劳太和法官谈了很久，公证人公会的会长也请来了。他们把赛查像一个包裹似的到处带着，他一动不动，也没开过一句口。晚上七点光景，格劳太送花粉商回家。赛查想到要去见公斯当斯，才挣扎出一些气力。年轻的公证人出于好意，先去通知皮罗多太太，说她丈夫得了病，大概是中风。

"他有点儿神志不清，"格劳太做着手势，形容赛查头脑糊涂，"说不定要给他放血，或者贴几条蚂蟥。"

公斯当斯万万想不到出了乱子，说道："我早料到的，交冬的时候他没有吃药预防；这两个月又忙得像苦役犯，好像家里还等米下锅似的。"

赛查听着太太和女儿的劝告，上了床。向来看惯他的老医生奥特莱，也派人去请了。奥特莱老头是莫里哀描写的那种医生，生意兴隆，喜欢用药店里的老方子；虽是正式医师，给病人的药跟走江湖的半斤八两。他来了，仔细瞧了瞧赛查的气色，看出有脑溢血的症状，吩咐立刻在脚跟上贴芥子膏药。

公斯当斯问："他怎么会发病的？"

赛查丽纳过去和医生说了句话，医生就回答说："天气潮湿。"

做医生的往往不得不故意胡说八道，替病人周围健康的人遮面子，或者保全他们的性命。老医生事情见得多了，听了一言半语就明白。赛查丽纳跟到楼楼梯上问他该怎么调养。

"要安静，不能有声音。等他神志清醒了，咱们再用补药来试一试。"

赛查太太在丈夫床头守了两天，发觉他常常昏昏沉沉地说胡话。他睡在太太那间蓝颜色的漂亮卧房里，看着窗帘床帷、家具和贵重华丽的东西，说了好些话，公斯当斯听着莫名其妙。

有一回，他忽然坐起来，用庄严的声调东一段西一段地背商法条文："……支出部分倘有过于浪费情事……喂，窗帘床帷，给我统统拿下来！"

公斯当斯对女儿说："他发神经了。"

三天之内，情况严重，赛查大有神经错乱的危险。过后，都兰乡下人的强壮的体格毕竟占了上风，脑子清醒了。奥特莱先生开了补药，让他多吃营养丰富的食物，又及时给了他一杯咖啡，他居然下床了。公斯当斯疲劳过度，补了丈夫的缺。

赛查看她睡熟了，说了声："可怜的老婆！"

"喂，爸爸，勇敢一些！你这么能干，一定能挽回过来。放心，没有什么大不了的。安赛末先生也会帮助你。"

这些空空洞洞的话，赛查丽纳说的声音既柔和，感情又亲切，叫意志再消沉的人听了也会振作起来，好比孩子长牙的时候，听母亲唱着歌就忘了痛苦。

"是的，孩子，我要奋斗。可是事情对谁都不能露一句口风；尽管包比诺关切我，也不能告诉他，还有你的叔公比勒罗。我先要写信给我的哥哥，他是教区的咨询委员兼大教堂的副堂长，没有什么开销，应该手头有钱。一年积上三五千法郎，二十年下来也有十万了。内地的教士都有信用，要借也容易。"

赛查丽纳急于要把文具拿给父亲，端来一张小桌子，拿了些没用完的粉红请帖来。

赛查看了叫道："赶快把这些东西烧掉！我开这个跳舞会真是见了鬼，我要倒下来，人家会当我骗子的。得啦，别多说了。"

赛查·皮罗多给法朗梭阿·皮罗多的信

亲爱的哥哥，我生意上遇到了困难，形势紧急，求你把所能调度的钱如数寄来，哪怕向人借也要。

你的 赛查

你的侄女赛查丽纳要我代为致意。这封信我是趁她妈妈睡熟的时候写的。

这两句是赛查丽纳说了才添上的。她把信交给了拉盖，回到楼上说道："爸爸，勒巴先生来了，要跟你说话。"

赛查吓了一跳，仿佛一出事他就成了罪犯；他叫道："勒巴先生！他是个法官呀！"

做布生意的大商人一路进来一路说:"亲爱的皮罗多先生,我太关心你了;咱们认识了这么多年,第一次当商务裁判,咱们俩是一块儿选上的。所以不能不来告诉你:有个放印子钱的皮杜,绰号叫羊腿子,拿着克拉巴龙银号转给他的几张票据,是你签出去的,给他们批上了恕不担保字样。这几个字不但使你受了侮辱,你的信用也跟着完蛋了。"

赛莱斯丁进来说:"克拉巴龙先生要和你说话,要不要请他上楼?"

勒巴说:"这一下正好弄个清楚,为什么要欺负人。"

花粉商看见克拉巴龙进来,就说:"这位是我的朋友勒巴先生,商务法庭裁判……"

克拉巴龙接口道:"啊!这位是勒巴先生,久仰久仰,原来是勒巴法官,姓勒巴的也真多,除了勒巴,还有什么……"

皮罗多不让他唠叨下去,抢着说:"勒巴先生看到我给你的票据,你明明说过不在外面流通的。他还看见票子上批着恕不担保几个字。"

克拉巴龙说:"是啊,那些票子并不流通啊,不过是在一个人手里,他和我做很多交易,叫作皮杜老头。我批明恕不担保是有道理的:如果这些票据预备流通,你会直接写他的抬头。我的地位,勒巴法官等会儿就能了解。这些票据做什么用的呢?付地价的。归谁付呢?归皮罗多。那么干吗要我签字替皮罗多做保呢?咱们合伙做地产生意,各付各的份儿。咱们对卖主要负连带责任,这已经够了。生意上的规矩,我绝不马虎:应该收的款子我不出收据,不必要的担保我不做。我要防万一。签了字就得付钱。一笔账要付三次,我可不冒这个危险。"

"三次!"赛查说。

"是啊,先生,"克拉巴龙回答,"我已经在卖主面前替皮罗多作保,干吗再替他向放款的银行家作保呢？我们现在很为难，罗甘卷走了我十万。我的一半地价已经不是四十万，而是五十万了。罗甘又卷了皮罗多二十四万。勒巴先生，换了你，怎么办？请你设身处地想一想吧。你不认得我，正如我不认得皮罗多先生一样。你听着。假定咱们合伙做买卖，股本各半。你的一份，全部拿现款付了；我这一份签了约期票交给你；你一片好心代我去贴现。而你忽然知道那个有钱、有名望——你爱把他说得怎么了不起都可以——那个诚实可靠的银行家克拉巴龙背了六百万法郎的债，破产了：那个时候，你会签字替我作保吗？那你不是发疯吗？告诉你，勒巴先生，我刚才替克拉巴龙假定的情形，就是皮罗多现在的情形。地产生意要是作废了，第一，我为了负着连带责任，要把钱还给买主；第二，假使我替皮罗多做了保，还得代他还清票面上的金额，可并不……"

皮罗多问："还给谁呢？"

克拉巴龙不理他，自顾自往下说："可并不能到手皮罗多名下的那份地产，因为我没有优先权；我想要那一份地，还得出钱去买！所以我可能为一笔交易付三次钱。"

"还给谁呢？"皮罗多老盯着问。

"还给那个贴现的人呀，倘若我签字作保，而你遇到什么不幸的话。"

皮罗多说："先生，我不会破产的。"

克拉巴龙说："好吧，你当过商务裁判，是个精明的生意人，你知道一个人样样都要防到；所以我照章办事，你看了不必奇怪。"

勒巴说："克拉巴龙说得不错。"

克拉巴龙接着说："在生意上我当然不错。但这是一桩地产买卖。我，我这方面应当收进什么呢？……现款呀，因为我需要拿现款付给卖主。丢开二十四万法郎不谈，"克拉巴龙眼睛望着勒巴，"那我相信皮罗多先生一定能凑足的，"他又望着皮罗多说，"现在我来问你要一笔两万五的小数目。"

赛查觉得血管里流的不是血而是冰了，叫道："两万五！先生，请问是什么名目？"

"哎，亲爱的先生，咱们必须经过公证，把买卖的手续做完全。地价嘛，咱们之间好商量；国库的税可对不起！税局只肯现钱交易，不跟你说废话的。这个星期之内，我们要缴四万四千法郎的税。我今天上这儿来，万万料不到会受你埋怨，因为想到二万五千法郎可能使你为难，而且事有凑巧，我替你抢救了……"

皮罗多道："什么？"他这一嚷，谁都听得出他心里着急。

"噢！不过是个小数目。罗甘有两万五的零碎票据托我贴现，我收在你名下替你付税款和其他的费用，以后我有清账给你的；两万五中间还得扣除贴现的利息，所以你还欠我六七千法郎。"

勒巴说："我觉得这些事都很公道。克拉巴龙先生做生意非常内行；我处在他的地位，对一个不相识的人也是这么办的。"

克拉巴龙说："皮罗多先生绝不会就此倒下来，老奸巨猾的狼不是三拳两脚打得死的；我看见过一些狼，头上中了子弹还跑得像……嘿！跑得就像狼一样快。"

勒巴说："罗甘做出那样的下流事儿，谁料得到？"勒巴看见赛查一声不出，又知道他在本行之外做了这么大一笔投机生意，不由得心里害怕。

克拉巴龙说："我还差点儿出一张四十万法郎的收据给皮罗多先生呢，那我就苦了。我上一天给了罗甘十万法郎。亏得我们彼此信任，才没有多受损失。正式合同没签订以前，资金放在他事务所里还是放在自己家里，

我们当时都觉得无所谓。"

勒巴说:"应该各人把钱存入银行,到付的时候再提出来。"

赛查道:"我就是把罗甘当作银行的啊。"又望着克拉巴龙说道,"不过他在这笔交易里头也有份儿。"

"是的,他口头说过搭四分之一,"克拉巴龙回答,"我让他拿了我的钱逃走,是我糊涂;还好没有糊涂到把钱都交给他。要是他还我十万,再交足他的一股二十万,那还有办法。可是这桩生意要熬上五年才有油水,他绝不会寄钱来的。假定他真像人家说的只卷走三十万,那也不算稀奇,在外国要舒舒服服过日子,一年非有一万五进款不行。"

"那个强盗!"

克拉巴龙接着说:"唉!天哪!罗甘为了迷一个女人落到这个田地。哪个老头儿敢担保,自己再要动心的话,能够不受情欲支配,不给它拖下水?咱们这些老实人反正不知道他怎么了局。哎!最后一次的爱情,势头最猛烈。加陶、加缪索、玛蒂法……都养着女人!我们上当,只能怪自己。看着公证人做投机,怎么不提防呢?凡是公证人、票据经纪人、中间人,一做买卖就有毛病。他们要破产的话,总是非法的倒闭,要进重罪法庭的;所以他们宁可上外国去逍遥自在。这种糊涂事儿,我下次再也不干了。我们心肠太软,因为那些人常常请我们吃饭,开漂亮的跳舞会,总而言之是台面上的人物,所以就不叫他们受缺席判决,也不责怪他们。我们这办法是不对的。"

"大大地不对,"皮罗多说,"有关破产和倒闭的法律都需要修正。"

勒巴对皮罗多说:"你要我帮忙的话,我一定效劳。"

多嘴的克拉巴龙接口道:"他才不需要帮忙呢。"杜·蒂埃把他池子里灌足了水，打开了水闸；因为他在杜·蒂埃那儿上了一课，现在不过是照样背一遍罢了。"皮罗多先生的一笔账清楚得很：据小格劳太说，罗甘欠的债将来能偿还一半；皮罗多先生除了这笔收入，还能收回那张四万法郎的借票，人家根本没有什么钱出借；他可以拿产业向别处去抵押。咱们只要在四个月之内付给卖主二十万。这期间，皮罗多先生得想法把期票兑现，因为罗甘卷逃的款子即使能还一半，也还不能算在账上去抵挡那些票据。可是他尽管手头紧一些……开几张约期票在市面上流通一下，还是对付得了的。"

花粉商听见克拉巴龙把他的问题分析过了，作了结论，指点了他一条出路，不觉地又有了勇气，态度也变得坚定起来，有决断了；同时也非常佩服这个前任掮客的能力。杜·蒂埃认为，最好让克拉巴龙相信他杜·蒂埃也吃了罗甘的亏，便特意要克拉巴龙把十万法郎转交罗甘，罗甘又暗中还了杜·蒂埃。克拉巴龙可是真的心里着急，把他的角色表演得很自然，逢人便说罗甘卷走了他十万法郎。杜·蒂埃觉得克拉巴龙不够手辣，多少还要讲道德、有顾虑，不能把计划全盘告诉他！而且也知道克拉巴龙没有本领猜到他的内情。

后来有一天，这个生意上的傀儡因为被杜·蒂埃当作用旧的工具一般扔掉而抱怨的时候，杜·蒂埃回答说："我们开场要不欺骗最老的朋友，就没有人好欺骗了。"

勒巴和克拉巴龙一同走了。

皮罗多想道："这一关我是过得了的。欠人的票据总共有二十三万五千法郎，内中七万五是装修房子的费用，十七万五是地价。收入方面：罗甘可能还我十万；借票作废，收回四万，就是十四万。只消在护首油上赚十万,再靠几张周转票据[1]或者向银行借一笔钱,把我支持到能够弥补损失、地皮涨价的时候。"

一个人遇到不幸,只要用着能安慰自己而多少也有些道理的推论,把希望寄托在空中楼阁上面,往往就可以得救。很多人把建筑在幻想之上的信心当作毅力。——也许希望就抵得上一半勇气,所以被加特力教看作美德。许多弱者不是靠着希望支持,才能定下心来等待时来运转吗?

---

[1] 商人(假定为某甲)在周转不灵的时候,往往商得熟人(假定为某乙)同意,请其出面承当付款人,然后由某甲出一由某乙支付之期票。倘某乙是银行家,则此种情形等于某甲在某乙银行中存款不足而出一空头支票,不过事先经某乙之银行同意而已。另一种情形是某甲请求某乙出一期票。以上两种票据目的都是拿去暂时抵挡一下或做贴现之用。但在出票人与付款人之间(如前一例所举),或出票人与受票人之间(如后一例所举),并无真正交易需要偿付。此种票据统称为周转票据,实际都是空头票子。

3

高级银行界

  皮罗多决定向别处求救之前,先把情形告诉叔岳。他从圣·奥诺雷街走到蒲陶南街,被一阵阵莫名其妙的苦恼刺激得非常难受,以为又闹病了。他肠子里滚热得像火烧一般。的确,凡是靠肚子感觉的人总觉得肚子不舒服,靠头脑感觉的总觉得头痛。生命力集中在身体上什么部分完全由气质决定,但在大风浪中受到伤害的必然是这个部分:所以懦弱无能的闹肚子痛,拿破仑是没头没脑地睡觉。一个爱面子的人要能够克服傲气,放弃自信,一定先得几次三番被无情的事实逼迫,像踢马刺似的把他的心刺得没有了办法才行。皮罗多直打熬了两天才去见叔岳,而且还是为顾到亲戚关系才下了决心的:无论如何,他的情形不能不向严厉的五金商交代。但是到了门上,像孩子走进牙医生诊所那样要发晕的感觉又来了;不过他的心虚胆怯关系到整整一生,而不是为了暂时的痛楚。皮罗多慢吞吞地上楼,看见老人家坐在火炉旁边看《立宪报》,面前的小圆桌上放着他菲薄的午餐:一块面包,一些牛油,一块勃里乳饼,一杯咖啡。

  "他真是一个看破世情的哲人。"皮罗多这么想着,暗暗羡慕叔岳的生活。

  比勒罗脱下眼镜,说道:"我昨天在大卫咖啡馆听说罗甘出了事,他的情妇荷兰美人被谋杀了。我们通知过你不能做空头买主;克拉巴龙的收条你该拿到了吧?"

"唉!叔叔,就是啊,你一针见血把毛病说出来啦,我没有拿到收据。"

"该死,那你可倾家荡产啦。"比勒罗说着,把报纸掉在地下;虽是《立宪报》,皮罗多仍旧替他捡了起来[1]。

比勒罗心里涌起许多念头,把他那张像徽章上的肖像一般严肃的脸变得铁青,仿佛一片金属在造币机器里轧过了一道。皮罗多滔滔不绝地说着,他却坐着一动不动,从玻璃窗里望着对面的墙壁出神。他分明是一边听一边思索,很冷静地把事情的正面反面掂着分量。他从莫丰丢河滨道搬进这四层楼的时候,已经度过了生意场中的难关,看事情和弥诺斯王[2]一样清楚。

皮罗多说到最后,是央求比勒罗卖掉六万法郎公债,等着比勒罗回答。他说:"叔叔,你的意思怎么样?"

"唉,可怜的侄儿,我不能这样做,你的处境太危险了。拉贡夫妇跟我都要损失五万法郎。两个老实人听着我的主意,把伏钦矿山的股票卖了;万一遭到损失,我的责任倒不是偿还他们资金,而是救济他们,救济我的侄女和赛查丽纳。说不定你们几个人吃饭都要成问题,我可以供给……"

"吃饭也成问题?"

"是啊,吃饭成问题。你看看清楚吧:这一关你是过不了的!我那五千六百法郎利息,可以抽出四千给你们和拉贡分着用。你一倒霉,我知道公斯当斯的脾气,她会拼着性命干活,吃的穿的,什么都不要了,而你

---

[1] 《立宪报》是当时的进步报纸,而皮罗多是保王党。

[2] 神话中的弥诺斯王是一个以正直出名的法官。

赛查，你也是的。"

"事情还没绝望呢，叔叔。"

"我不是这样看法。"

"我要向你证明相反。"

"那我再高兴没有。"

皮罗多一声不响，走了。他希望来得点儿安慰和勇气，不料又挨了一下闷棍，固然没有第一下那么厉害，不曾使他头脑发昏，可是伤了他的感情，而这可怜虫是把感情看作性命一般重的。他在楼梯上走了几级，又回来。

他冷冷地说道："叔叔，公斯当斯还不知道这件事，你至少得瞒着她；请拉贡他们也别扰乱我家里的安宁，这样我才好跟苦难拼命。"

比勒罗点点头答应了，又道："勇敢一些，赛查！我看出你生我的气；将来你想到老婆跟女儿，会明白过来的。"

他素来佩服叔岳头脑特别清楚，所以听了他的意见大为灰心，从满怀希望的高峰上直跌到泥塘里，变得毫无主意了。一个没有像比勒罗那样受过磨炼的人，遇到生意上的大风浪就只能受局势支配，一会儿听从别人，一会儿自作主张，好像跟着磷火在黑夜里东奔西窜。他听凭旋风把他卷走，不会躺在一边不理，或是站在高处看清风向，想法躲开。皮罗多正在苦闷的当儿，忽然想起借款的纠葛，便到维维安纳街去找他的诉讼代理人但尔维。倘若借款有希望作废，就得趁早办起手续来。

花粉商看见但尔维穿着白呢晨衣坐在火炉旁边，态度安详、严肃。办案子的人大概都是这副神气，天大的秘密在他们都是听惯了的，保持冷静也是必要的。皮罗多却是第一回注意到。他说出他的倒霉事儿，心情就像一个受了伤害的人那么兴奋、激动，既为了家财不保而发急，又为着自己的生命、荣誉、妻子女儿而难过得要命：在这种情形之下，代理人的态度是会叫他心里发凉的。

但尔维听完了他的话，说道："既然不曾有现款交割，只要能证明借主存在罗甘那儿的钱早已没有了，你的借据当然可以作废。对方只能在罗甘的保证金项下取得赔偿，和你的十万法郎一样。我在可能范围之内担保你胜诉，没有上堂就赢的官司是没有的。"

这样一位高明的法学家说出这种话来，使花粉商恢复了一些勇气，他要求但尔维在半个月以内解决。但尔维回答说，大概不出三个月，案子可以判决，把借据撤销。

花粉商叫道："怎么，要三个月！"他先还以为有了生路呢。

"就算很快能开庭，我们也没法叫对方跟着你走：他会利用诉讼程序来拖延日子，律师也不是每次都能出庭的。谁敢说对方不会让法院缺席判决，然后再上诉呢？亲爱的先生，我们不能要怎样就怎样。"但尔维微笑着说。

皮罗多说："可是在商务法庭……"

"噢！商务裁判和初审法院的推事性质完全两样。你们办起案子来又快又马虎，法院可是要经过许多程序。这也是为了保障人民的权益。倘若当庭就来个判决，叫你损失四万法郎，你愿意不愿意？同样，对方看到这笔款子保不住了，当然会起来反抗。诉讼程序规定的期限等于司法上的防御工事。"

"你这话不错。"皮罗多说着，向但尔维行了礼，走了，心里说不出的难过。他走在街上又道："他们说得都不错。就是钱！钱！"在喧闹沸腾的巴黎——现代就有一个诗人把巴黎比作一个酿酒的桶——这一类自言自语的忙人不在少数。

他回去，收账的伙计告诉他，因为快到新年，主顾都留着发票，把收据退回了。

花粉商在铺子里大声叫道："那么是到处都弄不到钱啰！"

他咬咬嘴唇，伙计们都抬起头来望他。

这样过了五天。五天之内，勃拉训、罗杜阿、多莱昂、葛兰杜、夏法罗，所有没拿到钱的债主开头都相信对方，心平气和，后来一步一步地心境转变，直闹到脸红耳赤、杀气腾腾为止。在巴黎要扩大信用是极不容易，但大家起了疑心，把你的信用越缩越小的风潮，却来得比什么都快。等到债主一起恐慌，在生意上处处提防的时候，就会变得下流无耻，比债务人更要不得。他们先是眉开眼笑，礼貌周全；慢慢地就红着脸急躁起来；接着又冷言冷语地刺人；然后是因为失望而发脾气；然后是抱着成见，面色铁青；然后是预备好了法院的传票，狠狠地把你辱骂一顿。圣·安东纳街上有钱的家具商勃拉训，没有弄到跳舞会的请帖，这时便拿出恼羞成怒的债主面孔来进攻：他要在二十四小时以内把账款收清；他也要求抵押品，不要家具，而要那个能抵到四万法郎的厂基做担保。但这班人虽然声势汹汹，终究还有歇手的时候让皮罗多能透一口气。

为难的局面才不过开始，赛查非但不拿出决断来把头上几个浪头压下去，倒反花足心思把唯一能帮助他出主意的人——他的老婆，蒙在鼓里。他自己常在店门口和四周围望风。他把暂时的困难告诉了赛莱斯丁，赛莱斯丁瞧着东家，诧异得直瞪眼睛，觉得赛查变得渺小了。一向百事顺利、头脑平常的人，所谓本领不过是日常工作中得来的一些经验，遇到患难就要显原形的。

赛查没有魄力抵抗四面八方的威胁，但估量局势的勇气还是有的。十二月底和正月半，家里的开支和到期的票据，应付的房租和现金账，一共有六万法郎，十二月三十一先得付三万；收入勉强可以凑到两万，还缺一万。他觉得事情并不绝望，因为他已经像冒险家一样过一天算一天，只管眼前了。他自以为想出了一个高明的办法，趁周转不灵的内情还没张扬出去的时候试一试，向那个大名鼎鼎的法朗梭阿·格莱去借钱。格莱是银行家、演说家、慈善家，出名地肯做好事，肯帮巴黎商界的忙，因为要永远当选为巴黎的议员。他是进步党，皮罗多是保王党，但花粉商完全凭感情看人，认为正由于政见不同，借款才更有希望。假定需要什么票据做担保，忠心的包比诺一定会帮忙。他打算叫包比诺签三万法郎左右的期票。只要挨到官司打赢的时候，就好拿厂基去做押款；他已经答应一些最迫切的债主，将来把这个产业给他们做担保。花粉商原是肚里藏不住话的，平时生活上有一点儿小波动就要在枕边告诉他亲爱的公斯当斯，希望她鼓励，让她说出相反的意见来指点他。如今他的难处，跟领班伙计、跟叔岳、跟老婆，都没法商量，压在心上的念头也就格外沉重。但他做人厚道，处处抱着牺牲精神，宁可自己受罪，不肯拿火把丢到老婆心中去，打算等危险过去以后再告诉她；也说不定他是没有胆子把这个惊心动魄的秘密说出来。但正因为他害怕老婆，反倒有了勇气。他每天早上到圣·洛克教堂去望读唱弥撒，把心里的话向上帝诉说。

他祷告上帝，求保佑；祷告完毕又私下想："倘若回家的路上遇不到兵，我的要求就一定成功，那就算上帝给我回音了。"

他很高兴，果然没遇到兵。可是他的心抽得那么紧，需要另外一颗心让他诉诉苦。赛查丽纳完全知道他的心事，他第一天就把坏消息告诉了女儿。他们俩便偷偷地递着眼风：闷在肚里的失望和希望，热烈的祝祷，互相关切的问答，心照不宣的默契，都用眼睛来传达。皮罗多在老婆面前装作得意快活，兴致很高。公斯当斯问到什么，他总说："噢！样样都顺手；包比诺生意兴隆！"其实他想都没想到过包比诺。"头油销得很好！给克拉巴龙的票子一定能照付，没有什么可担心的。"这种假装的快乐真是可怕。老婆在华丽的床上睡熟了，皮罗多却坐起来，想着自己的倒霉事儿发愣。有时赛查丽纳穿着衬衣，雪白的肩上披着围巾，光着脚走过来。

"爸爸，我听见的，你在哭。"她说着也哭了。

皮罗多把要求大人物法郎梭阿·格莱接见的信写出以后，变得神思恍惚，女儿看着不能不带他到外边去走走。他这才发觉街上的大幅红招贴，一眼就看到护首油几个字。

正当玫瑰女王走了背运，在西边沉下去的时节，包比诺商行却光芒四射，在绚烂的东方升起。安赛末听着高狄沙和斐诺的主意，把头油大刀阔斧地推销出去。近三天来，巴黎城内最注目的地方贴了两千张广告。走路人谁都免不了劈面看到护首油三个字和斐诺想出来的一句简短的口号，意思是要头发生长是办不到的，把头发染色是有害的，还有一段伏葛冷向科学院宣读的报告，保证用了护首油，本来没有生命的头发就能生存。巴黎的理发店和花粉铺，家家门上都挂着一个金漆框子，嵌一张仿羊皮纸的漂亮招贴，高头印着《海洛与利安德》版画的缩影，底下题了一句：古代民族就是用护首油保护头发的。

"哦，他发明了框子，广告就好永远做下去了。"皮罗多自言自语地说着，瞧着银钟铺子的橱窗呆住了。

女儿说："难道你没看见咱们家里的框子吗？安赛末先生送来的时候，

还带了三百瓶油交给赛莱斯丁。"

他回答说:"没看见。"

"赛莱斯丁已经卖掉五十瓶给过路客人,六十瓶给老主顾。"

赛查叫了声:"哦!"

花粉商被大难临头的乱钟敲得糊里糊涂,老是在天旋地转中过日子。上一天,包比诺白白地等了他一小时,只能跟公斯当斯和赛查丽纳谈了一会儿话。她们说,赛查全副精神都在那笔大生意上。

"噢!是的,那笔地产生意。"

幸而包比诺最近一个月没有走出五钻石街,夜里睡在工场里,星期日也在那儿干活,没有碰到过拉贡、比勒罗和他那个当法官的叔叔。他晚上只睡两个钟点,可怜的孩子!手下只有两个伙计,而照他的营业快要用到四个了。做买卖最要紧的是机会。骑马要抓住马鬃,对好运气也是一样,抓得不紧就发不了财。包比诺心里想,倘若六个月以后能够对姑丈姑母说:"行了,我天下打定了。"那一定受到欢迎;再替皮罗多弄到三四万法郎盈余,皮罗多也必然对他另眼相看。他既不知道罗甘卷逃,赛查吃了倒账而周转不灵,自然不会在皮罗多太太面前泄漏什么秘密。

包比诺答应斐诺,只要报上一个月宣传三次护首油,他每种大报出五百法郎,次一等的报纸每种出三百;而大报一共有十种,次一等的也有十种。斐诺算好八千法郎里头可以到手三千,作为他踏进投机的大赌场的第一笔资本。他便像饿虎一般向朋友和熟人进攻,赖在编辑部里不走,早上闯进每个编辑的卧房,晚上跑遍每个戏院的后台。

"好朋友,别忘了我的头油;不是为我自己,都是为了朋友,你知道是为了那个乐天派的高狄沙。"斐诺跟人说话,开头和结尾都少不了这几句。他看中报上每一版最后一栏的末尾，送稿子去做补白，稿费让编辑去拿。他狡猾不亚于想当正角的跑龙套，机警不亚于每月挣六十法郎的小厮，专门写些满纸恭维的信，迎合每个人的虚荣心，帮总编辑干些不干不净的勾当，但求能用他的稿子。送钱呀，请吃饭呀，做些卑鄙龌龊的事呀，为了无孔不入的钻谋，什么手段都使得。排字工人半夜里拼版，手头总有些现成的材料以防万一，不是社会琐闻，便是别的补白；斐诺就用戏票去贿赂他们。他守在印刷房里，仿佛自己有什么文章，等着要改校样。他到处拉好关系，替护首油打了一个大胜仗，把雷袅膏、巴西水和别的新出品全打倒了。这些都是第一批利用报纸的商家，懂得连续不断的宣传文字对群众能发生很大的影响。那时大家还天真，好些新闻记者都是笨蛋，不知道自己的威力，一心只在女戏子身上，关切什么弗洛丽纳、多丽阿、玛丽埃德等。个个都是他们捧出来的，他们自己可一无所得。斐诺所钻谋的既不是要捧什么女演员，也不是要上演什么剧本，更不是要人家接受他写的杂剧，发表他要拿稿费的文章；相反，他还在恰当的时候送钱给你，请你吃饭呢。因此家家报纸都提到护首油，说它和伏葛冷的分析完全符合，说染色是危险的，说世界上竟有人相信药物能使头发生长，更是可笑。

高狄沙看了这些宣传文字十分高兴，拿着报纸去破除大众的成见，在外省做到所谓马到成功，这句话是后来的投机商人仿效他的作风行出来的。在那个时代，内地的州府都受着巴黎的日报控制；说来可怜，他们还没有自己的刊物呢！所以内地人都把报纸研究得很仔细，从标题一直到印刷所的名称，都要加以推敲；舆论受了压迫，往往在这些地方打埋伏，暗中讽刺。高狄沙靠着报纸帮忙，在头一批去宣传的城市里就大获成功。内地的小铺子都愿意要镜框和印着版画的招贴。斐诺在杂耍剧院把玛加撒油很有风趣地捉弄了一下,引得观众哈哈大笑。他叫一个小丑拿一把没有马鬃、只有眼子的破扫帚,涂上玛加撒油,顿时密密麻麻长出鬃来。这个挖苦的节目传出去,到处把人笑死。后来斐诺嘻嘻哈哈地说,当初要没有那三千法郎,他会穷死愁死的。三千法郎对他的确是笔财产。在那次推销头油的运动中,他第一个懂得广告的力量,运用得那么巧妙、充分。三个月以后,他当了一份小报的总编辑,临了又把报纸盘下,从此起家。在内地和边境上,捎客队伍中的缪拉将军[1],大名鼎鼎的高狄沙,正在生意场中马到成功,替包比诺商行打胜仗。同时,包比诺商行拼命进攻报纸的结果,在舆论界也打了胜仗,跟以前的雷枭膏和巴西水宣传得一样热闹。发动舆论的战术,早期就推广了这三样商品,给三家铺子发了三笔大财。从此以后,成千成万的野心家都涌进新闻界的阵地,行出花钱登广告的规矩,成为商业上的大革命。

那时包比诺商行正在巴黎的墙上和所有的橱窗里耀武扬威。这样的宣传效果,皮罗多是没法估计的,他只对赛查丽纳说了句:"小包比诺正在走我的老路!"他不懂得时代变了,也体会不到新式广告的威力,不知道新方法的速度与范围打到商界中去要比以前快得多。皮罗多开过跳舞会以后,没有踏进过工场,完全不知道包比诺的活动和忙碌。安赛末把皮罗多的工人都包了下来,自己睡在工场里。在他看来,所有的箱子上、打好包的货色上、发票上,到处都有赛查丽纳的影子。伙计们上街办事去了,他就脱了上装,把衬衫袖子卷到臂弯,劲道十足地盯着箱子,心里想:"她一定会嫁给我的!"

---

[1] 拿破仑手下的一员猛将。

赛查不知道见了那位金融界的大头儿什么话该说，什么话不该说，盘算了整整一夜。格莱是进步党，有人攻击他那一派存心要推翻波旁王室，倒也不是冤枉他们。第二天，赛查到了乌萨依街，走进银行家住宅的时候不免心惊肉跳，慌张得厉害。他和巴黎所有做小买卖的一样，对于上层银行界的人物与生活习惯是完全陌生的。

巴黎的大银行和一般工商界之间有一些中等银号，是银钱业的得力的居间商，而且使银钱业多一重保障。公斯当斯和皮罗多做买卖一向不超过本钱，银箱从来没空过，证券都藏在家里，没有要那些中等行庄帮过忙，高级银行界当然更没人知道他们了。生意人因为没有需要而不在外边调动款子也许是错误的，但大家在这一点上看法还不一致。不管怎么样，皮罗多的确后悔以前没签过票据。但是凭着副区长身份和他的政治地位，他以为只要亲自出马，闯上门去就行，不知道那位银行家见客的场面与众不同，宾客之多简直跟进宫朝见相仿。皮罗多被带进客厅，里间便是这个头衔一大串的名人的书房。会客室里等着一大批人，有议员，有作家，有新闻记者，有交易所的经纪人，有大商人，有代理人，有工程师，还有一班穿过人堆，在书房门上用暗号敲几下就能随便进去的熟客。

这地方是反对党每天设计划策的大本营，左派政客串演大规模悲喜剧的排练场；皮罗多看着他们忙忙碌碌，愣住了，心里想："我在这里算什么呢？"

他听见右边有人在谈论政府的借款，建筑总署要完成几条运河的干线，需要几百万款子！左边一批专拍银行家马屁的记者，谈着上一天议院里开会的情形和格莱的即席演说。皮罗多在两小时等待期间，看见那位亦官亦商的银行家出现了三次，都是送贵客，送出书房三步就回去了。末了一位是福阿将军，法郎梭阿·格莱一直把他送到穿堂。

皮罗多好不苦闷地想道："我完啦！"

银行家回到书房的时候，一大批清客、朋友、存心来弄些好处的人，都拥上去包围他，像一群狗看见了一只漂亮的母狗。有几只大胆的小狗不管主人愿意不愿意，竟自溜进宝殿，谈上五分钟、十分钟，或是一刻钟。有的临走丧着脸，有的心满意足，或者摆出一副俨然的神气。时间慢慢地过去，皮罗多好不心焦地瞧着钟。谁也没注意到有他这么个人憋着一肚子苦恼，待在壁炉那边的描金椅上受罪。他坐的地方紧靠书房的门，门内就有那包医百病的仙丹：借款！赛查很伤心地想到，像格莱这样天天威势十足的场面，自己在家里也曾经有过一时，比较之下，更显得他此刻在泥坑里陷得多么深了。想到这里，他辛酸极了。他一边等着一边咽下了不知多少眼泪，还几次三番地祷告上帝，希望格莱能买他面子。因为他感觉到，格莱虽则面上装作一团和气，好像谁都可以跟他亲近，骨子里却傲慢专横，动不动会发火，狠巴巴地只想控制别人，叫天性和顺的皮罗多看了害怕。最后只剩十来个人了，他打定主意只等书房门一响，就站起身来说："我是皮罗多！"表示自己的身份并不比这位大演说家低多少。花粉商这股进攻的勇气，竟不输当年第一个冲进莫斯科碉堡的掷弹兵。

他站起来预备报出姓名的当口，心里盘算："不管怎样，我到底是他区里的副区长。"

法郎梭阿·格莱马上和颜悦色，分明是要表示殷勤。他瞧了瞧花粉商身上的红丝带，往后退了一步，打开书房门让他进去。可是楼梯上一阵风似的冲过来两个人，格莱在门口和他们谈了一会儿。

一个说："台加士要和你说话。"

La Comédie Humaine

那位银行家见客的场面与众不同。

另外一个嚷道:"就是为推翻玛尚宫[1]的事!王上看清楚了,倒向我们这边来了!"

"等会儿咱们一同上议院去。"银行家说着,回到屋子,态度活像一只青蛙想装作一头牛。

皮罗多心里乱糟糟地想道:"他怎么还有工夫想到他的买卖呢?"

显赫的权势像太阳一样照得花粉商眼花缭乱。昆虫本来只能在微弱的光线或晴朗的夜色之下生存,遇到亮光就睁不开眼睛。皮罗多看见一张大桌子上堆着政府的预算和国会的大宗文件。好几册《导报》[2]的合订本翻开着:刚才有人查过,把某某部长说过而早已忘了的话打着框框,预备拿到议会去质问,逼部长当场抵赖,让无知的群众笑话一场,他们是不懂一切事情都跟着形势变的。另外一张桌上放着成堆的卷宗、节略、计划书,以及新兴的实业界为了看中银行家的钱而送来的大批材料。豪华的书房里到处是图画、雕塑、艺术品;壁炉架上全是摆设;和国内外利益攸关的文件堆得像货色一般。皮罗多看着这些暗暗吃惊,越来越觉得自己渺小,越来越害怕,身子都凉了半截。法朗梭阿·格莱的书桌上放着一沓沓的票据、借票、商业文件。格莱坐下来,把一些不需要复核的信很快地签字。

他说:"先生,承蒙你光临,有什么事呢?"

那只贪心不足的手始终拿着笔在写,经常向全欧洲说话的声音向皮罗多说了这两句,而且是只对他一个人说的。皮罗多听着,肚子里好似给烙铁烫了一下,马上装出一副银行家近十年来看惯了的巴结的神气。凡是为

---

[1] 玛尚宫是蒂勒黎宫中的一座大楼,当时的王弟阿多阿伯爵的府第。保王党中的极端派都集中在那里,密谋反对路易十八的政策。

[2] 《导报》是记载当时政治材料最完备的日报。

了什么要紧事儿——只有对请求的本人才要紧的事儿，来甜言蜜语迷惑他的人，都是这副嘴脸，叫银行家看着先就抬高了自己的身价。当下格莱用拿破仑式的眼风向赛查瞅了一眼，把他的心思全看透了。有些暴发户就是这一点可笑，连皇帝手下的小兵都没当过，偏偏要学拿破仑的眼风。皮罗多在政治上是个右派，是官方的小喽啰，投起票来是拥护专制政体的；银行家的眼光落在他身上，好比验关员把货色打了一个铅印。

"先生，我不愿意耽误您时间，话不会多的。我是为了一桩生意到这儿来问一声，贵行能不能答应放款。我当过商务裁判，法兰西银行知道我的名字。假使我有证券在手里，我就向法兰西银行去申请了，你先生也是那边的董事。我很荣幸，曾经和放款委员会主任蒂篷男爵在商务法庭共过事，他不会拒绝我的。可是我从来没向银行借过钱，也没签过票据。我的签字在外边没人知道，所以要通融一笔款子很困难……"

格莱摇了摇头，皮罗多以为他听得不耐烦了。

他接着说："事实是这样：我在本行之外做了一笔地产买卖……"

法朗梭阿·格莱始终在批阅文件，忙着签字，似乎并不理会赛查的话，但又对他点点头表示鼓励。皮罗多看了觉得事情有希望，不禁松了一口气。

格莱很和气地招呼道："你说吧，我听着呢。"

"我跟人合伙，买进玛特兰纳近边的地，认了一半股子。"

"不错，克拉巴龙银号做的那笔大生意，我在纽沁根那儿听说过。"

花粉商又道："倘若能用我那份地产或者我的铺子，做十万法郎押款，我就好周转一个时期，等我新出的化妆品赚出钱来，那也是很快的事。必要的话，我可以拿包比诺铺子的票据做担保，那个新开的铺子……"

格莱似乎对包比诺商行不感兴趣；皮罗多知道路子走得不对，赶紧停

住,但静下来也觉得心慌,便接着说:

"至于利息,我们……"

银行家说:"是啊是啊,事情好商量的,你可以相信我很愿意效劳。可是我这样忙,全欧洲的金融都在我肩膀上,议会把我所有的时间都占去了,许多生意只能由我手下的人研究,这一点想必你不会奇怪。请你到楼下去找我弟弟阿道夫,把抵押品的性质跟他说清楚。倘若他同意,你和他两个明天或是后天清早五点再来看我,我考虑问题总在那个时候。承蒙你相信我们,我们很高兴。咱们虽是政敌,但像你这样明理的保王党瞧得起我们,也是我们的光荣……"

这句政客的口头禅,花粉商听了十分兴奋,答道:"先生,您的好意我想我还当得起,便是王上也特别加恩,赏我勋章……因为我在商务法庭当过裁判,还替王家打过仗……"

"是的,皮罗多先生,你的名气就是一张护照。不可能的交易你也不会提出来的。放心,我们一定帮忙。"

这时有个女的从皮罗多早先没注意到的一道门里进来,原来是格莱太太,贵族院议员龚特维伯爵的两个女儿中的一个。

她说:"朋友,你上国会之前,我有话跟你说。"

银行家叫道:"哎哟!两点了,议会里已经开火啦。对不起,先生,我们要推翻内阁……你找我兄弟去谈吧。"

他把花粉商送到客厅门口,吩咐当差:"陪这位先生去见阿道夫先生。"

一个穿号衣的用人带着皮罗多在迷魂阵似的楼梯上穿上穿下,往另外一间办公室走去。那边的气派虽比不上主人的书房,可是更加实用。花粉商把希望寄托在"倘若"两字上面,心里很舒服,他摸着下巴,认为大人物说的几句恭维话兆头也挺好。所懊恼的倒是跟波旁家作对的人竟有这样的风度、这样的才干、这样的口才。

他抱着这些幻想走进一间光秃冰冷的办公室，摆着两张拉盖的书桌，几把简陋的椅子，挂着旧窗帘，铺的地毯也薄得很。这间办公室和另外一间的关系，正好比厨房之于餐厅，工场之于商店。金融界和工商界的业务在这里解剖，各种交易在这里分析，对有利可图的企业也在这里先捞进一笔油水。格莱弟兄在商界中向来以手段惊人出名，能够在几天之内创办一门独行生意，一眨眼就把钱赚足。他们研究法律的漏洞，毫无廉耻地盘剥人家，用交易所的行话来说，叫作大敲竹杠。比如要他们帮一点儿小忙，替什么字号出出面，开个往来户等，都要回佣。他们也布置一些表面上合法的圈套，给前途不大可靠的企业垫款，等它发达之后再在紧要关头抽回资金，把事业抢过来，这种毒辣的手段不知害了多少股东。总之，所有的阴谋诡计全是在这间屋里筹划的。

弟兄俩扮着不同的角色。在楼上，法朗梭阿是个政治家，才华出众，气派和王爷一般，恩惠，诺言，大量布施，叫每个人心里欢喜。跟他打交道，什么都方便，谈起生意来非常痛快。对一般初出道的角色和新进的投机商，他甜言蜜语，有求必应，代他们说出心里的话，把他们迷得神魂颠倒。到了楼下，阿道夫却以政务繁忙为理由替法朗梭阿开脱，事情还得他来精明细到地打过算盘。他扮的角色是代人受过的兄弟，百般挑剔的家伙。所以要和这个奸诈的银行做成交易，一句话不能作数，要两句话才行。在富丽堂皇的书斋里说得多好听的"行"，到了阿道夫办公室往往变作一个斩钉截铁的"不"。这种先答应后推翻的办法，既可以从容考虑问题，又能叫一般不很高明的同行摸不着底。

银行家的兄弟正在和有名的巴尔玛谈话。巴尔玛是格莱银行的亲信，看见花粉商进来就走了。阿道夫比哥哥精明，是个十足地道的黑心人，尖眼睛，薄嘴唇，皮肤发青。他听完了皮罗多的话，低着头从眼镜上面把他瞅了一眼。那眼风可称为银行家的眼风，跟放印子钱的和诉讼代理人的一样：又贪心又冷漠，又明朗又暧昧，发出来的光又强烈又阴沉。

　　他说："请你把有关玛特兰纳地产的契约送来。既然是抵押品，在决定放款和谈判利息之前，先得审查那些文件。倘若生意可靠，我们免得你负担太重，可以不预扣利息，只消分一部分利益就行。"

　　皮罗多在回去的路上想："啊，我懂了。海狸被人追急了，只能剥掉一层皮。反正让人家剪毛总比送命好。"

　　那天他回到家里满面笑容，这点儿快乐倒不是假装的。

　　他告诉赛查丽纳："我得救了，我能够向格莱银行借到一笔款子。"

　　直到十二月二十九日，皮罗多才重新踏进阿道夫·格莱的办公室。他第一次上门，阿道夫不在家，大演说家要在巴黎郊外几十里地方买一块地，兄弟替他勘察去了。第二次，格莱弟兄正在商量事情，整个上午不见客：政府要借笔款子，先要银行家出一张允条[1]送国会。他们约皮罗多星期五再去。这样的一再拖延把花粉商急坏了。好容易挨到星期五，皮罗多进了办公室，坐在壁炉旁边，对着窗子，阿道夫·格莱坐在壁炉的另外一边。

　　银行家指着手里的文件说："我看过了，先生；可是你付了多少地价？"

　　"十四万。"

　　"是现金吗？"

---

[1] 商业惯例，买卖的一方往往要求对方先出一书面材料，声明愿意成交某桩买卖。此项材料称为"允条"。

"是票据。"

"兑现了没有？"

"还没到期。"

"可是你付的地价倘若高过行市，我们还谈得上什么保障？那只能拿你的人缘和声望来担保了。做买卖可不能凭感情。假定你付了二十万，其中十万按市价说是多付的，那我们还有十万法郎做十万放款的担保；将来我们可以代你把地价付清，地产归我们。但是要这么办，先要知道那笔生意做得做不得。等五年工夫求一个对本对利，还不如把本钱放在银行里调度。局势的变化那么多。你想再签新的票据来付到期的票据吗？那很危险！怕吃小苦，就闯大祸。你这笔交易跟我们不合适。"

这句话给皮罗多的打击，好比刽子手把犯人身上刺了字，定了罪名。他吓得魂都没有了。

阿道夫说："家兄对你非常关切，特别和我提到你。你不妨把整个情形说一说，咱们来研究一下。"他说着向花粉商瞟了一眼，好比一个交际花准备付房租了。

皮罗多嘲笑莫利奈的时候何等气概，不料他这一下自己就变作莫利奈。银行家有心打趣，想叫可怜虫说出他的心事；他盘问生意人的本领，不输似包比诺法官审问罪犯。他拿话一逗，赛查就把经营的事业，女苏丹两用香皂、润肤水，连同罗甘事件，为了空头借款而打官司等，都说了。皮罗多看见格莱笑盈盈地转着念头，不住地点头耸脑，便私下想："他听着我呢，关心我呢！借款有希望了！"其实阿道夫是在暗笑皮罗多，像皮罗多从前暗笑莫利奈一样。

一个人给倒霉事儿弄得头脑不清的时候，说话总是没结没完；皮罗多说到后来，露了本相，显了底，掏出他的最后一笔赌本，要求人家接受护首油和包比诺商行做抵押品。

老实人一厢情愿地存着希望，听凭阿道夫·格莱把他试探、打量。阿道夫看出花粉商是个没出息的保王党，快到破产的关头。区里有一个副区长倒台，尤其是一个新近受勋的官方人士，阿道夫觉得非常高兴。他便老实告诉皮罗多既不能给他放款，也不能向他的哥哥，大演说家法郎梭阿说情。就算法郎梭阿一时糊涂，发起善心来想帮助一个政敌和意见与他相反的人，他阿道夫也要竭力反对，不让他做傻瓜去支持拿破仑的老冤家，在圣·洛克事变中受伤的人。

皮罗多气愤至极，恨不得把高级银行界的贪心、冷酷和假慈悲数落一顿；但他心里难过得不得了，只能对格莱弟兄的后台，法兰西银行的制度，结结巴巴地批评了几句。

阿道夫说："连普通银行都拒绝的户头，法兰西银行更不会放款了。"

皮罗多说："法兰西银行每年公布盈余的时候自鸣得意，说在巴黎商界中只损失一二十万法郎。这就表示它没有尽到责任。法兰西银行是应当扶植巴黎的商业的。"

阿道夫做了一个不耐烦的手势，站起身来笑了。

"巴黎是金融界中最滑头最危险的地方，法兰西银行要是给那些困难户垫款，一年下来就得宣告清理。它单单提防市面上流通的票据和靠不住的证券，已经够吃力了，怎么还能研究那些要求放款的人的业务？"

皮罗多一边穿过院子，一边想："明天就是三十日星期六，我缺少的一万法郎上哪儿去找呢？"

生意场中的规矩，月底逢到假期，款子就得早一天付。

4

一个朋友

花粉商走到大门口，刚好一匹精壮的英国马，浑身大汗，拉着一辆当时巴黎街上最漂亮的双轮车在门口停下。皮罗多泪眼模糊，差点儿没看见。他恨不得让车子撞倒，死掉算了；那也许人家会说他遭了意外，事情才搅得一团糟的。他没有认出，来的是身段苗条的杜·蒂埃，穿着漂亮的晨装，一面把缰绳递给跟班，一面拿毯子盖了牲口，那匹纯血种的马背上湿漉漉的全是汗。

他招呼老东家道："怎么在这儿呀？"

其实他早已知道。格莱弟兄向克拉巴龙打听赛查，克拉巴龙按照杜·蒂埃的吩咐，把花粉商多年的信誉说得一文不值。可怜虫的眼泪虽然马上止住，已经充分泄露了他的心事。

杜·蒂埃说道："你可是来要这些阿拉伯人[1]帮忙的？哼！你不知道这批商界上的刽子手做了多少坏事！他们囤足了靛青，把靛青抬价；为了要收进大米，操纵市场，就压低行情，逼人家低价抛出。他们都是手段毒辣

---

[1] 阿拉伯人是和犹太人一样以重利盘剥出名的。

的海盗，没有王法，没有信仰，没有良心的！他们会做出什么事来，难道你不知道吗？看你手头有桩好买卖，就放款给你；等到你被买卖拖住了，就来收回款子，逼你三钱不值两文地把事业让给他们。他们在勒阿弗尔、波尔多、马赛干的好事，人家会告诉你一大堆呢！他们拿政治做幌子，遮盖了多少混账事儿！所以我老实不客气盘剥他们。亲爱的皮罗多，咱们一块儿走走吧。——约瑟，马热得很，你牵着它去溜一下。值到三千法郎的牲口也是一笔资本呢。"他说着往大街那边走去。

"告诉我，亲爱的东家——因为你是我老东家啊——是不是要用钱？他们问你要抵押品吗？那些混账东西！我是知道你的，凭你的票据，我就借钱给你。我的钱是清清白白、千辛万苦挣来的。我是到德国去发的财。现在可以告诉你了：我把王上欠的债六折收进；你做的保对我帮助不小，我很感激。你要是缺少万把法郎，在我这儿拿吧。"

赛查叫道："怎么！杜·蒂埃，这话当真吗？不跟我开玩笑吧？不错，我手头紧了一点，不过也是暂时的……"

杜·蒂埃回答："我知道，为了罗甘。唉！我也损失了一万法郎，老混蛋借去做了逃跑的盘缠；可是将来罗甘太太分到了共有财产，会还我的。我劝那可怜的女人别发傻，丈夫为一个婊子欠下的债，千万不能拿她的财产去还。她要能全部归清当然很好，可是对债主怎么能照顾了这个，亏待了那个呢？你不是罗甘那样的人，我知道，你宁可把自己一枪打死，也不肯叫我损失一个钱的。哦！已经到昂丹大道了，上我家里去坐坐吧。"

这个暴发户有心带了老东家不进办公室，而穿过一间间的上房，还特意放慢脚步让皮罗多看看他豪华的餐室和两间客厅。餐室里挂着从德国买来的名画；至于客厅的精致讲究，皮罗多只有在特·勒农古公爵府上见识过。

杜·蒂埃

屋内到处描金，摆满了艺术品、奢侈的小摆设、名贵的花瓶，以及使公斯当斯的房间相形失色的许多小东西，把皮罗多眼睛都看花了。他自己摆过阔，知道摆阔的代价，心里想：

"他哪儿来的几百万家私呢？"

皮罗多走进杜·蒂埃的寝室。一比之下，他女人的卧房好比跑龙套的住的四层楼，这里却是歌剧院红角儿的住宅。天花板上糊着紫色缎子，用白缎子嵌线做衬托。地下铺着东方出品的青莲地毯，床前另有一条银鼠的脚毯。家具和零星用品都式样新颖，说不尽有多么讲究。花粉商停下来看一架美丽的座钟，雕着爱神和泼西希的像，原作是一个有名的银行家定做的，杜·蒂埃同他商量，弄到了这个独一无二的复制品。最后，老东家和老伙计两个走进一间书房，完全是公子哥儿的气派，精致可爱，不像做交易的地方，倒像是谈情说爱的场所。罗甘太太因为杜·蒂埃照顾了她的财产，送他一把镂金的裁纸刀、一个雕刻精工的孔雀石信插，还有一些穷奢极侈、高价买来的小古董。铺的地毯是最讲究的比利时出品，不但眼睛看了舒服，而且软绵绵的厚羊毛踏上去的感觉也与众不同。杜·蒂埃把花粉商让到壁炉旁边坐下，可怜的花粉商却是眼花缭乱，狼狈得很。

"和我一块儿吃饭好不好？"

杜·蒂埃打了铃，进来一个比皮罗多还穿得整齐的当差。

"请勒葛拉先生上来。再到格莱银行门口叫约瑟回家。你进去告诉阿道夫·格莱，说我不去看他了，交易所开市以前，我在家里等他。——吩咐下面开饭，要快一点！"

这几句话把花粉商听呆了。

"杜·蒂埃居然叫那么威风的阿道夫到这里来，把他当作狗一样地呼来喝去！"

　　一个小不点儿的当差进来拉开一张桌子。桌子太小巧了，皮罗多早先没看见。接着端来一盘肝酱，一瓶波尔多红酒，还有几样精致的菜，都是皮罗多家逢年过节才吃的。杜·蒂埃非常得意。世界上只有一个皮罗多有权力瞧他不起，所以他恨透了皮罗多；现在看他坐在自己面前，好像看一只绵羊在抵抗一只老虎。他忽然有了一个慷慨的念头，暗里盘算是不是报仇已经报够了。一方面是刚刚在心中冒起来的怜悯，一方面是正在平息的仇恨：他在两者之间决定不了怎么办。

　　他想："我尽可以在生意上把这个人毁掉，他和他妻子女儿的性命都操在我手里。我为他女人受过罪，有个时期还想娶他女儿，把整个前途放在她身上呢。现在他的钱给我拿来了。还是让这个饭桶在水里漂一下再说吧，反正逃不出我手掌。"

　　老实人往往不识时务，做起好事来没有分寸，样样都直往直来，心口如一。皮罗多已经倒了霉，还要进一步自讨苦吃，把老虎给得罪了，无意中刺伤了他的心。他一句话就把杜·蒂埃变成他的死冤家，而且还是一句赞美的话，表示一个人诚实有德，极坦白极高兴地说出来的。

　　出纳员来了，杜·蒂埃指着赛查说道：

　　"勒葛拉先生，给我送一万法郎上来，再替这位先生预备一张三个月的期票，写我的抬头。你知道，这一位就是皮罗多先生。"

　　杜·蒂埃给花粉商倒了一杯波尔多，拣了些肝酱。花粉商看到自己有了生路，不由得像抽筋一般地笑起来。他摸着表链，直对老伙计说着："怎么不吃呀？"他才送一口东西到嘴里。看他这副神气，可知杜·蒂埃把他推落进去的陷坑有多么深；而且现在拉他上来，将来仍可以推他下去。等出纳员回上楼，赛查签好期票，十张钞票一装进口袋，他再也忍不住了。一会儿以前，他的街坊和法兰西银行都要知道他付不出款子，他也非向老婆承认亏空不可；现在一切都挽回过来了！一个人得救的快乐，强烈的程度和失败的苦恼差不多。可怜虫情不自禁，连眼睛都湿了。

杜·蒂埃道："怎么啦，亲爱的东家？今天我这样对你，明天你不是会同样对我吗？那不是平常得很，跟打个招呼一样吗？"

老实人站起来抓着老伙计的手，一本正经，加强了语气说道："杜·蒂埃，这一下我又敬重你了。"

"怎么！以前你是瞧不起我吗？"杜·蒂埃在一帆风顺的势头上受了这个耻辱，脸孔涨得通红。

花粉商发觉闯了祸，吓了一大跳，说道："那也不见得……有人提到你和罗甘太太的关系。呵！跟别人的老婆……"

杜·蒂埃暗暗想道："好家伙，你明明是放屁！"这一句是他当掮客时代的口头禅。

他这么一想，又回到原来的计划上，决意把这个正人君子打倒，踩在脚下。皮罗多拿着杜·蒂埃的把柄，又是个规矩体面的人，杜·蒂埃非叫他在生意场中身败名裂不可。社会上的深仇宿恨，不管是为了政治还是私事，不管在女人之间还是在男人之间，原因都不外乎被人拿住了赃证。物质的损失，面子的伤害，都还能补救，甚至挨了巴掌也没有什么大不了；唯独犯案的时候被人撞破是无法挽回的！……罪犯和见证的决斗，一定得拼个你死我活才罢休。

杜·蒂埃嘻嘻哈哈地说道："噢！罗甘太太！那不正是年轻人的风头吗？我明白了，老东家，大概外边说我借了她的钱吧。事实正相反，她的财产被丈夫的亏空拖累了,是我替她救过来的。我的家业来路很清白,刚才告诉过你了。你知道我本来一无所有。年轻人的处境有时候真窘,弄得不好,会越来越穷。就算我们像共和政府那样用摊派方式借钱,我们总还如数归清,比政府老实得多。"

皮罗多道:"不错,我的孩子……伏尔泰不是曾经说,上帝把悔过看作人的美德吗?"

这句话对杜·蒂埃又是当头一棍,他接口道:"就是不能用卑鄙手段拐骗邻人的财产,比如你三个月之内宣告破产,把我的一万法郎变了一把灰……"

"我怎么会破产?"皮罗多一面喝了三杯酒,一面也得意忘形了,"我对破产的意见,大家都知道。做买卖的破了产,等于死了一样,我是活不下去的!"

杜·蒂埃道:"来,干一杯,祝你健康!"

花粉商答道:"祝你发财!你为什么不在我店里买花粉呢?"

杜·蒂埃道:"说老实话,我怕见你太太,她老是引起我幻想!你要不是我的东家,真的,我……"

"啊!说她漂亮的不止你一个,好多人都为她动心,不过她是爱我的!喂,杜·蒂埃,好朋友,你索性帮忙帮到底吧。"

"怎么呢?"

皮罗多把地皮生意说给杜·蒂埃听,杜·蒂埃瞪着眼睛,认为那笔买卖太好了,把花粉商的聪明和眼光着实恭维了一番。

"听到你赞成,我很高兴。杜·蒂埃,亲爱的孩子,你是金融界的大人物,很可以介绍我向法兰西银行借一笔款子,让我等到护首油赚钱的

时候。"

"我可以介绍你找纽沁根银行。"杜·蒂埃阴损了皮罗多,还打算叫他把破产人的丑态全部表演出来。

他坐在书桌前面写了一封信:

致　巴黎特·纽沁根男爵

亲爱的男爵:

兹介绍第二区副区长,巴黎花粉界最知名的实业家,赛查·皮罗多先生前来拜访。他希望和你在商业上发生关系。倘或有所请求,务恳予以信任。你帮了他的忙,就等于帮了我一样。

F.杜·蒂埃

杜·蒂埃签的名在 i 上面漏掉一点。对于一班和他在生意上有来往的人,这个缺笔是个暗号;有了这暗号,不管信上介绍的话多么恳切,请托多么热烈,都不发生作用。原来表示杜·蒂埃伏在地下、苦苦央求的许多惊叹号,是别有苦衷或者是没法拒绝而写上去的,应当作为无效。收信的朋友看到 i 上面缺一点,就说几句空话把来人敷衍一番了事。好些上流人物,连要人在内,都像小孩子般受过做经纪人的、做银钱生意的、当律师的骗;他们都有两种签字,一种是有效的,一种是无效的;便是最精明的人也免不了上当。你直要把真信假信的效果都领教过了,才能识破这个狡计。

赛查念了信,说道:"杜·蒂埃,你救了我了!"

杜·蒂埃说:"你尽管去借吧;纽沁根看到我的字条,你要借多少就多少。事情不巧,这几天我的资金没法调动;要不然,我也不打发你去找这位金融大王了。跟纽沁根男爵比起来，格莱弟兄不过是虾兵蟹将。纽沁根是劳氏[1]转世。拿了我的信，包你正月半可以过关；以后咱们再瞧着办。纽沁根和我是最要好的朋友，问他要一百万，他也不会拒绝的。"

皮罗多临走对杜·蒂埃感激不尽，心里想："这就跟打了保单一样了。对，一个人做的好事永远不会落空的！"

他想着人生的大道理出神了。可是还有一桩心事扰乱他的快乐。这几天他拦着老婆不让她去查看账目；银钱出入都交给赛莱斯丁照管，自己也帮着做一些。他为妻子女儿装修布置的漂亮房间，他要她们痛痛快快受用一下。但是兴头过去了，要皮罗多太太不当家做主，不像她所谓的亲自当垆，那是她死也不肯的。皮罗多的戏法已经变完，为了不让太太看出亏空的痕迹，什么手段都用过了。向老主顾讨账的事，公斯当斯就大为反对，把伙计们埋怨了一顿，还说赛莱斯丁不该拆铺子的台，只道是他一个人出的主意。赛莱斯丁听着皮罗多的嘱咐，一声不出，由她埋怨。伙计们都知道老板是受老板娘控制的；夫妇两个谁真正地掌权，只能瞒外人，不能瞒自己人。事到如今，皮罗多非把实情告诉太太不可了，向杜·蒂埃借的钱必须在家里说明理由。他回去，公斯当斯正在柜上查看到期应付的账，现金想必也点过了；皮罗多看着不由得心惊肉跳。

她等丈夫在身边坐下了，咬着他耳朵问："明天拿什么付账呢？"

"拿现款啊。"他说着掏出钞票，向赛莱斯丁招招手，叫他收下。

"哪儿来的？"公斯当斯问。

"等晚上告诉你。——赛莱斯丁，你在借贷项下记一笔：三个月到期，

---

[1] 约翰·劳（1671—1729）是爱尔兰银行家，在法国当税务总监，为西印度公司的创办人。

一万法郎，户名杜·蒂埃。"

公斯当斯吓了一跳，跟着说了声："杜·蒂埃！"

赛查说："我要去找包比诺。我还没有去看过他，太不应该了。他的油销路好吗？"

"送来的三百瓶都卖完了。"

"皮罗多，你别出去，我有话跟你讲。"公斯当斯说着，抓着丈夫的胳膊直奔卧房，那副急迫样儿在别的场合准会叫人发笑。到了房里，她看见只有女儿在场，才说："杜·蒂埃！偷过咱们三千法郎的杜·蒂埃！你怎么跟这个畜生打交道……"又凑着他耳朵说，"当初他还想勾引我呢。"

"那是年轻人一时糊涂。"皮罗多忽然头脑开通起来。

"皮罗多，你这一向行动不对，连工场都不去了。我感觉到出了什么事了。你得告诉我，一点不能隐瞒。"

皮罗多道："好，告诉你吧。咱们差点儿破产，一直到今天早上为止。现在可挽回过来了。"

于是他说出半个月来痛苦的经历。

公斯当斯叫道："你上次病倒，原来是这个缘故！"

赛查丽纳道："是的，妈妈。爸爸真勇敢。人家要爱我像爸爸爱你一样就好啦。他只怕你心里难过。"

可怜的女人倒在火炉旁边的沙发上，吓得面无人色，说道："我的梦应验了。我一切都料到的。我做噩梦的那个晚上，在你拆掉的老房间里，我就跟你说过。咱们什么都要弄光，只剩一双眼睛落眼泪。哎唷，可怜的赛查丽纳呀！我……"

皮罗多嚷道："唉，你啊，我正需要勇气，你这不是替我泄气么！"

"对不起，朋友。"公斯当斯握着赛查的手，那种温存体贴的感情直透入可怜的丈夫心里，"我不应该这样。既然倒了霉，我决计一声不出，逆来顺受，我有力量撑下去。放心，你不会听到我有什么抱怨的话。"

她扑在赛查怀里哭着说："朋友，拿出勇气来！要是你勇气不够，我给你。"

"我的油，太太，我的油会救我们的。"

公斯当斯说："但愿上帝保佑！"

赛查丽纳说："安赛末不是会帮助爸爸吗？"

赛查叫道："我马上去看他。"妻子惨痛的声调把他深深感动了；相处了十九年，赛查还没有完全认识她。他说："公斯当斯，你不用再害怕。这是杜·蒂埃给纽沁根的信，你念吧；借款是十拿九稳的了。这期间，我的官司也可以打赢了。而且，"他又扯了一个必要的谎，"还有咱们的叔叔比勒罗呢。只要拿出勇气来就行。"

公斯当斯微笑道："只要勇敢就行，那倒好了！"

皮罗多卸掉了重担，走在路上好像才从监牢里释放出来。可是内心经过这些剧烈的斗争，消耗的意志和精力都来不及补充，不能不动用生命的老本；他只觉得说不出的疲倦。皮罗多已经老了。

五钻石街上的包比诺商行，两个月来面目大不相同。店面重新漆过了。五颜六色的柳条篮装满了瓶子，凡是见识过兴隆气象的商人看在眼里都十分舒服。地板上堆满着包装用的纸。栈房里放着许多小桶，装着各式各种的油，都是忠心的高狄沙兜来的订货。铺面和后店堂的楼上做了账房间。一个烧饭的老婆子兼管包比诺和三个伙计的家常杂务。铺面的一角有个装着玻璃门的小房间，包比诺平时守在那儿，束着一条粗呢围身，戴着绿布套袖，耳朵上夹着一支笔；有时埋头钻在纸堆里，像皮罗多上门的时候一样忙着拆那些装满汇票和订单的信。包比诺听见老东家说了声："喂，孩子！"便抬起头来，把小房间上了锁，高高兴兴地走出来，鼻子冻得通红；因为大门开着，铺子里也没有生火。

包比诺恭恭敬敬地说道："我怕你永远不来了。"

伙计们都过来瞻仰花粉业中的大人物，得过勋章的副区长，老板的合伙人。这种不声不响的敬意，皮罗多看了心里非常舒服。他在格莱弟兄面前多么渺小，这时却也觉得应该学学他们的功架：便摸着下巴，得意扬扬地提起脚跟，挺着身子，说些无聊的俗套。

"嗯，朋友，早上起得早吗？"

包比诺答道："别说起早，还不大有工夫睡觉呢。生意好的当口要抓住机会……"

"我不是早说的吗？我的油就是一笔财产。"

"是的，先生；不过推销的方法也有关系。为你的宝石，我很花了些镶工。"

花粉商说："那么情形怎么样？可有赚头啦？"

包比诺叫道："怎么！一个月工夫就有赚头啦？高狄沙才不过出门了二十五天；他一句话没跟我说，就搭着驿车走了。他真忠心！这也是沾了我叔叔的光！"他又凑着皮罗多耳朵说，"报纸要花到我们一万二千法郎呢。"

皮罗多道："报纸！……"

"你没看报吗？"

"没有。"

包比诺说："那么你是什么都不知道了。招贴、框子、印刷，花了两万！……还买了十万个瓶子！……现在样样都是下本的时候。我们正在大批生产。我常在工场里过夜；要是你上那儿去，可以看到我发明的一个小型榛子钳，不会蛀的。这五天，光是替客户代办制药用的油，就赚了三千法郎佣金。"

"你真会动脑筋！我早看出来了。"皮罗多摸着包比诺的头发，把他当作小娃娃一样。

这时有几个人走进铺子。

皮罗多跑来只闻到肉香，一时还吃不到肉，便丢下包比诺让他去料理事情；他说："再见了，星期天咱们一起在你姑母家吃饭。"他心里想："真怪！眼睛一眨，小伙计就这样会做买卖。"包比诺的得意和自信，跟杜·蒂埃家穷奢极侈的排场，同样使他诧异不止。"我把手放在安赛末头上，他脸色就不大好看，仿佛他已经成了法朗梭阿·格莱那样的人物。"

皮罗多没想到，伙计们拿眼睛望着包比诺，做老板的在店里总得保持老板的身份。老实人在这里像在杜·蒂埃家一样，为了好心肠又做了一桩糊涂事儿。他不能把真情实感藏在心里，只会俗不可耐地表现出来；亏得是包比诺，换了别人，准会生他的气的。

皮罗多夫妇两个过了十九年幸福的生活，星期日拉贡家的饭局是他们最后一次的快乐了，而且是完美的快乐。拉贡住在圣·舒比斯－小波旁街，一幢古老房子的三层楼上。房子外表很像样；里面的护壁板画的是牧羊姑娘穿着大裙子跳舞，羊群在那里吃草，完全是十八世纪的风光。而拉贡夫妇作为十八世纪布尔乔亚的代表也再合适没有：古板、严肃，生活习惯叫人看了好笑，心里始终敬重贵族，对王上跟教会都忠心耿耿。家具、时钟、桌布、碗盏，样样都年代久远，因为古色古香，反倒显得新式了。客厅里糊的是大马色旧花绸，挂着织锦缎窗帘，摆几张大沙发和几口什锦柜子。一幅出色的包比诺肖像还是拉都的手笔。画上的包比诺是拉贡太太的父亲，做过桑赛尔的市政官，从画上看是个挺好的好人，满面笑容，活像走运的暴发户。拉贡太太在家还有一只英国种的查理小狗[1]做她的配角，躺在小小的洛可可式[2]硬沙发上，可爱得很。当然，那张沙发从来没有派过克莱皮翁沙发的用场[3]。老夫妻俩有许多优点，尤其是家里藏着沉淀清楚的陈年葡萄酒，和安福太太精制的几种饭后酒。据说有些男人尽管不存希望，仍旧死心塌地爱着美丽的拉贡太太；那批酒就是他们从中美洲捎给她的。所以他们家的小小的饭局很受赞赏。老厨娘耶纳德赤胆忠心地服侍两个老人，恨不得偷了果子来替他们做果酱。她攒的钱不存银行，专买奖券，希望有朝一日能有大笔奖金送给主人。她虽则上了六十岁，逢到有客人来的星期天，还是忙着在厨房里招呼饭菜，在饭厅里侍候，手脚的轻健，便是在费加罗婚礼中扮苏珊娜出名的龚达太太也要输她几分。

请的客人是包比诺法官、比勒罗叔叔、内侄安赛末、皮罗多一家三口、玛蒂法一家三口，还有陆罗神父。缠着头巾参加跳舞会的玛蒂法太太，这回穿着蓝丝绒衫、厚纱袜、山羊皮鞋，戴着绿色海虎绒镶边的羚羊皮手套，罗士呢[4]夹里的帽子上插着莲馨花。十个客人五点钟都到齐了。拉贡夫妻要求他们都准时。人家请他们，也得提早开饭，七十老人的胃不能依照时髦社会的新规矩把晚饭的时间推迟。

---

[1] 一种特殊的英国狗，以受英王查理二世钟爱得名，至今呼为查理狗。
[2] 洛可可是十八世纪装饰美术上的一种风格，偏于细巧繁琐。
[3] 克莱皮翁是十八世纪的法国作家，写的色情小说内有一篇题目就叫作《沙发》。
[4] 一种用羊毛、棉纱与丝混合织成的料子。

赛查丽纳料到拉贡太太会把她的座位排在安赛末旁边。只要是女人，不管是热心宗教的还是痴呆混沌的，在爱情方面没有一个不精明。所以花粉商的女儿把自己打扮得叫包比诺神魂颠倒。公斯当斯素来把公证人一行看作王太子似的，招格劳太做女婿的事没有成功，觉得很难过；现在帮女儿装扮，也还有些心酸。她想着女儿的前途，有意把赛查丽纳的围巾披得低一些，让一部分肩膀和长得特别好看的脖子露在外面。希腊式的双叠襟的紧身儿半开半合，一共有五道褶裥，把浑圆的胸部勾画得十分迷人。淡灰呢衫束着绿绳边的飘带，身腰越发显得苗条柔软。耳上戴着镂金的环子。往后梳的头发叫人一眼就看到皮肤娇嫩无比，加上隐隐约约的血管，皮色有了变化，没有反光的部分更表示她生活纯洁。一句话，赛查丽纳那天晚上娇艳极了，连玛蒂法太太也不能不承认，但她没想到母女俩的意思是非把小包比诺的心勾住不可。

两个受着爱情煽动的孩子，站在冷风从隙缝里直钻进来的窗洞底下，放低着声音甜甜蜜蜜地谈心；皮罗多夫妇跟玛蒂法太太都不去打扰他们。并且大人们的谈话也热闹起来了，包比诺法官漏出一句关于罗甘逃走的话，说他是第二个出事的公证人，这一类的罪行从前是没有的。拉贡太太听见罗甘的名字，马上踢了踢她兄弟的脚，比勒罗也提高嗓子盖住法官的声音；两人都对他指着皮罗多太太打暗号。

"我全知道了。"公斯当斯对她的朋友们说，声音又柔和又难过。

皮罗多怯生生地低着头，玛蒂法太太问他："罗甘究竟拿了你多少？外边谣言，说你被他拖倒了。"

"他拿了我二十万。另外四万，他假装是代我向一个主顾借的，其实他早已把那个主顾的钱挪用了；为此我们正在打官司。"

包比诺道:"这案子下星期可以宣判。我把你的情形向庭长说了,想你不会怪我吧。庭长吩咐把罗甘事务所的案卷调到评议庭来,查他从什么时候起挪用主顾的存款,但尔维提出的事实也得核对证据。但尔维替你省钱,亲自出庭辩护。"

皮罗多问道:"我们会胜诉吗?"

包比诺回答:"不知道。案子分发在我的一庭,可是即使要我参加评议,我也不预备出席。"

比勒罗说:"这样简单的官司难道还有疑问吗?款子怎么交割,由哪几个公证人作证,借据上不是都应当写明的吗?罗甘要是给抓到了,一定得送去做苦役。"

法官说:"在我看来,借主应当在罗甘事务所的出盘费和保证金项下取得赔偿。可是比这个更简单明了的案子,高等法院评议庭有时也有六票对六票的事。"

安赛末·包比诺终于听见了他们的谈话,问赛查丽纳:"怎么,小姐,罗甘逃走了?赛查先生一句也没跟我提,我可是为他拼命都愿意的⋯⋯"

赛查丽纳懂得为他两字实际是指他们一家;天真的姑娘就算误会了他说话的音调,他那种火辣辣的眼神,绝不可能误会。

她说:"我知道,对父亲也说过了。但他把全部事情瞒着妈妈,只告诉我一个人。"

包比诺说:"你在这件事情上和他提起我,足见你看到了我的心,不过是不是全看到了呢?"

"也许是吧。"

包比诺说:"那我真高兴。只要你让我完全安心,不消一年,我挣的钱就能叫你父亲听到我求婚不再那么冷淡。从今以后,我每天只睡五个小时……"

"别伤了身体。"赛查丽纳的声调叫人学都学不来,投向包比诺的眼风也透露了她的心意。

赛查离开饭桌的时候对老婆说:"我看两个年轻人彼此爱上了呢。"

公斯当斯放低了调门回答:"那不是很好吗?女儿找到了一个精明强干的丈夫。最漂亮的聘礼就是才干。"

她急急忙忙离开饭厅,直奔拉贡太太的卧房。赛查在饭桌上说了几句毫无见识的话,叫法官和比勒罗听着好笑;公斯当斯想起可怜的丈夫这样懦弱,没有力量抵抗患难,不由得暗暗伤心。她不知怎么总防着杜·蒂埃;做母亲的不懂拉丁文,也知道那两句古话:即使希腊人拿了牺牲来祭神,我还是怕他们[1]。她伏在女儿和拉贡太太怀里哭了,但不愿意透露伤心的原因,只说:"这是一时冲动。"

晚上,老年人打牌消遣。年轻人玩一些又有趣又文雅的集体游戏,正好给布尔乔亚那种无伤大雅的调情打趣做掩护。玛蒂法夫妇也跟年轻人一起玩儿。

公斯当斯在回家的路上说:"赛查,你年初三就该去看纽沁根男爵,把月半的款子早点准备好。万一出了岔儿,一天两天怎么想得出办法呢?"

赛查道:"对,太太。"又握着她的手说,"亲爱的,没想到我送了这样一笔礼物给你们过年!"

在黑洞洞的马车里,母女两个看不见皮罗多,只觉得热烘烘的眼泪掉

---

[1] 原文是拉丁诗人维吉尔著的《埃涅阿斯纪》中的两句诗。

在她们手上。

公斯当斯道:"别失望,朋友。"

赛查丽纳道:"不会有问题的,爸爸。刚才安赛末先生告诉我,他为你拼命都愿意。"

"为我,也是为我们一家,是不是?"赛查说着,神气又快活起来。

赛查丽纳握着父亲的手,意思是说她跟安赛末订婚了。

新年的头上三天,皮罗多收到二百张贺年片。卷进了苦海,再看到这些虚假的友谊和亲热的表示,心里的确很凄惨。皮罗多到有名的银行家纽沁根男爵府上白跑了三趟。既是新年,应酬特别多,见不到银行家也在情理之中。最后一次,花粉商一直撞进银行家的办公室:管事的是个德国人,说纽沁根先生参加了格莱家的舞会,早上五点才回家,九点半以前不会见客。皮罗多跟德国人谈了半小时,德国人对他的事居然关心起来。当天,这位总管送来一个字条,说男爵准定明天十三日中午接见他。虽然每过一个钟点都像喝一杯苦水,一天的时间还是过得很快。花粉商雇了一辆马车,在银行家住宅近边停下来。院子里已经摆满车辆。看到这个赫赫有名的人家的气概,可怜的老实人心直往下沉。

"他可是倒账倒过两次呢。"皮罗多这么想着,走上摆满鲜花的漂亮的楼梯,穿过一连串穷奢极侈的房间。但斐纳·特·纽沁根男爵夫人就是以排场阔绰出名的。

圣·日耳曼区的贵族还没有肯招待男爵夫人,男爵夫人有心要和他们之中最有钱的人家见个高低。男爵正陪着太太吃中饭。办公室里等的人很多,可是男爵说只要是杜·蒂埃的朋友,随时都可以进来。骄横的当差听着主人的话,脸色马上不同;皮罗多看着,不由得战战兢兢地存了希望。

男爵站起来向皮罗多点点头，对太太说："对不起，亲爱的；这位先生是个忠心的保王党，杜·蒂埃极要好的朋友，又是第二区的副区长，开的跳舞会场面伟大，简直是东方气派，你一定很高兴见见他的。"

男爵夫人道："是啊，我要能够向皮罗多太太讨教一下，上几课才高兴呢，斐迪南……（花粉商暗暗想：噢，她对杜·蒂埃是叫名字的！）和我提到那个跳舞会，着实夸赞了一番；他平时什么都不佩服，要他称赞可不容易呢。斐迪南是个严格的批评家，样样都要求十全十美。你是不是马上再开一个跳舞会呢？"她问话的神气亲热得不得了。

花粉商拿不准她的话是挖苦还是一般的客套，只能说："太太，我们这种可怜的人是难得玩儿的。"

男爵说："你府上的装修还是葛兰杜先生主持的呢。"

但斐纳·特·纽沁根说："啊！葛兰杜！是那个从罗马回来的，年轻漂亮的建筑师吗？我真喜欢他，他给我在纪念册上画了些素描，妙极了。"

一个犯叛逆罪的人在威尼斯的异教裁判所穿上受刑的靴子[1]，也不见得比衣服穿得好好的皮罗多更痛苦。他觉得每句话都在刻薄他。

男爵用刺探的神气把花粉商瞪了一眼，说道："我们也举行一些小小的舞会，所以你瞧，大家都喜欢来这一套。"

桌上摆着精致的饭菜，但斐纳指着说："皮罗多先生愿意和我们吃个便饭吗？"

"夫人，我是来谈生意的，我……"

---

[1] 欧洲的宗教迫害至十八世纪尚未停止。意大利与西班牙的异教裁判所都以毒刑著称。此处所谓受刑的靴子是一种特殊的刑具。

男爵说:"对!太太,你允许我们谈生意吗?"

但斐纳略微点点头,问男爵:"你是不是想买香粉呀?"

男爵耸耸肩膀,转过来朝着万分焦急的赛查说:"杜·蒂埃对你非常关心。"

可怜的花粉商想道:"啊!好容易谈到正事了。"

男爵又道:"凭着他的信,你在我行里要借多少就多少,只要不超过我的财产……"

天使在沙漠中赐给夏甲的水[1]叫人喜欢和安慰的作用,大概和这几句怪腔怪调的法文[2]输入皮罗多血管里的甘露差不多。狡猾的男爵有心保留难听的口音,跟德国犹太人说的法文一样,以便日后抵赖,说人家把话听错了。

好心的、可敬的、伟大的银行家装出一副阿尔萨斯人的忠厚样儿,说道:"我可以给你开个往来户,手续是这样的……"

皮罗多听着完全定心了。他是生意人,知道不预备帮忙绝不会谈到成交的细节。

"你知道,客户不论大小,向法兰西银行借款都要两个保人。你去开一张期票来,写上咱们的朋友杜·蒂埃的抬头,我签了字当天送给法兰西银行;你早上填好数目,下午四点就能拿到现款,利息照银行的规定。我不拿佣金,不拿扣头,什么都不要,我能够为你效劳就很高兴了……不过有一个条件!"他用左手的食指轻轻碰了一下鼻子,做了一个绝顶俏皮的

---

[1]《圣经·创世纪》载:亚伯拉罕的埃及妻子夏甲被逐,带着儿子在沙漠中断水将死,遇天使下降,指示井水获救。

[2] 原文中所有纽沁根说的话,每个字都是念别音的。

La Comédie Humaine

银行家纽沁根

动作。

"男爵,不管什么条件,你不用说出来我就接受了。"皮罗多以为他要在生意上分一部分赚头。

"那个条件我看得很重要,我要内人像她说的向皮罗多太太学几课。"

"男爵,千万别取笑!"

银行家一本正经地说:"皮罗多先生,一言为定;你下次开跳舞会一定要请我们。内人眼红得很,她要参观你的屋子,个个人都对她说好得了不得。"

"噢!男爵!"

"你不答应,我就不放款!你是个红人呢。我知道你请了塞纳州州长,他本是要来的……"

"噢!男爵!"

"你还请了内廷侍从拉·皮耶第埃,还有冯丹纳,他和你一样受过伤……在圣……"

"共和三年正月十三,男爵。"

"还有特·拉赛班特先生,还有学士院的伏葛冷先生……"

"噢!男爵!"

"哎!哎!副区长先生,别这样谦虚;我知道王上说你的跳舞会……"

"王上?"皮罗多问了这句,没有能知道下文。

一个年轻人挺随便地走进屋子;漂亮的但斐纳远远听出脚声,脸就涨红了。

纽沁根男爵招呼道:"你好,亲爱的特·玛赛,来陪陪我太太吧。听说我办公室里挤满了人,我知道为什么。伏钦矿山要发红利了!清单已经送到。太太。你又多了十万法郎利息,可以买些首饰插戴,其实你不打扮也够漂亮了。"

皮罗多嚷道："哎哟，我的天！拉贡夫妇把那份股票卖了呢！"

"说的是谁呀？"那漂亮哥儿笑着问。

纽沁根已经走到门口，掉过头来说："啊，我觉得那些人……特·玛赛，这一位是皮罗多先生，你的化妆品就是在他店里买的；他开的跳舞会场面伟大，简直是东方气派；王上还给了他勋章……"

特·玛赛举起手眼镜照着皮罗多，说道："嗯，不错，这张脸有点面熟。那么纽沁根，你是打算把你的买卖加些花粉，上点儿油吗？……"

男爵装着气恼的样子，说道："唉，拉贡在我行里有个户头，我有心照顾他们，他们就是不愿意多等一天。"

皮罗多嚷道："噢！男爵！"

老实人看到事情毫无分晓，便顾不得向男爵夫人和特·玛赛告辞，急忙去追纽沁根。纽沁根已经走在楼梯上，花粉商直赶到楼下，正当银行家快进办公室的时候才追上。可怜的家伙觉得掉进了窟窿，做了一个绝望的手势；纽沁根一边开门，一边看见了，说道：

"唔，不是讲妥了吗？你去找杜·蒂埃先把手续办好。"

皮罗多只道特·玛赛可能对男爵有些影响，便像燕子一样飞快地奔上楼梯，溜进饭厅。男爵夫人和特·玛赛应该还在那里；他走的时候，但斐纳正等着喝咖啡牛奶呢。他看见咖啡已经端来，可是男爵夫人和漂亮哥儿都不在了。当差看到花粉商表示诧异，对他笑了笑。他只得慢吞吞地下楼。

赛查立刻赶到杜·蒂埃家，门上说杜·蒂埃下乡看罗甘太太去了。花粉商雇了一辆轻便马车直奔诺扬，加了钱要车子跑得跟班车一样快。到了诺扬，看门的说先生和太太已经回巴黎。皮罗多筋疲力尽，回到家里，把经过情形告诉了妻子和女儿。公斯当斯平日生意上有一点儿不如意就牵肠挂肚，摆脱不开；赛查想不到她这时竟会极尽温存地安慰他，说事情一定能顺利解决。

第二天早上七点，天还没有亮，皮罗多就到了杜·蒂埃住的那条街上，守在那儿。他塞了十个法郎给门房，要求和杜·蒂埃的贴身当差说句话。总算赛查有面子，见到了当差，又塞了两块金洋，央求他等主人起床就带他进去。他跟一般清客和求情的人一样，靠着这些小小的牺牲，受着很大的委屈，达到了目的。八点半，他的老伙计刚刚披上晨衣，脑子还没完全醒过来，打着哈欠，伸着懒腰，嘴里向老东家道歉的时候，皮罗多终于见到了他心目中独一无二的朋友，没想到他是一只只想报仇的老虎。

皮罗多道："不客气，不客气。"

杜·蒂埃问："找我有什么事啊，赛查？"

赛查心慌意乱，把纽沁根男爵的回话和条件告诉杜·蒂埃。杜·蒂埃似听非听，一边找他壁炉用的吹风，一边埋怨当差炉子没生好。

赛查没看见当差在旁边听着，后来发觉了，很难为情地停了下来。杜·蒂埃却心不在焉地催他："说吧说吧，我听着呢！"他只得继续说下去。

可怜虫浑身大汗，连衬衫都湿了。等到杜·蒂埃朝他瞪着眼睛，夹着一丝丝黄金的银色眼珠闪着凶光，直瞧到他心里去的时候，赛查的汗又变成冰凉冰凉的了。

"亲爱的东家，你出的票子，克拉巴龙银号没有担保就转给了羊腿子，现在被法兰西银行退回。这能怪我吗？你当过商务裁判，怎么做出这种糊涂事儿？我做的是银钱生意，我可以借钱给你，可不能让我签的字碰法兰西银行的钉子。我全靠信用吃饭。在这一点上咱们都一样。你要不要现款呀？"

"我缺的钱，你能全数借给我吗？"

"那要看数目了。你要多少呢？"

"三万。"

"哎哟哟！那可了不得！"杜·蒂埃说着哈哈大笑。

花粉商被杜·蒂埃的排场弄迷糊了，听见笑声，只道他瞧不起这个小数目，不禁松了一口气。杜·蒂埃按了铃。

"叫出纳员上来。"

当差说："还没有上班，先生。"

"嘿！这些混蛋不把我放在眼里！已经八点半了，人家上百万生意都成交了。"

过了五分钟，勒葛拉先生来了。

"咱们现金还有多少？"

"只有两万了。先生吩咐买三万法郎公债，月半要用现款交割的。"

"不错；我糊里糊涂还没睡醒呢。"

出纳员阴阳怪气地把皮罗多瞟了一眼，出去了。

杜·蒂埃道："一个人的底细瞒得过别人，瞒不过出纳员。"说到这里停了一会儿，急得花粉商脑门上冒出一颗颗的汗珠。接着又说："小包比诺新近做了老板，你不是加了股吗？"

皮罗多很天真地答道："是啊。凭他的票子，是不是你能借我一笔大数目？"

"拿他五万法郎票据来，我去跟一个叫高勃萨克的商量，要他利息低一些。他要有大宗款子存放是好说话的；我知道他现在就有。"

5

破产前夜

皮罗多好不伤心地回到家里,还没发觉那些银行家把他当作羽毛球似的抛来抛去。倒是公斯当斯心下明白,款子是借不到的了。已经有三个银行家回绝,大家对一个像副区长这样显著的人物,还有不打听清楚的吗?所以法兰西银行也不会有什么希望的。

她道:"还是想办法把票子展期吧。去找你的合伙老板克拉巴龙先生;凡是月半到期的债主,你都得去跟他们商量展期。商量不通,再拿包比诺的票据去贴现还来得及。"

皮罗多垂头丧气地说道:"明天已经十三了!"

用他仿单上的话来说,他是多血质的人,情绪和思想的波动对他是很大的消耗,必须靠睡眠来补足。赛查丽纳带父亲到客厅里,把埃罗作的一支很美的乐曲《罗梭之梦》,弹给他听,给他解闷。公斯当斯坐在他身边做针线。可怜的家伙把脑袋倒在沙发背上,每次睁开眼睛望老婆,老婆都挂着温柔的笑容。他就这样睡着了。

公斯当斯道:"可怜!不知有多少苦难等着他啊!……要他顶得住才好!"

赛查丽纳看见母亲哭了,问:"哎,怎么啦,妈妈?"

"亲爱的孩子,我看破产就在眼前了。要是你爸爸非摊出账簿不可,咱们绝不能求人家哀怜。孩子,你得准备去做个女店员。你要能勇气十足地挑起你的担子,我也就有勇气从头再来。我知道你父亲的性格,他不会私藏一个钱的;我也要放弃我的权利[1],样样东西都交给他们去拍卖。你呀,孩子,明天把你的首饰和衣服送到叔公家里去,你用不着负责。"

这几句话说得十分朴素十分真诚,赛查丽纳听了惊慌万分,打算去找安赛末,但是又顾到体统,不敢去。

第二天早上九点,皮罗多到了普罗旺斯街,心中的苦闷跟前几天又是不同。向人借款在生意上是常事,要做买卖,每天都需要资金。但要求把票子展期却是走向破产的第一步,两者之间的关系仿佛轻罪法庭之于重罪法庭,犯过小案子就有犯大案子的可能。提到展期的话,你的窘迫和周转不来的秘密就给别人知道了,你是缚手缚脚听另外一个生意人摆布了;而在交易所里是不兴发善心的。

从前,花粉商走在巴黎街上眼神饱满,信心十足;现在却心里疑疑惑惑地不大敢踏进克拉巴龙的家。他开始懂得银行家的心不过是身上的一个器官。克拉巴龙嘻嘻哈哈的快活劲儿多么粗野,言语举动又多么下流,要去见他实在有些害怕。

"他平民气息重一些,说不定还有点儿心肝。"

这是赛查被处境逼出来的第一句牢骚。他拼着最后几分勇气,走上又小又破落的中层楼。从底下望去,楼上的绿窗帘已经被太阳晒得发黄。门上钉着一块椭圆形的铜牌,刻着办公室三个黑字。他敲了几下,没人答

---

[1] 法律规定妻子的财产不需要用来偿还丈夫的债务;但妻子可放弃此项权利,帮助丈夫还清。

应，便自己推门进去。这地方不仅简陋，而且寒酸、小气、邋遢。隔做办公用的房间，下半截是白木板，上半截钉着铜丝网；里面一个办事员都没有，只有几张木头发黑的台子和斜面的书桌。空荡荡的办公桌上堆着墨水瓶，墨水已经发霉，鹅毛管的笔杆扭成月牙形，乱糟糟的鹅毛像小娃娃的头发；另外还有些文书夹、纸张和没用的印刷品。走道里地板的破旧、龌龊、潮湿，像公寓里的会客室。

门上标着账房二字的第二间屋子，跟第一间那个不三不四的怕人样儿正好相配。屋子的一角有一个橡木做的大笼子，围着铜丝网，开了扇活动的小窗，笼内放着一口奇大无比的大铁箱，大概除了给耗子在里头翻筋斗，不会再有别的用处。笼子的门开着，摆着一张奇形怪状的办公桌，一把颜色发绿、全是破洞的椅子，钻在外面的马鬃和主人的假头发一样乱七八糟，卷成一个个小圈儿。这间房没有改作办公室之前，分明是间客厅，主要的家具是一张铺着绿呢台布的圆桌，四周摆着几把黑皮面子，帽钉的金漆已经剥落的旧靠椅。壁炉架款式还大方，下面的盖板干干净净，炉子肚里也全无烟熏火炙的痕迹。大镜子上撒满了苍蝇屎，一副寒酸相；和镜子派头差不多的是一架胡桃木的座钟，准是在什么老公证人那里拍下来的；一对满是油腻、没有蜡烛的烛台已经叫人看了难过，加上那个座钟，更觉得可厌。粉红镶边的灰色糊壁纸上到处有烟熏的污迹，可见从前住的人烟瘾很大。这间屋跟报上所谓编辑室的那种恶俗的房间再像没有。皮罗多不敢冒失，在第三间屋子的门上短促地敲了三下。

克拉巴龙叫道："进来！"听克拉巴龙的声音，他和房门还隔着一段，屋子也是空荡荡的没有东西。花粉商只听见炉子里的火烧得噼里啪啦地响，却看不见银行家本人。

实际上这一间的确是克拉巴龙的私人办公室。拿格莱的声势烜赫的会客排场，和这个冒充大企业家的特别邀遇的环境比较，那差别就像凡尔赛王宫之于休隆酋长的棚屋。花粉商见识过了金融界的光华灿烂的一面，如今要看到它丑态百出的一面了。

室内的家具全新的时候还算漂亮，但住的人生活散漫，把家具用旧了，弄脏了，毁坏了，撕破了，丢失了，搅乱了。办公室后面拦出一个长方形的小间，作为克拉巴龙睡觉的地方。他一见皮罗多，马上披了一件腻嗒嗒的睡衣，放下烟斗，来不及地把帐子拉上，动作之快，叫老实的花粉商对他的生活起了疑心。

空头银行家招呼道："先生，请坐。"

克拉巴龙没有戴假头发，头上横七竖八包着一条围巾，睡衣半开半阖的当口还露出一件手织的白毛线衫，长久不换，变了棕色，叫皮罗多看着觉得格外恶心。

"和我一块吃饭好不好？"克拉巴龙记起花粉商的跳舞会，打算回敬一下，同时也好分散皮罗多的注意。

他急急忙忙把圆桌上的纸张文件搬开，原来摆着一碟肝酱、一盘牡蛎、一瓶白酒、一盘浸着沙司的红烧香槟腰子：明明是屋子里藏着一个美人儿。壁炉里烧着煤球，烤着一盘嫩黄的鲜菇焖蛋。台上放着两份刀叉，两条隔夜用脏了的饭巾，叫最老实的人看了也会心中有数。克拉巴龙自以为手段高明，不管皮罗多推辞，硬要留他吃饭。

"我原来等着一个人，他失约了。"滑头的掮客嚷着，故意要钻在被窝里的人听见。

皮罗多道："先生，我专程来商量事情，不会耽误你太久的。"

克拉巴龙指着一张拉盖的书桌和堆满文件的桌子，说道："我忙死了，人家不让我有一点儿空闲。我只有星期六才见客，不过亲爱的先生，你老人家来了，我随时奉陪！我连谈爱情、逛马路的工夫都没有了；对生意的感觉也麻木了；一个人要有恰当的悠闲，感觉才新鲜。现在你休想再看见我一事不做，在大街上闲逛了。唉！我看到买卖就头痛，连听都不愿意听；我有的是钱，就是不得享福。老实说，我真想旅行，到意大利去！噢！亲爱的意大利！不管它国内怎么乱，到底是个好地方，可爱得很。在那儿准会碰上一个又是懒散又有气派的意大利女人！我一向喜欢意大利女人。你可曾跟意大利女人相好过？没有吧？那就跟我一块儿去。咱们去游览威尼斯，总督大人的乡土。唉！威尼斯落在野蛮的奥国人手里，糟糕透了，他们完全不懂艺术。好吧，咱们把生意呀，运河呀，借款呀，政府呀，一股脑儿丢开。只要荷包里有了钱，我脾气才随和呢。管它，咱们去旅行吧。"

皮罗多道："我只有几句话，说完就走。你把我的票据转给了皮杜先生。"

"你是说羊腿子吗？那个好说话的小老头儿，一见生财的羊腿子……"

皮罗多道："是啊。我希望……在这一点上我相信你是重情义、守机密的……"

克拉巴龙弯了弯腰。

"我希望把票据展期……"

"那不行。"银行家斩钉截铁地回答，"做这桩交易的不止我一个人。我们样样都开会商量，像国会一样，可是意见一致，好比锅子里煎咸肉，一块贴着一块。嗨，嗨，我们商量的事可多呢！玛特兰纳的地产算不得什么，真正的事业还在旁的地方。亲爱的先生，在天野大道上快要完工的交易所四周，在圣·拉撒区和蒂勒黎公园一带，我们都有投资，要不然还说得上做买卖吗？玛特兰纳那块地算得什么！不过是顶顶起码的小生意罢了。嘿！我们才不讹诈人呢，告诉你，"他把皮罗多的肚子拍了一下，抱着他的腰，又道："得啦得啦，咱们吃着饭谈吧。"克拉巴龙因为拒绝了皮罗多的要求，借此缓和一下。

"我奉陪就是，"皮罗多说着，心里想，"吃就吃吧，活该那个人倒霉！"花粉商开始感觉到那笔地产买卖有点不明不白，打算灌醉了克拉巴龙，逗他说出真正的合伙老板。

银行家叫道："好极了！——喂，维多阿！"

他这么一叫，来了个十足地道的雷欧娜德[1]，打扮得像个卖鱼婆。

克拉巴龙盼咐道："告诉伙计们，我今天不见客，管他什么纽沁根，格莱弟兄，羊腿子，或是别的什么人！"

"除了朗泼滦先生，别的伙计还没有来。"

克拉巴龙道："有什么贵客都叫他招呼；别让无名小卒闯进里面来。告诉他们，说我正在想办法对付……对付香槟酒！"

要灌醉一个捐客出身的家伙是办不到的。赛查只想探听秘密，听他叽叽呱呱的满嘴粗话，只道他醉了。

皮罗多道："混账的罗甘始终是跟你们一起的，你应当写信去，说他拖累了朋友，要他帮帮朋友的忙。他和我每个星期日都一同吃饭，认识了有二十年了。"

"罗甘吗？……那个糊涂蛋！他的股子是归我们的了。朋友，你别发愁，

---

[1] 法国十八世纪勒萨日的小说《吉尔·布拉斯》中有一个替强盗烧饭的老婆子，相貌奇丑，叫作雷欧娜德。

事情总有办法。你月半先把款子付了,以后咱们再瞧着办……我说瞧着办……(来,干一杯!)因为股本和我没有关系。你不付吗?我也不跟你翻脸。这桩生意,我不过在买进的时候拿一笔佣金,将来卖出去再分一些赚头;凭这两个条件,我替他们操纵卖主……明白没有?你的合伙老板都是有实力的,所以我不怕,亲爱的先生。今日之下,生意分得很细。一桩交易要许多有本领的人合起来做才行。你打算跟我们合伙吗?可不能拿头油木梳来骗我们:那是不行的!不行的!还是刮大众的钱,做投机的好。"

花粉商道:"投机?投机是什么样的买卖?"

克拉巴龙答道:"投机是抽象的买卖。据金融界的拿破仑,伟大的纽沁根说,这一行十几年之内还不会有人懂。它能叫你垄断一切,油水的影踪还没看见,你就先到嘴了。那是一个惊天动地的规划,样样都用如意算盘打好的,反正是一套簇新的魔术。懂得这个神通的高手一共不过十来个。"

赛查睁着眼睛,竖起耳朵,竭力想把这些杂七杂八的行话弄个明白。

克拉巴龙停了一会儿,又道:"你听我说,这一类的玩意儿需要人手。有的人只有思想没有钱,会用脑子的人都是这样。他们只会转念头,只会花钱,对什么都不注意。好比一只猪在长满鲜菇的林子里东闯西撞,背后跟着一个有钱的好汉,但等它发现了好东西咕噜咕噜地叫。会思想的人碰到什么好买卖,有钱的人就拍拍他肩膀,说道:'怎么回事呀?朋友,你是没有出路的,腰板儿也不够硬;给你一千法郎,买卖让我来做。'好吧,银行家便召集一班实业家,说道:'朋友们,动手吧!印起章程来!别开玩笑!'大家拿起号角,吹起喇叭,叫着:'来呀,五个铜子变一百万!'或是一百万变五个铜子,什么金矿呀,煤矿呀……乱吹一阵。他们收买了科学家艺术家的意见,大锣大鼓地敲起来;看客来了:他们出钱看戏,我们管收钱。猪给关在屋里啃番薯，别人拿了钞票欢天喜地。事情就是这样，亲爱的先生。你来做生意吧，你愿意当什么？当猪呢，当傻瓜呢，当小丑呢，还是当百万富翁？你去想想吧，我把现代的放款理论告诉你了。有事尽管来找我，我兴致老是好得很。法国式的兴致，又正经又轻松，对买卖没有害处；正是相反，常在一起干杯的人，彼此最容易了解。来！再来一杯香槟。酒好得很。那是一个真正埃佩尔内[1]人送我的，我做过酒生意，替他卖了不少，都是好价钱。我发迹了，他还感激我，想起我，倒也难得。"

大家公认为思想深刻、能干非凡的人，说话竟这样轻薄、没有顾忌，叫皮罗多听了非常奇怪，不敢再问下去了。他喝了香槟，脑子乱哄哄地糊涂得很，可是还想起杜·蒂埃向他提过一个名字，便打听克拉巴龙，有个叫高勃萨克的银行家是怎样一个人，住什么地方。

克拉巴龙说："亲爱的先生，你竟到了这个田地吗？向高勃萨克借钱好比请巴黎的刽子手看病。他一开口就是五分利，他是阿巴贡的徒弟，会把加拿利岛上的金丝雀、做好标本的蟒蛇，折成现钱借给你；夏天给你皮货，冬天给你花布[2]。你打算拿什么票子给他？不把你老婆、女儿、阳伞、帽笼、木靴、镢头、钳子，跟你地窖里的木柴一齐押给他，休想他收你没人担保的光票子！……啊，高勃萨克，高勃萨克！他是个凶神恶煞，金融界的刽子手，谁给你介绍的？"

"杜·蒂埃。"

---

[1] 埃佩尔内是法国出产香槟酒有名的城市。
[2] 莫里哀喜剧《悭刻鬼》（旧译《悭吝人》）中的主角阿巴贡，出借银钱时一部分是现款，一部分以旧货抵充。

"啊！坏蛋！不错，他是这样的人。以前我们做过朋友，现在见面不打招呼了。你该相信我讨厌他是有根据的：我把他的龌龊心思都看透了。在你那个漂亮的跳舞会里，他叫我坐立不安。我受不了他的臭架子，他不过是搭上了一个公证人的老婆，哼，我要弄女人起码是侯爵夫人。杜·蒂埃！我才瞧不起呢。要我敬重他，休想！嗨，你这老头儿倒真有一手，先开了个跳舞会，过了二十天就来要求把票子展期！你本领不小，前程远大得很呢。来，咱们一块儿做生意吧。你的名气可以给我派用场。噢！杜·蒂埃天生能了解高勃萨克。可是他不会有好结局。要是他真像人家说的替高勃萨克做幌子，他的日子也不会长。高勃萨克好比一只老蜘蛛，走遍了世界，张着网蹲在一边。早晚总有那么一天，放印子钱的会把他的代理人咕噜一口吞下，像我干这杯酒一样。那才痛快呢！杜·蒂埃叫我落过圈套！……噢，该死的圈套。"

这捐客出身的家伙胡说八道了一个半钟点，还打算讲一个故事，说马赛城里有个议员爱上一个女戏子，女戏子扮了美人阿赛纳[1]登台，被池子里的保王党大喝倒彩；皮罗多不想再听，预备走了。

克拉巴龙还是往下说："那议员在包厢里站起来吆喝：喂！喝倒彩的人站出来！……是女的，我收下；是男的，咱们来见个高低；倘不是女的，也不是男的，就叫他天打雷劈！……你知道这笑话后来怎么收场……"

"再会了，先生。"皮罗多说。

"你还得来找我呢，"克拉巴龙回答，"加隆的第一张票子给退回了，

---

[1]《美人阿赛纳》是十八世纪末期的一出神话喜剧。

是我签的字,所以我付了钱[1]。我叫书办来找你。不管怎么样,生意要紧。"

这番丑态百出的假殷勤给皮罗多的打击,跟格莱的冷酷和纽沁根的德国式的挖苦,同样挖心刺骨。克拉巴龙的亲昵,灌饱了香槟说的荒唐无耻的话,把清白的花粉商污辱了;他觉得是看到了金融界最下等的场所。他下了楼,到了街上,茫茫然不知道往哪儿去。沿着大街向前,到了圣·但尼街才想起莫利奈而转往巴太佛大院。他又踏上那座转弯抹角的肮脏的楼梯。上次来他神气活现,正在最得意的势头上。现在他想到莫利奈的尖酸刻薄,自己还得去央求他,不由得直打哆嗦。跟花粉商第一次来的时候一样,房东坐在壁炉旁边,但这一回是吃过饭在那里消化食物。皮罗多向他提出了要求。

"一千二百法郎的票子要展期?"莫利奈冷言冷语地装作不相信,"你不至于吧,先生?月半拿不出一千二付我的票据,难道把我的收条给退回来不成?呃!那我要生气了,在银钱上面我是一点不讲礼貌的。房租是我的进款,没有进款,我欠人家的账怎么办?这个规矩对大家都有好处,做买卖的绝不会反对。钱是不认人的;钱没有耳朵,没有心肝。今年冬天好冷,木柴也涨价了。你月半不付钱,限期付款的通知十六中午就送到你府上。你的书办弥德拉老头也是我的书办,他会顾到你的地位名望,把通知书用封套装起来送给你。"

皮罗多说:"先生,我从来没接到过限期付款的通知。"

莫利奈说:"样样事情总有一个开头的。"

小老头儿这副赤裸裸的凶狠的面目,吓得花粉商失魂落魄,耳朵里只

---

[1] 出票人以外的第三者在支票或期票背后签过字,等于做了保人一样。

听见破产的钟声,每一下钟声都使他想到自己根据那套铁面无情的法学理论,关于破产说过多少话。他的言论映在脑膜上,每个字都像用火焰写成的。

莫利奈说:"喂,你忘记在付我的票子上批明房租两字,让我能保持优先权。"

"我的处境不允许我做一件侵害债权人利益的事。"花粉商看见悬崖峭壁就在眼前,发呆了。

"好,先生,很好。我还以为跟房客把租赁的事学到家了呢,想不到跟你又学了一次乖,票据原来是收不得的。啊!我一定要告你,你这句话分明说你的票子是不兑现的了。这种案子和巴黎所有的业主都有关系。"

皮罗多走出门去,对人生厌恶透了。他本是那种温柔、软弱,一碰钉子就灰心,有点儿成功就高兴的人。那时赛查的指望只剩下一个忠心的小包比诺了,他走到伊诺桑广场,自然而然想起他来。

"好孩子!六个星期以前,我在蒂勒黎公园把他提拔起来的时候,谁想得到有这种事儿!"

那是下午四点光景,正是法官们下班的时间。预审推事包比诺碰巧去看他的侄儿。这位法官看人的精神活动,眼光最厉害,无论怎么隐蔽的心思都瞒不过他;无关大体的行为,他也能看出作用,看出作恶和犯罪的根苗。他对皮罗多留着神,皮罗多可没有发觉。他只因为有这个叔叔在场,心里懊恼,在法官眼中就特别显得态度拘束,心不在焉地在想什么。小包比诺耳朵上夹着笔,照例很忙,对赛查丽纳的父亲也还是那么五体投地。赛查和他的合伙人东拉西扯,法官觉得完全是装幌子,骨子里必有什么大事情来央求。狡猾的推事料定花粉商为了打发他,会先走一步;他便赖在那儿，不管侄儿乐意不乐意。皮罗多一出门，法官也跟着离开，但注意到皮罗多在五钻石街通往屠夫奥勃里街的那一段闲荡。这一点小枝节叫老包比诺对赛查的用意更起了疑心。他朝龙巴街走去，等花粉商一回进安赛末的铺子，又马上赶回来。

赛查对他的合伙人说："亲爱的包比诺，我要求你帮个忙。"

包比诺一片热心地问："帮什么忙呢？"

皮罗多叫道："啊！你这是救了我的命了！"他在冰面上旅行了二十五天，忽然看见闪出一道温暖的光，快活极了。"我名下的盈余，我要预支五万；咱们以后再算账。"

包比诺定睛望着赛查，赛查把眼睛低了下去。这时法官又出现了。

包比诺法官把侄儿叫到街上。

"孩子——啊，对不起，皮罗多先生——孩子，我忘记告诉你……"

他拿出法官的威严做了一个手势，把侄儿叫到街上，不管他光着头，只穿一件上衣，径自和他一边讲一边朝龙巴街走去。

"侄儿，你老东家恐怕已经山穷水尽，要摊出账簿来了。没有落到这一步之前，哪怕清白了四十年，哪怕是最规矩的人，为了保住面子，也会跟昏了头的赌棍一样，什么事都做得出来。他们会出卖老婆、女儿，拖累最知己的朋友，把别人的财产拿去抵押，会进赌场，会做戏，会撒谎，会哭……反正什么出奇出怪的事我都见过。你也亲眼看到罗甘那副忠厚样儿，大家样样事情都会闭着眼睛信托他的。我说这些苛刻的话不一定指皮罗多先生，我相信他是老实人。不过倘使他要求你做什么不合生意上规矩的事，比如签周转票据、滥发期票等等——我认为那就是欺诈的第一步，因为都是空头票子；你得答应我，没有和我商量之前，无论什么票据都不签

"倘若你爱他的女儿,为了你的爱情就不能断送你的前途。"

出去。你该记住，倘若你爱他的女儿，为了你的爱情就不能断送你的前途。要是皮罗多先生非倒不可，两个人一同倒下去有什么好处？你的铺子本来还可以做他的退步，把你拖倒了不是大家的生路都断绝了吗？"

包比诺道："谢谢叔叔；俗语说得好：人家劝你，听懂就是便宜。"这时他才明白老东家为什么说出那样伤心感慨的话来。

包比诺皱着眉头回到黑洞洞的铺子里。皮罗多也看出他神气变了。

"请你上楼，到我房间去吧。伙计们忙虽忙，我们讲话还是听得见。"

皮罗多跟在包比诺后面，心里的焦急仿佛一个判了罪的人不知道是撤销原判还是驳回上诉。

安赛末道："亲爱的恩人，我对你的忠心，想必你信得过，我对你完全死心塌地。只是请你允许我问一声，这笔数目是不是能把你完全救过来，还是不过拖延日子，将来仍旧要爆发的？要是这样，拖我下水有什么用？你需要三个月的期票，可是我到期一定付不出。"

皮罗多脸色发白，很庄严地站起来望着包比诺。

包比诺着了慌，说道："你一定要，我就签吧。"

"没有良心的东西！"花粉商拼着最后一些力量，冲着安赛末说出这句话，好像在安赛末脸上盖了一个耻辱的印。

皮罗多走向大门，出去了。包比诺听了那句可怕的话大为震动，等到定了定神，冲下楼梯，奔到街上，花粉商早已不见了。可是赛查丽纳的情人耳朵里老是听见那个惊心动魄的罪名，眼中也老是看见可怜的赛查那张突然变色的脸。包比诺从此和哈姆雷特一样，身边有了一个可怕的鬼魂[1]。

---

[1] 这是指哈姆雷特的被人谋杀的父王向哈姆雷特显灵的事。

6

交出清账

皮罗多像醉汉似的在那一区的几条街上乱转。后来到了河滨大道,顺着大道一直走到塞弗勒,在小客店里宿了一夜,痛苦得糊里糊涂了。他太太虽然惊骇,却不敢派人出去寻访。在这种情形之下,冒冒失失地一声张就会闯祸。公斯当斯识得大体,顾着生意上的信誉,宁可暗中着急。她等了一夜,一面担惊受怕,一面做祷告。她心上想,赛查是死了呢,还是到城外去走什么最后的门路了?第二天早上,她装作若无其事,好像是知道丈夫不回家的原因的。但到下午五点赛查还不回来,她就把叔叔请来,要他到验尸所去看看。勇敢的女人自己坐镇在柜台后面,女儿在她身边做绣作。两人面上一本正经地招呼顾客,既不愁眉苦脸,也没有什么笑容。

比勒罗回来的时候把赛查带回家了。比勒罗从交易所出来,在王宫市场碰到他退退缩缩地正想进赌场。那天是十四。开出晚饭来,赛查吃不下去。过分抽搐的胃没法接受食物。饭后的时间更不好过。忽而希望,忽而绝望,一下子体会到各种各样的快乐,一下子又感到最剧烈的痛苦:这种翻来覆去的折磨,对性格懦弱的人最伤身体。皮罗多已经打熬了上百次,这时又尝到这种滋味。他要睡到六层楼去,说:"我不要看到我荒唐胡闹

的成绩。"赛查太太花尽气力,把他硬留在富丽堂皇的客厅里,正好皮罗多的诉讼代理人但尔维来了,一直闯进客厅,说道:

"官司打赢了。"

赛查听了,抽搐的脸马上松下来,但那种快活的表情叫比勒罗和但尔维都看了害怕,母女俩吓得跑到赛查丽纳房里去哭了。

花粉商叫道:"那我可以做押款了?"

但尔维道:"你不能这样冒失。他们还要上诉,说不定会重判。大概一个月之内可以定局了。"

"一个月!"

赛查迷迷糊糊地打起瞌睡来,谁也不想把他叫醒。这是精神瘫痪的症状:肉体还活着,还在受罪;脑子可暂时不活动了。公斯当斯、赛查丽纳、比勒罗和但尔维都看得很清楚,觉得他能放松一下的确是上帝的恩惠。这样,皮罗多在夜里才不至于再受挖心刺骨的痛苦。他坐在壁炉旁边的大靠椅里;太太坐在壁炉的另外一边,留神看着他,嘴角上那个温柔的笑容说明女人的本性比男人更近于天使,懂得同情心要极尽温存地表现出来。这是天使独有的本领;我们承蒙上天的好意,一生也有过几回在梦中见到这种天使。赛查丽纳坐在小凳上,靠在母亲脚下,不时把头发挨着父亲的手磨来磨去,借此表达她的心意;父亲这样悲痛,跟他说话当然是不合适的。

比勒罗这个看破世情的哲人,心上对什么事都有准备;他坐在椅子里像救济院院长坐在议会的花楼上,和但尔维低声谈着,脸上所表现的智慧不亚于埃及的斯芬克斯。大家都相信但尔维老成持重,公斯当斯也赞成和他商量。好在一本账都在她脑子里,她便凑着但尔维的耳朵把情形告诉他。他们在发呆的花粉商面前谈了个把钟点,但尔维望着比勒罗摇摇头。

但尔维用着吃公事饭的那种镇静得可怕的态度，说道："太太，应当把账簿摊出去。就算你用了什么方法过了明天这一关，至少还要付出三十万法郎才能拿全部地产去押款。负债五十五万；账面的资金为数不小，而且很有出息，问题就是不能变现款。我认为与其从楼梯上滚下去，不如从窗里跳出去。"

比勒罗说："孩子，我的意思也是这样。"

赛查太太和比勒罗把但尔维送走了。

赛查丽纳轻轻站起，吻着父亲的额角，说了声："可怜的爸爸！"叔公和母亲回到楼上的时候，她又问父亲："难道安赛末一点办法都没有吗？"

这个名字把赛查记忆中唯一清醒的部分击中了，好比一按琴键，小锤子就跳起来打在弦上。他叫了声："没良心的东西！"

小包比诺被皮罗多咒骂过后，再也睡不着觉，心里也一刻不得安宁。可怜的青年恨他的叔叔，跑去找他，他受着爱情鼓动，把能说会道的本领一齐拿出来，想说服这个老资格的法学家，叫他回心转意；可是把话说给一个法官听，等于把水滴在漆布上。

安赛末说："生意上的习惯，当家的股东可以从将来的盈余里面预支一部分给不出面的股东；而我们的公司的确会有盈余的。我把买卖全盘考虑过了，我觉得有力量在三个月之内付出四万法郎。赛查先生是个规矩人，四万法郎一定会拿去付他的票据。那么，即使将来宣告破产，债权人对我们也无可责备。并且，叔叔，我宁可损失四万法郎，不愿意失掉赛查丽纳。现在她已经知道我拒绝出票，要瞧不起我了。我有话在先，答应替恩人拼命。我的情形，正如一个年轻的水手不能不拉着船长的手一同沉下去，正如一个小兵不能不和将军同归于尽。"

法官握着侄儿的手说道:"你心肠是好的,做买卖可不行,我永远看得起你。"接着又说,"为这件事我转了很多念头,我知道你爱赛查丽纳爱得发疯,我认为你的感情和生意上的规矩都可以顾到。"

"啊!叔叔,你要能想出办法来,我的荣誉就保全了。"

"既然头油是一笔产业,就叫皮罗多把他的一份股子活卖给你吧;那你就可以给他五万法郎。活卖契约我来替你起草。"

安赛末拥抱了叔叔,回去签了五万法郎期票,从五钻石街直奔王杜姆广场。

花粉商说了句"没良心的东西"回答女儿,像从坟墓里发出来的声音叫赛查丽纳,公斯当斯和比勒罗非常诧异,一齐朝他望着。正在这时候,客厅的门开了,包比诺出现了。

他抹着额上的汗,说道:"亲爱的东家,你要的票子,我拿来了。"

他把票据递过去,又道:"我把店里的事仔细算过了,你放心,我到期一定照付;赶快拿去挽回你的荣誉吧!"

"我知道他一定帮忙的。"赛查丽纳嚷着,抓起包比诺的手像抽筋一般使劲握着。

赛查太太拥抱了包比诺。花粉商站起身来,模样像一个好人听见了最后审判的号角,又好像才从坟墓里走出来。他狠命地伸出手去,预备接那五十张贴着印花的票子。

"等一等!等一等!"严厉的比勒罗叔叔说着,把包比诺的票子抢了过去。

赛查和他的老婆,赛查丽纳和包比诺,一家四口被叔叔的举动和声调吓呆了,看着他把票子撕掉,扔在火里烧起来,没有一个人敢上前阻拦。

"叔叔！"

"叔叔！"

"叔公！"

"先生！"

四个人异口同声，表示他们的心情完全一样。比勒罗勾着小包比诺的脖子，把他搂在怀里，亲了亲他的额角。

他说："凡是有良心的人都要佩服你，你也的确值得人家佩服。倘使你爱上了我的女儿，哪怕她有一百万，你只有这些（他指着票据烧成的一堆灰），我也答应你们半个月之内结婚，"他指着赛查道，"你的东家简直胡闹。"比勒罗又沉着脸对花粉商说："侄儿，别做梦了！做买卖是靠钱，不是靠感情的。眼前这一套固然了不起，可是没用。我在交易所里待了两个钟点，你连两个铜子的信用都没有了。大家都在谈论你出了事，说你要求把票子展期，被人拒绝了；向好几个银行家借款都没借到。他们说你挥霍滥用，还爬了六层楼去见一个喜欢嚼舌头的房东，要求把一千二百法郎的票子展期！说你开跳舞会是为了遮盖你的穷……有人还说你根本没有什么钱存在罗甘那儿。照你敌人的说法，你是把罗甘的事做借口。我托一个朋友打听，他证明我没有猜错。个个人都料到包比诺要发票子了，说你帮他开店就是为了要滥发票据。总而言之，现在市面上宣传的无非是一个人想要向上爬而招来的诽谤和难听的话。你拿着包比诺的五十张票子到处去跑吧，跑上八天也没有一个人肯接受，不过是多受一些奚落罢了。票子一共签了多少，谁能证明？大家算准你要把这可怜的孩子为你牺牲。你只能白白地毁了包比诺公司的信用。凭这五万法郎票据，你知道最冒险的贴现商肯给你多少？两万，两万！听见没有？生意场中有时要能站在众人面前三天不吃饭,好像肚子闹积食似的,然后到第四天,人家让你进伙食房,给你放款。这三天,你可撑不住:问题就在这里。可怜的侄儿,勇敢一些,把账簿摊出去吧。趁我和包比诺在这里,等伙计们睡了,我们两个代你动手,免得你伤心难过。"

"叔叔!……"花粉商合着手叫。

"赛查,难道你愿意等资金弄光了,再摊出账簿来丢人吗?你在包比诺店里的股份现在还能替你争回点面子。"

这道最后的无情的光把赛查的眼睛照亮了,他终究把可怕的真相整个儿看清了。他倒在靠椅上,从椅上又滑到地下跪着,头脑混混沌沌地变了一个小娃娃。老婆以为他要死过去了,蹲下身子想扶他起来,赛查却合着手,翻起眼睛,当着叔岳、女儿和包比诺的面,诚惶诚恐地做了一段非常动人的祷告,表现他是个真正的旧教徒;公斯当斯看了也跟着他一起跪下。

"天父在上,但愿你的圣名受到崇拜,但愿你早日统治世界,天上地下都遵照你的意旨。求你赏赐我们每天的面包,原谅我们对你的冒犯,像我们原谅冒犯我们的人一样!求你帮助我们抵抗诱惑,脱离罪恶。阿门。"

坚韧淡漠的比勒罗含着眼泪;赛查丽纳失魂落魄,把头靠在包比诺身上哭了;包比诺面色惨白,直僵僵地像一座雕像。

比勒罗抓着包比诺的手臂,说道:"咱们下去吧。"

十一点半,他们把赛查交给他老婆和女儿照管,下楼去了。领班伙计赛莱斯丁却进了上房,走到客厅来。自从暗中有了这次风波,铺子都是他在管理。赛查丽纳听见脚声,急忙去开门,不愿意他看见主人的狼狈样儿。

赛莱斯丁道:"今晚上来的邮件,有一封都尔的信,因为写错地址,给耽误了。我想是先生的哥哥寄来的,所以没有拆。"

赛查丽纳道:"爸爸,都尔的伯父有信!"

赛查叫道:"啊!救星到了。我的哥哥啊!哥哥啊!"他一边说一边吻着信封。

法朗梭阿·皮罗多给赛查·皮罗多的复信

最亲爱的弟弟,收到你的信,我非常难过。我为你做了一场弥撒,求上帝看在他的儿子面上,看在我们的救世主为我们流的血面上,对你大发慈悲。我一边做祷告,一边含着眼泪想着你;正当你需要手足之情鼓励你的时候,我竟不在你身边。但是正直可敬的比勒罗先生一定能代替我的。亲爱的赛查,你悲伤的时候,别忘了尘世的生命是暂时的,是一种考验。我们为了上帝的圣名,为了神圣的教会,为了遵守福音书的教训,为了道德而受的苦难,将来都会得到酬报;否则世界上的一切都没有意思了。我知道你敬上帝,心地好,所以我把这些教训再说一遍。有些人像你一样遭到了人间的风暴,自家财产卷进了险恶的波涛,痛苦不过,可能在患难中亵渎神明。你既不能诅咒伤害你的人,也不能诅咒有心折磨你的上帝。你不要看着尘世,要把眼睛望着天上:弱者的安慰,穷人的财富,富人的恐怖,都在天上……

公斯当斯说:"皮罗多,先别念这些,看看他有没有寄钱来。"

"咱们以后常常要把这封信拿出来念。"皮罗多抹着眼泪,展开信纸,掉下一张王家金库的汇票;他抓住了票子说道:"我知道他会寄来的,好哥哥!"

他带着哭声,断断续续地往下念道:

……我去见了特·李斯多曼太太,不说原因,只要求她把能够调度的钱一齐借给我,补充我的积蓄。承她慷慨,我居然能凑足一千法郎,托都尔的税务局汇交金库。

"好大的数目!"公斯当斯瞧着赛查丽纳说。

我只要在生活中减省一些不必要的开支,三年之内就能还清特·李斯多曼太太的四百法郎;所以,亲爱的赛查,你不必放在心上。我把我在世界上的全部财产都给你了,但愿这数目能帮你解决生意上的困难,那想必也是暂时的。我知道你一丝不苟的脾气,所以我预先声明:这笔款子,你既不用给我利息,也不用在生意兴隆的时候还我。这种好日子很快会来的,假如上帝肯倾听我每天的祷告。上一封信是你两年前写的,我看了以为你已经富足有余,我可以把自己的积蓄救济穷人了;可是现在,我的一切都是你的了。等到你把暂时的风暴挨过以后,替我把这笔钱留给侄女,让她出嫁的时候买些小玩意儿,纪念我这个老年纪的伯父:我便是到了天上也要永远举着手,求上帝祝福她和所有她心爱的人。最后,亲爱的赛查,别忘了我是一个可怜的教士,像田野里的云雀一样全靠上帝照应,悄悄地走着我的路,竭力服从我们救主的诫命;所以我没有多大需要,你在艰难的处境中不必有所顾虑,只要想到我深深地爱着你就行了。

我并没有把你的情形告诉我们那好心的夏波罗神父,但他知道我在写信,要我代他向你全家多多致意,祝你们永远兴旺。再会了,最亲爱的弟弟。在你眼前的情形之下,我只希望上帝保佑你和你妻子女儿都身体康健，还希望你们大家在患难中保持耐性和勇气。

　　　　都尔，圣·迦西安大堂副堂长　　法朗梭阿·皮罗多

皮罗多太太气愤愤地说："一千法郎！"

赛查正色答道："收起来吧，他只有这些；而且是咱们女儿的。这笔钱还能养活我们，不用向债主求告。"

"债主还以为你抽逃了大笔资金呢。"

"我可以拿出信来。"

"他们会说是假装的。"

皮罗多大吃一惊，叫道："天哪！天哪！我过去就是这样疑心别人的，其实那些可怜虫的处境就和我现在一样。"

母女俩都不放心赛查，便一声不响地坐在他身边做针线。清早两点，包比诺轻轻推开客厅的门，向赛查太太招招手，要她下去。比勒罗看见侄女来了，脱下眼镜，说道："孩子，还有些希望，不是全部完了。让我和安赛末两人去试一试；谈判要有许多波折，你丈夫是吃不消的。明天你守在店里，有人来讨账，你就把地址记下来；我们到四点钟可以完事。我的计划是这样：我跟拉贡方面，你们不用担心，可以不谈。可是就算罗甘那儿的十万存款已经付给卖主了，你们眼前也不会多出十万来。签给克拉巴龙的十四万法郎，在无论什么情形之下都得照付；因此你们的亏空并非由于罗甘的倒账。要对付你们的债务，早晚得拿厂房去抵借四万，另外叫包比诺签六万法郎票据。所以咱们还能挣扎一下；过后再拿玛特兰纳的地产去做押款。只要你们主要的债权人肯帮忙，我绝不爱惜我的财产，尽可把年金卖掉，没有饭吃也没关系。那时包比诺也要弄得半死不活。至于你们，

可再也经不起生意上的小风波了。但是头油的盈利一定很大。我和包比诺商量过，决意帮你们挣扎一下。啊！只要看得见成功的希望，我吃干面包过活也是快活的。关键都在羊腿子和克拉巴龙的合伙老板身上。七点到八点，我和包比诺去找羊腿子，就能把他们的主意弄明白了。"

公斯当斯扑在叔叔怀里，激动得不得了，除了抽抽噎噎的哭声，一句话都没有。包比诺和比勒罗不知道克拉巴龙和诨名羊腿子的皮杜全是杜·蒂埃的替身，而杜·蒂埃只希望在报上小广告一栏里看到像下面那样惊人的启事：

商务法庭裁定公告：花粉商赛查·皮罗多，住巴黎圣·奥诺雷街三九七号，业已宣告破产。兹定于一八一九年一月十六日为破产开始[1]之期。

商务法庭裁判：高朋汉－格莱　　监察人：莫利奈

安赛末和比勒罗把赛查的银钱事务研究到天亮。早上八点，两个勇敢的朋友一声不响，向葛勒奈太街出发。一个是老战士，一个是新进的班长，他们要不做皮罗多的代表，永远不会知道走上羊腿子家楼梯的人心里是什么一种滋味。两人都很难过。比勒罗好几次把手按着脑门。

住在葛勒奈太街上的人不知有多少种行业，街道的样子叫人看了恶心。屋子的建筑都很难看。到处是工场的垃圾，龌龊得无以复加。羊腿子住在一幢屋子的四层楼上。上下翻动的窗子嵌着肮脏的小格子玻璃。楼梯

---

[1] "破产开始"是一个法律名词。

一直通到街上。看门女人住在中层的一间小房子里,只靠楼梯取光。除了羊腿子,所有的房客都是做手艺的。工人们不断地进进出出,踏级上不是泥巴就是泥浆,看天气而定,还老堆着垃圾。在臭气扑鼻的楼梯上,每一层都有红地金字的招牌,刻着老板的姓名和货物的样品。大门多半开着,望进去可以看到住家和作坊乱糟糟地混在一起;叫喊声、咕噜声、歌唱声、嗡哨声,震耳欲聋,活脱是下午四点左右的动物园[1]。二层楼上气味难闻的小房间里,做的是巴黎什货中最漂亮的背带。三层楼上,在最肮脏的垃圾堆中,做的是过年时候摆在橱窗里最花哨的纸匣。羊腿子临死留下一百八十万家财,却始终住在这幢屋子的四层楼上,人家怎么劝他都不愿意搬出去;他的侄女萨伊阿太太在王家广场的住宅里替他预备了一套房间,他也没有接受。

羊腿子家那扇干干净净的灰色门上挂着一根门铃的绳子,下面吊着拉手;比勒罗一边拉铃一边说:"拿出勇气来!"羊腿子亲自来开门。花粉商的两个保护人在破产的阵地上打冲锋,先走过一间整齐、冰冷、没有挂窗帘的屋子。主客三人一齐到第二间房内坐下。贴现商面对着壁炉;炉子肚里积着不少灰,木柴正在跟火焰抵抗。房间像地窖一般通风,严肃得像修道院,摆着放高利贷的人通用的绿色文件夹,叫包比诺看着心里发冷。他呆呆地瞧着三色小花儿的浅蓝糊壁纸,还是二十五年前裱糊的。他把凄凉的眼睛转到壁炉架上,看见一只竖琴式的钟,一对塞弗勒窑的细长蓝花瓶,镀金镂花,十分华丽。这是群众捣毁了凡尔赛宫,从王后寝宫里散出来,落在羊腿子手中的;花瓶旁边配着两个式样顶难看的熟铁烛台,不伦

---

[1] 下午四点左右是巴黎动物园喂动物的时间。

La Comédie Humaine

羊腿子

不类，说明那名贵的东西是在什么情形之下得来的。

羊腿子说："我知道你们来不是为自己的事，而是为了大名鼎鼎的皮罗多。那么怎么呢，朋友们？"

比勒罗说："你什么都知道，不用我们多说。开着克拉巴龙抬头的票据在你这儿，是不是？"

"是的。"

"你可愿意把到期的五万法郎票据换包比诺的票据？贴现的利息照扣就是了。"

羊腿子脱下那顶好像和他一块儿出世的绿色鸭舌帽，露出一个光光的脑袋，颜色像新鲜牛油。他死皮赖脸地说道："你拿头发油付账，我拿了有什么用呢？"

比勒罗道："你一寻开心，我们只好滚蛋了。"

羊腿子装着一副有心讨好的笑容回答："你说这句话，真是个明白人。"

比勒罗还想试一试，说道："要是我替包比诺做个保，行不行呢？"

"比勒罗先生，你的大名和金条一样靠得住，可是我用不着金子，只要银子。"

比勒罗和包比诺告辞出来。包比诺到了楼下，两条腿还在发抖。

他对比勒罗说："这能算个人吗？"

老人答道："据说是吧。安赛末，这次短短的访问，你得永远记着。你刚才看到的就是不戴面具、脱下了漂亮衣衫的银钱业。意外的事故好比榨酒机上的螺丝钉，咱们是葡萄，银行家是酒桶。玛特兰纳的地产准是一笔好买卖，我看不是羊腿子便是他背后的什么人，想逼倒了赛查，把他的一份抢过去。事情很明白，没有救了。银行界就是这么回事，永远不要去央求它！"

那个可怕的早晨，皮罗多太太破天荒第一次把上门收账的客户记下来，打发银行里的老司务空手回去。勇敢的女人因为能代替丈夫受罪，觉得很安慰。她越来越焦急地等着安赛末和比勒罗。十一点，他们回来了：一看脸色就知道大势已去。破产是没法避免的了。

可怜的女人说："他要伤心死了。"

比勒罗正色答道："要是那样倒好了。不过他是虔诚的教徒，眼前只有他的忏悔师陆罗神父能帮助他。"

比勒罗、包比诺和公斯当斯，等伙计把陆罗神父请来。赛莱斯丁已经造好清册，只等赛查签字。店里的伙计向来对老板有感情，这时都很难过。四点钟，好心的神父来了，公斯当斯告诉他家里遭了不幸，他就像小兵冲上敌人的缺口一样上了楼。

皮罗多嚷道："我知道你为什么来的。"

神父说："我久已知道你能心悦诚服地听从上帝的意志；问题是要实际做到。你应当把眼睛望着十字架，想到救世主受的苦难多么残酷，那么上帝给你的磨折，你也就能忍受了……"

"家兄劝过我了，我已经有了准备。"赛查拿出信来递给忏悔师，他自己也重新念过了。

陆罗神父道："你有一个慈爱的哥哥，一个温柔贤惠的太太，一个孝顺的女儿；你的叔岳比勒罗和叫人心疼的安赛末是两个真正的朋友；拉贡夫妇是两个宽容的债主；所有这些好心肠的人会不断地给你安慰，帮你背起十字架。你得答应我拿出殉道者的决心来应付患难，不能泄气。"

比勒罗等在客厅里，神父咳了一声通知他进来。

赛查安安静静地说道："我完全听天由命。遭到了不光彩的事，我只应该想办法洗刷。"

可怜的花粉商的声音、神色，使赛查丽纳和教士都很诧异。其实是挺自然的。倒霉事儿揭穿了，肯定了，反倒好受；不比那翻来覆去的变化叫你忽而狂喜，忽而苦不堪言，把人折磨得厉害。

"我做了二十二年的梦，今天醒过来，手里仍旧拿着一根出门上路的棍子。"他说着，又恢复了都兰乡下人的面目。

比勒罗听了这话，把侄婿拥抱了。赛查看见他女人、安赛末和赛莱斯丁都在场。赛莱斯丁手里的文件，意义清楚得很。赛查态度安详，瞧着这些人，他们的眼神都是凄凉的，可是友好的。

"等一等，"他说着摘下勋章，交给陆罗神父，"请你保存起来，等我能问心无愧地戴上身的时候再给我。"又对伙计说，"赛莱斯丁，替我写信辞掉副区长，稿子请神父念，你照写，日子填十四，写好了叫拉盖送到特·拉·皮耶第埃先生府上。"

赛莱斯丁和陆罗神父下楼去了。大约有一刻钟工夫，赛查房里寂静无声。家里的人都想不到他会这样刚强。赛莱斯丁和神父回到楼上，赛查把辞职的信签了字。比勒罗拿清册交给他，可怜的家伙仍不免浑身紧张了一下。

"上帝，可怜我吧！"他一边说一边签了那可怕的文件，递给赛莱斯丁。

愁眉不展的安赛末忽然神色开朗地说道："先生，太太，请你们答应我跟赛查丽纳小姐的亲事。"

在场的人听了，除开赛查，都冒出眼泪来。赛查站起身子，握着包比诺的手，声音嘶哑地说道："孩子，你永远不能娶一个破产人的女儿。"

安赛末眼睛紧盯着皮罗多，说道："先生，那么倘若小姐也同意，你能不能当着你全家的面答应，在你复权的那一天允许我们结婚？"

屋子里声息全无。花粉商脸上疲倦的表情叫每个人看了感动。

他终于说道："好吧。"

安赛末用一个没法形容的姿势去握赛查丽纳的手；赛查丽纳也伸出手来让他亲吻。

他问赛查丽纳："你也同意吗？"

她回答说："同意。"

"这样我才算自己人，有权利来照顾这里的事了。"他说话的神气很古怪。

安赛末急急忙忙走出去，不愿意让自己的快乐和东家的痛苦成为对比。要说安赛末对这次破产觉得高兴倒也未必，但爱情是多么专横多么自私的东西！便是赛查丽纳也有些情绪跟她的悲痛发生矛盾。

比勒罗凑着赛查丽纳的耳朵说："趁此机会，咱们把所有的痛疮都揭开了吧。"

皮罗多太太的表情只是痛苦而不是同意。

比勒罗问赛查："侄儿，你以后打算干什么？"

"还不是做我的买卖？"

比勒罗说："我的意思不是这样。你应该把买卖结束，拿资产都分给债主，从此不在市场上露面。我以前常常想，碰到你这种情形我该怎么办？……做买卖是样样要预料到的。一个生意人不想到破产，好比一个将军永远不预备吃败仗，只算得半个商人。我吗，我要是破产了，才不干下去呢。怎么！老是看到那些被我拖累的人而脸红吗？让他们用猜疑的眼光来瞧我，不声不响地在肚子里怪怨我吗？上断头台的滋味，我还能想象……一眨眼，什么都完了。可是天天长出个脑袋来叫人天天把它砍掉，我不想受这种刑罚。好多人会若无其事，照旧做他们的买卖。好吧，他们比我格劳特－约瑟·比勒罗强。要继续做生意，就得现钱交易；可是你做了现钱交易，人家就说你原来藏着私蓄，不拿出来还债；没有钱吧，又永远爬不起来。算了吧！还不如放弃资产，让债主把铺子出盘，自己干别的事儿。"

"干什么呢？"赛查问。

"谋一个差事呀。"比勒罗说，"你不是还有些后台吗？比如特·勒农古公爵夫妇，特·莫苏夫太太，王特奈斯先生。写信给他们，去见他们，他们可能把你安插在宫里当差，给你几千法郎；你女人也能挣到这个数目，你女儿说不定也行。事情不是没有办法。你们三个人一年可以凑到万把法郎。十年就好还掉十万债，因为你们挣来的钱一个都不用花：我拿出一千五百法郎做她们母女俩的开销；至于你，咱们再瞧着办。"

听了这些入情入理的话而细细思索的是公斯当斯，不是赛查。

比勒罗上交易所去了。那时交易所的场子是一个临时用木板搭的圆形大厅，在番杜街上进出。

花粉商一向是被人注意和妒忌的人物，他破产的消息已经传出去，在上层商界中引起许多议论。他们在政治上都是立宪派，认为皮罗多庆祝领土解放简直是胆大妄为，侵犯了他们的感情。反对党的人要把爱国作为他们的独家权利。保王党尽可以爱国王，但爱国是左派的专利：民众是属于他们的。在领土解放这件事情上做文章，应当由左派包办才对，政府不该让官方人士出面庆祝。皮罗多是受宫廷保护的，是拥护政府的，是一个顽固的保王党，共和三年正月十三还为了反对轰轰烈烈的大革命而作过战，那简直是侮辱自由[1]。一个这样的人倒下来,在交易所里当然会引起许多谣言和一片叫好声。比勒罗想探听舆论,研究一番。在最热闹的一堆人里,他看见杜·蒂埃、高朋汉·格莱、纽沁根、老琪奥默和他的女婿约瑟·勒巴、克拉巴龙、羊腿子、蒙日诺、加谬索、高勃萨克、阿道夫·格莱、巴尔玛、希佛勒维、玛蒂法、葛兰杜和罗杜阿。

高朋汉·格莱对杜·蒂埃说:"你看,做人真要谨慎啊!我两个舅子差点儿放款给皮罗多!"

杜·蒂埃说:"我送掉了一万法郎,半个月以前他向我开口,我只凭他一个签字就给了。不过他从前帮过我忙,我损失这笔款子也并不懊恼。"

罗杜阿对比勒罗说:"你的侄婿作风跟别人一样!请客!摆阔!骗子流氓把灰沙摔在人家眼睛里,骗人家信任,倒还罢了;一个公认为最老实的人也玩起老把戏来叫我们上当,谁想得到!"

高勃萨克道:"他们就跟蚂蟥一样。"

羊腿子道:"我们只能相信房子住得破破烂烂,像克拉巴龙那样的人。"

胖子纽沁根男爵对杜·蒂埃说:"喂,你介绍皮罗多来想捉弄我!"又转身对开厂的高朋汉说:"不知他什么意思,幸亏他没叫皮罗多向我要五万法郎,我真会给的呢。"

约瑟·勒巴插嘴道:"噢!男爵,你不能这样说。你明明知道,法兰西银行不收他的票据是你在放款委员会上叫银行拒绝的。我到现在还很敬重这个可怜的人,他的事真有点儿古怪……"

比勒罗握了握勒巴的手。

---

[1] 这里所谓"自由"是指大革命中的"自由、平等、博爱"三大口号里的自由。

蒙日诺说道："这件事的确弄不明白，除非羊腿子背后躲着什么银行家，想把玛特兰纳那桩买卖拆台。"

克拉巴龙截断了蒙日诺的话，说道："一个人越出本行，就会碰到这样的事。他要不抢着买地，抬高巴黎的地价，要是他自己去经营护首油，就只损失罗甘那儿的十万法郎，绝不会破产的。现在他只能顶着包比诺的名义做生意了。"

羊腿子道："当心包比诺！"

在这一大批商人嘴里，罗甘被称为"不幸的罗甘"，花粉商被称为"没用的皮罗多"。仿佛一个是为了痴情而得到大家的原谅，另外一个是为了想向上爬而过失更大。羊腿子从交易所出来，回葛勒奈太街之前，到贝冷－迦斯兰街去找那个卖干果的玛杜太太。

他拿出一副笑里藏刀的面孔说道："胖老太婆，小买卖做得怎么样？"

"马马虎虎。"玛杜太太恭恭敬敬地说着，把独一无二的靠椅让高利贷的债主坐了。原来她只有对她"亲爱的先夫"才会这样低声下气地表示亲热。

玛杜太太平时把最好的主顾也要挖苦；拉车的倘若跟她使性子或是耍花腔，准会给她摔在地下；要她十月十日跟着大众冲进蒂勒黎王宫，她绝不害怕，便是叫她代表中央菜场的女摊贩去向王上请愿，她说话也不会发抖；这样一个女人独独对羊腿子十二分恭敬。玛杜在他面前马上会软下来，他只要用狠毒的眼睛一扫，她就直打哆嗦。本来吗，老百姓见了刽子手发抖的日子还长着呢，而羊腿子便是小商小贩的刽子手。在中央菜场，无论什么势力也及不上做银钱生意的。跟这一行比，世界上别的制度都不足挂齿。就算法律吧，在中央菜场也是由警长代表的，群众只认得他。但是坐在绿色文件夹后面放印子钱的人，大家担惊受怕去央求的那个人，会叫你笑话也说不出了，声音也变了，眼睛也没有神了，个个老百姓都变得毕恭毕敬。

"有什么事吩咐我吗？"玛杜太太问。

"小事情，小事情。你只要准备一下，把皮罗多的票子收回去，给我现款。老头儿破产了，他发的票子都马上要兑现。明儿我把账单送过来。"

玛杜太太先是把眼睛睁得圆圆的像猫一样，接着又爆出火星来。

"啊！那个流氓！坏蛋！他亲自到这儿来，说是什么副区长，吹牛吹了一大堆！该死！生意是这样做的吗？那些区长，就是相信不得，政府老是欺骗我们。哼，我要讨账去，不给不行！……"

"唉！碰到这种事儿只有各管各，自寻生路，我的乖乖！"羊腿子说着提起腿来走了，动作的干净利落活像猫儿跳过一块湿地；他的绰号也许就是这样来的。他又道："有些大人物也在打主意，想找个脱身之计呢。"

"好！好！我要去把我的榛子收回来。——玛丽·耶纳！我的木靴跟兔子毛披肩赶快拿来，慢一点就揍你。"

羊腿子搓着手，心上想："这一下街上可热闹啦。皮罗多在街坊上出丑，杜·蒂埃一定高兴。那个糊涂蛋的花粉店老板不知什么地方得罪了杜·蒂埃，可怜他像一只断了腿的狗一样。他算不得一个男子汉，真没出息。"

玛杜太太的神气好像圣·安东纳城关的群众起来暴动，晚上七点光景在可怜的皮罗多门口出现了。她走路用了劲，火气更大了，横冲直撞地推门进去。

"混蛋滚出来，给我钱！给我钱！要不，我拿你的丝袋，绸带，扇子，拿你的货色去抵挡我的两千法郎！区长骗老百姓钱，听见过没有？你不给我，我叫你去做苦工，我去找检察官，我要去告状！今天拿不到钱，我不走！"

有一个柜子里放着许多贵重东西，玛杜太太装模作样要拉开柜上的玻璃。

赛莱斯丁轻轻地对旁边的伙计说："火绒[1]烧起来了。"

这句话被卖干果的女人听见了。一个人发起脾气来，感觉不是特别迟钝，就是特别灵敏，看体质而定。她把赛莱斯丁狠狠地打了一个嘴巴，那猛烈的程度在花粉业中还是破天荒第一次。

她说："教你对太太们放尊重些，我的儿！看你还敢抢了钱再糟蹋人吗？"

皮罗多恰好在铺子后间；比勒罗想把他带走，他为了守法，硬要等法院来逮捕。皮罗多太太跑出来对玛杜说：

"太太，看上帝分上，别惊动街上的人。"

"哼！我就要他们进来，我要讲给他们听听，笑话不笑话？我的货色，我满头大汗挣来的钱，给你们拿去开跳舞会！嘿，你穿得像王后娘娘，把我这样的可怜虫当绵羊，剪了羊毛来披在你身上！耶稣基督！要我偷人家的钱，我是心惊肉跳，觉得烫手的！我肩膀上只披着兔子毛，那是我自己挣来的！你们是强盗，是贼，不给我钱，我……"

她向一只细工镶嵌的木匣子扑过去，里头全是贵重的化妆品。

赛查走出来说道："太太，你放手。这里的东西已经不是我的，是我债主的了。现在只剩下我这个人，你要我去坐牢，我向你担保一定等在这儿（他掉了一滴眼泪），你叫差人、叫商务警察来抓就是了……"

---

[1] "玛杜"在法文中的意思就是火绒。

玛杜太太

他的声调、姿势，表示他的确能说到做到，把玛杜太太的火气平下去了。

赛查又道："我的本钱给一个公证人拿走了，连累别人不是我的错。欠你的账，过些时候一定归还，哪怕要我卖命，在中央菜场当小工，我也要还的。"

玛杜太太道："得啦，你是个好人。太太，刚才的话请你原谅；我也是急得要投河了，羊腿子要告我，我手头只有十个月的期票，拿什么去付你们那些该死的票子呢？"

比勒罗走出来说："明儿早上来看我，我叫一个朋友给你想办法，利息只要五厘。"

"咦！是比勒罗老头。"她又对公斯当斯说，"不错，他是你的叔叔。好吧，你们都是规矩人，不会叫我吃亏的，是不是？——明儿见，老革命。"她招呼告老的五金商。

赛查定要在残破的家里待下去，认为可以跟所有的债主表明心迹。公斯当斯苦苦哀求，要他走开，比勒罗却赞成赛查的办法，把他送上了楼。乖巧的老头儿赶去找奥特莱医生，说明皮罗多的情形，弄到一张催眠药的方子，配了药，晚上回到侄婿家里。他串通了赛查丽纳，硬要赛查和他们一起喝点酒。麻醉药把花粉商催眠了。他过了十五小时醒来，已经被关在蒲陶南街比勒罗家里；老人自己在客厅里搭一张帆布床睡了。叔叔用马车把赛查带走的当儿，公斯当斯听见车子出发的声音，马上觉得支持不住。我们的精神，往往是为了支持一个比我们更软弱的人而勉强提起来的。现在家中只剩下娘儿两个，公斯当斯不禁放声大哭，好像丈夫死了一样。

赛查丽纳坐在母亲膝上把她百般抚慰，那种像猫一样的温存只有女人对女人才会表现出来。她说："妈妈，你说过只要我有勇气挑起我的担子，你就有力量抵挡患难。别哭了，亲爱的妈妈。我预备进一家铺子去做事，绝不想起咱们过去的生活。我可以跟你年轻时候一样，去当个领班小姐，绝对没有半句诉苦或是难堪的话。我心中存着一个希望。你没听见包比诺先生怎么说吗？"

"好孩子，他将来不是我的女婿……"

"噢！妈妈……"

"倒是我真正的儿子。"

赛查丽纳拥抱着母亲，说道："一个人倒霉至少有这么一点好处，可以认清楚谁是真正的朋友。"

赛查丽纳在母亲身边当着母亲的角色，把她的悲伤减淡了些。第二天上午，公斯当斯到王上的侍从特·勒农古公爵府上留下一封信，要求当天约个时间接见。同时她又去见特·拉·皮耶第埃先生，把公证人拖累赛查的情形告诉他，请他在公爵面前说句好话，她怕自己说不清楚。她想替皮罗多谋个差事，说他可以当一个最诚实的出纳员，假如诚实也有等级可分的话。

特·拉·皮耶第埃说道："王上才发表冯丹纳伯爵当内廷总管，咱们要赶紧才好。"

下午两点，特·拉·皮耶第埃和赛查太太到了圣·陶米尼葛街勒农古府上，走上宽敞的楼梯，去见王上特别喜欢的那个贵族，假如路易十八真有什么人特别喜欢的话。这位爵爷是上一世纪留下来的少数真正贵族之一，接见赛查太太的态度很客气，使她看着心里有了希望。花粉商的女人虽然痛苦，神气却是又庄严又朴实。因为痛苦也有它的庄严，能够使俗人脱胎换骨。要做到这一步，只要做人真实就行；而公斯当斯就是一个绝不虚伪的女人。

事情需要立刻面奏王上。谈话之间，下人通报特·王特奈斯先生来了，公爵叫道：

"啊，你的救星到了！"

年轻的王特奈斯曾经到皮罗多店里去过一两次，买那些往往和大东西同样重要的小玩意儿，所以也认识皮罗多太太。特·勒农古公爵把拉·皮耶第埃的意思说了。王特奈斯听见于克赛侯爵夫人的干儿子遭了不幸，立刻同皮耶第埃先生去见冯丹纳伯爵，叫皮罗多太太等着。

特·冯丹纳伯爵和皮耶第埃一样是个有血性的内地绅士，虽然参加过旺代事变[1]，几乎是个无名英雄。他对皮罗多并不陌生，当年在玫瑰女王见过的。凡是替王家流过血的人，那时王上只能在暗中关切，免得进步党人大惊小怪。冯丹纳先生是路易十八宠幸的人。大家说他是王上的心腹。他不但答应给皮罗多安排一个职位，还亲自去看值班的勒农古公爵，要他求王上当晚接见，还要求王弟接见皮耶第埃，因为王弟对这一位旺代战役中的外交家特别喜欢。

当天晚上，冯丹纳伯爵从蒂勒黎宫出来，上皮罗多太太家，说等她丈夫签了破产协议书，宫里就可以正式发表他做公债准备金库的职员，年俸二千五百法郎；内廷其他的职位都已经派给候缺的贵族了。

皮罗多太太要做的工作还多，上面的事不过是一部分。可怜的女人到圣·但尼街猫儿打球店里去找勒巴，碰见罗甘太太坐着漂亮的马车上街买

---

[1] 一七九三年，一部分贵族及教士在法国西部旺代地区武装暴动，反抗大革命。

东西。她跟俊俏的公证人太太照了一面。得意的女人看到破产的女人，不由得满面羞惭，给公斯当斯添加了几分勇气。

她对自己说："我才不拿别人的钱坐车摆阔呢！"

勒巴对她很殷勤。她请他替女儿物色一家上等铺子，谋一个职位。勒巴当场没有说什么肯定的话。但是八天以后，赛查丽纳就进了巴黎一家最殷实的时装店；这家铺子正好在意大利区新开一个分店。赛查丽纳每年支三千法郎薪金，由店里供给膳宿。铺子的银钱出入和大小事情都要她管，位置比领班小姐还高一些，实际是做男女东家的代表。

至于赛查太太，她当天就去找包比诺，要求代他照管银钱、文牍和家务。包比诺懂得，花粉商太太只有在他店里才能得到应有的尊重和绝不低微的地位。厚道的孩子给她三千法郎一年，管吃管住，还腾出他的卧房来，自己搬到阁楼上原来伙计住的地方。

这样，花粉美人在豪华的屋子里享了一个月福，就住进那个怕人的房间，望出去只看见一个又暗又潮湿的天井。当初安赛末、高狄沙、斐诺三个人便是在这间屋里发行护首油的。

商务法庭派莫利奈做监察员来接管皮罗多的资产，公斯当斯叫赛莱斯丁帮着，按清册点交。然后母女俩走出铺子，打扮得很朴素。虽则一生三分之一的时间都是在这儿过的，她们可是头也不回，径自往叔叔比勒罗家走去。两人不声不响地上蒲陶南街，和赛查一起吃晚饭。自从分别以后，这是他们第一次相见。饭桌上很凄凉。每个人心里都已经盘算过一番，把责任的轻重和自己的勇气都衡量过了。三个人好似准备跟风暴搏斗的水手，对于前途的危险都心中有数。皮罗多听说那些大人物多么热心，给他安排了一个前程，精神马上振作起来；但一知道女儿落到那个田地，他哭了。

接着,看见妻子勇气勃勃地重新开始工作,他又向她伸出手去。

他们都抱作一堆,心也打成了一片。三个人中最懦弱最消沉的皮罗多,竟然举起手来叫道:"咱们应当存着希望!"比勒罗看着这动人的一幕,生平最后一次掉了眼泪。

他对赛查说:"为了省钱,你和我一起住,就睡在我那间房里,吃也吃我的。我已经孤零零地冷静了好多年,你就代替我那个死了的孩子吧。你到小圣堂街的金库去办公也只有几步路。"

皮罗多叫道:"慈悲的上帝!在狂风暴雨的高潮上,就有一颗明星在指引我。"

存着听天由命的心,遭难的人受完了他的苦难。这时皮罗多的下坡路已经走完,他认输了,又变得坚强了。

第三部

赛查的胜利

La Comédie Humaine

1

破产概况

  一个做买卖的交出清账以后,只能在国内国外找个存身之处,百事不问地待在那里,像孩子一样:法律宣告他是个丧失公民权的人,不能再有任何法律行为。但事实并不如此。要重新露面,只消有一张通行证就行;那是没有一个商务裁判、没有一个债权人会拒绝的,因为破产人没有这证件,走出去可以被关进监狱;而有了那保障,就能以和谈使节的身份出入敌人的阵地,当然不是为了看热闹,而是因为有关破产的立法处处和他作对,必须想办法抵抗。一切涉及私有财产的法律都有一个作用,就是鼓励人钩心斗角,尽量出坏主意。破产的人正如利益受到某一条法律妨碍的人,一心一意只想摆脱法律的束缚。在丧失公民权的时期,破产人的处境好比一条蛹。这个时期大概有三个月,因为有许多手续要办;然后召开会议,由债权人跟债务人签订和约,叫作协议书。顾名思义,这时候各方面的利益经过了剧烈的冲突,又协调了。

  商务法庭收到破产人的清账,立刻指定一位商务裁判来保护一般小额债权人的利益,同时也要保护破产人,防债主们气愤之下和他为难。完成这双重的使命原是很有意义的,假如商务裁判有时间的话。裁判另外指派一个监察人，授权他审核清册上的资产，执管破产人的生财、证券、存货。最后由书记处定一个日期，登报公告，召开全体债权人会议。所有的债主，不管真的假的，都得到场，任命几个临时破产管理人来代替监察人。从此以后，破产管理人就坐上破产人的席位；由于法律的假定，他们竟变了破产人的替身；一切都可以由他们清理、拍卖、谈判；为了债权人的利益，天大的事都能做主，只要破产人不出来反对。

多数巴黎的破产案只到临时破产管理人的阶段为止，原因如下：

债主受了骗，吃了亏，上了当，遭了损失，受了奚落，一心想出气，在任命一个或几个正式破产管理人的时候，情绪最激动。可是尽管债主受了骗，吃了亏，上了当，遭了损失，受了奚落，在巴黎为了买卖而生的气，也气不到九十天。生意场中，只有应付未付的票据到了三个月会突然站出来。至于债权人，经过破产的各种程序，来来回回，筋疲力尽，到九十天早已在他们贤惠的小娘子身边睡着了。这一点可以帮助外国人懂得，法国的所谓临时跟正式并无分别：在一千个临时破产管理人中，真正转变为正式破产管理人的不到五个。破产引起的仇恨怎么会平息，是不难了解的。但破产这出戏必须解释清楚，才能使一班没有福气做过买卖的读者懂得，破产案在巴黎怎么会变成法律上荒谬绝伦的大笑话，而皮罗多的破产又怎么会变成闻所未闻的例外。

这出精彩的商业戏清清楚楚分成三幕：监察人一幕，破产管理人一幕，签订协议书一幕。和所有的戏文一样，这出戏也有两个场面：一个是演给观众看的，一个是藏在幕后的；一个是坐在池子里看的，一个是要在后台看的。

后台的角色有破产人和他的商事代理人[1]，有破产管理人和监察人，当然还有商务裁判。

商务裁判是世界上性质最古怪的法官；这是在巴黎人人知道，巴黎以外没人知道的。这位法官随时要防作法自毙。巴黎就有过商务法庭的庭长宣告破产的事。当这种差事的，不是什么退休的老商人因为一生清白而得到这个职位作为报酬，而是一个忙于应付许多大企业，主持一家大字号的在业商人。在我们京城里，商务纠纷泛滥成灾，不断出现，裁判的责任就在于审理这些案子，但他当选的主要条件是必须有许多应接不暇的业务在手里。商务法庭照理应当成为一个过渡的机构；使生意人经过这个阶段再慢慢地置身显贵；但事实上不是这样，组成商务法庭的全是一班在业的商人，一遇到冤家对头，像皮罗多遇到杜·蒂埃那样，就会吃自己判决过的案子的亏。

因此，商务裁判势必成为这样一个人：大家在他面前说很多话，他耳朵听着，心里想着自己的业务，把公事都交给破产管理人和商事代理人去办，除非遇到稀奇古怪的案子，盗窃的方法非常特别，使他感觉到债权人或债务人是些精明家伙。这个角色放在这出戏里，好比会议厅上供的王上的半身像。你要找他吗？他早上五点至七点之间在堆栈里，假如是个木材商；或是在铺子里，倘若他像过去的皮罗多一样做花粉生意；再不然，是晚上吃过饭，桌上摆着饭后点心的时候；而且不管什么时候他都忙得要命。所以这人物往往是不开口的。不过我们对法律也得说句公道话：有关

---

[1] 商事代理人的性质近于诉讼代理人，但限于代理商务案件，出席商务法庭；而且不是像律师、诉讼代理人、公证人等属于司法机关管辖的公务人员。

商业的法规订得很匆忙，缚住了商务裁判的手脚；在好些场合，他明知是骗局而无法阻止，只能加以批准；这一点我们等会儿就要谈到。

监察人本是债主方面的人，但他可以倒在债务人方面。每个人都希望破产人多照顾自己，多沾些便宜；因为大家总以为债务人还有些私蓄没拿出来。监察人对双方都能帮忙，或者替破产人的事业留个余地，或者替有势力的债主多捞一把：他是两面不得罪的。能干的监察人往往用赎回债务的办法把破产的裁定撤销，替破产人恢复地位，使他像皮球一般从地上直跳起来。监察人反正向着粮草充足的一面，不是保障债主中的大户而牺牲债务人，便是为了债务人的前途而牺牲债主。可见全剧的关键就在监察人这一幕。监察人和商事代理人一样，在戏里的作用非常重要；一定要酬劳有了把握，他们才肯当这个角色。一千桩破产案，倒有九百五十桩的监察人站在破产人一边。在我们的故事发生的时代，差不多总是由商事代理人跑去见商务裁判，向他提出监察人的名单；那必然是他们夹袋中的人物，熟悉破产人的业务，有办法把大众的利益和走了背运的体面朋友的利益加以调和的人。近年来，精明的法官往往叫人家提名，然后故意撇开这个人而另外派一个比较规矩的人。

在这一幕里，所有真真假假的债主都出场，以便指定几个临时破产管理人，其实就是正式的破产管理人，理由上面已经说过了。在这个选举大会上，五十铜子的债主和五万法郎的债主同样有投票权；表决只算票数，不问债权大小。到会的还有破产人带来的冒牌选举人，只有他们在选举的时候从来不缺席。大会推出几个债主作候选人，交给有职无权的主席——商务裁判，去从中挑出破产管理人。所以，商务裁判几乎老是在破产人的夹袋中去挑出合乎破产人脾胃的破产管理人：这又是一个弊病，使破产案成为一出有法律保障的大喜剧。走了背运的体面朋友这时大权在握，可以把预谋的偷盗变成合法的了。一般说来，巴黎的零售商是没有什么可责备的。等到一个开小铺子的老板交出清账的时候，老婆的披肩也卖了，饭桌上的银器也抵押了，什么办法都想尽了，才两手空空，家徒四壁地倒下来，连请商事代理人的公费都没有。商事代理人也不把他放在心上。

债主在协议书上照例放弃一部分债款，允许破产人复业；法律规定，表决这份协议书的时候，债权人的数目和债款的数目都要有一定的多数才能通过。要完成这件大事，破产人、破产管理人和商事代理人，必须在错综复杂、互相冲突的利害关系之间，拿出高明的外交手段来周旋。最普通最常用的策略，是为了拉拢一部分债主来凑足法定多数，债务人不得不在协议书规定的清偿成数之外，对那一部分债主另外再给些好处。这种大规模的欺诈简直无法防止：前后三十届的商务法庭都知道，因为商务裁判自己也做过这种事。他们积累了长时期的经验，最近才决定把敲诈性质的期票宣告无效。债务人为了本身利益，照理会出面告发，因此商务裁判希望用这个办法来防止破产案的不道德。但那些人自有本领使破产案变得更不道德，债主会想出更无赖的花样来；那些花样，商务裁判站在法官的立场上固然认为非法，但是站在商人的立场上也有利可图。

还有一个普遍采用的手段是虚造一些债权人，像杜·蒂埃虚立银号一般，引进一批克拉巴龙做破产人的化身：一方面减少真正的债主的清偿成数，作为破产人日后的资本，一方面也操纵了债权人的数目和债款的金额，以便通过他的协议书。合法而正经的债权人这个名称就是这样产生的。捣乱而非法的债权人好比选举团里的冒牌选民。合法而正经的债权人有什么办法对付捣乱而非法的债权人呢？打倒他们，把他们赶出去吗？要赶出冒牌的债主,合法而正经的债主就得放下自己的买卖,委托一个商事代理人;而商事代理人因为无利可图,宁可照管破产案,把这桩小官司敷衍了事。而且要撵走捣乱的债主,必须钻到他们千头万绪的买卖中去,追溯到年深月久的时代,翻查老账,请求法院把冒牌债主的簿册调来,寻出作假的痕迹指给法官看,上堂申诉,到处奔走,把大众已经冷却的心重新鼓动起来。对付每一个捣乱而非法的债主,你都得使出堂吉诃德式的气力。就算对方的捣乱被你证明了,他也不过对法官们说一声:"对不起,你们误会了,其实我是很正经的。"说完打个招呼,一走了事。官司打来打去也损害不到破产人的权利,他尽可以跟堂吉诃德一直缠到高等法院。这期间,堂吉诃德自己的生意也形势不妙,可能破产了。

结论:破产管理人是债务人选择的,债权是债务人审核的,协议书是债务人自己安排的。

在这种情形之下,有多少阴谋,多少斯迦拿兰式的把戏,弗隆打式的花招,玛斯加利式的扯谎,斯卡班式的空袋子[1],可能从上面两套手段中发展出来,也可想而知了。作家要是愿意动笔,每桩破产案的材料都足够写成《克拉利斯·哈罗》[2]那样十四大卷的著作。我们只举一个例。巴尔玛、羊腿子、韦勃勒斯脱、格莱、纽沁根一帮人的师傅,赫赫有名的高勃萨克,曾经借一桩破产案,对一个以前给他吃过亏的生意人狠狠地还敬了一下。他拿到债务人一批起头开在协议书签订以后的票据,上面的数目加

---

[1] 斯迦拿兰是莫里哀喜剧《不得不做的医生》中的主角,是个粗俗狡猾的乡下人。弗隆打是古代喜剧中无耻而俏皮的仆人。玛斯加利与斯卡班都是莫里哀笔下的刁钻促狭的仆役。斯卡班捉弄主人的父亲,说有刺客在搜寻他,叫他躲在袋里,把他痛打了几顿,诡说是刺客打的。

[2] 英国十八世纪李查逊有名的长篇小说。

上清偿的成数，等于他的全部债款。高勃萨克叫大家通过的协议书，把债权情让了百分之七十五。这样，债权人都吃了大亏，高勃萨克却得了便宜。但破产人还签出一些违法的票据，也有百分之七十五的折扣。在这笔款子中间，高勃萨克，了不起的高勃萨克，差不多拿到一半。所以他遇到那个债务人，打起招呼来总带着又恭敬又挖苦的神气。

破产人在破产以前十天所做的交易都可能被认为非法，所以一班精细的朋友特意物色一批为了利害关系跟破产人同样希望早日签订协议书的债主，跟他们做交易。一班极精明的债主去找一班极愚蠢或者极忙的债主，把破产案的前途说得万分暗淡，把他们的债权买下来，代价只及将来清偿成数的一半，买进的人日后除了在清偿成数中收回成本以外，还能赚到一半，或是三分之一，或是四分之一。

破产的事好比有一所被抢劫过的屋子锁在那里，里头还剩着几袋钱。一个生意人要是从窗子里，从屋顶上，从地窖里，从什么窟窿里钻进屋子，摸到一两袋钱，把自己的份头加多一些，就算交了好运。在总崩溃的局面中，像别列津纳河边[1]那样只听见各自逃生的叫喊声中，什么事都又真又假，又合法又非法，又老实又不老实。一个人能不吃亏，别人就佩服他。而所谓不吃亏就是损害了别的债权人，自己捞进一笔。法国有过一桩轰动全国的大破产案：在一个设有高等法院的城市里，法官们和一些破产人都有银钱来往，便通同作弊，把法律的尊严破坏得干干净净；结果不得不把案子移送别的法院审理。地方上一朝发生了倒闭案，什么商务裁判，什么监察人，什么最高法院，都不起作用了。

---

[1] 拿破仑侵俄大军撤退时在白俄罗斯别列津纳河畔受到袭击，伤亡惨重。

生意上这种漆黑一团的情形，巴黎人体会很深；做买卖的都认为破产是没人保险的意外事故，只要自己被拖累的数目不大，即使空闲，也不肯冒冒失失地为之浪费时间，宁可把损失作为烂账，自己还是做自己的生意。至于做小买卖的，老是为要应付月底的账弄得焦头烂额，关心自己的命运都来不及，怎么还敢打一桩又拖日子又费钱的官司！他也不想了解破产的内情，只学着大商人的样；他知道了损失，只有垂头丧气的分儿。

现在的大商人不再宣告破产，而是大家客客气气地办清理了：债务人能还多少，债权人就拿多少，出张收据把债务了结完事。这样既免得丢脸，又免得被法院拖延日子，既不用出商事代理人的酬金，也不必把存货压低价钱。每个人觉得破产的结果不如清理实惠。因此巴黎宣告清理的事比宣告破产的事多。

破产管理人的一幕，主要是证明凡是破产管理人都很清白，和破产人并无勾结。池子里的看客多多少少当过这个差事，知道所谓破产管理人就是有保障的债主。他听着人家的话，爱怎么相信就怎么相信；他在三个月之内把人欠人的账务审核完毕，然后在签订协议书的那一天出场。那时，临时破产管理人向大会提出一个简短的报告，通行的格式大概是这样：

"诸位先生，破产人总共欠我们一百万。我们把他当作一条沉没的破船一样全部拆卸了。钉子、木材、破铜烂铁，一共卖到三十万。因此我们放的债可以收回三成。债务人不是剩下十万八万而居然还有这个数目，我们觉得很高兴；我们宣布他是个正人君子，应当对他情让一部分债款，以资鼓励。我们建议发还他资产，让他在十年或十二年之内偿还我们百分之五十，这是他答应我们的数目。协议书预备好了，请大家到办公室去签字！"

听了这篇话，商人们都心满意足，彼此拥抱，庆贺。协议书一经批准，破产人就恢复了商人的身份：资产拿回来了，买卖也重新做起来了；答应的清偿成数将来付不出的话，尽有权利再宣告破产。这种由第一次破产牵出来的第二次破产也是常有的事，好像女儿出嫁了九个月，做母亲的又生了一个孩子。

倘使协议不成，债权人便任命一批正式的破产管理人，拿出穷凶极恶的手段来了，例如联合经营债务人的业务，调度他的财产，没收他将来应得的东西，执管他的父亲、母亲、姑母等的遗产。但是要实行这一类严厉的办法，债主们先得订一份共管的合同。

由此可见，破产有两种：一种是破产人还想复业的，一种是掉在水里情愿沉到河底去的。这个区别，比勒罗知道得很清楚。他和拉贡一样，认为经过第一种破产的人很难保持清白，经过第二种破产的人很难恢复元气。他先劝皮罗多把资产全部放弃，接着在市场上委托了一个最老实的商事代理人去执行，要他把所有的财产都交给债权人支配。按照法律规定，在办理破产手续的时期，破产人一家的口粮应当由债主供给；但比勒罗通知商务裁判，说侄女和侄婿的生活归他维持。

杜·蒂埃早已布置好，要叫他的老东家在这一回破产中一刻不停地受罪。办法如下。因为时间在巴黎非常宝贵，两个破产管理人通常只有一个管事，另外一个不过是装装样子，署个名，像公证文件中的第二个公证人。而那个实际负责的管理人又往往依靠商事代理人。因此在巴黎，上面所说的第一种破产案进行非常迅速，在法定限期以内样样都封好，包扎好，整理好，安排好。不出一百天，商务裁判就能像那位部长一样狠心地说一句："华沙的秩序恢复了[1]！"杜·蒂埃的意思是要叫花粉商在生意场中永远不得翻身。破产管理人的名单原是杜·蒂埃在幕后操纵的，比勒罗看了觉得大有文章。外号叫羊腿子的皮杜是债主中的大户，偏偏百事不问；吹毛求疵的小老头儿莫利奈并无损失，却样样当家做主。杜·蒂埃有心把商场中一个正人君子的尸首扔给那只小豺狼，让它玩弄够了再吞下去。

债主们开过会，任命了破产管理人。小老头儿莫利奈回到家里，说承同胞们瞧得起，不胜荣幸；同时也很高兴有个皮罗多让他监护，好比孩子有一条虫儿可以捉弄了。这位业主一朝有着法律撑腰，就买了一部商法来研究，还要求杜·蒂埃多多指教。幸而勒巴得到比勒罗的通知，早就要求商务法庭庭长挑选一位精明而宽大的裁判。杜·蒂埃希望指派高朋汉·格莱，结果却发表了候补商务裁判加缪索；他是进步党，有钱的丝绸商，比勒罗的房东，据说是个正派人。

赛查一生最难堪的一个场面是不得不和小老头儿莫利奈谈判。赛查一向把他看作一文不值，不料由于法律的假定，他竟一变而为赛查·皮罗多了[2]。皮罗多由叔岳陪着到巴太佛大院，走上六楼，踏进那所恶心的屋子。现在老头儿既是他的监护人，又是债权人的代表，差不多也是他的法官。

赛查叹了一声，比勒罗问："怎么啦？"

"唉！叔叔，你不知道莫利奈是怎样的一个人呢！"

"十五年来，我不时看见他晚上在大街咖啡馆玩骨牌，所以我陪你来。"

莫利奈对比勒罗客气得不得了，对破产人却是一脸瞧不起的样子。小

---

[1] 一八三一年俄军占领华沙，残杀起义人民。法国众议院开会时提出质问，当时的法国外交部长赛巴斯蒂阿尼回答说："华沙的秩序恢复了！"
[2] 上文说过，破产管理人等于破产人的化身，可以支配破产人的全部财产。

老头儿早已转过念头,把自己的态度举动,连最细微的地方都研究过了。

比勒罗道:"你要问些什么?债权是一点没有问题的。"

小老头儿说:"噢!债权是合格的,都审查过了。债权人都是正经而合法的!可是法律到底是法律,先生!破产人的开支跟他的财产不相称……事实证明那个跳舞会……"

"你也参加的。"比勒罗插了一句。

"……花到近六万法郎,或者说为了跳舞会用到这个数目,而当时破产人的财产不过十万多一些……这就有资格送轻罪庭,照过失破产起诉……"

比勒罗看见皮罗多听着吓坏了,就对莫利奈说:"你是这个意思吗?"

"先生,当然事情有所不同;皮罗多先生做过区政府的官员……"

比勒罗说:"难道你叫我们来,就是告诉我们要送轻罪法庭吗?你这种做法,今晚大卫咖啡馆的人都要笑死了。"

小老头儿似乎很怕大卫咖啡馆的舆论,他带着吃惊的神气望着比勒罗。这位破产管理人本以为皮罗多是一个人来的,打算拿出一副审判员面孔,表示他大权在握,是个朱庇特[1]。他想好了一套严厉的话,预备像控诉犯人一般搬出来吓唬皮罗多,把轻罪法庭当作板斧似的在他头上晃来晃去,拿皮罗多的惊慌失措开开心;然后听着他的央告而缓和下来,表示自己宽宏大量,叫皮罗多受了侮辱还一辈子感激不尽。他没料到,上门的不是一条可以由他摆布的虫儿,却是一个生意场中的老手。

他说:"先生,没有什么可笑的。"

---

[1] 希腊神话中地位最高的神,即希腊文中的宙斯。

比勒罗答道："哦，你对克拉巴龙相当慷慨；你放弃了大众的利益，只想自己多得好处；我要以债权人资格出来干涉。我们还有商务裁判呢。"

莫利奈说："先生，我是清白的。"

比勒罗说："我知道，你不过想不吃亏。你精明得很，对付这件事像对付你房客一样……"

听到这一句，破产管理人马上恢复了业主的身份，好比猫儿变的女人又追起耗子来了[1]。他说："噢！先生，我在蒙多葛伊街上的官司还没审结。事情又出了岔儿。被告是个主要房客，诡计多端，他说既然预付了一年房租，只有一年……"

比勒罗对赛查瞅了一眼，要他特别注意。

"……说既然已经预付房租，他就可以搬走他的家具。因此又是一场官司。在他账目没付清以前，我是要有担保的，因为他还可能欠我修理费。"

比勒罗说："不过法律规定，房客的家具只担保房租。"

"还有附带的费用呢！"莫利奈觉得被比勒罗抓住了弱点，"那条法律怎样解释有判例可作根据；不过条文本身也需要修改，我正在起草一份备忘录，向司法部长指出这方面的漏洞。政府应当关心业主的权利，这也是为了国家。税收根本要靠我们业主的。"

比勒罗说："你的确能向政府说明问题，可是关于眼前这件事，我们能向你说明什么呢？"

莫利奈架子十足地说道："我要知道皮罗多先生有没有收过包比诺先生的钱。"

---

[1] 《伊索寓言》内有一猫儿变的女人，在谈情说爱之间忽然停下来去追耗子。

La Comédie Humaine

上门的却是一个生意场中的老手。

"没有，先生。"皮罗多回答。

接下来讨论皮罗多在包比诺号子里搭股的问题，双方同意包比诺的垫本应当如数归还，不把皮罗多欠的一半开办费列入破产账内。破产管理人莫利奈在比勒罗掌握之下，不知不觉变得客气了，可见他很重视大卫咖啡馆的舆论。临了他居然安慰皮罗多，还邀请他和比勒罗在他家里吃便饭。要是前任花粉商一个人来，说不定会惹莫利奈生气，把事情弄僵的。这一回，正如在别的场合一样，比勒罗老头做了皮罗多的护身神。

根据商法规定，破产人一定要受一次痛苦的磨难：决定他命运的债权人大会，他必须随同商务裁判和临时破产管理人到场。对于一个满不在乎的人，或者是只想翻本的生意人，这个不愉快的仪式并不怎么可怕；但要一个像皮罗多那样的人出席大会，他的痛苦就像判了死罪的囚犯到了临刑的前夜。比勒罗想尽办法使侄婿在那天不至于太难堪。

莫利奈得到破产人的同意，把处理的办法决定如下：——关于寺院街厂基的官司，高等法院业已判决皮罗多胜诉。破产管理人决定把那块地出卖，赛查也不反对。杜·蒂埃因为知道政府要开一条运河穿过寺院街，把圣·但尼区和塞纳河的上游连接起来，拿出七万法郎买了皮罗多的厂基。——赛查放弃在玛特兰纳地产中的权利，归克拉巴龙承受，条件是：一、克拉巴龙不再要皮罗多负担登记税和立文契的一半费用；二、地价由克拉巴龙负责，将来在破产账内分摊给卖主的清偿成数，也归克拉巴龙领取。——花粉商在包比诺店里的股份，作价四万八千法郎卖给包比诺。——玫瑰女王那个铺子盘给赛莱斯丁·克勒凡，作价五万七；存货、生财、屋子的租赁权，连同女苏丹香皂和润肤水的所有权在内；工场的十二年租约和工场用具也一并转让。这样清算之后，现金共有十九万五千，再加皮罗多在罗甘破产案中所能收回的七万，一共是二十五万五千[1]。负债的总数是四十四万，债主还能收回百分之五十以上。

　　破产这件事好像是做化学实验，调皮的破产人总想法叫自己在实验过程中发胖。皮罗多经过蒸馏，得到这个成绩，把杜·蒂埃气坏了。他满以为皮罗多的破产是丢人的，没想到竟然很有面子。杜·蒂埃不花一个钱到手了玛特兰纳的地产，但他并不把这笔赚头放在心上，只巴望可怜的花粉商从此完蛋，受尽唾骂，丢尽脸面。照现在的情形看，债主们在大会上倒是会对皮罗多喝彩叫好的。

　　皮罗多的勇气一点一点地恢复过来，比勒罗这个聪明的医生也跟着一点一点地下药，把料理破产的种种经过告诉他。许多忍痛牺牲的办法对债务人都是沉重的打击。生意人眼看自己花了多少钱和多少心血置办起来的东西，三钱不值两文地卖出去，不能不伤心。皮罗多听了叔岳报告他的消息，呆住了。

　　"玫瑰女王只盘五万七吗？存货就值到一万；住房花了我四万；工场、工具、模型、锅炉，一共花到三万；铺子里别的东西就算打个对折，也还值到一万；还有香皂和润肤水的所有权抵得一个农场呢！"

　　倾家荡产的赛查这样哼哼唧唧地怨叹，比勒罗并不着慌。这位退休的老商人听着，好像一匹马站在大门口淋着阵雨；但皮罗多为了要出席大会而沉着脸一声不响，比勒罗看着倒急起来了。社会上每个阶层的人都有虚荣，都有弱点，懂得了这一点，就能体会到在商务法庭当过裁判的人，如今以破产人的身份走进去是什么一种滋味。皮罗多从前帮过人家忙，多

---

[1] 十九万五千加七万是二十六万五千，巴尔扎克又算错了。

少人在庭上向他道谢；他对破产的看法那么严厉，在巴黎商界中也大众皆知，他说过："交出清账的时候还是个规矩人，从债权人大会出来就变成骗子了！"而他现在竟要到那儿去当众出丑！那不是受毒刑是什么！叔岳特意拣了个适当的时间，和他提到要跟债权人在大会上见面的事，让他心上有个准备。但法律上这一项规定竟要了皮罗多的命。比勒罗看着他不声不响、灰心绝望的表情，不由得很紧张，夜里还隔着板壁听见他嚷着：

"不行！不行！我活不到那一天的！"

比勒罗由于生活朴素，性格非常坚强，可还是能了解一般人的软弱。他决意不让皮罗多和债权人见面的时候受难；他可能痛苦不过，当场倒下来的，但那个会又无法避免。在这一点上，法律的条文很明确，很严格，非遵守不可。只要破产人拒绝出席，就可以被送往轻罪法庭以倒闭罪起诉。但法律只能强制破产人到场，而并没有权力强制债权人到场。只有在一定的情形之下，债权人大会才是个重要的仪式，例如破产人犯了欺诈罪，需要剥夺他产权，订立破产财团的合同；或者是占便宜的债权人和吃亏的债权人发生争执；或者是协议书把债主的利益损害太过分了，表决的时候破产人不容易获得法定多数。至于从头至尾都照规矩办事的破产案，正如从头至尾都做好手脚作弊的破产案，大会只不过是个形式。

比勒罗把债权人一个一个地拜访过来，请他们委托各自的商事代理人代表他们出席大会。除了杜·蒂埃，每个债主把赛查打倒以后，都真心地对他表示同情。他们知道花粉商的为人，知道他账目清楚，做的买卖多么规矩。所有的债主看见没有一个捣乱的债权人，觉得很高兴。莫利奈是监察人，后来又是破产管理人，在赛查家里看见可怜虫把什么东西都留下了，甚至包比诺送的版画、他随身的穿戴、别针、金搭扣、两只表，也统统摆在那里。本来这些东西拿走了也不能算不诚实。公斯当斯仅有的几样首饰也留下了。这样动人的守法的行为，轰动了商界。皮罗多的敌人说他幼稚可笑；明理的人却也还他一个公道，认为这样过分的老实究竟了不起。两个月以后，交易所里的舆论变了。连不相干的人也承认皮罗多的破产是市场上一桩绝无仅有的稀罕事儿。债主们知道能收回百分之六十，都答应了比勒罗的要求。商事代理人本来为数不多，几个债主只能托一个人做代表。结果比勒罗把这个可怕的大会减缩到只有三个商事代理人、两个破产管理人、一个商务裁判，以及他自己和拉贡。

到了那个庄严的日子，早上比勒罗对侄婿说："赛查，今天你到会场去不用怕，差不多没有什么人。"

拉贡有心陪他的债务人一同去。一听见玫瑰女王的老主人那个细小生硬的声音，老伙计脸色变了；可是好心的小老头儿对他张开了手臂，皮罗多便像孩子扑向父亲怀里一样扑上去，两个花粉商都掉了眼泪。破产人看见人家这样宽容，也有了勇气，和叔岳一齐跨上马车，十点半，三个人到了圣-曼丽修院，当时商务法庭的所在地。在那个时间，破产庭上一个人都没有。日子和钟点是比勒罗跟破产管理人和商务裁判商量好的。债主都由商事代理人代表出席，因此赛查·皮罗多用不到胆怯。但加缪索的办公室碰巧就是皮罗多从前的办公室，他走进去不能不大大地激动，再想到等会儿还得上破产庭，更觉得心惊胆战。

加缪索对皮罗多说："天气冷得很；诸位先生大概也愿意待在这里，不到庭上去挨冻了吧？（他故意不说破产庭。）各位请坐。"

大家坐下了，法官把自己的椅子让给局促不安的皮罗多。商事代理人和破产管理人都签了字。

加缪索对皮罗多说道:"因为你放弃资产,债权人一致同意把其余的债权情让。协议书的措辞,你看了很可以安慰。你的商事代理人不久就会把协议书办好批准手续。现在你没事啦。"加缪索又握着他的手说,"亲爱的皮罗多先生,本庭全体裁判对你的处境表示同情,对你的勇敢并不觉得奇怪。没有一个人不佩服你规矩老实。你在患难中的表现证明你不愧为当过商务裁判的人。我在生意场中混了二十年,一个商人倒下来还能得到大众敬重,还是第二回看到。"

皮罗多含着泪握着法官的手。加缪索问他以后打算干什么,皮罗多回答说要去工作,挣钱来把全部债务都还清。

加缪索道:"为了做成功这桩了不起的事,倘若短少几千法郎,尽管来找我。这种事情在巴黎太少有了;我能亲眼看到,很高兴拿出一些钱来。"

比勒罗、拉贡和皮罗多一齐告退。

走到商务法庭门口,比勒罗对皮罗多说:"嗯,你看,不是什么无边苦海吧?"

可怜的家伙很感动地回答:"叔叔,我知道一切都是你安排的。"

拉贡说:"现在你地位恢复了,这儿到五钻石街不过几步路,去瞧瞧我的内侄吧。"

要皮罗多看见公斯当斯坐在中层楼上一个又矮又黑的小房间里办公,当然心里不会好过。房间正好在店面高头,窗子被店门上面包比诺的招牌遮去三分之一,挡住了一部分光线。

皮罗多这时已经死心塌地,倒反兴冲冲地指着包比诺的招牌说道:"哼!这是亚历山大手下的一员大将呢。"

皮罗多这点儿高兴明明是勉强的,也很天真地流露出他自命不凡的心理始终没有消灭。拉贡年纪上了七十，听着仍不免打了一个寒噤。赛查看见他女人拿着一沓信，下楼来送给包比诺签字，马上脸色发白，淌下眼泪。

"你好，朋友。"她笑嘻嘻地招呼赛查。

"你在这儿舒服不舒服，我看是用不着问的了。"赛查望着包比诺说。

"就好比在儿子家里一样。"她那副感动的神气把前任花粉商也感动了。

他拥抱着包比诺，说道："我再也没权利叫他作儿子了。"

包比诺道："别失望。你的头油销路很好，一方面靠我在报上宣传，一方面也靠高狄沙出力。他跑遍全国，把招贴、仿单，到处散发；如今又在斯特拉斯堡印德文仿单，就要攻进德国去了。我们接到了三万六千打订货。"

赛查叫道："三万六千打！"

"我在圣·玛梭城关买了一块地，价钱不贵，预备盖厂房。寺院街的工场我仍旧保留。"

皮罗多凑着公斯当斯的耳朵说道："太太，只要人家帮点儿忙，咱们一定爬得起来的。"

La Comédie Humaine

2

最精彩的表现

从这一天关系重大的日子起,赛查和他的妻子、女儿有了默契,可怜的小职员想做一件即使可能,也是天大的难事:把欠的债全部还清[1]。在狠命要求清白这一点上,三个人是一致的;他们都变得脾气峭刻,视钱如命,什么都舍不得享受。赛查丽纳为自己打算,拿出女孩子家的热情来关切她那一行买卖。她常常熬夜,想办法推广铺子的营业,设计衣料的图案,尽量发挥她做生意的天赋,叫东家看了也不能不劝她少辛苦些,同时送她一些额外的酬劳。但是首饰衣着,她都不收,只说:"给我现钱吧!"

她按月把薪金和外快交给叔公比勒罗。赛查夫妇也是这样。三个人都承认自己没有能力,不敢担负调度资金的责任,把积蓄托比勒罗全权处理。老叔重新拿出做生意的本领,在交易所里买卖期货,赚一点钱。后来才知道,他在这方面得到于勒·台玛雷和约瑟·勒巴的帮助,他们俩都很热心,指点他做一些没有风险的交易。

前任花粉商虽则住在叔岳身边,也不敢打听自己和妻子女儿挣来的钱

---

[1] 按照惯例,破产人只要偿还协议书上所规定的清偿成数,所谓全部还清是把债主情让部分也归还。

是怎么存放的。他走在街上低着头，不让人家看见他那张灰心绝望、痴呆混沌的脸。赛查还责备自己穿的衣料太讲究。

他用着天使般的眼神望着叔岳，说："至少我不曾叫债主养活我。你哀怜我，给我一口饭吃，我是吃了安心的，因为全靠你大发慈悲，我的薪水才能积起来还债，一个钱都没有饱我的私囊。"

商人们遇到这个小职员，再也看不出当年花粉商的影子。他满面愁容，留着伤心的烙印；而且从来没有心事的人上了心事，更是神色大变，叫不相干的人看了也深深体会到一失足成千古恨的意义。一个人的形销骨立不是勉强做得出的。生性轻薄、没有天良、什么都不在乎的人，面上永远不会显出他受过苦难。只有宗教才会在堕落的人身上盖一个特殊的印记。他们相信未来，相信上帝，眉宇之间自有一道微弱的光说明他们的信仰，还有一种坚忍与希望交融的气息令人感动。他们像放逐的天使站在天国门外痛哭一样，知道自己所受的损失。破产的人不能在交易所中露面。赛查被赶出了诚实的国土，仿佛是一个渴望上帝宽恕的天使。

皮罗多倒下来以后，思想变得非常严肃，一连十四个月不愿意有任何娱乐。他明知拉贡夫妇是最可靠的朋友，但无论如何不肯上他们家去吃饭；也不接受勒巴、玛蒂法、泼洛丹士和希佛勒维的邀请，便是伏葛冷先生请他也不去，虽则他们都很想表扬赛查高超的德行。他宁可一个人待在房间里，也不愿意让债主瞧他一眼。朋友们越殷勤，越使他想起眼前的处境而心酸。公斯当斯和赛查丽纳也不在外边走动。她们只有星期日和例假才空闲，在望弥撒的时候来带赛查一块儿去，过后在比勒罗家里陪他。比勒罗把陆罗神父请来，他的话对受着考验的赛查有鼓励作用。他们就是这么几个自己人守在一起。退休的五金商向来把诚实二字看得极重，绝不嫌赛查过于认真。他只想把赛查见了不会脸红而抬得起头来的人，多找几个来和他做伴。

一八二一年五月，掌握他们命运的叔叔第一次给这个与患难相搏的家庭安排了一个节日，酬劳他们的辛苦。五月的最后一个星期天是公斯当斯接受赛查求婚的纪念日。比勒罗和拉贡夫妇在梭城合租了一所乡下小房子，打算请一席进宅酒快活一下。

星期六晚上，比勒罗对侄婿说："赛查，明天我们下乡，你也去。"

赛查写得一手好字，晚上替但尔维和另外几个诉讼代理人抄写文件。他得到本堂神父的特许，星期日也在拼命干活。

他回答说："我不去。有一份监护人的委托书，但尔维先生等着用。"

"你老婆和女儿那么辛苦，也该慰劳慰劳她们了。我只请几个熟朋友：陆罗神父，拉贡夫妇，包比诺和他的叔叔。而且我要你去。"

当年玫瑰女王的领班伙计，在梭城的一棵树底下快活得差点儿发晕，后来赛查夫妻俩常常想再去瞧瞧那棵树，因为事情忙，没有去成。那天包比诺来陪赛查和他的妻子女儿同走，公斯当斯在马车上一路向赛查递眼色，赛查却始终沉着脸，没有笑容。她咬着他耳朵说了几句话，他只是摇摇头，一声不出。公斯当斯的深情始终不变，可是表现得多少有些勉强；赛查看了，脸色非但不开朗，倒反越来越阴沉，忍不住要掉眼泪。可怜虫二十年前走这段路的时候，年轻，有钱，希望无穷，发疯般爱着一个和现在的赛查丽纳一样美丽的姑娘，做着幸福的梦；如今却在车厢里看见他心胸高尚的孩子熬夜熬得脸色苍白，他勇敢的女人受着折磨，像被火山喷射过的城市，只剩下一片悲壮的美。只有他们的爱情仍旧和从前一样。赛查的态度吓得女儿和安赛末只能把快乐压在心里；但在赛查眼中，这一对正反映了他二十年前那个可爱的场面。

"孩子们，你们快活吧，你们是有这个权利的。"可怜的父亲声音很沉痛。他又道："你们尽可以相爱，心里不会有一点儿疙瘩。"

皮罗多说着这最后两句，拿起他女人的手亲吻，那种虔诚与钦佩的情绪比兴高采烈的快乐更加使公斯当斯感动。他们到乡村别墅的时候，比勒罗、拉贡夫妇、陆罗神父和包比诺法官已经等在那里。这五个人全是忠厚长者；他们的态度、眼神、说话，都不让赛查有局促不安的感觉，因为大家看他还是像新近落难的神气，心里都很难过。

比勒罗把赛查和公斯当斯的手拉在一起，说道："上奥南森林去遛遛吧，带安赛末和赛查丽纳一起去；四点钟再回来。"

拉贡太太看见她债务人的痛苦那么真实，也动了感情，说道："唉！当着我们，他们就觉得拘束；等会儿他可高兴啦。"

陆罗神父说："这是没有罪孽的忏悔。"

法官说："他只有经过了患难才能变得伟大。"

遗忘是一般刚强的、有创造力的人的法宝，他们会像自然界一样地遗忘；自然界就不知道有什么过去，只管夜以继日、孜孜不倦地生育。像皮罗多那样的弱者不是把痛苦作为惩前毖后的教训，反而在痛苦中讨生活，浸在里头，天天回顾以往的苦难，折磨自己。

奥南森林像花冠一般罩在巴黎郊外一个最秀丽的山头上，群狼盆地在底下展开着迷人的景色。两对男女走上通往森林的小径。天气晴朗，风光明媚，田野里才长出一片嫩绿；赛查看着这些又想起了青春时代最美好的日子，抑郁的心情慢慢地松动了。他抓着老婆的手臂贴在他忐忑乱跳的胸口，眼睛不再苍白无神，居然有了些喜悦的光彩。

公斯当斯说道:"啊,可怜的赛查,这才是你本来的样子。我觉得咱们的行事还不错,偶尔出来玩一下也不算过分。"

可怜虫答道:"我怎么能够呢?啊!公斯当斯,只有你的感情是我独一无二的财产。是的,我已经不相信自己了;我筋疲力尽,只盼望多活几年,把这一世的债还清了再死。至于你,亲爱的妻子,你是我的智慧,你小心谨慎,早已把事情看得清清楚楚,你是没有什么可责备的,你能够快乐。咱们三个人,只有我一个人做错了事。二十年前你还是一个年轻的姑娘,和我一同在这条小路上蹦蹦跳跳,像今天我们的孩子一样;在十八个月以前那个害人的跳舞会里,我看见我的公斯当斯,我一生唯一的爱人,也许比年轻的时候更美。不料二十个月中间,我竟把你的美貌,把我名正言顺认为可骄傲的东西给毁了……我越认识你,越爱你了……噢!亲爱的!"他说这三个字的语气打动了公斯当斯的心,"我宁可你埋怨我,不要安慰我。"

她说:"想不到做了二十年夫妻,女人对丈夫的爱情还会更进一步。"

赛查听了,把所有的苦恼都暂时忘了;他是感情丰富的人,公斯当斯那句话对他简直是无价之宝。他也就高高兴兴地走近他们的那棵树,碰巧还留在那儿,没有砍掉。夫妻俩坐下来,望着安赛末和赛查丽纳莫名其妙地沿着一片草坪绕圈子,也许他们以为在向前走呢。

安赛末说:"小姐,你想我会那么卑鄙、那么贪心,把你父亲在护首油中的股份买下来捞一笔吗?我是一片至诚把他的一份存在一边,想法子生利。我拿他的资金给人贴现;凡是不十分可靠的票据,我都收在自己名下。只有等你父亲复权以后,咱们俩才能结合;我凭着爱情给我的力量,正在使这一天提早到来。"

这个秘密，包比诺没有向岳母透露过。但便是世界上最天真的男人，也免不了要向情人表现自己的伟大。

赛查丽纳问："这一天很快会来吗？"

包比诺说："快了。"

这句话说得那么动人，端庄纯洁的赛查丽纳不禁把额角向心爱的安赛末凑过去，姿态十分庄严，安赛末又热烈又恭敬地吻了一下。

她带着调皮的神气对父亲说："爸爸，情形很好，你开心一点，说说话吧，别那么愁眉苦脸的。"

多么融洽的一家四口回到比勒罗屋子的时候，不大会察言观色的赛查也发觉拉贡夫妇的态度有所不同，好像发生了什么事。拉贡太太对他特别亲热，眼神和语气都表示：我们的钱拿到了。

吃到饭后点心，当地的公证人来了，比勒罗一边让座一边望了望皮罗多，皮罗多疑心有什么出其不意的事，可想象不出事情有多大。

比勒罗说："侄儿，一年半中间，你们三人的积蓄，连本带利一共有两万法郎。协议书上规定我应该收回的三万早已收到，拿出来加在一起，咱们就有五万法郎可以还债。拉贡先生应得的成数三万法郎已经收了。今天梭城的公证人再给你一张收据，证明你欠这两位朋友的债业已本利归清，余下的款子存在格劳太那儿，预备付给罗杜阿、玛杜老婆子、泥水匠、木匠，还有几个最急迫的债主，明年咱们再瞧着办。只要有时间和耐性，前途乐观得很。"

皮罗多的快乐简直无法形容，他扑在叔岳怀里哭了。

拉贡对陆罗神父说："给他把勋章戴上吧。"

神父把红丝带扣在皮罗多的纽子洞上；皮罗多当晚对着客厅的镜子照

了几十回，那副快活的神气叫自命高雅的人看了会发笑，但那些老实的布尔乔亚觉得很自然。

第二天，皮罗多去找玛杜太太。

她说："啊！是你，好人儿。你头发这样白，我认不得了。可是你们有事情做，不会饿肚子。我做牛做马，忙得昏天黑地，像这样辛苦的牛马也该行个洗礼了。"

"太太……"

"噢！我不是埋怨你，我收条也给了你了。"

"我来通知你，今天我托格劳太公证人把你余下的债全部付清，还有利息……"

"真的吗？"

"请你十一点半到他事务所去……"

"噢！这样的信用，一百年也碰不到几回，"她好不天真地望着皮罗多，表示佩服，"亲爱的先生，我跟你那个红毛小子做的交易都挺好，他和气得很，从来不还价，有心让我多赚一些，补偿我的损失。好朋友，我不要你的钱，给你收据好了。玛杜发起火来会大叫大嚷，可是她有这个。"她说着拍拍胸脯。那个肥大的肉靠枕在中央菜场上是绝无仅有的。

皮罗多道："不行！法律规定得清清楚楚，我一定要全部付给你。"

她道："那我不客气了，明儿我上中央菜场去替你扬名吧。啊！这种新戏文也是少有的呢！"

皮罗多又去见格劳太的丈人，承包油漆的罗杜阿；情形和玛杜家大同小异。外边在下雨，赛查把雨伞放在门角里。主人夫妇正在吃中饭，暴发的油漆包工看见伞上的水在漂亮客厅里淌开去，态度很不客气。

La Comédie Humaine

"玛杜发起火来会大叫大嚷，可是她有这个。"

"喂，什么事，皮罗多老头？"口气的粗暴跟有些人对付讨厌的乞丐一样。

"先生，你女婿没有和你说过吗？"

"说过什么？"罗杜阿很不耐烦，打断了他的话，以为他有什么要求。

"他没有请你今天上午十一点半到事务所去，立一张收据，把我欠你的账全部收回吗？"

"啊！是这么回事……请坐，皮罗多先生；和我们一块儿吃点东西吧……"

罗杜阿太太也说："别客气，吃个便饭吧。"

胖子罗杜阿问："那么你境况很好啰？"

"不，先生；我天天在办公室里啃干面包，才积起几个钱。不过只要日子长一些，人家为我受的损失，我希望都能够赔偿。"

油漆包工咬着一块涂满肝酱的面包，说道："的确，你是个讲信用的人。"

罗杜阿太太问："那么皮罗多太太干什么呢？"

"在安赛末·包比诺店里管账。"

罗杜阿太太悄悄对丈夫说了声："他们多可怜啊！"

罗杜阿道："亲爱的皮罗多先生，你要是用得着我，尽管来，我可以帮你忙……"

"先生，希望你十一点钟到。"皮罗多说着，告辞了。

这第一批成绩使破产人有了勇气，可是精神并不安定。恢复名誉的念头大大扰乱了他的心绪，脸上的血色完全没有了，两眼无神，腮帮也陷下去了。他早上八点上班，下午四点下班，总得走过讲坛街，大氅还是出事那天穿的一件,而且穿得很小心,像穷排长爱惜他的军装一样。满头白发,脸色发青,神气虚忒忒的,沿着墙根像做贼的一般溜过去,因为他眼尖,远远看到熟人就躲开。但有些人硬把他拦住了说:

"朋友,大家都知道你的行事,觉得你们三个人太刻苦了。"

有的说:"不用急,银钱的伤口还是医得好的。"

有气无力的赛查有一天回答玛蒂法说:"不错,可是精神上的伤口是没法医的。"

一八二三年年初,开圣·马丁运河的事定局了,寺院区的地价马上飞涨。按照开河的计划,从前属于皮罗多而后来给杜·蒂埃买去的那块厂基,正好一割为二。杜·蒂埃要是能在限期以内交出土地,运河公司肯出惊人的高价收买。但赛查和包比诺订的租地合同使这笔买卖无法成交。银行家便到五钻石街来找包比诺。包比诺和杜·蒂埃固然毫无关系,但赛查丽纳的未婚夫对这个人有股说不出所以然的仇恨。一帆风顺的银行家偷过钱、暗里阴损赛查等,包比诺一概不知,但他心里有个声音对他叫着:"这是一个逍遥法外的贼。"他看到杜·蒂埃就厌恶,当然不愿意跟他做交易,尤其那时眼看杜·蒂埃靠着从老东家手里抢来的东西发财,心里更气恼,因为玛特兰纳的地价也开始涨了,这是一八二七年上价钱达到最高峰的先兆。银行家一说明来意,包比诺便捺着火气,瞪着他说道:

"你要我放弃租约也可以;不过要六万法郎,少一个钱都不行。"

"六万法郎!"杜·蒂埃说着,把身子挪动了一下,好像预备走了。

"我的租约还有十五年,另外找一个工场每年得多花三千法郎。所以要就是六万,要不就不谈。"包比诺说着,回到铺子;杜·蒂埃跟了进来。

两人越争越激烈,皮罗多的名字也提到了。赛查太太下楼来看见了杜·蒂埃，这还是跳舞会以后第一次。银行家发觉老东家娘完全变了一个人，不由得怔了一怔，他看到自己作孽的成绩也害怕起来，把头低了下去。

包比诺告诉赛查太太："杜·蒂埃先生靠你们的地产赚了三十万，却不肯拿出六万来赔偿咱们租约的损失。"

"那要合到三千法郎一年利息呢。"杜·蒂埃加重着语气说。

"三千法郎！……"赛查太太跟着说了一句，声音很自然，可是意义深长。

杜·蒂埃马上脸色发白，包比诺望着皮罗多太太。大家半晌不作声，弄得安赛末愈加莫名其妙。

杜·蒂埃从袋里掏出一张贴好印花的文契，说道："格劳太已经把放弃租约的文书写好，你签个字，我给你一张六万法郎的支票。"

包比诺望着赛查太太，万分诧异，竟疑心自己做梦了。杜·蒂埃凑在高脚书桌上签支票的当儿，公斯当斯上楼去了。包比诺和杜·蒂埃交换了票据，杜·蒂埃冷冷地打个招呼，走了。

杜·蒂埃的马车停在龙巴街上，包比诺望着他向那方面走去，心上想："做了这笔意想不到的交易，再过几个月，就能把赛查丽纳娶过来了。我亲爱的姑娘不用再拼命干活了。想不到赛查太太眼睛一瞪，事情马上成功！她跟这个强盗有什么关系呢？刚才的情形真怪。"

包比诺派人拿支票到法兰西银行去兑现，自己上楼找皮罗多太太谈话。她不在账房间，想必在卧室了。逢到丈母和女婿脾气相投的时候，关系是不错的，安赛末和公斯当斯的情形就是这样。当下他赶往赛查太太的卧室。情人的理想快实现了，自然心情很急。他像猫儿似的一纵纵到丈母身边，发现她正在念一封杜·蒂埃的信，奇怪极了。杜·蒂埃在皮罗多店里当过领班伙计，包比诺认得他的笔迹。赛查太太房里点着一支蜡烛，地下烧着几封信，黑洞洞的纸灰正在飞扬，叫包比诺看了浑身发冷。他眼睛很尖，无意中把丈母手里的信看了开头几句：我爱你，我的天使，你明明知道，为什么……

"你对杜·蒂埃有什么力量，能够使他答应这样一笔交易呢？"包比诺笑着问，但肚里存着恶意的猜疑，笑得非常古怪。

"咱们不谈这个。"赛查太太的神气慌张得可怕。

"好吧，"包比诺迷迷糊糊地回答，"咱们换个题目谈谈：你们的苦日子快要结束啦。"

他打了一个转身，走到窗口把手指在玻璃上敲敲打打，眼睛望着天井，心里想："就算她爱着杜·蒂埃，我也没有理由不规规矩矩地做人。"

"你怎么啦，孩子？"可怜的赛查太太问。

包比诺突然说道："护首油的纯利有二十四万两千法郎，一半就是十二万一千。扣掉我付给皮罗多先生的四万八，还剩七万三，加上我放弃租约得来的六万，你们就有十三万三。"

赛查太太听着，激动得那么厉害，包比诺连她心跳的声音都听得见。

他接着又说："我始终把皮罗多先生看作合伙老板。我们可以把这笔钱给他还债。比勒罗叔公还替你们存着两万八积蓄，所以总共有十六万一。欠叔公的二万五，他肯定会出一张收据作为清讫的。至于我借钱给丈人，作为预支下一年度的盈余来凑起一笔数目把他的债还清，那是谁也不能干涉的。这样……他……他就可以……复权了。"

"复权了！"赛查太太嚷着，在她的椅子上跪下了。

她放下信，合着手做了一个祷告，划了十字，叫道："亲爱的安赛末！

亲爱的孩子！"

她捧着他的头，吻着他的额角，抱着他做出许多疯疯癫癫的样子。

"赛查丽纳真是你的了！这一下她才快活呢，可以离开那个铺子，不用再卖命了。"

"这都是爱情的力量。"包比诺说。

"是的。"做母亲的微笑着回答。

包比诺眼梢里瞅着那封可怕的信，说道："我告诉你一个小小的秘密。我帮赛莱斯丁盘进你们铺子的时候，有个条件，要他原封不动地保存你们的房间。我早打定主意，可没有想到运道这么好。你们以前的屋子，赛莱斯丁从来没进去过；他答应转租给你们，所有的家具仍旧是你们的。我预备和赛查丽纳住三楼，让她永远跟你们在一起。我结了婚，白天待在铺子里，从早上八点到下午六点为止。我想拿出十万法郎把赛查先生的股份买下来，让你们有笔财产；加上他的薪水，你们一年就有一万法郎进款。这样你不是称心了吗？"

"别再说了，安赛末，我快活得要发疯了。"

赛查太太态度像天使一般，眼睛那么纯洁，美丽的额角没有一点儿阴影，显而易见跟那些在包比诺脑子里打转的念头是不相容的；他决意把自己许多可怕的思想彻底廓清。比勒罗的侄女所过的生活，所有的观念，不可能和不贞二字连在一起。

安赛末说道："亲爱的母亲，我刚才不由自主地起了疑心，可怕极了。倘使你要我快活，请你马上把我的疑心去掉。"

包比诺伸出手去拿了信。

公斯当斯脸上的惊慌把他吓了一跳，他说："杜·蒂埃写的这封信，我无意之间看到了开头几句。我向他提的条件多么苛刻，你一下子就使他接受了。这件事跟这封信连在一起，太古怪了，恐怕谁都会像我一样往坏处想的。你一瞪眼，一句话，就能……"

"别说了。"赛查太太抢回了信，当着安赛末的面烧了，"孩子，我为了一点小小的过失，受了很重的责罚。统统告诉你吧，安赛末。我不愿意你疑心了母亲，影响到女儿；并且我也用不着脸红：我告诉你的话同样可以告诉我丈夫。杜·蒂埃曾经想勾引我，我马上通知了丈夫，决定把杜·蒂埃辞退。正要歇他生意的那一天，他偷了我们三千法郎！"

包比诺恨恨地说道："我猜着了。"

"安赛末，为了你的前途，你的幸福，我不能不把这桩秘密告诉你；可是你得像我和赛查一样，永远藏在心里，不告诉别人。你该记得，赛查因为现金的数目不符，埋怨过你们。为了免得打官司，不要断送这个人，赛查另外放了三千法郎在柜子里，正是我这条开司棉围巾的价钱，那是我迟了三年才到手的。现在你明白了，我刚才为什么叫起来。我还做了一桩无聊的事，也告诉你吧。杜·蒂埃写给我的三封情书，完全暴露出他的人品，我为了好玩保存着。"她叹着气低下头去，"我没有看第二遍。可是留着总不妥当。今天看到杜·蒂埃，我想起了，上楼来把信烧掉；你进来的当口，我正在看最后一封……事情就是这样。"

安赛末把一条腿跪在地下，亲着赛查太太的手，那种美妙的表情使两人都淌了眼泪。丈母扶起女婿，把他抱在怀里。

那一天注定是赛查的快乐日子。王上的私人秘书特·王特奈斯先生，到办公室去找他。两人一齐走到金库外面的小院子里。

特·王特奈斯子爵说道："皮罗多先生，你想还清债务的努力，碰巧被王上知道了。他对于这样难得的行为非常感动；他也知道你为了责备自己，不戴勋章，要我来吩咐你戴上。陛下还想帮助你履行义务，从他私库中拿出一笔钱叫我转交给你，他很遗憾不能多帮助你一些。这件事你得严守秘密。陛下认为他做的好事张扬出去就失了帝王的气度。"子爵说完，交给皮罗多六千法郎。皮罗多听着这番话，说不出有多么感动。

他只能支吾其词地说了几个不连贯的字，王特奈斯微微笑着，举了举手，走了。可怜的赛查所坚持的那种道德观念在巴黎实在太少见了，所以他的行事无形中引起大家的钦佩。约瑟·勒巴、包比诺法官、加缪索、陆罗神父、拉贡、罗杜阿、拉·皮耶第埃、赛查丽纳的东家——那个大公司的老板，都在谈论赛查。外边对他的舆论早已改变，这时更把他捧到了云端里。

"瞧，这才是一个君子人！"赛查在街上好几次听到这句话，心中的感觉好似一个作家听见有人指着他提到他的名字。这样的好名声把杜·蒂埃气坏了。赛查拿了王上给的钱，第一个念头就是还老伙计的债。他往昂丹大道走去，银行家在外边办公事回来，恰好在楼梯上碰到他的老东家。

"怎么样，可怜的皮罗多？"他装着亲热的样子问。

赛查很高傲地答道："什么可怜！我有钱啦。今晚上还清了你的债，我可以安心睡觉了。"

这句表示多么诚实的话深深地刺痛了杜·蒂埃。他虽则受人敬重，自己却心虚得很；他听见有个压制不住的声音在心中叫："这个人可了不得！"

"你还我钱吗？你做什么生意啊？"

退休的花粉商肯定杜·蒂埃不会把他的话传出去，便说："先生，我再也不做生意了。我碰到的那种事，没有一个人料得到的。谁敢说将来不会再有一个罗甘拿我做牺牲品呢?我的行事传到王上耳朵里,承蒙他同情我,鼓励我,刚才给了我一笔相当的款子,使我能够……"

杜·蒂埃打断了他的话,问道:"要不要收据?你打算马上付吗?……"

"是的,连本带利,全部付清。劳驾你上格劳太那儿去一趟,好在没有几步路。"

"还要经过公证人吗?"

赛查道:"先生,我想要复权总可以吧?有了合法的证件才没有人能否定……"

杜·蒂埃和皮罗多一同往外走,说道:"好,走吧,路近得很。可是你哪儿弄来这么多钱呢?……"

赛查道:"不是弄来的,是流着汗挣来的。"

"你欠克拉巴龙银号的数目大得很呢。"

"唉!是啊,那是最大的一笔,我看我这条老命要为之拼掉的了。"

杜·蒂埃恶狠狠地说道:"这数目你永远还不出的。"

赛查暗暗想:"他说得不错。"

回家的路上,可怜的人一不小心走进了圣·奥诺雷街。他一向避开那条街,免得看到他的店和老家的窗子。三个月的痛苦,已经把他在那儿过的十八年幸福生活抹得干干净净。从他倒霉以后,这是他第一次看见老房子。

他心里想:"早先我还打算在这里养老的呢。"

他一看见新招牌上写着:

赛莱斯丁·克勒凡
前赛查·皮罗多老店

就加紧脚步走过去。但他又想起窗口好像有个淡黄头发的女人,不由得叫起来:"那不是赛查丽纳吗?……我真是眼花了。"

事实上他的确看见了女儿、老婆和包比诺。两个情人知道皮罗多从来不打老店门前过,又想不到他当天会碰到那样的事;只因为要给他办一次庆祝的喜事,先来布置一下。他们这样突如其来的露面把赛查弄得奇怪至极,呆在那里不动了。

莫利奈跟玫瑰女王对面一家铺子的老板说:"哦,皮罗多先生在瞧他的老屋子。"

花粉商的老邻居回答说:"可怜的人!他在这儿开过多阔气的跳舞会……来的车子就有二百辆。"

莫利奈说:"那次我也来的;过了三个月他破产了,我还是破产管理人呢。"

皮罗多赶紧溜了,两腿打着哆嗦一直奔到比勒罗家里。

比勒罗已经知道五钻石街的事,生怕像复权那样的喜讯过于刺激,侄婿会受不住。他经常看着可怜的家伙情绪起伏,念念不忘地想着他对破产的看法多么严厉,他的精力一天到晚都在消耗。在赛查心目中,名誉虽然扫地,还有恢复的日子。这个希望使他的痛苦更没有平息的时候。比勒罗便想叫侄婿心上先有个准备,然后再告诉他好消息。皮罗多进门的当儿,他正在盘算用什么办法。皮罗多讲起王上对他的关切,表示非常高兴,比勒罗觉得倒是个好现象。他又说看见赛查丽纳在玫瑰女王楼上,诧异得不得了；比勒罗认为这更是个机会，可以把话引入本题。

他说："赛查，你可知道这件事的来历吗？那是因为包比诺性急，要赶紧和赛查丽纳结婚。他的确等不及了；而且也不能为了你过分的要求诚实，叫他年纪轻轻地放着现成酒席不吃，只啃他的干面包。包比诺准备拿出一笔钱来，把你所有的债都还清。"

皮罗多说："这是他出钱买老婆了。"

"帮丈人复权不是挺有面子吗？"

"人家可以提出异议的。并且……"

"并且，"叔岳装作生气的样子，"你只能牺牲自己，不能牺牲女儿。"

两人越辩越激烈，其实是比勒罗故意逗他的。

比勒罗嚷道："倘若包比诺不是借钱给你，而是为了不剥削你的利益，当你合伙人看待，把他给你还债的款子作为你在头油的盈利中应得的一份，预支给你……"

"那我好像串通了包比诺欺骗债主。"

比勒罗假装被这个理由驳倒了。他很了解人的心理，知道这好人夜里睡在床上也会在这一点上和自己争执的。那样他就会常常想到复权的念头，以后再听到事实不至于太刺激了。

赛查吃晚饭的时候问："可是为什么我老婆女儿都在老房子里呢？"

"安赛末要把屋子租下来做新房。你女人也赞成。他们已经瞒着你把婚约公布了[1]，叫你不能不同意。包比诺说，等你复权以后再和赛查丽纳结婚，就显不出他的义气了。王上给你六千法郎，你收了；至亲的赠予，你

---

[1] 教徒结婚以前必先在教堂公布男女双方的姓名，征询有无异议。

倒不愿意接受！你欠我的钱，倘若我给你一张收据作为清讫，是不是你也拒绝呢？"

赛查道："那我可以接受，但是也不能阻止我拿了收据再积起钱来还你。"

比勒罗道："算你一丝不苟就是了。看一个人诚实不诚实，我是内行。不过你刚才的话真是岂有此理。债还清了，怎么还说是欺骗债主！"

赛查留神望着比勒罗。比勒罗看他愁眉不展了三年，第一次笑逐颜开，心里也很激动。

赛查道："不错，债可以还清了……但是我把女儿卖了钱啦！"

"那是我自己愿意的。"赛查丽纳嚷着，和包比诺一同出现了。

两个情人踮着脚尖走进比勒罗的屋子，后面跟着皮罗多太太；走到穿堂，刚好听见赛查说出最后那句话。他们三人雇着马车，已经到那些还没清讫的债权人家里去过，约他们当晚在格劳太事务所会齐。格劳太正在预备收据。赛查认为自己仍旧欠着债，现在这个办法是移花接木，钻了法律的空子。但他的顾虑经不起多情的包比诺有力的批驳。赛查听到下面一句话，也觉得良心上有了交代，无话可说了。

包比诺问他："你要你女儿的命吗？"

"要我女儿的命！"赛查愣住了。

包比诺道："这笔钱，我良心上认为是你存在我店里的，我有权利在你生前送给你。这样你还不接受吗？"

赛查道："好，我接受。"

"那么咱们今晚就到格劳太事务所去，免得再翻案；同时我们的婚书也可以在那里商量好了。"

3

在天上

但尔维把申请复权的状子和一切证明文件准备停当,送进巴黎高等法院的检察署。

办理复权手续和赛查丽纳的结婚公告需要个把月,皮罗多在那个时期心情烦躁,骚动得厉害。他一味着急,只怕活不到批准复权的那个光荣的日子。他说他的心莫名其妙地乱跳,隐隐然作痛;它一方面被痛苦折磨得差不多了,一方面也受不住极度的快乐。

判决复权的事在巴黎高等法院非常少见,十年也难得碰到一次。处世严肃的人总觉得法院的仪式有种说不出的庄严与伟大。制度给人的观念完全根据人的感情而定,我们心目中认为它伟大,它就伟大。倘若一个民族丧失了信仰(不是宗教),孩子们从启蒙教育开始就做惯赤裸裸的分析,把一切保存传统的束缚都放松的话,这个民族就会瓦解;因为那时民族只靠卑鄙龌龊的利害关系来结合,只靠计算精明的自私自利的需要来结合。皮罗多受着宗教思想的熏陶,他对法律的看法就是我们应当有的看法,就是说法律是社会的代表,不管采取什么形式,法律总是众人公认的规则的庄严的表现。执行这圣职的人必须洞达人情世故,不动感情,保持冷静,才能监护那些激动人心的利益；所以法官愈是白发苍苍，年老体弱，他的职务愈显得庄严神圣。

踏进古老的巴黎法院，走上高等法庭的石扶梯而心情激动、不能自已的人，现在已经很少了，退休的花粉商却是其中的一个。

石扶梯的地位摆得非常恰当，气象森严，可惜没有几个人注意到。法院正面有一个列柱成行的走廊，扶梯通到走廊上，大门开在正中央。走廊右手通往一个极大的前厅，左手通往圣教堂。在这两座大建筑旁边，一切都可能相形见绌，显得渺小的。圣·路易教堂[1]是巴黎最堂皇的建筑之一，从法院走廊那面走过去，有股说不出的阴沉和神秘的感觉。相反，那间奇大无比的前厅十分明亮；而且你也不大容易忘记法国历史和这间大厅的关系。外面的石扶梯确是气概不凡，才不至于被两座巍峨雄壮的建筑物压倒。法院前面围着一排镂花的铁栅，透过铁栅望到行刑的广场，也许会令人心悸。从石扶梯上去，正面一间大厅是高等法院民庭外面的穿堂，等于法院的前厅。

我们不妨想象一下当时破产人的心情。许多朋友，现任商务法庭庭长勒巴、经手他破产案的商务裁判加缪索、老东家拉贡、忏悔师陆罗神父，陪着他爬上石级，周围的环境自然而然使他紧张起来。有了那位圣洁的教士在场，人世的荣誉在赛查眼中也更加显得庄严。老于世故的比勒罗，打算叫侄婿事先就高兴得过分一点，免得临到喜事，发生什么意想不到的危险。老花粉商刚在家里换衣服，几个真正的朋友就来了，认为陪他上法院也是他们的荣幸。他见了来客十分快活，那种兴奋的心情正好使他能应付

---

[1] 圣·路易教堂是圣教堂的别称。

法庭上庄严的场面。大厅上坐着十几位法官，皮罗多还遇到另外一些朋友在场旁听。

一开庭，皮罗多的诉讼代理人简单扼要地提出了申请。庭长摆一摆手，请检察官起来发表意见。他原是公诉机构的代表，这一回却以检察署名义要求庭上恢复当事人的名誉，认为根据他的行事，应该这样宣判。这是绝无仅有的仪式，因为法院只能对当事人加以赦免。皮罗多听了特·葛朗维伯爵的演说多么激动，凡是有感情的人都想象得出。以下就是那位有名的法官的演说词的大要：

"诸位先生，一八二〇年一月十六日，塞纳州商务法庭裁定皮罗多破产。他的破产既不是由于轻举妄动，也不是为了投机取巧或是其他不名誉的行为。我们不能不公开宣告：造成这桩祸事的原因是那些一再发生的罪案，使法院和巴黎人士一致痛心的罪案。只有我们这个时代，因为腐败的风气和革命思想正在不断发展，大有方兴未艾之势，巴黎才有些公证人会背弃了几百年的光荣传统，在几年之内发生的破产案跟前朝两百年间发生的一样多。这些司法界的公职人员原是群众财产的监护人，半官性质的人物，不料利欲熏心，也有了立志巨富的妄想。"

原文在这里插进一大段议论，特·葛朗维伯爵为了适应他的地位，乘机把拿破仑党人、进步党人和王上其他的政敌一齐控诉在内。后来局势的发展证明这位法官的担心并非没有根据。

他接着说："一个巴黎的公证人卷走了皮罗多的存款，促成他的破产。从法院对罗甘的判决书看，可以知道罗甘欺骗他的主顾到什么程度。后来，债权人和皮罗多成立了协议。为了表扬皮罗多，我们不能不特别指出：目前的破产案大多黑幕重重，经常玷辱商界的名誉；可是皮罗多的手续办得那么规矩清白，在一般的破产案中是绝对看不到的。债权人清点他财产的时候，发现他把所有的小东西都留下了：他的衣服、饰物、一切个人用品，不但他的，连他妻子的也留在那里；她为了增加资产，把她的全部权利放弃了。由此可见，过去使皮罗多被任为区政府官员的声望是不虚的，因为当时他是第二区副区长，刚好得到荣誉团勋章。他的受勋不但因为他是忠心耿耿的保王党，参加共和三年的战斗，在圣·洛克教堂的石级上流过血；而且还由于他在商务裁判任内所表现的识见和息事宁人的精神，受到大众的钦佩与爱戴；最后还因为，他是个谦虚的市政官。原来发表他当区长，他没有接受，却推荐了一位更有资格的人物，高贵的特·拉·皮耶第埃男爵。皮罗多对于这个英勇的旺代党人，早在形势险恶的时代就佩服的。"

赛查凑着叔岳的耳朵说："这番话说得比我好多了。"

"因为这个诚实的商人和他妻子女儿把全部财物放弃了，债权人才能收回百分之六十的债款。他们在协议书上对皮罗多表示敬意，声明放弃余下的债权。这些文件的措辞值得庭上注意。"

检察长随即把协议书的摘要念了一遍。

"协议书上的条件这样宽大，换了别的破产人尽可自认为已经释放，早就得意扬扬在大庭广众之间露面了。皮罗多可不是这样，他鼓着勇气，暗中订着计划，要争取像今天这样一个光荣的日子。他不怕任何艰难。我们敬爱的王上给了他一个职位，让圣·洛克的老战士有个糊口之计。破产人把薪水都留给债主，连生活费用也不在其中开支，因为他亲属中间也有人热心相助……"

皮罗多淌着眼泪，紧紧握着叔岳的手。

"他的妻子和女儿也赞成皮罗多这个高尚的愿望,把劳动所得交入总账。母女两人放弃了原有的身份去过低微的生活。诸位先生,这些牺牲是极不容易的,值得大大地表扬。现在我们来看一看,皮罗多叫自己挑的是怎样的一副担子。"

说到这里,检察官宣读损益计算书的摘要,把剩下的债款和债权人的姓名都念了。

"诸位先生,现在每一笔债款都连本带利付清了,他所拿到的不是需要法院做严格调查的、私人出的收据,而是无法作弊的经过公证的收据。当然,我们也尽了责任,按照法律规定审核过了。我要求庭上不是恢复皮罗多的名誉,而是恢复他的权利,这才合乎公道。这一类的例子,法院是难得看到的,我们不能不嘉奖当事人的行为;而且他承蒙圣眷,已经受到王上的鼓励。"

然后他按照公事格式做了结论。

推事们当庭讨论了一下,审判长便站起来宣判。

他的最后几句话是这样说的:"本人代表全体法官向皮罗多表示,本院能宣布这样的判决,感到很满意。——书记官,传下面的案子。"

有名的检察长的演说已经给皮罗多披上光荣的袍褂;巴黎的高等法院在法国居于第一位,如今庭长再来一个郑重的声明,表示铁面无情的司法界也受了感动,更使皮罗多快乐得无以复加。他坐在听审席上走不动了,仿佛身子钉在那里,呆呆地望着法官,觉得他们都是天使,给他重新打开了社会的大门。叔岳挟着他的手臂把他拉到前厅。赛查过去没有服从路易十八的命令,这时却不由自主地把荣誉团的红丝带扣上了纽孔。朋友们立刻把他围住,抱着他抬上马车。

"你们带我上哪儿去啊？"他问勒巴、比勒罗和拉贡。

"回到你家里啊。"

"不。现在是三点钟，我要到交易所去享受一下我的权利。"

比勒罗吩咐赶车的："上交易所。"他又对勒巴做了个记号，因为发觉赛查有些叫人担心的征象，怕他会神经错乱。

前任花粉商让比勒罗和勒巴，两个德高望重的商人一边一个搀着，走进交易所，后面跟着拉贡。他复权的消息已经传开了。三位商人最先碰到的就是杜·蒂埃。

"啊！亲爱的老东家，你问题解决了，我很高兴。我很爽快地让小包比诺敲了一笔，也许对你的苦尽甘来也帮了一点儿忙。我看到你幸福很快活，好像看到我自己幸福一样。"

比勒罗道："你也不能不如此。以后你也不会再有这种机会了。"

杜·蒂埃道："先生，你这句话怎么说呢？"

勒巴道："嘿！嘿！当然是从好的方面说啰。"他听见比勒罗冷言冷语地借此出气，不由得微微一笑。勒巴对杜·蒂埃的事一无所知，可是也觉得他是个坏蛋。

玛蒂法过来招呼赛查。一班名声最好的生意人都围拢来向花粉商热烈道贺，说了许多恭维的话，争着和他拉手，叫不少人看着忌妒，也叫有些人看着心里惭愧，因为在交易所里走动的人半数以上都办过清理。羊腿子和高勃萨克在大厅的一角谈天，他们望着诚实的花粉商，好比物理学家初次看到电鳗，这种身上的电力相当于一个干电池的鱼，是动物界中最古怪的东西。

赛查尝过了胜利的滋味，踏上马车回老屋子去。他疼爱的赛查丽纳和忠心的包比诺就要在那里签订婚约了。赛查在车上怪里怪气地笑了一阵，叫三个朋友都为之一怔。

青年人有个缺点，以为别人都和他一样坚强。这缺点也是从他的优点来的。他对人对事都不留神细看，只用他青春的火焰去渲染一切，甚至把自己过剩的生命力强加在老年人身上，跟赛查和公斯当斯一样，包比诺对皮罗多的跳舞会念念不忘，始终留着一个豪华的印象。在三年艰苦的岁月中，公斯当斯和赛查嘴上不说，脑子里都时常听到高利南乐队的音乐，看见漂亮的来宾。那次的快乐虽然事后受了重罚，他们仍觉得回味不尽，心情和亚当与夏娃偶尔想起禁果的滋味差不多。天使们的传宗接代原是不可思议的神秘，自从吃了禁果，他们的子孙就有了生与死的苦恼。但包比诺尽可以心里甜蜜蜜地想起那个跳舞会，用不着有什么悔恨：风头十足的赛查丽纳就是在那次舞会上答应他的亲事的；他那时还是个穷小子，可见赛查丽纳的确是爱他的人。所以他把葛兰杜装修的住宅向赛莱斯丁买下，要他原封不动地加以保存的时候，在他一片诚心把赛查夫妇的零星什物一齐保管起来的时候，他已经存着一个梦想要开个跳舞会，庆祝婚礼的跳舞会。

他很热心地筹备这次喜事；开支方面只有必不可少的项目才按照老东家的办法，可并不学他的铺张浪费；浪费过一次已经够了。宴席仍旧由希凡承包，请的客也差不多相同。陆罗神父替补了荣誉团总裁，商务法庭庭长勒巴当然在邀请之列。包比诺也请了加缪索，答谢他对皮罗多的照顾。罗甘夫妇的缺，由特·王特奈斯先生和特·冯丹纳先生填补了。跳舞会的请帖，赛查丽纳和包比诺发得很郑重。他们俩都不喜欢把婚礼办得大张晓喻，叫朴实温厚的人看了不舒服，特意把跳舞会定在签婚约的日子。公斯当斯又找到了那件樱桃红衣衫，当时只穿过一天，她的光彩只露了一露就完了。赛查丽纳要叫包比诺出其不意地快活一下，又穿起从前的跳舞服装来；这套打扮，包比诺不知向她提过多少回。所以屋子里那个令人销魂荡魄的场面，皮罗多只见过一个晚上的场面，又要在他眼前出现了。公斯当斯、赛查丽纳和安赛末，一个都没想到这个突如其来的刺激对赛查多么危险；四点左右，他们等着他，快活得像小孩子一样。

诚实不欺的商界英雄在交易所露了露面，情绪的激动已经无法形容，可是圣·奥诺雷街还有一个更强烈的刺激等着他。一进老房子，他看见楼梯依旧簇新，楼梯底下站着他的女人，穿着樱桃红的丝绒衣衫，还有赛查丽纳、特·冯丹纳伯爵、特·王特奈斯子爵、特·拉·皮耶第埃男爵和赫赫有名的伏葛冷先生。皮罗多眼睛前面马上罩了一层薄薄的幕；比勒罗搀着他的手臂，觉得他浑身上下打了一个寒噤。

冷静的比勒罗对多情的包比诺说："你做得过分了，灌他这许多酒，他受不住的。"

在场的人个个欢天喜地，也就把赛查的激动和身子的摇晃看作应有的兴奋，没想到会是致命的。

赛查回到家里，重新看见了他的客厅、来宾、穿着跳舞衣衫的妇女，忽然听见贝多芬的大交响乐在脑子里在心里响亮起来，仍旧是那一段雄壮的最后乐章。出神入化的音乐从一个调子转到另一个调子，放出光芒，发出异彩；喇叭声震动了他疲倦的脑子；这是他的脑子的最后乐章了。

他听着想象中的音乐支持不住了，过去抓着老婆的胳膊，凑着耳朵说："我不舒服。"他因为内部充血，已经喊不出声音来。

公斯当斯吓了一跳，立刻扶他进房。他好容易走到里面，扑在一张靠椅上说道："去请奥特莱医生！请陆罗神父！"

陆罗神父来了，客人和穿着跳舞服装的妇女也跟着进来，大家团团围着，呆住了。太太跪在他身边。赛查当着这些漂亮人物的面，握了握忏悔师的手，把脑袋倒在公斯当斯怀里。他胸部已经爆断一根血管，再加动脉瘤把他的呼吸阻塞了。

陆罗神父说道："一个正直的人死了！"他的声调非常庄严，指着赛查的手势就像伦勃朗画的《基督叫拉撒路复活》的手势[1]。

耶稣曾经命令土地交出它的俘虏；这位圣洁的神父却告诉天上，有一个为了诚实而殉道的商人需要赏他永恒的棕榈[2]。

一八三七年十二月　巴黎

一九五八年四月　译

---

[1] 拉撒路是耶稣的门徒，死后数日被耶稣从坟墓中唤起，竟告复活。下文"耶稣曾经命令土地交出它的俘虏"就是指拉撒路复活。十七世纪荷兰名画家伦勃朗用这个题材作过一幅铜版画。

[2] 基督教传说，天国以棕榈赐予殉难的人，作为光荣的标识。

巴尔扎克年谱

1799	5月20日,生于法国图尔市一个中产阶级家庭,是家中长子,有两个弟弟和一个妹妹。父母年纪悬殊,家庭不睦,母亲对长子很是冷漠。 11月,雾月政变发生,拿破仑的十五年统治开始。
1803	被送进图尔市的列盖公寓寄宿。
1807—1813	在旺多姆市奥拉托利修会办的寄宿学校上小学。
1814	全家迁居巴黎。进入以信奉天主教和君主制著称的黎毕德拉中学。波旁王朝复辟。
1816	入学巴黎法律专科学校,并在律师事务所实习。
1819	毕业。违背父母的意愿,决心成为作家。在艰苦的条件下发奋写作。创作了长篇小说《斯黛拉》、悲剧《苏拉》、喜剧《科尔萨尔》《两个哲学家》。
1820	5月,完成悲剧《克伦威尔》,却被家人认为毫无文学天分。为生活所迫,开始化名创作格调不高的流行作品。 9月,与通俗作家莱格列维尔合作长篇《两个赫克托》,以"维

列尔格莱"的笔名发表。

1821　与莱格列维尔合作长篇《私生的堂兄》《比拉格的女继承人》《捡来的女儿》。开始与44岁的贝尔妮夫人交往。

1825　涉足商界。其后几年，他做出版、办印刷厂、铸字厂、开矿，等等，辛苦奔忙，一无所成，债台高筑。

1828　与雨果相识。

1829　3月，首次以真实姓名发表长篇历史小说《舒昂党人》。夏天，完成短篇小说《夫唱妇随》。发表短篇小说《猫儿打球号》《苏镇舞会》。

1830　完成中篇小说《高勃萨克》《流亡者》等。发表短篇小说《刽子手》《永别》《长寿药水》《萨拉金》《沙漠里的爱情》等。

2月，为雨果戏剧《欧那尼》撰写剧评。

4月，发表随笔《杂货商人》。出版《私人生活场景》两卷。七月革命爆发，七月王朝建立。

1831　发表中篇小说《流亡者》，长篇小说《驴皮记》，短篇小说《不可知的杰作》《红色旅馆》，随笔《一年两遇》《长篇和中篇哲理小说》，等等，声誉鹊起。

1832　发表短篇小说《委托》《弃妇》《掷弹兵》等，中篇小说《夏倍上校》《菲尔米亚尼夫人》。收到遥远的乌克兰的读者来信，来自"一个外国女人"，即韩斯卡伯爵夫人。

1833　完成长篇小说《乡村医生》《欧也妮·葛朗台》。9月，与韩斯卡夫人在瑞士纳沙泰尔第一次见面。

1834　出版长篇小说《绝对之探求》。

9月，开始创作长篇小说《高老头》。

1835	3月，《高老头》出版单行本。
	6月，完成短篇小说《改邪归正的梅莫特》。
1836	发表短篇小说《无神论者做弥撒》《法西诺·卡讷》、中篇小说《禁治产》《老姑娘》，出版长篇小说《幽谷百合》。修改早年以笔名出版的《安内特和罪犯》，定名为《海盗阿尔戈》再次再版。开始写《古物陈列室》。
1837	2月，发表长篇小说《幻灭》的第一部。汇集自己作品，定名为《社会研究》。
	7月，发表长篇小说《小职员》。
	8月，发表中篇小说《冈巴拉》。
	12月，出版长篇小说《赛查·皮罗多盛衰记》。
1838	完成中篇小说《古物陈列室》《夏娃的女儿》。开始写长篇小说《交际花盛衰记》。
1839	1月，发表《乡村教士》第一部开头部分。
	3月，和司汤达通信，盛赞他的《巴马修道院》。
	6月，《幻灭》第二部出版。
	10月，与友人合作剧本《伏脱冷》。发表中篇小说《卡迪央王妃的秘密》《比哀兰德》。
1840	3月，《伏脱冷》上演，但迅速被禁。
	6月，开始发表《关于文学、戏剧和艺术的通信》。发表短篇小说《马尔卡斯》《流浪的王子》。
1841	与出版商签订了成套作品的出版合同。发表长篇小说《一桩无头案》、《搅水女人》第一部、《于絮尔·弥罗埃》。完成《乡村教士》。

1842	决定把自己的小说总集命名为"人间喜剧"。
	4月,《人间喜剧》第一卷出版。
	7月,写了《<人间喜剧>前言》,阐述自己的创作观。完成《搅水女人》。
	年底,出版《三十岁的女人》。
1843	春天,出版中篇小说《奥诺丽纳》《外省的诗神》。
	7月,出版《幻灭》第三部。
1844	出版长篇小说《谦逊的密尼永》,《现代史内幕》第一部分,《交际花盛衰记》第一、第二部,《农民》第一部,完成《卡特琳娜·特·美第奇》。
1845	发表短篇小说《经纪人》《戈迪萨尔第二》。
1846	4月,出版中篇小说《不自知的喜剧演员》。
	7月,发表《交际花盛衰记》第三部。
	10月至12月,发表长篇小说《贝姨》。
1847	出版《邦斯舅舅》。完成《交际花盛衰记》最后一部。
1848	法兰西第二共和国成立。
	5月,剧本《后娘》上演,获得成功。《人间喜剧》第17卷出版。
	9月,发表《现代史内幕》第二部《内情人》。这是他生前发表的最后一部作品。
1850	3月14日,与相恋17年的韩斯卡夫人在乌克兰结婚。
	8月18日,心脏病发作,与世长辞。
	8月21日,在巴黎拉雪兹神甫公墓下葬,雨果致悼词。

出版后记

巴尔扎克（1799—1850）的《人间喜剧》被誉为人类小说史上的奇迹。《人间喜剧》包括九十一部小说，塑造了两千四百多个人物，将大千世界，汇于纸上。

从年轻时起，巴尔扎克就立志要用笔来完成拿破仑未能用剑完成的伟业。他认为小说家必须面向现实生活，使自己成为当代社会的风俗史家；还认为小说家不仅要摹写社会现象，还必须阐明原因，指出人物、欲念和事件背后的意义。秉持这样的理念，他的《人间喜剧》包罗万象，成为一部洞悉社会和人心的百科全书，被恩格斯评价为"一部法国社会，特别是巴黎上流社会的卓越的现实主义历史"。

傅雷（1908—1966）是中国杰出的翻译家。他艺术素养深厚，对待翻译事业呕心沥血，译笔准确而富有神韵。

傅雷年轻时代留学法国，一边汲取法国文学的营养，一边为积贫积弱的旧中国思考出路。巴尔扎克对他的吸引，不仅是因为作品的扣人心弦，也更是因为两人灵魂的投契。

从 1938 年起，傅雷设想"把顶好的都译过来，大概在十余种"。在近三十年中，傅雷总共翻译了巴尔扎克的十五种小说（《猫儿打球号》在"文革"中遗失），现存十四种。

本版《人间喜剧》收录现存于世的所有傅雷翻译的巴尔扎克作品，分为六卷。第一卷是《高老头》《夏倍上校》《奥诺丽纳》《禁治产》《亚尔培·萨伐龙》，第二卷是《欧也妮·葛朗台》《于絮尔·弥罗埃》，第三卷是《都尔的本堂神甫》《比哀兰德》《搅水女人》，第四卷是《幻灭》，第五卷是《贝姨》，第六卷是《邦斯舅舅》《赛查·皮罗多盛衰记》。本系列配有法国插画大家夏尔·于阿尔为《人间喜剧》的这十四部小说绘制的全套插图，不少都是首次介绍给中国读者。

因中文随时代而不断发展，专有名词、助词、标点符号等的用法，与傅雷在几十年前翻译时相比，均有一定的变化。为方便读者阅读，我们在充分尊重原译的基础上，进行了审慎的修订。

2021 年 12 月

图书在版编目（CIP）数据

人间喜剧.第六卷,邦斯舅舅 赛查·皮罗多盛衰记/
（法）巴尔扎克著；傅雷译.-- 南京：江苏凤凰文艺出
版社，2022.4
ISBN 978-7-5594-5872-8

Ⅰ.①人… Ⅱ.①巴… ②傅… Ⅲ.①长篇小说–小
说集–法国–近代 Ⅳ.① I565.44

中国版本图书馆 CIP 数据核字（2021）第 082060 号

人间喜剧 第六卷 邦斯舅舅 赛查·皮罗多盛衰记

［法］巴尔扎克 著　傅雷 译

责任编辑	王　青
特约编辑	张媛媛　袁艺舒　郝晨宇　许明珠　蒋慧
装帧设计	墨白空间·陈威伸
出版发行	江苏凤凰文艺出版社
	南京市中央路 165 号，邮编：210009
网　　址	http://www.jswenyi.com
印　　刷	南京爱德印刷有限公司
开　　本	720 毫米 ×1000 毫米　1/16
印　　张	234
字　　数	4409 千字
版　　次	2022 年 4 月第 1 版
印　　次	2022 年 4 月第 1 次印刷
书　　号	ISBN 978-7-5594-5872-8
定　　价	1280.00 元（全六卷）

江苏凤凰文艺版图书凡印刷、装订错误，可向出版社调换，联系电话 025–83280257